Geboren wurde **Marco Hasenkopf** 1973 in Hamm/Westfalen. Nach dem Archäologiestudium und der Ausbildung zum Drehbuchautor war er für Theater und Filmproduktionen tätig. Heute lebt Marco Hasenkopf mit seiner Familie als freischaffender Schriftsteller und Theaterproduzent in Köln. Wenn er nicht schreibt, produziert er mit seinem Label „distriktneun" theatrale Stadtraumerkundungen wie *Caput VIII – Heine in Müllem*, für das er 2017 den Kurt-Hackenberg-Preis für politisches Theater erhalten hat.

DER BLINDE PASSAGIER

Der **Pageturner-Thriller** um
einen perfiden Serienmörder

MARCO HASENKOPF

VORWORT

Hinter jedem Buch mit seiner Geschichte, steckt eine Entstehungsgeschichte. So auch hinter *Der blinde Passagier*.

Als Autor suche ich stets nach – wie ich es gerne nenne – „verwundeten" Hauptfiguren wie ‚meine' Rosa, die traumatisierte BKA-Ermittlerin. Bei wem läuft schon alles glatt im Leben? Mitgefühl für Lebenskrisen zu entwickeln, ist eine meiner Hauptmotivationen Geschichten zu schreiben.

Um die Abgeschiedenheit auf See, wie den geschlossenen Ort eines Schiffs, die Isolation, gut nachempfinden zu können, habe ich eine mehrtägige Reise mit einem Frachtschiff durch die Nordsee unternommen. Das war für mich eine in vielerlei Hinsicht lehrreiche Erfahrung. Viele Dinge, die ich dort als Passagier erlebt habe, sind mal in ausgeschmückter, mal in abgespeckter Version in den Roman eingeflossen. Zum Beispiel, dass man ständig den Schiffsdiesel brummen hört. Ich habe mit den (philippinischen) Seeleuten gesprochen, dem russischen Offizier, den anderen Passagieren. Sehr schnell hatte ich den Ruf weg, alles wissen zu wollen. Der stellt immer Fragen, hieß es. Aber das war nicht negativ gemeint. Im Gegenteil, sehr freundlich und hilfsbereit wurde mir alles an Bord erklärt. Von der Brücke bis zum Maschinenraum oder der Kombüse.

Weiterhin liebe ich privat alles, was mit dem Meer zu tun hat. Ich gehe sehr gerne Schwimmen und Tauchen. Schon als Kind war ich mehr unter als über der Oberfläche. Ich surfe, fahre Kanu und verbringe meine Urlaube nach Möglichkeit am Meer. Wenn ich das Rauschen der Wellen höre, empfinde ich Sehnsucht wie Ruhe gleichermaßen. Kein Wunder also, dass ich unbedingt einen Roman schreiben wollte, bei dem die See, die geheimnisvolle und unergründliche, eine wichtige Rolle spielt.

Köln, Mai 2024

DRAMATIS PERSONAE (IN ALPHABETISCHER REIHENFOLGE)

Seminarteilnehmer

Mila Adler, 33, Unternehmerin

Rosa Bach, 35, BKA-Ermittlerin

Henning Bahlow, 43, Jurist

Roland Hertz, 55, Coach

Prem Jyoshi, 22, Assistentin von Roland Hertz

Tommy Kessler, 45, Geschäftsführer eines Medienkonzerns

Linda Meyer, 32, Insektenforscherin

Max Neumann, 40, Videokünstler

Jennifer Stein, 28, Managerin eines Telekommunikationskonzerns

Angela Weniger, 42, IT-Fachfrau

Crew der MS Leviathan

Lars Bohr, 17, Schiffssteward

Irina Burduli, 25, Köchin

Stin DeRuijter, 38, Erster Offizier

Viktor Lazlo, Zweiter Offizier

Jom, philippinischer Matrose

Leitender Ingenieur, der „Chief"

Friedrich Lira, 58, Kapitän
Loco, 45, Koch
Tom, philippinischer Matrose, Joms Bruder

Berlin
Dr. Adam Henrich, 60, Kriminalpsychologe
Katrin, Rosas Freundin
Carlos Patzikis, Ermittler in Henrichs Team
Hans-Walther Steiner, 65, BKA-Kriminaldirektor, Rosas Chef
Kevin Berger, Aylin Özdemir, Janine Thiele und weitere BKA-Ermittler der Taskforce Leviathan

Sonstige Personen
Elena Geuting, Rosas Kollegin
Kapitän Hugh McGregor sowie die Mannschaft des kanadischen Rettungsschiffs MS Seagull
Maik, Rosas Ex-Freund
Claudia Münch, nicht eingeschiffte Teilnehmerin

PROLOG

Wer begegnet ihm und bliebe heil?
Unter dem ganzen Himmel gibt es so einen nicht.
Buch Hiob, 41,3

„Ein nettes Kind. Lacht immer und spielt so schön!" Das haben die Leute früher über mich gesagt. Kann es ein Mutterherz geben, das darüber nicht mit Stolz und Freude erfüllt wäre? Heute spiele ich immer noch, aber in einer ganz anderen Liga. Mutter wäre so stolz auf mich ...

In helle Panik brechen sie aus, wenn ich vor ihnen stehe und sage: „Game Over." Lächerlich! Selbst schuld, wenn sie überall ihre Spuren hinterlassen! Ironie des Schicksals. Noch nie gab es so viele Zäune, Wächter und Barrieren wie heute, gleichzeitig war es nie zuvor so leicht, durch Schlupflöcher zu kriechen und die Menschen bis in ihre intimsten Bereiche auszuspionieren. Täglich entdecke ich neue Sicherheitslücken und Hintertüren, mit denen ich das System austrickse. – Wie ich das mache? Verrät ein Fünf-Sterne-Koch sein Geheimrezept? Ein Magier seine Zaubertricks? Verleiht ein Gott seine Tarnkappe? Wie ein Helikopter im Stealth-Modus kann ich mitten in eurer Unterwäsche wühlen, und ihr merkt nicht einmal, dass ich bei euch bin. – Ich entscheide, wann ihr es merkt!

Was folgt, sind Angst, Schweiß und Entsetzen. In der Tat, in meinem Handeln gleiche ich einem Gott. Nicht einem Monster. Die gibt es nur im Märchen. Ich bin die leibhaftige Realität. Und ich spiele eines der ältesten, erhabensten und gleichzeitig aufregendsten Spiele, die es je gab, das Spiel der Spiele: Ich bin Du! Und du wirst mich fürchten.

Warum ich das tue? Ganz einfach: Weil ich es kann! Und ich werde es immer, immer wieder tun ...

1

Die Sonne erwachte tief hinter den Bergen. Erst langsam erklomm sie auf ihrer Bahn den leuchtend blauen Himmel. Nur vereinzelte Strahlen schossen wie Blitze über die Bergspitze und verliehen dem schneeverwehten Gipfel des Nonnentöters einen Lichtkranz, der an eine Aureole auf Heiligenbildern erinnerte. Es war ein gewaltiges Naturschauspiel, das die raue Gebirgswelt der Alpen in eine idyllische Morgenstimmung versetzte und einen weiteren sonnenverwöhnten Tag im Skiparadies ankündigte.

Noch schlummerte das Tal. Die eisigen Schatten, die sich mit grimmigen Krallen an die Häuser klammerten, würde der Glutball erst in Stunden vollends vertrieben haben. Doch schon bald würden die Menschen im Tal erwachen, sich die Terrassen der Restaurants mit Feriengästen füllen und die Skilifte beginnen, in unermüdlichen Runden zu kreisen, um die frisch planierten Pisten mit Wintersportlern zu bevölkern – ein Urlaubsidyll wie aus dem Bilderbuch. Für gewöhnlich blieben hier die Frühstücksbüfetts der Hotels und Pensionen die einzigen Schlachtfelder.

Nicht an diesem Morgen.

Rot-weißes Absperrband flatterte surrend in der scharfen Morgenbrise. Zahlreiche Streifenwagen riegelten die Zufahrten zur Talstation der Nonnentöter-

Seilbahn weiträumig ab. Heute waren alle Regeln des Guten außer Kraft gesetzt worden. Denn auf dem Gipfel wütete das Grauen selbst.

Gebannt schaute Rosa Bach durch das Fenster im Führerstand der Seilbahn auf die Gipfelstation hoch über ihr am Berg. Von unten war rein gar nichts zu erkennen. Selbst der Blick durch ein Fernglas zeigte ihr lediglich die in der Morgensonne glitzernden Panoramafenster der Station. Was sich dahinter abspielte, konnte die BKA-Ermittlerin nur mutmaßen.

All ihre Gedanken galten Elena, die dort oben in Lebensgefahr schwebte. Die Rückmeldung ihrer Kollegin war längst überfällig. Waren die Verhandlungen gescheitert? Rosa hätte keine Sekunde gezögert, sich Schneeschuhe anzubinden und die 1 800 Meter Höhenunterschied durch Schnee und Eis auf sich zu nehmen, wenn es etwas genutzt hätte. Im Moment blieb ihr jedoch nur zermürbendes Warten. Wenn es etwas gab, dass sie an ihrem Job hasste, dann dieses Warten. Die Ruhe vor dem Sturm.

Erst vor wenigen Minuten war Rosas Kollegin Elena Geuting als Verhandlungsführerin in einer Seilbahnkabine hinauf zur Gipfelstation gefahren. Elena war die ausgebildete Spezialistin für Verhandlungen bei Geiselnahmen in Rosas Team. Sie sollte mit dem Entführer, der eine junge Frau gefangen hielt, die Bedingungen seiner möglichen Aufgabe verhandeln. Ihre Kollegin befand sich allein dort oben. So wie es der Mann verlangt hatte. Im Gegensatz zu anderen Geiselnahmen war der Kidnapper im vorliegenden Fall eindeutig im Vorteil. Und das vor allem deswegen, weil es schier unmöglich war, ein Spezialeinsatzkommando unbemerkt in Position zu bringen. Die Station glich einer uneinnehmbaren Festung. Ein Albtraum! Rosa scheute sich einerseits, eine Kollegin der Gefahr und diesem Überwachungsdesaster auszusetzen, andererseits mussten sie alles riskieren, um das Leben der Geisel zu retten. Sie hatte ihre Entscheidung getroffen.

Über die Hintergründe der Tat konnten die Ermittler wenig Genaues sagen. Die einzig gesicherte Information, die sie in Erfahrung hatte bringen können, war, dass ein unbekannter, vermutlich männlicher Täter die Tochter eines ortsansässigen Inhabers eines Fünf-Sterne-Hotels bei ihrem Dienstantritt am gestrigen Abend im Familienbetrieb überwältigt und anschließend auf die Gipfelstation entführt hatte. Zur großen Verwunderung der Ermittler war die Entführung während des regulären Bahnbetriebs erfolgt. Es hatten sich aber keine Zeugen gefunden, denen im fröhlichen Trubel etwas Ungewöhnliches aufgefallen war. Niemand konnte daher eine Beschreibung des Kidnappers liefern. Auch die Auswertung der Überwachungskameras ergab keine eindeutige Identifizierungsmöglichkeit. Der Täter hatte keinerlei Forderungen gestellt, was mehr als untypisch für eine Geiselnahme war. Ein Rätsel.

Anfänglich hatte die einheimische Polizei den Ex-Freund der jungen Frau in Verdacht gehabt, da es bei der erst kürzlich erfolgten Trennung zu dramatischen Eifersuchtsszenen gekommen war. Das erwies sich jedoch als Fehlschluss. Als ein Spezialeinsatzkommando die Wohnung des Verlassenen stürmte, lag der friedlich im Bett – in den Armen einer anderen Frau, die er in der Nacht zuvor in einer Diskothek kennengelernt hatte und die ihm dabei half, seinen Liebeskummer zu überwinden.

Rosa setzte das Fernglas ab, hielt die Augen aber weiter unbeirrt auf das schneebedeckte Bergmassiv gerichtet. Am Kontrollpult neben ihr saß ein übernächtigt aussehender Angestellter der Betreibergesellschaft und wartete auf ein Zeichen von ihr, den Gondelbetrieb wiederaufzunehmen, um Rosas Kollegin Elena – hoffentlich mit freigelassener Hotelierstochter – ins Tal zu befördern. Die räumliche Enge der Warte schien die bedrückte Stimmung zu begünstigen. Zu den Anwesenden zählten nicht nur ihr fünfköpfiges Ermittlerteam vom Bundeskriminalamt, sondern auch zahlreiche Beamte der örtlichen Polizei. Der Raum war überhitzt. Die schwere Heizungsluft lastete wie Blei auf Rosas Schultern.

Ihre Augen streiften einen Werbeaufkleber der Seilbahngesellschaft, der zwischen die Knöpfe und Schalter des Kontrollpults geklebt worden war: Ein als Nonne verkleidetes Eichhörnchen bestieg mit gerecktem Daumen und breitem Grinsen eine Gondel der Nonnentöter-Seilbahn. Die drollige Aufmachung ließ Erinnerungen beschaulicher Familienausflüge aufkeimen. Doch angesichts der ungewissen Gefahr schmeckten diese Bilder bitter, die ihre Miene verfinsterten.

„Wissen Sie, woher der Berg seinen Namen hat?", fragte der Bahnangestellte, der Rosas besorgten Gesichtsausdruck bemerkt hatte.

„Vielleicht sind einige Nonnen am Berg abgestürzt?", ging Rosa auf das Gesprächsangebot ein.

Der Mann winkte mit übertriebener Geste ab und lächelte. „Das glauben alle, bis sie am Gipfelkreuz den Namen des Erstbesteigers gelesen haben: Alois Nonnentöter. Ein ganz schräger Vogel. Benennt den Berg einfach nach sich selbst!"

Er schüttelte den Kopf, als könnte er das Gesagte selbst kaum glauben. Als er Rosas fragenden Blick auffing, erklärte er weiter: „Berge benennt man in der Regel nicht nach Personen. Berge sind eigenständige Charaktere, verstehen Sie? Stellen Sie sich mal vor, der Mount Everest hieße nicht länger Mount Everest, sondern Hillary-Norgay."

Rosa rang sich ein Lächeln ab.

„Sehen Sie! Und überhaupt, Nonnentöter, wie kommt man wohl zu solch einem Namen?" Der Mann schaute sie mit dem Augenaufschlag eines Witzeerzählers erwartungsvoll an.

Aber Rosas Gedanken waren zu weit weg, der Ernst des brisanten Einsatzes lastete viel zu schwer auf ihr, als dass sie ihre Mundwinkel erneut zu einem höflichen Lächeln hätte verziehen können.

„Nonnentöter", wiederholte sie stattdessen, und es klang, als hätte eine dunkle Vorahnung ihre Seele ergriffen.

Plötzlich ging ein starker Ruck durch die Seilaufhängung. Rosa fuhr herum. Die weißen Gondeln schlugen rückwärts aus und pendelten sich dann langsam wieder ein. Die Bahn fuhr an. In der Gipfelstation musste jemand den Betrieb aufgenommen haben.

„Wie ist das möglich?", fragte Rosa mit Nachdruck.

Der Seilbahnangestellte, völlig perplex, zuckte nur mit den Schultern und sah ratlos auf die Anzeigen auf der Konsole vor ihm. Auch er schien keine Erklärung dafür zu haben, wie jemand in der Gipfelstation die Bahn starten konnte, wenn unten der Hauptschalter ausgeschaltet war. Ein unvorhersehbares Element durchkreuzte den Einsatz.

„Das geht eigentlich nur, wenn jemand am Stromkreis herumgebastelt hat“, sagte der Angestellte, „aber fragen Sie mich nicht, wie!“

Das bedeutete, der Täter kannte sich so gut mit der Elektronik aus, um die Bahn zu seinen Gunsten manipulieren zu können. Doch woher bezog er sein Wissen? Vielleicht war es dasselbe Wissen, dass es ihm ermöglicht hatte, seine Identifizierung auf der Videoüberwachung zu erschweren. Wer war der Unbekannte? Und was plante er?

Rosa brach die Funkstille. Ohne Erfolg. Das einzige Geräusch, das aus dem kleinen Lautsprecher zu vernehmen war, war ein statisches Rauschen. Obwohl die Sorge ihr tiefe Furchen in die Stirn schrieb, bewahrte sie einen kühlen Kopf. In den Gesichtern ihrer Mitarbeiter zeigte sich Anspannung, jedoch auch Entschlossenheit. Die Beurteilung der Lage oblag allein ihrer Verantwortung. Ihr Team erwartete die Befehle ihrer Einsatzleitung, die Rosa prompt erteilte.

Zwei Beamten befahl sie, sofort per Seilbahn hinaufzufahren. Die angesprochenen Kollegen verließen noch im selben Moment den Führerstand und bestiegen in der Einstiegszone eine der gemächlich fahrenden Kabinen. Außerdem sollte sich das Zugriffsteam im kreisenden Helikopter bereithalten. Es sollte allerdings kein Zugriff erfolgen, bis die ersten abwärtsfahrenden Kabinen in der Talstation eingetroffen waren. Und das hieß, zwölf quälend lange Minuten untätig abzuwarten. Rosa verließ den Führerstand und trat ins Freie, um die Ankunft der Gondeln zu verfolgen.

Draußen, unter dem großen Schwungrad der Bahn, wehte ein kalter Wind. Rosa rieb sich die Hände, was kaum half – innerhalb weniger Augenblicke hatte sie das Gefühl, ihre Gliedmaßen würden erfrieren. Die Dienstwaffe mit behandschuhten Fingern zu ergreifen, kam für sie unter keinen Umständen infrage. Mit halb erfrorenen Fingern würde sie immer noch besser zielen können als mit Handschuhen. Sie umrundete den Einstiegsbereich bis zur Ankunftszone auf der gegenüberliegenden Seite des Kontrollraums. Hinter ihr schepperten die schweren Schritte ihrer Kollegen auf dem metallischen Gitterfußboden. Unmittelbar am Anfang der Ausstiegszone, fast schon im Freien, postierte sie sich. Hier heulte ein scharfer Wind. Eisige Kälte fiel sie wie ein Rudel bissiger Wölfe an. Am äußersten Rand der Station hatte sich am Boden über die Wintermonate Eis und Schnee angesammelt. Gondel um Gondel ruckelte nun an ihr vorbei und fuhr in die Talstation ein.

Nach einigen Minuten erschien auf einmal der Bahnangestellte in der Tür des Führerstands, rief ihr etwas Unverständliches zu und fuchtelte wild mit den Armen in Richtung Berg. Sofort erfasste ihr konzentrierter Blick wie ein Scanner den sichtbar höchsten Punkt, dort wo die Seilbahnkabinen über einen Bergkamm kamen, bis sie etwas entdeckte. Es war kaum mehr als ein Schatten, eine Silhouette in einer der Gondeln. Jemand fuhr abwärts!

Mit entschlossener Miene drehte sie sich zu einem Kollegen um. Der Ermittler rief die Verhandlungsführerin erneut über Funk. Ergebnislos. Ein Beamter der hiesigen Polizei schnaufte gewaltig. Die Schirmmütze war ihm weit über den Haaransatz gerutscht und gab eine schweißnasse Stirn frei. Bei ihrer Ankunft im Tal hatte der Mann noch zünftige Scherze gerissen, jetzt zuckten seine Augen ängstlich hin und her. Rosa schenkte ihm ein aufmunterndes Nicken. Und tatsächlich riss er sich zusammen und gab dem Einsatz seine volle Aufmerksamkeit.

Als sich die Gondel bis auf hundert Meter der Talstation genähert hatte, meinte Rosa, die Umrisse ihrer Kollegin Elena erkennen zu können. Wo aber war die Geisel? Wo der Geiselnehmer? Versteckte er sich hinter der Kabinenverkleidung? Rosa entsicherte ihre Dienstwaffe. Endlich rollte die Kabine über den letzten Zwischenträger. Der kleine weiße Kokon schaukelte hin und her. Etwas an den ruckartigen Bewegungen der Person in der Gondel gefiel Rosa nicht, doch sie konnte nicht sagen, was. Dann waren es nur noch wenige Meter bis zur Ankunft.

An der unteren Kante der Kabinentür nahm Rosa eine dunkle Verfärbung wahr. Was war das? Ein Rostfleck vielleicht. Die Gondel wurde abgebremst und fuhr in die Talstation ein. Jetzt war es gewiss. Rosa erkannte Elena. Durch das automatische Bremsmanöver wurde die Kabine durchgeschüttelt. Auch Elena ruckelte hin und her. Aber die Bewegungen passten ganz und gar nicht zu der sportlichen Art ihrer Kollegin, waren eigenartig, viel zu phlegmatisch. Das Bild, das sich Rosa durch die Fenster der Gondel auf den oberen Teil von

Elena bot, war ein grauenvolles, entwürdigendes Denkmal der lebenslustigen Frau, die ihre Kollegin einst gewesen war. Mit überkreuzten Händen war Elena Geuting an der Kabinendecke aufgehängt worden. Schlaff hing der Körper herab. Das Kinn ruhte auf ihrer Brust. Elena baumelte mitten in der Seilbahnkabine wie ein zum Ausbluten erlegtes Wild.

Das Bild fraß sich in Rosas Seele. Als die weiße Gondel an ihr vorüberglitt, löste sich von der dunklen Verfärbung unten an der Kabinentür ein einzelner Tropfen und fiel vor ihr in den Schnee. Blut.

Rosas Herz gefror.

2

Drei Jahre später

Erster Tag
MS Leviathan verlässt den Hamburger Hafen Richtung Nordsee

„Eine Kreuzfahrt? Geschenkt vom Chef? Dein Glück möchte ich mal haben!"

Rosa saß auf der Rückbank eines Taxis auf dem Weg vom Hauptbahnhof zum Anleger der Reederei *Kristen Nordwest-Passagen* im Hamburger Hafen. Dort wurde sie an Bord eines umgebauten Frachtschiffs erwartet, auf dem sie eine Atlantiküberquerung miterleben sollte.

Ein sintflutartiger Dauerregen setzte die Hansestadt unter Wasser. Durch die dicht an dicht fallenden Tropfen waren die Fassaden der Häuser kaum zu erkennen. Rosa überbrückte die Fahrtzeit mit einem Telefonat mit ihrer besten Freundin Katrin. Eigentlich waren sie für den heutigen Abend verabredet gewesen.

„Es ist keine Kreuzfahrt", verteidigte sich Rosa, „und es ist nicht geschenkt, vielmehr ..." Ihr wollte auf die Schnelle keine passende Erklärung einfallen.

„Wer's glaubt, wird selig", kommentierte Katrin. Sie schickte ihrer ungewöhnlich hart klingenden Stimme ein trockenes Lachen hinterher.

Für ein paar Schrecksekunden fühlte sich Rosa verhöhnt, dann hörte sie auf ihren Verstand, der ihr sagte, dass Neid oder Missgunst noch nie ein Problem zwischen ihnen gewesen waren.

„Es ist ein Seminar. Ich muss mich sogar an den Kosten beteiligen", beteuerte Rosa.

Katrin lachte auf. Diesmal klang es tatsächlich amüsiert. Eilig hielt Rosa das Handy vom Ohr weg.

„Alle Kreter lügen, sagte der Kreter", orakelte Katrin, die sonst die Angewohnheit hatte, Gespräche mit fernöstlichen Weisheiten zu würzen. Woher sie diesen Spruch bezogen hatte, wusste Rosa nicht, doch stets waren Katrins eigenwillig eingestreute Zitate angereichert mit unbestechlicher Ironie. Rosa schätzte das besonders, denn damit gelang es ihrer Freundin, sie abzulenken. Auch jetzt vergaß Rosa für ein paar Sekunden die vergangenen drei Jahre und stimmte in das Lachen ein. Über den Rückspiegel musterte sie der Fahrer kritisch.

Auf Katrins Nachfrage hin berichtete Rosa, dass sie erst gestern von ihrem Chef, Kriminaldirektor Hans-Walther Steiner, in einem persönlichen Gespräch darüber informiert worden war, die bereits vor Monaten erfolgte Anmeldung seitens der Dienststelle zum neuntägigen Antistressseminar an Bord eines Frachtschiffs wäre *kein* Vorschlag gewesen. Rosa hatte seit Wochen sämtliche Formulare, die für die Reise auszufüllen gewesen wären, hartnäckig ignoriert. Zwar hatte sie die Anmeldung zur Kenntnis genommen, aber lediglich – als wäre es ein Aprilscherz – kurz die Brauen hochgezogen und das Schreiben zusammengeknüllt in den nächsten Mülleimer geworfen.

Sie wollte an keinem Antistressseminar teilnehmen, und schon gar nicht auf einem Schiff! Allein die Vorstellung, mit wildfremden Personen für einige Tage an einen Ort gefesselt zu sein, war für sie inakzeptabel. Was wäre, wenn die Leute sie nicht mochten? Oder sie die Leute nicht ausstehen konnte? Außerdem, in einer Gruppe, vor fremden Menschen, ihre emotionalen Probleme zu offenbaren – ein absoluter Graus. Das ging niemanden etwas an, so argumentierte sie gegenüber ihrer Freundin. Früher hätte ihr das nichts ausgemacht. Früher war sie ein geschätzter Teamplayer gewesen, heute eine einsame Wölfin. Seit drei Jahren zog sie sich mehr und mehr von den Menschen zurück.

Diese Entwicklung war auch Kriminaldirektor Steiner nicht entgangen. Immerhin war er seit ihrem Dienstantritt beim Bundeskriminalamt vor beinahe zehn Jahren so etwas wie ihr väterlicher Mentor geworden. Daher hatte der Direktor ihr dringend nahegelegt, an dem Seminar teilzunehmen, nicht nur, weil sie bereits angemeldet war, sondern weil sie es unbedingt brauchte. Die Sache war über ihren Kopf hinweg entschieden worden. Schließlich hatte Steiner das einzige Argument vorgebracht, dass sie dann doch, wenn auch verspätet, überzeugte. Er hatte ihr die Pistole auf die Brust gesetzt: Entweder sie würde etwas unternehmen, oder es müsste ihr über kurz oder lang, wohl eher über kurz, ein ganz anderes Aufgabenfeld übertragen werden. Mit diesem „etwas unternehmen" spielte Steiner auf Rosas psychische Gesamtsituation an. Die Ereignisse in den Alpen vor drei Jahren und der desaströse Verlauf des Einsatzes hatte sie nie überwunden. Seitdem war sie nicht mehr im aktiven Dienst und „vergeudete" – wie Steiner das nannte – ihr Ermittlertalent hinter einem Schreibtisch mit Recherchearbeiten. Mehrfach war sie begutachtet, untersucht und behandelt worden. Keine Therapie hatte bisher den Durchbruch erzielt.

Rosa hatte sofort begriffen, was Steiners eigentliche Botschaft war, dennoch war es ihr gelungen, den gestrigen Tag über zu verleugnen, dass ihr Chef ihr indirekt mit der endgültigen Versetzung in den Innendienst oder im schlimmsten Fall mit der Suspendierung gedroht hatte. Und was das bedeutete, war offensichtlich, nämlich das Ende ihrer Laufbahn als Ermittlerin. Endlich, am Abend, waren die vollen Konsequenzen zu ihr durchgedrungen: Sie musste auf jeden Fall mitfahren und irgendwie versuchen, ihre Karriere zu retten. Was auch immer davon übrig geblieben war.

Hektisch hatte sie versucht, im Internet einen Flug von Berlin nach Hamburg zu buchen. Ohne Erfolg. Schließlich hatte sie online ein Zugticket ohne Sitzplatzreservierung gelöst, während sie für die bevorstehende neuntägige Schiffsreise packte. Wieder unschlüssig geworden, hatte sie zwischen Schrank und Reisetasche hin und her geblickt. Sie hatte zuvor nie länger als zwei, drei Stunden auf einem Schiff verbracht und wusste nicht, was man dort am besten trug. Schließlich hatte sie sich an ihre unzähligen Dienstreisen fürs BKA erinnert und von allem etwas in die Tasche geworfen.

„Es wird dir helfen", meinte Katrin.

Ihre Freundin klang ernst und aufrichtig besorgt. Katrin war die einzige verbliebene Person, der sich

Rosa gelegentlich anvertraute, und kannte daher ihre Geschichte. Doch Rosa wollte nicht bemitleidet werden. Auch nicht von ihrer besten Freundin. Rosa schüttelte den Kopf, als wollte sie „Ich hab keine Ahnung" sagen, bis ihr einfiel, dass Katrin die Geste nicht sehen konnte. Als sie gerade etwas erwidern wollte, wurde das Taxi von einem heftigen Stoß erschüttert. Das Fahrzeug war über eine Bodenwelle gebrettert.

Erschrocken sah Rosa nach draußen. Das Taxi hielt vor einer überdachten Schranke. Der Fahrer ließ das Fenster hinunter. Ein Zollbeamter beugte sich herab.

„Immigration Office", sagte der Mann, „Pass und den Passagebrief bitte."

Er kontrollierte den Personalausweis des Fahrers und anschließend Rosas Papiere, erst danach durfte das Taxi die Einfahrt zum Hafen passieren. Sie fuhren entlang einer breiten Straße, die von bunten, haushohen Containertürmen gesäumt war. Baggerähnliche Fahrzeuge, die einzelne Container von einem Stapel auf einen anderen luden, bewegten sich mit hoher Geschwindigkeit geschäftig hin und her. Wie Ameisen, die einen riesigen Brotkrumen zwischen ihren Beißern beförderten. Das Taxi hielt an einem Kai.

„Hör mal, ich bin da, ich muss Schluss machen."

Sie schwiegen einen Moment.

„Hast du wenigstens deine sexy Unterwäsche eingepackt?", fragte Katrin sichtlich bemüht, einen heiteren Abschluss für ihr Gespräch zu finden.

„Meine *was*?", fragte Rosa zurück.

„Dessous! Rosa, du bist unglaublich!"

„Ich gehe auf ein Seminar. Nicht zu einem Blind Date."

Katrin kicherte. Sie hatte ihre gute Laune zurückgewonnen. „Und heißt das, man darf keinen Sex haben? Aber wie ich dich kenne, hast du tatsächlich statt sündiger Spitze die multifunktionale Thermounterwäsche eingepackt."

Katrin hatte voll ins Schwarze getroffen. Rosa wusste nicht, was sie erwidern sollte.

„Verlass dich bei deinen Verführungskünsten nicht zu sehr auf deinen bewundernswert messerscharfen Kriminalistinnenverstand", fuhr Katrin fort. „Männer funktionieren oft sehr viel simpler."

Unweigerlich musste Rosa grinsen. Dabei glitt ihr Blick durch die Fensterscheibe nach draußen. Im Glas spiegelte sich schemenhaft ihr Gesicht. Rosa konnte die zarten Fältchen um ihre Augen zählen und meinte, Erschöpfung und Traurigkeit darin zu lesen.

Nachdenklich schaute sie in den Regen hinaus. „Ich habe mich mit Händen und Füßen gewehrt, an dieser Reise teilnehmen zu müssen, Katrin."

„Was hast du gesagt?"

Rosa schwieg, ließ die Situation in Steiners Büro wieder vor ihrem geistigen Auge ablaufen.

„Ich hab ihm gesagt, ich wüsste nicht, ob ich der ‚Seetyp' wäre. War wohl nicht mein brillantester Augenblick."

„Was hat er geantwortet?"

„Er hat mich durch seine quadratische Brille angestarrt, die er irgendwann in den Siebzigern angeschafft haben muss. Mit dieser ausdruckslosen Miene, die er aufsetzt, wenn ihm etwas ganz und gar nicht behagt. Er hat sich leicht vorgebeugt und zu mir gesagt, als wäre ich ein Kleinkind: ‚Rosa, dann finden Sie es eben heraus!‘“

Nachdem sie sich verabschiedet hatten, verstaute Rosa das Mobiltelefon in ihrer Jackentasche. Hatte man auf einem Schiff überhaupt Empfang? Ihr wurde unwohl. Sie hätte sich besser vorbereiten sollen. Erneut schaute sie aus dem Fenster. Der Regen trommelte ohne Unterlass auf den Asphalt. Zu beiden Seiten türmten sich bunte Container auf.

Aus einem unerklärlichen Grund war ihr ins „große Lebensspiel“ gepfuscht worden. Und zwar ganz gewaltig. Mitten im vollen Lauf, auf der Überholspur. Gerade zweiunddreißig Jahre alt war sie gewesen und nur noch einen Dienstgrad unter ihrem Chef Steiner, leitende BKA-Ermittlerin, ihr Traumjob. Und auch privat alles perfekt. In Maik, einem Fotografie begeisterten Lehrer, hatte sie einen liebenswerten Partner gefunden. Da wurden ein oder zwei Karten aus dem Spiel genommen und brachten damit den gesamten ausgeklügelten Lebensplan durcheinander. Nun war sie nur noch eine abgehalfterte Mittdreißigerin. Kaum mehr als ein Wrack. Ihr fehlte die Kraft weiterzumachen. Sie konnte nicht vergessen, was passiert war.

Mit überwältigender Intensität waren Angst und Panik wieder da. All das, was Rosa seit drei Jahren den Atem raubte, den Verstand vernebelte und ihre Gefühle durchquirlte, bis lediglich ein formloser Brei übrig blieb. All die Versagensängste, die in ihrem Kopf nisteten und ihre Gefühle vergifteten: der Mord an einer Kollegin, Schuldgefühle und Trennung vom langjährigen Lebenspartner. Nur ein einziges dieser Ereignisse hätte genügt, um sie aus der Bahn zu werfen. Was hatte sie nicht alles vernachlässigt? Ihren Job, ihre Beziehung – einfach alles! Mittlerweile war ihr Leben ein gigantisches Katastrophengebiet. Eigentlich konnte man nur schreiend weglaufen, denn um neu anzufangen, dazu fehlte ihr die Kraft. Sie saß stattdessen auf den Trümmern ihrer Existenz, immer öfter auch mit einer Flasche Wein, und besang in Dauerschleife den eigenen Untergang. Vielleicht war dieses Seminar tatsächlich ihre letzte Chance.

Rosa machte Anstalten, das Taxi zu verlassen. Es regnete weiterhin ohne Unterlass. Bereits nach wenigen Schritten würde sie völlig durchnässt sein. Außerdem, wohin sollte sie aussteigen – links oder rechts? Welcher Containerberg war ihr Schiff?

„Backbord", erklärte der Fahrer. „Die *Leviathan* liegt backbord."

Rosa nickte bestätigend, blieb aber sitzen.

„Links", ergänzte er nun in einem Tonfall, als hätte Rosa ihn zu einer unanständigen Aussage genötigt.

Jetzt erkannte sie die hohe Stahlwand, die auf der linken Seite die Container umgab. Das musste die Bordwand des Frachtschiffs sein. In ihrem Rücken entdeckte sie eine Öffnung im Schiffsrumpf, die über eine schmale Gangway mit dem Kai verbunden war.

„Könnten wir näher heranfahren?", bat Rosa den Fahrer.

Der Mann schüttelte den Kopf. „Tut mir leid, junge Frau, das ist Carriergebiet. So ist die Vorschrift."

Rosa zog die Brauen zusammen.

„Da dürfen nur die Containerkräne, die Carrier, fahren", erklärte er.

Rosa betrachtete das Schiff.

„Die *Leviathan* ist noch ein guter alter Frachter. Das Schiff transportiert nicht nur Container, sondern auch einzelne Frachtstücke. Ist nicht so seelenlos wie diese neumodischen Supercontainer", sinnierte der Mann hinterm Steuer.

Während der Fahrer begann, über seine Zeit als „Blitz", sprich Elektriker, zur See zu berichten, beobachtete Rosa ein anderes Taxi, das unmittelbar vor der Gangway hielt. Offenbar hielten sich andere Taxifahrer nicht an die Vorschriften. Eine Frau sprang aus dem Fahrzeug. Augenblicklich öffnete sich ein Handtaschenschirm, und die Frau trippelte mit hochhackigen Schuhen zum Kofferraum. Während sie mit einer Hand einen viel zu schweren und viel zu großen Koffer herauswuchtete, zerrte der Wind am Regenschirm, als wäre er beleidigt, dass man sich vor seiner Wildheit mit solch einem Schirmchen schützen wollte. Die Frau beeilte sich, das schwere Gepäckstück hinter sich herschleppend, über den Aufgang ins Schiff zu gelangen. Mitten darauf schien sie plötzlich die Kontrolle über ihren Koffer zu verlieren. Hilflos zerrte sie in die eine, dann in die andere Richtung. Das Schauspiel wurde zur Posse.

Endlich – bevor der Koffer von der Gangway ins Wasser fiel – kam ein Besatzungsmitglied aus dem Schiff gelaufen und nahm sich des Gepäckstücks an, während die Frau alle Energie darauf verwandte, auf den letzten Schritten an Würde und Eleganz zurückzugewinnen.

Mittlerweile war ein weiteres Fahrzeug eingetroffen, eine schwarze Limousine mit getönten Fensterscheiben. Aus dem Fond stieg ein Mann im grauen Mantel. Oder zumindest meinte Rosa, der Mantel wäre grau.

Durch den dichten Regenschleier wirkte ihre Umwelt, als wäre sie mit einem Weichzeichner bearbeitet worden. Der Mann hielt eine Hand an ein Ohr gepresst, den Blick starr auf den Boden gerichtet, und folgte zielstrebig der Frau mit den Stöckelschuhen über die Gangway ins Schiff. Er schrie förmlich in sein Telefon. Rosa konnte ihn dennoch nicht genau verstehen. Einmal meinte sie, das Wort „Budenzauber" zu vernehmen. Das klang allerdings so altertümlich und passte daher nicht zu der modernen Erscheinung. Ihm hinterher trabte der Fahrer, der einen Regenschirm schützend über den Mann hielt. Als dem Telefonierenden etwas aus der Manteltasche fiel, wies er seinen Fahrer mit herablassender Geste an, es aufzuheben. Kaum hatte der Chauffeur seinen Dienstherrn zum Schiff geleitet, hechtete er im Laufschritt zurück zum Kofferraum, der sich wie von Geisterhand geöffnet hatte, und schleppte ihm einige Gepäckstücke hinterher.

Rosas Fahrer verlor sich in seinen Erinnerungen. Nach und nach fuhren Taxis vor, stiegen Leute aus und verschwanden im Schiff. Nachdem ein Teilnehmer in Outdoorkleidung einen privaten PKW verlassen hatte, unterbrach der Taxifahrer seine Fachsimpelei über die moderne Seefahrt, der Rosa trotz ihrer Beobachtung aufmerksam lauschte, und kommentierte die Kleiderwahl des Mannes als äußert zufriedenstellend.

Bis auf eine Frau, die mehrere kleine Transportboxen so vorsichtig getragen hatte, als wären lebenswichtige Organe darin, und einen Mann, der auffällig langsam über die Gangway gegangen war und sich scheinbar mutwillig vom Regen durchweichen ließ, war ihr nichts Besonderes an den Passagieren aufgefallen. Sie hatte sieben Frauen und Männer gezählt.

Es wurde Zeit für Rosa. Sie zögerte. Sollte sie wirklich an Bord gehen? Gerade wollte sie dem Teufelchen auf ihrer Schulter, das hartnäckig behauptete, neun Tage auf einem Schiff eingesperrt mit fremden Leuten seien neun Tage zu viel, zustimmen und dem Fahrer sagen, er solle sie wieder zum Bahnhof fahren, da beendete der Mann seinen Monolog.

„Junge Frau, jetzt aber los. Die *Leviathan* legt bald ab.“

Rosa blickte den Taxifahrer mit zusammengekniffenen Augen an.

„Ihre erste Schiffsreise?“

Sie nickte.

„Und dann gleich eine Atlantiküberquerung“, platzte es aus ihm heraus. Kaum nahm er Rosas Verunsicherung wahr, bemühte er sich, seinen Ausbruch zu relativieren. „Och, das macht nichts. Die frische Seeluft. Die hat noch keinem geschadet.“

Rosa verzog gequält die Lippen, was kaum als Lächeln durchgehen konnte, zahlte und verließ das Taxi. Sie schulterte den Gurt ihrer Reisetasche. Schwer schlug die Tasche gegen ihren Rücken, als wollte sie ihr die Richtung weisen.

Schon gut, ich gehe ja, dachte Rosa und setzte schwerfällig einen Fuß vor den anderen. Die Augen hielt sie starr auf den dunklen Eingang gerichtet. Was sie dort wohl erwarten würde? Bereits nach wenigen Metern lief ihr das kalte Regenwasser den Nacken hinunter und in den Kragen ihrer Bluse. Dicke Tropfen platschten ihr auf die Stirn oder verfingen sich in ihren Wimpern.

Sobald sie die Gangway betrat, kippelte das Geflecht aus Holz und Seilen nach links und rechts. Mit jedem Schritt, den Rosa auf dem langen Aufgang machte, wippte das Holz stärker auf und ab. Sie wagte einen Blick nach oben. Über ihr ragten die weiß getünchten Aufbauten mit den Quartierdecks auf, die aussahen wie ein mit Luftlöchern versehener Schuhkarton, in dem Rosa als Kind Maikäfer gefangen gehalten hatte.

Ist das ein Vorgeschmack auf den zu erwartenden Seegang, fragte sie sich und glaubte, den Taxifahrer lachen zuhören: Erste Seereise, haha!

Du meine Güte, sie musste komplett wahnsinnig sein!

Mit beiden Händen griff sie nach den Seilen des Geländers. Das raue Tau schnitt in die weiche Haut ihrer Handflächen. Rosa klammerte sich weiter daran fest. Als sie das Gewicht einmal mehr nach rechts verlagerte, schaute sie steil hinab in den Abgrund zwischen Kaimauer und Bordwand. Bis zur sich kräuselnden Wasseroberfläche waren es mindestens zehn bis zwölf Meter. Nichts außer schwarzer Brühe war dort unten. Es roch eigentümlich nach Diesel und vermoderten Algen. Der Wind heulte, trieb ihr den Regen ins Gesicht, doch Rosa starrte wie gebannt in den gähnenden Schlund. Mit Gewalt riss sie sich los. Sie taumelte die letzten Schritte über die Gangway und wurde vom schwarzen Bauch der *Leviathan* verschluckt.

3

Rosa setzte einen Fuß auf die oberste Treppenstufe, während ein Schild ihre Aufmerksamkeit auf sich zog. *Deck A* las sie. Aus ihren nassen Haaren löste sich ein Regentropfen und lief ihr wie eine Träne übers Gesicht.

Anders als auf den unteren Decks verhinderte hier eine Schwingtür aus Milchglas die Sicht auf den Gang. Nach Auskunft eines Besatzungsmitglieds, von dem sie an der Gangway in Empfang genommen worden war, sollte sie sich auf diesem Deck in der Offiziersmesse melden. Unmittelbar nach ihrem Betreten hatte der Matrose ein Zeichen zum Einholen der Gangway gegeben und das schwere Schott hinter ihr verriegelt. Dabei hatte sich ein Druck in ihren Ohren aufgebaut, den sie durch Kaubewegungen auszugleichen versuchte. Durch das Schließen des Schotts war sämtliches Tageslicht ausgesperrt worden. In triefend nasser Kleidung hatte sie unter der nüchternen Deckenbeleuchtung gestanden und sich verloren gefühlt.

Sie war sechs schmale Halbtreppen spiralförmig hinaufgestiegen. Nach jeweils einer Halbtreppe hatte sie ein Podest überquert und nach einer weiteren Treppe einen Gang passiert. Rosa hatte einen kurzen Blick in die Flure geworfen. Nichtssagende Gänge mit einer Vielzahl zumeist geschlossener Türen. Folgte sie ihrer Zählung, war sie nun auf der dritten Etage angelangt.

Auf dem Schild vor ihr stand jedoch *Deck A*. Wie passte das zusammen? Zumal ihr aufgefallen war, dass die unteren Decks keinerlei Bezeichnungen getragen hatten. Oder hatte sie die Schilder übersehen? Wenn das Deck A war, welches Deck war dann Deck B – das unter oder das über ihr? Gleichzeitig hatte sie im Schleusenraum eine abwärts führende Treppe wahrgenommen. Es ging also noch tiefer ins Schiff hinab. Damit stand fest, dass sie den Frachter nicht auf dem untersten Stockwerk betreten haben konnte. Doch sie musste sich berichtigen, als sie sich ins Bewusstsein rief, dass ein Haus in der Regel auch nicht über den Keller betreten wurde. Mehr noch, sie musste sich eingestehen, dass ihre Logik insgesamt hinkte. Sie selbst hatte bei ihrem Blick zwischen Kaimauer und Rumpf gesehen, wie hoch allein der Rumpf war. Und das war schließlich nur der Teil des Schiffs, der über Wasser lag.

Von außen war ihr das Schiff so übersichtlich und beinahe klein erschienen – vorne der spitze, hochgezogene Bug, an dem in Gold gestrichenen Großbuchstaben der Schiffsname zu lesen war. Daran schloss sich das Hauptdeck an mit seinen Kränen und Containern, die bis zur dreifachen Höhe gestapelt waren. Es folgten die Aufbauten, die das Kainiveau wie ein mehrstöckiges Wohnhaus überragten, mit Schornstein, Brücke und den Kabinendecks darunter, bis der Schiffsrumpf schließlich von einem runden Heck mit großem Ruderblatt abgeschlossen wurde. Eine eingehende Betrachtung hatten die Witterungsverhältnisse nicht zugelassen. Rosa hatte aber sofort erkennen können, wie sehr sich die *Leviathan* von modernen Frachtschiffen unterschied. Das Schiff sah eher aus wie einem alten Film oder einem Modellkatalog entnommen. Die Formen waren geschwungen und dynamisch. Nicht wie die klaren, rechtwinkligen Linien der modernen Containerschiffe.

Sie war erst seit Kurzem an Bord und durch die Vielzahl an nahezu identisch aussehenden Treppen und Gängen so irritiert, dass sie beinahe das Gefühl hatte, sich verlaufen zu haben. Rosa, der es gewöhnlich ganz und gar nicht schwerfiel sich zu orientieren, hatte bereits bei dem Monolog des Taxifahrers festgestellt, wie wenig sie über die Seefahrt wusste. Ein Eindruck, der sich jetzt bestätigte. Diese Schiffswelt war ihr beunruhigend fremd. Wo befand sie sich? Irgendwo in den Aufbauten, soviel stand fest. Rosa nahm sich vor, so bald als möglich einen Übersichtsplan des Frachtschiffs zu studieren.

Sie schob die Schwingtür beiseite, betrat den Gang von Deck A und staunte nicht schlecht. Die unteren beiden Decks mit ihren beigefarbenen Wänden und dem braun genoppten Gummifußboden waren schlicht und funktional, geradezu trist eingerichtet. Doch hier präsentierte sich das Schiff in einer gänzlich anderen Aufmachung. Der schmale Treppenabsatz öffnete sich zu einem ovalförmigen Foyer, das an der Längsseite durch eine Glastür mit zwei Flügeln von einem hell erleuchteten Saal getrennt war. Das Foyer war erstaunlich geräumig. Der Raum musste sich, wie das gesamte Treppenhaus, im fensterlosen Kern der Aufbauten befinden. Hier erinnerte sie nichts daran, dass sie sich auf einem Schiff und insbesondere auf einem Frachter befand.

Rosa dachte bei dem Wort „Frachtschiff" unweigerlich an ölverschmierte Werkzeuge und Arbeitsoveralls. Hier wurde dieses Bild eindeutig widerlegt. Das Foyer sah eher aus wie das Vorzimmer einer Chefetage, eingetaucht in ein hochmodernes Sechziger-Retroambiente. Rosa erwartete jeden Moment, dass eine Sekretärin im schicken, aber dezenten Kostüm, mit randloser Brille und Stenoblock um die Ecke bog. Ober besser Kriminaldirektor Steiner, ihr Chef persönlich, dem sie diese Reise zu verdanken hatte. Mit seinen altmodischen Anzügen würde Steiner hier bestens hineinpassen. Wahrscheinlich hatte er sie nur deshalb auf der *Leviathan* angemeldet, weil dieses Schiff zu *ihm* passte! In Gedanken schickte Rosa dem alten Kriminalisten einen Gruß.

Linker Hand führte eine breite Wendeltreppe, und nicht wie bisher schmale Niedergänge, auf die höhergelegenen Decks. Der Taxifahrer hatte diesen Begriff verwendet. Für Rosa war es seltsam, dass Treppen auf Schiffen „Niedergänge" genannt wurden, egal ob sie nach oben oder nach unten führten, was natürlich auf die Betrachtungsweise und die eigene Position ankam. Von der erhöhten Decke hingen große Messingleuchten und tauchten alles in bronzefarbenes Licht. Auf den Bodenfliesen zeichnete sich ein geometrisches Muster aus ineinanderlaufenden Dreiecken ab. Die Einrichtung war neu, der Raum erst kürzlich renoviert worden. Beinahe meinte Rosa, den Geruch frischer Farbe wahrzunehmen. Dennoch wirkte alles altehrwürdig. Die Flügeltür zum Saal war weit geöffnet. Sie hörte Stimmen. Links und rechts der Tür stapelten sich zahlreiche Gepäckstücke.

Hier musste die Offiziersmesse sein.

Durchnässt wie sie war, hätte sie lieber erst ihre Kabine bezogen, um sich trockene Kleidung anzulegen. Aber aus irgendwelchen Gründen, die ihr nicht plausibel erscheinen wollten, sollten sich alle sammeln. Widerwillig straffte sie sich, um sich nass wie ein Pudel in die Gesellschaft der anderen Teilnehmer zu begeben.

Entschlossen lenkte Rosa ihre Schritte in Richtung Tür. Sie stellte ihre Reisetasche ab und war im Begriff, die Messe zu betreten, um den offiziellen Teil möglichst rasch hinter sich zu bringen. Doch statt gedämpfter Gespräche empfingen sie angeregte Unterhaltungen und Gelächter – ein vielstimmiges Tutti einer fröhlichen Menschenmenge, in der sich scheinbar alle gut kannten. Nur sie kannte niemanden!

Eine innere Blockade baute sich auf. Irgendein namenloser Dämon in ihren Eingeweiden flüsterte ihr ein, sie sei nicht willkommen. Dieses Gefühl kannte sie nur zu gut. In den ersten Tagen nach den tragischen Vorfällen in Tirol waren ihr die Kollegen rücksichtsvoll aus dem Weg gegangen. Heute verstummten die Gespräche oder es wurde allzu auffällig das Thema gewechselt, wenn sie das Büro betrat. Sie wusste, dass über sie und ihren *„Zustand"* geredet wurde. Man hatte Mitleid mit ihr und wollte sie gleichzeitig nicht belasten. Gott, wie sehr sie es hasste, allen eine Last zu sein!

Abrupt blieb Rosa stehen. So sehr sie sich auch zwingen wollte, einen Schritt in den Raum zu machen und mit einem kleinen Winken oder einer ähnlichen Geste in die Runde zu grüßen – es wollte ihr nicht gelingen. Sämtliche Bedenken, die sie bereits im Taxi gequält hatten, zündelten wieder an ihrem verblassten Selbstbewusstsein. Vor eine Gruppe fremder Menschen zu treten, das hätte ihr früher keine Probleme bereitet. Als leitende Ermittlerin hatte es zu ihren Aufgaben gehört, Besprechungen zu leiten. Oftmals sogar vor Staatsministern oder anderen hohen Regierungsbeamten, um die zuständigen Ministerien über eine Ermittlung auf dem Laufenden zu halten. Zwischen all den dominanten Alphawölfen oder strengen Bürokraten Autorität auszustrahlen, gehörte zu ihrer ureigenen Professionalität. Beinahe mit Leichtigkeit war es ihr früher gelungen, die politisch Verantwortlichen mit unbestechlicher Sachkenntnis zu überzeugen und falls nötig um den Finger zu wickeln. Oft hatte sie es sogar genossen, im Mittelpunkt zu stehen.

Nun rieb sie sich die schweißnassen Handflächen und konnte nicht nachvollziehen, was ihr solch eine starke Beklemmung verursachte, dass sie kaum atmen konnte. Am liebsten wäre sie weggelaufen, hätte sich in ihrer Kabine verschanzt und die Tür erst neun Tage später wieder geöffnet. Was, wenn jemand sie darauf ansprach, warum sie zu spät kam? Und sie fragte, warum sie in einem Antistressseminar war? Und *das* würde bestimmt jemand fragen! Dann müsste sie antworten. Aber sie hatte keine Ahnung, was. Sie war nicht vorbereitet! Ganz und gar nicht vorbereitet. Sie hatte sich ja nicht einmal die Prospekte angeschaut, um eine Vorstellung davon zu bekommen, wie das Schiff von innen aussah.

Nervös fuhr sie sich mit der Hand über die Stirn. Schnell musste sie sich eine Story ausdenken, denn die

Wahrheit zu sagen, kam nicht infrage. Plötzlich durchzuckte sie der Gedanke, wie verrückt das war. Hier vor der Tür im Foyer herumzustehen und sich nicht hineinzutrauen. Wie am ersten Schultag. Rosa biss sich auf die Unterlippe, atmete tief durch und sprach sich Mut zu.

Du gehst da jetzt hinein! Ob du tatsächlich an den Antistresskram glaubst oder nicht, spielt keine Rolle.

Sich irgendeine Alibigeschichte einfallen zu lassen, das sollte besonders ihr, der Kriminalistin, nicht schwerfallen.

„Entschuldigung", murmelte unerwartet jemand hinter ihr.

Rosa fuhr herum und bemühte sich, ihre Überraschung zu kaschieren. Der Mann vor ihr trug eine dunkelblaue Uniform. Er grüßte sie mit strengem Gesichtsausdruck und tippte an den Schirm seiner Mütze – ein Besatzungsmitglied! Er schob sich an ihr vorbei in die Messe. Gewohnheitsmäßig lenkte sie ihre Augen auf die Schulterabzeichen und erkannte an den vier Streifen, dass es sich um einen höheren Offizier handelte. Doch anders als bei Uniformen der deutschen Marine fehlten die goldenen Tressen am unteren Teil der Ärmel. Jetzt konnte sie unmöglich länger draußen stehen bleiben. Das Überholmanöver des Uniformierten hatte sie unabsichtlich die Schwelle zum Saal übertreten lassen, einige Personen im Raum hatten sie gesehen. Rosa biss sich erneut auf die Unterlippe und zwang sich dazu, sich ihre Ängste und Zweifel nicht anmerken zu lassen.

An der Längsseite des großen Speisesaals erstreckten sich mannshohe Panoramafenster, die einen imposanten Ausblick auf den Hamburger Hafen freigaben. Runde Esstische waren vor den Fenstern aufgestellt, die mit weißen Tafeltüchern, gestärkten Stoffservietten und Porzellan vornehm eingedeckt waren. Im hinteren Teil befand sich eine Bar, davor eine bequeme Polstersitzecke, in der sich die Teilnehmer versammelt hatten. Jedes noch so kleine Detail war liebevoll und geschmackvoll gewählt und auf den Gesamteindruck abgestimmt. Der Raum wirkte, als wäre die Zeit vor einem halben Jahrhundert stehen geblieben.

Rosa näherte sich der Sitzgruppe. Um den letzten freien Platz auf dem Sofa am hinteren Ende zu ergattern, hätte sie sich zwischen den Sitzenden hindurchzwängen müssen. Darauf konnte sie gut verzichten. Sie nahm mit einem Stehplatz vorlieb. Einige Teilnehmer nickten ihr zu. Die Anspannung wuchs, und Rosa konnte sich nicht mehr als ein unbeholfenes Zucken ihres Kopfes als Antwort abringen.

Ein uniformierter Schiffssteward verteilte weiße Handtücher. Den meisten Teilnehmern war es wie Rosa ergangen, und sie durchnässten nun die teuren Sitzpolster. Der Mann in der Outdoorkleidung nahm gleich zwei Handtücher, obwohl er am wenigsten Regen abbekommen hatte. Als der Steward bei Rosa ankam, war kein Handtuch mehr übrig. Er murmelte eine Entschuldigung und versprach, mit neuen zurückzukehren. Die nasse Bluse klebte auf ihrer Haut. Scheußlich! Warum hatte sie die Regenjacke in die Tasche gestopft und den Hosenanzug angezogen? Immerhin war der Seminarleiter noch nicht anwesend. Daher war es wohl nicht aufgefallen, dass sie zu spät dran war.

Erst jetzt bemerkte Rosa unmittelbar vor der u-förmigen Sitzgruppe einen in sich gekehrten Mann, der als Einziger auf dem Boden saß. In dem Moment, in dem er seine Augen öffnete, verstummten sämtliche Gespräche.

Roland Hertz empfing die Seminarteilnehmer im Lotussitz. Endlose Minuten herrschte absolutes Schweigen. Rosa fühlte Ungeduld in sich aufsteigen. Die junge Frau hinter dem Coach schlug mit einem Klöppel gegen eine Messingschale. Ein warmer Ton erfüllte die Offiziersmesse. In diesem exklusiven Umfeld auf dem Boden zu sitzen, hätte bei jedem anderen unpassend oder provozierend ausgesehen, bei dem Coachingguru wirkte es jedoch natürlich. Die Handflächen vor der Brust mit den Fingerspitzen nach oben aufeinandergelegt, die Augen gesenkt, strahlte der Mann eine meditative Ruhe aus, die ihresgleichen suchte. Der Anblick sendete so viel innere Ausgeglichenheit aus, dass Rosas eigene Unruhe abklang.

„Bevor ich Sie herzlich begrüße", sagte Hertz in unveränderter Haltung, „möchte ich, dass jeder von Ihnen einen Gegenstand zieht."

Der Coach wies auf einen handgeflochtenen, mit Damast ausgelegten Weidenkorb. Niemand rührte sich.

Hertz lächelte mit einem Gesichtsausdruck, als hätte er nichts anderes erwartet. „Wenn sich kein Freiwilliger findet, lassen Sie uns mit der Reihenfolge Ihres Erscheinens beginnen." Er schaute Rosa direkt an. „Die Letzte möge die Erste sein."

Ihr schoss das Blut ins Gesicht.

„Kommen Sie", wiederholte der Coach wohlwollend, „ziehen Sie einen Gegenstand. Aber ohne vorher hineinzusehen."

Rosa blieb keine andere Wahl. Sie trat langsam vor und griff mit geschlossenen Augen in den Korb. Ihre Finger tasteten herum und fassten schließlich etwas Weiches. Als sie die Augen wieder öffnete, hielt sie ein faustgroßes Knäuel rot-gelber Reepschnur in der Hand.

„Der Knoten, wie interessant!", verkündete der Coach mit hellseherischer Verklärtheit.

Rosa sah Hertz fragend an.

„Erklärung folgt später", antwortete er mit einem erleuchteten Lächeln, dass er dem Dalai Lama geklaut haben musste.

Rosa drehte sich um und vermied es, ihren Blick über die Anwesenden schweifen zu lassen. Sie wollte zu ihrem Stehplatz zurückkehren, da hakte sich jemand bei ihr unter und führte sie sanft, aber bestimmt in eine andere Richtung. Überrumpelt drehte sich Rosa um und erkannte die junge Frau, die zuvor hinter Hertz gestanden hatte.

„Rolands Sitzordnung", kommentierte sie mit einem Ton, der wie eine Zurechtweisung klang.

Rosa fühlte sich bevormundet. Unter den wachsamen Augen der Anwesenden wurde sie vorbei an einigen Beistelltischen und Sesseln zum letzten freien Sitzplatz hinten auf dem Sofa begleitet.

Um sich nicht weiter der Beobachtung ausgesetzt zu fühlen, senkte Rosa die Augen und betrachtete den Knoten mit vorgetäuschtem Interesse. In Wahrheit wandelte sich ihre innere Unruhe in Skepsis. Dieser

Knoten als Symbol für die gestressten, sprich verknoteten Seminarteilnehmer fand sie recht plakativ. Rosa angelte nach einem Kissen, das in ihrem Rücken drückte. Dabei traf sie mit dem Fuß einen Gegenstand, der ein lautes, schepperndes Geräusch verursachte. Rosa hatte einen Mülleimer umgetreten.

Verdammt, fluchte sie innerlich, wer hatte ausgerechnet unter dem Tisch einen Mülleimer abgestellt?

Zum zweiten Mal schoss ihr das Blut ins Gesicht. Aufgeschreckt durch den Lärm, richteten sich alle Blicke wieder auf sie. Rosa durchlebte für ein paar Sekunden den peinlichsten Moment seit Langem, dann zwang sie die Aufregung nieder. Mit hochrotem Kopf, aber ruhigen Bewegungen drehte sie sich ins Plenum und strafte den vor ihr auf den Boden hin und her rollenden Mülleimer mit Missachtung.

Ein Mann beugte sich zu ihr und kam dicht an ihr Gesicht. Rosas Haltung versteifte sich. Es war der Typ mit der Outdoorkleidung, die bei jeder Bewegung knisterte wie Zeitungspapier. Zwischen seinen Beinen ruhte ein Bundeswehrrucksack, an dem zahlreiche Sticker wie *Atomkraft? Nein, danke!* hafteten. Der abgewetzte Stoff verströmte einen muffigen Geruch. Sein Outfit wirkte an ihm unpassend, wie bei jemandem, der zum ersten Mal eine Krawatte trug, sich damit jedoch nicht wohl in seiner Haut fühlte.

„Max Neumann", stellte er sich vor. „Ihr erstes Hertz-Seminar?"

Rosa nickte, woraufhin Neumann mit einem überlegenen Gesichtsausdruck lächelte, den sie nicht einordnen konnte. Ob der Coach bereits vor ihrem Erscheinen eine wichtige Information hatte verlauten lassen, die

Neumann nun aus welchem Grund auch immer für sich behielt? Die Situation war ihr unangenehm. Auch weil sich Neumann keine Mühe gab, die Stimme zu senken.

„Hertz-Seminare sind der absolute Hit. Freut mich, ganz außerordentlich sogar, Sie kennenzulernen!"

Neumann sprach „Hertz-Seminar" aus, als wäre es ein eingetragener Markenname. Er reichte Rosa die Hand und hielt sie länger fest als nötig.

Der Gruppencharmeur, dachte Rosa. Sie lächelte schief und rückte instinktiv von ihm weg.

„Und, alles gepackt für neun Tage Atlantik?", fragte Neumann und schloss die Lücke zwischen ihnen wieder.

Verunsichert fuchtelte Rosa mit ihrem Knoten in der Hand herum. „Nur die Knotenfibel ist zu Hause geblieben", meinte sie, bevor die entstandene Pause peinlich wurde.

Dass sie einen Scherz gemacht hatte, war ihr gar nicht bewusst gewesen. Es war ihr so herausgerutscht. Neumanns Lächeln erstarb, die Lippen begannen zu zittern, und seine Augen drückten stummes Entsetzen aus, als hätte Rosa ein Sakrileg begangen. Die heftige Reaktion konnte sie nicht nachvollziehen.

Seltsamer Typ.

Immerhin, Max Neumann ging jetzt auf Distanz. In der Zwischenzeit war die Frau, die sich vorhin auf der Gangway mit ihrem Koffer abgemüht hatte und sich unablässig die Haare mit ihrem Handtuch trocken rieb, vorgetreten und zog einen kleinen quadratischen Kasten aus dem Korb.

„Der Kompass! Soso!", rief Hertz, als hätte man ihm die Überraschung bereitet statt umgekehrt.

Die Frau schaute ihn irritiert an, aber genauso wie bei Rosa folgte keine weitere Erklärung.

Einer nach dem anderen fischte einen Gegenstand aus dem Weidenkorb. Plötzlich geriet Leben in die Gruppe, und mehrere Teilnehmer, unter ihnen Rosas Nachbar, drängten gleichzeitig vor. Wahrscheinlich hatte sich bei allen die Befürchtung breitgemacht, als Letzter den dann übrig gebliebenen Gegenstand ziehen zu müssen. Ohne dass der Coach intervenieren musste, einigten sich die Anwesenden auf eine Reihenfolge. Es kamen eine Sternenkarte, ein Fernrohr, ein Survival-handbuch mit Verbandskasten, ein japanisches Spiel-brett für Go-Steine und ein Schlüsselbund zum Vorschein.

Als der Mann, der sich vom Regen auf der Landungs-brücke hatte durchweichen lassen, als Letzter eine Leuchtpistole hervorzog, jauchzte Hertz auf. Eine drollige Szene. Trotz Hertz' gewinnendem Wesen konnte Rosa den Coach wegen seiner exzentrischen Darbietung nicht einordnen. Die Frage, wer hier eigentlich der Verrückte war, drängte sich ihr auf. Sie stellte fest, dass die übrigen Teilnehmer keinerlei Bedenken zu haben schienen. Im Gegenteil, ihre „Geschenke" trugen sie wie Heiligtümer zurück zu ihren Plätzen. Wahrscheinlich hatte sie als Einzige irgendetwas grundsätzlich falsch verstanden. Entweder sie erkannte den Verhaltenskodex bei einem Hertz-Seminar nicht, oder sie war unter Esoterikspinnern gelandet, die wie Neumann keine Selbstironie vertrugen.

Roland Hertz legte die Handinnenflächen zusammen und streckte die Hände zum Gruß hoch über seinen Kopf. „Namaste und ein herzliches Willkommen zum Reacting-Workshop an Bord der *MS Leviathan.*"

Vereinzelt wurde der Gruß leise erwidert. Damit schien der Coach nicht zufrieden zu sein. Er begann, jeden einzeln anzublicken und wiederholte die indische Begrüßung in der deutschen Übersetzung „Ich grüße das Licht in dir" so lange, bis jeder seinem Beispiel gefolgt war und sich ein gewisser Eifer einstellte.

„Namaste", sagte Rosa verhalten, als sie an der Reihe war.

Selten hatte sie sich in ihrem Leben derart dem Gruppenzwang unterworfen und lächerlich gefühlt. Rosa schwor sich, bei nächster Gelegenheit mehr Rückgrat zu beweisen und nicht alles mitzumachen, was der Coach vorgab. Gleichzeitig beschlich sie das Gefühl, Hertz' Methoden vorschnell abzuurteilen und sich wie ein unverbesserlicher Einfaltspinsel zu verhalten. Wenn es ihr gelang, dieses Seminar zu meistern und wieder für den aktiven Dienst tauglich erklärt zu werden, könnte sie bei der nächsten Besprechung die Vertreter des Verteidigungsministeriums anstatt mit einem kräftigen Händedruck und einem „Guten Tag" in Gebetshaltung und mit einem „Namaste" begrüßen. Die verdutzten Gesichter der Vorgesetzten, Kollegen und Politiker würde sie gerne sehen. Auch wenn sie anschließend als untragbar und verschroben endgültig aufs Abstellgleis abgeschoben werden würde.

„Jede noch so lange Reise beginnt mit dem ersten Schritt", verkündete der Coach und ließ seine wohlwollenden Augen über die Teilnehmer schweifen. „Mit einem Blick *spüre* ich: Für den ein oder anderen von Ihnen wird es eine sehr lange Reise werden. Das mag hart und ungerecht klingen. Bedenken Sie aber, bedeutet ein vorzeitiges Ankommen, dass die Reise beendet ist? Nein, ich behaupte, die Reise ist nie beendet. Was tun Sie, wenn Sie angekommen sind? Ewig glücklich sein? Ist das erstrebenswert und überhaupt möglich? Nein, denn wir tragen beides in uns – das Glück genauso wie das Leid. Wir müssen nur einen Weg finden, damit umzugehen. Deshalb gibt es keinen Grund zu verzagen. Deshalb sind Sie hier."

Der Schiffssteward betrat erneut die Messe und stellte auf einem Tisch ein Tablett mit einer gläsernen Karaffe Wasser und einigen Trinkgläsern ab. Ein zusätzliches Handtuch hatte er nicht dabei. Rosa versuchte vergeblich, Blickkontakt herzustellen. Der junge Mann wich ihr aus, vermutlich weil ihm selbst eingefallen war, dass er das versprochene Handtuch vergessen hatte.

„Sie *alle* haben bereits den ersten, den schwierigsten Schritt auf dieser Reise gewagt: Sie haben sich zu diesem Seminar angemeldet, also die Reise im buchstäblichen wie im übertragenen Sinne begonnen! – Nein, nein, wehren Sie sich nicht. Schon dafür gebührt Ihnen Anerkennung. Das ist mehr, als viele andere schaffen. Denn nicht selten leben wir Menschen in dem fatalen Irrglauben, ankommen zu können, ohne gereist zu sein. Lassen Sie es mich so ausdrücken: Stresssymptomen nicht entgegenzuwirken, kann lebensbedrohlich werden. Wenn Sie sich in den Finger schneiden und die

Wunde weiter bluten lassen nach dem Motto ‚Ein Indianer kennt keinen Schmerz‘, werden Sie irgendwann verbluten. Sie zu ignorieren, ist purer Selbstbetrug. Genauso verhält es sich mit Stress und Erschöpfung. Sie können nicht verleugnen, wie sehr Stress Sie angreift und langsam zersetzt – gut, dass Sie sich anders entschieden haben!“

Bei den letzten Worten musste Rosa schlucken. Wie oft hatte sie sich in der vergangenen Zeit gewünscht, ihr Chaos beenden zu können, indem sie irgendwo oder bei irgendwem eine saftige Strafe bezahlte, und damit wäre dann vergeben und vergessen, dass sie die Schuld am Tod einer Kollegin trug. Sie könnte einfach wieder von vorne anfangen. Sie hatte versucht, das Problem zu ignorieren, und schmerzhaft feststellen müssen, dass diese Art Ablasshandel nicht funktionierte und sie in nur noch tiefere Löcher stürzen ließ.

Mit gesenktem Kopf machte Hertz eine bedeutungsvolle Pause. Die nackten Füße lagen auf seinen Oberschenkeln. Eine weiße Hose aus grobem Leinenstoff ließ ihm viel Bewegungsfreiheit. Aus seinem naturfarbenen, kragenlosen Hemd schaute ein hagerer, seltsam knöchrig wirkender Hals hervor. Überhaupt sah seine Haut blass und papieren aus. Er hatte kurzes grau meliertes Haar. Seine gesamte Erscheinung – seine Präsenz ebenso wie die charismatische Ausstrahlung – erinnerte Rosa in auffälliger Weise an Steve Jobs. Hertz trug sogar eine ähnliche Nickelbrille. Mit jeder Pore strahlte er die erleuchtete Weisheit eines fernöstlichen Gurus aus. Und so wunderte es Rosa nicht, dass sich Hertz urplötzlich, flink wie ein Wiesel und mit ungewöhnlicher Vitalität, aufrichtete.

„Die nächsten neun Tage werden wir zusammen auf diesem Schiff verbringen. Fernab Ihrer gewohnten Umgebung. Fernab Ihrer üblichen *Pflichten.* Fernab Ihres gesamten alltäglichen Lebens! Wir werden uns intensiv mit klassischen Stressmanagementthemen wie Work-Life-Balance und Achtsamkeit beschäftigen. Davon haben Sie sicherlich schon gehört. Wir werden aber auch in ganz unbekannte spirituelle Bereiche vordringen. Ich werde jetzt nicht alles verraten. Lassen Sie sich überraschen."

Rosa wartete, dass er weitersprach.

„*Pflicht.* Was für ein gewichtiges Wort in unserer modernen Gesellschaft, nicht wahr? Jede und jeder Einzelne von Ihnen hat ihre beziehungsweise seine Pflicht zu erfüllen – beruflich wie privat. Da wäre die Pflicht und Verantwortung gegenüber Ihrer Firma, Ihrem Arbeitgeber, Ihren Kunden und Ihren Geschäftspartnern, genauso wie die Pflicht gegenüber Freunden und Bekannten, Vereinen oder einem ehrenamtlichen Engagement. Und nicht zuletzt die Verantwortung gegenüber der Familie – der Ehefrau, dem Ehemann, dem Lebenspartner, den Kindern wie Verwandten. Ich meine, das ist keine Kleinigkeit. *Das* ist eine ganze Menge, eine ungeheure Menge Pflicht und Verantwortung! Bei so viel Verantwortung ist es nur verständlich, dass man die Übersicht verlieren kann. Es ist keine Schande, die Übersicht zu verlieren. Und sich das einzugestehen, ist erst recht keine Schande. Im Gegenteil. Westliche Traditionen lehren uns, Leiden zu erdulden. Aber warum soll ich Leid erdulden, wenn es Meditationsübungen und andere Techniken gibt – viele Jahrhunderte erfolgreich erprobt –, die mir helfen können, besser mit dem Leid umzugehen?"

Der Coach klang aufgebracht. Seine Fingerspitzen tippten aufeinander, als hätte er zu viel Kaffee getrunken. Hertz' Blick hingegen wirkte hoch konzentriert, geradezu bohrend.

Dieses eine Wort hallte in Rosa nach – Schande. Wie recht der Coach hatte. Denn sie empfand es als Schande, fühlte sich als Verliererin und schämte sich für ihr – ja, wie sollte sie es anders nennen? – emotionales Chaos. Das musste sie sich eingestehen. Rosa schluckte, doch der Kloß in ihrem Hals wollte nicht verschwinden.

„In den nächsten neun Tagen an Bord der *Leviathan* bis zur Einfahrt in den Hafen von New York werden Sie lernen, dass Sie tatsächlich noch eine ganz andere *Pflicht* haben. Nämlich die Pflicht, für Ihr eigenes Wohlbefinden zu sorgen!"

Das andächtige Schweigen wurde von keinem Seminarteilnehmer unterbrochen. Auch bei Rosa blieben die Worte nicht länger ohne Wirkung. Sie vergaß sogar die klamme Kälte ihrer nassen Kleidung. *Irgendwie* wusste sie das alles, hatte es so ähnlich schon einmal gehört, gelesen oder andere davon reden hören. Geradezu bahnbrechend neu daran war, dass es in all ihren vorhergehenden Behandlungen niemandem gelungen war, diese schlichten Wahrheiten so einleuchtend und überzeugend auf den Punkt zu bringen. Ihre Gespräche waren immer ergebnislos verlaufen, dass sie zu der Erkenntnis gelangt war, *niemand* könnte ihr helfen. Folglich hatte sie sämtliche Behandlungen abgebrochen.

Hertz' Diagnose traf hundertprozentig ins Schwarze – sachlich, wissend und mit einem hohen Maß an Empathie. Im selbstausbeuterischen Hamsterrad der Schuldzuweisung hatte sie vergessen, für ihr eigenes Wohlbefinden zu sorgen.

Obwohl diese Einsicht ihren Kummer verstärkte, schöpfte sie Hoffnung. Glück und Schmerz zugleich zu empfinden – das war höchst seltsam. Rosa fühlte sich wie jemand, der nach langer verzweifelter Suche endlich feststellte, dass es einen Ausweg aus dem Labyrinth gab, auch wenn dieser Weg von Rückschlägen gekennzeichnet sein würde. Zum ersten Mal, seit sich Rosa in ihrem emotionalen Chaos zurechtfinden musste, entdeckte sie das Gefühl, etwas verändern zu können, selbst wenn der Funken der Hoffnung noch so klein war. Wenn es dem Coach gelang, innerhalb weniger Minuten die ersten Blockaden zu lösen, was würde er in neun Tagen bewegen können?

Erst jetzt fand Rosa den Mut, die Mitreisenden näher zu betrachten. Sie erkannte die Männer und Frauen wieder, die sie am Kai gesehen hatte. Coach Hertz sprach ihnen aus tiefstem Herzen. Gab es Menschen, denen es ähnlich ging wie ihr? Während ihrer bisherigen Behandlungen war sie Gesprächen mit anderen Patienten aus dem Weg gegangen. Einen Austausch mit Freunden und Bekannten hatte sie abgeblockt. Natürlich kannte sie Menschen, die psychische Probleme hatten. Solange es sie nicht betroffen hatte, hatte sie diese Geschichten verdrängt. Als Betroffene war sie immer weiter in eine Außenseiterposition geraten.

Max Neumann, der vorhin so lässig mit ihr geflirtet hatte, starrte Hertz an, als plagten ihn Kopfschmerzen und einzig der Coach würde die Tabletten verwahren. Die Frau mit den sonderbaren kleinen Transportboxen kämpfte sichtlich mit den Tränen, wirkte aber nichtsdestoweniger diszipliniert. Eine andere Frau, die Rosa zuvor nicht aufgefallen war, massierte ihr Gesicht, als wollte sie sich mit Hertz' Worten einbalsamieren. Ihre kräftigen Finger hinterließen rote Flecke. Selbst der arrogante Geschäftsmann in seinem grauen Anzug, der seinen Chauffeur herumkommandiert hatte, machte einen bewegten Eindruck. Plötzlich wurde Rosa klar, hier saßen keine Urlauber, die an einer vergnüglichen Kreuzfahrt teilnahmen, weil sie es sich leisten konnten, sondern hier war sie unter Menschen, die mit ähnlichen Problemen beschäftigt waren wie sie selbst. Und hatte Hertz nicht gesagt, man bräuchte sich nicht zu schämen, dass es einem schlecht ging? Darüber hinaus vermittelte der Coach einem das Gefühl, Bestandteil eines auserwählten Kreises zu sein. Zum allerersten Mal seit langer Zeit fühlte Rosa Erleichterung.

Sie widmete ihre Aufmerksamkeit wieder Roland Hertz.

„Wir befinden uns auf einem Frachtschiff und bald mitten auf See. Für unser Miteinander benötigen wir ‚Seeleute auf Zeit' Regeln, an die wir uns halten müssen. Ohne diese Spielregeln wird das Zusammenleben auf einem Schiff schwierig. Dazu wird der Erste Offizier der *Leviathan*, Stin DeRuijter, zu meiner Linken gleich mehr erzählen. An meiner rechten Seite steht meine bezaubernde Assistentin Prem Jyoshi. Prem ist unsere Fachfrau für Yoga, Massagen, Reiki und Schamanismus. All ihre heilenden Kräfte wird sie in den Dienst unserer erschöpften Seele stellen. Heilung und Erholung pur! Ich bin sehr froh, dass sie uns begleitet."

Über Hertz' Miene zog ein spitzbübisches Lächeln, das bei jedem anderen anzüglich gewirkt hätte. Prem Jyoshi nahm es ausdruckslos zur Kenntnis. Anders als ihr indisch klingender Name vermuten ließ, sah die Assistentin in keiner Weise asiatisch aus. Langes blondes Haar umrahmte ein fein geschnittenes Gesicht mit nordischem Teint, aus dem eine viel zu große Kunststoffbrille hervorstach. Sie hatte eine hochgewachsene, sportliche Figur, die leicht Begehrlichkeiten wecken konnte. Prem Jyoshi erinnerte Rosa an sich selbst, wie sie mit Anfang zwanzig an der Polizeihochschule ihr Studium aufgenommen hatte.

Seitdem waren fünfzehn Jahre vergangen. Auch wenn sie keinen Grund zur Klage hatte, begann der Zahn der Zeit, erste Spuren zu hinterlassen. Zwar benötigte sie keine Brille, und die Haare trug sie meistens zu einem Zopf zusammengebunden, aber in puncto Fitness konnte sie nicht mehr an damalige Glanzleistungen heranreichen. Dafür gab Rosa keine Unsummen für Designerkleidung aus, die wie abgetragene Secondhandklamotten aussahen. Der Gedanke tröstete sie ein wenig.

DeRuijter trat vor, schaute mit einer schnittigen Handbewegung auf seine Armbanduhr und sagte so sachlich, wie man es von einem stattlichen Offizier nur erwarten konnte: „Die Ausfahrt ist auf exakt dreizehnhundert Uhr terminiert. Sie sollten die Ausfahrt aus dem Hamburger Hafen nicht verpassen, es ist immer ein Erlebnis ..."

„Spektakulär", warf Hertz ein.

„Wir erwarten eine ruhige See und Sonnenschein und haben deshalb auf dem Lidodeck einen Cocktailempfang vorbereitet. Danach erwartet sie hier das Mittagsmahl.“

Mit ausgestrecktem Arm wies DeRuijter Richtung Heck. Rosa blickte durch die Panoramafenster nach draußen. Es hatte aufgehört zu regnen, sonst schien sich die graue Wolkendecke jedoch nicht an den Wetterbericht halten zu wollen.

„Die *Leviathan* ist vor dieser Fahrt generalüberholt worden“, fuhr DeRuijter fort. Hin und wieder klang ein niederländischer Akzent durch. „Wir haben die neueste Navigationstechnik an Bord. Die Inneneinrichtung ist, wie Sie sehen können, fast komplett auf den Originalzustand von neunzehnhundertzweiundsechzig gebracht worden.“

„Ich sage nur: Lassie Arnold“, ergänzte Hertz schwärmerisch.

„Das ist korrekt“, bestätigte DeRuijter, „die berühmte Berliner Innenarchitektin Lassie Arnold hat hier all ihr Können unter Beweis gestellt.“

„Dann ist das also quasi eine Jungfernfahrt?“, fragte Neumann dazwischen. Aus seinen Augen blitzte der Schalk hervor.

„Der Spätsommer ist eine gute Jahreszeit für eine Passage über die nördliche Atlantikroute.“ DeRuijter überging die Frage. Seine Augen wirkten warm und offen, aber seine Haltung war steif, distanziert und überkorrekt. Wahrscheinlich musste sich ein nautischer Offizier gegenüber seinen Passagieren so präsentieren. Rosa kannte das von Bundeswehrangehörigen, mit denen sie während ihrer Laufbahn beim BKA zu tun gehabt hatte. Manchmal hatten Militärs Schwierigkeiten, mit Zivilisten zu reden. Und auch wenn der Erste Offizier nicht zur Marine gehörte, mochte es ihm als Uniformträger dennoch ähnlich gehen.

„Heißt das, wir fahren über die gleiche Route, die auch die *Titanic* genommen hat?", hakte Neumann nach.

DeRuijters säuerlicher Gesichtsausdruck verstärkte sich. Jetzt verstand Rosa: Dem Ersten Offizier behagte der Zusammenhang zu dieser Schiffskatastrophe nicht. Max Neumann hingegen schien sich darüber diebisch zu freuen. Ob er seine Einwürfe für besonders geistreich hielt? Wahrscheinlich war er nicht nur der Gruppencharmeur, sondern auch der Gruppenkasper. Und der saß ausgerechnet neben ihr! Rosa beschloss, beim nächsten Zusammensein unbedingt darauf zu achten, diesen Fehler nicht zu wiederholen.

„Nein. Wir fahren nördlicher. Der Wetterbericht verspricht, für die nächsten zwei Wochen keine Herbststürme bereitzuhalten."

Der Erste Offizier erklärte im Anschluss die beiden wichtigsten Sicherheitsregeln an Bord: zwei unterschiedliche Signaltöne, zum einen den Generalalarm bei einem Brand oder einer ähnlichen Gefahrensituation, zum anderen den Alarm zum Verlassen des Schiffs. Beim letzten Alarm würde der Schiffssteward die Passagiere von ihren Kabinen zum Rettungsboot geleiten.

Rosa spürte wachsendes Unbehagen – Rettungsboot? Bei allen Bedenken war ihr ausgerechnet diese Möglichkeit entgangen.

Wie naiv, Schiffe können sinken, dachte sie. Und der Gedanke ließ sie auch nicht los, als sich DeRuijter wieder an die Passagiere wandte.

„Wir werden Ihnen nun Ihre Kammern zuweisen. Anschließend bieten wir eine Schiffsführung an. Aus rechtlichen Gründen muss ich Sie darauf hinweisen: Die Teilnahme ist *Pflicht.*“ Beim letzten Wort schaute er hinüber zu Hertz. „Im Namen von Kapitän Friedrich Lira und der gesamten Besatzung heiße ich Sie herzlich willkommen auf der *Leviathan!*“, schloss DeRuijter seine Einführung.

Der offizielle Teil war damit beendet.

Nach wenigen Augenblicken begannen die ersten Gespräche aufzukeimen. Einige Seminarteilnehmer erhoben sich und lösten damit die Sitzordnung auf. Rosa wunderte sich darüber, wie rasch heitere Aufregung entstand. Ob sich einige bereits kannten, fragte sie sich abermals. Rosa schnappte einige Gesprächsfetzen auf. Jeder war gespannt, was jetzt folgen würde. Hertz und seine Assistentin wurden umlagert. So schnell wie möglich wollte Rosa ihren Schlüssel in Empfang nehmen, um endlich raus aus den nassen Sachen zu kommen. Den Ersten Offizier konnte sie nirgends sehen, scheinbar war es DeRuijter gelungen, unbemerkt den Raum zu verlassen. Die Assistentin des Coaches hatte alle Mühe, sich Aufmerksamkeit zu verschaffen. Als es ihr schließlich gelang, verkündete sie, dass die Kabinenschlüssel in alphabetischer Reihenfolge verteilt werden würden. Dabei wurde sie von Hertz darauf aufmerksam gemacht, dass Kabinen an Bord eines Frachtschiffs als „Kammern“ bezeichnet wurden.

Auf ihrer Dienststelle gab es im Alphabet keinen Kollegen, der bei ähnlichen Gelegenheiten vor ihr drankam, daher war Rosa im Begriff aufzustehen, aber ein anderer Name wurde aufgerufen. Rosa hielt inne und ließ sich wieder aufs Sofa fallen. Doch anstatt einzeln anzutreten, stürmten die Passagiere alle gleichzeitig vor. Dieser Mangel an Disziplin erstaunte Rosa. Sie hielt sich zurück und nahm ihren Schlüssel als Letzte entgegen.

Der *Run* auf die Kammerschlüssel setzte sich beim Verlassen des Saals fort. Alle wollten durch die Tür und das draußen gestapelte Gepäck aufnehmen, was selbst angesichts der breiten Glasflügeltür nicht ohne Staus und Zusammenstöße verlief. Rosa erhob sich und stellte den umgestoßenen Mülleimer wieder unter den Tisch. Egal ob Hilfe suchende Seminarteilnehmer, Kollegen im Büro oder hektische Kunden an der Käsetheke im Supermarkt – Gruppen verhielten sich immer ähnlich rätselhaft und dennoch vorhersehbar.

Wie die Lemminge, dachte sie und machte sich auf die Suche nach ihrer Kammer.

4

Als Rosa ihre Kammer auf Deck B an der Steuerbordseite fand, waren die übrigen Teilnehmer längst in ihren verschwunden. Sie schloss die Tür hinter sich ab. Ihre Kammer verfügte über eine kleine Sitzgruppe mit Schreibtisch und Sessel, ein Bett und einen Wandschrank. Der Raum war äußerst komfortabel und genauso geschmackvoll im Stil der Sechzigerjahre eingerichtet wie das übrige Schiff. Selbst das geometrische Rautenmuster des Teppichbodens erschien Rosa wie aus einem Teppichgeschäft von 1960 importiert. Da sie eine Eckkammer mit zwei Fenstern zugewiesen bekommen hatte, konnte Rosa sowohl nach vorne als auch zur Seite hinausschauen. Die Sicht durch das vordere Bullauge auf das Hauptdeck wurde jedoch von einem Container versperrt. Sie sah durch das rechte Bullauge nach draußen. Hinter den Verladebrücken erhob sich eine breite Phalanx von Containertürmen. Durch das kleine Kabinenfenster erkannte sie nur einen winzigen Ausschnitt vom Hafen, als würde sie, passend zur Inneneinrichtung, in altmodischer Manier durch den Sucher einer Kamera blicken.

Die neutrale, beinahe unpersönliche Note störte Rosa nicht. Sämtliche Einrichtungsgegenstände inklusive des Betts waren festgeschraubt. Nur den Sessel konnte Rosa verschieben. An der Wand hing ein Telefon mit

Wählscheibe. Die Tischkante war leicht erhöht, sodass Gegenstände bei schwerer See nicht herunterfallen konnten. Außerdem wies die Tür einen Feststellhaken auf, an dem man das Türblatt im geöffneten Zustand einrasten lassen konnte. Über der Sitzgruppe hing der Druck eines alten Stichs, auf dem ein historisches Segelschiff abgebildet war. Eine neonfarbene Schwimmweste, der einzige moderne Gegenstand, fand sich griffbereit an einem Haken direkt hinter der Tür.

Sie ließ die Tasche stehen. Den Knoten warf sie wie ein Basketballspieler im hohen Bogen durch den Raum und versenkte ihn irgendwo in der Sitzgruppe. Neben dem breiten Bett führte eine schmale Tür ins Badezimmer. Auf der Tür war ein Anker angebracht, wie überhaupt auf dem Schiff nicht mit nautischen Symbolen gespart wurde. Wahrscheinlich sollte man trotz luxuriöser Ausstattung zu keiner Zeit vergessen, dass man sich auf einem befand.

Rosa dachte über Hertz' Seminareinführung nach. Seine Worte hatten große Hoffnung und Begeisterung geweckt. Gleichzeitig fühlte sie sich seltsam verkatert wie nach einer durchzechten Nacht. Lange hing sie ihren widersprüchlichen Gedanken nach. Erst als ihr eine Gänsehaut über den Rücken lief und sie sich vor Kälte schüttelte, kam sie wieder zu sich und entledigte sich ihrer nassen Sachen. Selbst ihre Unterwäsche und Socken waren feucht. Außer Gummisandalen für die Dusche hatte sie nur dieses eine Paar Schuhe mitgenommen. Sie dachte an ihre Freundin Katrin, die bestimmt einen ganzen Koffer mit Schuhen zum Wechseln mitgeschleppt hätte. Angesichts der vornehmen

Umgebung an Bord wäre das keine schlechte Idee gewesen. Nun musste Rosa für den Cocktailempfang wieder in ihre nassen Schuhe steigen.

Mit einem Seufzer ließ sie sich aufs Bett fallen und betrachtete das umgedreht aufgehängte Nudelsieb an der Decke, das ihre Kabinenlampe darstellte. Geräuschvoll blies sie Luft durch die Lippen. Dann raffte sich Rosa auf, sie musste sich fertig machen für den Empfang. Ihre nassen Sachen breitete sie über den Möbeln zum Trocknen aus. Aus der Hose nahm sie ihren Hausschlüssel und schmiss ihn auf den kleinen Tisch, anschließend setzte sie sich wieder aufs Bett und wickelte sich in die Decke ein. Sie fror. Als sie sich ein wenig aufgewärmt hatte, versuchte sie vergeblich, ihre Tasche mit dem nackten Fuß zu angeln. Rosa gab auf. Statt aufzustehen, streckte sie sich schläfrig aus. Sie freute sich auf die erste Yogastunde morgen früh, dann würde sie bald wieder beweglicher sein. Verwundert stellte sie fest, dass sich ihre Laune deutlich verbessert hatte, seit sie auf dem Schiff war. Und das, obwohl ihr nicht alles uneingeschränkt zusagte.

Zufrieden lauschte sie in die Stille des Schiffs. Im Raum über ihr, auf Deck C, ging jemand mit Straßenschuhen auf und ab. Es konnten Stöckelschuhe sein, wie sie die Frau mit dem Kompass trug, oder Lederschuhe eines der beiden Anzugträger. Rosa versuchte anhand der Schrittlänge das Geschlecht zu ermitteln, aber sie konnte sich nicht festlegen.

Durch die Wände konnte sie vereinzelt gedämpfte Stimmen oder nicht näher definierbare Geräusche hören. Doch dann begann das Schiff ohne Vorankündigung zu poltern und zu rumpeln, als würde tief unten im Rumpf eine aufgeschreckte Elefantenherde um die Wette laufen. Rosa richtete sich auf. Was, um alles in der Welt, war das? Genauso plötzlich, wie das Getöse erklungen war, war es wieder verschwunden. Nur um wenige Augenblicke später erneut anzuheben. Diesmal setzte die Elefantenherde zu einem Marathonlauf an. Das ganze Schiff vibrierte. Der Schlüssel tanzte wild auf der Tischplatte herum und hüpfte über die erhöhte Kante auf den Boden. Den Laut nahm sie nur gedämpft wahr. Sämtliche Hintergrundgeräusche wurden von den Motoren im Maschinenraum übertönt. Ein gewaltiges Brummen, das erst neun Tage später wieder verstummen würde.

5

„Was? Was!", fauchte er in sein Smartphone. Nichts. Nur eine Verzerrung war zu hören, sonst nichts. Er fluchte und schaute mechanisch auf das Display, um die Verbindung zu überprüfen. „Können Sie mich nicht hören, verdammt?"

Wieder nur Wortfetzen und Interferenzen. Über den Tablet-PC auf dem Schreibtisch in der Kammer versuchte er, eine Verbindung zum Internet aufzubauen. Doch das regenbogenfarbene Rädchen am Bildschirm drehte und drehte sich.

Er fluchte erneut. Es mussten dringend einige E-Mails abgeschickt und wichtige Telefonate geführt werden, bevor das Schiff auslief. Die Idioten im Büro würden das sonst gewaltig vermasseln. Daher warf er einen abschließenden Blick auf die Unterlagen, die verschickt werden sollten. „Final cut" nannte er das, in Anspielung auf den branchenüblichen Begriff, wer das letzte Wort bei der Fertigstellung eines Films hatte. Er würde sich demnächst einen Stempel mit *Final cut – chefgeprüft* anfertigen lassen. Das wäre mal wieder ein guter Bürogag. Auch wenn nur er darüber lachen konnte.

Er verspürte das dringende Bedürfnis, sich eine Zigarette anzuzünden. Aber in diesen verflucht engen Schiffskammern durfte man nicht rauchen, weil sich die Bullaugen nicht öffnen ließen. Wenn er gewöhnlich auf Geschäftsreise war, gönnte er sich eine Suite. Und jetzt musste er sich mit einem stinknormalen Zimmer zufriedengeben.

Er musste etwas unternehmen, um dieses „Kommunikationsloch" zu beenden. Sein Blick fiel auf das Wandtelefon. Er ging die Liste durch und wählte die Nummer, hinter der *Steward* stand. Entsetzt sah er auf die langsam zurückdrehende Wählscheibe. Klar, Retrodetails waren cool. Er hatte sogar eine App, die diesen Sound imitierte. Aber das ging gar nicht!

Du meine Güte, wer hat denn für so etwas Zeit?, fluchte er innerlich.

Nach ewig langem Klingeln, das seine Geduld weiter auf die Probe stellte, meldete sich eine Stimme.

„Yes please?"

„Ich brauche die Log-in-Daten. Passwort und Benutzername!"

„English please", erwiderte sein Gesprächspartner in gebrochenem Englisch, das ihm von zahlreichen Geschäftsreisen in den asiatischen Raum vertraut war.

Er überlegte. Das war nicht der Steward, der vorhin in der Messe gewesen war, oder etwa doch?

In der Aufregung wollten ihm die englischen Übersetzungen für Passwort und Benutzername partout nicht einfallen. Irgendwas mit C. Hektisch ging er auf und ab, wurde jedoch vom Hörerkabel in die Schranken gewiesen. Er fluchte.

„My cell does not work", behalf er sich schließlich, „it's normal?"

„Yes", lautete die schlichte Antwort.

„Ja, wie jetzt: Yes? And how should I make phone calls or get mails?"

Aus dem Telefonhörer drang ein Kichern an sein Ohr. Seine Aufregung schlug in Wut um. Was bildete sich diese Person eigentlich ein, sich über ihn lustig zu machen?

„Sorry, Sir. But as you may have recognized, you are on board of a vessel. Sometimes you have connection, maybe in ports, but very often it does not work."

Der Steward, oder wer immer das war, sprach mit ihm wie mit einem Dreijährigen. Was für eine unverfrorene Dreistigkeit! Er hatte schon Leute für weniger auf die Straße gesetzt.

„Mit wem spreche ich?", polterte er in den Hörer, doch er erhielt keine Auskunft. Frechheit!

Er wollte seinem Unmut Luft machen, sein Gesprächspartner hatte allerdings bereits aufgelegt, was ihn erst recht wütend machte. Er fluchte erneut, verharrte einen Moment in völliger Reglosigkeit und verließ mit eiligen Schritten seine Kammer.

***

Der Mann saß nackt in dem Klubsessel in seiner Kammer und starrte mit wachsender Erregung auf den Hintern, der sich ihm entgegenstreckte, während die Frau vornübergebeugt das Bett richtete.

Langsam rutschte er tiefer, legte den Kopf zur Seite und genoss den Einblick, der sich ihm bot. Er grinste. Zwar hatten sie gerade erst die Laken durchgewühlt, er verspürte jedoch schon wieder deutliche Lust. Ja, konnte er denn etwas dafür, dass die Kleine so einen geilen Arsch hatte? Tief in seinem Inneren war er stolz, dass sich seine Männlichkeit so kurz nach dem letzten

Samenerguss abermals regte. Ein kurzer, aber heftiger Schmerz stach in seiner Brust. Das kam immer völlig ohne Vorwarnung! War es das Alter oder die chronische Überarbeitung? Nachdenklich wanderten seine Augen durch den Raum. Die Frau drehte sich zu ihm um und lächelte. Verhalten lächelte er zurück. Dann zwang er sich, allen Kummer beiseitezuschieben. Er hatte gelesen, dass Sex Stress abbaute. Na bitte, endlich mal eine sinnvolle Therapie!

„Spreiz deine Beine", befahl er und begann, sein Glied zu massieren.

Sie warf ihm einen Blick über die Schulter zu und spielte die Entsetzte. „Du bist unmöglich. Wir haben doch gerade erst. Ich muss duschen, und wir werden an Deck erwartet. Oder sollen *sie* es gleich am ersten Tag mitbekommen?", protestierte sie, tat ihm aber den Gefallen, während sie das Laken glatt strich.

Kurz darauf ging die Frau an ihm vorbei ins Badezimmer und ließ die Tür offen. Er war sich sicher, sie hatte absichtlich mit dem Arsch gewackelt. Dennoch ließ er einige Augenblicke vergehen, bis er hörte, dass sie das Wasser in der Dusche anstellte. Er wusste, die Verzögerung würde den Genuss nur noch steigern. Dann stand er auf und folgte der Frau ins Bad.

***

Aus der Nachbarkammer drangen die Geräusche von rauschendem Wasser und rhythmischem Ruckeln zu ihr herüber.

Erst dieser Motorenlärm und jetzt das, dachte die Frau.

Es klang nach Sex, und sie musste lachen. Dann fing sie an zu grübeln. Gab es Pärchen an Bord? Ihr war jedenfalls nichts aufgefallen. Paare in einem Seminar, das erschien ihr unangemessen. Plötzlich hatte sie einen Einfall. Unter Umständen konnte sie das verwenden. Eilig kramte sie aus ihrer Handtasche ein Notizbuch hervor und hielt den Gedanken fest. In der ersten Zeit an Bord war eh so viel passiert, was sich verarbeiten ließe.

Wer in der Nachbarkammer wohnte, wusste sie nicht. In der allgemeinen Aufregung vorhin war sie nicht auf die Idee gekommen, darauf zu achten. Mit frischem Elan setzte sie sich an den Tisch, bemüht, das Brummen der Motoren und die Laute aus der Kabine nebenan zu ignorieren, und nahm die Reiseunterlagen auf. Sorgfältig blätterte sie durch die Vielzahl an Informationsbroschüren. Beim Anblick so vieler Papiere kehrte ihre Anspannung zurück. Mit einer Hand massierte sie sich die Schläfe. Sie riss sich zusammen.

Sie fand das Bordblatt mit allgemeinen Informationen zum Verhalten an Bord eines Frachtschiffs. Sie überflog die ersten Seiten und legte das Blatt seufzend beiseite. Als Nächstes holte sie den *Coaching Schedule* hervor, worin sämtliche Seminartermine der nächsten neun Tage tabellarisch aufgeführt waren. Ihre Einzelstunden mit dem Coach, „Single lectures" genannt, waren mit gelb leuchtendem Textmarker gekennzeichnet. Sie war dabei, ihre Termine zu zählen, legte den Übersichtsplan jedoch nach dem vierten beiseite, nur um mit flackernden Augen die Zettel, die mit „Hand-gegen-Koje" oder „Karma-Yoga" betitelt waren, zu überfliegen. Der Begriff „Hand-gegen-Koje" war ihr nicht geläufig. Bei nächster Gelegenheit musste sie den Ersten Offizier dazu befragen. Sie machte sich eine entsprechende Notiz. Die Einbindung der Seminarteilnehmer in den Arbeitsablauf an Bord als „Karma-Yoga" zu bezeichnen, fand sie witzig, aber nicht originell. Etwas Ähnliches hatte sie schon bei einem Yogalehrgang in einem Aschram in Süddeutschland mitgemacht. Als sie las, dass sie für den Service während der Mittagsmahlzeiten eingeteilt war, verflog der letzte Rest ihres anfänglichen Elans.

Na toll, Karma-Yoga war an sich genau ihr Ding, doch fremden Leuten Kartoffeln aufzufüllen, das gefiel ihr nicht. Wie sollte sie das nur überstehen? Zu den übrigen Informationen war sie nicht gekommen, es blieben nur wenige Minuten, bis auf dem Lidodeck der Cocktailempfang anfing, und sie hatte nicht einmal eine Ahnung, wie man dorthin gelangen konnte.

Die Buchstaben verschwammen vor ihren Augen. Sie spürte den Druck in ihren Schläfen wachsen und wachsen. Dagegen half gewöhnlich nur ein Schnaps. Sie kämpfte gegen das Verlangen an, ihre eiserne Ration anzubrechen. Dafür war es zu früh! Sie versuchte, einen Punkt zu fixieren, sie konnte sich allerdings auf nichts konzentrieren. Hoffentlich würde dieser emotionale Stress bald nachlassen.

Entmutigt schleppte sie sich zum Waschbecken im Badezimmer und ließ sich kaltes Wasser über die Handgelenke laufen.

***

Backbord vorne entnahm sie dem Kabinenübersichtsplan, als sie plötzlich hörte, dass sich jemand im Bad aufhielt. Nicht nur, dass sie ausdrücklich eine Eckkammer reserviert, jedoch nicht erhalten hatte. Jetzt befand sich auch noch jemand in ihrem Bad. Oder musste sie sich etwa eines mit dem Kammernachbarn teilen?

Sie schüttelte den Kopf und zog den Übersichtsplan zu Rate. O nein, auch das noch – ein Gemeinschaftsbad! Wie sollte sie sich die nächsten neun Tage mit einer wildfremden Person WC und Dusche teilen? Sie wusste nicht einmal, wer in der Kabine wohnte. War es ein Mann oder eine Frau? Beides fand sie gleichermaßen unerträglich. Sollte sie Schamhaare von der Klobrille putzen oder benutzte Kosmetiktücher vom Waschbecken entfernen? Die bloße Vorstellung daran ließ ihren Ekel ins Unermessliche steigen. Und überhaupt, bei der ersten Runde in der Messe hatte sie wahrhaftig niemanden gesehen, mit dem sie auch nur irgendetwas hätte teilen wollen.

Was denken die sich dabei?, schoss es ihr durch den Kopf.

Lautlos schlich sie zur Verbindungstür zum Bad. Auf ihrer Seite war die Tür zwar geschlossen, aber nicht verriegelt. Sie war mit zwei Schlössern versehen. Eines diente dazu, von innerhalb ihres Zimmers abzuschließen, das andere, von innerhalb der Badkammer abzusperren. Wie hypnotisiert blickte sie auf die farbigen Markierungen der Schlösser, die im gegenwärtigen unverriegelten Zustand Grün anzeigten. Die aktuelle Situation war also weit alarmierender als anfänglich vermutet. Sicher hatte der Schiffssteward nur vergessen, auf Rot zu drehen. Sie bilanzierte: Es befand sich eine fremde Person, wie sie fremder nicht sein konnte, in ihrem Bad – mit unmittelbarer Verbindung zu ihren vier Wänden, sprich zu ihrer Intimsphäre. Das war vollkommen inakzeptabel! Und was war das für eine Person, die das Badezimmer nicht abschloss, obwohl sie es benutzte? Wollte die Person überrascht werden? War sie nachlässig? Und wenn sie in diesem Punkt schon nachlässig war, wäre sie auch in anderen Dingen wie Hygiene und Lautstärke gleichermaßen unerträglich und unhaltbar *rücksichtslos*?

Gleichzeitig scheute sie sich, das Schloss auf ihrer Seite umzudrehen, da sie befürchtete, von der Person entweder für kleinlich oder für unfreundlich gehalten zu werden. Das wollte sie wiederum nicht. Lange kaute sie auf der Unterlippe und wartete, bis die Person aus der Badkammer verschwunden war und sie hörte, wie die gegenüberliegende Verbindungstür geschlossen wurde.

Mit einem Satz sprang sie vor und drehte die Markierung auf Rot.

6

Druck lastete auf dem Stahl. Rosa stemmte sich mit dem gesamten Körpergewicht gegen das Türblatt, während ihre Hand die Klinke hinunterdrückte. Langsam gab das Schott nach. Die schwere Schleusentür öffnete sich mit einem vernehmlichen Quietschen. Am Türspalt entstand ein Sog. Kalte Luft blies ihr ins Gesicht. Ein letzter Ruck, dann war der Weg frei, und Rosa betrat das Lidodeck. Kaum war sie ins Freie getreten, zerrte eine kräftige Böe an ihr. Rosa bereute es, die Haare nicht wie sonst zum Zopf zusammengebunden zu haben.

Hafen, Schiff, Wind – logisch, schalt sie sich in Gedanken und bemühte sich, einige Strähnen hinter die Ohren zu streichen. Aber immer wieder zerzauste der Wind ihre Frisur, als ritten unsichtbare Kobolde auf den Luftzügen, um Schabernack mit ihrer Eitelkeit zu treiben.

An dieser Stelle war das Deck bis zum Ende der Aufbauten überdacht, die Reling wurde durch ein Netz erhöht. Es sah aus wie ein grobmaschiges Katzennetz, dessen Sinn sich Rosa nicht erschloss. Als sie den überdachten Gang verließ, blickte sie über die Reling hinunter zum Kai. Die Gangway war bereits eingeholt worden. Die Carrier fuhren nicht mehr hin und her. Der Ladevorgang war abgeschlossen und die *Leviathan* bereit abzulegen. Rosa schlug den Kragen ihrer Regenjacke hoch. Einige Seminarteilnehmer sowie Hertz und seine Assistentin hatten sich um vier Stehtische versammelt. Sie waren mit weißen Tischdecken und Blumengestecken dekoriert. In der stählernen Kulisse des Frachtschiffs wirkte die luxuriöse Aufmachung fehl am Platz. Wahrscheinlich standen normalerweise Container auf dem Deck. Davon zeugte ein großer Kran, dessen Mittelsäule sich bis über die Höhe des Schornsteins erhob. Mit seinen zwei Armen, die weit über die Terrasse ragten, wirkte der Kran wie eine mächtige Wächterstatue.

DeRuijter balancierte ein Tablett mit Cocktailgläsern und sprach eindringlich mit einem jungen Crewmitglied. Es schaute beinahe so aus, als erteile der Schiffssteward ihm eine Standpauke. Rosa schlenderte zur hinteren Reling und blickte auf das Heck hinab. Dann drehte sie sich um, steuerte langsam auf die Stehtische zu und gesellte sich zu einer Gruppe. Es wurde über unverfängliche Themen geplaudert. Kaum einer äußerte Privates, und wenn doch, wurden nur belanglose Informationen preisgegeben. Es stellte sich schnell heraus, dass die Mehrzahl der Teilnehmer segelte, und so wurden diverse Erfahrungen zur See ausgetauscht. Die Stimmung war heiterer, als Rosa nach der Begrüßung in der Messe erwartet hätte. Gerade berichtete jemand von einem holländischen Skipper, der Wind erst ab Orkanstärke als „leichte Brise" bezeichnete. Ohne in offenen Wettstreit zu geraten, wollte jeder die Geschichte seines Vorgängers toppen.

Smalltalk – darin war Rosa nie gut gewesen, mittlerweile hatte sie allerdings sämtliche Übung verloren.

An Bord verhielt es sich jedoch anders als in den Kaffeepausen unzähliger Kongresse. Rosa meinte zu bemerken, dass die Teilnehmer versuchten – im Bewusstsein, die nächste Zeit gemeinsam zu verbringen –, sich durch verstecktes Taktieren und Beschnuppern einander anzunähern. Wer sagt was? Mit wem werde ich mich verstehen? Wann wird die erste Grüppchenbildung innerhalb der Seminargruppe stattfinden? Wer wird das sein? Und werde ich dazugehören?

Einmal auf dem Schiff gab es schließlich kein Entkommen mehr. Niemand konnte sich davonschleichen, und wäre das Bedürfnis noch so groß. Von nun an würden sie neun Tage von morgens bis abends gemeinsam verbringen: jedes Frühstück, Mittagessen, Abendessen und die Zeit dazwischen in den zahlreichen Seminarstunden ebenfalls. Aufgrund ihrer überstürzten Anreise hatte Rosa diesen Gedanken verdrängt. Normalerweise besuchte sie Seminare, die zwei bis drei Tage dauerten, in einem Kongresszentrum in Stadtnähe abgehalten wurden und keine persönlichen Themen berührten. Wenn man wollte, konnte man abends ins Kino gehen oder sich anderweitig entziehen.

Der Aufenthalt an Bord bedurfte einiger Gewöhnung. Deutlich übertrug der Stahl die Vibration der Motoren bis unter ihre Füße. Der Wind trieb ungewohnte Gerüche von Diesel, Salzwasser und einen seltsam modrig riechend Mix aus Fisch und Algen in ihre Nase. Durch das Hafenbecken kreuzten zahllose Seefahrzeuge. Ein Ausflugsboot mit gläsernem Kuppeldach bot den vertrautesten Anblick. Sie sah Schlepper, Fähren, große RoRo-Schiffe und vieles mehr, das sie nicht einordnen konnte. Bei dem hohen Verkehrsaufkommen war es verwunderlich, dass es nicht pausenlos Unfälle gab. Eine Möwe zog im Gleitflug dicht über ihren Kopf hinweg und verschwand als schwarzer Punkt im Himmel.

Auf dem unteren Deck erschienen einige Matrosen in roten Overalls. Sie trugen Helme, schwere Arbeitsschuhe und Handschuhe. Ein Arbeiter bellte in ein Funkgerät. Kurz darauf knurrte jemand aus dem Lautsprecher zurück. Zwei Matrosen hatten über eine eilig ausgelegte Gangway das Schiff kurzzeitig verlassen und begannen nun, die armdicken Taue am Kai zu lösen. Die Leinen wurden eingeholt. Die Dieselmotoren heulten erneut auf, der Schornstein spuckte schwarzen Rauch aus. Durch die rotierende Schraube brodelte das Kielwasser, als wäre im Hafen ein Unterwasservulkan ausgebrochen. Langsam entfernte sich die *Leviathan* von der Kaimauer. Der Bug richtete sich auf das offene Gewässer aus. Und dann hatte sich das Schiff auch schon einige Meter vom Kai wegbewegt. Zu weit, um die Distanz springend zu überwinden. Die *MS Leviathan* legte ab. Jetzt gab es kein Zurück mehr!

Hamburg lag bald hinter ihnen. Die *Leviathan* fuhr weiter die Elbe hinauf, und der Erste Offizier lud zur Schiffsführung ein. Rosa beobachtete den Geschäftsmann, der vor DeRuijters Augen eine Zigarettenkippe über Bord schnippte. Wenn der Erste Offizier das missbilligte, zeigte er es nicht. Auf die Außentreppe weisend, die an der rückwärtigen Seite der Aufbauten hinauf zur Brücke führte, bat der Offizier die Passagiere, den Kapitän erst später dort zu besuchen, da der momentan alle Hände voll zu tun habe.

„Klopfen Sie an, treten Sie ein, ohne auf Antwort zu warten. Das ist so üblich an Bord. Man hört Sie vielleicht nicht. Warten Sie im Hintergrund, bis einer der Wachhabenden Ihnen ein Zeichen gibt. Vergessen Sie nicht, da oben wird gearbeitet. Aber wenn wir Offiziere Zeit haben, halten wir gerne einen Plausch. Und Sie können fragen, was Sie wollen. – Wenn Sie mir bitte folgen wollen."

Damit setzte sich die Gruppe in Bewegung. Rosa bildete das Schlusslicht.

„Achtung! Vorsicht! Immer diese Drängler!", blaffte Neumann, bevor sie die Aufbauten betraten. Er tat beinahe so, als wären sie auf einem Klassenausflug.

„Wer dafür ist, dass Max ab jetzt keinen Alkohol mehr bekommt, hebt die Hand", rief die Cocktailfrau in die Runde.

Niemand reagierte auf den Kommentar. Nur Jennifer Stein hob die Hand. Als sie feststellte, dass niemand sonst ihrem Beispiel gefolgt war, begriff auch sie den Witz und zog eingeschüchtert die Hand ein, woraufhin ein Lachen durch die Gruppe ging.

DeRuijter bugsierte die Passagiere durch die Aufbauten. Endlich klärte sich Rosas Verwirrung in Bezug auf die Deckbezeichnungen. Die unteren Etagen bildeten die Mannschaftsdecks. Das unterste Deck war das Hauptdeck und zog sich über die gesamte Schiffslänge hin. Das Deck darüber nannte DeRuijter „Poopdeck". Es folgten die Passagierdecks mit rückwärtiger „Zählung" Deck A, B und C. Das oberste Deck unterhalb der Brücke wurde auch als „Kapitänsdeck" bezeichnet, weil dort die nautischen Offiziere einquartiert waren.

DeRuijter führte sie von der Tür zur Brücke die einzelnen Decks hinab, über die Messe bis zu den Mannschaftsdecks. Dort standen die Türen offen, die Räume waren verwaist.

„An Bord wird rund um die Uhr gearbeitet", erläuterte er. „Einer hat immer Dienst. Heute werden im Maschinenraum Wartungsarbeiten durchgeführt."

In den unteren Mannschaftsdecks lagen die Freizeiträume: das Schwimmbad auf dem Poopdeck, das zum Lidodeck hinausführte, der Fitnessraum mit Hanteln, Laufband und einer Sauna, der Raum für die Single lectures mit Coach Hertz sowie ein Medienraum mit einem Fernseher und einem Computerterminal. In den Regalen fand sich eine reichhaltige Auswahl an DVDs und Büchern.

DeRuijter öffnete ein weiteres Schott, und die Gruppe betrat das Hauptdeck in Richtung Bug. Hier befanden sich die Container. Es war der Frachtbereich des Schiffs. In acht Reihen standen die Container über Deck. Im Laderaum wurden neben weiteren Containern einzelne Frachtstücke verwahrt, darunter ein Mercedes Baujahr 1937 für ein Automobilmuseum im amerikanischen Minneapolis und einige Turbinenersatzteile, die von New York nach Französisch-Guayana weiterverschifft werden sollten zum dortigen europäischen Raumhafen in Kourou. Aus rechtlichen Gründen durfte der Laderaum nicht betreten werden. Es war genauso verboten, an Deck zwischen den Containern herumzulaufen. Crew wie Passagiere durften nur über die sogenannte Gangbord, also an der Reling entlang, bis zum Bug gehen.

„Auf den anderen Containerschiffen sind die Container viel höher gestapelt. Wieso stehen hier nur drei übereinander?“, fragte Jennifer Stein.

„Das hat mehrere Gründe“, antwortete DeRuijter. „Die Ladung zu berechnen, ist eine Wissenschaft für sich. An welcher Position die einzelnen Container oder Güter abgestellt werden, wird von einem Computerprogramm exakt ermittelt. Dieses Programm berücksichtigt wiederum viele Teilaspekte, wie, dass Gefahrengüter ausschließlich im Bug gelagert werden dürfen, oder die optimale Lage des Schiffs im Wasser, auch ‚Trimm‘ genannt, was für die Geschwindigkeit und den Treibstoffverbrauch wichtig ist. Außerdem führen wir eilige Termingüter, und die *Leviathan* ist ursprünglich nicht als Containerschiff konstruiert worden.“

„Das heißt, an Deck stehen maximal hundertzweiundneunzig Container“, hakte Jennifer Stein nach. „Da nicht überall drei Lagen gestapelt sind, schätze ich, sind es weniger als hundertfünfzig. Ich meine, ist das überhaupt wirtschaftlich?“

DeRuijter lächelte gezwungen. „Ich bin Seemann und als solcher nicht für die Wirtschaftlichkeit verantwortlich. Das müssen Sie die Reederei fragen.“ Er schwieg einen Moment und fügte dann hinzu: „Übrigens sind es exakt hundertachtundvierzig Container.“

„Und was ist in den Containern?“, wollte Henning Bahlow wissen.

„Vorne stehen vier Flüssiggascontainer. Was in den anderen Containern ist, weiß ich nicht, um ehrlich zu sein, ich müsste das in den Ladepapieren nachschlagen.“

„Sie wissen nicht, was Sie transportieren?", hakte Bahlow nach. „Interessant."

„Nein. Ich kann schließlich nicht jeden einzelnen Container kontrollieren, ob tatsächlich das drin ist, was in den Unterlagen verzeichnet ist."

„Es könnte also alles Mögliche darin sein?" Henning Bahlow hob den Kopf.

„Theoretisch ja."

Die Reisenden schauten einige Sekunden lang schweigend auf die Ladung. Plötzlich standen die Container in einem ganz anderen Licht vor Rosa. Sie dachte an Schmuggelware, Menschenhandel und illegale Waffentransporte.

Da weitere Fragen ausblieben, fuhr DeRuijter fort. „Sie dürfen sich frei an Bord bewegen. Wohin Sie wollen. Nur bitte, achten Sie auf herumliegende Gegenstände. Und wenn Sie den Maschinenraum besuchen möchten, melden Sie sich bitte vorher an. Unser Chief, der Leitende Ingenieur, ist, was diesen Punkt betrifft, etwas eigenwillig."

„Und die Kombüse?", fragte die Cocktailfrau.

„Den Koch lassen wir auch besser in Ruhe", beeilte sich DeRuijter zu sagen.

„Herrgott, was verstecken Sie für Leute vor uns?", scherzte sie.

„Seeleute sind Individualisten", erklärte er schmallippig, „deshalb fahren wir zur See."

Nun widmete sich der Erste Offizier einigen Sicherheitseinrichtungen an Bord. Besonders imposant fand Rosa den Einblick ins nachträglich angebaute Freifallrettungsboot, das aussah wie ein kleines orangefarbenes U-Boot, sowie die Ganzkörperkälteanzüge, um im

Notfall im eisigen Meerwasser überleben zu können. Der Rundgang endete in der Offiziersmesse, wo das Mittagsessen sie bereits erwartete. Ein Fischgericht wurde serviert.

Was sonst?, dachte Rosa skeptisch.

Während des Essens stellte Hertz einige Fragen an die Seminarteilnehmer, hielt sich aber im Großen und Ganzen zurück. Der Erste Offizier kehrte zurück zur Schiffsgeschichte. Die *MS Leviathan* war seit ihrem Stapellauf 1962 in ostasiatischem Dienst gefahren und hatte nicht nur als Frachtschiff, sondern auch als Frachtpassagierschiff gedient, weshalb es einen solch exquisiten Speisesaal gab. Die *Leviathan* war seinerzeit häufig von Diplomaten und Geschäftsleuten sowie deren Familien und Entourage genutzt worden. Mit dem Anstieg des Flugverkehrs war die Personenschifffahrt deutlich zurückgegangen und aus der Mode geraten. Schließlich war der Frachter Ende der 1970er-Jahre außer Dienst gestellt und von der Reederei als Museumsschiff gepflegt worden. Vor vier Jahren hatte man begonnen, mit der vollständigen Wiederherstellung der *Leviathan* das goldene Zeitalter der Schifffahrt aufleben zu lassen.

„Haben Sie irgendwelche Fragen?", erkundigte sich DeRuijter.

Rosa meldete sich. „Ich habe unten an der Reling breite Netze gesehen. Wofür sind die gut?"

DeRuijter holte tief Luft. Es schien sich mit der Frage schwerzutun. „Die Netze benötigen wir nur bei hohem Seegang oder starker Krängung, also wenn das Schiff über die Längsachse kippt."

„Über die Längsachse kippt?", wiederholte Jennifer Stein ungläubig.

Die Segler in der Gruppe schmunzelten.

„Ja", bestätigte DeRuijter, „man nennt die seitliche Bewegung eines Schiffs in der Dünung auch ‚Rollen' oder eben ‚Krängen'." Er machte die Bewegung mit der Hand nach.

Rosa rutschte auf ihrem Stuhl hin und her.

„Ich weiß nicht, wie es den anderen ergeht, aber ich finde, ein Schiff sollte nicht kippen oder rollen. Da wird einem doch schlecht, und man hängt die ganze Zeit über der Reling, oder nicht?", meinte Jennifer Stein und lächelte unsicher.

Ihre Äußerung sorgte für allgemeine Heiterkeit.

„Ein Schiff ist ständig in Bewegung. Daran lässt sich nichts ändern", meinte Neumann schadenfroh.

Prem Jyoshi mischte sich zum ersten Mal in die Unterhaltung ein. „Wir haben unterschiedliche Mittel gegen Seekrankheit im Gepäck. Wenn Ihnen also übel oder flau wird, sagen Sie rechtzeitig Bescheid."

Das schien Jennifer Stein keinesfalls zu beruhigen. Sie blickte von einem zum anderen, aber niemand sagte etwas. Auch Rosa bereute es, das Thema angeschnitten zu haben.

„Wofür sind nun diese Netze?", fragte sie nervös.

DeRuijter setzte zu einer Antwort an, die Frau mit den Transportboxen kam ihm zuvor. Sie hatte vor wenigen Minuten erzählt, dass sie in der Forschung arbeite und zu den unerfahrenen „Seeleuten auf Zeit" gehöre.

„Bedeutet ‚*rollen*' nicht genau genommen eine vollständige Drehung, also dreihundertsechzig Grad um sich selbst?" Ihre Sachlichkeit klang hart und unbestechlich.

Der Erste Offizier erbat sich mit erhobenem Zeigefinger etwas Geduld. „Die Netze dienen zum Schutz der ‚Seeleichen'", meinte er. „So bezeichnen wir traditionell die Matrosen oder Passagiere, die bei starkem Seegang permanent über der Reling hängen. Wenn Sie verstehen, was ich meine."

Jetzt hatte er wieder die Aufmerksamkeit sämtlicher Seminarteilnehmer. Auch den Seglern schien der Begriff „Seeleiche" nicht bekannt zu sein. Alle Augenpaare waren fragend auf den Ersten Offizier gerichtet.

„Mit diesen Netzen verhindert man, dass Seekranke über Bord gespült werden. Daher nennt man die Netze ‚Leichenfänger'."

7

Der große Zeiger ihrer Armbanduhr war noch nicht ganz auf die volle Stunde vorgerückt, als Rosa nachmittags den Seminarraum betrat. Auf keinen Fall wollte sie erneut zu spät kommen, um so in den Fokus des Coaches zu rücken. Der Raum lag genau ein Deck unterhalb der Offiziersmesse und damit im Bereich der Mannschaftsdecks. Allerdings war er längst nicht so groß wie die Messe und durchbrach den an Bord vorherrschenden Einrichtungsstil. Es gab keine Möbel. Durch einige Bullaugen fiel Tageslicht hinein. Der Teppich war entfernt und durch eine Bambusmatte ersetzt worden. In der Mitte beschrieben Meditationskissen einen Sitzkreis. Eine große Kerze, die von frischen roten und orangefarbenen Blütenblättern umrahmt wurde, spendete stimmungsvolles Licht. Das übrige Zimmer wurde von indirekten Leuchten dezent erhellt. Die asketische Einkehr wurde durch künstlerische Naturfotos – Großaufnahmen von Wassertropfen, weißen Kieselsteinen und Tau bedeckten Bambusgräsern – an den Wänden unterstrichen. Rosa zählte neun Kissen in einem dezenten Hellblau.

„Ziehen Sie bitte draußen die Schuhe aus."

In einer Ecke erkannte Rosa Prem Jyoshi. Rosa nickte und folgte der Aufforderung. Sie spürte Feuchtigkeit zwischen den Zehen und war erleichtert, die Schuhe loszuwerden. Erst vor wenigen Minuten hatte sie die Socken zum zweiten Mal an diesem Nachmittag gewechselt, aber selbst die neue Garnitur war schon wieder nass. Hoffentlich würden die Schuhe über Nacht trocknen. Ihre Füße waren eisig.

„Der Raum soll spirituell rein bleiben", erklärte Prem Jyoshi, die damit beschäftigt war, einige Räucherstäbchen zu entzünden.

Rosa betrachtete misstrauisch das Rauchwerk. Von Weihrauchgeruch wurde ihr schnell übel. Weitere Seminarteilnehmer fanden sich ein und nahmen ihre Plätze auf den Kissen ein.

Die Assistentin kam auf Rosa zu und zog sie beiseite. „Ich habe hier einige Fragebögen, die Sie Roland noch ausfüllen müssten. Er benötigt diese Angaben für die Single lectures. Das haben alle Teilnehmer lange *vor* der Abreise gemacht. Nur von Ihnen fehlen die Unterlagen. Roland hat mich gebeten, sie Ihnen vor der Sitzung unter vier Augen zu überreichen, weil er bemerkt hat, dass Sie sich in Gruppen nicht wohlfühlen."

Rosa schaute die junge Frau mit großen Augen an. Es war der unsensiblen Assistentin gelungen, sie mit wenigen Sätzen gleich mehrfach zurechtzuweisen, obendrein mangelte es ihr an Taktgefühl. Gerade bei einem Antistressseminar hätte Rosa eine überbesorgte Mitarbeiterin erwartet.

Die Assistentin registrierte Rosas Blick, interpretierte ihn aber völlig falsch. „Ja, ich weiß. Es ging mir am Anfang genauso: Er merkt *alles!* Als könnte er irgendwie in einen hineinschlüpfen. Oder die Gedanken lesen. Es ist schon ein bisschen unheimlich. Roland ist so *unglaublich* feinfühlig!"

Prem Jyoshi rieb mit dem Handrücken über Rosas Oberarm und schob sie zu einem freien Meditationskissen. Rosa bekam eine Gänsehaut. Es war bereits das dritte Mal an diesem Tag und das zweite Mal innerhalb weniger Minuten, dass die Assistentin sie wie eine Marionette herumführte.

Rosa setzte sich auf das Kissen und zog die Knie an die Brust. Sie wusste nicht, wohin mit den Händen, die abwechselnd auf den Knien ruhten oder ihre Beine umfassten. Hin und wieder versuchte sie, sich seitlich abzustützen, doch dabei drohte sie regelmäßig, das Gleichgewicht zu verlieren. Unweigerlich zerknitterten die Fragebögen in ihrer Hand. Auf dem Kissen neben ihr nahm jemand Platz – Max Neumann! Genau das hatte sie vermeiden wollen. Ihr Groll wuchs.

„Damit sind wir jetzt wohl ‚Banknachbarn‘, was?" Neumann lächelte wie ein Schuljunge.

Rosa verzog die Mundwinkel zu einem schiefen Grinsen.

„Super! Ich freue mich schon auf die Partnerübungen!"

Rosa zuckte zusammen. Bei dem Gedanken verkrampfte sich jeder Muskel in ihrem Körper.

Wenig später erschien der Coach. Wie zuvor in der Offiziersmesse nahm Hertz im Lotussitz im Kreis der Gruppe Platz und eröffnete die Runde mit dem indischen Gruß „Namaste". Prem Jyoshi schlug mit einem Stoff ummantelten Klöppel gegen eine Klangschale. Ein zartes Bing hallte durch den Seminarraum.

„Ich werde gleich jeden Einzelnen bitten, sich mit einigen Sätzen – nicht länger als zwei Minuten – vorzustellen", erklärte der Coach, „vor allem im Hinblick auf

Ihre Erwartungen bezüglich des Workshops. Ich weiß, Sie hatten bereits beim Empfang und beim Mittagessen Gelegenheit sich kennenzulernen. Aber lassen Sie es mich so ausdrücken: Wir befinden uns in einem ganz neuen Raum mit ganz neuen Personen. Hier sind wir nur noch *wir*." Er hielt einen Moment lang inne. „Im Rahmen der *Lectures* gibt es ein paar Regeln, die wir beachten müssen. Vor allem dann, wenn wir das klassische Coaching verlassen und den Bereich der aktiven Beratung betreten. Die wichtigste Regel dabei ist – das."

Rosa grübelte noch über die Bedeutung der Phrase „aktive Beratung" nach, während Hertz eine weiße Feder hochhielt.

„Das ist die Redefeder", sagte er. „Nur wer die Feder in Händen hält, hat das Wort und darf reden. Alle anderen schweigen. Vielleicht kennen Sie ein vergleichbares Ritual." Nach längerem Schweigen fuhr er fort. „Wenn wir erschöpft sind, sehen wir die Welt und unser Leben pessimistisch. Wir fühlen uns im wahrsten Sinne des Wortes am Ende und beschwichtigen uns mit Sätzen wie ‚Wenn ich dieses oder jenes hätte, würde es mir besser gehen' – ‚Wenn ich erst dieses oder jenes erreicht habe, kann ich auch alles andere erreichen'. All diese Wenn-danns blockieren unseren freien Willen. Würden Sie zustimmen, dass dieses Lied Ihre innere Gefühlslage widerspiegelt?" Er schaute in die Runde.

Vereinzeltes Kopfnicken. Aus Furcht vor der Lösung wehrte sich Rosa, die Frage zu beantworten. Hertz änderte seine Pose von nachdenklich in siegessicher. Er schob das Kinn vor. Seine charismatische Wirkung entfaltete sich vollends.

„Eines kann ich Ihnen versprechen: Am Ende dieses Coachings werden Sie so viele Entspannungstools gelernt haben, dass Sie darüber lachen können. Ihre innere Haltung wird eine ganz, ganz neue sein. Funktionieren wird das nur mit Ihrer aktiven Mitarbeit."

Niemand sagte etwas.

„Mein Name ist Roland Hertz", begann der Coach die Vorstellungsrunde, „ich beschäftige mich seit mehr als dreißig Jahren mit der menschlichen Psyche, insbesondere mit Erschöpfungs- und Stresszuständen."

Er pries seine Arbeit und zahlreichen Würdigungen wie Ehrentitel. Privat sei er ein passionierter Segler, was ihn überhaupt erst auf die Idee gebracht habe, ein Seminar auf See zu veranstalten, und verheirateter Vater zweier Töchter.

Rosa registrierte, dass der Coach erst sein Hobby und dann die Familie aufgezählt hatte. Hertz reichte die Feder an seine rechte Nachbarin weiter.

„Mein Name ist Angela Weniger", stellte sich die Frau vor. „Ich bin Informatikerin und arbeite für einen großen Internetanbieter, dessen Namen ich nicht erwähnen möchte. Gleichzeitig bin ich Hausfrau und Mutter."

Zwar war von der Cocktail beschwingten Sprücheklopferin keine Spur mehr, aber Rosa fiel es schwer, sich die Hausfrau hinter der alternativ kostspielig gekleideten Frau vorzustellen, die mit Sicherheit nur einen Starstylisten an ihre rötlichen Haare ließ, so perfekt saßen Make-up und Frisur. Angela Weniger erklärte, warum es ihr wichtig war, den Namen ihres Arbeitgebers zu verschweigen, da der wegen einiger datenrechtlicher Vorfälle gelegentlich in der Presse auftauchte und öffentlich kritisiert und kontrovers diskutiert wurde. Das Unternehmen habe ein fortschrittliches Programm entwickelt, um dem angeschlagenen Führungspersonal eine Auszeit zu verschaffen, damit es seine Batterien wiederaufladen konnte. Und genau das würde sie hier tun wollen. „Den Akku kalibrieren“, wie sie sich ausdrückte.

Ihre Nachbarin, die sich Rosa beim Empfang als Jennifer Stein vorgestellt hatte, nahm zögerlich die Feder entgegen. Die junge Frau trug einen kurzen Rock, der eine äußerst disziplinierte Sitzhaltung erforderte. Sie hatte eine weibliche Figur. Den in der Offiziersmesse gezogenen Kompass hatte sie sich wie einen Talisman um den Hals gehängt. Aufgrund der zahlreichen Strähnchen gelang es Rosa nicht, ihre ursprüngliche Haarfarbe zu bestimmen.

„Vermutlich bin ich die Jüngste. Ich heiße Jennifer Stein und bin achtundzwanzig Jahre alt.“ Sie wirkte nervös und angespannt. Entweder spielten ihre Finger mit dem Kompass, oder sie kratzte sich im Gesicht. „Die meisten nennen mich einfach nur Jen. Jenny nennt sich jede! Ich habe einen Freund, bin achtundzwanzig – ach, das habe ich ja schon erzählt – und arbeite bei *Megaphone* in der Kundenbetreuung. Ja, also, was sonst noch? Ich mache gerne Sport und lese viel. Aber in letzter Zeit fehlt mir eben die Zeit.“ Sie lächelte dünn.

Rosa fragte sich, ob aus Unsicherheit oder weil ihr selbst aufgefallen war, dass sie das Wort „Zeit“ zweimal in einem Satz verwendet hatte.

Dann berichtete Jennifer, wie sehr sie im Job unter Druck stünde. Sie war vor einigen Wochen zur Ableitungsleiterin für die Kundenbetreuung befördert worden und damit eine leitende Managerin des Konzerns, und das mit achtundzwanzig Jahren.

Rosa staunte, immerhin hatte sich Jennifer Stein anfangs als kleine Mitarbeiterin verkauft. Tatsächlich war sie eine gänzlich überlastete Spitzenmanagerin.

Als Nächstes kam Max Neumann an die Reihe. Er stellte sich nicht namentlich vor. Nach wie vor trug er seine regenfeste Cargohose. Über dem Hosenbund wuchs ein Wohlstandsbäuchlein. Neumann gehörte zu den Männern, bei denen ein Dreitagebart nicht cool oder sexy, sondern ungepflegt wirkte. Außerdem verströmte er einen seltsam abgestandenen Geruch, den Rosa zuvor nicht an ihm wahrgenommen hatte. Weil der Mann beim Cocktailempfang viel von sich und seiner Arbeit gesprochen hatte, wusste Rosa, dass er Videokünstler war. Er suchte immer wieder den Blickkontakt mit Rosa, als wollte er ihre Bestätigung. Jetzt begann er, in aller Ausführlichkeit seine Installation zu beschreiben. Er hatte während eines längeren Aufenthalts in den USA Fotos und Videoaufnahmen von Tatorten erstellt, die von der amerikanischen Spurensicherung mit Luminol untersucht worden waren. Die chemische Verbindung, so erklärte er, konnte abgewaschene Blutspuren sichtbar machen. Die bei seiner Arbeit entstandenen, meist neonbläulich leuchtenden Bilder hatte er in seiner Videoinstallation verarbeitet.

Rosa kannte Luminol nur zu gut. Es war eines der wenigen Mittel, das Blut selbst in kleinsten Mengen nachweisen konnte. Für sie war das Berufsalltag, den Kunstaspekt konnte sie nur in geringem Maße nachvollziehen. Als Max Neumann mit der Beschreibung seiner blutrünstigen Installation zum Ende gelangte, war er mit keiner Silbe auf die Fragestellung des Coaches eingegangen. Weder sprach er über seine Kunst mit Begeisterung, noch konnte er Begeisterung auslösen. Aufgrund ihrer Erfahrung mit Gewaltverbrechern musste Rosa den Impuls unterdrücken, Neumanns Kunst als krankhaft abzustempeln.

Er schien ihre Abneigung zu spüren, denn er beteuerte: „Keine Sorge, es ist als Kritik an Gewalt zu verstehen."

Neumann fügte hinzu, dass ihn seine letzte Arbeit sehr viel Kraft gekostet habe und er nun dringend Erholung brauche. Der Leistungsdruck als Freischaffender sei besonders hoch. Rosa bemerkte, dass es bei ihm keinen Satz gab, in dem nicht das Wort „Arbeit" vorkam. Er schaute in die Runde. Lange sah es so aus, als wollte er noch etwas sagen, dann drückte er Rosa die Feder in die Hand.

Was sollte sie sagen?, fragte sie sich. Über die Arbeit wollte sie nicht sprechen. Und Privates zu offenbaren, gefiel ihr erst recht nicht. Sie spielte mit der Feder. Gerade wollte sie ansetzen, sich irgendetwas aus den Fingern zu saugen, und blickte über die flackernde Kerze direkt in Hertz' unergründliche Augen, da mischte sich der Coach ein. Scheinbar galten seine Regeln für ihn selbst nicht.

„Max, Sie verstehen die Skepsis Ihrer Nachbarin besser, wenn Sie wissen, dass Frau Bach beim Bundeskriminalamt arbeitet. Aber davon wird Sie gleich bestimmt erzählen."

Rosa verschlug es die Sprache. Dann erinnerte sie sich an ihren Schwur, sich bei nächster Gelegenheit nicht so voreilig dem Gruppenzwang zu fügen. „Rosa Bach, es ist richtig, ich bin Kriminalbeamtin. Ansonsten enthalte ich mich. Wir werden neun Tage hier an Bord verbringen. Da gibt es noch genügend Gelegenheit sich kennenzulernen."

Sie wunderte sich selbst, wie entschlossen ihre Stimme klang. Aus Furcht vor den Reaktionen zog sich ihr Magen zusammen. Sich gegen die Konvention zu wehren, erfüllte sie mit brüchiger Zufriedenheit, denn sie wusste, sie würde sich nicht ewig drücken können. Sie vermied den Augenkontakt mit dem Coach, denn sie wollte ihm nicht signalisieren, ihn herausfordern zu wollen, und gab die Feder zügig an ihre Nachbarin weiter.

„Ich fände es sehr schön, wenn wir uns duzen würden", begann die Frau, die ungefähr in Rosas Alter sein musste.

Bisher hatte sie sich zurückhaltend verhalten. Ihr Körperbau war athletisch. Rosa beneidete die Frau um ihre sinnliche Ausstrahlung, die von teurem Goldschmuck unterstützt wurde.

„Also mache ich mal den Anfang. Mila", sagte sie. „Leistung plus Anstrengung gleich Anerkennung. Mit dieser an sich simplen Formel bin ich groß geworden. Daran habe ich immer geglaubt. Felsenfest geglaubt. Arbeite hart, und du wirst erfolgreich sein. Mein Vater ist mit dieser Formel sehr erfolgreich geworden. Warum sollte es bei mir nicht genauso laufen? Und was habe ich also getan? Ich habe immer hart gearbeitet, sehr hart gearbeitet. Ohne irgendein nennenswertes Ergebnis. Seit geraumer Zeit ist mir daher klar: Diese

Formel ist absoluter Blödsinn! Die Karrieren meiner Eltern werde ich nicht wiederholen können, egal wie sehr ich mich anstrenge. – Das ist, als würde man *pausenlos unter Strom stehen und doch keine Energie haben!* Könnt ihr euch vorstellen, wie schrecklich sich das anfühlt?"

Die Intensität, mit der die Frau in ihre Vorstellung eingestiegen war, verschaffte ihr ein hohes Maß an Aufmerksamkeit. In ihren Redepausen hätte man eine Stecknadel fallen hören können.

Sie stellte sich als Mila Adler, dreiunddreißig Jahre, vor. Sie lebe mit ihrem Freund Ole zusammen und leite ein Pflegeheim. Der Frau ging es offensichtlich gar nicht gut. Keinem ging es gut. Milas Lippen zitterten, und ihre Augen flackerten wild hin und her. War sie einem Zusammenbruch nahe? Rosa warf einen verstohlenen Blick hinüber zum Coach.

„Es tut mir leid, dieser emotionale Stress macht mich manchmal fertig", flüsterte sie. Noch während sich Mila entschuldigte, wurde sie vom Klingeln eines Handys unterbrochen.

„Ah, super, ich dachte schon, es funktioniert nicht", rief der Geschäftsmann begeistert, der links neben Hertz saß. Es lag keine Spur des Bedauerns über die ungebetene Störung in seiner Stimme. „Kessler", nahm er das Gespräch ungeniert entgegen und telefonierte in einer Lautstärke, als wäre er allein im Raum.

Rosa und die übrigen Teilnehmer wurden Ohrenzeugen sensibler Interna. Irgendein „Armleuchter" verlor gerade seinen Job. Der Telefonierende schien damit keinerlei Probleme zu haben. Entsetzt starrten einige Seminarteilnehmerinnen Hertz an. Offensichtlich erwarteten sie ein hartes Durchgreifen des Coaches.

„Die Handys funktionieren nur noch, solange wir in Küstennähe sind", erläuterte Roland Hertz und grinste wölfisch. „Prem, würdest du bitte?"

Prem Jyoshi erhob sich, ging zu dem Telefonierenden und streckte entschlossen die Hand aus. „Ihr Handy bitte", sagte sie streng.

Zögerlich reichte Kessler das Mobiltelefon der Assistentin. Sobald das Gerät in ihrer Hand lag, schnappten die Finger wie eine Falle zu. Prem Jyoshi schaltete das Handy ab und wandte dem Geschäftsmann den Rücken zu. Der lachte nervös auf. Rosa staunte. Mit so wenig Körpersprache so viel Überlegenheit auszudrücken, dass es eine Person wie diesen Typen dazu brachte, sein Handy abzugeben, verdiente Anerkennung.

Milas hatte die Feder bereits an ihren Sitznachbar weitergereicht. Er hatte die Ärmel seines weißen Hemdes hochgekrempelt und spielte mit der Feder. „Henning Bahlow ist mein Name. Ich freue mich, hier zu sein. Die See, das Schiff, das Seminar – das alles ist fantastisch. Das Einzige, was ich bedauere, ist, dass ich nun fast zwei Wochen meine Familie nicht sehen kann. Ich bin übrigens Rechtsanwalt für Steuerrecht. Sehr langweilig! Ja, was sonst? Mir fällt gerade nichts Wichtiges ein."

Urplötzlich sackte Bahlow vollkommen in sich zusammen. Das Kinn ruhte auf seiner Brust. Sein Haar am Hinterkopf lichtete sich. Er sprach so leise, als wären sie auf Zwergengröße geschrumpft und würden bei ihm auf den Oberschenkeln sitzen.

„Hat wohl keinen Zweck, sich was vorzumachen. Was Mila eben gesagt hat, hat mich tief beeindruckt. Die Akten auf meinem Tisch stapeln sich. Ich weiß nicht, wann ich die jemals alle abarbeiten soll. Selbst mit fünfzig Überstunden am Tag." Bahlow schwieg einen Moment, suchte erneut Blickkontakt zu Mila Adler und gab die Feder weiter.

Seine Nachbarin verweigerte die Annahme. „Linda Meyer, Entomologin", sagte sie steif, „ansonsten schließe ich mich der Meinung von Rosa Bach an. Auf diese Emotionalität hab ich gar keinen Bock!"

Rosa merkte, dass ihre Aussage nicht feindselig gemeint war, sondern dass die Frau entrüstet war. Sie war ganz in Schwarz gekleidet. Aus dem Bündchen am Handgelenk stach ebenso wie am Hals ihres Rollkragenpullis der Zipfel einer Tätowierung hervor. Unweigerlich fragte sich Rosa, ob sich das Tattoo über den gesamten Arm zog. Neben dem Coach saß Linda als Einzige in der Runde nicht nur sicher, sondern geradezu würdevoll auf dem Meditationskissen, einer dunklen Herrscherin auf ihrem Thron gleich. Was würde passieren, wenn man ihr in die Quere käme? Mit Linda Meyer zurechtzukommen, würde schwierig werden.

„Was ist das? Eine Entomologin?", fragte Neumann.

Sofort unterbrach ihn der Coach. „Haben Sie die Redefeder, Max?"

„Nein." Er klang belustigt.

„Linda, Sie müssen nicht auf die Frage antworten, sie ist nämlich, unseren Regeln gemäß, nicht gestellt worden. Und ich muss eindringlich darauf bestehen, dass wir uns an die Regeln halten“, betonte Hertz.

Angela Weniger zischte Richtung Neumann: „Linda hat eben beim Mittagessen erzählt, dass sie sich mit Biolumineszenz beschäftigt. Wenn du nur ein Mal zuhören würdest, statt immer nur von dir selbst zu reden, wüsstest du das!“

Neumann konnte sich ein Lachen nicht verkneifen. Die oftmals beschworene Sensibilität der Künstler war nicht seine größte Stärke. „Tut mir leid, ich hatte keine Ahnung, dass Sie die Redepolizei sind. Vielleicht kann sie“, er deutete auf Linda Meyer, „selbst entscheiden, ob sie antworten möchte oder nicht.“

Die würdigte ihn keines Blicks und nahm Henning Bahlow die Feder ab, nur um sie an Kessler weiterzugeben.

Rosa bemerkte, dass die Stimmung kippte, und fragte sich, warum der Coach die Gruppe nicht zurück zu einem gemeinsamen Konsens führte. Er musste damit eine bestimmte Absicht verfolgen.

Oder er schwebt weit, ganz weit über diesem Kindergartenverhalten, dachte sie.

Kessler steckte sich die Feder an den Hinterkopf, wo sie wegen der kurzen Haare kaum Halt fand. Ein schalkhaftes Lächeln huschte über sein Gesicht. Rosa erwartete, dass er sich auf den Mund schlagen und heulen würde, um den Indianerruf der Kinderspielplätze zu imitieren. Tatsächlich bekam sein Gesicht wider Erwarten rötliche Flecke, und er begann, an seinen Fingernägeln zu knibbeln.

„Tommy Kessler. Es tut mir leid, ich bin zum ersten Mal in so einem Seminar." Erneut zog er geräuschvoll Luft in seine Lunge. „Ich bin fünfundvierzig Jahre alt und habe drei Herzattacken hinter mir", beeilte er sich zu erklären, als wollte er den unangenehmen Teil schnell hinter sich bringen.

Kessler befand sich in einer schwierigen Situation. Niemand in der Runde, meinte Rosa zu spüren, konnte den Mann sonderlich leiden. Doch nun wurde er ernst. Der überhebliche Macho lag meilenweit hinter ihm. Die Feder in seinen Haaren löste sich und rutschte über die Schulter in seinen Schoß.

„Ich bin am Ende aller Ausreden." Er schwieg. Es musste ihn viel Überwindung gekostet haben, über seinen Schatten zu springen.

Keiner sagte etwas.

„Ach ja, ich bin übrigens Fernsehproduzent. Movies, Shows – ihr habt bestimmt schon mal was gesehen. Hauptsächlich produziert meine Firma Doku-Soaps und eine erfolgreiche Kochshow. Also wirklich das unterste Niveau mit allerbesten Einschaltquoten!"

Rosa hatte noch nie jemanden so abfällig über den eigenen Erfolg sprechen hören.

Roland Hertz nahm die Feder an sich. „Ich danke Ihnen allen. Das war wunderbar. – Neun Tage an Bord eines Schiffs. Das ist kein Zufall. Ich habe diesen Ort mit *Achtsamkeit* gewählt." Er machte eine bedeutungsvolle Pause, führte nachdenklich einen Finger an die Lippen und nahm Fahrt auf. „Wir reden ständig darüber, aber – was ist Stress? Was isst Stress auf? Wie reagieren wir auf Stress? Was passiert da mit unserem

Geist, unserem Körper? Wie oft wischen wir Stress beiseite, als wäre es etwas Normales? Stimmt, in geregelten Maßen ist Stress ganz normal. Gehört zum Leben dazu. Wie alles seine positiven und negativen Seiten hat. Wir werden den Stress analysieren. Was genau in Ihrem Tagesablauf bereitet Ihnen diese erhebliche Überbelastung? Und dann: Wie gehen wir damit um? Wie, im wahrsten Sinne des Wortes, bekämpfen wir den Stress? Ist es sinnvoll, Stress zu bekämpfen? Können wir bei diesem Kampf überhaupt gewinnen?"

Hertz machte eine Pause. Sein Blick wanderte andächtig von einem Gesicht zum nächsten, bevor er weiterredete. Ausführlich erläuterte er, was seine Seminarteilnehmer in den folgenden Tagen zu erwarten hatten. Sachlich beschrieb Hertz sein Coaching. Er zählte die Erstellung eines Genogramms, eine Kontaktfeldanalyse sowie ausgewogene Ernährung und die Chöd-Methode auf. Letztere kannte Rosa nicht. Aber sie wagte nicht, nachzufragen und die konzentrierte Stimmung zu unterbrechen, die wieder Einzug gehalten hatte, seit Roland Hertz das Wort ergriffen hatte. Die Klarheit seiner Worte wirkte auf Rosa nicht routiniert, sondern verschaffte ihr Ruhe angesichts der Fülle an Informationen. Schließlich schlug der Coach einen emotionaleren Ton an.

„Wie ein Kapitän möchten Sie Ihr Lebensschiff wieder auf Kurs bringen."

Die Anspannung im Raum stieg. Alle Anwesenden schienen zu begreifen.

Der Coach drang weiter zum Kern seiner Aussagen vor und beendete seine Einführung mit den Worten: „Gleich den Nautikern auf der Brücke forschen auch wir, und zwar nicht nach dem rechten, sondern nach dem *mittleren* Kurs. Brechen wir also auf ins magische Land unseres Inneren – werden wir zu Psychonauten!"

Hertz schloss die Augen. Instinktiv senkte Rosa die Lider. Das Schiff stampfte durch die sanfte Dünung der Nordsee. Rosa vernahm ein Schniefen, jemand schnäuzte sich die Nase. Zu ihrer Linken weinte jemand.

„Gut, machen wir an dieser Stelle eine Unterbrechung. Kommen wir innerlich zur Ruhe und konzentrieren uns auf unsere Atmung. Wie wir einatmen und wieder ausatmen."

Minutenlang schwieg Hertz nun. Rosa versuchte, sich auf ihren Atem zu konzentrieren und ihren Fokus ganz auf die Meditationsübung zu richten. Aber es gelang ihr nicht, die tiefgreifenden Erklärungen des Coaches auszublenden. Sie setzte sich unter Druck, dass ihr die Übung gelingen möge, und wurde mit jedem Atemzug unruhiger. Als Prem Jyoshi erneut die Klangschale schlug, brodelte ihr innerer Vulkan.

Zum Abschluss der Session ließ Hertz eine durchsichtige Plastikschale reihum wandern. Auf dem Boden der Schale lagen gefaltete weiße Zettel. Jeder sollte einen ziehen, auf dem der Name eines anderen Teilnehmers zu lesen sei. Die gezogene Person sei der individuelle Gruppenpate. Eine Vertrauensperson oder Intimus, dem man sich jederzeit bei Problemen und Schwierigkeiten oder einfach so anvertrauen könnte, wenn derjenige das wollte.

„Noch eines", fügte Hertz hinzu, „offenbaren Sie sich Ihrer Patin oder Ihrem Paten in einer ruhigen Minute."

Rosa zog einen Zettel und entfaltete ihn. Mila. Instinktiv schaute sie nach rechts, wo Mila saß, und tadelte sich sofort für ihren Fauxpas.

Pokerface, ermahnte sie sich und tat so, als hätte ihr Blick lediglich der weiterzureichenden Schale gegolten. Schließlich nahm Hertz das Gefäß wieder in Empfang, schloss noch einmal die Augen und atmete mehrmals hörbar ein und aus, dann öffnete er sie, stand auf und verließ mit einem „Namaste" den Raum.

Es herrschte Stille, bis sich Prem Jyoshi erhob. „Wir beginnen im Anschluss mit den *Single lectures*. Wenn Sie sich bitte zu Ihrem Termin im Single-lecture-Raum einfinden würden. Ein kleiner Hinweis: Gönnen Sie sich und Ihrem Kreislauf beim Aufstehen etwas Zeit. Vielen Dank."

Als sie wieder in ihrer Kammer war, entdeckte Rosa auf dem Kabinentischchen ein großes, in schwarzes Leder eingebundenes Buch. Eine Postkarte mit Meereswellenmotiv sowie einer handschriftlich verfassten Grußbotschaft lag obenauf. Rosa las.

Heute ist der erste Tag Ihres neuen Lebens. Wenn Sie mögen, begleiten Sie sich selbst in diesen Lebensabschnitt und füllen die Seiten mit Ihren Gedanken und Gefühlen. Mit freundschaftlichen Grüßen, Roland Hertz.

Rosa legte die Postkarte beiseite und schlug den Einband auf. Auf der ersten Seite stand, geprägt in goldfarbenen Buchstaben:

Rosas Logbuch.

Und auf der folgenden Seite:

1. Tag an Bord der MS Leviathan.

Ergriffen blätterte Rosa durch die leeren Seiten. Der Coach verstand es, seine Teilnehmer mit außergewöhnlichen Aktionen zu überraschen und neue Impulse zu setzen. Rosa spürte, wie die Brücken zu ihrem alten Leben aus Verzweiflung und Ratlosigkeit schlagartig abgebrochen wurden. Ein kleines Wunder!
„Ist das wirklich möglich?", fragte sie sich ungläubig und wischte sich einige Tränen von der Wange. „Der Typ ist ein Magier." Plötzlich musste sie lachen. „In neun Tagen himmele ich ihn genauso an wie seine Assistentin!"

8

Auf dem Tisch breitete sie eine Gummiunterlage aus, die sie aus ihrem Koffer geholt hatte, und stellte drei kleine Tiertransportboxen darauf ab. Die Unterlage sollte vor allem die Vibration der Schiffsmotoren dämmen.

„Gleich kriegst du deinen Ausgang, meine Kleine", sagte sie in Richtung einer der Boxen.

Dann erzählte sie, was tagsüber vorgefallen war und warum sich der Ausgang so lange verzögert hatte, alles in einem verniedlichenden Duktus. Außerdem machte es ihr Spaß, sich immer neue Kosenamen für ihren Liebling auszudenken, die auf „-chen" oder „-lino" endeten. Ihre Tiere waren die Einzigen, die eine Pause zu einer realen Auszeit machten. Andere trieben Sport oder glotzten Fernsehen – sie sprach mit Tieren. Es gab Leute, die sie deshalb für verrückt hielten. Aber das war ihr egal. Genau genommen, war sie sich sicher, dass es viel verrücktere Dinge gab. Sie hatte nur Augen und Ohren für die Boxen und überhörte das Klopfen an der Tür.

Während sie sprach, holte sie eine zusammengerollte Banderole aus dem Koffer und breitete sie um eine Box herum aus. Der improvisierte Plastikzaun war nur wenige Zentimeter hoch, und natürlich wusste sie, dass die Barriere das Tier nicht lange aufhalten würde, den

Rest des Raums zu erkunden. Das beunruhigte sie nicht, vielmehr erfüllte sie der Entdeckergeist ihres Lieblings mit Stolz. Es klopfte erneut. Sie hörte den Schiffssteward von draußen fragen, ob sie genügend Handtücher hätte.

„Ja danke!", rief sie durch die Kabinentür zurück. Und an das Tier gewandt, meinte sie: „Das ist doch belanglos. Du wartest auf deinen Auslauf."

Dann beugte sie sich vor und öffnete die Tür der Box.

***

Mit geübten Handgriffen hatte er die Kleidungsstücke seiner Tasche entnommen und sorgfältig im Schrank auf Bügel und Fächer verteilt. Bisher hatte er dafür keine Zeit gefunden, Ordnung war jedoch wichtig.

Er überlegte, was er beim Abendessen anziehen sollte. Auf keinen Fall wollte er irgendetwas tragen. *Irgendetwas* konnte die falschen Signale senden. Und gerade am Anfang musste man in einer Gruppe unbedingt den richtigen Eindruck erwecken. Die Blonde war ziemlich sexy. Was sollte die von ihm denken, wenn er wie ein heruntergekommener Penner herumlief? Momentan trug er nichts als schwarze Socken und weiße Baumwollshorts. Alle anderen Stoffe lösten einen unangenehmen Juckreiz aus.

Für jeden Anlass hatte er das entsprechende Kleidungsstück mit auf die Reise genommen. Er fuhr ungern unvorbereitet an einen Ort, ohne vorher durchgespielt zu haben, in welche Situationen er geraten könnte und wie er zu reagieren hätte. Natürlich gab es bei solchen Seminaren Hunderte Unwägbarkeiten, die man vorher unmöglich kalkulieren konnte. In solchen Fällen setzte er auf Improvisation und Erfahrung, und das, was er „vorbereitet ins Unvorbereitete" nannte. Er benutzte das Bonmot seit geraumer Zeit. Da es ihm sprachlich nicht ausgereift erschien, hatte er es bisher ausschließlich zur eigenen Erbauung verwendet.

Er lenkte seine Gedanken zurück zum Abendessen und blickte auf seine Uhr. Jetzt hieß es sich zu beeilen. Als Letzter wollte er nicht beim Essen erscheinen. Doch was sollte er anziehen? Auch wenn die meisten Menschen nicht darauf achteten, wusste er, dass die rein äußerliche Erscheinung – Kleidung, Auftreten, Ausstrahlung – immer auch ein Ausdruck des eigenen Selbstverständnisses darstellte. Ein maskenhaftes, stilisiertes Selbstbildnis. Was andere von einem dachten, wurde maßgeblich dadurch bestimmt, wie man sich ihnen im wahrsten Sinne des Wortes präsentierte.

Man geht einfach nicht mit offenem Hosenstall zu einem Date, dachte er.

Ein Lächeln huschte über seine Lippen – nicht weil er seinen billigen Scherz amüsant fand, sondern weil er sich gerade für eine passende Kombination entschieden hatte.

***

Die Fliesen unter ihren nackten Füßen fühlten sich kalt an.

Am Beckenrand sah sie auf die Wasseroberfläche. Durch die orange getönten Gläser ihrer Schwimmbrille nahm sie die sich kräuselnden Wellen nur verzerrt wahr. Es war ihr eine Herzensangelegenheit, das Schwimmbad gleich zu Beginn der Reise zu testen. Mochte es noch so sinnvoll sein, dieses Antistressseminar zu besuchen, ohne ihren Sport, ihren Ausgleich, wäre jede Wirkung hinfällig. Nichts war so gut wie eine Stunde Training im besten aller Elemente: im Wasser! Wenn sie die Wahl gehabt hätte, wäre sie lieber als Fisch auf die Welt gekommen.

Oder als Meerjungfrau, dachte sie nicht ohne Ironie.

In einem öffentlichen Hallenbad an einem gewöhnlichen Wochentag zu schwimmen, bedeutete oftmals mehr Krieg als Sport. Sich auf der Bahn gegen die anderen Schwimmer durchzusetzen, erforderte eine starke Psyche. Und wenn man ihr eines nachsagte, dann einen unbeugsamen Willen, der tragischerweise in letzter Zeit ziemlich angeknackst war. Ihre angestauten Aggressionen schwamm sie sich von der Seele. Wohl nicht ihren ganzen Frust, denn ansonsten wäre sie nicht in diesem Seminar, musste sie sich eingestehen.

Sie kannte alle Sorten von Schwimmern. Da gab es die sogenannten Kraftkrauler, die mangels guter Technik nur über einen erheblichen Aufwand an Muskelkraft vorwärtskamen. In ihren Augen schwammen die Kraftkrauler nicht nur gegen eine miserable Technik an, sondern gegen das Wasser selbst. Ein trauriger Anblick. Weiterhin gab es die Wasserschläger. Das waren Schwimmer, die, anstatt die Schwimmbewegung unter Wasser auszuführen, auf die Oberfläche eindroschen, als wäre der Leibhaftige hinter ihnen her, und damit meterhohe Spritzfontänen um sich herum verbreiteten. Auch die Wasserschläger mussten mehr Kraft aufwenden und waren daher kaum von den Kraftkraulern zu unterscheiden. Erbärmlich!

Nicht jede Bewegung ist Sport, lautete ihr zynisches Credo.

Egal aus welcher Gruppe, wenn sie eines dieser „Naturtalente" vor sich in der Bahn hatte, erwachte in ihr der Spieltrieb, obwohl sie tauchend oder schwimmend hätte überholen können. Wenn tagsüber auf der Arbeit keine Praktikanten greifbar waren, konnte sie wenigstens abends Schwimmer jagen wie Weiße Haie Robben. Das fühlte sich wahnsinnig gut an.

Warum mussten diese Leute sie auch beim Training stören!

Die nächsten neun Tage an Bord würde sie sich über niemanden ärgern müssen. Das ganze Schwimmbecken hatte sie für sich. Zwar hatte der Pool, gemessen an den Ausmaßen eines Hallenbads, die Größe einer Besenkammer. Aber es war eben eine Besenkammer für sie allein. Vielleicht würde sich ab und zu mal ein anderer Teilnehmer hierhin verirren, doch das konnte sie verschmerzen. Man musste an das Positive denken, nicht umgekehrt. Sie würde ausgiebig ihre Rollwenden trainieren, die hatte sie ewig nicht mehr geübt. Am Ende der Reise würde sie nicht nur mehr Willensstärke aufweisen, sondern auch endlich wieder perfekte Rollwenden ausführen können.

Kraftvoll stieß sie sich vom Beckenrand ab.

9

ROSAS LOGBUCH – ERSTER TAG: DAS WINTERGOLDHÄHNCHEN

Wir sollen Tagebuch schreiben. Ich vermute mal, alle haben ein Logbuch erhalten. Bitte. Von mir aus. Ich lass mich mal darauf ein ... Solange es kein anderer liest! Meine bisher längste Reise auf einem Schiff war als Kind. Die Geschichte ist mir heute Mittag auf dem Empfang wieder eingefallen. Es war auf einer Klassenfahrt an die Nordsee, ein Tagesausflug nach Helgoland. Wie alt ich war, weiß ich nicht mehr. Vielleicht neun Jahre. Die Überfahrt dauerte, keine Ahnung, einige Stunden auf jeden Fall. Und wir hatten starken Seegang. Alle hingen kopfüber über Bord, inklusive der Betreuer, und kotzten sich die Seele aus dem Leib. Nur ich saß auf einer dieser orangefarbenen Plastikbänke auf Deck und hörte Walkman. Ich hab keine Ahnung, warum mir nicht schlecht gewesen ist. Typisch, alle machen was, nur ich mache etwas anderes. Wenn ich es mir recht überlege, war ich schon immer sonderbar. Oder ob es nur die Erinnerung ist, die mich täuscht?

Ich weiß sogar noch, was ich gehört habe: Die Drei Fragezeichen und der Fluch der Mumie. War meine absolute Lieblingskassette! (Darf Hertz niemals erzählen, dass ich als Kind Krimihörspiele gehört habe. Der kommt sonst auf die Idee, ich wäre deswegen zum BKA gegangen.)

Zurück zur Helgoland-Klassenfahrt: Warum weiß ich das alles noch so genau? Weil auf dieser Reise etwas passiert ist, das ich nie vergessen habe.

Während ich auf der Bank saß und Justus, Peter und Bob zuhörte, sah ich an meiner Jacke hinunter, und plötzlich saß da auf meinem Bauch ein Vogel. Das war deshalb so erstaunlich, weil ich gar nicht mitgekriegt hatte, wie er gelandet war. Es war ein winzig kleiner Vogel. Mit grünem Gefieder. Das Vögelchen krallte sich mit seinen Beinchen fest in den Stoff meiner Jacke. Es schien verwirrt, schaute ständig um sich. Machte aber keinerlei Anstalten wegzufliegen. Vielleicht war ich auch verwirrt und erstaunt darüber, dass sich ein scheuer Vogel so nah an einen Menschen herangewagt hatte. Ich rührte mich keinen Millimeter. Kaum traute ich mich zu atmen und beobachtete das Tier nur. Mit seinem gelben Streifen mitten auf dem Kopf sah es aus wie ein Irokese. Ich hatte nur Augen für das zarte Geschöpf, das sich ausgerechnet auf mir niedergelassen hatte. Ich hörte nicht mehr zu, was über die Kopfhörer in meine Ohren drang. Mir war klar, so etwas passiert nicht jeden Tag. Vögel meiden Menschen.

Als ich zufällig aufblickte, stellte ich fest, dass viele Leute um mich herumstanden. Alle guckten auf mich und den Vogel, der auf meiner Jacke kauerte, zitternd im stürmischen Nordseewind. Scheinbar hatten sie ihre Übelkeit über die kleine Sensation verloren. Darüber habe ich damals natürlich nicht nachgedacht. So sehr im Mittelpunkt zu stehen, war mir unangenehm, und ich wäre am liebsten weggelaufen. Tatsächlich muss ich mich bewegt haben, denn kurz darauf flog der Vogel davon, wurde von einer Böe erfasst und war aus meinem Gesichtsfeld verschwunden.

Irgendwann später blätterte ich mit meinem Vater in einem Vogelkundebuch. Plötzlich entdeckte ich eine Abbildung des Tiers. Es traf mich wie ein Schock! Der Vogel auf meiner Jacke war ein Wintergoldhähnchen gewesen. Mit grünem Gefieder und gelbem Streifen auf dem Kopf. Kein Seevogel. Was hatte der Vogel so weit von der Küste entfernt gemacht?

Er hatte sich verirrt und war eindeutig nicht dort gewesen, wo er hingehörte.

10

Sie kam regelmäßig hierher. Je nachdem, für welchen Dienst sie eingeteilt war, entweder nachts oder tagsüber.

Jetzt stand sie weit vorne im Bug der *Leviathan*, lehnte sich an den vorderen Mast und schaute in den nächtlichen Himmel, während sie dem Rauschen der Bugwelle lauschte. Die Positionsleuchte hoch über ihr tauchte sie in eine Glocke aus fahlem Licht. Der Rest des Bugs lag im Dunkeln. Es war für sie der schönste Ort auf dem Schiff. Selten verirrte sich jemand hierher. Nur ab und zu, wenn einer der Matrosen Farbe oder ein selten benutztes Werkzeug brauchte, wurde der dafür vorgesehene Stauraum im Bug aufgesucht. Wieso niemand hierherkam, war für sie ein Rätsel. Nirgendwo sonst auf dem Schiff herrschte so viel Ruhe.

Seit sie an Bord war, hatte sie niemanden zu Gesicht gekriegt. Das war nichts Ungewöhnliches. Denn sie war erst für den Dienst am nächsten Morgen eingeteilt. Zwar hatte sie ihre Pflicht versäumt, sich beim Ersten Offizier zu melden. Aufgrund ihrer besonderen Beziehung zu Stin hatte sie damit gerechnet, dass er zu *ihr* kommen würde. In ihrer Kammer hatte sie auf ihn gewartet. Nachdem sie sich eingerichtet hatte, war sie müde geworden und auf dem Bett eingeschlafen. Stin war nicht erschienen. Sie fühlte sich vernachlässigt.

Eingeschnappt. Wahrscheinlich hatte er keine Zeit gefunden. Außerdem vereinnahmten ihn wohl die Passagiere voll und ganz. Mit diesen Kursteilnehmern an Bord versprach die Fahrt, interessant zu werden – das war mal etwas ganz anderes. Momentan hatte Stin die Nachtwache auf der Brücke. Er würde also die ganze Nacht wegbleiben.

Der Wind frischte auf. Sie begann zu frösteln und schloss den Reißverschluss ihrer Regenjacke. Dann wandte sich ab, um zu ihrer Kammer zurückzukehren.

Plötzlich stand er vor ihr. Erschrocken fuhr sie zusammen. Sie hatte niemanden kommen gehört. In der Dunkelheit konnte sie nur die Umrisse ihres Gegenübers erkennen.

„Es tut mir außerordentlich leid, dass ich Sie erschreckt habe", sagte der Schatten.

„Ja, das haben Sie tatsächlich." Sie fragte sich, warum er nicht nähertrat, damit sie ihn richtig sehen konnte.

„Ich habe Sie selbst erst nicht gesehen. Sie haben versteckt hinter dem Vormast gestanden. Wie hätte ich mich bemerkbar machen sollen, ohne Sie zu erschrecken?", fragte ihr Gegenüber, bemüht, gegen den Wind anzukommen.

Klingt einleuchtend, dachte sie. „Und was machen Sie so spät hier?"

„Schätze mal, ungefähr das Gleiche wie Sie. Den Sternenhimmel, die Seeluft und die Ruhe genießen. Einfach alles genießen."

11

Rosa erwachte mitten in der Nacht von einem tauben Gefühl in den Fingern.

Sie schlug die Augen auf. Schläfrig versuchte sie sich zu orientieren. Das Zimmer lag in tiefer Dunkelheit. Durch die Bewegung des Schiffs war sie im Bett dicht an die Bordwand gerollt. Dabei musste sie auf ihrer Hand zu liegen gekommen sein. Sie rieb die tauben Finger, bis sich ein kribbelndes Gefühl einstellte und das Blut zurück in die Adern floss.

Rosa richtete sich auf. Ein schmaler Lichtstreifen fiel unter der Tür hindurch in ihre Kammer. Eine Bewegung irritierte sie. Rosa kniff die Augen zusammen. Veränderte der Lichtstreifen seine Lage? Das war nicht möglich, oder träumte sie noch? Oder ging jemand vor ihrer Tür auf und ab? Sie blinzelte erneut. Erst dann verstand sie, dass sich nicht das Licht bewegte, sondern sie beziehungsweise das gesamte Schiff. Die *MS Leviathan* wankte vor und zurück – oder nein, eher von links nach rechts. Rosa war sich nicht sicher. Ein feiner Hauch von Diesel drang ihr in die Nase, und das beständige Dröhnen der gewaltigen Dieselmotoren tief im Bauch der *Leviathan* breitete sich aus. Seit nunmehr zwölf Stunden war sie an Bord des Schiffs, und es hob und senkte sich – unaufhörlich.

Wenn es doch nur einmal Ruhe geben würde! Nur für fünf Minuten.

Sie wusste, wie unsinnig ihr Flehen war. Soviel verstand selbst sie mittlerweile von der Seefahrt. Es war nicht möglich, dass sich das Schiff *nicht* bewegte.

Rosa schlug die Decke zurück und setzte sich auf die Bettkante. Die Traumbilder spukten noch immer durch ihre Gedanken. Ein Traum war das nicht gewesen, vielmehr ein Albtraum. Sie hatte von Maik, ihrem Ex-Freund, geträumt. Er hatte nicht so ausgeschaut, wie sie ihn in Erinnerung hatte, und mehrfach die Gestalt verändert. Das war unheimlich gewesen, trotzdem hatte sie immer gewusst, dass es Maik gewesen war. Wenn sie es sich recht überlegte, hatte sie nämlich nicht mehr hundertprozentig vor Augen, wie Maik tatsächlich aussah. Die reale Erinnerung an ihn verblasste. Das letzte Mal hatte sie vor etlichen Monaten – oder war es bereits ein Jahr her? – mit ihm telefoniert. Es gab ja keinen Grund mehr, Kontakt zu halten. Er hatte angerufen, den Anlass hatte sie vergessen.

Im Traum hatten sie gemeinsam im Bett gelegen. In ihrer alten gemeinsamen Wohnung. Er hatte sich seitlich an sie geschmiegt und ihren Arm gestreichelt. Sie hatte seinen Atem im Nacken gespürt, den er hin und wieder mit zarten Küssen bedeckt hatte. Alles war wie früher gewesen. Seine Hand war über ihre Brüste hinab bis zur zarten Wölbung ihres Bauchs geglitten. Dort hatte er die Hand liegen gelassen. Sie hatte gespürt, wie die Energie aus seinen Fingern in ihren Unterleib geströmt war und dem Ungeborenen Wärme und Geborgenheit gespendet hatte.

Die Erinnerung an dieses Glücksgefühl bereitete ihr Schmerzen. Im Traum waren sie noch größer gewesen. Denn bereits nach wenigen Augenblicken hatte sie gewusst, dass alles nur ein Trugbild war. Die tiefe Innigkeit war in ein namenloses Grauen umgeschlagen. Sie hatte ein taubes Gefühl im Mund verspürt. Ein Zahn war ihr ausgefallen. Dann noch einer. Einen nach dem anderen hatte sie ihre Zähne in die hohle Hand gespuckt. Sie wusste, dass Babys im Mutterleib viel Kalzium verbrauchten, aber nicht so viel! Das war Wahnsinn. Noch während sie träumte, erinnerte sie sich an eine Geschichte aus ihrer Kindheit. Ihre Großmutter hatte oft erzählt, jemand wäre gestorben, der einem nahestand, wenn man träumte, die Zähne zu verlieren. Und Maik hatte ihren Bauch gestreichelt.

Rosa vergrub das Gesicht in den Händen. Das Grauen saß ihr in den Knochen. Ein seltsames Geräusch verließ ihren Rachen. Es klang wie ein Schluchzen. Schlaf würde sie jetzt nicht mehr finden. Sie zog Jogginghose und Fleecejacke über und verließ ihre Kammer. Dann nahm sie die Treppenstufen über zwei Decks hinauf, bis sie eine Tür erreichte, auf der *Brücke* stand. Ein zusätzliches Warnschild verbot den Eintritt für nicht autorisierte Personen. Rosa schob die Tür auf. Dahinter fand sie eine weitere Treppe, die sie bis zur Kommandobrücke führte. Der Raum lag in völliger Dunkelheit. Nur die Anzeigen, Armaturen und Bildschirme leuchteten in schrillen Farben.

Rosa räusperte sich. „Hallo."

Am Absatz des Niedergangs blieb sie stehen und ließ ihren Augen Zeit, sich an die Lichtverhältnisse zu gewöhnen. Die leuchtenden Monitore und elektronischen Geräte zogen sich über die gesamte Breite der *Leviathan* hin. Im bläulich leuchtenden Widerschein eines Bildschirms erkannte sie das ernste Gesicht des Ersten Offiziers. Rosa trat näher und nickte ihm zu. Er erwiderte den Gruß wortlos und konzentrierte sich wieder auf seine Arbeit. Rosa ließ ihren Blick über die Konsole schweifen. Die einzigen Geräte, die sie erkannte, waren der Radar und das GPS-Gerät.

„Fragen Sie ruhig", sagte DeRuijter und starrte nach draußen in die Finsternis.

„Womit steuern Sie?", wollte Rosa wissen.

„Sie vermissen das Ruder?", erwiderte der Erste Offizier.

Rosa nickte.

DeRuijter zeigte auf einen unscheinbaren Hebel.

„Damit lenken Sie diesen Riesenkahn?"

„Ein Joystick. Moderne Seefahrt hat nichts mit Romantik zu tun, Frau Bach."

Enttäuscht ruhten ihre Augen auf der daumenlangen Lenkstange.

„Übrigens, das habe ich überhört."

Rosa schaute fragend auf.

„Wir Seeleute fahren mit Bits und Bytes, sind aber dennoch reichlich abergläubisch. Zumindest einige."

Rosa ahnte, welche Bezeichnung ihm nicht gefallen hatte. Riesenkahn. Entschuldigend hob sie die Hände.

„Also doch nicht ganz ohne Romantik?", fragte sie und gab sich Mühe, möglichst wenig Ironie mitschwingen zu lassen.

DeRuijter antwortete nicht und drückte stattdessen auf einigen Knöpfen herum. Rosa hoffte, dass es nicht so wahllos war, wie es den Anschein erweckte. Der Erste Offizier nahm das Gespräch nicht wieder auf, daher glaubte sie, er hätte zu arbeiten, und trat etwas abseits. Durch die Frontfenster richtete Rosa ihren Blick in die Nacht. Überall, oben wie unten, flackerten Lichter auf. Der Sternenhimmel leuchtete klar, dabei waren sie noch gar nicht weit von der Küste entfernt. Das Licht an der Küstenlinie sah ähnlich aus wie bei einem Nachtflug. Auch auf See erkannte sie zahlreiche Positionslichter anderer Schiffe. Es herrschte reger Verkehr. Sie betrachtete die Ladefläche der *Leviathan* bis zum Vormast.

Was war das?

Ihr war, als hätte sie im schwachen Schein der Positionsleuchten zwischen den Containern eine Bewegung ausgemacht. Spazierte da jemand gegen die Anweisung herum? Rasch warf sie einen Blick hinüber zum Ersten Offizier, um sich zu vergewissern, ob er ebenfalls etwas gesehen hatte. Doch der Mann hatte sich von seinem Platz erhoben und war lautlos zum Kartentisch am anderen Ende der Brücke gegangen. Vorne übergebeugt, studierte er die Seekarte. Rosa schaute erneut nach draußen und wartete, aber sie nahm keine weitere Bewegung wahr. Dann folgte sie ihm zum Kartentisch.

„Wer steuert das Schiff?"

„Der Computer."

Wenn der Erste Offizier nicht eigenhändig steuern musste, wieso trug er den Kurs auf der Seekarte ein? DeRuijter schien Rosas Gedanken zu erraten.

„Der Autopilot ist ein guter Steuermann, es muss jedoch immer ein nautischer Offizier auf der Brücke sein, um den Kameraden zu unterstützen und notfalls korrigierend einzugreifen.“

Rosa nickte. „Wo sind wir?“

„Wir haben die Straße von Dover passiert und fahren gerade in den Ärmelkanal ein. Wenn Sie zwei Stunden warten, können Sie steuerbord die Lichter von Portsmouth erkennen und backbord einen schwachen Schein von Cherbourg. Im Ärmelkanal ist alles genau geregelt. Es ist eine der meist befahrenen Seestraßen der Welt. Wir befinden uns näher an der englischen als an der französischen Küste, um gleich auf einer nördlichen Route in den Atlantik einlaufen zu können. Den wir im Übrigen im Lauf des Vormittags erreichen werden.“

Leichtes Unbehagen trübte Rosas Interesse.

„Hört das irgendwann mal auf?“ Sie ahmte mit der Hand die Schiffsbewegungen nach.

DeRuijter schaute auf und vertiefte sich wieder in seine Karte. Zum ersten Mal konnte sie ein schwaches Lächeln über seine Lippen huschen sehen.

„Der Ärmelkanal ist eine Badewanne. Und wir haben wirklich sehr ruhige See. Sie haben Glück. Draußen auf dem Atlantik wird es viel mehr schaukeln.“

Augenblicklich hatte Rosa das Gefühl, sämtliches Blut würde aus ihrem Kopf weichen und in den Magen sacken. Ihre Knie wurden weich. Was war denn nur los? Sie schwankte hin und her und musste sich am Kartentisch festhalten. Der Erste Offizier unterbrach seine Arbeit und richtete sich auf.

„Es tut mir leid, das hätte ich nicht sagen sollen. Ihr Gleichgewichtsorgan ist in Aufruhr“, erklärte er und zeigte auf eine Sitzecke an der rückwärtigen Wand der

Kommandobrücke. „Setzen Sie sich, ruhen Sie sich aus, und schauen Sie dabei auf die Horizontlinie."

DeRuijter verschwand. *Na super, dachte Rosa, jetzt lässt er nicht nur das Schiff allein, sondern auch mich.*

Sie ließ sich auf den Polstern nieder und suchte die Nacht zwischen schwarzem Himmel und dunklem Wasser nach der Horizontlinie ab. Aber wo das eine aufhörte und das andere anfing, ließ sich nicht mit Gewissheit sagen. DeRuijter kehrte mit einer Decke zurück, die er ihr um die Schulter legte, und stellte ein Glas Wasser auf dem Tisch ab.

„Hier." Er drückte eine Tablette aus der Stanniolverpackung heraus in ihre Hand. „Trinken, und schön langsam kauen."

Rosa fühlte sich dumpf, als würde alles um sie herum und sie selbst aus einem zähflüssigen Brei bestehen.

„Ich bin seekrank", diagnostizierte sie. „Geht das wieder vorbei?"

Widerwillig nahm Rosa die Tablette in den Mund. Zu kauen erfüllte sie mit Widerwillen. Trinken wollte sie erst recht nichts. Sie dachte an ihre Helgolandfahrt und daran, dass sie die Einzige gewesen war, die nicht seekrank geworden war. Jetzt hatte sie es doch erwischt. DeRuijter schob das Glas näher. Rosa schüttelte den Kopf.

„Ich habe die härtesten Seebären verzweifelt ihre Zähne in die Tischplatte beißen sehen. Seekrankheit kann einen in den Wahnsinn treiben. Also, trinken Sie!"

Die bloße Vorstellung, ihrem Magen etwas zuzuführen, und sei es nur ein einziger Schluck Wasser, ließ Übelkeit in ihr aufsteigen.

„Mir ist nur ein bisschen flau“, schwindelte sie.

In diesem Moment meinte sie, am Bug erneut eine Bewegung wahrzunehmen. Diesmal sah es aus wie ein heller Glanz.

„Da ist es wieder!“, rief sie und reckte den Oberkörper.

„Frau Bach“, entgegnete DeRuijter ernst, „lenken Sie nicht ab.“

„Aber da vorne …“, sie brach ab. Wenn dort etwas war, dann war es längst verschwunden. Sie kam sich lächerlich vor. Beschämt sackte sie in sich zusammen.

„Es scheint schlimmer zu sein als gedacht“, meinte der Erste Offizier nüchtern, während er der Verpackung eine zweite Tablette entnahm.

Die Sachlichkeit, mit der DeRuijter ihr Verhalten analysierte, verärgerte Rosa. Sie nahm die zweite Tablette, setzte das Glas an und leerte es in einem Zug. Doch das Wasser schmeckte nicht frisch und neutral, wie Leitungswasser es tun sollte, sondern scharf und würzig.

„Wollen Sie mich abfüllen?“, empörte sich Rosa.

„Das ist kein Alkohol.“ DeRuijter hob von der Konsole einen Telefonhörer ab.

„Was ist es dann?“

Der Erste Offizier antwortete nicht auf ihre Frage. „Ich rufe den Steward, damit er Sie zurück in Ihre Kammer bringt.“

12

Zweiter Tag
Route MS Leviathan: Straße von Dover/Ärmelkanal

Um halb sechs Uhr morgens war die Nacht beendet. Der Schiffssteward weckte Rosa. Sie war für Karma-Yoga in der Küche eingeteilt, und das hieß nichts anderes als ganz gewöhnlicher Küchendienst – Pfannen schrubben, Zwiebeln schneiden, Geschirr spülen. Beginn der Frühschicht: null-sechshundert. Nach dem nächtlichen Besuch auf der Brücke hatte sie erst tief geschlafen, um in den frühen Morgenstunden erneut von Albträumen verfolgt zu werden. Es war ihre allererste Nacht auf See an Bord eines Frachtschiffs. Sie fühlte sich zu ihrer Verwunderung nicht zermürbt. Die Seekrankheit schien verflogen – es ging ihr gut. Rosa schüttelte die letzte Trägheit ab und begab sich ins Bad.

Kaum hatte sie die Passagierquartiere hinter sich gelassen, brauchte sie nur ihrer Nase zu folgen. Es roch nach frisch aufgebrühtem Kaffee und Gebratenem. Auf dem unteren Mannschaftsdeck erreichte sie ihr Ziel. Rosa betrat den Raum und war überrascht, in einer gewöhnlichen Großküche zu stehen. Der Edelstahl der Anrichten blitzte klinisch sauber, auf dem Gasherd standen einige Töpfe und Pfannen, der Boden war grau gefliest. Auch in der Schiffsküche waren alle beweglichen Gegenstände so gesichert, dass sie bei Seegang nicht verrutschen konnten.

Hinter einem Gemüseberg zerlegte ein dunkelhäutiger Hüne in weißer Küchenkleidung Paprikaschoten. In Windeseile schnitt er eine Schote nach der anderen auf, entkernte und zerteilte sie in kleine Würfel. Der Mann war so riesig, dass das große Küchenmesser in seinen Händen wie Spielzeug wirkte. Hin und wieder stieß er mit dem Kopf an die Töpfe und Pfannen, die über ihm an der Decke baumelten, aber das schien ihn nicht zu stören. Sein langes schwarzes Haar ließ sich kaum von der Kochhaube bändigen. Eine Gesichtshälfte war tätowiert. Der Smutje der *Leviathan* sah aus wie ein Furcht einflößender Maori auf Kriegspfad.

„Du bist zu spät", brummte er, ohne sie anzuschauen.

Rosa sah auf die Wanduhr, die 06:02 Uhr anzeigte.

Lächerlich, rebellierte sie, während ihr Blick auf einem Wäschekorb großen Kübel landete, der randvoll mit Kartoffeln gefüllt war.

„Vom Anstarren lassen die sich nicht schälen", fuhr der Hüne sie an, als wollte er sein Küchenmesser nach ihr schleudern. Dabei hatte er sie bisher nicht einmal angesehen.

Was für eine Begrüßung!

In Küchen herrschte ein rauer Ton. Das hatte sie schon öfter gehört. Gestern hätte sie sich in ihr Schneckenhaus zurückgezogen, heute ließ sie sich vom kaltschnäuzigen Verhalten des Riesen nicht einschüchtern. Und schon gar nicht, wenn er ihr so kam. Dennoch traute sie ihrer neu gewonnenen Selbstsicherheit nicht ganz und wappnete sich für die nächste Attacke.

Sie schlenderte auf die Kaffeemaschine zu. Betont lässig füllte sie sich einen Becher mit heiß dampfender Flüssigkeit. Das würde jetzt guttun!

Nachdem sie einige Schlucke getrunken hatte, fragte sie: „Wie viele Kartoffeln soll ich schälen?"

Der Koch stöhnte auf und unterbrach für einen Moment seine Arbeit. Erst jetzt sah er ihr direkt in die Augen. Rosa erkannte Irritation darin. Hatte er jemand anderes erwartet?

„Ach, die Karma-Yoga-Dame", sagte er.

Es klang enttäuscht. Die Aggressivität war schlagartig verflogen. Sein Tonfall gefiel ihr dennoch nicht.

„Wir sind neununddreißig Mann an Bord." Er zerteilte die letzten Paprika. „Und was meinst du, wie viele Kartoffeln sollst du wohl schälen, Schätzchen?"

Rosa stemmte die Hände in die Hüften. Hatte er gerade „Schätzchen" zu ihr gesagt? Sie wartete einige Augenblicke, doch der Koch begann schweigend, eine Palette Eier aufzuschlagen. Sie schnappte sich ein Schälmesser und begab sich an die Arbeit. Nach zehn Minuten hatte sie eine Handvoll Kartoffeln fertig, als der Hüne hinter ihr auftauchte. Er nahm eine von Rosas mühselig geschälten Kartoffeln in seine Pranke und betrachtete eingehend die mit tiefen Furchen überzogene Knolle. Es fiel ihm schwer, seine Gesichtsmuskeln zu kontrollieren. Die Tätowierungen tanzten grimmig. Der Mann kochte vor Wut. Aber nein, das stimmte nicht. Er verbiss sich ein Lachen!

„Bei dem Tempo hat in neun Tagen auch wirklich jeder mal eine Mahlzeit bekommen", meinte er trocken. „Warum nimmst du nicht den automatischen Kartoffelschäler dahinten?" Er deutete auf einen Einmachtopf auf vier Stelzen. „Brauchst die Dinger nur reinzuwerfen. Knöpfchen an. Fertig. Den Rest macht Mister Automatik." Er musterte sie. „Okay, Kartoffeln schälen kannst du schon mal nicht. Überflüssig zu fragen, ich tue es trotzdem: Kannst du kochen? Und ich meine nicht, die Tiefkühlpizza in den Backofen schieben."

In ihrem Viertel gab es einen Thailänder, einen Libanesen, einen Italiener und andere Restaurants und Imbisse. Die Kantine beim BKA war auch nicht schlecht. Kochen hieß bei Rosa, sonntags ein Frühstücksei zu garen. Sie zerkaute die Antwort auf der Unterlippe. Der Koch konnte nicht mehr an sich halten. Laut begann er zu lachen. Es hörte sich so an, als hätte ein brüllender Löwe ein Bonbon verschluckt.

„Dann bist du ja goldrichtig in der Küche. Gut, dass wir neun Tage Zeit haben, an deinem Karma zu arbeiten, Mädel", meinte er, nachdem er sich beruhigt hatte.

Wenn der Mann sie absichtlich provozierte, gelang ihm das außerordentlich gut. Sie wollte etwas erwidern. Der Koch kam ihr jedoch zuvor. Bedrohlich trat er auf sie zu. Das letzte Mal, als Rosa „Mädel" oder „Schätzchen" genannt worden war, waren ihr kurzzeitig die Dienstvorschriften entfallen und sie hatte sich ausgiebig gedehnt. Dass ihr Ellenbogen dabei der Nase des Verdächtigen zu nahe gekommen war, hatte sie nicht ahnen können. Ihr damaliges Gegenüber, ein weißrussischer Waffenschieber und wahrlich kein Waisenknabe, war längst nicht so beängstigend wie der massige Schrank gewesen, der sich jetzt vor ihr aufbaute.

„Erste Regel in meiner Küche: Widerspreche niemals dem Küchenchef! Und das bin ich."

Rosa hielt dem Blickduell stand. In seinen Augen forschte sie nach dem ganz besonderen Glanz, der Brutalität ankündigte. Sie hatte in die Gesichter zahlloser Mörder, Kinderschänder und anderer Verbrecher geschaut und wusste, worauf sie zu achten hatte. Der Koch würde selbst der sprichwörtlichen Fliege nichts zuleide tun.

„Cooles Tattoo", meinte Rosa und nippte an ihrem Kaffee.

„Was reg ich mich eigentlich auf?", brummte er. „Ist ja nicht deine Schuld."

Was war nicht ihre Schuld?, fragte sich Rosa.

Der Koch streckte ihr die Hand entgegen. „Ich heiße Guinevere, wie die Braut aus der Artussage, aber an Bord nennen mich alle ‚Loco'. Und wie heißt du?"

Rosa nannte ihren Namen. Ein Lachen wagte sie nicht. Auch weil sie sich nicht sicher war, ob Loco schwindelte. Bestimmt würde er sich gleich als vom Coach gebuchte Showeinlage zu erkennen geben.

Während Loco ein kurzes Telefonat führte, erläuterte er, was sie an diesem Morgen zu kochen hätten: Rührei, Pancakes, Bratkartoffeln, gebratene Tomaten, Speck, Baked Beans und Würstchen. Und das waren nur die warmen Speisen für das Frühstück. Auf dem Schiff gab es dreimal pro Tag eine warme Mahlzeit. Weil rund um die Uhr jemand Dienst hatte, musste rund um die Uhr gekocht werden. Außerdem gab es drei Zwischenmahlzeiten. Mit anderen Worten, im Zweieinhalbstundentakt musste eine neue Mahlzeit zubereitet werden. Ein zweites Frühstück um elf Uhr, Kaffee und Kuchen um fünfzehn Uhr sowie ein Mitternachtssnack gegen dreiundzwanzig Uhr. Dafür sorgten drei Köche und ebenso viele Hilfsköche.

„Aber wo sind die?", rief Loco.

Wahrscheinlich hatten sie allesamt Angst vor ihrem Chef.

„Ich hab unseren Ersten Offizier schon verständigt. Der soll denen mal Beine machen", knurrte er, „sonst mache ich das!"

Rosa fragte sich, ob er das ironisch gemeint hatte. Loco erläuterte ihr die Menüfolge des heutigen Tages. Dazwischen stieß er wortreiche Flüche über seinen Vater aus, der bei seiner Geburt betrunken gewesen war und ihm einen Mädchennamen gegeben hatte.

„Stell dir vor", greinte Loco, „dieser Idiot schaut nicht mal, ob der kleine Rotzlöffel in seinen Armen einen Pillemann oder eine Pflaume hat."

Rosas Magen knurrte, sie stibitzte Paprikastücke vom Schneidebrett. Ständig wechselte Loco das Thema. Es war schwer, ihm zu folgen. Der Koch bereitete seinem Spitznamen alle Ehre. Vom Fünf-Gänge-Menü am Abend konnte sie sich lediglich merken, dass es wieder Fisch und einen Avocadosalat geben sollte. Die Kost für die Passagiere hatte Roland Hertz zusammengestellt. Eine Art ayurvedisch europäische Crossoverküche. Gutes Essen hätte erwiesenermaßen einen psychologischen Effekt. Das sei für gestresste Großstädter unabdingbar. Und Fisch enthielte ein Vitamin, das die Nerven stärke.

„Der Coach mag ein Psychoguru sein. Von ayurvedischer Küche hat er jedenfalls keine Ahnung." Loco machte eine wegwerfende Handbewegung. „Und vorschreiben lasse ich mir schon gar nichts.“

Er schwieg und briet Pancakes.

„Hier, koste mal“, sagte er nach einer Weile, „meine Pfannkuchen für heute Morgen.“

Seine Präsenz duldete keinen Widerspruch. Außerdem hatte Rosa Hunger. Was soll schon so besonders sein an einem Pfannkuchen?, dachte sie, als sie einen Bissen nahm. Im selben Moment riss sie die Augen auf über die Geschmacksexplosion in ihrem Mund. Nie zuvor hatte sie so gute Pfannkuchen gegessen. Was war die geheime Zutat? Der Koch war verrückt und unberechenbar. Er fluchte wie ein Kesselflicker, er konnte jedoch kochen – und wie! Rosas Reaktion schien ihm ein ausreichendes Urteil zu sein. Er lächelte zufrieden.

Dann betrat der Erste Offizier die Küche. Er blickte sich um und wandte sich fragend an den Koch.

„Ich weiß nichts“, sagte Loco im veränderten Tonfall. „Ich hab mehrmals angerufen, aber keine Reaktion. Weißt du was?“

DeRuijter verneinte. „Du hast also noch nicht in ihrer Kammer nachgeschaut?“

Loco gestikulierte wild, was vermutlich bedeuten sollte, dass er dafür keine Zeit hatte.

„Wann hast du sie denn gesehen?“ Der Offizier klang ungeduldig.

„Irina? Noch gar nicht. Sie hat erst heute Morgen Dienst.“

„Du hast sie also noch gar nicht gesehen!“

„So ist es.“

Plötzlich wich sämtliche Farbe aus DeRuijters Gesicht. Seine Pupillen weiteten sich. Ohne ein Wort stürmte er im Laufschritt aus der Küche.

„Was ist los?", erkundigte sich Rosa.

Loco antwortete nicht gleich. „Das betrifft nur die Mannschaft", sagte er schließlich kurz angebunden.

Rosa nickte. „Aber ich bin doch jetzt Küchenhilfe."

Locos hochschnellende Brauen schmetterten ihren plumpen Überredungsversuch ab. Es dauerte eine Weile, bis er weitersprach. „Irina, unsere zweite Köchin, ist vorhin nicht zum Dienst erschienen. Hier ist alles genau getaktet. Ein Ausfall ist nicht eingeplant. Keine Ahnung, warum sie nicht gekommen ist. Schätze, Stin schaut gerade nach."

Wie aufs Stichwort tauchte DeRuijter im Türrahmen auf. Scheinbar hatte er die letzten Worte des Kochs gehört, denn er sah ihn strafend an.

„He, Stin, sie ist Hilfsköchin. Gehört quasi zur Mannschaft", rechtfertigte er sich.

Normalerweise hätte Rosa über Locos Erwiderung geschmunzelt, aber der Erste Offizier machte ein ernstes Gesicht. Er hatte offensichtlich andere Sorgen, daher verkniff sie sich ein Lachen.

„Weck die anderen", befahl DeRuijter und atmete schwer aus, „ich muss den Kapitän informieren." Er holte tief Luft, bevor er fortfuhr. „Ein Besatzungsmitglied fehlt."

13

Adam Henrich musterte einen verwaisten Arbeitsplatz. Schwarzer Monitor, an die Tischkante geschobener Drehstuhl, aufgeräumter Schreibtisch. Er schnaufte missmutig. Und wer machte nun die Recherche zur organisierten Clankriminalität, die er dringend benötigte? Die langwierigen Nachforschungen stellten seine Geduld auf die Probe, er empfand diese Arbeit zunehmend als lästig. Damit wollte er sich nicht aufhalten, sondern direkt zur Sache kommen. Recherche konnte der Nachwuchs erledigen. Je älter er wurde, umso ungeduldiger wurde er. Was wäre, wenn er nicht älter, sondern jünger wurde? Wachsende Ungeduld war ein deutliches Indiz dafür, oder etwa nicht? Fasziniert von dem Gedanken, würde bald das Haar wieder voller, die Brustmuskeln straffer werden, und alles wäre wieder wie anno 1975. Er schaute sich im Großraumbüro um. Vielleicht würde er jemanden entdecken, der ihm erklären konnte, wieso der Tisch seiner Kollegin nicht besetzt war.

Der Einzige, der ihm unter die Augen kam, war Kriminaldirektor Steiner, der in diesem Moment mit einer anderen Person, die Henrich nicht kannte, sein Büro verließ und sich verabschiedete. Als sich Steiner umdrehte, trafen sich ihre Blicke über die Büroboxen hinweg. Henrich wies mit einer theatralischen Geste auf den schwarzen Bildschirm vor sich. Niemand sonst beim BKA hätte sich eine solche Flapsigkeit im Umgang mit Steiner erlaubt. Niemand beim BKA und dem restlichen Universum. Steiner sah Henrich ausdruckslos an, dann beschied er ihn mit einem knappen Nicken in sein Büro.

„Ist sie krank?", mutmaßte Henrich, kaum dass er es betreten hatte.

„Setz dich", erwiderte Steiner.

Das Polster des Besucherstuhls war noch warm, was Henrich stets als unangebracht, ja eklig empfand, wenn ihm das irgendwo, beim Arzt oder in der U-Bahn, passierte. Er rutschte so weit nach vorne, bis sein Po gerade noch an der Stuhlkante hing.

„Wo ist Rosa?", fragte Henrich. „Krank?"

„Allenfalls seekrank, hoffe ich."

Der Direktor sprach in Rätseln.

„Und das bedeutet?", hakte Henrich nach.

Steiner schob ihm einen Prospekt zu, auf dem ein Schiff abgebildet war, dann lauschte er dem knappen Bericht seines Chefs.

Nachdem er geendet hatte, entfuhr es Henrich: „HW, das ist bodenloser Quatsch. Und das weißt du!" Er blätterte fahrig durch die Seiten. Ein Satz fiel ihm auf: *Preise auf Anfrage.* Anfrage. Fix überschlug Henrich die Kosten für ein solches Seminar und kam locker auf einen vierstelligen Betrag.

„Irgendwas für Hipster mit dickem Geldbeutel." Missbilligend schüttelte er den Kopf.

„War klar, dass du das sagst", meinte Steiner gelassen, „deshalb habe ich es dir nicht erzählt."

Das saß. Henrich musste Luft holen.

„Mir ging es weniger um die Inhalte als darum, sie rauszubringen. Veränderung."

„Das ehrt dich, HW", lenkte Henrich ein und meinte es so, auch wenn er der Meinung war, dass man sein Geld sinnvoller anlegen konnte. „Und das bezahlt der Steuerzahler?"

Steiner schüttelte den Kopf. „Ich habe ihr das so verklickert. Das zahlt Rosa zum größten Teil selbst."

Henrich entschloss sich, nicht weiter nachzubohren. „Wie lange wird sie weg sein?"

„Eine Woche oder so was", entgegnete Steiner, worauf Henrich schon wieder die Hutschnur platzen wollte, weil es erwiesenermaßen unmöglich war, in sieben Tagen therapeutische Erfolge zu erzielen.

Doch Steiner kam ihm zuvor und fügte emotionaler als gewöhnlich hinzu: „Aber ich hoffe, sie macht danach richtig lange Urlaub und kehrt in brauchbarer Kondition zurück."

Henrich war sich sicher, dass es sich um rein dienstliche Emotionen handelte, und erhob sich. „Na, dann Mast- und Schottbruch! Ich muss mir wohl jemand anderes für meine Recherchen suchen."

14

Jeder Schritt war eine Qual. Die Stufen wurden immer länger. Wenn man auf der *Leviathan* irgendwo hinwollte, musste man Treppen steigen. Retrostyle hin oder her, ein Aufzug hätte nachträglich eingebaut werden können. Innerlich verfluchte sich Rosa, monatelang keinen Sport getrieben zu haben. Jetzt erhielt sie dafür die Rechnung. Eigenartigerweise fühlte sie sich dennoch erstaunlich gut, ruhig und ausgeglichen. Die zermürbende Mattheit, die gewöhnlich auf ihr lastete, war verflogen. Warum war sie nicht früher auf die Idee gekommen, wegzufahren oder an einem Seminar teilzunehmen?

Um halb acht hatte Prem Jyoshi die Seminarteilnehmer zur ersten Yogastunde begrüßt. Es war Samstagmorgen, die Assistentin sprühte vor Vitalität. Die Teilnehmer gaben sich einsilbig, als hätten sie vorzeitig ihre Nachtruhe unterbrochen. Nach einer anstrengenden Arbeitswoche nicht einmal am Samstag ausschlafen zu können, sorgte für gereizte Stimmung. Vor den anderen Beteiligten gaben sich jedoch alle Mühe, den straffen Terminplan ausgerechnet bei einem Antistressseminar mit Humor zu nehmen.

Prem Jyoshi begann mit den Yogaübungen. Dabei beschrieb sie jede einzelne Bewegung im meditativen Singsang. Bei Übungen, die Namen wie „Kobra",

„Hund" oder „Pflug" trugen, konnte Rosa problemlos folgen. Beim „Sonnengruß" verging die Leichtigkeit. Nachdem sie ihre Gliedmaßen in alle erdenklichen Positionen verrenkt hatte, schmerzte jede Faser ihres Körpers. Die Anstrengung trieb ihr den Schweiß auf die Stirn. Rosa sehnte sich nach dem Küchendienst, aber sie ließ sich nichts anmerken und kämpfte sich tapfer bis zum Ende durch. Nur bei der letzten Übung musste sie passen. Prem Jyoshi führte einen freistehenden Kopfstand vor, bei dem nur Mila Adler mithalten konnte. Angela Weniger, die sich als erfahrene Yogaturnerin angepriesen hatte, war lange vor Rosa ausgestiegen. Ebenso wie die Männer, die im Schneidersitz auf ihren Matten nach einer ausgiebigen Tuschelei übereinstimmend zu dem Ergebnis gekommen waren, Yoga sei in Wahrheit gar kein richtiger Sport.

Die letzten Stufen bis zu ihrer Kammer waren bald geschafft. Rosa war glücklich, den inneren Schweinehund überwunden und sich mal wieder richtig ausgepowert zu haben. Jetzt eine heiße Dusche. An ihrer Tür haftete ein Zettel. Jemand schrieb ihr Briefchen.

Das Bodhisattva-Gelübde

lautete die Überschrift. Sie las weiter.

Die leidenden Wesen sind ohne Zahl.
Ich gelobe, sie alle zur Befreiung zu bringen.
Die Anhaftung ist grenzenlos.
Ich gelobe, mich vollkommen davon abzuwenden.
Die Tore zur Wahrheit sind ohne Zahl.
Ich gelobe, sie alle zu durchschreiten.

Die Wege zum Erwachen sind erhaben.
Ich gelobe, sie alle zu verwirklichen.

Als Quelle des Zitats war kein Geringerer als Buddha angegeben. Die fernöstliche Weisheit konnte nur vom Coach stammen.

Die leidenden Wesen sind ohne Zahl.
Ich gelobe, sie alle zur Befreiung zu bringen.

In ihren Ohren klang das überheblich und eigenartig – psychotisch. Aber vielleicht interpretierte sie das nur falsch.

Offensichtlich hat Buddha niemals Yoga praktiziert, dachte Rosa und wollte gerade ihre Kammer betreten, als am Ende des Gangs ein unüberhörbares Rumpeln aus einer anderen Kabine zu hören war. Laute Stimmen ertönten. Zwei Frauen schrien sich an. Eine Tür wurde zugeschlagen. Dann eine zweite. Neugierig blieb Rosa stehen und wartete, was passieren würde. Kurz darauf wurde eine Kabinentür zum Gang aufgerissen, und Angela Weniger erschien leicht bekleidet. Aufgebracht stürmte sie Richtung Nachbarkabine, wurde jedoch von der auf den Flur tretenden Jennifer Stein gestoppt. Sie hatte einen hochroten Kopf. Um den Körper hatte sie nichts weiter als ein großes Badetuch geschlungen.

„Sagen Sie", fuhr Angela Weniger ihre Zimmernachbarin an, „das Bad gehört Ihnen nicht allein! Das geht nicht!"

Jennifer Stein antwortete nicht. Ihre Lippen bebten, doch sie brachte nichts hervor. Beide Frauen bemerkten Rosas Anwesenheit nicht. Ohne die Aufmerksamkeit auf sich zu lenken, konnte sie nicht weggehen – also blieb Rosa stehen.

„Und was machen Sie da überhaupt so lange?", hakte Angela Weniger nach. „Ihren stundenlangen Pflegeorgien können Sie daheim nachkommen. Hier gibt es noch andere Gäste."

„Das gibt Ihnen noch lange nicht das Recht, das Badezimmer abzusperren", wehrte sich Jennifer Stein mühsam.

„In meinem Bad werde ich ja wohl machen können, was ich will."

Jennifer Stein schüttelte irritiert den Kopf. „Das ist ja mein Reden. Ich habe ein Einzelzimmer gebucht und kein Gemeinschaftsbad."

Angela Weniger stutzte und trat dann angriffslustig auf ihre Mitreisende zu. Jennifer Stein sah sich gezwungen, den Rückzug anzutreten.

„Hören Sie sich eigentlich selbst zu? Das ist nicht nur *Ihr* Bad. Aber wenn man so auf kleines Lolita-Mäuschen macht, fällt es wohl schwer, das zu begreifen!"

Darauf wusste Jennifer Stein nichts zu erwidern. Sie verzog das Gesicht und ging weiter auf Distanz.

„Wenn Sie das Bad benutzen, müssen Sie wenigstens meine Tür abschließen und danach wieder öffnen", sagte sie und war bemüht, ihre Unsicherheit zu kaschieren. Bevor Angela Weniger etwas erwidern konnte, sprach sie weiter. „Das gehört ja wohl zur guten Kinderstube."

Die Beleidigung saß. Angela Weniger, sonst um keinen Kalauer verlegen, verschlug es die Sprache. Ihr verzweifeltes Kopfschütteln signalisierte, dass sie nicht mehr verstand, worum es in diesem Streit eigentlich ging.

„Ist das denn sooo schlimm?", blaffte sie.

Die Auseinandersetzung hatte längst Ausmaße angenommen, die sich ihrer Kontrolle entzogen. Aus Jennifer Steins Mimik wich alle Unsicherheit.

„Ich kann es riechen."

„Was bitte?"

„Den Alkohol. Sie haben getrunken. Ich kann es riechen."

„Bitte? Ich habe nichts getrunken", wehrte Angela Weniger perplex ab.

Rosa erkannte, dass sich die Frau ertappt fühlte.

Sie wollte sich verteidigen, aber Jennifer Stein schnitt ihr das Wort ab. „Ich will nichts weiter hören. Das sind alles nur erbärmliche Lügen!"

Angela Weniger war so sehr in Rage und gleichzeitig so tief getroffen, dass es aussah, als wollte sie handgreiflich werden. Doch sie besann sich. „Sie unverschämte Göre! Dabei wollte ich mich nicht einmal streiten."

Ohne einen weiteren Kommentar verschwand sie in ihrem Zimmer. Jennifer Stein blieb auf dem Gang zurück.

Rosa hatte die Szene mit wachsender Besorgnis beobachtet. Denn bereits vor der Yogastunde hatten sich die beiden Teilnehmerinnen einen Schlagabtausch um eine Bodenmatte geliefert. Schon da hatte Rosa bemerkt, dass Jennifer Stein besonders ablehnend auf

Angela Weniger reagiert hatte. Nicht völlig zu Unrecht, denn Angela Weniger hatte sich ausgerechnet die Matte aneignen wollen, die sich Jennifer Stein zuvor ausgesucht und auf den Boden gelegt hatte.

Die junge Frau atmete schwer und zitterte am ganzen Körper. Erst jetzt bemerkte sie, dass sie eine Zuhörerin gehabt hatten.

„Tut mir leid", sagte sie mit schwacher Stimme, „ich wollte nicht so ausrasten." Sie wirkte verloren. Ein Lächeln misslang. „Dieser Geruch ...", sagte sie und verstummte. Unschlüssig starrte sie auf den Boden.

Ob Angela Weniger tatsächlich getrunken hatte? Jennifer Stein musste ihre Gründe haben, warum sie darauf ausfallend reagierte.

Rosa ließ sie zur Ruhe kommen, bevor sie ihr anvertraute: „Es gehen viele Türen vom Gang ab, und wir sind nur acht Passagiere. Die können nicht alle belegt sein. Es sind bestimmt noch andere Zimmer mit eigenem Bad frei."

Rosa überzeugte sich, dass ihr Hinweis angekommen war, und betrat ihre Kammer.

15

Als Rosa wenige Minuten später erneut ihre Kammer verließ, blickte sie zu den Zimmertüren von Angela Weniger und Jennifer Stein. Nichts war zu hören oder zu sehen. Rosa hatte heiß geduscht, ihre Muskeln massiert und sich umgezogen. Das *Bodhisattva-Gelübde* verwahrte sie als Mitbringsel für ihre zitierfreudige Freundin Katrin im Logbuch. Bis zur zweiten Gruppensitzung um elf Uhr wollte sie einen Rundgang über das Schiff machen. Mit gemischten Gefühlen erwartete sie am Nachmittag ihre erste Single lecture. Am Vortag hatte nur ein unverfängliches Einführungsgespräch mit Hertz stattgefunden.

Die Bullaugen in ihrer Kabine ließen sich nicht öffnen, was aus Sicherheitsgründen Sinn ergab. Eine Belüftung erfolgte ausschließlich über die Klimaanlage, es sei denn, jemand ließ das Schott zu den hinteren Umgängen offen stehen, was selten genug vorkam. Rosa hatte den Eindruck, das gesamte Schiff röche permanent nach Diesel, Schweröl und Abgasen. Ein Gestank, der bis in ihre Kammer kroch. Mehrfach hatte sie bereits die Schleusentür geöffnet, um den Gang und damit ihr Zimmer zu belüften, aber irgendjemand schloss die Schleuse immer wieder. Sie verspürte ein dringendes Bedürfnis nach frischer Luft. Über das Hauptdeck wollte sie spazieren und im Anschluss die Außentreppen hinauf zur Brücke gehen. Dort wollte sie in Erfahrung bringen, wo sie sich momentan befanden. Steuerte die *Leviathan* noch durch den Ärmelkanal, oder hatten sie bereits den Atlantik erreicht? Vor ihrem Ausflug wollte Rosa dem Koch einen kurzen Besuch abstatten, um sich zu erkundigen, ob es DeRuijter bereits gelungen war, Ersatz für die unauffindbare Köchin zu organisieren.

Auf dem unteren Mannschaftsdeck angelangt, schaute sie in die Kombüse. Loco wirbelte, ganz auf seine Arbeit konzentriert, durch die Küche, als wäre er ein achtarmiger Oktopus. Zwei weiß gekleidete Besatzungsmitglieder gingen ihm zur Hand und achteten darauf, seinen Tentakeln nicht zu nahe zu kommen. Er hatte also Hilfe erhalten. Rosa entschied sich, ihn nicht zu stören, und lief den Gang weiter hinunter Richtung Außenschleuse. In einer offenen Kammer sah sie den Ersten Offizier mit dem Rücken zu ihr mitten im Raum stehen. DeRuijter schien in Gedanken versunken. Rosa setzte ihren Weg fort. Sie hielt bereits die Türklinke des Außenschotts in der Hand, als sie innehielt. Abrupt kehrte sie um und klopfte an die geöffnete Tür. DeRuijter fuhr zu ihr herum, nickte ihr zu, sagte aber nichts.

„Was haben Sie mir zu trinken gegeben?"

DeRuijter musste überlegen, bis ihm einfiel, dass Rosa auf ihren nächtlichen Besuch auf der Brücke anspielte. „Nichts weiter. Ein altes Familienrezept gegen Seekrankheit."

„Und was das genau ist, soll ein Familiengeheimnis bleiben?"

DeRuijter schüttelte den Kopf. Rosa gewann den Eindruck, als wollte der Erste Offizier sie loswerden.

„Nein, es ist ein Tee, der hauptsächlich aus Ingwer und Chili besteht." Der Offizier stockte. „Sie sind die Frau, die beim Bundeskriminalamt arbeitet."

Auf der Passagierliste stand folglich mehr als nur Name, Anschrift und Geburtsjahr. Mit einer knappen Kopfbewegung bejahte Rosa die Frage.

„Es ist seltsam. Ich bin mir sicher, sie hätte sich bei mir abgemeldet."

Rosa wusste sofort, wovon er sprach. „Die Köchin ist nicht wiederaufgetaucht?"

DeRuijter zuckte ratlos mit den Schultern.

Rosa warf einen Blick in die Kammer. Sie war leer.

„Ist das ihre Kabine?"

„Ja, das ist Irinas Kammer. Ich verstehe das nicht. Es ist irgendwie seltsam", wiederholte er. Die Angelegenheit schien ihn persönlich zu beschäftigen. Unvermittelt fing er sich. „Es ist nicht Ihr Problem. Sie sollen sich hier erholen und sich nicht den Kopf über die Mannschaft zerbrechen."

Rosa lächelte dünn und schob sich an DeRuijter vorbei in den Raum. Etwas am Verhalten des Ersten Offiziers hatte ihre Neugierde geweckt. „Kein Problem. Ich bin gerne behilflich."

Die Phrase „reine Routine" schluckte Rosa herunter.

„Sie sind Kommissarin?"

„Ja."

„Dann haben Sie sicher oft mit Vermissten zu tun."

Offenbar ging DeRuijter nicht von einem freiwilligen Fernbleiben der Köchin aus.

„Nein, eher selten. Vermisstenfälle werden vom BKA nur dann behandelt, wenn sie sich im Ausland ereignen. Alle anderen Fälle verbleiben gewöhnlich bei den regionalen Behörden", erläuterte Rosa, während sie die Kammer einer intensiven Untersuchung unterzog.

Es war ein funktional eingerichteter Raum ohne Teppichboden. Von der Üppigkeit der Passagierkabinen keine Spur. Das Bett war frisch bezogen. Die schneeweißen Laken waren nicht zerknittert und anschließend wieder glatt gestrichen worden, sondern sahen unberührt aus. Nirgends persönliche Gegenstände. Der Papierkorb war unbenutzt, das Waschbecken im Bad trocken. Nirgendwo lag ein Haar. Es roch nach Essigreiniger.

„Warum halten Sie die Köchin für vermisst?", fragte Rosa, die keinerlei Anzeichen entdecken konnte, dass die Kammer in letzter Zeit bewohnt worden wäre.

DeRuijter blickte sich unschlüssig um und suchte nach einer Erklärung. Beiläufig schloss er eine Schranktür. Es wirkte wie eine Übersprunghandlung von jemandem, dem etwas nahe ging, weil er aus purer Gewohnheit aufräumte, um wenigstens reale Ordnung ins emotionale Chaos zu bringen.

„Normalerweise muss sich die Besatzung bei der Einschiffung beim wachhabenden Offizier melden", sagte er. „Und das war ich. Ich bin einfach davon ausgegangen, dass sie an Bord ist. So ein Fehler ist mir noch nie passiert."

„Haben Sie mit dem Kapitän gesprochen?"

DeRuijter machte ein säuerliches Gesicht. „Er ist wenig begeistert", antwortete er schlicht. „Doch er hat gleich heute Morgen die Reederei verständigt. Dort liegt keine Krankmeldung oder Kündigung vor. Die vom Büro versuchen, mehr herauszufinden. Sie müsste also an Bord sein. Aber sie ist nicht zu finden!"

Rosa legte die Stirn in Falten.

„Irina ist absolut zuverlässig", fuhr er fort. „Natürlich kommt es vor, dass angeheuerte Seeleute die Abfahrt verpassen oder ihren Dienst nicht antreten, dann wüssten die im Büro allerdings Bescheid, denn jeder, der eine internationale Passage macht und den Containerhafen betritt, muss einen Kontrollpunkt passieren. Es wird noch geklärt, ob sich Irina dort gemeldet hat."

An die Kontrolle im Hamburger Hafen konnte sich Rosa erinnern. Ihr fiel auf, dass der Erste Offizier die Köchin immer beim Vornamen nannte.

„Meine Kammer sieht anders aus. Ich habe Gepäck, lasse Kleidung und andere Dinge irgendwo liegen und so weiter. Dieser Raum sieht so aus, als wäre er nicht benutzt worden."

DeRuijters Gesicht hellte sich auf, um dann noch nachdenklicher zu wirken. Ihr Versuch, den Offizier zu beruhigen, misslang.

„Wollen Sie damit sagen, Irina wäre nicht an Bord gekommen, ohne mir Bescheid zu sagen?"

„Vielleicht ist ihre Mutter plötzlich krank geworden. Oder sie hat sich auf der letzten Fahrt mit Loco oder mit einem anderen Besatzungsmitglied zerstritten."

„Ist das Ihre Meinung als Kommissarin?", fragte DeRuijter.

Darauf wusste Rosa nichts zu antworten. Es gab keine offensichtlichen Anzeichen, dass die Köchin überhaupt an Bord gegangen war.

„Wäre es nicht erst recht eigenartig, sie würde ihren Dienst antreten und sich dann irgendwo auf dem Schiff versteckt halten?", entgegnete Rosa.

In den ungläubigen Blick des Ersten Offiziers mischte sich Wut, die schnell wieder verflog. „Sie haben wohl recht", lenkte er mit trauriger Stimme ein, „mit Loco hat sie sich in der Tat nicht gut verstanden."

Mit einem Kollegen zusammenzuarbeiten, den man nicht leiden konnte, dessen Macken man nicht respektierte oder wenigstens darüber hinwegschauen konnte, das hielt niemand lange aus. Das war ein einleuchtender Grund, nicht mehr zur Arbeit zu erscheinen.

„Wahrscheinlich ist es mein Fehler", meinte DeRuijter und verließ die Kammer.

Verwundert sah Rosa ihm hinterher. Der Offizier nahm seine Aufsichtspflichten sehr ernst. Die Schranktür, die er vorhin geschlossen hatte, fiel ihr ins Auge. Die Tür hatte sich wieder einen Spalt geöffnet. Rosa schob sie zu. Kaum hatte sie sich umgedreht, um dem Ersten Offizier nach draußen zu folgen, da sprang die Tür wieder auf. Rosa probierte es erneut. Mit demselben Ergebnis. Neugierig forschte sie nach der Unebenheit und öffnete die Schranktür weit. Ganz hinten in der Ecke der Nut auf der unteren Türleiste blitzte ein messingfarbener Gegenstand. Rosa hatte einige Mühe, das verkeilte Metallstück freizubekommen. Als es ihr schließlich gelang, staunte sie über das, was sie in den Händen hielt. Es war eine Haarnadel.

16

„Wie fühlen Sie sich heute?“

„Gut.“

Die Antwort wunderte Rosa, besonders als sie bemerkte, dass sie nicht gelogen hatte. Die Dämonen waren betäubt. Sie spürte ihre Lebensgeister aufblühen. Fast fühlte sie sich wie früher. Aber all die frische Seeluft, die neuen Eindrücke und die Aufregung, mit einem Frachtschiff den Atlantik zu überqueren, konnte nicht über das Unwohlsein hinwegtäuschen, dass sie bei dem Gedanken empfand, was sie in den nächsten fünfzig Minuten erwartete.

Rosa befand sich im Single-lecture-Raum, einer zum Gesprächszimmer umgewandelten Kammer auf den unteren Mannschaftsdecks. Hier waren nicht mehr als zwei sich gegenüber stehende Sessel zu finden. In einem Sessel Rosa, die Hände in den Schoß gelegt, wobei sie verstohlen an ihren Fingernägeln knibbelte. In weniger als zwei Meter Entfernung saß ihr Roland Hertz gegenüber. Der Coach hatte sich im Schneidersitz im Sessel niederlassen. Rosa fragte sich, wie er es schaffte, diese Haltung beizubehalten, ohne dass ihm die Gliedmaßen einschliefen. Er wirkte wie die abgemagerte Kopie der Buddhastatue, die in einer Ecke, umgeben von Kerzen und Räucherstäbchen, zu einer Art Schrein aufgebaut dastand. Hinter ihm leuchtete eine Lichttherapielampe. In langsamem Rhythmus blendete sie sanft von einer Farbe zur nächsten über. Vor ihm auf dem Boden lagen zwei Handpuppen – ein Wolf und eine Giraffe. Rosa verdrängte den Gedanken, wozu die Puppen dienen sollten.

Nein, sie würde nicht die Wolf- oder Giraffenposition einnehmen, um ihre Gefühle zu beleuchten. Derartige Rollenspiele würde sie niemals mit sich machen lassen. Das war einfach nur lächerlich!

Hertz fokussierte sie mit einem durchdringenden Blick. „Sie sind gut an Bord angekommen und haben sich gut eingelebt?"

Rosa nickte. „Besonders die Schiffsführung hat mir gefallen."

„Sie klingen überrascht."

„Das bin ich auch. Ihr Konzept scheint bisher aufzugehen."

Am liebsten hätte sie das Wort „bisher" nachträglich gekürzt, doch dafür war es zu spät.

„Waren diese Zweifel der Grund, warum Sie so kurzfristig mitgereist sind?"

Aus zahlreichen Gesprächen mit Psychologen war ihr der Modus hinreichend bekannt, in dem Therapeuten ihre Fragen stellten und Gespräche damit in eine bestimmte Richtung zu lenken versuchten. Für sie galt dabei ein Grundsatz: Gib nie zu viel von dir preis, aber genug, um den Psychoheinis die Illusion vorzugaukeln, dir geholfen zu haben. Das ganze Theater sollte nur die eine Tatsache vertuschen, nämlich dass Rosa nicht über ihre Probleme reden wollte und ihrem Gegenüber deswegen eine Lüge nach der anderen aufzutischen beabsichtigte.

Dieses „bisher" war ihr rausgerutscht und bot dem Coach eine ideale Angriffsfläche, die er prompt nutzte. Rosa musste schlucken. Okay, er hat also den Smalltalk hinter sich gelassen, dachte sie, und befindet sich im Arbeitsgespräch. Demonstrativ hörte sie auf, an den Nägeln zu knibbeln, und verschränkte die Arme vor der Brust. Wenn sie dichtmachte, war Hertz machtlos. Es war wichtig, gleich zu Beginn des Gesprächs eindeutige Signale zu senden.

„Nein, das hatte eher was mit dem Job zu tun", wich Rosa aus.

Hertz schwieg, ohne sie aus den Augen zu lassen. Nervös rutschte Rosa im Sessel herum.

Er weiß, dass du nicht die Wahrheit sagst. Er ist gut. Und wenn du noch länger herumrutschst, weiß er es sowieso!

Rosa zwang sich, die verschränkten Arme zu lösen und eine gelassene Sitzposition einzunehmen, die Selbstsicherheit, jedoch keine Ablehnung vermitteln sollte.

„Laut Ihrer Anmeldung arbeiten Sie beim Bundeskriminalamt."

Rosa lachte gekünstelt auf.

„Worüber lachen Sie?"

„Darüber, wie Sie Bundeskriminalamt betonen. Bei Ihnen klingt das so, als würde ich keine Ahnung was machen."

„Was machen Sie denn beim Bundeskriminalamt?"

Lass ihn an der Oberfläche kratzen und wirf ihm ein paar Bröckchen hin, damit er nicht misstrauisch wird.

Und pass, verdammt noch mal, auf deine Formulierungen auf.

„Ich bin ein ‚Schreibtischtäter‘", behauptete sie. „Meine Aufgabe besteht darin, Nachfragen von Polizeibehörden oder Landeskriminalämtern zu bearbeiten und die Ermittler mit Hintergrundwissen zu versorgen."

Das war zwar nicht gelogen, aber nur ein kleiner Teil der Wahrheit. Früher war sie als Expertin für Terrorismus, internationale Kriminalität und besonders schwerwiegende Einzeltäter der Kopf einer operativen Einheit gewesen. Heute sah sie sich als ausgemusterter Renngaul, der damals die besten Chancen gehabt hatte, Außergewöhnliches zu leisten. Auf Hertz' Gesicht erschien ein weiches Lächeln. Offenbar schluckte der Coach ihre irreführende Version. Die Lichttherapielampe wechselte von Violett zu einem kräftigen Blau. Blau wie das Meer, das sie umgab, dachte Rosa und fühlte sich sicher. Das Gespräch hatte sie im Griff.

„Ich würde die heutige Lecture gerne nutzen, um über Ihr Selbstverständnis zu reden. Dazu würde ich mich gerne über einige grundlegende Standpunkte und Sichtweisen erkundigen, um mehr über Sie zu erfahren. Je mehr ich über Sie weiß, um so besser kann ich Ihnen helfen. Können wir beginnen, oder haben Sie vorab eine Frage?"

Rosa dachte darüber nach.

„Wie sind diese Einzellectures zu verstehen?", erkundigte sie sich. „Als Coachingstunde oder als Therapiesitzung?"

„Was wäre Ihnen denn lieber – Coaching oder Therapie?"

Rosa holte Luft. Sie hatte vergessen, wie sehr sie es hasste, dass Therapeuten Fragen nicht direkt beantworteten, sondern nach dem Grund der Frage forschten. Genau diese Art von Konfrontation in einem „aktiven Beratungsgespräch" konnte sie nicht leiden. Die Antwort hätte sie vorhersehen können. Sie diente lediglich dazu, den Gefragten mit einer gezielten Provokation neue Denkanstöße zu vermitteln. Rosa überlegte, wie sie ihm den Wind aus den Segeln nehmen konnte.

„Mir ging es um die Info. Wir können gerne nach der Stunde darüber reden."

Hertz ließ die Angelegenheit unkommentiert. „Wie steht es um Ihr Körpergefühl? Können Sie sich äußerlich leiden? Treiben Sie Sport? Gibt es dauerhafte körperliche Beschwerden?"

Rosa mimte ein nachdenkliches Gesicht. „Nein, ich fühle mich körperlich ziemlich gut."

Das war dreist gelogen. Und das hatte die morgendliche Yogastunde nur bestätigt. Außerdem bereitete ihr die bloße Erinnerung an jenen albtraumhaften Einsatz vor drei Jahren körperliche Schmerzen. Aber das würde sie niemals jemandem sagen. Hertz schrieb mit.

Ich hasse es, wenn sie sich Notizen machen, dachte Rosa, können sie das nicht tun, wenn man nicht mehr anwesend ist?

„Sie wirken auf mich sehr angespannt", sagte Hertz, bevor er seine Aufzeichnungen beendet hatte.

„Nein, gar nicht. Es ist alles okay. Danke."

„Wir hatten ja gestern nur ein kurzes Kennenlerngespräch. Haben Sie dazu Fragen?"

Rosa tat so, als würde sie angestrengt nachdenken, dann erwiderte sie: „Nein, spontan nicht."

Hertz machte sich wieder eine Notiz. „Wie steht es mit Ihrem sozialen Leben? Mit Freunden? Ihrer Partnerschaft?"

Rosas Gesicht verhärtete. Was ging den Coach ihre gescheiterte Beziehung an? Dennoch, zu lügen brauchte sie bei der Frage nicht. „Ich habe eine sehr gute Freundin, mit der ich über alles reden kann."

„Das freut mich zu hören", entgegnete Hertz. „Was ist mit Ihrem Job?", lenkte er das Gespräch zurück auf ihre Arbeit.

„Ich schreibe nur unbedeutende Aktenvermerke zu unbedeutenden Fällen. Mehr nicht."

„Das gibt es beim BKA?"

„Was haben Sie erwartet, dass ich tagtäglich aus einem fliegenden Hubschrauber springen muss, um für die nationale Sicherheit zu sorgen?", konterte sie.

Ihren ironischen Unterton ignorierte Hertz. „Auch Unterforderung kann Stress auslösen, beispielsweise dann, wenn man sich beruflich etwas anderes vorgestellt hat oder wenn man überqualifiziert ist. Trifft das auf Sie zu?"

„Weshalb bin ich wohl hier?", gab Rosa zurück. Sie war stolz, innerhalb kurzer Zeit eine Gegenfrage eingesetzt zu haben, um einer äußerst brenzligen Antwort auszuweichen.

„Stellt Sie Ihr Job noch vor genügend Herausforderungen, oder hätten Sie sich etwas ganz anderes vorstellen können?"

„Als Kind wollte ich Krankenschwester werden", wich Rosa aus und unterstrich ihre bühnenreife Schauspielleistung mit einem entschuldigenden Lächeln. Aber etwas an Hertz' Reaktion verunsicherte sie. Besorgnis breitete sich auf seinem Gesicht aus, als hätte er eine schlechte Nachricht erhalten.

„An welchen Werten und Normen orientieren Sie sich? Sind diese Werte eine Stütze oder eine Last?"

„Wer sich mit allzu hohen Werten und Normen identifiziert, macht sich leicht angreifbar. Und das tut keinem gut", meinte sie, als wäre sie überzeugt davon.

Hertz blickte sie mit einer Güte an, die Rosa beunruhigte.

„In den letzten zwei Tagen, ist da irgendetwas Besonderes passiert?"

„Lassen Sie mich überlegen", bemühte sich Rosa um Unverfänglichkeit, „die zweite Köchin wird vermisst."

Rosa wusste natürlich, dass Hertz nach persönlichen Dingen fragte und nicht nach Ereignissen, die sie gar nicht betrafen.

„Und wie ist das für Sie? Weckt das Ihr kriminalistisches Gespür?" Hertz schien nicht besonders überrascht.

„Nicht wirklich."

Anfänglich war Rosa tatsächlich davon überzeugt gewesen, aber kaum hatte sie es ausgesprochen, war sie sich darüber nicht mehr so sicher. Das Verschwinden war seltsam, und alles, was seltsam war, erregte ihren Spürsinn. Und dann war da noch die Sache mit der Haarnadel. Wie kam eine Haarnadel in ein Zimmer, das erst kürzlich renoviert und bisher nicht benutzt worden war?

„Mit dem Blick auf die Uhr ...", brach Hertz das Schweigen. Er klang freundlich und unverbindlich.

Das hatte sie also überstanden. Erleichtert atmete Rosa aus.

„Eine Sache müssten wir noch besprechen." Hertz wurde plötzlich ernst.

Rosa horchte auf. Der Coach griff hinter seinen Sessel und holte einen Aktenordner hervor, den er auf seinen gekreuzten Beinen ablegte. Er schaute sie an – und schwieg.

Der Anblick dieser Akte traf Rosa wie der Schlag einer Eisenfaust. Sie kannte jedes Detail. Die Kennzeichnung auf dem Rücken, die Marmor imitierende Maserung auf dem Deckel, die Kratzspuren an der Unterkante, wo die Akte in den Schrank hinein- und hinausgeschoben worden war, und die Metallleisten, die die Ecken vor Abnutzung schützen sollten. Jetzt lag *ihre* Akte im Schoß von Roland Hertz, und das bedeutete nichts Gutes. Denn dort gehörte sie nicht hin. Sie beinhaltete die *streng vertraulichen* Daten ihrer Krankheit und den enttäuschenden Verlauf ihrer seit drei Jahren scheiternden Therapieversuche. Es war die Originalakte. Keine Kopie. Der Ordner gehörte irgendwo in die tiefsten Tiefen der BKA-Archive vergraben. Wie kam er in die Hände des Coaches?

„Ich weiß, was Sie einwenden möchten", sagte Hertz, „aber für die Teilnahme am Seminar haben Sie einige Unterschriften geleistet. Daran werden Sie sich sicherlich erinnern. Eine Unterschrift bezog sich auf die Einsicht in Ihre Akte."

Die Sachlichkeit war unerträglich brutal. Der Coach hatte sie die ganze Zeit über ausgetrickst. Regelrecht vorgeführt. Dieses Verhalten war mehr als untypisch für einen Therapeuten.

„Lassen Sie uns Tacheles reden, das ist nur zu Ihrem Besten. Seit Sie hier sitzen, haben Sie fast ausnahmslos gelogen.“

Die Therapielampe wechselte von Orange auf Rot. Rosa musste ihren Blick abwenden, um nicht durchzudrehen.

„Ein Antistresssseminar kann eine fundierte Langzeittherapie, die in Ihrem Fall gewiss notwendig wäre, nicht ersetzen.“

Jedes Wort schnürte Rosa die Luft ab, verletzte sie so sehr, dass sie nicht wusste, an welcher Stelle sie den Schmerz empfinden sollte.

„Wir haben einige heikle Fälle an Bord, aber Sie sind mit Abstand der schwierigste.“

Du Arschloch, dachte Rosa, ich werde dir nicht den Gefallen tun und heulen.

„Eine posttraumatische Belastungsstörung bedarf intensiver Arbeit, die wir nur im Ansatz leisten können. Vor allem geht das nicht ohne Ihre aktive Mitarbeit.“

Es war klar, sie würde jetzt aufstehen und nach Hause gehen und so tun, als wäre nichts passiert. Oder dieser lodernde Vulkan in ihrem Inneren würde mit der Sprengkraft von einigen Tausend Megatonnen explodieren. Rosas Blick schweifte ins Unendliche. Was sollte sie nur machen?

„Rosa, bitte schauen Sie mich an, und hören Sie mir zu“, begann der Coach nach langem Schweigen. „Was Sie erlebt haben, ist ungeheuer hart und schlimm. Ich weiß das. Die Therapien sind gescheitert. Aber: Sie sitzen hier und haben überlebt! So stark sind Sie! Und das finde ich erstaunlich. Das muss Ihnen erst mal einer nachmachen. Sie haben Schreckliches erlebt und sich nicht vor den nächsten Zug geworfen. Nein, Sie leben. Sie sind stark. Beeindruckend!"

Rosa musste schniefen. Heftig schüttelte sie den Kopf und flehte innerlich, der Coach möge aufhören, zu reden und Mitgefühl zu zeigen. Etwas zu erwidern, gelang ihr dagegen nicht.

„Ich habe Ihre Akte studiert und mir gedacht: Diese Frau braucht Hilfe. *Meine* Hilfe! Dieses Seminar ist der erste Schritt Ihrer Reise zu sich selbst." Hertz machte eine Pause. Er stellte den Ordner beiseite und löste den Schneidersitz. Er beugte sich vor, öffnete gebetsartig die Hände und fügte hinzu, als wollte er einen heiligen Schwur leisten: „Es gibt nur positive Nachrichten: Ihr Trauma ist heilbar. Und ich werde alles Menschenmögliche tun, um Ihnen zu helfen. Das verspreche ich Ihnen. Dabei benötige ich Ihre Mithilfe. Gemeinsam besiegen wir den Fluch."

Was redete der Coach da? Nie zuvor war ihr Trauma als heilbar bezeichnet worden. Die Psychologen hatten immer eine Verbindung zu ihren in der Kindheit erlittenen Schuldgefühlen und Verlustängsten gezogen. So etwas Nettes, Wahres und Umwerfendes hatte seit Langem niemand mehr zu ihr gesagt. Sie schloss die Augen. Tränen lösten sich und rannen die Wangen hinab.

„Sie reden nicht gerne über sich, habe ich recht?", fragte Hertz.

„Ja, das ist richtig", gestand Rosa.

Bewegt verließ sie den Therapieraum und stieß mit dem Fuß gegen ein zusammengeknülltes Blatt Papier.

Noch ganz benommen, sah sie dem davonkullernden Papierknäuel hinterher. Erst gedankenverlorene Augenblicke später hob Rosa das Papier auf, strich es glatt und entdeckte darauf eine handschriftlich verfasste Nachricht.

Ich habe nicht die Wahrheit gesagt, war unehrlich. Es tut mir leid! Die Entschuldigung wird überflüssig klingen. Es war eine Notlüge. Mehr nicht!!! Spricht es denn nicht für mich, dass es mir nicht gelungen ist, die Unwahrheit vor dir zu verbergen?

War es ein Geständnis unter Liebenden, die sich zerstritten hatten? Dem Brief fehlte Adressat wie Absender. Die Handschrift kam ihr bekannt vor, aber sie hätte nicht sagen können, woher. Wer hatte diesen Brief verloren? Neugierig schaute sich Rosa um. Die Tür gegenüber stand offen. Prem Jyoshi saß hinter einem Schreibtisch und arbeitete. Rosa sprach die Assistentin an.

„Wie sagt man eigentlich: Prem oder Jyoshi? Oder beides?"

Die Frau schüttelte den Kopf zum Zeichen, dass sie die Frage nicht verstanden hatte.

„Wie lautet Ihr Vorname?"

„Also", antwortete Prem Jyoshi, „es gibt keinen Vornamen. Prem ist eine Art Bezeichnung wie ..."

„... wie ein Titel?"

„Ja, wenn Sie so wollen."

„Gehört das Ihnen?" Rosa zeigte der Assistentin den Zettel.

Prem Jyoshi warf einen Blick darauf und schüttelte sofort den Kopf. „Nein", antwortete sie zögerlich.

„Dann lege ich ihn wieder dahin, wo ich ihn gefunden habe", meinte Rosa und wandte sich zum Gehen.

„Warten Sie", rief Prem Jyoshi, „ich nehme ihn an mich. Vielleicht meldet sich der Besitzer."

Rosa reichte ihr das Papier. „Hier bitte, für Ihre Ablage P."

17

Sie war gerne allein. Beruflich wie privat bot sich selten genug die Gelegenheit dazu. Tagsüber hetzte sie von einem Meeting zum nächsten, und abends erwartete sie „partnerschaftlicher Freizeitstress", wie es in einem Artikel einer Frauenillustrierten geheißen hatte. Das Alleinsein half ihr sich zu entspannen, denn das an sich war schwierig genug. Michael, ihr Freund und neben ihrer Arbeit der Hauptfaktor, dass selbst ihre arbeitsfreie Zeit zu Stress wurde, verstand das nicht. „Schlaf dich mal aus", riet er ihr oder „Lass uns einen Abend vor der Glotze abhängen". Er glaubte, das würde ausreichen, um Stress abzubauen. Michael war nett, nur leider nicht besonders sensibel.

Es war wunderschön, allein im Raum zu sein. Sie breitete das Tuch auf der obersten Holzbank aus und setzte sich aufrecht hin, um die Hitze zu genießen. Die Wärme war das Beste, was sie sich vorstellen konnte. Warum konnte es nicht immer und überall neunzig Grad heiß sein? Warum musste man dazu nackt oder mindestens spärlich bekleidet in einen winzigen Holzraum klettern und sich mit anderen Nackten auf eine Bank zwängen? Vor allem in den Hotelsaunen, die sie gewöhnlich auf Geschäftsreisen besuchte, war das auffällig.

An Bord der *Leviathan* war das anders. Die Atmosphäre war ungeheuer gemütlich. Der Seegang erinnerte sie an die sanfte Wiegenbewegungen eines Schaukelstuhls. Momentan war sie allein in der Sauna, wahrscheinlich weil sich die anderen ausruhten, für das Abendessen umzogen oder eine Einzelstunde bei Hertz hatten. Außerdem würden nur Frauen hereinkommen. Denn in weiser Umsicht waren die Saunazeiten zwischen Männern und Frauen aufgeteilt. Und natürlich würde sie niemals in die Sauna gehen, wenn Männer vom Seminar oder der Mannschaft hereinkommen könnten. Die drei Männer im Kurs machten einen sympathischen Eindruck, aber deswegen musste sie längst nicht mit ihnen nackt in der Sauna sitzen. Mit anderen Frauen die Sauna zu teilen, bereitete ihr keine Probleme, weil Frauen nicht so penetrant glotzten wie einige Kerle. Nur bei ihrer Zimmernachbarin würde sie eine Ausnahme machen.

Sie hatte es einmal in einer Hotelsauna in London erlebt, dass ein fettbäuchiger alter Sack an sich herumgespielt hatte, und zwar direkt neben ihr. Widerlich! Natürlich hatte sie sofort den Raum verlassen und sich an der Rezeption beschwert. Solche Perversen gehörten weggesperrt! Vielleicht waren ihre Gedanken radikal, doch so war das nun einmal. Ihr schlanker Körper wurde quasi mit den Augen missbraucht. Sie war stolz auf ihre festen Brüste. Gott sei Dank machten die noch etwas her. Und das, obwohl sie länger nicht mehr dazu gekommen war, Sport zu treiben. Okay, sie war nicht mehr so fit wie Prem Jyoshi, sie hatte beim Yoga dennoch gut mithalten können. Was nicht alle von sich behaupten konnten.

Der erste Schweiß sammelte sich in der Kuhle am Hals. Aus den feinen Poren stiegen Tröpfchen auf. Sie strich sich über die Haut, streckte sich rückwärts auf dem großen Saunatuch aus und schloss die Augen. Die Ruhe war traumhaft. Das hatte sie verdient. Neun Tage kein Handyklingeln. Neun Tage keine hektisch heruntergeschlungenen belegten Brötchen vom Flughafenbistro. Und neun Tage keine blöden „Gönn dir mal ein Erholungsbad"-Sprüche von ihrem Freund. Mit anderen Worten: Hier erwartete sie Entspannung pur.

In diesem Moment wurde die Holztür aufgezogen. Eisige Kälte strömte herein und fegte über ihren nackten Körper. Sie hielt die Augen fest geschlossen und redete sich ein, sich nicht stören lassen zu wollen. Sie spürte es jedoch an den Bewegungen, den Atemgeräuschen und dem Geruch. Es war ein Mann. Und er grüßte nicht einmal! Er war also nicht nur dreist genug, die Sauna während der Damenzeit zu betreten, er war auch noch unhöflich. Sie wollte aufspringen und den Raum verlassen. Dann entschied sie sich dagegen. So schnell würde sie sich nicht vertreiben lassen – immerhin war sie im Recht! Genau wie bei diesem unsinnigen Streit am Morgen.

Der Mann setzte sich auf die oberste Bank zu ihren Füßen. Sie schlug die Beine übereinander. Es dauerte nicht lange und sie konnte förmlich spüren, wie die Augen über ihre nackten Beine, Scham, Bauch und Brüste wanderten, als wäre ihr Körper eine reife Frucht, die man sich einfach greifen konnte. Sie raffte das Tuch zusammen und bedeckte so gut es ging ihre Blöße. Es änderte nichts. Der Typ gaffte weiter. Als er sich so stark räusperte, dass sie meinte, er würde ausspucken wollen, hatte sie genug und richtete sich abrupt auf. Verwundert blickte sie sich um. Der Eindringling hockte nicht neben ihr auf der obersten Bank, sondern eine Bank darunter. Außerdem hielt er den Kopf mit einem Handtuch bedeckt und stützte die Ellenbogen auf den Knien ab, als säße er auf der Toilette. Es sah ordinär aus. Oft wurde sie von der Vorstellung getrieben beobachtet zu werden. Das hatte sich an Bord nicht verändert. Doch der Eindringling konnte sie gar nicht angestarrt haben.

Fast in derselben Sekunde zuckte der Mann zusammen und stieß einen spitzen Schrei aus. Sie hatte ihn erschreckt! Hatte der Typ nicht gemerkt, dass sich noch jemand in der Sauna aufhielt?

Sie wollte einen Rückzieher machen, sagte allerdings: „Es ist Damensauna.“

Er fasste sich an die Brust und schob mit einer Hand das Tuch beiseite. Sein Gesicht konnte sie immer noch nicht erkennen. Er hatte einen gut gebauten, athletischen Körper und war wenig behaart.

„Du meine Güte, hast du mich erschreckt. Ich hab das gar nicht mitbekommen!“

Er reagierte nicht auf ihre Bemerkung, wie unverschämt!

„Es ist Damensauna“, wiederholte sie.

„Damensauna?“, rief er. „Oje, das tut mir furchtbar leid. Ich bin wohl ein ungehobelter Klotz.“

Jetzt tat ihr das Ganze leid. Immerhin, mit dem Tuch auf dem Kopf konnte er sie nicht angeglotzt haben.

„Ich geh besser. Noch mal sorry, war keine Absicht.“ Er rappelte sich auf, um die Sauna zu verlassen.

„Ist nicht weiter schlimm", entgegnete sie. „Wir sind ja alle erwachsen."

„Ich hab gar nichts gesehen", behauptete er mit einem Lachen, das ihr Unbehagen bereitete.

Sie war verrückt, wieso konnte sie sich nicht durchsetzen? Nun war es zu spät. Er setzte sich wieder, diesmal auf die unterste Bank. Das Handtuch schob er ganz über den Kopf. Einen Moment lang herrschte tiefes Schweigen.

„Toll, was die an Bord alles zu bieten haben, nicht?", meinte er schließlich. „Hält man gar nicht für möglich, dass es auf einem Frachtschiff eine Sauna gibt."

Der Typ störte durch seine bloße Anwesenheit und wollte auch noch reden! Wenn ihr in der Sauna Gespräche aufgezwungen wurden, war es vorbei mit der Erholung. Sie entschloss sich, den Saunagang zu beenden, und erhob sich. Der Schweiß, der sich auf ihrem Körper gesammelt hatte, lief am Oberkörper hinab.

Ohne jede Scham glotzte er ihr direkt auf den Unterleib. „Das ist komisch, wenn sich der Schweiß in den Schamhaaren verfängt, nicht? Das kitzelt."

Ihr blieb die Stimme weg.

So etwas sagt man nicht!

Wieder erklang das unheimliche Lachen. Sein Blick wurde lüstern. Ein Schauer lief ihr über den Rücken. Sie wollte einfach nur weg. Weg von diesem Typen, weg von dieser Sauna. Vorher würde sie ihm gehörig die Meinung sagen. Impulsiv drehte sie sich um und nahm ihr Saunatuch. Doch genauso plötzlich sackte ihr Mut in den Keller. Wie konnte ihr nur solch ein peinlicher Fehler unterlaufen? In der Aufregung hatte sie sich so ungeschickt umgedreht, dass er ihr direkt auf Hintern glotzen konnte!

„Meine fünfzehn Minuten sind rum", behauptete sie und verließ so würdevoll, wie es ihr möglich war, die Sauna.

18

ROSAS LOGBUCH – ZWEITER TAG: FRAGEN

Es gibt Fragen, die man besser nicht stellt. Fragen, auf die es keine Antworten gibt. Ich bin eine Meisterin darin, mir mit diesen Fragen die Tage zu vermiesen.
Wann hat Maik begonnen, mich zu betrügen? Bevor oder nachdem Elena ermordet wurde und es mit mir bergab ging?
Warum wurde Elena ermordet?
Was ist auf dieser Bergstation eigentlich passiert?
Wie konnte ihr Mörder entkommen?
Und warum habe ich sie allein hinauf in den sicheren Tod geschickt?
Diese Fragen machen mich verrückt. Ich weiß nicht mehr, was ich denken, wem ich vertrauen soll. Ob es mir jemals wieder gelingen wird, jemandem zu vertrauen? Ganz zu schweigen davon, eine feste Beziehung zu führen. Dieser Gedanke ist vollkommen absurd.

Wenn Maik die Wohnung verlassen hat, ist er dann tatsächlich immer dahin gegangen, wohin er angekündigt hat zu gehen, oder hat er sie aufgesucht?

Die Frau, von der er behauptet hat, sie würde ihn besser verstehen. Nicht nur im Bett, auch sonst. Das war ein Gespräch wie aus einer Soap gewesen. Hölzern und unbeholfen. Nur echt.

Wie ist es dem Mörder gelungen, uns auszutricksen?

Klar, er war im Vorteil. Der Bergstation konnte sich niemand unbemerkt nähern. Dieser Vorteil war gleichzeitig sein größter Nachteil gewesen, denn er saß da oben in der Falle.

Wie konnte er entkommen? Es gibt keinerlei Anhaltspunkte. Keine Spuren. Nichts. Es gibt nicht einmal einen Hinweis darauf, ob der Täter ein Mann oder eine Frau ist. Wie kann das sein?

Es besteht die Möglichkeit, dass mich diese Fragen in den Wahnsinn treiben.

Will ich das?

Ich bin unter all diesen seltsamen Typen. Weil ich selbst schon eine Irre bin? Wenn ich es mir genau überlege, ist hier niemand normal. Wie kann man sich freiwillig „Prem Jyoshi" nennen? Weil man sich für besonders erleuchtet hält? Oder Max mit seinem Rededurchfall und seiner seltsamen Kunst ...

Es wurde nie gelöst. Elenas Mörder läuft frei herum.

Es gibt Fragen, die man sich besser nicht stellt. Und doch stelle ich sie mir andauernd, ohne mich damit auseinanderzusetzen. Das ist, als würde man pausenlos Krieg gegen sich selbst führen. Klingt ungesund. Ist es auch. Schon zweimal hat mich Hertz zum Heulen gebracht und mir damit auf emotionaler Ebene die Augen geöffnet. Das hat mich wahnsinnig schockiert, aber es belebt.

Vielleicht ist es an der Zeit, etwas zu verändern.

Es sieht so aus, als müsste ich mich seiner radikalen Therapiemethode anvertrauen, wenn ich eine Veränderung erreichen möchte. Und das will ich.

Weshalb bin ich hier?

Um all diese Fragen zu stellen und sie endlich zu verdauen.

Nachtrag zur letzten Frage: Die Antwort ist eindeutig. Weil ich krank bin. Die eigentliche, also diejenige, die man besser nicht stellen sollte, lautet: Wie krank bin ich?

19

Dritter Tag
Route MS Leviathan: Verlässt Ärmelkanal, erreicht
Atlantik

Rosa hatte schlecht geschlafen. Wie in der Nacht zuvor war ihr Schlaf von Albträumen überschattet worden. Als sie am Morgen des dritten Tages aufwachte, fühlte sie sich dennoch – *großartig*. Ihre traumatischen Ängste und Schuldgefühle hatten sich nicht in Luft aufgelöst, aber sie schienen ihr zum allerersten Mal beherrschbar. Allein dass es einen Fortschritt zu verzeichnen gab, war ein erdrutschartiger Durchbruch. Und das konnte sie nicht einzig der ungewöhnlichen Umgebung zuschreiben. Diese rasche Besserung verdankte sie der Intensivmethode des Coaches. Sein „Bombardement" an ungewöhnlichen therapeutischen Maßnahmen machte sogar eine Steigerung im Vergleich zum gestrigen Tag möglich. Und wie hatte sie sich gewehrt! Die Albträume, die quälenden Fragen, ihr Trauma – alles war gleich geblieben. Nur ihre Einstellung dazu hatte sich verändert. Offensichtlich schaffte es Roland Hertz, die richtigen Knöpfe zu drücken und neue Weichen zu stellen. Sie fühlte sich gereinigt. Alles hätte sie erwartet, nur nicht dass ihr die Reise guttun könnte. Umso mehr begeisterte sie das bisherige Ergebnis.

Vor dem Frühstück besuchte sie die Yogastunde. Am heutigen Morgen kam sie sich nicht mehr ganz so ungelenk vor. Beim Frühstück verschlang sie hungrig Locos durch Eischnee locker luftige Pfannkuchen, die zuzubereiten sie beim morgendlichen Karma-Yoga mitgeholfen hatte. Sie garnierte die Pancakes großzügig mit saftiger Honigmelone und Ahornsirup. Der frisch aufgebrühte Bohnenkaffee duftete nach starker Röstung und schmeckte wieder nach Kaffee und nicht nach trüber brauner Brühe.

Beim anschließenden Spaziergang über Deck sog sie die Seeluft in ihre Lungen, als würde sie nach langer Gefangenschaft endlich wieder frei atmen können. Ihre Lippen schmeckten salzig, und der Wind wehte ihr eine frischen Brise ins Gesicht.

Am frühen Morgen hatte Nebel die *Leviathan* umhüllt. Der Dunst hatte sich inzwischen verzogen. Rosa blickte zum ersten Mal auf die unendliche Weite des vor ihr liegenden Atlantiks. Bis zum Horizont erstreckte sich in alle Himmelsrichtungen grünblaues Meer, durchzogen von sich kräuselnden weißen Wogen. Selbst die ferne irische Küste, irgendwo im Kielwasser gelegen, war lange hinter der Erdkrümmung verschwunden. Diese Grenzenlosigkeit war mit nichts zu vergleichen, was sie bisher erlebt hatte. An dieser befreienden Ferne, konnte sie sich nicht sattsehen. Mit einleuchtender Klarheit begriff sie, was Menschen an der Seefahrt faszinierte und warum Hertz das Seminar auf einem Schiff veranstaltete.

Vor dem Seminarraum stieg sie aus den Turnschuhen und nahm im Zimmer auf einem Sitzkissen Platz.

Ein Kissen blieb unbesetzt.

Ungeachtet dessen eröffnete Hertz die Sitzung. Erst als Angela Weniger in ihrer selbsternannten Funktion als Gruppenoberhaupt den Coach darauf ansprach, antwortete er: „Wir haben ein erstes Opfer zu verzeichnen."

Das Wort „Opfer" löste bei Rosa ganz andere Assoziationen aus. Es klang, als hätte es einen Todesfall gegeben.

„Seekrankheit ist ein unerbittlicher Knockout-Faktor", fuhr Hertz fort, „deshalb nehmen Sie bitte beim geringsten Anzeichen von Übelkeit oder einem noch so kleinen flauen Gefühl im Magen die Tabletten. Wenn Sie am Seminar nicht teilnehmen können – davon hat niemand etwas."

Rosa wunderte sich über Hertz' Ton. Statt Bedauern auszudrücken, dass Jennifer Stein krank im Bett lag, schaffte er es, Rosa und allen anderen Anwesenden ein schlechtes Gewissen einzureden. An dieser Stelle hätte sie vom Coach mehr Einfühlsamkeit erwartet.

„Bitte bedenken Sie, als Frachtschiff verfügt die *Leviathan* nicht über die auf modernen Kreuzfahrtschiffen üblichen Stabilisatoren", redete Hertz weiter. „Wir bekommen den Seegang viel unmittelbarer mit."

„Haben wir alle verstanden", meinte Angela Weniger. Sie rang sich ein Lächeln ab und sah blass aus. „Wir schlucken alle brav unsere Pillen, aber können Sie aufhören, davon zu reden und es in aller Ausführlichkeit zu beschreiben!"

„Ja, darüber zu reden, macht es noch schlimmer", stimmte ihr Tommy Kessler zu.

Rosa hatte nach ihrer Übelkeitsattacke in der ersten Nacht keinerlei weitere Anzeichen von Seekrankheit an sich feststellen können. Im Gegenteil, ihr gefiel das Auf und Ab in den Wellen sogar. Nur das unablässige Dröhnen der Schiffsdiesel setzte ihr zu. Rosa wunderte sich, dass alle anderen Teilnehmer ausgewiesene Segler waren und dennoch Probleme mit dem Seegang hatten.

„Was habt ihr denn?", rief Neumann lachend und schunkelte hin und her. „Stört euch etwa das bisschen Schwippschwapp?"

„Max, es ist gut", sagte Hertz ernst. „Würden Sie sich bitte wieder beruhigen?"

„Ich bin ruhig", monierte Neumann und versuchte, Angela Wenigers verächtlichem Blick standzuhalten, was ihm nicht gelang.

„Oje", stöhnte Mila Adler in die knisternde Stille hinein und bedeckte mit den Händen Mund und Magen.

Alle Augenpaare ruhten auf ihr.

„Jetzt ist ihr schlecht. Du bist so ein Idiot!", rief Angela Weniger und sprach damit aus, was alle dachten.

Prem Jyoshi beeilte sich, Mila Adler ein Glas Wasser und eine Tablette zu verabreichen. Während die Leiterin des Pflegeheims das Medikament nahm, sahen die Teilnehmer zu Max Neumann. Rosa schien es, als erwarteten sie von Neumann eine Entschuldigung. Ob er das nicht für nötig hielt, bewusst provozierte oder gar nicht bemerkte, dass eine Äußerung des Bedauerns angemessen gewesen wäre, konnte Rosa nicht beurteilen. Er saß teilnahmslos da, als hätte er Ignoranz und Coolness gepachtet. Als Hertz die Klangschale anschlug und damit die Sitzung eröffnete, blieb die Stimmung getrübt.

„Wir wollen lernen, den Stressmomenten achtsam zu begegnen. Ein erster Weg dazu ist, unsere Gefühle genau zu *be*-greifen und greifbar zu machen. Dazu bauen wir einen Stressklon." Der Coach machte eine Pause. „Sie fragen sich: Ein Stressklon, was ist das? Ganz einfach. Der Stressklon ist eine von Ihnen gestaltete Figur, in der Sie alles verbauen, was für Sie mit Stress verbunden ist. Diese wie auch immer geartete Skulptur funktioniert ähnlich wie eine Voodoopuppe, nur mit umgekehrten Vorzeichen. Sie verwünschen nicht jemand anderes, sondern extrahieren das Böse, den Stress, aus sich und verbannen es in den Klon. Das ist ein Prozess und wird nicht mit einem Fingerschnippen beendet sein. Ich möchte, dass Sie dazu einen Partner wählen. Gemeinsam treffen Sie Überlegungen, wie Ihr Klon aussehen soll. Für die Gestaltung gehen Sie wieder in die Einzelarbeit. Aber holen Sie sich Rückmeldung von Ihrem Partner. Vielleicht arbeiten Sie gemeinsam in einem Raum. – Fragen?" Er schaute in die Runde.

Die Mienen übten sich in Begeisterung und Zustimmung. Nur bei Max Neumann schien die Freude nicht gespielt zu sein. Rosa musste schmunzeln. Als sich Hertz' und ihr Blick kreuzten, ruhten die Augen des Coaches einige Sekunden auf ihr.

„Wir sollen basteln?", fragte Kessler mit angewidertem Gesichtsausdruck.

„Basteln, kleben, schneiden, schrauben, hämmern, bauen, malen. Streifen Sie durchs Schiff und suchen Sie sich Ihre Materialien zusammen. Das nennt sich

‚Kunsttherapie‘. Mein Tipp: Entfernen Sie keine betriebsrelevanten Systeme wie Sicherungen, Computer oder Schrauben. Nehmen Sie lieber Seile, Zeitungspapier, Pappe, Holz – was Sie finden können und was entbehrlich ist. Sprechen Sie die Mannschaft ruhig an. Alle sind informiert.“

Hertz blieb vollkommen ernst. Rosa konnte daher nicht einschätzen, ob sein Tipp als Scherz gemeint war. Wer würde denn schon auf die Idee kommen, das GPS-System abzubauen?

Zwei Stunden später trafen sich die Teilnehmer zur „Ausstellungseröffnung“, wie Hertz es nannte, in der Offiziersmesse wieder. Sie hielten ihre Skulpturen unter einem Handtuch oder Ähnlichem verborgen. Rosa hatte sich aus ihrer Kammer eine Decke geholt. Nur Linda Meyer trug keine Skulptur bei sich. Sie wich Rosas Blick aus. Und Rosa scheute sich zu fragen, warum sie die Verabredung nicht eingehalten hatte.

Feierlich forderte Hertz alle Teilnehmer auf, ihre Skulpturen nebeneinander aufzustellen und, einer nach dem anderen, die Figur zu enthüllen. Als Erstes kam Tommy Kessler an die Reihe. Er hatte ein blaues Hemd über die Figur geworfen und zog es nun beiseite. Zum Vorschein kam ein filigranes Mobile, bestehend aus seinem Handy, seinem Laptop und seinem Tablet-PC. Wenn er alles nicht mit einer umgekehrt befestigten Krawatte versehen hätte, was den Eindruck erweckte, als wollte die Krawatte die Geräte strangulieren, hätte sein Mobile wie die Auslage eines Elektromarkts wirken können. Seinen anfänglichen Widerwillen hatte er wohl beigelegt. Leiser Applaus erklang, und Hertz fragte den Geschäftsmann, welchen Titel er seiner Skulptur geben möchte.

Kessler überlegte nicht lange. „Testbild."

„Testbild", wiederholte Hertz, als hätte es gar keine andere Möglichkeit gegeben.

Sichtlich von sich und seiner Arbeit eingenommen, schaute Tommy Kessler in den Kreis. Weitere Huldigungen blieben aus.

Als Nächste war Angela Weniger dran. Ihre Skulptur war noch kleiner. Sie enthüllte ihr Kunstwerk mit einem lauten „Tadaaa!". Es bestand aus einem durcheinandergewürfelten Häufchen aus Seilen, Dosen und alten Gegenständen, wie eine Zahnbürste und Verpackungen, die sie aus dem Müll gefischt haben musste. Das Ganze hatte sie mit roter und weißer Lackfarbe übergossen. Unweigerlich kam Rosa der Gedanke an Spaghettieis. Der beißende Gestank frischer Lackfarbe ließ ihren Appetit vergehen. Angela Weniger nannte ihre Arbeit „Quatsch mit Sauce", was alle Anwesenden lustig fanden. Ob sie die Idee eines Stressklons so ernst genommen hatte wie Kessler, bezweifelte Rosa.

Nun präsentierte Henning Bahlow einen dunkelbraunen, seltsam metallisch aussehenden Gegenstand, der in ein leeres Gurkenglas gesperrt und von schmutzig trübem Brei ertränkt worden war, als hätte Bahlow Fäkalien abgefüllt. Niemand wagte zu fragen, was sich tatsächlich im Gurkenglas befand. Bahlow betitelte seinen künstlerischen Stressklon mit „Metamorphose". Rosa fand das reichlich hochtrabend, es brachte ihm aber von den anderen Teilnehmern Beifall ein. Zum Dank verbeugte er sich theatralisch wie eine Operndiva. Der Steueranwalt wirkte gewöhnlich, kleinbürgerlich und spießig, seine übertriebene Geste passte nicht zu ihm.

Mila Adler hatte, wie Angela Weniger, nur viel größere Gegenstände gesammelt und mit blauer und schwarzer Lackfarbe übergossen. Da sich die beiden Skulpturen sehr ähnelten und sie eine Zweiergruppe gebildet hatten, stand unausgesprochen die Frage im Raum, wer von der anderen abgeguckt haben mochte. Ein Titel wollte ihr nicht einfallen.

Rosa war am Zug. Die Decke blieb an einem Nagel hängen, daher enthüllte sie ihren Klon nur mit Mühe. Das Kreuz rief erstaunte Reaktionen hervor. Sie hatte einen ihrer Hosenanzüge geopfert und auf zwei Dachlatten genagelt. Dabei hatte sie besonders viele Nägel benutzt und sie krumm und schief eingeschlagen.

„Ganz schön finster", meinte Mila Adler, und alle nickten.

Rosa wäre am liebsten vor Scham im Boden versunken. Erst im diesem Moment ging ihr auf, dass die Skulptur einen Einblick in ihr Innenleben erlaubte. Einen *ziemlich* tiefen! Das hätte sie fremden Menschen unter keinen Umständen zeigen wollen. Jetzt war es zu spät.

Als sie nach ihrem Titel gefragt wurde, wiederholte Hertz laut und mit gewohnter Selbstverständlichkeit, als gäbe es für den Titel keine andere Alternative: „Vogelscheuche!"

Alle schwiegen und starrten auf Rosas genagelten Hosenanzug.

„Ähnelt einer Fetischfigur aus Westafrika, die ich mal in einem Völkerkundemuseum gesehen habe", meinte Bahlow.

„Fehlt nur noch etwas Lack und Leder und es könnte ein Garderobenständer in einem Dominastudio sein." Neumann lachte wiehernd.

Weitere Kommentare blieben Rosa erspart. Vor allem deswegen, weil Max Neumann seinerseits vordrängte, um sein Objekt präsentieren zu können. Da Neumann Künstler war, waren die Erwartungen hoch. Und tatsächlich, er hatte sich größte Mühe gegeben, in der kurzen Zeit etwas Ideenreiches zu gestalten, und eine Art Maschine gebaut. In einem zweigeteilten Bassin ließ er einen Fisch mit aufgeschlitztem Bauch kreisen. Im ersten Teil des Beckens wurde dem Fisch das Blut entzogen, um im zweiten Teil wieder hineingepumpt zu werden. Es war ein Folterinstrument. Rosa erkannte den Schwimmer, den Neumann unter Einsatz seines Lebens vom Rettungsboot geklaut haben musste. Wie er diesen Vorgang mechanisch gelöst hatte, blieb Rosa ein Rätsel.

Als er danach gefragt wurde, antwortete er: „Verrät ein Koch seine geheime Zutat?"

Bevor er seinen Titel nennen konnte, kamen aus der Runde Vorschläge, was ihn sichtlich verärgerte. „Erwischt" lautete einer oder „Fisch am Haken" ein anderer.

„Ohne Titel"", brummte er nur.

Sie kamen zum Abschluss der Vernissage. Nur Linda Meyers Stressklon fehlte.

„Linda, wo ist Ihre Figur?", fragte Hertz.

„Ich habe keinen Klon gebaut. Zumindest nicht im herkömmlichen Sinne.“

„Aber Sie haben etwas für uns? Liege ich da richtig?“

Linda Meyer nickte bedeutungsschwanger.

„Dann zeigen Sie uns, was Sie haben.“

Die Spannung stieg. Ohne jede Vorankündigung explodierte sie mit solch einer gewaltigen körperlichen Energie, die Rosa nicht für möglich gehalten hätte. In Windeseile hatte sich die Frau bis auf die Unterwäsche ausgezogen. Der Striptease und das, was sie zu sehen bekamen, versetzte die Anwesenden in atemloses Erstaunen. Linda Meyer war am ganzen Körper tätowiert. Sie posierte und brachte die Zeichnungen mit einigen Muskelkontraktionen zum Leben. Keiner wagte einen Kommentar.

„Ich bin mein eigener Klon“, verkündete sie im Brustton der Überzeugung, als wäre sie die Priesterin eines geheimen Kults.

Linda Meyer stahl allen die Show. Neumann schmollte, auch Angela Weniger und Henning Bahlow waren sichtlich überrascht, wenn nicht sogar von der eigenwilligen Performance überfordert. Für wenige Augenblicke öffnete sich die junge Frau vollkommen. Eine Schamgrenze schien nicht mehr vorhanden zu sein. Insgeheim war Rosa froh drüber, dass ihr eigener finsterer Stressklon in Vergessenheit geraten war.

„Also, Linda, ich muss schon sagen, Ihre Skulptur ist eigenartig intensiv und sexy zugleich.“

„Sexy, Coach?“, kokettierte Linda Meyer.

„Wenn ich zwanzig Jahre jünger wäre.“

„Kommen Sie, ich glaub Ihnen kein Wort!“, zog sie Hertz auf und vollzog dabei laszive Bewegungen, die

Rosa einer zurückhaltenden Linda niemals zugetraut hätte.

Was geht denn hier ab?, dachte Rosa.

„Linda, du bist echt oberkrass", meinte Tommy Kessler.

„Sind das echte Tattoos?", fragte Mila Adler.

„Nur eines ist dauerhaft", antwortete sie und zeigte auf eine Stelle in ihrem Nacken.

Rosa erkannte seltsame Zeichen und Ziffern, die sich ihr erst nach und nach als wissenschaftliche Formel erschlossen.

Wer, um alles in der Welt, kommt auf die Idee, sich eine Formel in den Nacken tätowieren zu lassen?

„Das ist meine Erfindung", erklärte Linda Meyer, „und damit sie mir keiner klaut, habe ich sie auf meinem Körper verewigen lassen. Alles andere sind Hennatattoos. Von Zeit zu Zeit erneuere ich etwas. Hier, diesen Fantasiedrachen, habe ich in den letzten zwei Stunden gemalt. Er ist noch nicht ganz trocken."

Alle versammelten sich um sie und blickten ihr auf den Bauch.

„Linda, glauben Sie mir, in meiner Laufbahn als Coach habe ich schon viele Stressklone zu Gesicht gekriegt. Aber Ihr Klon ist außergewöhnlich", gestand Hertz. „Wie wollen Sie ihn nennen?"

„Linda", antwortete Linda kopfschüttelnd, als wäre das eine vollkommen absurde Frage.

„Natürlich", sagte Hertz und durchbrach zum ersten Mal sein Muster, alles als gegeben anzunehmen.

Linda Meyer zog sich wieder an. Die Anwesenden schienen überwältigt und fanden nur langsam zur Tagesordnung zurück.

„Und nun", verkündete Hertz, „werfen Sie Ihren Klon über Bord!"

„Aber nur sprichwörtlich, oder?", fragte Kessler, der darum fürchtete, seine teuren Geräte ins Meer werfen zu müssen.

„Nein, ich meine das nicht sprichwörtlich oder symbolisch, Tommy", antwortete Hertz. „Der Stressklon bereitet Ihnen ja ganz realistische Schwierigkeiten, und die möchten Sie loswerden, oder etwa nicht? Es ist weit mehr als nur eine symbolische Handlung. Es ist ein Befreiungsschlag von dem in Kunst manifestierten Stress."

„Ich kann doch nicht meinen Laptop ins Wasser werfen. Das ist bekloppt!", protestierte er. „Und Linda, soll die sich vielleicht selbst entsorgen!"

„Wir müssen Opfer bringen. In Lindas Fall werden wir etwas anderes finden müssen", lenkte Hertz ein. Auf Kesslers Einwand ging er nicht weiter ein.

Rosa sah nachdenklich auf ihren Stressklon. Kurz entschlossen stand sie auf, nahm ihren Klon und trat auf das Lidodeck hinaus. Backbord beugte sie sich über die Reling und schaute ins sprudelnde Meerwasser. Sie musste beide Arme zu Hilfe nehmen, um ihren Stressklon ins Meer zu schleudern. Nach einem kurzen Segelflug schlug der gepfählte Anzug auf dem Meer auf. Die Vogelscheuche trieb einige Augenblicke auf der Wasseroberfläche, dann wurde sie von den Fluten verschluckt. Nur einen kurzen Moment lang spürte sie Wehmut und wäre am liebsten hinterhergesprungen. Dann fühlte sich Rosa jedoch wie von einer schweren Last befreit.

Angela Weniger und Henning Bahlow folgten ihrem Beispiel. Bahlows schweres Gurkenglas verschwand mit einem kaum hörbaren Plopp im Ozean. Kurz darauf erschien Mila Adler und warf ihren Klon hinterher. Nur Neumann und Kessler konnten sich nicht durchringen, ihre Skulpturen den Fluten zu überlassen.

20

Vor den Panoramafenstern breitete sich tiefschwarze Dunkelheit aus. Die Nacht über dem Atlantik war so undurchdringlich, dass man schon nach wenigen Metern die Wasseroberfläche nicht mehr sehen konnte. Nach dem Abendessen hatten sie sich an der Bar versammelt, die an die Offiziersmesse grenzte. Hertz hatte außerhalb des Seminarplans ein gemütliches Beisammensein angeregt, das durch eine ungezwungene Atmosphäre das angeknackste Gruppengefühl stärken sollte. Zur Auflockerung hatte der Coach Henning Bahlow gebeten, ein Märchen vorzulesen.

Auf dem nächtlichen Ozean galt als einzige Lichtquelle das Leuchten der Gestirne. Am heutigen Abend aber war der Himmel mit grauen Regenwolken bedeckt. Kein einziger Stern war zu sehen. In der Messe waren die Lampen gedimmt, Kerzen sorgten für stimmungsvolles Licht. Während hin und wieder Böen um die Aufbauten pfiffen, las Bahlow weiter vor. *Die sieben Raben.* Die Geschichte handelte von einer Königstochter, die ihre verschollenen Brüder suchte. Ihre Mutter war bei der Geburt der Tochter gestorben. Der König gab seinen Söhnen die Schuld daran und verfluchte sie. Die Jungen verwandelten sich in sieben Raben und flogen davon. Viele Jahre später hielt sich die Königstochter für schuldig am ungewissen Schicksal ihrer Brüder und begab sich auf die leidvolle Suche nach ihnen.

Bahlow ließ das Ende des Märchens wirken. Die Anwesenden schwiegen. Rosa nippte an ihrem Tee, der inzwischen kalt geworden war. In der Stille erschien ihr das Schlucken unverhältnismäßig laut.

„An wen richtet sich Ihr Märchen, Henning?", fragte Hertz.

„An meine Tochter."

Das war nicht die Antwort, die der Coach hören wollte. „Außer an Ihre Tochter", insistierte er mit professioneller Ruhe.

„Muss ein Märchen nicht mit ‚Es war einmal' beginnen?", fragte Mila Adler.

„Bei mir heißt es ‚Es lebte einst'. Das ist ungefähr das Gleiche", rechtfertigte sich Bahlow.

„Aber worum geht es denn beim therapeutischen Schreiben?", versuchte Hertz, das Gespräch wieder in eine andere Richtung zu lenken.

„Mit anderen Worten, Henning hat das Märchen selbst geschrieben?", fragte Mila Adler ungläubig.

Bis auf Prem Jyoshi, die sich mit einem Gesichtsausdruck heraushielt, als wäre die Diskussion zur Gänze unter ihrem Niveau, griffen alle Frauen Bahlow im selben Tenor an, was es Rosa erschwerte, die Argumente auseinanderzuhalten.

Hertz hob die Stimme. „Henning, möchten Sie uns nicht etwas Wichtiges mitteilen?"

„Moment mal, was bedeutet ‚therapeutisches Schreiben'? Ich dachte, wir sitzen hier gemütlich zusammen", sagte Kessler in die Runde. Niemand ging darauf ein.

„Du meine Güte, Henning, das hast du dir ausgedacht? Und wir dachten, so krank wäre nur Linda. Entschuldige bitte, Linda!", posaunte Angela Weniger.

„Kein Problem, Angela. Wenn du das sagst, fühle ich mich geschmeichelt. So beschissen durchschnittlich wie du will nicht einmal eine Teewurst sein", konterte Linda Meyer.

Darauf wusste Angela Weniger nichts zu erwidern. Beleidigt goss sie sich Wein nach und verschüttete die Hälfte.

Rosa suchte Hertz' Blick. Der Coach war allerdings mit anderen Dingen beschäftigt. Er versuchte mit wachsender Verzweiflung, Herr der Situation zu bleiben, kam jedoch nicht zu Wort. Rosa entschied sich, ein anderes Thema anzuschneiden, um die aufgeheizte Stimmung zu lockern.

„Wie geht es Jennifer, Coach?", fragte sie.

Prem Jyoshi antwortete an Hertz' Stelle. „Sie kuriert sich ordentlich aus. Ich denke, sie wird morgen wieder dabei sein."

Alle Augen richteten sich auf sie. Da war er wieder, der Gruppenzwang, den Rosa so verachtete. Äußerlich gab sie sich gelassen.

„Wie alt ist deine Tochter?", wandte sich Rosa an Henning Bahlow.

An seinem Gesichtsausdruck erkannte sie sofort, dass er die Frage in den falschen Hals gekriegt hatte.

„Ich weiß, was du einwenden willst", entgegnete er.

„Mit Sicherheit wollte Rosa nicht Ihre Erziehungsmethoden infrage stellen", beeilte sich Hertz, ihr beizuspringen. „In der gegenwärtigen Lage kommen alle Fragen falsch an. Aber wollen Sie Rosa nicht etwas anderes mitteilen?"

Wieso sollte Bahlow *ihr* etwas mitteilen? Hertz meinte sicherlich die gesamte Gruppe.

Bahlow spitzte die Lippen. „Meine Tochter ist drei Jahre alt."

Hertz hielt den Atem an und blickte Bahlow eindringlich an.

„Meine Tochter ist alt genug", sagte Bahlow nach einer Weile, „meine Tochter ..."

Mila Adler kreischte auf. Sie machte eine Geste, als wollte sie sich die Haare raufen. „‚Meine Tochter', ‚meine Tochter'", rief sie, „hat ‚meine Tochter' auch einen Namen?"

Bahlow fixierte sie. Was in ihm vorging, war schwer zu deuten.

„Das ist es", schrie Neumann, „wir analysieren Henning! Wow, das wird ein Spaß: Gruppenanalyse!"

Niemand ergriff das Wort.

„Wenn euch das nicht gefällt, können wir eine Aufstellung machen", schlug Neumann vor.

Prem Jyoshi verdrehte die Augen. Ein lautes Räuspern brachte alle zum Schweigen. Der Erste Offizier hatte die Bar betreten und hatte ein ernstes Gesicht.

„Ich störe nur ungern", sagte DeRuijter. „Hat jemand von Ihnen Jennifer Stein gesehen?"

Jennifer – wer? Rosa konnte es kaum glauben. Einige Teilnehmer setzten eine Miene auf, als hätten sie den Namen zum ersten Mal gehört. Oder waren die Burnout gefährdeten Kursteilnehmer generell mit jeder Veränderung überfordert? Überstieg die Gesamtsituation ihre Kräfte? Vielleicht war es die einfachste und plausibelste Erklärung: Die Nerven lagen blank.

Ein weinerliches Schluchzen erfüllte plötzlich den Raum. Henning Bahlow saß zusammengesunken in seinem Klubsessel.

„Was man hier alles an den Kopf geworfen kriegt!", jammerte er. „Läuft das jetzt jeden Abend so?"

Betretenes Schweigen setzte ein.

Bahlow stand auf. „Ich habe natürlich eine Erwachsenenversion des Märchens vorgelesen." Damit verließ er den Raum.

„Was hat er denn? Socializing – das gehört dazu", protestierte Neumann, als wäre er Opfer der Psycho-Attacken gewesen und nicht Bahlow.

„Socializing ist eine Erfindung der *Networking People* mit dem einzigen Ziel, deine Verbraucherdaten abzugreifen", erwiderte Linda Meyer kühl und hielt sich einen Finger in den Mund, als wollte sie sich übergeben. „Frag Angela, die kennt bestimmt einige tricky Algorithmen, um ihre Kunden auszuspionieren."

Der Erste Offizier räusperte sich erneut. „Verzeihung, hat jemand von Ihnen im Laufe des Tages Jennifer Stein gesehen oder mit ihr gesprochen?"

„Weshalb fragen Sie?", erkundigte sich Hertz.

„Der Steward versucht seit geraumer Zeit, Frau Stein zu erreichen. Doch sie reagiert nicht."

„Ich vermute stark, dass Jennifer in ihrem Bett liegt und ihre Seekrankheit auskuriert", meinte Hertz gereizt. „Wir haben ganz andere Sorgen. Sie wird in ihrer Kabine sein."

„Hat sie blondes Haar?", fragte Kessler.

„Schneewittchenblond", sagte Neumann.

„Seit wann ist Schneewittchen blond?", meinte Angela Weniger.

„Also, wenn sie keine blonden Haare hat, hab ich sie
nicht gesehen", erwiderte Kessler.

„Männer!", lachte Mila Adler. „Jennifer hat sich bei einem Londoner Topstylisten Strähnchen machen lassen."

Der tumultartige Streit setzte sich fort. Keiner wusste
genau, welche Haarfarbe Jennifer Stein hatte, was
nicht nur völlig unerheblich, sondern auch fehl am
Platz war. Rosa spürte wachsenden Unmut über die
Kursteilnehmer. Dieses Verhalten ging ihr gegen den
Strich. Sie suchte den Blick des Ersten Offiziers.

Er kam auf sie zu. „Wir haben die Kabine geöffnet. Da
ist sie nicht."

Rosa merkte auf. „Und von der Mannschaft hat sie
auch niemand gesehen?"

DeRuijter schüttelte den Kopf. „Nachdem der Steward sie nicht gefunden hat, habe ich einige Männer
das Schiff nach ihr durchsuchen lassen."

„Ich könnte mir Jennifers Kabine mal ansehen",
schlug Rosa vor.

DeRuijter nickte dankbar und wies ihr mit einer höflichen Geste den Weg. Er verhielt sich steif und altmodisch galant, fast konnte man meinen, er wollte Rosa
zur Tanzfläche und nicht zur Kammer einer vermissten Passagierin führen. Da Rosa nicht einschätzen
konnte, ob er sich nur ihr gegenüber oder generell so
verhielt, ließ sie sich nichts anmerken.

„Sie wollen mitkommen?", fragte DeRuijter skeptisch,
als sich ihnen Angela Weniger anschließen wollte.

„Ich finde, jemand aus der Gruppe sollte dabei sein", argumentierte sie.

„Danke, das ist nicht nötig", sagte DeRuijter höflich.

„Ich verstehe nicht, warum ausgerechnet *sie* mitkommen soll und nicht ich."

Rosa sah die Frau fragend an. „Nach allem, was zwischen Ihnen beiden vorgefallen ist, halte ich das für keine gute Idee."

„Das ist eine Katastrophe. Gruppenzusammenführung hin oder her – so etwas habe ich noch nie erlebt!", schrie Linda Meyer und wollte den Raum verlassen.

Sie hatte sich bisher nicht als diejenige gezeigt, der besonders viel an Geselligkeit und Gemeinschaftssinn lag. So gesehen war keiner der Teilnehmer ein Herdentier.

Nach ein paar Schritten drehte sie sich um und feuerte dem Coach ihr vernichtendes Urteil ins Gesicht: „Sie haben die Gruppe nicht im Griff. Coach, das geht so nicht!"

„Danke, Frau Bach", sagte DeRuijter, als sie das Foyer vor der Offiziersmesse zum Niedergang durchquerten.

„Glauben Sie mir, den Gefallen tun Sie *mir*!"

DeRuijter ließ einen Augenblick verstreichen, bevor er erwiderte: „Seekrankheit kann man nicht auskurieren."

Weiter verloren sie kein Wort über die Szene in der Messe.

Der Erste Offizier ging voraus. Anders als erwartet, blieb er nicht vor der Kammertür stehen, aus der Rosa Jennifer Stein hatte kommen sehen. Demnach hatte sie Rosas Rat beherzigt. Rosa erkundigte sich bei DeRuijter danach, da sie von einem Kabinentausch nichts mitbekommen hatte.

„Frau Stein hat mich nach dem Streit mit Frau Weniger um ein Einzelzimmer mit separater Dusche gebeten. Das habe ich ihr umgehend zugewiesen. Liegt ein Deck höher."

„Es sind doch so viele Kabinen frei. Warum haben Sie ihr nicht gleich die Kammer mit eigenem Bad gegeben?"

DeRuijter machte eine entschuldigende Geste. „Das war nicht meine Entscheidung. Hertz wollte, dass die Frauen auf einem und die Männer auf einem anderen Deck untergebracht sind. Nun sind die Decks quasi gemischt. Das gefällt ihm nicht. Er meinte, das hätte etwas zu bedeuten."

Rosa fragte mit amüsierten Unterton zurück: „Ob es auch etwas zu bedeuten hat, dass die Männer über den Frauen einquartiert wurden?"

Der Erste Offizier blieb abrupt stehen und schaute Rosa unergründlich an. DeRuijter wirkte besonnen und gefasst, beinahe aristokratisch, aber nicht überheblich. Dieser Blick ging ihr durch und durch. Rosa verdrängte, dass ihr gefiel, wer vor ihr stand. War es möglich, dass sie sich von einem unnahbaren Seemann angezogen fühlte? Die pure Möglichkeit wies sie weit von sich. Bevor er die Chance hatte, ihre Gedanken zu erraten, wich sie seinem Blick aus.

„Von mir stammt der Belegungsplan nicht", erwiderte er sachlich. „Unter normalen Umständen sind nur wenig Frauen an Bord. Früher sagte man sogar, es bringe Unglück, eine Frau an Bord zu haben."

Folgte jetzt eine Rede über Frauen in Männerberufen? Diese Diskussion hatte Rosa ein Mal zu oft geführt. Doch sie irrte sich.

„Ich halte das für unglaublichen Blödsinn", fuhr er fort. „Ein bisschen Aberglaube und Seefahrertradition, das ist in Ordnung. Meine Eltern sind beide zur See gefahren. Nach meiner Geburt blieb meine Mutter, wie damals und leider heute noch oft so üblich, daheim, um sich um den Haushalt zu kümmern. Im Sommer sind wir regelmäßig segeln gewesen. Wenn meine Mutter am Steuer stand, schaffte sie es immer, mehr Fahrt zu machen als mein Vater. Sie hatte eindeutig das bessere Gefühl für das Boot und dafür, wie gut sich die Jacht in den Wind legen konnte. Mein Vater war ein konservativer Knochen. Er hätte niemals zugegeben, dass meine Mutter der bessere Kapitän war als er. Deshalb halte ich das für rückständigen Schwachsinn. Es gibt nur wenige ..." DeRuijter unterbrach sich. „Wie lautet auf Deutsch die weibliche Form von Kapitän? Kapitänin?"

Ein feministischer Seemann, dachte Rosa, das hätte sie nicht erwartet.

„Die weibliche Form von Kapitän?", wiederholte Rosa.

DeRuijter nickte bestätigend.

„Admiral", entgegnete Rosa trocken.

„Ich mag Ihren Humor", sagte er, ohne eine Miene zu verziehen.

Kurz darauf erreichten sie Deck C. In Jennifer Steins Zimmer herrschte Unordnung. Auf dem Boden vor dem Bett stand ein Tablett, darauf ein Teller mit Brötchenresten und einem angebissenen Apfel. Die Bettlaken waren zerknittert, als hätte jemand lange Zeit darin zugebracht. Rosa schob eine Hand unter die Bettdecke. Die Matratze war kalt. Jennifer Steins riesiger, aufgeklappter Koffer füllte die Mitte der Kammer aus. Entweder hatte sie seit ihrem gestrigen Umzug noch nicht ausgepackt, oder sie lebte aus dem Koffer. Auf dem Tisch und dem Sessel wie auf allen anderen Einrichtungsgegenständen stapelten sich Kleidungsstücke, Probepackungen diverser Kosmetika – und Lebensmittel. Jede Menge Lebensmittel. Jennifer Stein hortete abgepackte haltbare Nahrung. Das gab Rosa zu denken. Wann hatte sie all die Konserven mit Wurst und Obst, Chips- und Kekstüten sowie Tütensuppen organisiert? Hatte sie mit Locos Zustimmung die Vorratskammer geplündert? Das musste sie beim Koch in Erfahrung bringen.

Im Badezimmer sah es nicht anders aus. Auf dem Toilettendeckel lag ein Badetuch, ein weiteres war unachtsam ins Waschbecken geworfen worden. Klopapier war auf dem Boden verteilt und Schminkutensilien an jedem möglichen Ort platziert.

„Und von Jennifer keine Spur?"

DeRuijter verneinte. „Manchmal haben Seekranke die Angewohnheit, seltsame Dinge zu tun."

Rosa blickte den Ersten Offizier fragend an.

„Seekrankheit kann auch psychische Auswirkungen haben, von Wahnvorstellungen bis hin zu Depressionen. Aber das kommt verdammt selten vor."

„Könnte sie bei einem Spaziergang an Deck über Bord gegangen sein?"

„Daran wage ich nicht zu denken", gab DeRuijter zurück. „Ein Verlust reicht."

„Also noch keine Nachricht, ob die Köchin den Kontrollpunkt im Hafen passiert hat?"

„Nein. Was halten Sie davon?"

Da DeRuijter nach ihrer Meinung fragte, schien er nicht nachtragend zu sein, was ihre unterschiedliche Ansicht bezüglich der Köchin betraf.

„Es ist ungewöhnlich unordentlich. Ich selbst habe keinen Ordnungstick, deshalb werfe ich noch lange kein Toilettenpapier wie Luftschlagen durch die Gegend oder lege überall Kosmetikproben ab. Es sieht ein wenig nach", Rosa zögerte, das Wort auszusprechen, „es sieht nach Panik aus."

Eine ganze Weile sagten sie nichts. Nur das unheimliche Dröhnen der Schiffsdiesel war zu hören.

„Mir gefällt das nicht", brach Rosa schließlich das Schweigen. „Wir müssen Jennifer finden. Wo ist sie hin? Kann sie sich zwischen den Containern versteckt haben oder in einer anderen Kammer? Ich habe heute Morgen an ihrer alten Kabinentür gelauscht. Da hatte ich den Eindruck, sie befände sich darin. Doch die wichtigste Frage ist: Warum hat sie all diese Lebensmittel gehortet?"

„Sieht so aus, als wollte sie sich in ihrer Kammer einsperren."

„Sich einsperren oder etwas anderes aussperren", bestätigte Rosa.

Sie spürte einen kalten Windzug, der ihr Gänsehaut über den Nacken jagte.

21

Eine steife Brise wehte über das Achterdeck. Er überlegte, ob das die korrekte seemännische Bezeichnung für die kaum windgeschützte Nische war, in die er sich zurückgezogen hatte. Er schirmte sich mit dem Jackett ab, um sich eine Zigarette anzuzünden. Doch immer wieder blies ein Windstoß die Flamme aus. Wegen dieses unsäglichen Streits, der nur eine Folge dieses unsäglichen Tages gewesen war, hatte er seit zwei Stunden nicht mehr geraucht. Nach etlichen Versuchen schaffte er es, die Kippe zu entzünden. Das Nikotin breitete sich über seine Lungen in den Blutkreislauf aus und besänftigte den zähnefletschenden Unhold in seinem Inneren. Warum war er so gereizt? Abends fand er nicht in den Schlaf, und morgens war er lange vor dem Weckerklingeln wach. Der Schlafentzug, die Verdrossenheit, die ständige Überlastung im Büro, das alles führte dazu, dass er sein Leben an sich vorbeiziehen sah. Zwar hatte er einiges erreicht, aber sollte es das etwa gewesen sein? Angst hielt ihn schraubstockartig fest. Die Jugend war zu Ende. Die Tatsache war unbemerkt an ihm vorbeigerauscht. Er hatte geglaubt, er könne ewig so in den Tag hineinleben. Wo fand er noch Ruhe und Ausgleich? Dieses Altern, nein, sein ganzes Leben war frustrierend.

Er nahm sich vor, gelassener und *open-minded* auf seine Mitreisenden zuzugehen. Es war kalt hier draußen, eine weitere Zigarette musste trotzdem unbedingt sein. Das kleine Machtspiel zwischen Wind und Feuer wiederholte sich. Diesmal behielt der Wind die Oberhand. Jedes Mal wenn der Feuerstein Funken sprühen ließ und eine kleine Flamme aufflackerte, wurde sie gelöscht bevor das Feuer den Tabak zum Glühen brachte. Der Wüterich in seinen Eingeweiden grollte mit jedem Versuch heftiger. Er änderte die Position, begab sich in den Schutz der Aufbauten, schirmte die Flamme zusätzlich mit einer Hand ab. Es half nichts. Der Wind war jedes Mal schneller. Irgendwann hatte er so oft das Rädchen des Feuersteins heruntergedrückt, dass die Konstruktion nachgab und er die Einzelteile des Einwegfeuerzeugs in den Händen hielt.

Es war Zum-aus-der-Haut-fahren! Er schleuderte das Feuerzeug über Bord .und fluchte: „Verdammte Billigware! Verdammter Wind! Verdammtes Schiff! Verdammte Seminaridioten!"

***

Sie hatte so viel Schlechtes in ihrem Beruf erlebt. So viel gnadenlos und unglaublich Schlechtes! Jede einzelne Niedertracht hatte ihrer Enttäuschung neue Nahrung gegeben. Mittlerweile war sie überzeugt, dass ihr jeder Mensch Böses wollte. Hinter jedem Satz vermutete sie eine Verschwörung gegen ihre Person. Das war lächerlich, das war ihr bewusst, aber nur das Ergebnis jahrelanger mieser Behandlung durch miese Arbeitgeber und hinterhältige Kollegen. Sie war gemobbt, bestohlen, ausgetrickst, hintergangen, übergangen, ausgenutzt, missbraucht und grundlos rausgeschmissen worden.

Doch das war neu: Jemand spionierte sie aus. Wahrscheinlich wollte ihr dieser Jemand zuvorkommen. Das *hier* würde sie sich allerdings von niemandem zerstören lassen. Und schon gar nicht von irgendwelchen Perversen, die ihre Habe durchwühlten, wenn sie nicht in der Kammer war. Längst hatte sie einen Verdacht, beweisen ließ sich ihre Vermutung dagegen nicht. Natürlich würde sie das verwenden. Was an Bord passierte, war eine große Sache. Das würde sie zurück ins Spiel bringen! Wenn sie nur nicht ständig so erschöpft und unzufrieden wäre. Sie kramte in ihrem Gepäck, um sich einen Schluck aus ihrer Notration zu gönnen.

Dann setzte sie sich an den Tisch, um einige Notizen in ihr Buch zu schreiben. Ihr wollte nichts einfallen. Nervös wanderte der Stift zwischen ihren Fingern hin und her. Tausend Gedanken schwirrten ihr gleichzeitig durch den Kopf, und nicht einer ließ sich greifen. Und diese verdammten Kopfschmerzen wurden auch nicht weniger, egal wie viele Tabletten sie schluckte. Entnervt schob sie das Buch von sich.

***

Der Tag war anstrengend gewesen und nicht so erfolgreich verlaufen, wie er es sich gewünscht hatte. Im Großen und Ganzen konnte er jedoch mit sich zufrieden sein. Wenn er ehrlich zu sich gewesen wäre, fiel die Bilanz nicht so gut aus, wie er es sich gerade einredete.

Ehrlichkeit war nie sein Ding gewesen. Vor ihm im Bett räkelte sich die Kleine im Schlaf unter der Bettdecke. Das perfekte Opfer! Durch den dünnen Stoff zeichneten sich deutlich ihre Rundungen ab. Wenn sie nur die geringste Ahnung hätte, was sie in ihm weckte! Ein Mitternachtsquickie wäre die richtige Belohnung nach diesem missglückten Abend. Mit Sicherheit tat sie nur so, in Wahrheit schlief die Kleine gar nicht. Kein Zweifel, sie stand genauso darauf wie er!

***

Durch den heutigen Abend wurde seine gesamte Ordnung über den Haufen geworfen. Wie die Geier hatten sie sich auf ihn gestürzt und kein gutes Haar an ihm gelassen. Dieses Seminar entwickelte sich ganz anders als erhofft. Nur ein komplett Verrückter könnte unter all den seltsamen Teilnehmern Ruhe finden und Stress abbauen. Und das war schließlich das Ziel dieser kostspieligen Atlantiküberquerung. Nein, das war wohl nicht mehr zu erwarten. Nicht nach den heutigen Vorfällen.

Tiefe Verzweiflung fraß ihn innerlich auf. Er beugte sich vor und stützte die Ellenbogen auf den Knien ab, um das Gesicht in den Händen zu vergraben. Endlose Enttäuschung, Traurigkeit und Erschöpfung. Das war alles, was er fühlen konnte.

***

Den ganzen Tag hatte sie in ihrer Kammer verbracht. Nie zuvor hatte sie sich so elend gefühlt. So bedeutungslos. Sonst ächzte sie jeden Tag unter der Last ihres

Jobs. Kaum war sie hier, fehlte ihr plötzlich der Adrenalinkick, die Hektik im Büro. Und dann war da noch dieses unbestimmte Gefühl, von einer unbekannten Macht bedrängt zu werden. Sie wusste, das klang paranoid, doch so war es nun einmal. Das bereitete ihr unaussprechliche Angst. Und sie konnte sich beim besten Willen nicht erklären, woher diese Angst kam.

Eines stand fest: Das Seminar war ein Reinfall, und sie wollte nicht mehr daran teilnehmen. Und mit den Leuten wollte sie auch nichts mehr zu tun haben. Einen Moment lang hatte sie in Erwägung gezogen, sich der Frau anzuvertrauen, die ihren Streit mit der Zimmernachbarin miterlebt hatte. Aber das hatte sie sich aus dem Kopf geschlagen. Dann war ihr die Idee gekommen, sich in ihrer Kammer zu verschanzen. Niemand hatte den Zimmertausch mitgekriegt. Und das sollte so bleiben. Während der Essenszeiten war sie in die Küche geschlichen und hatte sich mit Proviant eingedeckt.

An ihrer Tür klopfte es. Erschrocken fuhr sie aus ihren Gedanken hoch. Wer wusste, wo sie wohnte? Das konnte nur der Steward sein, der ihr beim Umzug geholfen hatte. Vielleicht brachte er ihr eine warme Mahlzeit. Sorglos öffnete sie die Tür.

22

ROSAS LOGBUCH – DRITTER TAG: DER KRAKE

Ich erwache in völliger Dunkelheit. Nichts ist zu hören oder zu sehen. Es ist ein luftleeres Vakuum. Und dennoch, ich erwache munter und neugierig, wie nie zuvor in meinem Leben. Das ist an sich ein berauschendes Gefühl, weil ich von Natur aus ein neugieriger Mensch bin. Aber nun werde ich in diese gestaltlose Finsternis geboren.

Es ist immer der gleiche Traum.

Allmählich gewöhnen sich die Augen an die Schwärze. Und langsam, ganz langsam beginnen schwache Lichtpunkte, über mir zu glimmen. Jetzt begreife ich, dass sich über mir das nächtliche Firmament entfaltet.

Meine Hände ertasten eine raue Struktur. Die Oberfläche ist feucht. Es gelingt mir, das, worauf ich liege, als Schiffsplanke zu identifizieren. Ich sehe die Maserung des Holzes vor meinen Augen. Um mich herum erstreckt sich ein spiegelglatter pechschwarzer Ozean bis zum Horizont.

Ich treibe ganz allein auf einem Floß aus alten Schiffsplanken mitten auf dem Meer und nicht mehr in einer
gestaltlosen Ödnis. Jetzt, da ich den Albtraum auf-
zeichne, finde ich das ganz schön kitschig, doch was
soll's? Geht niemanden etwas an.
Wie komme ich hierhin? Bin ich schiffbrüchig? Seltsame Situation, denke ich und stelle gleichzeitig überrascht fest, dass ich gar nicht in den Sternenhimmel
schaue, sondern auf dem Bauch liege und durch einen
breiten Spalt zwischen zwei Schiffsplanken in die
schwarze Tiefe des unergründlichen Ozeans blicke.
Wie der Verstand uns manchmal täuschen kann!
Die Lichtpunkte lassen mich nicht los. Ich versuche ein-
zuordnen und zu ergründen, was da in der Tiefe leuchten könnte. Oder spielt mir mein Bewusstsein erneut
einen Streich? Langsam wird das Leuchten intensiver.
Dann erkenne ich, dort unten brennt bläuliches Licht
wie eine Gasflamme. Bin ich in Gefahr? Eine dunkle Ahnung befällt mich, schnürt mir die Kehle zu und lässt
mein Herz pochen, als wollte es jeden Moment aus meinem Brustkorb springen. Zum blauen Licht gesellen
sich schwarze Schatten, die immer näher kommen.
Als sich das ganze Ungeheuer in seinem bestialischen
Schrecken zeigt, ist es zu spät. Ein Krake. Das vielar-
mige Biest schnellt, direkt aus der Hölle entsprungen,
auf mich zu, um mich zu verschlingen. Die Enden seiner Tentakeln schlagen blaue Flammen. Und in der
Mitte öffnet sich ein Schlund mit einem Kranz mörde-
rischer Reißzähne. Eine Szene wie aus einem Fantasy-
film. Das Biest schlägt durch die Planken und ergreift
mich. Wie glühendes Eisen brennen sich seine Fänge in
meine Haut. Ein fürchterlicher Schmerz. Ich schreie

stumm. Da begreife ich, dass der Krake mich längst unter Wasser gezogen hat. Unter Wasser hört dich niemand schreien. Der Krake reißt mich hinab auf den Grund der tiefen See. Ich weiß, dass der grauenhafte Schlund mich verschlingen wird, die Raubfischzähne werden mein Fleisch reißen und meine Knochen zersplittern lassen. Es ist mir egal. Ich verliere alle Angst. Mein naher Tod stört mich nicht. Im Gegenteil. Denn ich erkenne, der Kranke trägt ihr Gesicht.
Es ist immer der gleiche Traum.
Dann wache ich auf. Nicht ruckartig oder schweißgebadet. Ich greife nicht zu Whisky und Zigarette wie in einem schlechten Film. Ich liege einfach in meinen lauwarmen Laken, schlage die Augen auf und kann an nichts anderes denken als an diesen einen Tag vor drei Jahren ...
Ich überlege, den Traum Hertz zu erzählen. Ich habe ihn schon einmal einem anderen Therapeuten erzählt, was ich bereut habe, deshalb zögere ich. Der Typ war ganz aus dem Häuschen, weil ich so bildhaft träume und dass der Krake meine Angst symbolisieren soll. Dankbar soll ich sein! Was für'n Arschloch, der muss das ja nicht andauernd träumen.

23

Es war ungewöhnlich ruhig an Bord. Oder hatte sie sich lediglich an den Lärm der Dieselmotoren gewöhnt? Lange bevor sie das Klopfen an ihrer Tür hörte, hatte sie wachgelegen.

Das Klopfen war wie der Anruf mitten in der Nacht, wie der Pieper beim Einkaufen, im Kino oder bei Familienbesuchen an Feiertagen. So und nur so klang der Ruf der Finsternis – der Ruf in eine Welt aus menschlichen Abgründen, Blut und Gewalt.

Rosa musste sich keinen Schlaf aus den Augen reiben. Sie brauchte keinen extra starken Kaffee, keine eiskalte Dusche und erst recht keinen Energydrink, wie es die Angewohnheit ihres Kollegen Adam Henrich war. Vor jedem Einsatz trank er eine Dose auf ex, um seinen Kreislauf in Schwung zu bringen. Dabei gab er sich die größte Mühe, seinen Tick zu verheimlichen. Der süßliche Geruch nach Gummibärchen, den sein Atem dann verströmte, verriet ihn allerdings.

Es klopfte erneut. Von draußen rief eine männliche Stimme gedämpft ihren Namen. „Frau Bach."

Automatisch schaltete ihr Gehirn um in einen Modus, der drei Jahre geruht hatte. Erstaunlich, wie gut das funktionierte – nach so langer Zeit.

Verbrecher jagen, ist wie Fahrrad fahren, dachte Rosa, man verlernt es nicht, egal wie lange man nicht im Sattel gesessen hat.

Dennoch, sie spürte kein Verlangen, die Tür zu öffnen. Die letzten Tage waren erholsamer als erwartet gewesen. Warum musste das jetzt beendet sein? Natürlich war das Klopfen lediglich eine Folge der seltsamen Ereignisse an Bord, die im Verschwinden von Jennifer Stein einen vorläufigen Höhepunkt gefunden hatten. Aber warum ausgerechnet sie? Bemerkenswert gut hatte sie vergessen und verdrängen können oder, nein, besser damit umgehen gelernt, so würde es der Coach ausdrücken.

Neben all den Widerlichkeiten übte das Verbrechen auch einen unleugbaren Sog auf sie aus. Als wäre ihr eine Droge verabreicht worden. Genau das beunruhigte sie daran. Scheinbar liebte sie es so sehr, Verbrecher zu jagen, dass sie süchtig danach war. Und so dramatisch es klang, es war die Wahrheit. Was sonst konnte dieses Klopfen bedeuten?

Ein Klopfen und sie befand sich automatisch in einem Reich aus Blut und Verbrechen, als wäre es die natürlichste Sache der Welt. Und da war noch etwas anderes. Ein Gefühl. Eine Ahnung. Eine Regung. Tief in ihrem Inneren. Etwas Neues erwachte in ihr. Etwas eigenartig Abgeklärtes, als hätte ihr Makel auch etwas Bestärkendes, was sie sich nicht erklären konnte. Trotz aller Widrigkeiten wusste Rosa, dass sie wie ein Sportler, der nach langer Verletzungspause mit müde wirkendem Dankesapplaus an die Fans zurück aufs Spielfeld trabte, die Reservebank verlassen würde, um ihre Sucht zu befriedigen.

„Frau Bach? Sind Sie da?“

„Komme“, rief sie zurück.

Rosa war zurück im Spiel!

Hörbar atmete sie ein und aus. Erst dann verließ sie die warme Bettstatt. Kalte Luft umfing sie mit einem eisigen Schauer. Rosa fröstelte. Einen Spalt breit öffnete sie die Tür. Das einfallende Licht ließ sie blinzeln. Vor der Tür stand der Steward. Der junge Mann hatte nicht wie sonst einen hochroten Kopf, als hätte man ihn beim Masturbieren erwischt. Er war leichenblass und verstört.

„Kopfschmerzen?“, fragte Rosa.

„Äh, nein“, antwortete der Steward verwirrt.

Rosa seufzte. „Entschuldigung. Ich werfe mir nur schnell was über.“

„Woher wissen Sie …? Ich meine, äh, ja, der Erste Offizier bittet um Ihre Anwesenheit. Es ist dringend“, stammelte er.

Sie nickte dem Steward zu, schloss die Tür und zog sich an. Jedes Rädchen ihres Arbeitsmodus surrte einwandfrei.

Seltsam, erschreckend und wunderbar, dachte Rosa, als sie ihre Kabine verließ. Das Leben war voller Widersprüche.

Der Steward führte sie ein paar Decks hinab. Rosa erkannte das zweite Mannschaftsdeck. Vor der Tür zum Fitnessraum standen der Erste Offizier und ein massiger Mann in Hemdsärmeln. Rosa sah auf seinen speckigen Stiernacken, der nur spärlich von silbergrauen Haaren bedeckt wurde.

„Danke, dass Sie gekommen sind“, sagte DeRuijter. „Das ist Kapitän Lira.“

Der dicke Mann drehte sich zu Rosa um und tippte mit einem Zeigefinger an den Schirm einer Mütze, die er gar nicht trug, statt ihr die Hand zu reichen. Rosa grüßte mit einem Kopfnicken zurück. Lira setzte an, etwas zu sagen. Es erschien ihr quälend langsam, bis Lira seine Worte formuliert hatte, als würden die anderen in Zeitlupe reagieren.

„Sie ist im Fitnessraum?", fragte Rosa unvermittelt.

DeRuijter und Kapitän Lira wechselten einen überraschten Blick, doch bevor einer der beiden antworten konnte, stellte Rosa bereits die nächste Frage. „Wer hat die Tote gefunden?"

„Woher wissen Sie das?", fragte der Erste Offizier.

Rosa winkte ab und holte tief Luft. Von DeRuijter hätte sie eine cleverere Reaktion erwartetet, oder war Zeitlupe für einige Leute so schnell wie Lichtgeschwindigkeit? Zu schnell, um ihren Gedankengängen folgen zu können?

„Kommen Sie", erwiderte sie gereizt, „es ist mitten in der Nacht. Wie viele Kriminalbeamte befinden sich an Bord! Oder hätten Sie mich auch gerufen, wenn Jennifer Stein einen akuten Blinddarmdurchbruch hätte?"

Der Kapitän gab ein schnaufendes Geräusch von sich. „Scheinbar haben Sie die richtige Entscheidung getroffen", sagte er zu DeRuijter. „Ich bin wieder auf der Brücke."

Grußlos watschelte Kapitän Lira wie ein Walross auf Stelzen davon.

„Gibt es einen Arzt an Bord?", erkundigte sich Rosa.

DeRuijter schüttelte bedauernd den Kopf. „Der Zweite Offizier hat eine Sanitäterausbildung. Für alle anderen Notfälle führen wir medizinische Handbücher mit."

Demnach war nicht zu erwarten, dass der Zweite Offizier rechtsmedizinische Kenntnisse vorweisen konnte.

„Also", wiederholte Rosa, „wer hat sie gefunden?"

„Der Junge. Bei seinem Rundgang", gab DeRuijter zurück und wies Richtung Steward.

Rosa musterte den jungen Mann, der geschickt worden war, sie zu wecken. „Wie lange ist das her?"

„Keine dreißig Minuten", antwortete DeRuijter anstelle des Stewards.

Rosa drehte DeRuijter demonstrativ den Rücken zu und wiederholte die Frage.

„Wie der Erste schon sagte, so vor einer halben Stunde." Die Augen des Stewards wanderten nervös zwischen DeRuijter und ihr hin und her.

Rosa ließ es vorerst dabei bewenden. „Wie heißt du?", fragte sie.

„Lars Bohr."

„Du darfst ruhig Du zu mir sagen. Ich heiße Rosa. Lars, hast du die Leiche angefasst oder sonst etwas gemacht? Und guck mich und nicht DeRuijter an!", befahl sie schärfer als beabsichtigt.

Der Steward zuckte zusammen. „Nein, ich bin nicht mal in den Raum gegangen. Hab sofort den Ersten informiert. Da ist überall ..."

Der Steward stockte. Im Beisein seines Vorgesetzten gab sich der Junge alle Mühe, sein Entsetzen zu verbergen. Wahrscheinlich hatte er einen schweren Schock erlitten.

Auch der Erste Offizier war blass, aber bemüht gefasst.

„Einen Toten zu entdecken, ist entsetzlich. Selbst für Ermittler", sagte Rosa tröstend und wandte sich der Kabine zu. „Warten Sie hier."

Sie wappnete sich für das Schlimmste, doch es half nichts. Kaum hatte sie die Leiche im Fitnessraum erblickt, durchströmte eine ungeahnte Schockwelle ihren Körper. Wie konnte das sein? Das war unmöglich! Jennifer Steins nackter Körper lag leblos auf einer Trainingsbank. Die Leiche hing über der Langhantel, als hätte die junge Frau zwischen zwei Sätzen Bankdrücken den Entschluss gefasst, ihr Leben zu beenden. Sie hatte sich rittlings mit weit gespreizten Beinen auf die Bank gesetzt und die Arme auf der Langhantel ausgestreckt. Ihre Pose hatte etwas entwürdigend Vulgäres an sich. Das Kinn ruhte auf der Brust. Die blonden Haare waren blutverschmiert. Beide Unterarme waren geöffnet. Rosa sah tiefe Schnittwunden. Jennifers Leiche bot einen beängstigend vertrauten Anblick – diese Wunden, die Art, wie die Leiche zur Schau gestellt wurde, und die Todesart. Verblutet. Es war wie ein Déjà-vu. Rosa zitterte am ganzen Leib. Überall auf Jennifers Körper, den Armen, der Bank, dem Fußboden, im gesamten Fitnessraum befand sich – Blut.

24

Vierter Tag
Route MS Leviathan: Nördlicher Atlantik, weit vor
der irischen Küste

Als Rosa am nächsten Morgen verspätet die Messe betrat, wurde sie von einem überschwänglichen Lachen begrüßt. Die Seminarteilnehmer amüsierten sich über Max Neumann, der Cancan tanzend durch die Offiziersmesse hopste. Sogar Tommy Kessler und Angela Weniger feixten über Neumanns burleske Nummer, als wären sie unzertrennliche Freunde. Sofort überfiel Rosa ein Gefühl von Abscheu. Hatte niemand erzählt, was gestern Nacht geschehen war? Hatte sich niemand nach Jennifer Steins Befinden erkundigt?

Aus einigen Metern Entfernung beobachtete Rosa die Gruppe und überlegte, ob sie berechtigt war, die Unheilsverkünderin zu spielen. Schweigend setzte sie sich an den Frühstückstisch. Die Einzeltische waren zu einer großen Tafel zusammengestellt worden.

Auch das noch, dachte Rosa, es wird auf Kumpanei und große Einheit gemacht.

Ihr gegenwärtiges Urteil lautete: Seminar ja, Gruppe nein. Definitiv nein. Doch das hatte sich eh erledigt. Jetzt ging es um Mord. Die Teilnehmer waren der reinste Albtraum. Nein, schlimmer, ihren Albträumen konnte sie wenigstens so etwas wie Respekt entgegenbringen, aber diese überkandidelten, egozentrischen Wohlstandsstresspatienten, die sich einen Dreck um ihre Mitmenschen scherten, machten es ihr schwer, positive Gefühle für sie zu entwickeln. Nur Prem Jyoshi und Linda Meyer beteiligten sich nicht an der Euphorie. Während Prem Jyoshi professionell ausdruckslos an einem Limonentee nippte, löffelte Linda Meyer ungeheure Mengen Zucker in eine Tasse. Die heiße Brühe kippte sie in wenigen Zügen hinunter und goss sich erneut Kaffee ein. Anstelle des Stewards tauchte ein Matrose neben ihr auf und servierte einen Teller mit duftenden Pfannkuchen. Rosas Magen wollte sich umdrehen.

„Du warst nicht beim Yoga", stellte Prem Jyoshi fest.

„Nein", sagte sie schlicht.

Und beim Karma-Yoga war sie ebenfalls nicht gewesen. Lautes Gelächter ließ sie auffahren. Jemand musste diese Leute vom Tod einer Mitreisenden unterrichten.

Linda Meyer fing ihren genervten Blick auf und briefte Rosa mit wenigen Worten. Letzte Nacht habe es eine große Versöhnung und eine intensive Aussprache mit dem Ergebnis vollkommener Harmonie gegeben. Nach ihrem eigenen und Rosas Abgang seien nicht nur die Worte, sondern auch der Alkohol in Strömen geflossen.

Sie machte eine abfällige Handbewegung. „Nur gut, dass ich schon im Bett war."

„Ah, da ist ja unsere Vermisste", rief Hertz.

Rosa fuhr zusammen. Dem Coach schien nicht aufzufallen, wie unpassend diese Formulierung war.

„Haben Sie gut geschlafen?", fragte er gut gelaunt.

Für Hertz hatte sich alles zum Guten gefügt. Mit der Versöhnung hatte er auch wieder die Gruppe im Griff.

„Der Erste Offizier ist bereits mehrfach hier gewesen und hat nach Ihnen gefragt", redete Hertz weiter.

„Der Erste Offizier hat bereits mehrfach nach Ihnen gefragt", alberte Neumann. „Das klingt so wildromantisch wie Richard Gere und Debra Winger in *Ein Offizier und Gentleman*."

Wieder Gelächter. Rosa atmete hörbar aus. Sie nahm ihr Besteck auf, verspürte jedoch nicht den geringsten Appetit und warf Messer und Gabel zurück auf den Porzellanteller. Mit einer Unmutsbekundung schob sie den Teller beiseite. Das Lachen verstummte.

„Komm schon", meinte Angela Weniger aufmunternd, „sei nicht so empfindlich. Max hat nur einen Scherz gemacht."

„Es hat niemand mit euch darüber gesprochen, was letzte Nacht passiert ist?"

„Wir haben unsere Differenzen bereinigt", erklärte Angela Weniger.

„Davon rede ich nicht."

Im Augenwinkel sah Rosa DeRuijter, der die Messe betreten hatte. Er trat nah zu ihr an den Tisch, nahm seine Schirmmütze ab und schaute Rosa fragend an. Sie gab ihm mit einem unauffälligen Kopfschütteln zu verstehen, dass sie bisher keine Details über den Tod hatte verlautbaren lassen. So gut verstehen wir uns inzwischen, dachte Rosa, wir können uns mit Blicken und Gesten verständigen. Sollte sie das beruhigen oder beunruhigen?

„Jennifer ist tot", sagte Rosa.

Ihre Mitreisenden wollten es hart, sie verdienten es nicht anders. Schlagartig herrschte Schweigen.

Ohne Umschweife begann DeRuijter, über den Vorfall zu sprechen. Rosa senkte die Augen und spielte mit einer Falte des Tischtuchs, während der Erste Offizier Jennifers Todesumstände beschrieb und erwähnte, dass sie, Rosa, zu Hilfe gerufen worden war. Der Bericht dauerte keine zwei Minuten. In dieser kurzen Zeit wandelte sich die Stimmung der Anwesenden um hundertachtzig Grad.

„O Gott, o Gott, wer hätte das ahnen können?", flüsterte Mila Adler tief erschrocken.

Kessler zündete sich eine Zigarette an, obwohl das Rauchen in der Offiziersmesse verboten war. Niemand nahm daran Anstoß. Angela Weniger kämpfte mit der Fassung. Prem Jyoshi ließ Hertz nicht aus den Augen.

„Und Sie haben mich nicht unverzüglich verständigt?", fragte der plötzlich.

„Ich informiere Sie ja gerade", erwiderte DeRuijter kühl.

„Das ist alles, was Ihnen dazu einfällt?", fuhr Rosa den Coach an.

Abrupt schob sie den Stuhl zurück und machte sich auf den Weg, die Messe zu verlassen. An der Tür wurde sie von Henning Bahlow abgefangen.

„Seltsam", meinte er, „es ist erst zwei Tage her, da hab ich mit ihr über Selbstmord gesprochen. Weiß gar nicht mehr, wie wir auf das Thema gekommen sind, aber sie schien mir nicht der Typ für Selbstmord zu sein. Viel zu unsicher und zu unentschlossen, wenn Sie verstehen, was ich meine."

Warum erzählte Bahlow ihr das? Wollte er damit seine Betroffenheit zum Ausdruck bringen? Außerdem hatten weder DeRuijter noch Rosa von Selbstmord gesprochen. Rosa wusste nicht, was sie darauf entgegnen sollte, und ließ ihn stehen.

Erst auf dem Poopdeck fand sie Ruhe. Rosa nahm den Niedergang bis zum Hauptdeck hinab und bewegte sich quer über das Heck bis zum Ruderblatt. Die stählernen Bodenplatten unter ihren Füßen übertrugen die gewaltigen Vibrationen der Schiffsschrauben. Rosa fühlte sich unendlich bedrückt und traurig. Gleichzeitig spürte sie, wie Angst ihre Zweifel nährte. Jennifer Stein und sie wären zwar niemals gute Freundinnen geworden, darum ging es gar nicht, ihre Lebensansichten waren grundsätzlich verschiedenen gewesen. Rosa hatte Jennifer gemocht. Das Entsetzen, die junge Frau tot zu sehen, war dennoch längst nicht so groß gewesen wie der Schrecken darüber, woran sie das alles erinnerte.

Letzte Nacht, nachdem sie den ersten Schock überwunden hatte, hatte Rosa einfach funktioniert. Jennifers Blut hatte sich in einer großen Lache um die Bank im Fitnessraum ausgebreitet und hinderte Rosa daran, den Raum zu betreten.

„Muss ein besonders schwerer Fall von Seekrankheitsdepression sein", sagte DeRuijter, der hinter ihr an die Tür getreten war.

Rosa schüttelte den Kopf. „Das wird sich noch herausstellen."

„Wie meinen Sie das?", fragte der Offizier.

Rosa wies mit dem Kinn in Richtung der Toten. „Was ich auf den ersten Blick sehen kann: Die Schnitte an ihren Unterarmen sind mindestens zwölf, wenn nicht fünfzehn Zentimeter lang. Haben Sie sich schon mal selbst geschnitten? Dann wissen Sie, wie schmerzhaft das ist. Sich selbst eine derartige Wunde zuzufügen, erfordert nicht nur große Verzweiflung, sondern auch eine hohe Schmerztoleranz. Wenn Sie es geschafft haben, sich selbst in einem Arm eine fünfzehn Zentimeter lange Schnittwunde zuzufügen, müssen Sie noch die Kraft haben, das Gleiche am anderen Arm zu wiederholen. Die meisten ritzen sich daher nur. Das dort sind tiefe Fleischwunden.“

DeRuijter nickte. Seine Augen weiteten sich entsetzt. Offenbar hatte er derartige Gedanken noch nicht gehabt. „Sie glauben, Jennifer Stein hat sich nicht selbst getötet?“

Rosa antwortete nicht auf die Frage. „Wecken Sie ein paar zuverlässige Männer von der Mannschaft. Ich brauche eine Digitalkamera, um Fotos vom“, sie überlegte, welches Wort, ob „Tatort“ oder „Unfallort“, sie verwenden sollte, „vom Geschehen machen zu können. Der Vorfall muss ausführlich dokumentiert werden. Die Angehörigen werden Fragen stellen und die Versicherung, die Reederei, die amerikanische und die deutsche Polizei und so weiter. Danach lagern wir die Leiche kühl, sichern alle Spuren so gut wie möglich und versiegeln den Raum. Wir müssen einen Funkspruch absetzen und das Festland informieren.“ Ihre Stimme zitterte.

„Ich wecke die Männer.“

Nachdem der Offizier mit den Helfern zurückgekehrt war, machte Rosa Fotos vom Tatort. Dann ordnete sie an, das Blut mit Handtüchern aufzusaugen und diese zu verwahren. Die Arbeit erforderte sorgsames Vorgehen und starke Nerven. Zwei Matrosen mussten sich zwischendurch übergeben.

Nachdem sie das Blut entfernt hatten, um überhaupt zur Toten gelangen zu können, unternahm Rosa eine erste Leichenschau vor Ort. Sie untersuchte den Körper der Toten nach möglichen Anzeichen einer fremden Gewalteinwirkung. Sie fand keinerlei Blutergüsse oder Rückstände von Klebeband oder Ähnlichem, die besagt hätten, dass Jennifer gefesselt worden war. Daher widmete sie die größte Aufmerksamkeit der Richtung der Schnittwunden, die einen Rückschluss darauf erlaubten, ob sie sich selbst getötet oder ob ihr jemand die Wunden zugefügt hatte. Die Tatwaffe befand sich nicht im Raum. Rosa war keine Rechtsmedizinerin. Ihr fehlten neben den fachlichen Kenntnissen die Hilfsmittel. An Bord gab es nicht einmal eine Lupe. Deswegen machte sie unzählige Großaufnahmen mit der Digitalkamera. Danach wickelten sie die Tote in mehrere Schichten schwarzer Plastiksäcke, die ansonsten als Müllbeutel benutzt wurden. Die Matrosen trugen die Überreste von Jennifer Stein in den Kühlraum. Dort lagerte die Leiche neben dem Gemüsevorrat – Blumenkohl und Karotten. Es gab keine andere Möglichkeit, den natürlichen Prozess der Verwesung aufzuhalten. Die ganze Zeit über hatte Rosa ihre Gefühle unterdrückt, die wieder in ihr zu arbeiten begannen.

Nebelschwaden krochen am Heck vorbei. Feuchtigkeit legte sich ihr auf Haut und Haare. Erst jetzt nahm

Rosa wahr, dass die *Leviathan gänzlich* von dichtem Nebel umgeben war. Sie konnte keine dreißig Meter hinaus auf den Atlantik sehen. Es war nahezu windstill und das Meer spiegelglatt, als wäre der Ozean ein stilles Gewässer. Die gespenstige Atmosphäre wurde vom Nebelhorn unterstrichen. Alle paar Minuten ertönte vom Hauptmast oberhalb der Brücke ein tiefes Tuten, als würde sich da oben im Dunst ein Tuba spielender Klabautermann verstecken, der aus Schabernack oder mangelndem musikalischem Talent nur einen einzigen Ton blies. Über ihr auf dem Lidodeck des Hauptdecks erschienen einige Seminarteilnehmer. Tommy Kessler rauchte, während er sich mit Mila Adler, Angela Weniger und Henning Bahlow über die Vorkommnisse austauschte.

Rosa wollte allein sein und bewegte sich an den Aufbauten vorbei Richtung Bug. Als sie die Gangbord betrat, stellte sie fest, dass der Bug und die vorderen Kräne der *MS Leviathan* im Nebel verschwanden. Zwischen den Containerreihen waberten dichte Schwaden hervor. Der Tag wollte nicht hell werden. Rosa ging weiter über die Gangbord. Die *Leviathan* fuhr mit voller Fahrt, doch die nachziehenden Wellen verebbten rasch wieder, als würde jemand die Oberfläche wie ein Bettlaken glatt streichen. Als Rosa einen Blick zurückwarf, waren die Aufbauten bereits vom Nebel verschluckt worden, und nur schemenhaft erschien vor ihr der Bug. Sie war mitten im Nirgendwo. Rosa könnte ins Wasser stürzen und spurlos verschwinden. Niemand würde je erfahren, was mit ihr geschehen war. War das der Köchin passiert?

Plötzlich hörte sie vor sich im Nebel zersplitterndes Glas. Gespannt blickte sie in die Richtung, aus der das Geräusch gekommen war, und pirschte vorwärts. Eine Bewegung konnte sie nicht ausmachen. Als sie das Ende der Containerreihe erreichte, schaute sie über das Vordeck zum Bug. Die Tür zur Werkstatt war geöffnet. Auf einem Knäuel armdicker Taue hockte eine Gestalt. Es war der Steward. Zusammengekauert saß Lars auf den Ankertauen, trank Flaschenbier und rauchte eine Kippe nach der nächsten. Seine Augen waren gerötet. Abwechselnd schniefte und inhalierte er. Seine Bewegungen wirkten zittrig und fahrig. Ein Häufchen Elend, das versuchte, die schrecklichen Erlebnisse in Alkohol zu ertränken, dachte Rosa.

Genauso wenig wie es einen Arzt an Bord gab, der ihr bei der Obduktion der Leiche hätte behilflich sein können, um die Todesumstände wie Zeitpunkt und Fremdeinwirken zu klären, gab es einen Psychologen an Bord, der Lars hätte betreuen können. Hier würden Ärzte, Ermittler und Spurentechniker benötigt, um herauszufinden, ob Jennifer Stein Selbstmord begangen hatte. Doch dann korrigierte Rosa sich. Es gab einen Psychologen! Und dessen Hilfe konnte nicht nur Lars gut gebrauchen, sondern auch sie.

Der Steward hatte eine leere Bierflasche an der stählernen Kransäule zerschlagen. Die braunen Glassplitter verteilten sich am Boden rund um den Kran. Lars heulte auf wie ein Schlosshund.

Rosa vermutete, er habe sich hierher verzogen, um genau wie sie für sich allein zu sein. Wahrscheinlich wollte sich der junge Mann vor der Mannschaft nicht die Blöße geben und seine Tränen zeigen. Rosa trat näher und sprach ihn an. Darüber erschrak er so sehr, dass er von den Tauen rutschte und hart auf dem Stahlboden landete. Lars riss die Augen auf, als wäre Rosa ein Geist, wischte Rotz und Tränen ab und lief ohne ein Wort davon. Er verschwand hinter den Containern, und Rosa hoffte, er würde in seinem angetrunkenen Zustand nicht über Bord gehen.

Sie nahm die Treppe hinauf in den Bug und stellte sich vorne auf die Ankerspill, um über die Reling schauen zu können. Die *Leviathan* schob sich durch eine undurchdringliche Nebelbank. Je weiter der Bug in die Suppe eintauchte, um so schlechter wurde die Sicht. Jeden Moment hätte aus dem Nebel wer weiß was auftauchen können – ein anderes Schiff, felsige Küste oder finstere Ungeheuer aus längst vergessenen Seemannsgeschichten. Rosa konnte gut nachempfinden, dass Seeleute angesichts derartiger Wetterlagen abergläubisch wurden und sich so manchen Seemannsgarn zurechtfantasierten. Zwischen dem Tuten des Nebelhorns herrschte absolute Stille, als hätte jemand den Ton abgestellt. Das Horn hallte in den Nebel, aber kein Echo kehrte zurück. Zum Glück gab es Kompasse, Seekarten und GPS. Man musste Nerven aus Drahtseilen haben, um diese Atmosphäre womöglich tagelang auszuhalten.

Ihr Blick fiel auf einen faustgroßen Gegenstand, der hinter der Ankerspill verborgen auf dem Boden lag. Er war achteckig, mit einem kreisrunden Loch in der Mitte. Da hatten die Handwerker eine enorm große Mutter liegen lassen, war ihr erster Gedanke. Sie stieg hinab auf den Deckboden und beugte sich hinter die

Ankerwinde. Doch der Gegenstand war nicht hart, fest und schwer, sondern weich, leicht und ließ sich verformen – ein Haarband.

Sie selbst benutzte ein ganz ähnliches Stoffgummiband, um ihre Haare zu einem Pferdeschwanz zusammenzubinden. Aber wie kam das Haarband hierhin? Und wer hatte es verloren? Wie lange lag das Haargummi schon da? Und wie lange konnte es an Bord eines Schiffs dauern, bis solch ein leichter Gegenstand durch ein Bullauge über Bord geweht oder gespült wurde? Am Haarband hafteten Haare. Vorsichtig zog Rosa ein einzelnes hervor. Die Farbe war hell, fast durchsichtig. Wer hatte hellblondes Haar? Prem Jyoshi, Jennifer Stein und sie selbst jedenfalls nicht. Unweigerlich musste Rosa an die Haarnadel denken, die sie gestern in der Schranktür der Kammer der vermissten Köchin gefunden hatte.

O nein, wie hatte sie nur so dumm sein können!
Die grauenvolle Erkenntnis ließ ihren Körper beben.

25

„Diese ganze Angelegenheit ist eine Katastrophe", hörte Rosa, als sie die Kommandobrücke betrat. „Ich habe hier sehr viel Geld investiert!"

Die Stimme erkannte sie sofort, trotzdem war etwas anders an der sonst so salbungsvollen Tonlage des Coaches. Der neue Klang versetzte Rosa einen Stich. Das Gespräch auf der Brücke verstummte. Um nicht als Lauscher dazustehen, nahm Rosa die letzten Stufen im Eilschritt. Sie hatte ohnehin genug gehört, und als Rosa aus dem Treppenaufgang auftauchte, erkannte sie Kapitän Lira, Hertz und den Ersten Offizier, die sich, zu einem verschwörerischen Dreieck gruppiert, gegenüber standen. Vor allem Hertz war es sichtlich unangenehm, dass Rosa die letzten Worte mitgehört hatte. Seine Augen schienen zu fragen, warum sie nicht bei den übrigen Teilnehmern war.

„Wir haben ein Problem", eröffnete Rosa geradewegs.

„Nur eines?", knurrte Lira, der wahrscheinlich längst bereut hatte, Passagiere auf sein Schiff gelassen zu haben.

„Rosa, wollen Sie nicht lieber im Seminarraum warten?", fragte Hertz in gewohnter Stimmlage.

Rosas Gefühle schwankten zwischen Unverständnis und Abneigung, sie entschied sich aber, Hertz' Äußerung zu ignorieren.

„Irina, die Köchin, welche Haarfarbe hat sie, Kapitän?“, fragte sie.

„Das fragen Sie besser meinen Ersten“, meinte Lira lakonisch.

DeRuijter zuckte zusammen. „Irina hat blonde Haare.“

„Können Sie etwas über die Gewohnheiten der Köchin sagen? Hatte sie einen Lieblingsort an Bord?“, fragte Rosa, während sie sich an der Anrichte, die als kleine Teeküche fungierte, auf die Suche nach einer Plastiktüte machte.

Der Erste Offizier räusperte sich. Rosa hatte längst herausgefunden, dass sich DeRuijter immer dann räusperte, wenn ihm etwas unangenehm war.

„Soweit ich weiß, hielt sie sich gerne im Bug auf.“

Scheiße.

„Hat sich die Reederei inzwischen gemeldet?“, fragte Rosa.

DeRuijter schüttelte den Kopf.

„Warum dauert das so lange? Die müssen doch nur im Computer nachschauen, ob eine Irina ...“

„... Burduli“, ergänzte der Erste Offizier.

„Ob eine Irina Burduli den Kontrollpunkt im Hafen passiert hat.“

Rosa fand einen Gefrierbeutel, in dem Kaffeepads aufbewahrt wurden. Sie ließ die Pads auf die Anrichte gleiten und pustete die letzten Kaffeekrümel heraus. Dann schob sie zwei Objekte, die sie zuvor in eine Papierserviette gewickelt hatte, in den durchsichtigen Beutel und verschloss ihn mit einem Frischehalteclip.

„Bei der Reederei hat sich Irina nicht gemeldet“, berichtete Lira.

Rosa hatte nichts anderes erwartet und hielt dem Ersten Offizier den Plastikbeutel vor die Nase. „Wo befindet sich die Chipkarte aus dem Fotoapparat, mit dem ich gestern Tatortfotos gemacht habe, Kapitän?"

Lira deutete auf eine Ablage auf der Kommandokonsole. Die Kamera lag neben einem Fernglas, Aschenbecher und Kugelschreiber – für jeden frei zugänglich. In Gedanken schalt sie sich, den Apparat überhaupt aus der Hand gegeben zu haben.

„Gibt es einen Tresor an Bord?"

„In meiner Kabine", antwortete Lira.

„Würden Sie bitte den Chip und diesen Beutel dort einschließen?"

Der Kapitän lief hochrot an. „Was, zum Geier, soll dieses Affentheater?"

„Frau Bach hat die Annahme, es handle sich um ein Verbrechen", klärte Hertz ihn auf.

DeRuijter blickte Rosa besorgt an.

„Wir müssen umkehren oder den nächsten Hafen anlaufen", meinte sie.

Hertz griff sich mit beiden Händen an den Kopf und stöhnte entsetzt auf, während Lira posaunte: „Junge Frau, Sie sind wohl vollkommen verrückt geworden. Das ist unmöglich. Und welchen Hafen meinen Sie? Wir sind mitten auf dem Atlantik. Der nächste Hafen ist Saint John's in Kanada!"

„Wir haben Zeit verloren. Wichtige Zeit", beharrte Rosa, ging hinüber zum Kartentisch und studierte die Seekarte. „Was ist mit den Inseln hier?"

„Welchen Inseln?"

„Den Azoren, Kapitän", sagte Rosa mit Nachdruck. Hertz protestierte.

„Angesichts der angekündigten Wetteränderung wäre ein Ausweichen Richtung Azoren gar nicht falsch", mischte sich DeRuijter ein.

„Und warum die Azoren?", fragte Lira. „Der Hafen ist nicht tief genug für die *Leviathan*, was im Übrigen auch für Saint John's gilt."

„Ich kann ein Team dorthin beordern", erwiderte Rosa.

Kapitän Lira holte einen Tabakbeutel hervor und drehte sich einhändig eine Zigarette. Dieses Kunststück musste er jahrelang trainiert haben und konnte es wahrscheinlich auch noch bei Sturmwind vollführen, ohne einen Tabakkrümel zu verlieren.

„Das ist doch alles Humbug", brummte er und blies den Rauch Richtung Brückendecke, nachdem er sich die Kippe angezündet hatte.

Rosa blieb sachlich. „Im Fall des Verschwindens von Irina Burduli und des Todes von Jennifer Stein besteht die Möglichkeit eines unnatürlichen Todes."

„Das wissen wir auch", entgegnete Hertz, „aber wir können nicht umkehren."

„Was wissen Sie?"

„Jennifer Stein hat Selbstmord begangen, Rosa", antwortete Hertz.

Sie schüttelte ungläubig den Kopf. Wieso sperrte sich der Coach gegen alle Maßnahmen, die sie treffen wollte? Rosa nahm die Digitalkamera zur Hand und klickte sich durch den Speicher, bis sie ein Bild der verbluteten Jennifer im Fitnessraum auf dem Display hatte.

Sie zeigte Hertz und Lira die Aufnahme. „Glauben Sie, so sähe Selbstmord aus?"

„Jennifer litt unter einem massiven Minderwertigkeitskomplex. Sie war deswegen in psychotherapeutischer Behandlung. Dieses Seminar war nur eine Hilfsmaßnahme, die, wie wir bedauerlicherweise feststellen mussten, zu spät gekommen ist. Ihre Autoaggression hat sie in den Selbstmord getrieben“, erklärte Hertz im Tonfall eines Sachverständigen.

Rosa hatte jedoch Beweise für ihre Theorie. „Ich habe gerade mit Prem Jyoshi gesprochen.“

„Ach ja, ich spreche mehrmals am Tag mit ihr“, unterbrach Hertz sie. „Das ist lächerlich!“

Rosa ließ sich nicht irritieren. „Wissen Sie, wie Ihr Verhalten auf Außenstehende wirken könnte?“

„Was soll das bedeuten? Wollen Sie mich beschuldigen?“

„Nein, die Schuldfrage wird im Gerichtssaal geklärt werden, und zwar *nachdem* ich genügend Beweise gesammelt habe, die zur Verhaftung einer verdächtigen Person geführt haben!“

Hertz schluckte, Lira schüttelte vehement den Kopf.

„Ich habe Prem Jyoshi gefragt, wie oft sie seitdem vorne im Bug gewesen ist. Und sie hat geantwortet, dass Jennifer nicht einmal die Zeit gefunden hätte, bis nach vorne zu gehen“, erklärte Rosa. „Ich habe ihre Sachen durchsucht und nur eine Haarspange und keine Haarbänder gefunden. Ich meine mich zu erinnern, dass sie ihr Haar immer offen getragen hat. Und ich selbst bevorzuge andere Farben, beziehungsweise habe ich kein Haarband verloren.“

„Wovon sprechen Sie eigentlich?“, fragte Lira.

Rosa hob den Plastikbeutel mit dem Haarband hoch. „Das habe ich im Bug gefunden. Doch es gehört keinem an Bord. Die Haarnadel lag in der Tür von Irinas Schrank. Jemand hat ihre gesamte Habe sorgfältig, aber nicht sorgfältig genug verschwinden lassen. Dieser Jemand wollte vermutlich nicht, dass wir ihr Verschwinden zu früh bemerken."

„Und was bedeutet das?", wollte Hertz wissen.

„Es bedeutet, dass die Köchin Irina Burduli an Bord gewesen ist."

Ihre Behauptung platzte wie eine Bombe. DeRuijter schien mit der Fassung zu ringen. Hertz schüttelte ungläubig den Kopf. Lira fluchte.

„Sie kennen das Haarband?", richtete sich Rosa an den Ersten Offizier.

„Bordeauxfarben, Irinas Lieblingsfarbe", gab DeRuijter zurück.

Lira stöhnte wie ein Walross, dem das Futter geklaut wurde. Rosa ging nicht auf die ungewohnt emotionale Reaktion des Ersten Offiziers ein. Er kannte sich für einen Vorgesetzten erstaunlich gut mit den Lieblingsfarben seiner Untergebenen aus.

„Wer hat Sie denn beauftragt, Ermittlungen aufzunehmen?"

„Ich bin Kriminalbeamtin, Kapitän, keine Privatermittlerin. Ich muss nicht ‚beauftragt' werden. Ich bin gesetzlich verpflichtet, Unklarheiten aufzuklären, die einen kriminellen Hintergrund haben könnten."

„Das ist mein Schiff, und ich dulde keine Schnüffelei", beharrte Lira.

Auf diesen Einwand hatte Rosa nur gewartet. „Bitte, Ihr Schiff! Aber die *MS Leviathan* fährt unter deutscher Flagge, oder etwa nicht?"

Lira nickte. „Die Reederei ist stolz darauf."

„Sehen Sie, also befinden wir uns auf deutschem Boden, und damit fällt die *Leviathan* in meine Zuständigkeit.“

Einen Moment herrschte Stille.

„Kapitän, darf ich Sie kurz unter vier Augen sprechen?“, fragte Hertz.

Lira nickte und ließ sich von Hertz in die Backbord-Nock führen. Dort sprach der Coach eindringlich auf ihn ein.

„Frau Bach“, sagte DeRuijter leise, „ich möchte Ihre Arbeit unterstützen. Wie kann ich Ihnen helfen?“

„Ich brauche dringend eine Verbindung zum Festland. Ein Gespräch mit Hans-Walther Steiner beim Bundeskriminalamt.“

„Dafür sorge ich.“

„Was ist mit dem Wetter?“

„Sieht nicht gut aus“, meinte DeRuijter schlicht. „Könnte Sturm geben. Aber den Kurs bestimmt der Kapitän.“

„Ich weiß, daran kann ich auch mit meiner Zuständigkeit nichts ändern“, sagte Rosa resigniert.

„Sonst noch was?“

„Jemand könnte Interesse daran haben, die Beweismittel verschwinden zu lassen.“

„Ich kümmere mich darum.“

Hertz und Lira kehrten zurück.

„Meine Liebe“, eröffnete ihr der Coach, „Sie sind überarbeitet und bewerten die Ereignisse zu hoch. Ich habe dem Kapitän daher empfohlen, den Kurs beizubehalten.“

Lira nickte zustimmend. Rosa wollte protestieren.

„Sie sind stark traumatisiert und psychisch instabil“, unterbrach Hertz sie scharf. „Daher sind Sie gar nicht in der Lage, eine Situation wie diese objektiv zu beurteilen. Ihre ganzen Beweise und all das – Sie fantasieren sich da etwas zurecht! Wer sollte das tun? Ein Crewmitglied verschwinden lassen und eine Mitreisende in den Selbstmord treiben? Und welchen Zweck sollte das haben? Es ist das Trauma, das aus Ihnen spricht.“

Rosa blieb die Stimme weg. Wie konnte Hertz ihre psychische Erkrankung vor DeRuijter und Lira offenlegen?

„So oder so wird es später eine Untersuchung geben“, sagte DeRuijter entschlossen. „Dabei werden Sie nicht gut wegkommen. Unter Zeugen will ich hier meinen Protest vermerken.“

Lira blieb trotz des Einwands seines Ersten Offiziers hart. „Wir sind mitten auf dem Atlantik. Wir müssen die Dinge unter uns klären. So macht man das auf See.“

„Es wird nicht aufhören“, sagte Rosa tonlos.

Hertz schnaubte verächtlich. „Warum sind Sie sich dessen so sicher?“

„Weil wir einen Mörder an Bord haben. Zwei Morde hat er schon begangen.“

26

„Was haben Sie mir heute mitgebracht?", fragte Hertz wie an den vorangegangenen Tagen zur Einleitung von Rosas nachmittäglicher Single lecture. „Worüber möchten Sie reden?"

Es waren erst wenige Stunden vergangen, seit der Coach und Rosa auf der Kommandobrücke aneinandergeraten waren, aber nichts in seiner Stimme oder Haltung verriet ihr, ob er nachtragend war.

„Das sollte ich heute mitbringen", sagte sie und hielt ihr Seminarsymbol, den Knoten, hoch.

„Gut, dass Sie daran gedacht haben", lobte Hertz und schwieg. Scheinbar wartete er auf die Beantwortung seiner ersten Frage.

Die Farbtherapielampe leuchtete. Heute reizte Rosa die bedachte Langsamkeit, mit der die Lampe das Farbenspektral durchlief.

„Seit einigen Stunden denke ich viel über das Wort ‚Lebensgefahr' nach."

„Verstehe. Und was denken Sie da?"

„Keine Ahnung, was ich denken soll! Was denken Sie denn?"

Hertz legte einen Zeigefinger an die Lippen. Rosa spürte, wie sich der Unmut in ihr weiter manifestierte.

„Rosa, es geht bei unseren Gesprächen nicht darum, was ich denke oder wie meine Meinung zu irgendetwas ist. Ich kann Ihnen das natürlich sagen, doch ich gewinne bei Ihnen immer wieder den Eindruck, dass Sie den Sinn und Zweck unseres Hierseins zwar begreifen, aber nicht vollständig akzeptieren. Wir haben schon darüber gesprochen. Eine Verbesserung Ihrer persönlichen Situation werden Sie erst erreichen, wenn Sie mitarbeiten. Natürlich, es sind nur kleine Schritte in die richtige Richtung. Und niemand wird widersprechen, wie schwierig es für Sie sein muss, alte Muster zu durchbrechen, es funktioniert jedoch nur mit Ihrem Willen und nicht dagegen. Ich bin hier, um Ihnen zu helfen!"

Bei den letzten Worten gesellte sich zu Rosas Unmut Wut. Eine Wut, die sich unbedingt Luft verschaffen musste. Es ging gar nicht um seine Hilfe. Außerdem widersprach sich der Coach. Er hatte ganz bewusst gegen ihre Meinung entschieden und den Kapitän überredet, Kurs zu halten. Jetzt tat er wieder so, als wäre rein gar nichts passiert.

„Wir haben zwei ungeklärte Todesfälle an Bord."

Hertz schüttelte entschieden den Kopf. „Nein, Sie *glauben*, das wäre der Fall. Ob das so ist, wird die Polizei in New York klären."

Rosa hielt diese Einstellung für gnadenlos naiv. Daher versuchte sie es mit einer anderen Herangehensweise. „Sie wollen mir helfen. Das freut mich. Nein, wirklich. Ich kenne allerdings jemanden, der hat heute Nacht wahrscheinlich den schlimmsten Moment seines Lebens erlebt und ..." Sie atmete durch, um ihre Wut zu kontrollieren und den Coach nicht unnötig zu beleidigen.

Hertz nutzte die Pause. „Ein schlimmer Anblick. Einfach grausam. Ich habe die Fotos gesehen."

Rosa traute ihren Ohren nicht. „Wie? Was? Lira hat Ihnen noch mehr Fotos gezeigt als das eine, das ich Ihnen gezeigt habe?"

„Natürlich, schließlich bin ich einer der Verantwortlichen an Bord."

Darauf wusste Rosa nichts mehr zu sagen. Sie befand sich im finstersten Ermittlungsmittelalter! Es musste doch jedem klar sein, dass man die Fotos nicht herumreichte wie Ausflugsschnappschüsse.

„Ich weiß, wie enorm aufrüttelnd die Umstände von Frau Steins Selbstmord und die Ähnlichkeit mit dem Mord an Ihrer Kollegin für Sie sein müssen. Das verdeutlicht lediglich, wie traumatisch dieses Erlebnis für Sie war."

Das konnte Hertz nur wissen, weil er ihre Akte gründlich studiert haben musste.

„Mit Ihren unhaltbaren Behauptungen", fuhr er fort, „machen Sie nicht nur Crew und Passagiere nervös, Sie lenken vor allem von sich selbst ab."

„Im Gegensatz zu anderen an Bord muss ich nicht pausenlos von mir reden", sagte Rosa kühl.

„Sarkasmus wirkt immer sehr hilflos."

„Ich bin nicht hilflos. Ich bin verärgert."

Hertz sah sie fragend an.

„Lars, bestimmt kaum volljährig, hat Jennifer Stein entdeckt. Er braucht dringend psychologischen Beistand. Sicher haben Sie schon mit ihm gesprochen."

Hertz' irritierter Blick verriet ihr, dass er nicht einmal wusste, wer Lars war.

„Unser Steward", half Rosa seiner Erinnerung auf die Sprünge. „Haben Sie mit ihm geredet? Ich weiß, wie schwer es ihn getroffen hat."

„Rosa", setzte Hertz zu einer Erklärung an, „das ist nicht meine Aufgabe."

Der Coach wich aus. Rosa schluckte. Am liebsten hätte sie ihm gesagt, wie selbstgefällig er sich anhörte. Und dass es ihr schwerfiel, besser gesagt, sogar unmöglich war, einem so dummstolzen Therapeuten zu vertrauen, wenn er anderen Hilfsbedürftigen unter fadenscheinigen Argumenten die Unterstützung verwehrte. Für sie maß der Coach mit zweierlei Maß. Sie zahlte für Hertz' Hilfestellung, der Steward nicht. Das war nicht fair. Alle positiven Gefühle stürzten wie ein Kartenhaus in sich zusammen.

„Wir treffen uns nicht mehr", erklärte sie mit steinernem Gesichtsausdruck.

Das schien Roland Hertz persönlich schwer zu beleidigen. „Rosa, hören Sie, ich bin kein Notfallpsychiater. Ich habe eine ganz andere fachliche Ausrichtung", bemühte er sich, sein Fehlverhalten zu entschuldigen. „Wenn Sie abbrechen, erreichen Sie gar nichts."

„Wollen Sie mir damit sagen", entgegnete sie, „wenn Sie Tierarzt wären und sich in einer Notfallsituation befänden, beispielsweise auf einem Schiff, würden Sie sich auch weigern, einem Menschen eine Wunde zu verbinden, weil ein gebrochenes Menschenbein ja nicht Ihrer fachlichen Ausrichtung entspricht, da es kein Hundebein ist?"

„Das können Sie nicht vergleichen", wehrte Hertz ab.

„Doch, ich finde das kann man sehr wohl vergleichen", beharrte Rosa.

„Ach, und das entscheiden jetzt Sie, ja?"

Aus Hertz' Reaktion schloss sie, dass der Coach im Begriff war, seine professionelle Position zu verlassen und auf Augenhöhe mit ihr zu diskutieren.

„Ich finde, Coach, Sie machen es sich *äußerst* bequem. Und außerdem ...", Rosa brach abrupt ab und tat so, als müsste sie ihr wichtigstes Argument überdenken, um es dann zu verschweigen. In Wahrheit versuchte sie, den Coach gänzlich aus der Reserve zu locken, und schenkte ihm ein abschätziges Lächeln.

„Ich lasse mich nicht auf eine Diskussion mit Ihnen ein. Nicht im Rahmen unserer Lectures. Sie sind mir eine viel zu gute Rednerin und gewiefte Taktikerin." Als Hertz bemerkte, dass seine Lobhudelei an Rosa abprallte, fügte er hinzu: „Aber ich komme Ihnen entgegen. Wenn Sie weiter meine Stunde besuchen, verspreche ich Ihnen, mit dem Steward zu reden. Deal?"

„Deal."

Dennoch wollte ihr die letzte Aussage des Coaches nicht recht gefallen. Er machte von vorneherein Einschränkungen.

„Coach, Sie sind der Ansicht, dass ich aufgrund der Ereignisse in Tirol unter einem Trauma leide, richtig?", hakte sie nach.

„Davon ist auszugehen. Ich beschäftige mich seit Jahren mit traumatisierten Menschen."

„Einen Toten, ob Mord oder Selbstmord, zu finden, kann einen also traumatisieren?"

Hertz erkannte, dass er in ihre rhetorische Falle getappt war. „Gut, Rosa, Sie haben mich vollständig überzeugt. Ich werde mit dem Jungen reden."

„Danke."

„Ich möchte den üblichen Rahmen meiner Single lectures verlassen. Wir sind in Ihrem Fall eh schon so weit ab vom üblichen Weg, da können wir eine weitere Exkursion unternehmen." Der Coach klang wieder, wie Rosa ihn kennengelernt hatte. „Ist Ihnen die Chöd-Methode geläufig?"

Rosa verneinte.

„Wären Sie bereit zu einem Experiment?"

Rosa warf einen Seitenblick auf die Handpuppen zu Füßen des Coaches. Sollte sie jetzt mit Wolf und Giraffe sprechen?

„Wenn es nicht darin endet, dass ich ein selbstverfasstes Märchen vor der gesamten Gruppe vorlesen muss."

Hertz lächelte. „Sie sind schon eine ganz eigene Marke, Rosa."

Erstaunlich, dachte Rosa. Indirekt gab er damit zu, die gestrige Eskalation absichtlich herbeigeführt zu haben. Wie oft machte Hertz Experimente, ohne seine Probanden davon zu unterrichten?

„Ist das Ihre fachliche Meinung?"

Hertz lachte, ließ die Frage jedoch unbeantwortet. Er wurde wieder ernst. „Also, wir begeben uns auf die Suche nach Ihren Dämonen, den äußeren wie inneren, füttern sie im übertragenen Sinne bis zur Übersättigung und polen sie um, damit sie Ihnen zukünftig dienlich sein können. Das ist in sehr verknappter Weise ausgedrückt die Chöd-Methode. Ein Beispiel. Nehmen wir an, Sie wären Raucher und der Dämon wäre dementsprechend die Zigarette, die entzündet werden will. Wir befragen diesen Nikotindämon, was er eigentlich will, und er antwortet etwa, dass er sich nach Geborgenheit sehnt. Verstanden?"

„Was meinen Sie mit ‚befragen'?“

„Es ist eine Art Meditation. Wir spielen die Situation nach und rufen Ihren Quälgeist herbei, bitten ihn, auf einem Stuhl Platz zu nehmen, damit Sie ihn befragen können.“

„Das klingt ein wenig ...“

„Spinnert?“

„Esoterikmäßig, ja.“

„Mit Esoterik hat das rein gar nichts zu tun. Es ist eine uralte Methode aus dem Buddhismus. Entwickelt wurde Chöd von einer buddhistischen Nonne im zwölften Jahrhundert und ist in der Gegenwart von einer amerikanischen Lehrmeisterin, die lange in Asien gelebt hat, verfeinert worden. Es ist natürlich sehr viel komplexer. Wir machen heute nur einen allerersten Versuch. – Also, wollen wir beginnen?“

Rosa nickte skeptisch. Hertz sorgte für besinnliche Atmosphäre. Er schaltete das Licht aus, zündete eine Kerze an und holte aus einem Nachbarraum einen Stuhl, den er vor Rosa platzierte.

„Welche Farbe ist Ihnen am liebsten?“

„Blau“, sagte Rosa ohne Zögern.

Der Coach stellte die Farbtherapielampe auf den gewünschten Beleuchtungsfarbton ein. „Welcher Dämon quält Sie am meisten?“

„Dass wir nie einen Täter überführen konnten.“

Die Antwort kam so prompt, dass Hertz sofort wusste, von welchem Täter Rosa sprach. „Gut, stellen Sie sich diesen unbekannten Täter vor, der Ihre Kollegin ermordet hat – Ihren schlimmsten, ärgsten Feind. Er nistet in Ihnen wie ein bösartiger Parasit, bereitet Ihnen üble Qualen. Stellen Sie sich vor, er säße hier und jetzt auf diesem Stuhl. Konzentrieren Sie sich auf nichts anderes als darauf. Und – lassen Sie es zu!"

Hertz machte Musik an, einen ungewohnten Obertongesang in Verbindung mit einem sphärisch meditativ klingenden Saiteninstrument. Saß sie bei einem Exorzisten? Zwar war Rosa nie bei einem Teufelsaustreiber gewesen, aber so ähnlich stellte sie es sich vor. Einzig die Bibelzitate fehlten.

Lange sah Rosa nur einen Stuhl. Die Leere auf dem Stuhl und sonst nichts. Bei dem Dämon musste es sich eher um eine Chimäre handeln. Absurd, sperrte sich ihr Verstand ein letztes Mal, genauso gut hätte sie die Handpuppen befragen können!

Dann wurde ihr mit einen Mal unbehaglich. Sie nahm einen seltsamen Geruch wahr, was sie sich nur einbilden konnte. Erst langsam erkannte sie, ihr Unwohlsein rührte daher, dass auf dem Stuhl irgendetwas Gestaltloses Platz genommen hatte. Eine eigenartige Unschärfe, wie ein Hitzeflimmern an heißen Sommertagen. Rosa blinzelte, doch es verschwand nicht. Und dieses Irgendetwas verströmte – Gefahr. Es schnürte ihr die Kehle zu.

„Ist er da?", fragte Hertz mit sanfter Stimme.

Rosa nickte, erstaunt darüber, wie plastisch die Methode funktionierte.

„Nicht darüber nachdenken", mahnte der Coach, der scheinbar ihre Gedanken erraten hatte. „Konzentrieren Sie sich weiter. Lassen Sie dem Dämon Zeit anzukommen."

Rosa folgte seinen Anweisungen.

„Was würden Sie ihm sagen?"

Rosa schaute zu Hertz, dann wandte sie den Blick wieder auf den Stuhl und ließ ihre Augen auf dem mysteriösen Flimmern über dem leeren Sitzplatz ruhen. Es dauerte eine ganze Weile, bis wieder etwas passierte. Schon glaubte sie, dass ihr der Sinn für derartige Methoden fehlen würde. Dann veränderte sich etwas. Der Dämon verwandelte sich und nahm eine Farbe an. Es war noch zu früh, um zu sagen, um welchen Farbton es sich handelte. Sie sah die Bergstation in Tirol. Das Ungeheuer hängte den erschlafftem Körper ihrer Kollegin in der Gondel auf. Der Gestank war wieder da – bestialisch. Elena schien willenlos – wie war das dem Mörder gelungen? Diese Ausgeburt des Bösen bewegte sich lautlos und erzeugte dennoch einen ohrenbetäubenden Lärm in ihrem Kopf.

Dann endeten die Flashbacks, und sie war wieder im Single-lecture-Raum auf der *Leviathan*. Vor ihren Augen tauchte ein grün gräulich gesichtsloses Wesen auf und nahm auf dem Stuhl Platz. Ein Teil in ihr glaubte immer noch nicht daran, was sich gerade ereignete. Aber sie wusste, wer das war und was das Wesen verbrochen hatte. Sie wusste auch, was es ihr antun würde, wenn es die Gelegenheit dazu erhalten würde. Der Dämon war *unersättlich*, und Rosa kriegte es mit der Angst zu tun.

„Was sagen Sie ihm?"

„Ich weiß nicht, es ist schwierig."

„Konzentrieren Sie sich", ermutigte Hertz sie, „es kommt schon."

Doch alles, was kam, war Angst und Grauen. Der Dämon war stark. Er verschlang sie. Urplötzlich kippten ihre Gefühle um, als käme der Wind nicht mehr aus Süden, sondern aus Norden, und Angst wandelte sich in Mut. Ihre Augen verengten sich zu Schlitzen, ihre Mundwinkel verzogen sich verächtlich, und sämtliche Muskeln ihres Körpers waren angespannt.

„Irgendwann schnapp ich dich, du verdammtes Drecksschwein!", presste sie hervor.

Ein Klopfen an der Tür riss sie jäh aus der Stimmung. Prem Jyoshi erschien in der Kammer. Sie schaute Hertz entschuldigend an.

„Sie müssen sich beeilen, Rosa, die Satellitentelefonverbindung mit Deutschland steht endlich."

Wie unter Eiswasser getaucht, kam Rosa zur Besinnung. Sie nickte dankend und stand auf.

Hertz hielt sie zurück. „Wir sprechen in der nächsten Stunde darüber, was passiert ist. Eines noch: Ihr Knoten soll nicht nur Ihr Trauma versinnbildlichen, sondern Ihre Gabe, es besiegen zu können. Daran soll Sie der Knoten immer erinnern!"

27

Auf der Kommandobrücke herrschte Betriebsamkeit. Das Wetter hatte sich deutlich verschlechtert. Der Seegang wurde stärker, der Wind kräftiger. Momentan ging ein Regenschauer nieder. Die Sicht über das Hauptdeck war beeinträchtigt.

Rosa spürte die Nachwirkungen dieser sonderbaren Chöd-Methode. So hatte sie ihre Angst noch nie wahrgenommen. Dem Mörder im Geiste gegenüberzustehen, wühlte ihr Innerstes auf. Das waren Gefühle zwischen Wut, Verzweiflung und Euphorie. Sie wusste, eben war etwas Bedeutsames passiert, *etwas,* das ihr helfen würde, ihr Trauma zu besiegen. Es fühlte sich an, als hätte ihr jemand eine Spritze mit purer Energie verpasst.

Der Zweite Offizier, dessen Namen Rosa nicht kannte, stand zwischen Kommandosessel und Konsole und fixierte Seeleute, die auf dem Hauptdeck arbeiteten. Rosa konnte sie durch den Regen nur als verschwommene orange leuchtende Punkte wahrnehmen. Unverständliche Stimmen kreischten über Funk. Die gesamte Crew war im Einsatz, um die Container mit zusätzlichen Spannschrauben zu sichern. Ab und zu hielt sich der Zweite Offizier ein Fernglas vor die Augen und sprach in ein Walkie-Talkie. Zwar waren die

Matrosen mit Helmen und Gurten gesichert, die Arbeit sah jedoch anstrengend und riskant aus.

Über den Kartentisch beugten sich Kapitän Lira und sein Erster Offizier DeRuijter. Die Männer diskutierten und deuteten abwechselnd auf Punkte auf der Seekarte. Beide hatten sich mit den Ellenbogen auf dem Tisch abgestützt. DeRuijters Widerspruch am Morgen hatte einen deutlichen Graben zwischen die ohnehin unterschiedlichen Männer gezogen. Lira hielt seinen Ersten Offizier für illoyal, wenn nicht gar für aufrührerisch, so schätzte Rosa die Lage ein. DeRuijter gab sich größte Mühe, sachlich zu bleiben, doch Rosa konnte den Druck und die Sorge über die gegenwärtige Situation, die noch durch die Unstimmigkeit mit seinem Kapitän verstärkt wurde, in seinem Gesicht ablesen. In Rosas Augen hatte der Kapitän eine klare Fehlentscheidung getroffen. Mit seiner Behauptung, sie seien draußen auf dem Ozean auf sich allein gestellt, hatte Lira allerdings recht. Sie mussten *irgendwie* klarkommen.

DeRuijter blickte auf, nickte ihr zu und gab ihr zu verstehen, dass er im Anschluss ihres Telefonats mit ihr sprechen wollte. Der Zweite Offizier wies auf eine rückwärtig gelegene Tür, die Rosa vorher nicht aufgefallen war. Auf dem Türblatt stand *Funkraum*. Sie schob eine schmale Schiebetür beiseite. Dahinter befand sich ein kleiner quadratischer Raum, der ein Fenster Richtung Heck besaß.

„Früher arbeitete hier der Funkoffizier", erläuterte der Zweite Offizier, „aber die Position gibt's schon länger nicht mehr."

An den Wänden waren Regale und Schränke mit allerhand technischen Gerätschaften und nautischen Büchern angebracht. Auf einer Ablage waren Aufladestationen für die tragbaren Walkie-Talkies aufgestellt, wie der Zweite Offizier eines benutzte. Auf einem ausklappbaren Schreibtisch lag ein Telefonhörer. Im Schrank erkannte sie neben der fest installierten *Iridium*-Satellitentelefonanlage ein Faxgerät und mehrere Funkanlagen, darunter das GMDSS-Notfallsystem. Sie setzte sich auf den festgeschraubten Hocker davor und nahm den Hörer auf. Erst als der Zweite Offizier die Tür hinter sich geschlossen hatte und Rosa allein im Funkraum war, meldete sie sich.

„Rosa Bach hier.“

„Was gibt es so Dringendes, Rosa?“ Die Stimme von Kriminaldirektor Steiner klang blechern und fern und wurde von einem statischen Rauschen überlagert.

Rosa dachte an das schlechte Wetter und daran, dass es trotz modernster Technik einige Zeit gebraucht hatte, eine Verbindung herzustellen.

„Gefällt Ihnen der Ozean?“, fragte er.

Sein väterlicher Kommentar versetzte Rosa sofort zurück in ihre Jugendzeit.

„Der Ozean ist eine Wucht, und das Essen ist ganz prima“, antwortete sie und tadelte sich sofort für ihre spitze Antwort.

„Ich habe in meinen jungen Jahren einige Zeit als Funker gearbeitet. Wussten Sie das?“

Nein, das hatte Rosa nicht gewusst. Wie sie überhaupt wenig Privates von Steiner wusste.

„Gehen wir in medias res. Die Verbindung ist schlecht“, sagte sie.

Rosa berichtete von den Ereignissen an Bord. Sie bemühte sich, die Fakten sachlich darzustellen und alle Aufregung aus der Stimme zu nehmen.

„Was gedenken Sie, als Nächstes zu tun?", fragte er, als sie geendet hatte.

Rosa war erleichtert. Ihr Chef hielt sie nicht für verrückt. So war Steiner – geradlinig, immer an der Sache und dem Ergebnis orientiert. Er kam gar nicht auf die Idee Rosas Bericht und den Wahrheitsgehalt ihrer Vermutungen in Frage zu stellen.

„Ich will die Ereignisse rekonstruieren und Befragungen durchführen."

Wieder kein Widerspruch.

„Halten Sie sich an den Koch. Auf Frachtschiffen laufen in der Küche alle wichtigen Infos zusammen."

Rosa bedankte sich für den Tipp.

Steiner wechselte in einen informellen Tonfall. „Sind Sie wieder fit?"

„Fit" im Zusammenhang mit psychischen Problemen zu gebrauchen, war schon fast drollig.

„Fit war ich gestern, heute bin ich wütend", antwortete sie schlagfertig.

Das war nicht der übliche Umgangston zwischen ihnen, fernab des offiziellen Dienstwegs. Rosa war dankbar für die unkomplizierte Art ihres Chefs. Sie klärte ihn auf, wie viel Gegenwind ihr von Hertz und Lira entgegenwehte.

„Ich rede mit der Reederei. Vielleicht können die auf den Kapitän einwirken, den Kurs zu ändern."

„Die Reederei hat immer noch nicht Bescheid gegeben, ob die vermisste Köchin den Kontrollpunkt im Hafen passiert hat. Könnten Sie da Druck machen?"

„Ja."

Bisher war das Gespräch überraschend gut gelaufen, doch nun musste Rosa auf einen heiklen Punkt zu sprechen kommen. „Gibt es in der Tirol-Sache irgendwelche Neuigkeiten?"

Am anderen Ende der Leitung vernahm sie ein Hüsteln.

„Es ist natürlich nur eine Mutmaßung. Jennifers Steins Wunden sehen exakt so aus wie Elenas", beeilte sie sich zu erklären.

„Der Täter ist weiterhin auf freiem Fuß", erwiderte Steiner.

Kein Widerspruch – na bitte! Eine Interferenz folgte, dann war die Leitung für wenige Augenblicke klar und deutlich.

„Was lässt Sie so unruhig werden?", fragte Steiner.

Rosa holte tief Luft, zuckte mit den Schultern, obwohl sie wusste, dass der Kriminaldirektor das nicht sehen konnte. „Mein Bauchgefühl."

Fest rechnete sie damit, dass Steiner etwas wie „Vielleicht sind Sie da auf dem Holzweg" erwidern würde. Stattdessen wurde ihr Chef offiziell.

„Mit sofortiger Wirkung versetze ich Sie zurück in den operativen Dienst."

Rosa jubelte stumm. „Habe verstanden."

„Ich werde Sie da draußen nicht allein lassen. Wir werden Sie von hier aus unterstützen. Passen Sie auf sich auf!"

Dafür hätte Rosa den alten Dinosaurier am anderen Ende der Leitung am liebsten umarmt, so dankbar war sie, dass Steiner sie nicht für verrückt hielt. Ein Rauschen zerriss die Verbindung, bevor sie Steiners Stimme erneut hörte.

„Rosa", sagte er ernst, „sind Sie bewaffnet?"

Bevor sie antworten konnte, brach die Verbindung ab. Rosa hörte lediglich ein statisches Rauschen. Sie ließ den Hörer in der Halterung am Telefonapparat einrasten und schaute zum Bullauge hinaus in den Himmel.

Nein, eine Waffe hatte sie nicht. Wieso sollte sie auch eine Waffe zu einem Antistressseminar mitnehmen?

Wolkenfetzen in Abstufungen von Grau verschwanden am Horizont über dem Heckwasser. Die *Leviathan* fuhr gegen den Wind. Auf den Wellenkämmen kräuselten sich Schaumkronen. Das Meer begann zu tosen. Kein Vergleich zum gespenstischen Nebel am Morgen. Seitdem waren zehn Stunden vergangen. In den oberen Luftregionen lag eine trübe Wolkendecke, darunter zogen monströse Wattebällchen in allen möglichen Größen und Formen dahin. Zuunterst krochen schwerfällige, fast schwarze Wolken über das Schiff hinweg.

Rosa saß ruhig da, ließ das Gespräch auf sich wirken und spürte die Wellenbewegung deutlicher als sonst. Steiner hatte keine Sekunde gezögert, sie zurück in den operativen Dienst zu versetzten. Wie aufbauend! Der Wellengang hatte sein sonst einlullendes Wiegentempo deutlich erhöht. Für Rosa war es ein kribbelndes Gefühl ganz ähnlich wie in einer Schiffsschaukel, die Schwung für die große Fahrt holte.

Sie verließ den Funkraum. Vor den Fenstern der Kommandobrücke zeichnete sich das gleiche Bild ab wie im Funkraum. Nur mit dem Unterschied, dass es hier nicht aussah, als würde das Schiff den Wolken davonfahren, sondern vielmehr dagegen anstürmen. Lira und DeRuijter standen unverändert über den Kartentisch gebeugt und studierten mit mittlerweile hochroten Köpfen die Karten. Rosa gesellte sich zu den Männern.

„Alles geklärt?", fragte DeRuijter.

Rosa nickte. „Die Verbindung ist plötzlich abgebrochen. Ich dachte, das läuft über Satellit."

„Der Satellit ist nicht das Problem", erwiderte der Erste Offizier.

„Sondern?", fragte Rosa.

„Wie ich schon geahnt habe, wird das Wetter schlechter. Hier die offizielle Bestätigung", sagte er und drückte ihr einen Zettel in die Hand.

Sie las etwas von einem großen atlantischen Tiefdruckgebiet, das vom Hamburger Seewetteramt *Margot* getauft worden war. Rosa zog die Brauen hoch. Warum bekamen Schlechtwetterfronten immer weibliche Namen?

„In Hamburg haben sie gesagt, die Wetterprognosen wären gut", wunderte sich Rosa.

„Ja, das war in Hamburg und ist vier Tage her", knurrte Kapitän Lira, ohne von den Karten aufzublicken.

„Sie suchen einen neuen Kurs?", erkundigte sich Rosa.

„Wir suchen nur nach einer Möglichkeit, das Tief zu umfahren."

„Die Azoren wären mein Tipp, Kapitän", meinte Rosa lässig.

Zur Antwort knurrte der alte Seebär erneut.

„Hier steht etwas von neun bis zehn Beaufort, Böen bis zwölf", sagte Rosa. „Was bedeutet das?"

Lira sah vom Kartentisch auf, schwieg jedoch.

„Es wird ein bisschen windig. Kein Grund zur Sorge", versuchte DeRuijter, Rosa zu beschwichtigen.

Sorgen bereitete ihr nicht der Wind, sondern dass DeRuijter sie ausdrücklich darauf hinwies.

Kapitän Lira richtete sich auf. „Mein lieber DeRuijter", versetzte er mit einem süffisanten Lächeln, das Rosa galt, „Sie sind ein wahrer Gentleman. Das halten wir in allen Ehren, aber manchmal muss man den Ladys ganz unverblümt die Wahrheit sagen. Zehn Beaufort bedeuten Windgeschwindigkeiten mit bis zu über hundert Stundenkilometer." Er ließ seine Worte wirken, bevor er fortfuhr. „Sturm."

Rosa blieb reglos.

„*Margot* wird uns ordentlich durchschütteln, so wie es sich für ein prächtiges Weibsbild gehört", polterte Lira.

„Meine Mutter heißt Margot", erwiderte Rosa. Und das stimmte sogar.

Lira schwieg verwirrt und murmelte dann etwas von wegen, das hätte er ja nicht wissen können.

„Dann ändern Sie den Kurs Richtung Azoren?"

Lira antwortete nicht, und DeRuijter schüttelte resigniert den Kopf. Es war schwer nachzuvollziehen, was sich dieser bärbeißige Kapitän bei seinen Entscheidungen dachte.

„Die Ermittlungen laufen jetzt an", verkündete sie.

Kapitän Lira wurde in Sekundenschnelle hochrot und brüllte wie ein brunftiges Walross: „Die *Leviathan* ist mein Schiff. Hier erteile nur ich die Befehle!"

Rosa verspürte nicht mehr die geringste Lust, mit dem aufgeplusterten Bullen Frieden schließen zu wollen. „In Ihre nautischen Belange mische ich mich nicht ein. Das Gleiche erwarte ich von Ihnen, was meine Arbeit betrifft. Möchten Sie die Situation mit einem Machtkampf zusätzlich erschweren?"

Der Kopf des Kapitäns wollte jeden Moment platzen. Im eisigen Schweigen hörte Rosa den Wind durch die Stahlseile pfeifen.

„Genau wie diese Schnepfe von der Reederei – muss immer recht behalten!"

Rosa schaute Lira entgeistert an und verließ ohne ein weiteres Wort die Kommandobrücke.

Auf dem Niedergang holte sie DeRuijter ein. „Frau Bach!"

Sie drehte sich um. Auf der steilen Treppe zur Kommandobrücke musste sie den Kopf weit in den Nacken legen, um ihm ins Gesicht blicken sehen zu können.

„Sie können ganz schön austeilen", meinte er.

Rosas tadelnder Blick erstickte das Lächeln des Ersten Offiziers im Keim.

„Und ich frage jetzt nicht nach, wieso Sie mir das nicht zugetraut haben", versetzte Rosa und merkte, dass sie angriffslustiger klang als beabsichtigt.

„Lira gehört zur alten Garde", erklärte DeRuijter, „vom Schiffsjungen hochgearbeitet bis zum Kapitän. Er ist es nicht gewohnt, von jemanden Befehle zu erhalten."

„Von jemanden? Sie meinen, von einer Frau? Von einer jüngeren Frau!"

„Ja", antwortete der Erste Offizier kleinlaut, „da liegen Sie richtig."

„Deshalb weicht er nicht Richtung Azoren aus? Lieber in einen Sturm fahren, als einer Frau recht geben. Ich fasse es nicht!“

DeRuijter nickte schwach. Eine Weile standen sie schweigend da.

„Wie kann ich Ihnen helfen?“, fragte er schließlich. Als Rosa ihn skeptisch anschaute, bekräftigte er: „Ich will Ihre Ermittlungen unterstützen. So gut ich kann. Wenn es einen Mörder an Bord gibt, sollten wir ihn so schnell wie möglich ausfindig machen.“

Der Erste Offizier gab sich entschlossen. Vermutlich wollte er seinen eigenen Fehler wiedergutmachen.

„Das ist das Vernünftigste, was ich in den letzten zehn Stunden an Bord gehört habe.“

„Also, was brauchen Sie?“

„Einblick in sämtliche Unterlagen – Passagier- wie Mannschaftsdaten und natürlich in die Frachtpapiere.“

„Wonach suchen wir?“

„Nach etwas Auffälligem“, gab Rosa zur Antwort. „In erster Linie dient es der Informationsbeschaffung, bevor ich Befragungen vornehme. Wie lange wird es dauern, bis wir in den Sturm geraten?“

„Die nächsten zehn bis vierzehn Stunden sind die kritische Phase. Wenn wir Glück haben, ist der Sturm, dessen Ausläufer wir gerade zu spüren bekommen, bis dahin abgeflaut. Wenn wir Pech haben, hat sich Tief *Margot* mit dem Tief vor Neufundland verbunden.“

Noch ein Tief, schoss es ihr durch den Kopf. Rosa weigerte sich zu glauben, welches Horrorszenario der Erste Offizier heraufbeschwor.

„Wir haben hier nichts. Keine Kriminaltechnik, keine Rechtsmedizin, keine Datenbanken. Eine Überprüfung übers Festland ist nur bedingt möglich. Wir wissen nicht, womit wir es zu tun haben. Außerdem haben wir einen Sturm im Nacken. All das weiß vermutlich auch der Täter", fasste Rosa die Situation zusammen.

„Geht es Ihnen gut?", fragte DeRuijter, und Rosa wusste, dass der Offizier auf Hertz' Bemerkung über ihr Trauma anspielte.

„Gut genug, um Lira Paroli zu bieten und vielleicht noch für mehr."

DeRuijter entschuldigte sich.

„Müssen Sie nicht. Die Frage ist berechtigt."

„Gibt es Neuzugänge in der Crew?", wechselte Rosa das Thema.

„Nein, ich kenne alle Männer."

„Würden Sie einem der Männer ein Verbrechen zutrauen?"

„Sie meinen mit ‚Verbrechen' vermutlich keine Schlägerei oder Diebstahl?"

Rosa nickte.

„Das sind alles beinharte Kerle. Loco trägt ein Messer. Solche Sachen. Aber ...", DeRuijter brach ab und schüttelte heftig den Kopf. „Nein, mehr kann ich mir nicht vorstellen. Das sind ehrliche Arbeiter, die Geld verdienen und alles nach Hause zu ihren Familien schicken."

„Okay", sagte Rosa, „ich werde trotzdem die Mannschaft befragen. Einen nach dem anderen. Allein. Doch erst will ich die Papiere durchsehen. Würden Sie das für mich organisieren?"

Der Erste Offizier nickte.

„Danke. Bleibt nur noch eines zu klären – wo?"

DeRuijters Lippen umspielte ein Lächeln. Er teilte Rosa jedoch nicht mit, was ihn amüsierte, sondern wies ihr mit einem Kopfnicken den Weg.

Wenige Augenblicke später saßen Rosa und der Erste Offizier in der Eignerkabine auf Deck C, ein anderthalb Zimmer umfassendes Apartment, in dem DeRuijter wohnte. Seine Kammer hatte eine große Sitzecke mit Schreibtisch. Die Einrichtung war in Kirschholz gehalten. Ein großer Teil der Unterlagen befand sich dort. Offenbar überließ der Kapitän seinem Stellvertreter den Schreibkram. DeRuijter hatte die Kamera und das Haarband in seinem Schreibtisch verschlossen.

Zwei Stunden lang sahen sie sämtliche Unterlagen durch. Ernüchtert kam Rosa zu dem Ergebnis, dass nur wenig ihre Aufmerksamkeit erregte. Es gab eine Handvoll Einzelcontainer im Expressverkehr, darunter derjenige eines deutschen Managers, der mit seiner Familie in die USA übersiedelte und seinen Hausrat verschiffte. Alle anderen Container kamen von großen Speditionen und enthielten Massengüter wie Waschmaschinen oder Sportartikel. Rosa fragte sich, wieso ausgerechnet Waschmaschinen in die USA importiert wurden, ob es dort nicht genügend eigene Hersteller gab oder ob der namhafte Sportartikelhersteller kein Werk in Amerika unterhielt. Die Ladung musste sie noch einmal gesondert überprüfen.

Die Liste der Crewmitglieder war nach Nationalitäten aufgeteilt. Es gab in den niederen Rängen drei Gruppen – Filipinos, Kroaten und Russen. Ein Großteil der Mannschaft kam von den Philippinen. Wie Loco. Die Biografien der Seeleute, soweit sie in den Unterlagen der Reederei verzeichnet waren, lasen sich zum Teil mehr als abenteuerlich. Loco hatte viele Jahre als Messerartist bei einem indonesischen Zirkus gearbeitet. Der Zweite Offizier hieß Viktor Lazlo und stammte aus Russland. Er fuhr schon seit Jahren zur See wie die übrige Crew. Einzig der Steward Lars Bohr, er war als Kadett Anwärter auf das Patent als nautischer Offizier, diente erst seit anderthalb Jahren unter Kapitän Lira. Die Fahrt auf der *MS Leviathan* war seine vierte Überseereise. Er war der letzte Neuzugang in Liras Mannschaft.

Der Kapitän selbst war Deutscher und hatte außer ein paar verblassten Unterarmtätowierungen nichts Verdächtiges aufzuweisen. DeRuijter war Niederländer. Wegen eines in den Papieren der Reederei nicht näher beschriebenen Delikts war der Chefingenieur vorbestraft. Der Vorfall lag inzwischen zwanzig Jahre zurück. So lange fuhr der Chief bereits auf Schiffen der *Nordwest*-Reederei. Auf der Passagierliste stand der Name einer neunten Seminarteilnehmerin, die sich allerdings nicht an Bord befand. Dem musste Rosa auf den Grund gehen.

Sie besah sich die Reisepässe der Passagiere. Linda Meyer war erst vor Kurzem in Südamerika unterwegs gewesen, und Kessler reiste auffällig häufig nach Thailand. Auch Max Neumann hatte zahlreiche Visastempel von Auslandsreisen in seinem Pass. Er war viel herumgekommen. Angela Weniger hatte einen neuen Reisepass. Die Ausstellung war auf wenige Wochen vor der Überfahrt auf der *Leviathan* datiert. Prem Jyoshi war ein eingetragener Künstler- oder Ordensname. Mit bürgerlichem Namen hieß die junge Frau Sigrun von

Campe. Ein weiterer Name tauchte in der Liste auf. Claudia Münch. Wer war die Frau? Die nicht erschienene Teilnehmerin? Mehr war den Papieren nicht zu entnehmen.

Endlich konnte DeRuijter den ersten Matrosen hereinführen. Die Arbeiten auf dem Hauptdeck waren nahezu abgeschlossen, die Container sturmfest gelascht. Der Mann war als Erster entbehrlich. Er war ein kleiner Filipino mit dunkler Haut und borstigen Haaren. Rosa fragte sich, wie er die schwere Arbeit mit den Containern bewältigte. Auf abgetragenen Zehensandalen schlurfte er herein, trug eine Jeans und ein weißes T-Shirt. Alles in Größe 156. Jede einzelne Frage beantwortete er mit „Yes, Madam". Erst als Rosa die Probe aufs Exempel machte und eine Nonsens-Frage stellte und er wieder mit „Yes, Madam" antwortete, begriff sie, dass er kein Wort von ihrem Englisch verstand und ihr diesen Umstand aus reiner asiatischer Höflichkeit verschwiegen hatte. Nun erklärte sich auch, warum er es auffällig vermied, ihr in die Augen zu schauen. Wahrscheinlich war er nie zuvor von einer weiblichen Polizistin in den Räumen des Ersten Offiziers verhört worden. Mit Ausnahme von Beamtinnen der Einwanderungsbehörden in den jeweiligen Häfen. Aber da wurden die Formulare von Schiffsagenten erledigt, erklärte ihr der Erste Offizier, der sich gegen die Absprache in die Befragung einmischte. Rosa sah ein, dass sie so nicht weiterkam. Sie brauchte einen Dolmetscher. Plötzlich sprach der Erste Offizier in einer seltsamen Sprache, und der Matrose antwortete sogar, wie Rosa vermutete, in ganzen Sätzen.

„Dass Sie Philippinisch sprechen, hätten Sie ruhig früher sagen können", beschwerte sie sich.

„Ich wollte nicht den Eindruck der Einflussnahme erwecken."

Damit hatte DeRuijter natürlich recht. Andererseits musste sie mit dem Risiko leben. Rosa schlug daher vor, die Befragung gemeinsam durchzuführen.

„Nur für die bessere Zusammenarbeit: Wenn Sie das nächste Mal etwas Fallrelevantes beizusteuern haben, tun Sie sich bitte keinen Zwang an."

Was war das? Huschte da Verunsicherung über das Gesicht des Ersten Offiziers? Aber dann stimmte er ihr zu. Waren sie jetzt ein Team?

Die Befragung der Mannschaft zog sich bis nach Mitternacht hin und brachte die Ermittlungen nicht voran. Niemand hatte Irina Burduli, die Köchin, oder Jennifer Stein gesehen, geschweige denn irgendetwas Verdächtiges oder Ungewöhnliches. Das musste natürlich nicht der Wahrheit entsprechen.

Als der letzte Matrose gegangen war, goss der Erste Offizier Kognak in zwei Schwenker und reichte ihr ein Glas.

„Wie kann es sein, dass niemand irgendwas mitkriegt?", fragte Rosa.

„Das ist ein harter Job. Entweder die Männer haben Dienst, liegen in ihren Kojen oder essen in der Mannschaftsmesse. Viel mehr passiert hier nicht. Spaziergänge an Deck machen nur Passagiere."

Das klang einleuchtend, und trotzdem kam ihr das alles seltsam vor.

„Wir müssen die *Leviathan* durchsuchen."

„Die Idee hatte ich auch schon", erwiderte DeRuijter. „Ich kann morgen früh einen Trupp zusammenstellen und das ganze Schiff durchkämmen. Woran denken Sie – Schmuggel?"

„Oder blinde Passagiere. Vor allem sollten wir ausschließen können, dass sich die Köchin noch an Bord befindet."

DeRuijter begriff, dass sie nach einem Leichnam suchten. „Sollten die Männer das nicht vorher wissen?"

„Ja, das sollte die Suchmannschaft nicht vollkommen unvorbereitet treffen."

Gedankenversunken schwieg DeRuijter einen Moment. „Darf ich Sie etwas fragen?"

Rosa nickte.

„Das ist doch Ihr Beruf. Wie halten Sie so was aus?"

Offensichtlich galt für DeRuijter, was für viele Normalbürger ebenso galt. Wenn sie nicht Opfer waren, kamen sie nur in Ausnahmefällen in Berührung mit dem Verbrechen. Das war eine düstere, unverständliche Welt aus den Nachrichten. Und jeder war sich im Klaren darüber, dass das auch besser so war.

„Schon vergessen, weshalb ich hier bin?", fragte Rosa.

„Ja, nein, tut mir leid", gab er zurück. „Das war nicht besonders feinfühlig von Hertz."

Rosa befürchtete schon, er würde nachfragen, wie es zu ihrem Trauma gekommen war, aber sie irrte sich. DeRuijter ließ das Thema auf sich beruhen.

„Wollen wir uns nicht duzen?", fragte sie gerade heraus.

DeRuijter räusperte sich. War das zu persönlich?

Er verbeugte sich und streckte ihr die Hand entgegen. „Angenehm, Stin!"

Rosa kam sich vor wie in *Anna Karenina* und überspielte ihre Verlegenheit. „Rosa. – Und? Wartet eine Frau DeRuijter zu Hause?"

Stins Gesicht verfinsterte sich schlagartig.

Grundgütiger, schalt sich Rosa innerlich, wie konnte sie ihn nur so etwas fragen! Rosa beeilte sich, sich von ihm zu verabschieden. Stin hielt sie mit einer Frage auf, wann sie sich zur Schiffsdurchsuchung treffen sollten.

„Nein, das musst du ohne mich machen", sagte sie, „ich habe andere Pläne."

28

Mit lautem Stöhnen warf er das Buch quer über den Schreibtisch. Die letzten Seiten waren immer so vorhersehbar – was für ein Schund! Der Band jagte über den Rand hinaus und hätte beinahe einige Akten mit sich gerissen.

Adam Henrich sprang auf und hob die Lektüre auf. Sein Blick fiel auf das Cover. Sofort stieg wieder Verärgerung in ihm hoch. Diese ganze Aufmachung, das war doch total unrealistisch! Impulsiv riss Henrich das Fenster auf, ließ den Spätsommer in sein Büro und schleuderte den Wälzer Richtung Spree. Auch das noch – daneben! Er schwor sich, nie wieder einen Liebesroman anzurühren. Er würde erst wieder welche lesen, wenn sich die Verliebten am Schluss nicht mehr in den Armen lagen. Aber das wäre dann wohl eher ein Liebesdrama, und davon hatte er *zu viel* in der Realität. Henrich fluchte. Was sollte er zukünftig lesen, um sich zu zerstreuen? Vielleicht sollte er es mal ohne Herzschmerz und große Gefühle versuchen. Science-Fiction. Irgendwas mit Robotern vielleicht. Das wäre außerdem männlicher, und er bräuchte seine Lektüre zukünftig in der U-Bahn nicht mehr hinter einem falschen Einband zu verstecken. Er musste sich eingestehen, dass es ihm weniger um das peinliche Moment ging, eine Schnulze zu lesen, sondern vielmehr darum, dass er generell andere Leute nicht wissen lassen wollte, was er las. Also würde er auch *Robotopia* verstecken. Er arbeitete schließlich nicht grundlos beim BKA.

Henrich blickte zum Fenster hinaus. Sein Büro lag zur rückwärtigen Seite des Berliner BKA-Komplexes. Viele Passanten liefen dort entlang, vor allem Jogger und Spaziergänger mit ihren Hunden. Das Taschenbuch war im Schatten einer Buche gelandet. Die Blätter färbten sich der Jahreszeit entsprechend allmählich rot. Diese Symbolik fand Henrich zum Kotzen! Womöglich hatte ihn ein Kollege beobachtet und längst im Intranet ein Foto hinterlegt. Untertitel: *Profiler dreht durch.*

Gewöhnlich genoss Henrich seine triviale Ablenkung wie zu viel Sahne auf Eiscreme. Seit Tagen fühlte er sich missmutig, niedergeschlagen und ausgelaugt. Von Gott und der Welt verlassen. Er war leicht reizbar. Ein Antistressseminar, wie seine Kollegin gerade eines absolvierte, wäre genau das Richtige für ihn. Ach, eigentlich wäre es egal, was, Hauptsache es brachte ihn weit, weit weg von Berlin. Er seufzte. Seine Lippen bebten. Du meine Güte, wollten ihm die Tränen kommen? Jetzt half nur noch eines.

Henrich riss die unterste Schublade eines Aktenschranks auf und holte eine Dose *Power Spider* hervor. Es war „nicht ganz" legal eingeführtes Zeug, erworben während einer Urlaubsreise nach Mexiko. Der Verkauf des Getränks war in Deutschland verboten, und das nicht nur, weil es einen weit höheren Anteil an Taurin und Koffein als herkömmliche Energydrinks enthielt, sondern auch wegen des geringfügigen Zusatzes an Kokain. Der Anteil lag zwar im Milliprozentbereich, vertrug sich aber ebenso wenig mit seiner Position als Kriminalpsychologe beim Bundeskriminalamt wie mit seinen Herztabletten. Ja, die Tarantel mit den Fledermausflügeln war illegal. Letztendlich scherte ihn das herzlich wenig. Regeln waren da, um gebrochen zu werden, so rebellierte der Altachtundsechziger in ihm. Selbstverständlich wäre es ihm nie in den Sinn gekommen, seiner beruflichen Verantwortung ernsthaften Schaden zuzufügen. Ein Adam Henrich hatte nun mal Ecken und Kanten. Er war zu alt, um sich zu verändern. Und das hatte immerhin seine zukünftige Ex wortreich behauptet!

Es klopfte. Der kahle Schädel von Hans-Walther Steiner erschien in der Tür.

„HW!", rief Henrich überrascht und ließ *Power Spider* ungeöffnet in der Schreibtischschublade verschwinden.

Gewöhnlich trafen sich Henrich und Steiner in einem Besprechungsraum oder im Amtszimmer des Kriminaldirektors. Dass Steiner persönlich bei ihm vorbeikam, war neu.

„Adam, ich muss mit dir sprechen", sagte er, „oder stör ich gerade?"

Henrich machte eine wegwerfende Geste. „Du störst nicht. Ich freue mich, dich zu sehen, HW."

Henrich zählte zu den wenigen Kollegen beim BKA, die Steiner mit seinem Spitznamen anredeten. Beide Männer waren im gleichen Alter und duzten sich seit vielen Jahren, waren aber trotz gegenseitiger Sympathie nie zu Freunden geworden. Das lag nicht nur an der reservierten Art des Direktors, sondern auch an dessen hoher Sicherheitsstufe, die privaten Umgang erschwerte. Sobald Steiner das BKA-Gelände verließ, wurde er rund um die Uhr von Personenschützern bewacht. Selbst Henrich wusste nicht, auf welchen Fall diese Maßnahme zurückzuführen war.

Steiner trat in Henrichs Büro und ließ sich mit einem unterdrückten Seufzer auf einen Besucherstuhl fallen. „Du hast für Freitag freigenommen."

Wie gewöhnlich kam der Kriminaldirektor ohne Umschweife zur Sache. Steiner war ein Smalltalkverächter erster Güte.

„Die Scheidung?"

„Ja, ich muss zum Gericht", bestätigte Henrich und befürchtete, sich wehleidiger angehört zu haben als beabsichtigt.

Steiner machte eine bedrückte Miene. Der Direktor war seit drei Jahrzehnten verheiratet – mit ein und derselben Frau. Henrich erinnerte sich, zur Silberhochzeit eingeladen gewesen zu sein. Er, Henrich, hingegen hatte in dieser Zeit drei Ehen verschlissen. Das machte, grob gerechnet, im Schnitt etwas mehr als eine Ehe pro Dekade. Heftig kämpfte er gegen das Gefühl an, sich mit all seinen Fehlern, Marotten und Eigenheiten als größten Versager der Menschheitsgeschichte anzusehen. Seinen professionellen Sachverstand als Psychologe, all sein Wissen auf sich selbst anzuwenden, gelang ihm nicht.

„Unter Umständen musst du am Freitag nach New York. Wäre das ein Problem für dich?"

Henrich horchte auf und gab sich die größte Mühe, nicht allzu erwartungsvoll dreinzublicken.

„Ich habe gerade ein Telefonat mit Rosa Bach auf der *Leviathan* geführt", erklärte Steiner und erzählte von den Vorkommnissen an Bord des Frachtschiffs.

Mit jedem Satz rückte Henrichs Traurigkeit mehr in den Hintergrund. Was er zu hören bekam, war unglaublich. Erst vor wenigen Minuten hatte Henrich an seine Kollegin gedacht und sie für ihre Reise beneidet, und jetzt das!

„Die Taskforce *Leviathan* ist eingerichtet", schloss Steiner seinen Bericht, „und ich möchte, dass du die Passagiere überprüfst. Berger, Thiele, Özdemir und Patzikis sind dir zugeteilt."

„Wer leitet die Taskforce?"

„Ich", erklärte der Direktor.

Nun staunte Henrich wirklich. Das war eine absolute Novität. Steiner überwachte jede einzelne Ermittlung, aber er leitete niemals *persönlich* eine Einsatzgruppe.

Der Kriminaldirektor schwieg einen Moment. Er rückte seine Brille zurecht und holte tief Luft, als würde es ihm schwerfallen, das Folgende zu sagen. „Vielleicht gehst du die Tirol-Akten noch mal durch."

Henrich hatte bereits die gleiche Idee gehabt. „Die Hafenarbeiter werden befragt? Möglicherweise ist einem Arbeiter beim Beladen etwas aufgefallen."

Steiner nickte zum Zeichen, dass er das schon eingeleitet hatte. Dann senkte er den Blick. Die Situation schien ihn persönlich betroffen zu machen. Adam Henrich hatte seinen Chef noch nie so erlebt.

„Ich mag das Mädel", gestand der Direktor unvermittelt. „Nicht so, wie du denkst."

Henrich gab seinem Chef durch eine Geste zu verstehen, dass er ihm keine Affäre unterstellte.

„Ich möchte, dass unsere Kollegin jede erdenkliche Unterstützung erhält", sagte Steiner mit Nachdruck, „Rosa muss innerhalb der nächsten vierundzwanzig bis sechsunddreißig Stunden ein vollständiges Bild erhalten, mit wem sie auf dem Schiff festsitzt. Wir müssen Mannschaft wie Passagiere gründlich durchleuchten. Deshalb hat die Taskforce *Leviathan* auch die Prioritätsstufe Alpha."

Alpha war der streng geheime interne BKA-Code für „Ermittler in Lebensgefahr" und diente dazu, alle den Fall betreffenden Untersuchungen vorrangig zu behandeln. Offenbar ging Steiner bereits davon aus, dass sich Rosa in einer bedrohlichen Situation befand. Dem konnte Henrich zwar nicht ganz zustimmen, hielt die Entscheidung trotzdem für sinnvoll, da sie da draußen auf dem Atlantik ganz auf sich allein gestellt war. Und er wusste, dass Steiner Rosa gedrängt hatte, an dem Seminar teilzunehmen. Es hatte ihm wohl in der Seele wehgetan Rosas Ermittlertalent am Schreibtisch versauern zu sehen und sich daher entschlossen sie mit drastischen Mitteln unter Druck zusetzen, was er jetzt vermutlich bereute.

„Es erwischt immer die Besten", meinte Steiner, wobei seine Gedanken fernab in alte Geheimdienstzeiten zu driften schienen. „Adam, ich möchte unsere alte Rosa zurück."

Henrich war überrascht von so vielen gefühlvollen wie kämpferischen Worten. „Egal, wie das ausgeht, die alte Rosa kehrt nie mehr zurück, HW. Und das weißt du. Eine posttraumatische Belastungsstörung ist keine Grippe, die irgendwann auskuriert ist. Im besten Fall wird das Trauma überwunden. Aber das geht nicht ohne persönliche Veränderungen. In der vorliegenden Ausnahmesituation kann es zu einem Persönlichkeitssprung kommen."

„Sprung?", hakte Steiner nach.

„Rosa ist genau genommen nicht ermittlungstauglich oder belastbar. Trifft sie die richtigen Entscheidungen? Oder ist sie damit überfordert? Ich hoffe, sie ‚springt‘ in eine Art traumatisierten Modus Operandi, in dem es jedoch eine charakterliche Veränderung zum Positiven oder Negativen geben wird."

„Adam, hältst du es für möglich, dass sie sich das alles nur einbildet – oder noch Schlimmeres?"

„Möglich", antwortete Henrich schlicht, „doch ob es wahrscheinlich ist, kann ich nicht beurteilen. Gerade die abwegigsten Gedanken treffen nicht selten ins Schwarze. Genauso oft kommt es vor, dass selbst die scharfsinnigsten Denker das Einfachste, Offensichtliche übersehen."

„Und das soll mich jetzt beruhigen?", meinte Steiner.

„Sei nicht so streng mit dir."

Steiner dachte über Henrichs Worte nach. Plötzlich hellte sich sein Gesicht auf. „Du glaubst an sie?"

„Es gibt keinen Grund, das nicht zu tun."

Einen Moment herrschte Stille, in der sich HW wieder in Kriminaldirektor Hans-Walther Steiner verwandelte.

„Das heißt eben auch", sagte er sachlich, „ein Team sollte nach New York fliegen. Ich möchte, dass du dabei bist, wenn die *MS Leviathan* in New York einläuft. Wenn du natürlich am Freitag persönlich im Gericht erscheinen möchtest und deswegen nicht mitwillst, kann ich das verstehen. Was meinst du?"

Ohne zu überlegen, riss Henrich die Schreibtischschublade auf, holte *Power Spider* heraus und drückte
den Verschluss ein. Das Getränk zischte. Ein süßlicher
Geruch verbreitete sich. Henrichs Augen leuchteten. Er
setzte die Dose an und trank sie mit einem Zug leer.
Steiner beobachtete ihn schweigend. Beide Männer waren alt genug, um sich nicht gegenseitig zu tadeln.

„Darauf habe ich nur gewartet", erwiderte Henrich,
die Dose absetzend, und ließ keinen Zweifel daran, dass
er vom bevorstehenden Einsatz und nicht von seinem
Drink sprach.

29

ROSAS LOGBUCH – VIERTER TAG: SPLITTER

Die Highlights meines Tages: Kampfansage an einen Dämon und meine Versetzung, besser gesagt, meine Rückversetzung.
Wie sich das anfühlt, wenn man mit sich und der Welt zufrieden ist und auch zufrieden sein kann? Ich kann mich nicht mehr daran erinnern! Ist zu lange her. Klar, heute könnte ich zufrieden sein. Wieder in den aktiven Dienst versetzt. Ziel der Reise erreicht. Ende. Unter normalen Umständen wäre das niemals passiert. Außerdem, bin ich wirklich dazu fähig, den Täter zu überführen? Ermordet er ausschließlich Frauen? Wenn ja, warum? Weshalb inszeniert er einen Selbstmord? Ist es tatsächlich ein Verbrechen? Letztlich habe ich keinen definitiven Beweis, dass es sich um Morde handelt. Vielleicht hängen das Verschwinden der Köchin und der Mord an Jennifer Stein gar nicht zusammen. Wenn es kein Verbrechen ist, warum waren ihre Haare voller Blut, wo doch ihre Arme auf der Hantel lagen?

So was lässt mich nicht los, deshalb bin ich noch einmal in den Fitnessraum gegangen. Auf dem Weg von Stins Kammer bis zum unteren Mannschaftsdeck ist mir nicht einer der neununddreißig an Bord befindlichen Personen über den Weg gelaufen. Gut, es war bereits nach zwölf Uhr nachts, aber man sollte meinen, die vielen Leute gehen mal irgendwohin. Selbst Loco war nicht in der Küche. Na ja, auch Köche brauchen Schlaf. Im Fitnessraum habe ich mich auf die Hantelbank gesetzt und die Arme gekreuzt über meinen Kopf gehalten. So wie Elena in der Seilbahnkabine aufgehängt worden war. An den Metallstäben fanden sich tatsächlich Rückstände von Textilklebeband. Nur ohne Spurensicherung beweist das gar nichts. Wieso hängt der Täter seine Opfer auf? Denn verbluten – was er ja eigentlich will – kann das Opfer so nicht.

Nichts passt zusammen. Und zwar nicht nur die Trümmer meines Lebens.

Meine Akte befindet sich an Bord! Darin stehen die Umstände von Elenas Tod. Jeder an Bord könnte sich theoretisch Zugang zu diesen Informationen verschafft haben ... In die Kabinen einzudringen, ist leicht. Es ist nämlich Sitte an Bord eines Frachtschiffs, die Kammern nicht abzuschließen.

Meine Gedanken sind fahrig und sprunghaft. Sorry, liebes Logbuch. Ich befinde mich in einem Wechselbad der Gefühle. Mal sprudelt die Energie, dann wieder bricht alles zusammen und ich bin nichts als ein Häufchen Elend. Mein Leben zerfasert sich. Und ich werde nie wieder wie früher sein. In mir ist so viel zerstört.

Niemand rechnet damit, dass sich das eigene Leben irgendwann als eine einzige Katastrophe herausstellt,

oder? Wir gehen alle irgendwie davon aus, dass es das Leben – oder wer auch immer – gut mit uns meint.
Hab ich nicht alles versucht? Am Ende heißt das Urteil: null Punkte, keine Gnade. Und das war bereits der Zuckerguss!

30

Fünfter Tag
Route MS Leviathan: Nordatlantik

Rosa wischte Kondenswasser beiseite und betrachtete sich im Spiegel ihrer Badkammer. Die Beule an der Schläfe würde sich zu einem Hämatom auswachsen. Mit einer Hand hielt sie sich am Waschbecken fest, um den Wellengang abzufangen. Die See war in der Nacht zunehmend rauer geworden. Und Rosa hatte die Unberechenbarkeit von Wind und Wellen unter der Dusche zu spüren bekommen, als plötzlich der Boden unter ihren Füßen weggesackt war. Auf einmal hatte sie das Gleichgewicht verloren und war unsanft gegen die Kabinenwand geworfen worden. Ihr Kopf war dabei hart gegen die Duschstange gestoßen. Schreck und Schmerz saßen ihr noch in den Gliedern.

Für den heutigen Morgen hatte sie sich vorgenommen, die Passagiere zu befragen. Sie wollte nicht dulden, dass die Zerrissenheit zwischen tiefer Traurigkeit und Wut in ihrem Gesicht zu lesen war. Die nassen Haare kämmte sie streng nach hinten und fasste sie mit einer Spange zusammen. Einzelne wilde Strähnen bändigte sie mit Haarwachs. Ihre blauen Iriden stachen wach hervor, die Augen lagen dagegen in grauen Höhlen. Eine rötliche Gesichtsfärbung verriet innere Anspannung wie Übernächtigung. Beule und Augenringe kaschierte sie mit Make-up. Das Dröhnen der Motoren übertrug sich auf ihren Schädel. Die Haut spannte sich über den Wangenknochen, dahinter meinte sie, die dumpfe Vibration zu spüren, während weiter oben, hinter der Stirn, die Kolben der Maschinen explodierten und Schiff samt Besatzung einem ungewissen Morgen entgegensteuerten.

Sie zog eine dunkele Cargohose an und streifte ihren grauen Kapuzenpulli über, der einen leichten Rotstich aufwies und den Anschein erweckte, als würde er rosten. Ohne die Schnürsenkel zuzubinden, stieg sie in die Sneakers. Vorgestern hatte sie ihre alte Dienstkleidung über Bord geworfen. Wurde das ihre neue Uniform? Rosa befeuchtete die von der Salzluft spröde gewordenen Lippen. Sie fixierte ihren Blick, als gelte es, darin den Dämon zu jagen, der ihr diese *eine* Frage eingeflüstert hatte, die fettgedruckt durch ihre Gedanken schwebte. Am liebsten hätte sie ihre Wut am Spiegel ausgelassen. Rosa betete lautlos.

Du besitzt die Kraft, diesen Spiegel nicht zu zerschlagen.

Den Mörder konnte sie damit nicht fangen. Rosa fasste sich.

Zu gerne hätte sie die Ergebnisse der Passagierüberprüfung durch ihre Kollegen in Berlin abgewartet. Inzwischen verstrich allerdings wertvolle Zeit. Zeit, in der sich der Täter in Sicherheit wiegte und einen weiteren Mord vorbereiteten konnte. Das stand zu befürchten. Außer den Ersten Offizier musste sie den Coach überreden, ihr behilflich zu sein. Die üblichen Vorgehensweisen und Methoden würden an Bord nicht greifen. Sie benötigte Hintergrundwissen über die Passagiere, und das konnte ihr nur der Psychoanalytiker Roland Hertz liefern.

Gestern hatte sie den restlichen Tag und weite Teile der Nacht genutzt, sich eine Strategie zurechtzulegen. Doch es war schwierig, eine Vorgehensweise zu finden, wenn es nur vage Verdachtsmomente gab. Kaum mehr als eine Ahnung. Bei ihren Befragungen würde sie sich auf nichts anderes verlassen können als auf ihr Bauchgefühl und taktisch geschickt gestellte Fragen. Dazu wollte sie selbstsicher und überlegen wirken. Keine leichte Aufgabe, wenn Angst die Gedanken bestimmte. Wenn es ihr nicht gelang, ihre Gefühle zu bändigen, würde jeder ihre Zweifel und Unsicherheit wittern. Doch ihre Angst wurde von einer dunklen Ahnung gefüttert. Und diese eine Frage lautete: *Wer an Bord konnte wissen, wie Elena ermordet worden war?*

Erst im Foyer stoppte Rosa Roland Hertz' Flucht aus der Offiziersmesse. „Ich muss mit Ihnen reden", rief sie ihm hinterher.

Hertz drehte sich schwungvoll zu ihr um. „Sie torpedieren meine Arbeit, Frau Bach", entgegnete er ohne Umschweife, „das kann ich nicht zulassen."

Wie gewöhnlich befand sich Prem Jyoshi im Schlepptau ihres Chefs. Vor wenigen Minuten hatte Stin DeRuijter von offizieller Seite beim Frühstück bekannt gegeben, dass im Laufe des Tages Untersuchungen durchgeführt werden würden, die Klärung in die Vorfälle bringen sollten. Aus diesem Grund sollten sich die Passagiere ausschließlich auf den Decks aufhalten. Anschließend hatte er sich auf die Brücke begeben, um die Durchsuchung der *MS Leviathan* vorzubereiten. Die

Ankündigung hatte einen Aufruhr ausgelöst, bei dem sich besonders Hertz nicht kompromissbereit gezeigt hatte.

„Heute Morgen stehen die Single lectures auf dem Plan. Ich kann meine Befragungen durchführen, ohne die Teilnehmer zu blockieren. Es gibt also keinen Grund zu der Annahme, ich wollte Ihr Seminar in irgendeiner Weise torpedieren, wie Sie es nennen", erklärte Rosa.

Hertz' Arme ruderten wild durch die Luft. „Was soll denn das ganze Theater?"

Auch Lira hatte ihr Vorgehen als „Affentheater" bezeichnet. Sie schüttelte den Kopf.

„Theater?", fragte sie zurück. Es gelang ihr nicht, ihr Unverständnis zu verbergen. „Ich *muss* jede Fremdeinwirkung bei den Vorkommnissen ausschließen."

Hertz begriff sofort und schnappte nach Luft. „Diese ganze Mordtheorie, das halte ich für vollkommen abwegig!"

Die Diskussion war an einem Punkt angelangt, an dem es Rosa egal war, ob der Coach ihre Beweggründe für abwegig hielt oder nicht. Dennoch musste sie ein heikles Thema ansprechen. „Sie könnten mir behilflich sein und damit zur schnelleren Aufklärung beitragen."

Hertz legte die Stirn in Falten. „Wie sollte ich Ihnen behilflich sein?" Dann verstand er. „Ich fürchte, das kann ich nicht tun!"

„So wie Sie sich ‚fürchten', dem Steward psychologischen Beistand zu leisten?"

Hertz' Lider zuckten nervös. Rosa erkannte, dass der Coach sein Versprechen, mit Lars zu sprechen, nicht eingehalten hatte. Ihr Groll wuchs.

„Sie haben meine Akte. Hatte jemand anderes Zugriff darauf?“

„Natürlich nicht!“

Das musste er ja behaupten.

„Ich brauche Einsicht in die Akten der anderen Passagiere. Ich muss wissen, mit wem wir es zu tun haben.“

Hertz starrte sie entsetzt an. „Frau Bach, alles über meine Schützlinge fällt unter die Schweigepflicht.“

Seine Schützlinge waren in Gefahr, wurden umgebracht oder begingen Selbstmord, doch der Coach berief sich auf seine Schweigepflicht.

Rosa unternahm einen letzten Versuch, ihn umzustimmen. „Ich will lediglich weitere mysteriöse Vorkommnisse vermeiden.“

„Wieso weitere? Ich teile Ihre Ansicht nicht“, beharrte Hertz.

„So wie Sie meine Mithilfe erbeten haben, bitte ich Sie nun um Ihre.“

„Tut mir leid.“

„Sie weigern sich also, mir Einblick in Ihre Akten zu geben?“

„Ja.“

Rosa hatte Hertz’ Unterstützung fest eingeplant und konnte seine Verweigerung nicht nachvollziehen. Es versetzte ihrer Befragung bereits im Vorfeld einen herben Rückschlag. Sie hätte ihm gerne die Augen geöffnet. Aber ihm in dieser Situation ihre tiefsten Ängste zu offenbaren, die er als Psychologe hätte ahnen können, kam unter keinen Umständen infrage. Rosa erkannte am entschlossenen Gesichtsausdruck des Coaches, dass er seine Meinung nicht ändern würde. Oder verfolgte Roland Hertz ein anderes Ziel? Verweigerte er jegliche

Hilfe, weil er befürchtete, etwas könnte aufgedeckt werden, das ihn verdächtig machte?

Eine Sache war noch zu klären. „Auf der Passagierliste taucht ein Name auf – Claudia Münch. Was ist mit der Frau?"

„Sie lassen wohl nie locker, was?"

„Es ist die neunte Teilnehmerin. Frau Münch ist angemeldet, hat bezahlt, ist jedoch nicht an Bord erschienen", antwortete Prem Jyoshi anstelle des Coaches, was ihm gar nicht gefiel.

„Es gibt also genau genommen einen dritten ungeklärten Vorfall?", hakte Rosa nach.

Prem Jyoshi nickte.

Hertz fasste die junge Frau grob am Oberarm. „Auch meine Assistentin steht nicht für Ihre Befragungen bereit", sagte er, bevor er Prem Jyoshi wegführte.

Rosa machte einen Umweg über die Brücke, um Stin DeRuijter über die Wendung zu informieren. Dort erfuhr sie vom diensthabenden Zweiten Offizier die Ursache des gespenstischen Aussetzers unter der Dusche, der ihr eine Beule beschert hatte. Ein einzelner großer Brecher war längsseits am Heck aufgeprallt und hatte damit eine plötzliche Krängung verursacht. Auf ihre Frage, ob bei starkem Seegang öfter mit solchen Überraschungen zu rechnen sei, hatte der Offizier nur unsicher gelächelt. Stin hielt sich im Funkraum auf und studierte einen Schiffsplan. Deck für Deck wurde die *MS Leviathan* bis ins kleinste Detail beschrieben. Rosa berichtete von ihrem unerfreulichen Gespräch mit Hertz und davon, dass von ihm keine Unterstützung zu erwarten sei.

„Ich habe von Hertz nichts anderes erwartet", sagte Stin.

„Irina Burduli, Jennifer Stein und Claudia Münch", fasste Rosa zusammen, „drei ungeklärte Fälle."

Stin nickte bedeutungsvoll. Er atmete geräuschvoll aus, und während er entschlossen mit dem Zeigefinger auf den Plan der *Leviathan* tippte, versprach er: „Ich habe ein kleines Team zusammengestellt. Wir durchsuchen das Schiff von der Bilge bis zum Toppmast. Wenn da was ist, werden wir es finden!"

Tommy Kessler hielt sich wie angekündigt im Medienraum auf dem unteren Mannschaftsdeck auf. Die Kammer lag in unmittelbarer Nähe des Fitnessraums, in dem Jennifer Stein gefunden worden war. Schon auf dem Flur roch es nach Zigaretten. Bevor sie den Raum betrat, resümierte Rosa, was ihr an dem Fernsehproduzenten in den vergangenen Tagen aufgefallen war: Tommy Kessler war ihr bereits am ersten Tag als ausgesprochen arrogant und rücksichtslos erschienen. Seinen Gesprächspartnern kam er oftmals in respektloser Weise nahe und berührte sie sogar, meist mehr, als es manch einem lieb sein konnte. Gleichzeitig hatte er in den Gruppengesprächen ein unreifes, chauvinistisches Verhalten an den Tag gelegt.

Die Tür zum Medienraum ließ Rosa offen stehen, damit der Qualm abziehen konnte. Widerwillig bewegte sie sich in den blauen Dunst, der ihr den Atem nahm. Auf dem Tisch lagen ein Spielbrett mit schwarzen wie weißen Steinen. Das Brett war aufgeteilt in ein quadratisches Raster. Die pastillengroßen Spielsteine waren zu kleinen Haufen gestapelt. Bei dem Go-Spiel handelte es sich um Kesslers Seminarsymbol. Das Regelwerk lag auf dem Boden. Kessler verschanzte sich hinter seinem aufgeklappten Laptop. Er wirkte müde und gereizt, gleichzeitig stand er spürbar unter Strom, als habe er einen wichtigen Geschäftstermin vor sich. Rauch stieg aus seiner Nase, doch Rosa sah nicht, wohin er die Kippe hatte verschwinden lassen. Als er sie bemerkte, bemühte er sich um eine selbstsichere, männlichere Ausstrahlung. Rosa registrierte jedes Detail. Mit einem großen Schritt stieg sie über die Blätter am Boden.

„Ah, die Befragung", eröffnete Kessler. Eine Wertung ließ sich nicht heraushören.

„Passt es dir gerade?", fragte Rosa höflich.

„Ich weiß zwar nicht, was das bringen soll, aber von mir aus. Ich hab Zeit." Kessler blickte sie fragend an. „Ja, das war durchaus als Frage gemeint, was bringt die Befragung? Und sag mir jetzt nicht ‚reine Routine'. Ich habe mal eine Krimiserie produziert, und da haben wir den Kommissar immer diese Redewendung sagen lassen. Alle wussten natürlich, dass es sich eben nicht um reine Routine handelte. Bin ich etwa verdächtig?" Er lachte.

Rosa tat ihm den Gefallen und lachte mit. Dann wurde sie wieder ernst. „Ich ermittle nicht im Fernsehen."

„Warum eigentlich nicht? Du wirkst auf mich sehr telegen. Also, ich will sagen, *äußerst* telegen."

Sie schwieg. Kesslers Charme wirkte auf sie wie plumper Hohn. Einem privaten Gespräch außerhalb der Seminarstunden und einem gemeinsamen Essen war sie immer aus dem Weg gegangen. Nun wusste sie, warum.

„Und wenn du verdächtig bist, wirst du das merken. Bis dahin sind alle gleich verdächtig und nicht verdächtig."

„Das klingt fair", sagte er mit einem Kopfnicken.

Mit Fairness hatte das nichts zu tun, Rosa sparte sich jedoch eine Erklärung über die im deutschen Grundgesetz verankerte Unschuldsvermutung.

„Ich finde es schön, dass wir mal reden. Ist auch, glaube ich, zum ersten Mal der Fall, seit wir an Bord sind." Kessler bedeutete ihr, neben ihm auf der Bank Platz zu nehmen.

Rosa entschied sich für das äußere Ende. Kaum dass sie saß, rückte Kessler näher. Wenn man die Teilnehmer in Schubladen stecken wollte, wäre Neumann der Gruppenkasper, Angela Weniger die Gruppenmama und Kessler der Gruppenschwerenöter.

Rosa rang sich ein Lächeln ab. „Findest du?"

Kessler grinste anzüglich.

Rosa entschied sich, ihre Taktik zu ändern. Mit seiner Ich-lasse-garantiert-nichts-anbrennen-Haltung hatte er ihr die ideale Angriffsfläche geliefert. Sie musste ihn stärker unter Druck setzen. Ungeniert schaute Rosa auf seinen Rechner. Sie machte das in der gleichen respektlosen Manier, die er selbst gern an den Tag legte. Wenn ihn das störte, ließ er sich nichts anmerken. Kessler spielte Schach, besser gesagt, der Rechner spielte mit ihm Räuberschach. Von seinen Spielfiguren waren, neben drei Bauern, nur noch ein Läufer und ein Pferd übrig, während die gegnerische Seite beide Türme, die Läufer, die Dame und ein Pferd dagegenhalten konnte.

Rosa sah ihn an und lächelte geheimnisvoll. „Zwei Züge, dann bist du schachmatt."

„Du spielst Schach?", fragte Kessler.

„Nein, *du* spielst Schach", erwiderte sie trocken.

Irritiert lächelte Tommy Kessler. Ihre Strategie zeigte Wirkung.

„Die vorhergehende Partie hab ich gewonnen. Ich bin nicht der Typ, der so schnell aufgibt."

Rosa nahm an, dass zumindest der erste Teil seiner Aussage eine dreiste Lüge war. Als Antwort blickte sie vielsagend auf die Go-Steine. Unruhig rutschte Kessler auf der Bank hin und her. Er wurde schneller nervös als erwartet.

„Das Spiel ist total kompliziert", verteidigte er sich. Doch er fing sich schnell wieder. „Wir können ja mal zusammen spielen."

Nicht einmal ein müdes Zucken ihrer Braue hatte sie für diesen Vorschlag übrig. „Hattest du vor der Reise mit jemandem aus dem Seminar Kontakt?"

„Du meinst sicherlich, ob ich Jennifer kannte?"

„Gab es in deiner Krimiserie auch den Satz ‚Beantworten Sie bitte meine Frage'?"

Kessler lachte auf. „Ja, ich glaube den gab's", sagte er, beantwortete die Frage aber nicht.

Nahm er die Befragung nicht ernst? Rosa senkte den Blick. Sie war verärgert über sich selbst, weil sie aus der Übung war und sich in eine Sackgasse treiben ließ. Kessler deutete Rosas Nachdenklichkeit als Verlegenheit, was ihn scheinbar anturnte, denn er rückte näher und schnupperte an ihrem Haar.

„Hm, ich kenne dein Parfüm. Wie heißt es noch gleich?"

Einen Duft hatte sie nicht aufgelegt. Seine widerliche Anmache verschlug ihr kurz die Sprache, dann wurde sie wütend. Gleichzeitig versetzte ihr die Wut ganz neue Impulse für ihre Befragung. Und das gefiel ihr. Rosa musste lachen. Aus Kesslers Mimik wichen alle Charmeanteile.

„Bist du bei Jennifer genauso rangegangen?"

Seine Augen wanderten Hilfe suchend Richtung Decke. „Wenn ich es mir recht überlege, eigentlich nicht. Am ersten Abend sind wir alle zeitig ins Bett, und am zweiten Abend hat sich kein Gespräch ergeben. Am dritten Abend war sie schon nicht mehr dabei."

Durch seine brüchige Fassade schimmerte ein vorsichtiges Lächeln. Rosa glaubte ihm kein Wort.

„Warst du in ihrer Kammer? Oder war sie in deiner? Mit anderen Worten: Hattet ihr eine Affäre?"

„Nein."

Für Rosas Begriffe wehrte sich Kessler zu vehement. Ihre anfängliche Vermutung erwies sich als goldrichtig.

„Tommy, sobald wir Festland erreichen, wird das kriminaltechnisch überprüft. Und wenn sich weitere Ungereimtheiten bei ihrer Todesursache ergeben ... Muss ich dir erst buchstabieren, dass du dann nicht besonders gut dastehst?"

Überrascht schaute er Rosa an. Wahrscheinlich war ihm das bisher nicht in den Sinn gekommen.

„Du weißt es längst!", platzte es aus ihm heraus. „Mila hat es dir bereits gesagt, oder? Und jetzt wollt ihr mir was wegen Jennifer anhängen."

Das hörte sich wirr an. Was hatte Mila ihr gesagt? Dass er so schnell einknickte, hätte Rosa nicht vermutet. Sie hätte ihn für abgebrühter gehalten. Aber sie war kurz davor, etwas herauszufinden.

Sie rückte von Kessler ab. „Tommy, sag einfach, was los ist."

„Sie droht damit, alles meiner Frau zu verraten, wenn ich es weitererzähle. Verstehst du das? Warum sollte ich das weitererzählen? Ist das nicht krank? Das musst du verhindern."

Endlich verstand Rosa. Tommy Kessler hatte keine Affäre mit Jennifer gehabt, er hatte ein Verhältnis mit Mila Adler. Und das hatte er nur durch seine Unsicherheit offenbart, weil er von Mila bedroht wurde.

„Mit Jennifer hab ich wirklich nur ein bisschen geflirtet", sagte er kleinlaut.

Für den Moment hatte sie genug gehört. Sie musste sofort mit Mila Adler sprechen. Tommy ging fremd und wollte nicht auffliegen. Dennoch kam es ihr seltsam vor, dass er so schnell nachgegeben hatte. Vielleicht steckte noch etwas anderes dahinter.

„Wie lange habt ihr die Affäre schon?"

„Seit gestern Abend."

Das konnte Rosa überprüfen. Sie stand auf, drehte sich zu ihm um und wies mit dem Kopf Richtung Schachspiel. „Du bist doch eher der Solitärtyp."

Dann verließ sie den verdutzt dreinblickenden Kessler.

Rosa nahm zwei Stufen auf einmal die Treppe hinauf. Sie beeilte sich, Mila Adler zu finden, bevor Kessler die Möglichkeit hatte, sich mit ihr abzusprechen. Denn ob die Affäre samt Drohung stimmte oder erfunden war, wollte Rosa von Mila selbst hören. Vielleicht wollte

Kessler auch nur ablenken. Zum Beispiel von einem unglücklich verlaufenen Verhältnis mit Jennifer Stein, das in einem fingierten Selbstmord geendet hatte.

Insgeheim ärgerte sie sich über ihre letzte Bemerkung. Es war nicht professionell, einen Befragten zu beleidigen, auch wenn er sie anbaggerte. In diesem Moment neigte sich das Schiff zur Seite, und Rosa machte einen Schritt ins Leere. Ein einzelner Brecher – und das Schiff demonstrierte anschaulich, wie sehr es mit dem Ozean zu einem Organismus verschmolzen war. Gerade rechtzeitig gelang es ihr, den Handlauf zu ergreifen.

Als sie das Schwimmbad passierte, warf Rosa einen Blick durch das Bullauge. Sie hatte richtig vermutet. Mila Adler zog im Pool ihre Runden. Mit schlechtem Gewissen beobachtete Rosa die junge Frau, denn sie hatte sich ihr bisher nicht als Seminarpatin zu erkennen gegeben. Schließlich öffnete sie die Tür und trat ein. Der Raum war wärmer beheizt als die übrigen Kammern des Schiffs. Dennoch verbreiteten die Kacheln auf dem Boden und an den Wänden eine kühle Atmosphäre. Rosa ging an der Längsseite des Pools entlang, bis sie auf Höhe der schwimmenden Mila war, und folgte ihr. Um bei Milas Tempo mithalten zu können, musste Rosa ihre Schritte beschleunigen. Beim Atmen drehte Mila den Kopf in ihre Richtung, reagierte jedoch nicht auf ihre Handzeichen.

„Hast du kurz Zeit?", fragte Rosa laut.

Die Frage verhallte unbeantwortet. Rosa blieb stehen und schaute der davonziehenden Schwimmerin hinterher. Wie schon in den Tagen zuvor zeigte Mila Adler, wie gut sie darin war, ihrem Gegenüber höflich verstehen zu geben, dass sie sich für etwas Besseres hielt. Das schlechte Gewissen verebbte.

An der Wand standen Deckchairs bereit. Auf eine der Liegen streckte sich Rosa aus und schlug die Beine übereinander. Über einen großen Deckenspiegel konnte sie in den Pool sehen. Mila drehte mit einer Rollwende, stieß sich kräftig ab und beschleunigte mit einem peitschenden Delfinschlag ihrer Beine. Erst dann holte sie zu einem Armzug aus. Mila braucht nur vier weitere Armzüge, um wieder die gegenüberliegende Beckenwand zu berühren, und drehte mit ihrem dynamischen Überschlag erneut um. Mila konnte beeindruckend gut schwimmen.

Um den Spiegel herum liefen die eckigen Wellen eines Neanderbands. Ein buntes Fries füllte die Decke bis zur Wand aus. Krebse, Fische, Delfine und Meerjungfrauen tummelten sich in der Abbildung. Ein Mischwesen weckte ihr Interesse. Das seltsame Getier sah aus wie ein riesiger schwimmender Saurier mit Drachenflügeln und Reißzähnen, so furchteinflößend wie die eines ausgewachsenen australischen Alligators. Darunter stand in lateinischen Großbuchstaben ein Name. Rosa musste den Kopf verdrehen, um das Wort zu entziffern – *LEVIATHAN*. Sie befand sich also auf einem Schiff, das nach einem Meeresungeheuer benannt war und auf dem Menschen spurlos verschwanden oder starben.

„Willst du mich jetzt befragen, oder starrst du weiterhin die hässlichen Styroporplatten an?"

Die Frage riss Rosa aus ihrer Betrachtung. Mila stützte sich mit beiden Armen am Beckenrand ab.

„Styroporplatten?", fragte Rosa.

„Was weiß ich? Auf jeden Fall ist es lediglich die billige Kopie eines spätantiken Originals."

„Die Römer hatten ziemlich unheimliche Monster", meinte Rosa.

Mila schüttelte den Kopf. „Nicht die Römer. Der Leviathan ist eine biblische Geschichte. Eine Allegorie auf das allmächtige Böse."

„Klingt finster."

„Es waren damals finstere Zeiten für Christen", sagte Mila.

„Der Kommunionsunterricht ist lange her", erwiderte Rosa.

Mila schnaufte. „Die Christenverfolgung durch die Römer zählt zu den dunkelsten Kapiteln in der Geschichte der Christenheit. Das ist Allgemeinbildung!"

„Interessant", kommentierte Rosa mit offensichtlichem Desinteresse und fügte nahtlos hinzu: „Wie lange schläfst du schon mit Tommy Kessler?"

Rosa zog dabei eine Miene, als hätte sie in ein faules Ei gebissen. Mila sackte die Stimme weg. Erst nach einigen Augenblicken fing sie sich wieder. Sämtliche elitäre Allüren tilgte sie aus ihrem Repertoire und gab sich mit Rosa auf Augenhöhe.

„Dieses verfluchte Arschloch hat es also schon herumposaunt!"

Das hörte sich nicht nach inniger Liebe an.

„Tommy hat behauptet, du hättest ihm gedroht."

Mila lachte bitter. „Tommy Kessler behauptet auch, er hätte einen Schwanz so groß wie ein Blauwal, aber wenn du in seine Hose guckst, grinst dich bloß ein mickriger Hering an."

Der Kalauer hätte von Angela Weniger stammen können, die stets bemüht war, die Gruppenstimmung mit
einer Zote aufzuhellen.

Mila stemmte beide Hände auf den Beckenrand und
hievte sich aus dem Wasser. Mit einer einzigen kraftvollen Bewegung kam sie in den Stand. Sie trug einen
schwarzen Badeanzug, der von der Feuchtigkeit genauso glänzte wie ihre dunklen, nach hinten gestrichenen Haare. Mila war attraktiv und sportlich, geradezu
athletisch. Im Wasser wirkte sie besonders elegant.
Hier im Trocknen gesellte sich zur Eleganz eine gewisse
Zerbrechlichkeit, die auf Männer aufreizend wirken
konnte. Mila nahm ein Badetuch von einer Liege und
trocknete sich ab.

„Was denn? Schockiert? Ich hatte Lust auf Sex. Aber
Tommy war die falsche Wahl“, gestand sie freimütig.

Die Abgebrühtheit nahm Rosa ihr nicht ab. „Es tut mir
leid“, sagte sie mitfühlend. „Ich kann mir gut vorstellen,
dass du jetzt sehr enttäuscht bist.“

„Ach, das ist es nicht.“

Was war es dann? Rosa hakte vorerst nicht nach. „Mit
euch zwei, geht das schon länger?“

„Um Gottes willen, nein. Es war nur gestern Abend
und nur weil ich zu viel getrunken hatte. Es wird ganz
sicher keine Wiederholung geben“, antwortete Mila
Adler mit Nachdruck.

Zum ersten Mal hörte sie sich aufrichtig an. Und was
diesen Punkt betraf, hatte scheinbar auch Kessler die
Wahrheit gesagt.

„Wann hast du das letzte Mal mit Tommy gesprochen?“

„Gestern Abend.“

„Hast du da Tommy bedroht?"

„Natürlich."

Bei Mila hörte es sich an, als wäre es eine Selbstverständlichkeit, Leute zu bedrohen.

„Ich musste ihn doch unter Druck setzen. Schließlich war zu erwarten, dass er seine Eroberung herumerzählen würde. Das passt zu ihm. Kein Gentleman, der genießt und schweigt. Ich kann es aber ganz und gar nicht gebrauchen, dass jemand von dieser Sache erfährt."

„Mit ‚jemand' meinst du deinen Mann."

„Das ist es nicht", erwiderte Mila verschlossen.

Sie benutzte die gleichen Worte kurz zuvor. Mila schwieg, wich Rosas fragendem Blick aus.

„Du bist also nicht enttäuscht und hast keine Angst, dass dein Mann es erfährt. Wenn es das nicht ist, *was ist es dann*?"

„Fragst du als BKA-Agentin?"

Rosa schüttelte den Kopf. „Ich bin keine … äh … Agentin. Beim BKA nennt man die Ermittler Kommissare. Und was deine Aussage betrifft, die streng genommen gar keine ist, wird die nur intern Verwendung finden, wenn das für die Ermittlung von Bedeutung ist."

Mila blickte Rosa prüfend an. „Du findest es ja eh raus. Ich bin nur offiziell verheiratet. Tatsächlich bin ich geschieden. Das macht es schwierig, ab und zu nur Spaß zu haben. Ich hab halt Bedürfnisse und will nicht nur funktionieren."

Das war eine Überraschung. Mila täuschte eine Heirat vor. Warum das?

„Wir leben in einem freien Land. Du kannst Sex haben, mit wem du willst", warf Rosa ein.

„Nicht wenn der Hauptauftraggeber deiner Firma die römisch-katholische Kirche ist. Versteh mich nicht falsch, ich stehe voll und ganz hinter den Werten der Kirche …“

Mila vollendete den Satz nicht. In Rosas Ohren klang das scheinheilig. Sie stand auf und ging nachdenklich ein paar Schritte. Am Beckenrand blieb sie stehen.

„War's das? Fragst du nichts wegen Jennifer?“

„Ist dir denn etwas Besonderes aufgefallen?“

„Eigentlich nicht.“

„Eigentlich?“, hakte Rosa nach.

„Den Streit mit Angela hast du ja mitgekriegt. Am zweiten Tag hat sie mir erzählt, sie sei in der Sauna gewesen und, na ja, nicht direkt belästigt worden, aber so was in der Art.“

Das war interessant.

„Von Tommy?“

„Bin mir nicht sicher. Als ich nachfragen wollte, kam Henning Bahlow dazu, und wir sind später nicht wieder auf das Thema zu sprechen gekommen.“

„Hat sie irgendwelche anderen Andeutungen gemacht?“

„Nein. Und ich kann mir nicht vorstellen, dass Tommy so etwas macht.“

„Wieso?“

„Tommy ist ein Showman. Ich traue ihm viel zu, doch belästigen, das passt nicht zu ihm.“

Mila brach ab. Jetzt hörte es sich so an, als hätte sie Mitleid mit Kessler. Aus ihr schlau zu werden, war nicht einfach.

„Er hat genug Probleme. Mit seiner Ehe steht es nicht zum Besten, und die Firma ist kurz vor der Insolvenz.“

Das wurde immer besser! Wie sollte Rosa diese Aussagen überprüfen? Sie hoffte, ihre Kollegen würden sich bald mit zusätzlichen Infos melden. Mila setzte sich auf eine Liege.

Nachdenklich zeichnete sie mit einem Zeh die Fliesenfugen vor ihr auf dem Boden nach. „Dieses Seminar ist ein vollkommener Flop. Wir haben einen Seminarpaten gewählt, bei mir hat sich allerdings niemand zu erkennen gegeben."

Rosa schwieg.

„Mein Pate ist Henning", erzählte Mila, „ich hab ihn zum Schwimmen eingeladen. Noch so ein Fehler! Er wollte unbedingt, dass wir um die Wette schwimmen. Aber ich schwimm nicht mit einem Backstein auf Zeit. Er wollte nicht einsehen, dass er eine Schwimmniete ist. Hat mir sogar Technikratschläge gegeben. Mir! Lächerlich."

„Wie bist du ihn wieder losgeworden?"

„Ich hab ihm gezeigt, wer die Herrin im Becken ist, und ihm den Kopf unter Wasser gedrückt." Sie lachte und war offensichtlich stolz auf ihre Leistung.

Rosas Lippen verzogen sich zu einem dünnen Lächeln.

„Wer ist dein Seminarpate?", fragte Mila.

Rosa hielt ihrem Blick stand. Dann sagte sie: „Du."

„Jennifer soll in der Sauna belästigt worden sein. Hast du davon was mitbekommen?", fragte Rosa.

Henning Bahlow unterbrach seine Arbeit. Er trug gelbe Gummihandschuhe und hielt eine Klobürste in der Hand. Rosa hatte ihn auf dem Weg zu seiner Kammer auf Deck C beim Reinigen der Toilettenräume im Foyer zur Offiziersmesse entdeckt.

Bahlow richtete sich auf. „In der Sauna?", wiederholte er kopfschüttelnd. „Ja, es gibt solche Typen. Das ist ein Grund, warum ich nicht in die Sauna gehe."

„Ich wusste gar nicht, dass es an Bord eine gibt."

„Doch, aber nur eine kleine."

„Du warst in der Sauna?"

„Nein, wie gesagt, ich gehe in keine Sauna. Mit unzähligen nackten und verschwitzten Leibern in einem engen Raum auf einer schmalen Bank hocken, das ist nicht mein Ding."

Bahlow setzte schweigend seine Reinigungsarbeiten fort. Woher wusste er dann, dass die Sauna klein war? Rosa beobachtete ihn. Seine Handgriffe saßen, er putzte gründlich und gewohnheitsmäßig.

Sie deutete auf die Putzmittel. „Dein Beitrag im familiären Alltag?"

„Also, von unseren Jungs kann ich mir das nicht vorstellen", ignorierte er ihre Frage. „Das war bestimmt einer von der Mannschaft."

Die Sauna hatte Rosa vorher inspiziert. Die Saunazeiten waren aufgeteilt. Bei einem Crewmitglied hätte es sich also gleich um eine doppelte Dienstpflichtverletzung gehandelt. Nach ihrer gestrigen Befragung der Matrosen zu urteilen, konnte sie sich das nicht vorstellen.

„Da fährt man zigtausend Kilometer, bezahlt viel Geld, um letztendlich das Gleiche zu machen wie zu Hause, nur mit dem Unterschied, dass es hier ‚Karma-

Yoga' heißt", plapperte Bahlow, während er mit Scheuermilch ein Waschbecken schrubbte.

„Und noch kein Heimweh?"

Bahlow verzog das Gesicht, als wollte er anfangen zu weinen, riss sich zusammen und sagte fröhlich: „Offen gestanden, hält sich das in Grenzen. Ich genieße es schon ein wenig, mal ohne Anhang zu sein. Aber telefonieren wäre toll."

„Es gibt ein Satellitentelefon."

Er schüttelte den Kopf. „Laut Anweisung vom Seefahrtsamt soll es nicht für private Gespräche benutzt werden."

„Sagt wer?"

„Hertz."

Der Coach musste das gegenüber Bahlow erfunden haben, um ihn vom Telefon fernzuhalten. Ein Gespräch mit dem Festland passte nicht ins Kurskonzept.

„Kennst du jemanden aus dem Seminar?"

Bahlow runzelte die Stirn, wischte über den Waschbeckenrand und ließ sich auf der geschlossenen Toilette nieder.

„Was genau meinst du, ob ich jemanden von früher kenne?"

Rosa lehnte sich an den Türrahmen und fragte sich, worüber Bahlow so lange nachdachte.

„Wir zwei, das erinnert mich irgendwie an Rauchen aufm Schulklo." Er lachte. Seine blauen Augen drückten jedoch keine Herzlichkeit aus. Er wich ihrer Frage aus. Nicht zum ersten Mal, wie Rosa feststellen musste.

„Henning, kennst du jemanden von den Teilnehmern?", wiederholte sie.

Bahlow schüttelte den Kopf.

„Wann hast du Jennifer zum letzten Mal gesehen?“

„Worauf willst du hinaus?“

„Kannst du bitte die Frage beantworten?“

„Du kannst von Glück reden, dass ich kein Strafrechtler bin und nichts zu verbergen habe, sonst würde ich da jetzt nicht drauf antworten, Rosa.“

Sie warf ihm einen eindringlichen Blick zu.

„Beim Abendessen, schätze ich“, sagte Bahlow. Er schaute auf die Uhr. „Oh, ich muss zur Single lecture!“

Henning Bahlow war nicht nur ein schlechter Vorleser, sondern auch ein miserabler Schauspieler.

„Wir können das Gespräch später fortsetzen.“

Rosa reagierte nicht auf seinen Vorschlag. Grußlos eilte er davon. Mit seiner Schürze, den gelben Gummihandschuhen und der Klobürste in der Hand wirkte er absurd komisch. Zum Lachen war ihr allerdings nicht zumute. Es war offensichtlich: Bahlow verschwieg etwas.

Rosa lief hinüber in die Offiziersmesse. Sie brauchte dringend Koffein. Der Automat hinter der Bar brachte gurgelnd einen Kaffee hervor. Gerade hatte sie daran genippt, als sie durch die gläserne Flügeltür Angela Weniger die Treppe hinabkommen sah. Sie durchquerte das Foyer und verschwand auf dem Niedergang hinter der Milchglastür. Etwas an Angela Wenigers Gang hatte ihre Aufmerksamkeit erregt. Rosa stellte die Tasse ab und folgte ihr. Auf dem unteren Mannschaftsdeck holte sie die Frau ein, hielt sich aber auf dem Treppenabsatz vor ihr verborgen. Angela Weniger machte sich an Rosas notdürftig angebrachter Versiegelung zum Fitnessraum zu schaffen. Rosa ließ sie gewähren.

Scheinbar fühlte sie sich unbeobachtet, und das obwohl aus der Kombüse Locos Klappern mit Kochtöpfen zu vernehmen war. Seelenruhig durchtrennte Angela Weniger mit einem spitzen Gegenstand das Gewebeband und drückte die Klinke hinunter. Rosa trat in den Gang und gab sich zu erkennen. Angela Weniger wirkte weder überrascht, noch zeigte sie Reue, ertappt worden zu sein. Als Rosa einen Schritt auf sie zu ging, rannte sie los. Rosa setzte ihr nach und holte sie am Außenschott ein. Vergeblich versuchte Angela Weniger, die Tür zu entriegeln.

„Was wolltest du im Fitnessraum?"

„Nichts. Gar nichts."

„Es ist strafbar, polizeilich angebrachte Siegel zu entfernen."

„Das wusste ich nicht", beteuerte sie wenig glaubhaft.

„Du kennst sicherlich den Spruch von der Unwissenheit, die nicht vor Strafe schützt."

„Ich beantworte deine Fragen nicht."

„Du und Jennifer, ihr hattet mehrfach Streit. Was war der Grund dafür?"

„Ich erkenne die Autorität deiner Ermittlungen nicht an. Wo kommen wir denn hin, wenn sich jeder derartig aufspielen kann?"

„Du weigerst dich also, meine Fragen zu beantworten?"

„Ja. Darf ich bitte?"

Mit diesen Worten schob sich Angela Weniger an ihr vorbei. Rosa ließ sie ziehen. Sie sollte sich ruhig in Sicherheit wähnen und glauben, sie wäre als Siegerin aus diesem Schlagabtausch hervorgegangen.

Aus vielen Andeutungen hatte Rosa herausgehört, dass sich Max Neumann und Angela Weniger kannten, jedoch nicht besonders mochten. Sie erhoffte sich von Neumann zu erfahren, was es mit Angelas seltsamem Verhalten auf sich haben konnte. Im Rhythmus des Wellengangs stieg Rosa die Treppen hinauf bis auf Deck B. Die Tür neben ihrer eigenen Kammer öffnete sich. Prem Jyoshi kam aus Linda Meyers Kabine. Als die Assistentin Rosa am Ende des Korridors erblickte, nahm sie eilig den Niedergang abwärts. Gab es jemanden an Bord, der nicht vor ihr weglief? Prem Jyoshi hatte einen verweinten Gesichtsausdruck, was Rosa sofort aufgefallen war. Rosa verschob die Befragung von Neumann.

Bevor Rosa Linda erreichte, hatte die ihre Kammertür verschlossen. Durch die verschlossene Tür spürte Rosa, dass sich Linda Meyer jegliche Störung verbat. Wer dem imaginären Eintritt-verboten-Schild nicht Folge leistete, hatte selbst schuld. Rosa klopfte mit Nachdruck.

Nichts.

„Linda", rief Rosa, „ich muss mit dir reden!"

Mit einem Mal riss Linda die Tür auf und starrte Rosa giftig an, sagte aber keinen Ton. Die Insektenforscherin verströmte negative Energie. Und dass Linda explodieren konnte, hatte sie bereits anschaulich bewiesen.

„Okay, ich gebe dir ein Kurzinterview: Ich habe mit Jennifer Stein kein einziges Wort gewechselt."

Das glaubte Rosa ihr.

„Und ich hatte es auch nicht vor", fügte Linda hinzu und wollte die Tür wieder schließen.

„Störe ich dich?", fragte Rosa unschuldig.

„Hab gerade Mittagsschlaf gemacht", log Linda ihr direkt ins Gesicht.

Rosa zog die Brauen hoch und fragte spöttisch: „Mit Prem Jyoshi?"

Linda sagte eine ganze Weile gar nichts, denn lenkte sie schließlich ein: „Okay, komm rein."

Rosa betrat die Kammer und setzte sich auf den Klubsessel. Die Tür ließ sie geöffnet und behielt den Gang im Auge. Auf dem Tisch lag ein Handtuch. Erd- oder Granulatkrümel lugten darunter hervor.

„Warum wolltest du nicht mit Jennifer sprechen?"

„Bin keine Lesbe."

„War Jennifer lesbisch?"

„Möglich."

Rosa lächelte gequält. Das Gespräch dauerte erst wenige Augenblicke und wurde bereits jetzt unerträglich.

„Linda, du musst nicht mit mir reden, als wärst du beim Machocontest, okay?"

Linda schwieg.

„Du warst vor Kurzem in Südamerika. Was hast du da gemacht?"

Das Handtuch bewegte sich, oder hatte sie sich das nur eingebildet?

„Eine Forschungsreise."

„Du mochtest Jennifer nicht?"

Linda schüttelte den Kopf.

„Nicht mein Typ."

„Gibt's das überhaupt, ‚deinen Typ'?", meinte Rosa provozierend. „Ist Prem Jyoshi dein Typ? Was wollte sie bei dir?"

„Das ist privat."

Rosa setzte an, brach aber abrupt ab – das Handtuch hatte sich tatsächlich bewegt!

„Ich bin schon vor langer Zeit von der Gesellschaft ausgesondert worden", erklärte Linda Meyer plötzlich, „warum auch immer. Irgendwas hat den Normalo-Ärschen an mir nicht gefallen. Doch ich habe akzeptiert, dass ich ein Freak bin. Wenn ich in deren Augen krank bin, dann bin ich eben krank. Dann bin ich ein Psycho, oder wie du das nennen willst. Pech für die anderen. Ich komme ganz gut damit zurecht."

Rosa wartete, ob sie etwas hinzufügen würde.

„Ich bin der Psycho, der ich bin!", formulierte Linda ihr Credo.

Warum sagte sie das? Psychopathen definierten sich oftmals genau umgekehrt: Sie waren normal und die Welt krank. Sie sahen sich auf eine perfide Art als Heilung der Gesellschaft an.

„Warum bist du dann in dem Seminar?"

„Ich brauche ein paar Techniken, um mich zu entstressen."

„Dafür gibt es Meditations-CDs."

Linda zuckte mit den Schultern. „Und wer was anderes von mir verlangt, soll nicht den Fehler begehen und mir im Weg stehen."

Sie kam wieder auf ihr Psychothema zurück. Die Drohung war ohne Zweifel ernst zu nehmen.

„Ehrlich, das musst du endlich akzeptieren."

Sprach Linda Meyer sie an? Was sollte sie akzeptieren?

„Na, du bist doch auch ein Freak!"

„Ich bin kein Freak, Linda. Ich jage Freaks", erwiderte Rosa.

Und vielleicht bin ich auch ein kleines bisschen ein Freak, dachte sie und hütete sich, das vor Linda zuzugeben.

Wieder eine Bewegung unter dem Handtuch! Auch Linda reagierte nun darauf. Sie blickte Rosa herausfordernd an.

Rosa nahm einen Granulatkrümel und drehte ihn zwischen Daumen und Zeigefinger. „Was ist das? Sieht aus wie Katzenstreu."

Als Antwort hob Linda eine Transportbox von der Bank auf den Tisch. Die Tür der Box war geöffnet.

„Hast du deinen Hamster mitgebracht, oder was?"

Linda forderte sie auf, unter das Tuch zu schauen. Was konnte schon darunter sein? Rosa beugte sich weiter vor. Kaum hatte sie das Tuch hochgehoben, machte sie einen Satz nach hinten. Erschrocken warf sie das Handtuch von sich. Auf dem Tisch saß ein Spinnenungetüm und streckte ihr kampfeslustig die vorderen Beine entgegen.

Linda lachte gehässig.

„Ach du Scheiße!", rief Rosa.

„Was denn?", kicherte die Insektenforscherin. „Auch Spinnen müssen Gassi gehen."

„Was macht das Ding da?"

„Rambo will sich verteidigen. Du hast ihn erschreckt."

Rosa schüttelte angewidert den Kopf. „Hast du dieses Vieh aus Kolumbien mitgebracht?"

Linda machte eine spöttische Miene. „Das ist eine Mexikanische Rotbeinvogelspinne. *Brachypelma boehmei.* Die gibt's in Kolumbien gar nicht. Rambo ist mein Haustier. Seine Art ist bedroht."

Linda schmuste mit einer haarigen Vogelspinne, die
so groß wie die Hand eines Erwachsenen war, aussah
wie eine mutierte Klobürste mit Beinen und nach einem männlichen Haudrauf-Kinohelden benannt war?

Sie war definitiv ein Freak.

Linda ließ die Spinne auf ihre Handfläche krabbeln
und verstaute sie in der Transportbox. Rosa rümpfte
die Nase. Sie konnte immer noch nicht glauben, was gerade passiert war. Linda griente Rosa dreist an. Sie
musste wissen, dass andere Menschen erschrocken auf
ihr Kuscheltierchen reagierten. Nicht jeder fand Vogel-
spinnen putzig wie Hundebabys. Hatte Linda absichtlich zu schocken versucht, um von der Befragung abzulenken? Wenn ja, war ihr das gelungen. Doch sie würde
sich Linda schon noch vorknöpfen. Es ärgerte sie, dass
sie sich von einem Spinnentier – zugegeben von einem
Monsterexemplar – hatte aus der Fassung bringen lassen.

Rosa beeilte sich, in ihr Zimmer zu kommen. Sie
musste sich erst einmal beruhigen und ihren Ekel überwinden, bevor sie ihre Befragungsrunde fortsetzte. Auf
der Schwelle ihrer Kammer hielt sie abrupt inne. Hatte
sie das Handtuch dort am Morgen hingeworfen? Bewegte sich etwas darunter, war es der Seegang, oder redete sich das nur ein? Vorsichtig tippte sie mit der
Schuhspitze dagegen. Dann überkam sie Wut, und
Rosa beförderte das Handtuch mit einem Kick durch
die geöffnete Tür ins Badezimmer.

*Verdammt, du hattest auch ohne Mexikanische Vo-
gelspinnen schon genügend Albträume!*

Auf dem Absatz machte sie kehrt und knallte die
Kammertür hinter sich zu.

Rosa stieg den Niedergang hinauf zu Deck C. Die Tür zu Max Neumanns Kabine stand weit offen. Er hatte die gleiche Eckkammer wie sie, nur ein Stockwerk höher gelegen. Welche Kammern Kessler, Hertz und Bahlow bewohnten, hatte Rosa Stin DeRuijters Belegungsplan entnehmen können. Liras Kabine war unübersehbar mit *Kapitän* gekennzeichnet. Jennifers Kammer, die sie nur für eine Nacht bewohnt hatte, hatte Rosa wie den Fitnessraum provisorisch versiegelt. Ein Blick genügte, um ihr zu sagen, dass sich niemand am Klebeband zu schaffen gemacht hatte. Die übrigen Kammern standen leer.

Rosa trat näher und klopfte an den Rahmen von Neumanns Tür, bevor sie den Raum betrat. Obwohl er lüftete, lag ein seltsam abgestandener Geruch darin. Rosas empfindliche Nase rebellierte. Am liebsten hätte sie dem Befehl ihres Großhirns gehorcht, sofort umzudrehen. Neumann kauerte auf der Sitzbank und wirkte wie Kessler übernächtigt. Rosa vermutete, dass der Wellengang bei einigen Passagieren für einen unruhigen Schlaf gesorgt hatte. Mit einem Kohlestift kritzelte er in einem großformatigen Skizzenbuch. Seine Zeichenbewegungen waren kraftvoll, während der Rest des Körpers plump und schlaff wirkte und seine Miene einen melancholischen Eindruck vermittelte. Unterstrichen wurde die Trauerstimmung von düsterer Chormusik. Rosa nahm an, es handelte sich dabei um ein Requiem.

„Ach, du bist es, Rosa“, sagte er schwach, als er von seiner Skizze aufschaute.

„Bach?“, fragte Rosa.

Es dauerte einen Moment, bis Neumann die Ironie ihrer Frage zu verstehen schien, und lächelte schwach. „Nein, das ist Franz Liszt. Die *Faust-Sinfonie*. Das ist der Schlusschor aus dem letzten Satz mit dem Titel *Mephistofeles*."

Die Musik klang süßlich wie das Verderben. Rosa lauschte dem Text.

„Alles Vergängliche ist nur ein Gleichnis. Das Unzulängliche – hier wird's Ereignis. Das Unbeschreibliche – hier ist's getan. Das Ewig-Weibliche zieht uns hinan", sang der Chor.

Neumann als melancholisch zu bezeichnen, wäre eine Untertreibung gewesen. Er war schwermütig, wenn nicht gar depressiv. Es erinnerte Rosa daran, wie sie sich selbst noch vor wenigen Tagen erlebt hatte. Als jemanden, der gerne im eigenen Leid badete. Ihn zu fragen, ob es ihm gut ginge, erübrigte sich.

„Nicht mein Tag heute", erklärte er von sich aus.

Wenn sie sich Neumann anschaute, der anfänglich als der größte Gruppenkasper aufgetreten war, den Rosa je erlebt hatte, und diesen Eindruck mit dem vor ihr sitzenden Elend verglich, konnte er ihr fast leidtun. Wie lange lag wohl sein letzter guter Tag zurück?

„Mephistofeles, ist das nicht der Teufel?"

„Hm", antwortete Neumann kaum hörbar, „wird oft falsch verstanden."

„Der Teufel?"

„Wer sonst?"

„Max, was ist zwischen dir und Angela Weniger?"

Neumann blickte sie lange an. „Nichts, Angie ist schwer in Ordnung. Das sind nur kleine Sticheleien."

„Woran arbeitest du?"

„Ich fertige eine Gedenkinstallation an. Für Jennifer. Willst du sie mal sehen?“

Rosa wollte.

Aus seinen wilden Strichen konnte sie eine Kreuzigung erkennen. Die Zeichnung glich exakt der Position, in der Rosa Jennifer aufgefunden hatte. Woher konnte er das wissen? Die Ähnlichkeit bereitete ihr Unbehagen.

„Hat sie sich nicht für uns geopfert?“, fragte Neumann, als Rosa nicht gleich seine Zeichnung kommentierte.

„Wieso sollte sie das getan haben?“

„Wenn es Mord war, hat es jemand bewusst wie Selbstmord aussehen lassen. Und dieser jemand war bestimmt der Mörder. Vielleicht hat er es ja noch auf mehr Leute abgesehen. Davon gehst du doch auch aus, oder? Und dann sind wir alle in Gefahr.“

Auf dem Tisch hatte er seine Skizzenbücher ausgebreitet. Schwarz und Rot waren die dominierenden Farben in seinen Bildern, die Folter, Qualen und Leid darstellten. Für den Laien sah es aus wie Szenen aus einem Horrorfilm, für Rosa ähnelten die Abbildungen Kopien der Akten einiger ihrer härtesten Fälle. Unter einem Buch schaute eine Medikamentenpackung hervor. *Subultanum*, las Rosa. Sie kannte das Mittel. Es war ein starkes Antidepressivum. Vielleicht war er gar nicht schwermütig, sondern phlegmatisch und übermüdet, hervorgerufen durch die Einnahme der Tabletten.

„Ich glaube, sie hat mich nicht gemocht.“

„Kanntest du Jennifer gut?“

„Nein, aber sie hat nie gelacht, wenn ich was Witziges gesagt habe.“

Rosa schwieg.

„Eine Freundin von mir hat Suizid begangen“, erzählte er. „Ich durchlebe die ganze Trauer jetzt noch einmal. Kannst du das verstehen?“

Sie nickte. Von draußen hörte sie ein Geräusch, als sie hinausblickte, war der Gang leer.

„Ich glaube“, meinte er traurig, „mich mag keiner. Und du auch nicht.“

„Doch, ich mag dich“, widersprach Rosa, um Neumanns Selbstmitleid nicht noch mehr Nahrung zu geben.

„Wenn du so viel Zurückweisung, Enttäuschung und Ablehnung erlebt hättest wie ich …“ Er brach ab. „Kannst du mich mal ganz fest umarmen?“, fragte er plötzlich.

Rosa verfluchte sich innerlich, dann ging sie widerwillig auf ihn zu, beugte sich zu ihm herab und nahm ihn kurz in die Arme. Muffiger Geruch stieg aus seinen Kleidern. Als sie sich lösen wollte, begann er zu klammern. Er hielt sie fest. Neumanns Hände wanderten auf ihrem Rücken auf und ab, verharrten an ihrem Gürtel. Unbeholfen fingerte er an einer Gürtelschlaufe herum. Gänsehaut lief Rosa den Nacken hinab. Sie wusste, was als Nächstes kommen würde.

„Wollen wir uns aufs Bett legen?“

Rosa schüttelte den Kopf und versuchte erneut, die Umarmung zu lösen.

Neumann klammerte fester. „Nur kuscheln.“

„Nein, Max“, erwiderte Rosa hart.

Er zuckte zusammen, gab jedoch nicht auf. Neumann verfügte über enorme Kräfte. Rosa suchte seine Handgelenke und bekam sie schließlich zu fassen.

„Max, lass los!", befahl sie.

Er hörte nicht. „Wirklich nur ein bisschen kuscheln", beharrte er.

Entschlossen drehte Rosa seine Gelenke um.

Neumann schrie auf. „Du hast mir wehgetan", keifte er.

„Max, machst du das noch einmal, werde ich das als sexuellen Übergriff werten", sagte sie.

Neumann reagierte nicht, blickte wie ein ungezogener Junge trotzig auf sein Skizzenbuch.

„Max Neumann, hast du mich verstanden?", fuhr sie ihn scharf an.

Endlich nickte der Künstler schwach.

Rosa brach die Befragung ab und trat auf den Gang hinaus. War es das tatsächlich gewesen – ein sexueller Übergriff? Mit konventionellen Befragungsmethoden waren bei den Teilnehmern keine Erfolge zu erwarten. Entsetzt schüttelte sie den Kopf. Mit was für Leuten war sie an Bord eingesperrt?

31

Es war traurig und erniedrigend, so reduziert zu werden. Lange war sie davon ausgegangen, er würde sie lieben. Zumindest eines Tages. Sie lieben und zu ihr stehen, bei ihr sein und sie unterstützen. Als ihr Mann. Dann wären sie als Mann und Frau zusammen wie in einem kitschigen, aber wunderschönen Traum. Sie würden gemeinsame Reisen unternehmen und an Sonntagen im Bett frühstücken. Das konnte sie sich jetzt abschminken! Ihr Traum hatte sich als Illusion herausgestellt. Er hatte ihr in den letzten Tagen einige Seiten enthüllt, die ihr ganz und gar nicht behagen wollten. Und was hatte sie bis dahin nicht alles ertragen und ausgehalten! Seine ständigen Lügen! Immer wieder hatte er sie mit falschen Hoffnungen vertröstet und hingehalten. Ihm war es egal, wie dreckig es ihr dabei ging. Er hatte versprochen, seine Frau zu verlassen. Wie hatte sie nur so naiv sein können, daran zu glauben? Niemals würde dieses verdammte Arschloch zu ihr stehen! Er war ein egozentrisches Dreckschwein, und sie war für ihn einzig gut genug, die Beine breit zu machen.

Sie hatte genug. Sollte sich dieses Arschloch eine Scheißgummipuppe zulegen! Die Wut trocknete ihre Tränen. Zahn um Zahn. Das entsprach weder ihrer Philosophie noch ihrem Berufsethos, in diesem Fall blieb ihr keine andere Wahl. Für all das, was sie durch ihn erlitten hatte, würde sie ihn bestrafen. Mehr als das! Sie würde ihn – ruinieren.

Und sie wusste auch schon, wie.

***

Seine Gedanken waren rastlos. Er war fahrig und nervös. Nie hätte er vermutet, dass sie aktiv werden würde. Nein, anders gesagt, aktiv werden sollte sie ja, allerdings anders. In seinem ausgeklügelten System hatte er einen möglichen Weg vergessen zu durchdenken. Das war nachlässig gewesen. Darüber ärgerte er sich jetzt. Aber nach seiner Einschätzung über den Zustand ihrer Psyche hätte sie keine Widerstandskräfte aufbauen dürfen. Dafür war sie viel zu zersetzt!

Er hatte ihren Überlebenswillen falsch eingeschätzt. Das war ein Fehler gewesen. Es war schmerzhaft, äußerst schmerzhaft, sich Fehler einzugestehen, doch von Zeit zu Zeit musste man das eben tun. Dann musste etwas „amputiert" werden. Sonst wäre er nicht so weit gekommen. Und er war weiter gekommen, als jemals ein Psychonaut vor ihm.

Gut an diesem Fehler war, dass er sich korrigieren ließ.

***

Sie schrieb in ihr Logbuch und wiederholte die Worte laut:

289

„An Bord geschehen merkwürdige Dinge. Ich kann mir nicht erklären, warum, aber ich habe Angst. Dieses Schiff ist wie ein Gefängnis und meine Kammer eine Zelle. Ich bin zu diesem Seminar gekommen, um die Abwärtsspirale der Selbstzweifel zu durchbrechen.“

War das ein guter Anfang?

Lange überlegte sie, wer sie eingesperrt haben konnte und aus welchem Grund, bis sie feststellte, dass der Vergleich nicht passte. Sie irrte sich. Ein ganz neuer Gedanke kam ihr. Sie änderte den Blickwinkel. Oft wurde ihr gesagt, dass sie es mit ihren Ansichten übertrieb. Wie neulich, als sie in den Nachrichten von dem großen Stromausfall in Indien gehört hatte. Weite Teile des Landes waren lahmgelegt worden. Aus Furcht, so etwas könnte auch in Deutschland passieren, war sie ins nächste Lebensmittelgeschäft gelaufen und hatte für hundert Euro haltbare Lebensmittel gekauft. Nur für den Notfall. Sie hatte auch zu den Ersten gehört, die sich gegen Schweinegrippe hatten impfen lassen. Sicher war sicher. Wie diese amerikanischen Überlebensstrategen. Wie wurden die noch gleich genannt? Prepper. Sie war ebenfalls vorbereitet. Denn ihre Kammer war keine Zelle, sondern vielmehr ein Sicherheitsraum. Ein Panikraum, in den sich Reiche flüchteten, wenn ihre Villen überfallen wurden. Diese Kammer würde ihr Überleben sichern.

Denn sie war eine Überlebensstrategin. Eine Anpassungskünstlerin. Totgesagte leben länger. Und ihr Business war ein verflucht hartes Geschäft.

Sie hatte es in den Augen der Ermittlerin gelesen. Von wegen Routinetodesermittlungen! Diese Frau hatte

Angst. Eine Scheißangst. Genauso wie sie. Es würde mehr passieren. Sie war ja jetzt darauf vorbereitet.

Wenn man so erfolgreich war wie die übrigen Kursteilnehmer – das musste ja irgendwo herrühren –, musste man eben zum Egoisten werden. Erfolg konnte man nur haben, wenn man sich auch mal die Finger schmutzig machte.

Doch sie würde überleben. Wie immer.

Sie würde sich einfach mit Lebensmitteln versorgen, und bis sie in New York eingetroffen waren, einschließen und nichts und niemandem öffnen.

Ja, sie würde überleben. Andere nicht.

32

Vor dem Bullauge hob und senkte sich die tosende See. Schäumende Gischt sprenkelte das Meer. Einige Wellen überstiegen das Hauptdeck – eine beunruhigende Entdeckung. Wie hoch würden die Wogen steigen?, fragte sich Rosa. Es fehlte nicht viel und das Wasser würde ans Fenster des Fitnessraums schwappen.

Rosa hatte sich hierher zurückgezogen, um den Stand ihrer Ermittlungen zu rekapitulieren. Zwar erwies es sich als unmöglich, die letzten Stunden von Jennifer Stein zu rekonstruieren, weil niemand offen zugab, sie gesehen zu haben. Überraschenderweise hatte sie jedoch erstaunliche Erkenntnisse gewonnen, und das trotz Hertz' Weigerung, ihr Einsicht in die Akten der Passagiere zu gewähren.

Gegenwärtig deuteten viele Hinweise auf ein Eifersuchtsdrama hin. Tommy Kessler nahm mit seiner Affäre Jennifer Stein an einem Seminar auf hoher See teil. Neun Tage nur wir zwei. Vielleicht hatte sich Jennifer von Tommy mehr erhofft. Vielleicht hoffte sie, er würde seine Frau verlassen, stattdessen schäkerte der Macho vom Dienst mit einer anderen Teilnehmerin: Mila Adler. Ein Streit endete tödlich, und Kessler inszenierte den Selbstmord. Die Polizeiarchive waren voll von derartigen Fällen.

Andere Fragen drängten sich ihr auf: Warum verweigerte Hertz nicht nur die Unterstützung, sondern auch die Aussage und berief sich auf seine Schweigepflicht? War das Bestandteil eines weiteren sozialen Experiments? Tommy Kesslers Egopanzer hatte Rosa auffällig schnell durchbrochen. Er hatte die Affäre mit Mila Adler zugegeben, beschuldigte sie jedoch, ihn bedroht zu haben. Mila ihrerseits verhielt sich ebenso undurchsichtig wie Henning Bahlow. Bei beiden hatte Rosa den Eindruck gewonnen, sie würden die Befragung nicht ernst nehmen und ihr etwas vorspielen. Mila hatte sich anfänglich als Sexvamp, dann als beste Freundin und schließlich als Moralapostel gezeigt. Auch Max Neumanns Stimmungsschwankungen waren auffällig – zwischen tiefster Traurigkeit und überschwänglicher Freude. Er nahm ein starkes Antidepressivum. Wie akut war seine psychische Erkrankung? Ob sich Neumanns künstlerische Gewaltfantasien gepaart mit seiner Schwermut auch in realer Gewalt äußern konnten? Und woher wusste Max Neumann, wie Jennifer Stein gestorben war? Nicht zuletzt hatte er Rosa sexuell bedrängt. Bei dem Gedanken an seine feste Umklammerung, aus der sie sich nur mit Gewalt hatte befreien können, lief ihr ein kalter Schauer den Rücken hinab. Linda Meyers „Freakshow" wertete Rosa als groteskes Ablenkungsmanöver. Ihre verbalen Attacken und Drohungen waren genauso unheimlich wie unerträglich. Steckte mehr hinter dieser Psychonummer? Und wieso verließ die Assistentin des Coaches mit verweinten Augen Lindas Kabine? Was hatten die beiden Frauen miteinander zu schaffen? Und wer verbarg sich hinter der

Fassade der Frau, die sich „Prem Jyoshi" nannte und eigentlich auf den Namen Sigrun von Campe getauft war? Henning Bahlow schien eine gute Beobachtungsgabe zu haben. War das pure Neugierde, oder steckte mehr dahinter? Spionierte er gerne anderen Frauen hinterher? Wollte er die Gelegenheit nutzen, ohne lästigen Anhang zu sein, und hatte Jennifer in der Sauna angemacht, war aber zurückgewiesen worden? Und warum wollte Angela Weniger die Versiegelung zum Fitnessraum brechen?

All diese Fragen waren im Laufe eines einzigen Vormittags aufgetaucht. Das Beunruhigende daran war, was die Passagiere alles verbargen. Rosa hatte lediglich die berühmte Spitze des Eisbergs entdeckt. Zusammenfassend ließ sich festhalten: Sämtliche Befragten lenkten ab, wichen ihren Fragen aus und logen ihr dreist ins Gesicht. Was würde Rosa erst herausfinden, wenn sie die Wahrheit sagten? Außerdem bestand das Seminar aus psychisch angeschlagenen Menschen. Warum sonst hatten sie sich bei einem Antistressseminar angemeldet? Wozu waren sie fähig, wenn sie in eine außergewöhnliche Situation wie hier an Bord getrieben wurden? Max war depressiv, Mila misanthropisch und Linda soziopathisch. Rosa wurde das Gefühl nicht los, etwas zu übersehen. Bei alldem blieb zu berücksichtigen, dass Jennifer Stein in beängstigend auffällig ähnlicher Weise wie Rosas Kollegin gestorben war. Wer konnte das wissen? Hatte Hertz das in ihren Akten gelesen? Oder hatte jemand Hertz' Unterlagen einsehen können? Angeblich hatten sich die Teilnehmer – mit Ausnahme von Max und Angela – nicht vorher gekannt. Rosa brauchte dringend Hintergrundinfos zu den Seminarteilnehmern. Ansonsten konnten die ihr auf der Nase herumtanzen, oder Rosa musste ihre Ermittlungen Kommissar Zufall überlassen und hoffen, dass sich einer verriet oder sie sich gegenseitig denunzierten. Das hatte heute zum Teil erfolgreich gewirkt. Doch nun waren alle gewarnt.

Eigenartig fand Rosa auch, dass keiner Mitgefühl zeigte. Für Rosas Empfinden war das kaltherzig. Natürlich ging es aus professioneller Ermittlersicht nicht um ihr Empfinden. Dennoch beunruhigte es sie so schockierende Handicaps herausgefunden zu haben. Regelrecht abstoßend empfand Rosa aber, dass ihre Mitreisenden auf zwischenmenschlichem Niveau gänzlich versagten: Niemand bedauerte Jennifers Tod, von den ungeklärten Vermisstenfällen ganz zu schweigen. *Niemandem* schienen die grausamen Todesumstände in irgendeiner Weise nahezugehen. *Niemand* zeigte Interesse daran, dass Rosa die Vorfälle aufklärte. Sie teilte sich mit Emotionsrohlingen ein Schiff. Die Frage war daher nicht, *ob*, sondern vielmehr, *wer* sein Gewaltpotenzial auslebte.

Es wurde Zeit, den Funkraum aufzusuchen. Die Spezialisten aus der Fachabteilung für psychologische Befragung beim BKA hatten bestimmt den ein oder anderen hilfreichen Ratschlag, wie sie ihre Fragen in dieser speziellen Situation noch geschickter stellen konnte. Sie musste dringend mit ihrer Dienststelle in Deutschland Rücksprache halten, um zu erfahren, was die Ermittler in der Zwischenzeit herausgefunden hatten. Ein Gedanke ließ sie schlagartig innehalten: Was aber war, wenn der Täter versuchte, genau das zu verhindern?

Rosa sprintete die Niedergänge hinauf. Als sie die Treppe zu Deck A betrat, sah sie bereits den Zettel an ihrer Tür. Im Vorbeilaufen riss sie das Papier ab und las.

Die zehn Fesseln
1. Das falsche Selbstbild
2. Zweifelsucht
3. Zu rigide Riten und Regeln
4. Gier nach sinnlicher Wahrnehmung
5. Groll und Übelwollen
6. Verlangen nach Form
7. Verlangen nach Formlosigkeit
8. Vergleichender Dünkel
9. Aufgeregtheit
10. Nichtwissen

Als Quelle war *Aus der buddhistischen Psychotherapie* angegeben. Handschriftlich war ergänzt worden:

Denken Sie an Resilienz. Wachsen Sie am Widerstand!

Innerlich stöhnte Rosa auf. Diese Weisheiten gingen ihr langsam auf den Keks! Aber viel mehr nervte sie, dass dieses Zitat wieder einmal die Sachlage punktgenau widerspiegelte. An dem falschen Selbstbild war was dran, und der Hinweis auf die Widerstandskraft ließ die Angst weniger unbezwingbar erscheinen. Doch wieso klebte Hertz ihr die kleinen Mutmacher an die Tür, statt mit ihr zu reden? Warum machte er das überhaupt? War der Coach überhaupt derjenige, der ihr Zitate an die Tür heftete? Rosa verschob die Gedanken auf später und beeilte sich, zur Brücke zu gelangen.

Kapitän Lira saß bei Kaffee und Zigarette in der Sitzecke auf der Kommandobrücke. Er hörte Johnny Cash in Diskolautstärke. Seine Konzentration galt einem Sudoku vor ihm auf dem Tisch. Dabei schwankte sein massiger Körper hin und her wie ein Korken im Badewasser. Ob er sich zu *Ghost Riders in the Sky* oder zum Wellengang bewegte, konnte Rosa nicht unterscheiden. Etwas stimmte an dem Bild nicht. Der Kapitän schrieb Buchstaben statt Zahlen in die Kästchen seines Rätsels. Der Zweiter Offizier hockte im Kommandosessel und starrte nach draußen. Von hier oben wirkte die aufgewühlte See weit weniger bedrohlich als fünf Decks tiefer. Trotzdem musste sich Rosa am Tisch festhalten, um den Seegang auszugleichen. Lira blickte auf und vertiefte sich wieder in sein Rätsel.

„Haben sich meine Kollegen gemeldet?"

Der Kapitän schüttelte den Kopf. „Ein anständiges Kreuzworträtsel wäre mir lieber", erwiderte er, „so was wie ‚Schweizer Kanton mit drei Buchstaben'. Antwort: Uri."

Er kritzelte die drei Buchstaben ins Sudoku. Jetzt erkannte Rosa, was nicht stimmte. Die Hand des Kapitän zitterte. Die Ruhe war nur Fassade.

„Oder ‚Blutsbruder von Old Shatterhand'. Antwort: Winnetou", spielte Rosa mit, ohne eine Miene zu verziehen.

„Genau das meine ich."

Lira wirkte, als würde ihm irgendetwas gar nicht behagen, rückte jedoch nicht mit der Sprache heraus.

„Ich werde einen internationalen Hilfeeinsatz anfordern", eröffnete Rosa ohne Umschweife. „Ich benötige Amtshilfe von den US-amerikanischen Kollegen."

Lira nickte. „Das wird wohl das Beste sein."

Rosa stutzte. Sie hatte mit Widerstand gerechnet.

„Woran haben Sie gedacht?"

„Die amerikanische Küstenwache hat Helikopter, die in der Luft betankt werden können, Kapitän."

Lira grunzte. „Die Frage ist nur, ob Sie einen Piloten finden, der sich bei dem Wetter auf solch ein Himmelfahrtskommando einlässt. Und wenn die Helikopter uns gefunden haben, wie sollten sie bei diesem Wind und Seegang landen oder sich Einsatzkräfte abseilen? Das ist unmöglich."

Rosa wollte protestieren.

„Die einzige Möglichkeit wäre ein Rettungskreuzer der Coast Guard. Die Kanadier sind näher dran."

„Sie kommen mir also nicht in die Quere?"

Lira maß sie. Den Blick hielt Rosa stand. „Nein."

„Kapitän, verdammt, was ist passiert?"

„Sehen Sie selbst!" Mit einem resignierten Kopfnicken wies Lira Richtung Funkraum.

O nein!

Auf den ersten Blick war im Funkraum alles so wie am gestrigen Tag. Als Rosa eine Verbindung mit dem Satellitentelefon herstellen wollte, war die Leitung tot. Die Displays leuchteten, doch es kam nur statisches Rauschen aus den Hörern. Ebenso verhielt es sich mit der Funkanlage samt Notsender. Das konnte nur eines bedeuten: Sämtliche Kommunikationsmittel waren zielgerichtet zerstört worden. Hier hatte jemand ganze Arbeit geleistet. Ihre Befürchtung war längst eingetreten. Die Anlagen waren einem Sabotageakt zum Opfer gefallen. Das hatte den alten Seemann zum Umdenken bewogen.

Mit weichen Knien verließ Rosa den Funkraum und wandte sich an den Zweiten Offizier. Bei dem Gedanken daran, was das bedeutete und gleichzeitig bewies, verkrampfte sich ihr Herz in Schrecken. Fluchen nutze nichts, aber es gab noch eine Möglichkeit ihren Fehler wieder wett zu machen. Rosa verließ den Funkraum und wandte sich an den Zweiten Offizier. „Seit wann sind die Anlagen kaputt?"

„Heute Morgen habe ich noch ein Fax vom Wetterdienst erhalten."

„Und wann ist es Ihnen aufgefallen?"

„Vor einer halben Stunde habe ich nachgeschaut, ob ein weiteres Fax mit neueren Wetterdaten eingetroffen ist. Dabei habe ich es festgestellt."

„Wer ist auf der Brücke gewesen?"

Der Zweite Offizier schüttelte den Kopf. „Das ist ja das Merkwürdige. Ich habe die Brücke nicht verlassen. Nicht mal, um aufs Klo zu gehen."

„Das heißt, jemand muss sich lautlos hinter Ihrem Rücken in den Funkraum geschlichen haben, hat die Anlagen sabotiert und konnte die Kommandobrücke unbemerkt wieder verlassen?"

Die pure Vorstellung klang bereits abwegig. Es laut auszusprechen, machte es nicht besser.

„Das musste er gar nicht. Er hat einfach sämtliche Antennen zerstört. Die Geräte funktionieren einwandfrei.

Aber was nützt das, wenn die Antennen keinen Empfang herstellen können?"

„Das bedeutet, es gibt keine Möglichkeit, eine Verbindung mit dem Festland aufzubauen?", fragte Rosa.

Sie hatte nicht nur zu spät geschaltet, sie hatten sich auch die Gelegenheit entgehen lassen, den Täter zu fassen. Noch einmal würde er nicht solch ein Risiko eingehen. Und das brauchte er ja auch nicht. Jetzt waren sie vollkommen von der Außenwelt abgeschnitten. Was sonst konnte die Absicht des Saboteurs gewesen sein? Immerhin stand fest, dass die Zerstörung des Satellitentelefons eine direkte Folge ihrer Befragungen gewesen sein musste.

„Kann man da was reparieren?"

„Nicht diesen Hightechkram", antwortete Lira. „Auch das GPS ist tot. Wir fahren wieder wie im vorelektronischen Zeitalter."

„Kapitän, das beweist eindeutig ..."

„Dass Sie recht hatten, junge Frau", unterbrach Lira sie. „Wir haben einen Mörder an Bord!"

„Sie müssen Wachen durchs Schiff patrouillieren lassen", schlug Rosa vor.

Der Seebär nickte. Rosa blickte an Lira vorbei aus dem Seitenfenster in die raue See. In der Kommandozentrale war es warm und trocken. Draußen pfiff ein eisiger Wind, und die Wassertemperatur lag bei unter zehn Grad. Rosa hatte mal eine Tabelle studiert, wie lange ein Mensch bei welcher Wassertemperatur überleben konnte. Bei unter zehn Grad sanken die Chancen, lebend gerettet zu werden, beträchtlich. Der Körper kühlte zu schnell aus. Trotzdem beschlich sie das Gefühl, die Naturgewalt da draußen böte mehr Sicherheit als das behagliche Innere der *Leviathan*.

„Was ist, wenn wir in Seenot geraten?"

„Wer immer das sabotiert hat, dem war das egal." Lira griff hinter sich an einen CD-Spieler und drehte die Musik leise. Dann verfluchte er nicht nur Hertz und dessen „beknacktes Spinnerseminar" und die Tatsache, dass er sich hatte von ihm überreden lassen, Kurs zu halten, sondern auch die Reederei, die ihm solch einen gottverdammten Selbstfindungsmist aufgezwungen hatte. Das hatte er nun davon. Nichts als Verrückte und Geisteskranke an Bord! Seine Einsicht kam zu spät.

Die See schien plötzlich weniger rau, und der Wind ließ nach, als holte der Ozean tief Luft. Rosa bildete sich das nicht ein, denn auch der Zweite Offizier schien etwas bemerkt zu haben. Er griff zu einem Fernglas und suchte das Meer Bug voraus ab. Rosa folgte seinem Beispiel und schaute über die Steuerbord-Nock hinaus auf den Ozean. Irritiert blieben ihre Augen an etwas Unerklärlichem haften. Dort, wo Wolken und Meer gewöhnlich eine Linie bildeten, war irgendetwas aufgetaucht. Noch mehr Weiß und Grau. So etwas hatte sie nie zuvor gesehen. Das Meer türmte sich auf und kam immer näher. Als Rosa bewusst wurde, was da auf sie zurollte, war es längst zu spät. Sie schrie auf. Doch es blieb keine Zeit zu reagieren. Lira folgte ihrem verängstigten Blick. Er schien nicht beunruhigt, eher pikiert, als hätte das Meer ihn um Erlaubnis bitten müssen.

„Festhalten!", brüllte er im Kommandoton.

Die Riesenwelle traf die *MS Leviathan* am Heck wie ein Torpedoeinschlag.

Das gesamte Schiff wurde erst angesogen, um ruckartig einige Meter zur Seite geschleudert zu werden, und krängte anschließend so stark, dass die Container an Deck trotz Bespannung wie umfallende Dominosteine seitlich aufeinanderprallten und einen metallischen Schrei ausstießen, der selbst über das Donnern des Meeres noch zu vernehmen war. Das Geräusch ging Rosa durch Mark und Bein. Obwohl die Riesenwelle nicht das gesamte Schiff überflutete, sprengte die Wasserkraft auf der Kommandobrücke dennoch vereinzelte Fenster. Eisig kalte Fluten stürzten über Rosa herein. Was mit Lira, der noch wenige Augenblicke zuvor vor ihr gestanden hatte, geschehen war, hätte sie nicht sagen können. Der Kapitän war auf einmal verschwunden.

Nachdem die Riesenwelle nur wenigen Herzschläge später über die *MS Leviathan* hinweggerollt war und die Container mit einem lauten Knall, der das gesamte Schiff hatte erbeben lassen, zurückgekippt waren, herrschte für einige Schrecksekunden totale Stille. Die Lampen flackerten auf und erloschen. Der Strom fiel aus. Das Innere der *Leviathan* lag im Dunkeln. Kurz darauf ertönte der Generalalarm – und das Chaos brach aus.

Der Zweite Offizier blutete aus einer Wunde am Hals. Er schrie über den Alarm hinweg, ob es Rosa gut ginge und wie sie das gemacht hätte. Rosa zuckte mit den Schultern. Sie hatte keine Ahnung, was der Offizier gemeint haben könnte.

„Was denn?", fragte sie zurück.

Er ging nicht weiter darauf ein. Es gab Wichtigeres. Die Welle hatte sie unbeschadet überstanden. Bis auf einen Schreck durch die eisigen Fluten konnte sie keinerlei Verletzungen an sich feststellen. Das Gefühl, in einer Sekunde zu glauben, sterben zu müssen, und in der anderen zu erkennen, der unberechenbaren Naturgewalt entkommen zu sein, war unbeschreiblich. Der Zweite Offizier deutete auf den Kapitän, der, auf den Boden gefallen, bis zum Kartentisch am anderen Ende der Brücke gerutscht war. Dort lag er reglos. Rosa rannte hinüber und untersuchte ihn. Lira blutete am Kopf. Er hatte das Bewusstsein verloren. Es gab keinen Arzt an Bord. Was sollte sie mit ihm anstellen? Sie hoffte nur, Lira hatte keine allzu schwere Kopfverletzung erlitten.

Der Zweite Offizier hatte in der Zwischenzeit versucht, über Bordtelefon die unteren Decks zu erreichen. Doch die gesamte Elektronik war ausgefallen. Das Wasser musste die Hauptsicherung getroffen haben. Kaum erwähnte der Offizier das, sprang endlich die Notbeleuchtung an. Der Alarm ertönte weiterhin. Aber auf seine Anrufe reagierte niemand. Das Bordtelefon blieb tot. Unten musste Tumult herrschen.

„Ich kann nicht weg“, schrie er.

Rosa nickte. Sie hatte verstanden, dass es an ihr war, die unteren Decks aufzusuchen.

„Gehen wir unter?“, fragte Rosa direkt.

Der Zweite Offizier schüttelte den Kopf. „Diese verdammte Freakwave war groß, jedoch nicht so groß.“

Glücklicherweise hatte der Wellenberg die *Leviathan* passiert, bevor er gebrochen war. Andernfalls wäre das

Frachtschiff gekentert und vom Atlantik spurlos verschluckt worden.

Der Offizier benötigte dringend Unterstützung. Er wunderte sich, warum der Erste nicht längst hier oben war, und bat Rosa, DeRuijter zu suchen.

„Passen Sie gut auf", warnte er, „es könnten Nachzügler folgen."

Noch mehr Monsterwellen? Rosas Magen drehte sich um.

In der dämmrigen Notbeleuchtung machte sie sich auf den Weg, Treppe um Treppe, immer ein Deck tiefer. Jeder Schritt wurde von abfließendem Wasser begleitet. Nur wohin floss das Wasser? Sie verspürte wachsende Angst und Beklemmung.

Ihr Bauchgefühl hatte sie nicht getäuscht. Durch seinen Sabotageakt hatte sich der Mörder eindeutig zu erkennen gegeben. Ihre Hände wurden blau und zitterten vor Kälte. Doch sie funktionierte, so ungewöhnlich die Situation auch war. Durch das Meerwasser wurde der Fußboden glitschig. Ein paarmal rutschte sie aus und konnte sich gerade rechtzeitig fangen. Sie passierte beide Kabinendecks, ohne jemandem zu begegnen. Erst in der Offiziersmesse traf sie auf einige Passagiere. In der Messe waren ebenfalls steuerbord Fenster zu Bruch gegangen. Die Fluten hatten Tische und Stühle umgeworfen.

Tommy Kessler und Angela Weniger standen in Schwimmwesten verloren und völlig verängstigt herum. Linda Meyer wirkte eigenartig ruhig. Konzentriert bastelte sie an irgendetwas herum. Rosa erkannte, dass sie aus Schwimmwesten ein kleines Rettungsboot für ihre Transportboxen baute. Sie rechnete also mit dem Schlimmsten. Max Neumann erschien auf der Bildfläche. Er stolperte mehr, als dass er ging, und wirkte geistig vollkommen weggetreten.

„Wo sind die anderen?", erkundigte sich Rosa, aber keiner hatte Mila Adler, Hertz, Prem Jyoshi oder Henning Bahlow gesehen.

Rosa befahl Kessler und Angela, sich auf die Suche nach den übrigen Teilnehmern zu begeben und sich hier zu sammeln. Sie standen unter Schock und folgten Rosas Anweisungen tranceartig. Sie selbst konnte nicht länger warten und machte sich auf den Weg tiefer in den Bauch des Schiffs. Als sie die Mannschaftsquartiere erreichte, gelangte sie zum Zentrum des Chaos. In ihren Kojen aufgeschreckte Matrosen schrien und rannten, teilweise nur mit Unterwäsche bekleidet, planlos durch die Gänge. Auf dem Gang des Hauptdecks kullerte ihr inmitten hin und her schwappenden Wassers ein großer Topf entgegen. Rosa musste einen Satz machen, um ihm auszuweichen. Aus der Kombüse drang Qualm. Der Herd stand in Flammen. Auch das noch – Feuer an Bord der *Leviathan*!

Loco hatte den Feuerlöscher geschultert und richtete die Düse, aus der Löschschaum spritzte, auf die offenen Flammen. Er blutete an beiden Unterarmen. Sämtliche Töpfe und Pfannen purzelten wild durcheinander, auf dem Boden dazwischen schwammen Essensreste sowie Öl- und Fettlachen. Ein vereinzelter Brokkoli hielt sich tapfer obenauf. In all dem Durcheinander ein absurd komischer Anblick.

„Wo ist der Eingang zum Frachtraum? Ich suche DeRuijter. Schnell!"

Rosa meinte ein scheues Lächeln über Locos Gesicht huschen zu sehen. Worüber lachte er ausgerechnet jetzt?

„Übers Maschinendeck, vorbei an der Waschküche", antwortete er, während er den Feuerlöscher beiseitestellte und den brennenden Herd mit einer Löschdecke abdeckte.

Waschküche und Maschinenraum, da war Rosa bisher nicht gewesen. Sie würde die Räume schon irgendwie finden.

„Es könnte noch eine Riesenwelle geben", warnte sie den Koch.

„Ach? Wer von uns beiden fährt zum ersten Mal auf einem Schiff?"

Rosa setzte sich wieder in Bewegung.

„Schön dich zu sehen!" Der Koch zwinkerte ihr zu.

Rosa nickte dankbar. Hatte er deswegen eben gelächelt, weil er sich freute, sie zu sehen?

„Kommst du klar?", fragte sie.

„Sicher. Und nun mach, dass du loskommst."

Nach wenigen Schritten über den Flur des Hauptdecks erreichte sie die Tür mit der Aufschrift *Maschinenraum*. Rosa riss die Tür auf und schaute auf einen abwärtsführenden Niedergang. Schon wieder Treppen, stöhnte sie innerlich, als die *MS Leviathan* angehoben wurde.

Eine zweite Riesenwelle erfasste das Schiff. Rosa wurde rückwärts gegen die Flurwand geworfen. Schmerzhaft bohrte sich der Handlauf in ihren Rücken, nur damit sie kurz darauf mit Schwung den Niedergang hinabgeschleudert wurde, als der Frachter den Kamm der Welle passiert hatte. Es war ein kleines

Wunder, dass es ihr gelang, mit heilen Gliedmaßen unten anzukommen. Um sich zu sammeln, blieb Rosa auf dem Gang hocken. Ihr ganzer Körper schmerzte.

Im Maschinentrakt war der Boden trocken. Das Meerwasser war nicht bis hierhin vorgedrungen, sondern vorher abgeflossen. Der Gang war kürzer als die übrigen Korridore. Es zweigten nur drei Türen ab. Eine führte zur Waschküche, ihr gegenüber lag die Umkleide der Matrosen mit an der Wand aufgereihten Spinden. Die dritte Tür war mit *Maschinenkontrollraum* gekennzeichnet. Dahin lenkte Rosa ihre Schritte.

Der Kontrollraum war auffällig sauber. Es war der Arbeitsraum des Leitenden Ingenieurs. Aber der Mann saß nicht an seinem Platz hinter der Kontrollwarte. Der eigentliche Maschinenraum konnte nur durch ein zusätzliches Schott betreten werden. Sie öffnete die Stahlluke mit vor Anstrengung bebenden Händen. Ein Höllenlärm schlug ihr entgegen. Die gesamte Maschinenabteilung war ein weitverzweigter, mehrstöckiger Komplex, der sich über ein Drittel der Schiffslänge erstreckte. Die Dieselmotoren dröhnten. Hier unten war es deutlich wärmer. An der Wand fand Rosa Ohrschützer, die sie aufsetzte. Der Lärmpegel in einem Helikopter, in dem sie schon einige Male geflogen war, war nichts gegen das Schlagen und Klopfen.

Von der Brüstung blickte Rosa hinab auf den Motorblock, der gut und gerne die Ausmaße eines kleinen Einfamilienhauses hatte. Als Kind hatte sie mit der Klasse einen Hochofen besichtigt. Damals hatten sie nur aus weiter Entfernung den gewaltigen Technikkomplex des Ofens bestaunen dürfen. Jetzt war sie mittendrin in einem ähnlichen Ungetüm.

Die zweite Riesenwelle war bedeutend kleiner gewesen als ihre große Schwester wenige Minuten zuvor, jedoch immer noch groß genug, um der allgemeinen Panik an Bord neuen Zündstoff zu liefern. Matrosen liefen aufgeschreckt umher, kontrollierten Maschinen oder brachten Werkzeuge zum Leitenden Ingenieur, der mit Hochdruck an einem turbinenähnlichen Gerät hantierte. Einige Männer gingen ihm zur Hand. Rosa vermutete, dass es sich bei der Maschine in der Größe eines Kleinwagens um ein lebenswichtiges System der *MS Leviathan* handeln musste. Es sah so aus, als liefe ihnen die Zeit davon. Erst später erfuhr sie, dass es sich dabei um die Rudermaschine handelte. Der Einschlag hatte das Ruderblatt so schwer getroffen, dass es in der Folge zu einer Überhitzung der gesamten Anlage gekommen war. Die Männer waren zu beschäftigt, um Rosa auf der Brüstung zu bemerken.

Ihr gegenüber, auf der anderen Seite des quadratisch verlaufenden Umlaufs, fiel ihr ein verriegeltes Schott ins Auge. Das musste der Einstieg zum Frachtraum sein. Dieses schwere Stahlschott sollte ihr unmittelbaren Zutritt zu den tiefsten Bereichen des Schiffs verschaffen.

***

Stin DeRuijter begann die Durchsuchung der *MS Leviathan* am Morgen mit einer Tasse Kaffee. Ziel der Durchsuchung war es, die Leiche der Köchin zu finden. Er rechnete allerdings eher damit, blinde Passagiere zu überführen. Illegale Mitreisende, die unter Umständen von Irina bemerkt worden waren. Vielleicht redete er sich das nur deshalb ein, weil ihm die Vorstellung, Irinas lebloses Körper zu entdecken, Unbehagen bereitete.

Der Erste Offizier tat alles mit Ruhe und Besonnenheit, obwohl er durchaus ein temperamentvoller Mensch war. Selten wurde er bei einer Auseinandersetzung laut oder aggressiv. Ausfallend wurde er niemals. Und so nahm er den Becher Kaffee, stieg durch das Schott in den Frachtraum und lauschte in den dunklen Frachtraum. Das machte er immer, wenn blinde Passagiere an Bord vermutet wurden. Denn die Erfahrung zeigte, dass sich die oftmals selbst verrieten. Niemand konnte ununterbrochen tagelang ruhig dasitzen. Irgendwann bewegte sie jeder und erzeugte dabei ein verräterisches Geräusch.

Der Erste Offizier harrte über eine Stunde an der Tür zum Frachtraum aus und wartete. Doch nichts rührte sich, und so begann er mit einem fünfköpfigen Suchtrupp, den Raum abzugehen. Zuvor hatten die Männer jede leer stehende Kammer, jede Ecke und jeden Winkel, jeden Quadratzentimeter der *Leviathan*, vom Bug bis zum Heck, durchforstet. Außer ein paar Ratten in der Werkstatt hatten sie nichts aufgeschreckt.

DeRuijter hatte den Trupp aufgeteilt. Drei Männer arbeiteten sich an Backbord in den Frachtraum vor. Den übrigen zwei Matrosen schloss sich DeRuijter an und nahm sich die Steuerbordseite vor. Die wichtigsten Hinweise bei der Suche nach ungebetenen Gästen waren Zigarettenstummel und Bonbonpapier oder etwas anderes, das nicht dorthin gehörte. Die Männer wussten, dass sie mit äußerster Wachsamkeit und möglichst lautlos vorgehen mussten. Waren die blinden Passagiere erst einmal gewarnt, war es nahezu unmöglich, sie ausfindig zu machen. Dafür lagerten zu viele Container im Frachtraum.

Gelegentlich kamen blinde Passagiere auf die Idee, ein Feuer anzuzünden – mit fatalen Folgen. Die Suche verlief jedoch ergebnislos. Einige Matrosen waren sogar zwischen die Ladung geklettert und untersuchten akribisch jeden erreichbaren Container. Das war aufgrund des Seegangs eine riskante Angelegenheit, da die Absturzgefahr hoch war.

Gegen Mittag rief DeRuijter den Trupp zu einer Lagebesprechung zusammen und machte anschließend mit den Männern im Schatten einiger Container Pause. Ein paar rauchten mit Erlaubnis des Ersten Offiziers. DeRuijter entdeckte zuoberst auf den Containern die Pin-Box, einen umgebauten Container, der von den Matrosen als Arbeitsplatz beim Verladen benutzt wurde. Die Pin-Box wurde vom Kran an die jeweilige Arbeitsstelle gehievt und enthielt Klammern, Schrauben und Seile, mit denen die Arbeiter die Container befestigten. Allein dass sich die Pin-Box im Laderaum befand, war ein Fehler und seltsam, denn immerhin wurde die Box so lange gebraucht wie Container aufgeladen wurden. Als DeRuijter dann noch feststellte, dass der Arbeitscontainer nicht gesichert war, verfluchte er innerlich seinen Vorgesetzten, der für den Ladevorgang in Hamburg zuständig gewesen war. Lira war kein leichtsinniger Mann, zuweilen ging dem alten Seebären jedoch etwas durch. Oder, wie DeRuijter vermutete, ihm waren Vorschriften vollkommen schnuppe.

Aufgrund der schweren See sah sich DeRuijter gezwungen, zwei Matrosen damit zu beauftragen, die Pin-Box notdürftig mit Seilen zu sichern. Zwar hatte er bisher nie von einem Unfall gehört, bei dem ein herumrutschender Container die Bordwand beschädigt hätte, doch er wollte es nicht riskieren. Er fragte nicht nach, wie es überhaupt dazu gekommen war, dass die Pin-Box im Frachtraum gelandet war. Die Männer ihrerseits vermieden jeden Kommentar, da sie wussten, dass sie selbst beim Laden einen Fehler gemacht und den Kapitän nicht darauf hingewiesen hatten. Die Klärung der Angelegenheit mussten die Offiziere unter sich ausmachen.

DeRuijter hatte die zwei besten Kletterer der Crew gewählt. Die Matrosen kamen von den Philippinen, waren klein, aber kräftig und ausdauernd. Sie hießen Tom und Jom, waren Zwillingsbrüder, bewohnten eine Kammer und waren unzertrennlich. DeRuijter konnte sich nicht merken, wer Tom und wer Jom war. Die Brüder waren absolut zuverlässig und zählten zu den besten Seeleuten, die er kannte. Nur beim Klettern konnte er sie auseinanderhalten. Denn Tom kletterte mit beeindruckender Sicherheit und Leichtigkeit, als wäre er ein Äffchen. Sein Bruder Jom wartete unten und hielt das Vorsteigeseil. Während Tom die zwölf Höhenmeter bis zur Pin-Box spielerisch überwand und mit den Befestigungsarbeiten begann, meinte Jom, er solle nicht so mit seinen Kletterkünsten angeben, sonst würde er den anderen Männern erzählen, dass Tom in Wahrheit von einem indonesisches Orang-Utan-Weibchen adoptiert wäre. Darüber lachten die Matrosen. Die Fröhlichkeit fand ein jähes Ende.

Urplötzlich kippte das Schiff über die Längsseite, als drohte es zu kentern. Die erste Riesenwelle traf den Suchtrupp unvorbereitet. Keiner der Seeleute hatte jemals zuvor eine solche Welle erlebt, daher wussten sie erst nicht, was geschehen war. Während die Männer umgeworfen wurden, klammerte sich Tom an den Spannschrauben fest. Jom warf sich mit aller Kraft ins Seil, um den Absturz des Bruders zu verhindern. Das gespannte Seil hielt ihn aufrecht. Als Einziger veränderte er seine Position nicht. Das wurde ihm zum Verhängnis.

Was DeRuijter hatte verhindern wollen, ereignete sich schneller als erwartet. Die Wucht der Welle riss den Container aus seiner Position, als würde ein Riese einen Krümel wegschnippen. Die Pin-Box fiel herab und begrub Jom unter sich. DeRuijter war machtlos. Er konnte bei dem Unglück nur zuschauen. Ihn selbst hatte es erst gegen die Ladung und dann gegen die Bordwand geschleudert, wo er sich mehrere Gliedmaßen an den Stahlverstrebungen geprellt hatte. Aus der herabfallenden Pin-Box wurden Twistlocks, Ketten und Spannschrauben katapultiert. Die Männer versuchten, sich vor den herumfliegenden Geschossen in Sicherheit zu bringen. Niemand blieb unverletzt. Dort wo der Container niedergegangen war und einst Jom gestanden hatte, zeigte sich keine Spur, dass ein Mensch mitten aus dem Leben gerissen worden war. Der Matrose war wie vom Erdboden verschluckt.

Nachdem die Welle das Schiff überrollt hatte und sich die *Leviathan* wieder im gewohnten Seegang bewegte, schrien die Männer aufgebracht durcheinander.

Tom rief seinen Bruder beim Namen, aber Jom antwortete nicht. Schließlich standen sie stumm beieinander. Allen war klar, dass sie den Container nicht mit purer Muskelkraft bewegen konnten. Mit vereinten Kräften versuchten es die Männer trotzdem. Ohne Erfolg. Falls Jom darunter noch lebte, gab es keine Hoffnung, ihm zu helfen oder ihn darunter hervorzuziehen. Nicht einmal Blut tauchte am Rand auf. Es war gespenstisch und beängstigend zugleich. In weniger als drei Sekunden war ein Mensch von einem herabstürzenden Container zerquetscht worden. Die Männer schwiegen und wussten nicht, was sie tun sollten. Nur Tom rief immer wieder den Namen seines Bruders.

Der Einschlag der zweiten Riesenwelle holte die Männer des Suchtrupps zurück in die Realität. Der Container rutschte mit einem metallischen Kreischen wie ein verwundetes Tier einige Meter über den Boden. Nun wurde der Container auch für die anderen Männer zur lebensbedrohlichen Gefahr. Panisch hechteten sie beiseite und brachten sich mit knapper Not in Sicherheit. Als sie verfolgten, dass der Container eine Blutspur hinter sich herzog, griff die pure Verzweiflung um sich. Tom kreischte – und weinte hemmungslos. Die übrigen Männer ließen ihren Tränen freien Lauf oder gingen in die Hocke, sprangen sofort wieder auf und rauften sich die Haare. Das war für DeRuijter auch deshalb so aufwühlend, weil die philippinischen Seeleute ansonsten selten Gefühle zeigten.

DeRuijter wusste, dieser Unfall würde sein Leben verändern. Unfälle ereigneten sich, hier kannte er jedoch den Verantwortlichen. Er konnte sich nicht erinnern, jemals eine solch unbändige Wut auf einen Vorgesetzten empfunden zu haben. Es war der zweite große Fehler von Lira auf dieser Fahrt. Sie hätten Richtung Azoren ausweichen sollen, und jetzt das. Weit mehr, Joms Tod würde den Kapitän selbst hart treffen. Lira saß öfter in der Mannschaftsmesse und trank ein Bier mit seinen Männern. Darin war der Kapitän eindeutig besser. DeRuijter wurde von der Mannschaft akzeptiert und respektiert, aber Liras Bodenständigkeit, seine persönliche Bindung zu den niederen Rängen fehlten dem Ersten Offizier. Trotzdem, dieser Unfall hätte vermieden werden können und war einzig und allein Liras Nachlässigkeit zuzuschreiben. DeRuijter entschloss sich, bei seiner Rückkehr auf die Brücke den Kapitän seines Kommandos zu entheben.

Der Schock des Unfalls saß tief. Dennoch galt es, die Männer wieder zur Vernunft zu bringen und einen klaren Kopf zu bewahren. DeRuijter fürchtete eine weitere Riesenwelle. Der Container musste unter allen Umständen gesichert werden. Für einen Moment drang das schwache Tuten des Generalalarms an DeRuijters Ohr. Das konnte nur bedeuten, dass jemand durch das Schott im Maschinenraum den Laderaum betreten und die Tür wieder hinter sich geschlossen hatte.

DeRuijter fluchte laut, er wusste nur zu genau, was das zu bedeuten hatte. Der Erste Offizier wurde auf der Brücke gebraucht. Und er hatte den Alarm nicht gehört! Der sollte im gesamten Schiff, auch im Frachtraum zu hören sein. Warum funktionierten die Lautsprecher nicht?

DeRuijter trieb die Männer zur Eile an und legte beim notdürftigen Verankern des Unglückscontainers selbst

Hand an. Es kostete ihn einige Mühe, die Blutspur nicht zu beachten.

***

Das Einstiegsschott zum Frachtraum war von beiden Seiten zu öffnen, was Rosa besorgt registrierte, denn es bedeutete, dass sich jemand ungehindert zwischen Frachtraum und Decks hin und her bewegen konnte. Wie derjenige allerdings unbemerkt den Maschinenkontrollraum passieren konnte, blieb ihr ein Rätsel. Denn soweit sie wusste, mussten Kontrollraum und Brücke rund um die Uhr besetzt sein. Doch es hatte auch jemand unbemerkt die Antennen auf dem Toppmast zerstört.

Rosa zog das Schott auf und betrat den Frachtraum. Er war groß und unheimlich wie eine Kathedrale bei Nacht und bis zur Decke beladen mit Containern. Unmittelbar vor ihr stand der Oldtimer, von dem Stin DeRuijter gesprochen hatte. Links und rechts führten spärlich beleuchtete Gänge ins Dunkel des Laderaums. Sie rief Stins Namen, erhielt aber keine Antwort. Rosa entschloss sich, langsam an der Backbordseite in den Frachtraum vorzudringen. Wenigstens nervte hier nicht der Lärm des Alarms. Die spärliche Beleuchtung ließ ihre Anspannung dagegen ansteigen. Von Zeit zu Zeit rief sie nach dem Ersten Offizier.

Erst nach einigen Versuchen erhielt sie endlich eine Antwort von der gegenüberliegenden Steuerbordseite. Stin und Rosa verständigten sich über einen Spalt zwischen zwei Containerreihen. Um zu ihm zu gelangen, musste sie den ganzen Weg zurückgehen. Als Rosa schließlich den Ersten Offizier und seinen Suchtrupp fand, konnte sie sofort an dessen ernstem Mienenspiel erkennen, dass etwas Schreckliches vorgefallen sein musste. Die Männer waren kreidebleich, verschwitzt und bluteten zum Teil. Stin hatte eine Platzwunde an der Stirn. Die Riesenwelle musste sie genauso überraschend getroffen haben wie den Rest der Crew. Stumm wies der Offizier auf die Blutspur, die sich hinter einem mitten im Weg stehenden Container herzog.

„Irina?", fragte sie mit wegsackender Stimme.

Ein leichenblasser Stin DeRuijter schüttelte den Kopf. Es handelte sich also nicht um die verschwundene Köchin. Er berichtete mit bebenden Lippen vom Hergang der Tragödie. Rosa war fassungslos.

„Stin, der Kapitän ist bewusstlos, und wir sind sabotiert worden. Du musst sofort auf die Brücke", entschied sie.

Stin nickte und erkundigte sich, ob der Container ausreichend gesichert sei. Ein Matrose zog ein finsteres Gesicht, während er an einem dicken Tau zog, mit dem der Container befestigt worden war. Schon auf dem Rückweg zum Maschinenraum gab Stin die Anweisung, den Frachtraum von außen mit einem zusätzlichen Schloss zu verriegeln und ihm den Schlüssel zu übergeben, da die Durchsuchung unterbrochen worden war. Ein Matrose antwortete auf Philippinisch. Stin antwortete in derselben Sprache. Rosa blickte ihn fragend an.

„Ich hatte befürchtet, dass das eintritt. Aber nicht so schnell."

Rosa zog die Stirn in Falten.

„Vermisste, Mord, Riesenwellen, tödliche Unfälle", erklärte Stin. „Sie halten die Fahrt für verflucht."

Der Matrose wandte sich an Rosa, schimpfte erneut
auf Philippinisch und fügte in gebrochenem Deutsch
hinzu: „Was passieren noch?"

33

Adam Henrich stand in der Küchennische einer kleinen Zweizimmerwohnung in Berlin-Wedding. Kritisch beäugte er mehrere Pizzakartons, die sich auf der Spüle stapelten und in denen Essensreste Schimmel ansetzten. Er zählte dreiundzwanzig Kartons. Wenn Henrich von zwei Mahlzeiten pro Tag – das Frühstück klammerte er aus – ausging, hatte sich hier jemand mindestens elf Tage lang, fast zwei Wochen, von nichts anderem als Pizza ernährt und nicht die Wohnung verlassen, und sei es auch nur, um die Kartons zu entsorgen. Er hoffte, in einem eine Rechnung des Lieferservices zu finden.

Der gesamte übrige Wohnessraum war vermüllt. Leere Flaschen verteilten sich wahllos, genauso wie alte Zeitungen, Chips- und Kekstüten, Bananenschalen sowie zusammengeknülltes Stanniolpapier etlicher Schokoladentafeln. Vor allem rund um den Couchtisch und das Sofa sammelte sich der Unrat. Weiterer Hausmüll war in zwei großen blauen Säcken in der Küchennische aufgereiht. Daraus verbreitete sich ein bestialischer Gestank in der Wohnung. Der heiße Spätsommer hatte erstklassige Zersetzungsarbeit geleistet. Schon jetzt bemitleidete Henrich die Kollegen, die die Säcke später nach Hinweisen durchsuchen würden.

„Wer macht denn so was?", fragte der Hausmeister, der Henrich in das Apartment gelassen hatte.

Nicht *wer* machte so etwas, musste die Frage lauten, dachte Henrich, sondern *warum* hatte Claudia Münch tagelang die Wohnung nicht verlassen und – bei aller Liebe zur italienischen Küche – ausschließlich Pizza gegessen?

„Bitte!", sagte Henrich streng und wies mit ausgestreckter Hand Richtung Wohnungstür.

Widerwillig setzte sich der Hausmeister in Bewegung.

„Warten Sie", hielt Henrich ihn zurück.

Er schälte sich aus seinem blauen Trenchcoat und reichte dem Hausmeister den Mantel. Ihm war viel zu heiß. Am Morgen, da er das Haus verlassen hatte, war es noch kühl gewesen, aber nun trieb ihm eine Bullenhitze den Schweiß auf die Stirn. Außerdem wollte er mit dem Mantel nicht unabsichtlich Spuren verwischen. Verunreinigungen durch die eigenen Leute waren eine häufige Fehlerquelle.

„Wären Sie bitte so freundlich?"

Zögernd blickte der Mann Henrich an, als hätte er nicht richtig gehört.

„Die Spuren, verstehen Sie?"

Der Hausmeister nickte schwerfällig. So ganz schien ihn das Argument des BKA-Ermittlers nicht zu überzeugen und nahm ihm dann doch den Trenchcoat ab. Henrich entschuldigte sich und griff in eine Seitentasche. Die darin befindlichen Einweghandschuhe streifte er über.

„Wie gut kennen Sie Frau Münch?", erkundigte sich Henrich, bevor der Mann den Raum verließ.

„Ich kenne die Hausbewohner nicht. Ich habe eine ganze Reihe Häuser zu betreuen. Da bleibt keine Zeit für'n Schwatz, verstehen Sie?"

Der Hausmeister ließ Henrich allein.

Mit dem Gefühl, einen Betonklotz verschluckt zu haben, war Adam Henrich am frühen Morgen nach wenigen Stunden Schlaf erwacht. Im Traum hatten seine drei Ex-Ehefrauen über ihn, den selbstsüchtigen Kindskopf, zu Gericht gesessen. Dabei lag er, statt auf einer Anklagebank zu sitzen, auf einer altmodischen Therapiecouch. Seine Ex-Frauen hatten die Gestalt seiner ersten großen Liebe angenommen. Ihr Hauptargument gegen ihn war, dass Henrich seine Midlife-Crisis nie überwunden hatte, und sie verurteilten ihn zu lebenslanger Therapie. Es war ein bizarrer Traum gewesen. Allein das Wort „Krise" löste bei ihm sofort unzählige neue Krisen aus, und der Betonklotz in seinem Magen war zu monumentaler Größe angewachsen. Er wollte keine Therapie und sich damit den eigenen Unzulänglichkeiten stellen.

Scheiß auf die Sprüche von wegen „Stell dich deinen Ängsten", brummte Henrich innerlich.

Wie gut, dass es Arbeit gab, in die er sich flüchten konnte!

Seit Beginn seiner Ermittlungen waren gerade einmal vierundzwanzig Stunden vergangen. Sie mussten in alle Richtungen ermitteln, und die Zeit war knapp. Die Kollegen konnten sich nicht mit ausführlichen Hintergrundrecherchen aufhalten. Rosa Bach brauchte Ergebnisse – sofort! Doch das war alles andere als einfach. Mit Crew und Passagieren der *Leviathan* galt es neununddreißig Personen zu überprüfen. Und das war nur der kleine Teil. Dazu kamen diejenigen Leute, die nicht an Bord des Frachters waren – Familien und Angehörige sowie Angestellte der Reederei und das Personal des Hamburger Verladehafens, die für die Beladung zuständig gewesen waren. Insgesamt handelte es sich um mehr als hundert Personen. Das war selbst für das Bundeskriminalamt keine Kleinigkeit.

Das Referat für Organisierte Kriminalität bemühte sich stets um gute Kontakte zu Reedern. Gewöhnlich standen dabei illegale Waffentransporte, Drogenhandel und Menschenhandel im Fokus der Ermittler. *Kirsten Nordwest-Passagen*, der Eigner der *MS Leviathan*, war tatsächlich bereits aufgefallen. Er befand sich auf einer Liste von deutschen Reedern mit Schiffen, die das Horn von Afrika passierten, und Söldner privater Sicherheitsfirmen engagierten. Das war mittlerweile keine Seltenheit mehr und natürlich kein Verbrechen, dennoch eine dubiose Grauzone, in der es dem BKA endlich gelungen war, einen V-Mann einzuschleusen. Wurde die *Leviathan* für Konterbande benutzt? Wenn ja, für was?

Um Zeit zu sparen, hatten sich die Ermittler aufgeteilt. Ein Kollege überprüfte parallel das Umfeld der Köchin Irina Burduli, während Henrich die nicht erschienene Teilnehmerin Claudia Münch übernommen hatte. Es war gut, kein unnötiges Aufsehen zu erregen. Weder bei den Nachbarn noch – falls es sich um ein Verbrechen handelte – beim Täter, der eventuell die Wohnung observierte, und erst recht nicht wollte er die Teilnehmerin selbst beunruhigen. Denn es bestand ja immerhin die Möglichkeit, dass an der ganzen Sache nichts dran war und Claudia Münch mit grippalem Infekt im Bett lag und nicht ans Telefon ging.

Doch bereits dieser Stadtteil Berlins hatte Henrich verwundert. Das Klientel von Roland Hertz wohnte eher in Zehlendorf oder in anderen Gegenden, in denen sich Leute mit viel Geld niederließen. Und der Zustand, in dem sich das Apartment befand, versetzte Henrich in Alarmbereitschaft. Claudia Münchs Wohnung befand sich im Hinterhaus eines typischen Berliner Wohnkomplexes, fünfter Stock, fast ganz oben. Das Gebäude hatte dringend mehr nötig als nur einen neuen Anstrich, was angesichts des Bau- und Sanierungswahns in den letzten Jahren in der Hauptstadt eher ungewöhnlich war.

Im Hof hatte sich Henrich durch eine Traube Jugendlicher zwängen müssen. Zu seiner Zeit hätte man die jungen Leute als Halbstarke bezeichnet. Er wusste nicht, ob das für die Kids von heute immer noch galt. Henrich hatte nie Kinder gewollt. Das heißt, das eine Mal, als er glaubte, die Mutter seines zukünftigen Nachwuchses kennengelernt zu haben, war die Frau *diametral* entgegengesetzter Ansicht gewesen. Sie hatte ihn frech ausgelacht. Eine schmerzliche Erfahrung. Und so hatte sich Nachkommenschaft nie ergeben.

Die Jugendlichen im Hof hatten sich anfangs auf Arabisch unterhalten. Als Henrich näher kam, hatten sie ins Deutsche gewechselt. Das wunderte ihn. Er hätte das in jungen Jahren genau umgekehrt gemacht und die Sprache benutzt, die der Fremde nicht verstehen würde. Oder sah er heute Arabisch aus? In der Gruppe stritten sich zwei Mädchen über einen Eintrag auf einer Internetseite, den eines über das andere gemacht hatte. Die Kommentierte fühlte sich „gedisst".

„Du Hure von einem Wichser", beleidigte das eine Mädchen das andere.

„Ey, lies Facebook!"

Automatisch hatte sich Henrich gefragt, was das bedeuten sollte. Er brauchte dringend ein Update in Jugendsprache.

Beim Gedanken an den Schlagabtausch musste Henrich schmunzeln. Wie gerne wäre er vierzehn Jahre alt und könnte Dinge wie „Ey, lies Facebook!" von sich geben, ohne irgendeinen komischen Blick zu ernten. Stattdessen holte ihn die unerbittliche Realität in die Wohnung von Claudia Münch zurück. Sein Diensthandy klingelte.

Henrich nahm das Gespräch grußlos entgegen.

„Bin drin", informierte er den Anrufer knapp.

Der Kollege am anderen Ende der Leitung übermittelte Henrich einige Infos. Claudia Münch war zweiunddreißig Jahre alt und eine leitende Verwaltungsangestellte im Umweltministerium. Die Wohnung in Wedding war ihre Zweitwohnung. In der Regel fuhr sie am Wochenende zu ihrem Ehemann nach Bonn. Doch weder war sie am vergangenen Freitag dort gewesen, noch hatte sie sich wie geplant in Hamburg zur Einschiffung auf der *MS Leviathan* eingefunden. Auch das Wochenende davor war sie nicht in Bonn gewesen. Angeblich wegen zu viel Arbeit. Tatsächlich war sie seit zwei Wochen krankgemeldet. Für das Seminar hatte sie Urlaub genommen. Es war also noch nicht aufgefallen, was Henrich jetzt offensichtlich erschien: Die Frau war verschwunden. Er bedankte sich und trennte die Verbindung.

Nur pro forma rief er laut ins Apartment: „Frau Münch? Sind Sie da?"

Aus dem angrenzenden Raum kam keine Antwort.

Es war ein ungewöhnlich heißer Septembertag. Und noch am frühen Abend brannte die Sonne mit sommerlicher Intensität vom Himmel. Er war froh, den Mantel ausgezogen zu haben. Die Hitze staute sich in dem seit Tagen ungelüfteten Wohnesszimmer. Der Nebenraum musste das Schlafzimmer sein. Henrich krempelte die Hemdsärmel hoch. Auf der Schwelle warf er einen Rundblick. Nichts Auffälliges. Ein Schrank, ein Fenster mit Lamellenvorhang, ein Bett. Eine Yuccapalme unterhalb des Fensters war länger nicht mehr gegossen worden. Ein dunkler Schmutzkranz klebte in der Nähe auf dem Dielenfußboden. Die Pflanze war also verrückt worden. Gewischt hatte seitdem niemand. Vielleicht war die Palme aufgrund der Lichtverhältnisse an einen anderen Ort gestellt worden. Der Schmutzrand auf dem Boden wurde nämlich vom einfallenden Sonnenlicht erfasst, während die Pflanze nun im Schatten stand. Henrich achtete nicht weiter darauf.

Ein belangloser Fotodruck der Berliner Stadtsilhouette hing lieblos an der Wand. Henrich erkannte den Fernsehturm. Vor dem Doppelbett lag ein Läufer. Ebenfalls Möbelhausstandardware. Das Bett war ordentlich gemacht. Das Zimmer war schlicht, geradezu trostlos eingerichtet, sodass Henrich den Eindruck gewann, Claudia Münch würde da gar nicht wohnen. Und das tat sie ja auch in der Regel nur unter der Woche. Wenn die Gesuchte nicht hier, nicht in Bonn und nicht auf der

Leviathan war, wo war sie dann? Außerdem war der Essraum ein Müllplatz, während der Schlafraum penibel aufgeräumt war. Was hatte das zu bedeuten?

Und dann fiel ihm etwas ins Auge. Er sah deutliche Kratzspuren auf dem Fußboden. Das Bett war verschoben worden. Ebenso der Schrank. Henrich suchte die Wände ab, bis ihm eine gräuliche Umrandung den ursprünglichen Ort des Bildes anzeigte. Doch damit stimmte noch etwas anderes nicht. Es hing auf dem Kopf. Der Anblick der Stadt war ihm scheinbar so vertraut, dass es ihm auf den ersten Blick gar nicht aufgefallen war. Sämtliche Möbel im Raum waren im Uhrzeigersinn einmal um fünfundvierzig Grad verstellt worden.

Er untersuchte die freie Wand, an der früher das Bild gehangen hatte. Ein beißender Geruch stieg ihm in die Nase. Die Wand war mit einem eigenartig riechenden Reiniger geputzt worden. Aber nein, es roch nicht nach Putzmittel, sondern nach einer ihm vertrauten Chemikalie – Luminol. Henrich erstarrte. Das Ganze sah verdächtig inszeniert aus. Er ging die Szenerie Schritt für Schritt durch, bis er die Chemikalie mit dem Verrücken der Möbel in einen Zusammenhang gebracht hatte. Die Erkenntnis ließ ihn erschaudern.

Henrich knipste das Licht an und traf damit voll ins Schwarze!

Bläuliches Licht fiel von der Deckenlampe herab – auf der Wand tauchten wie mit Geheimtinte geschriebene Buchstaben auf. Die Glühbirne war gegen eine UV-Leuchte ausgetauscht worden. Da die „Geheimtinte" durch Luminol wieder sichtbar wurde, musste die Botschaft an der Wand mit Blut geschrieben sein. Der Täter kannte sich mit den kriminaltechnischen Methoden des BKA aus. Die Worte, die Henrich las, zersetzten den Betonklotz in seinem Magen zu ätzendem Brei, der sich durch seine Eingeweide fraß.

Spielregeln „Ich bin du"
Ziel des Spiels: die Eroberung der Seele eines Mitspielers.
1. Regel
Der Spielführer bestimmt die Spielregeln.
2. Regel
Der Spielführer sucht sich seine Mitspieler aus.
WICHTIG: Mitspieler dürfen nicht merken, dass sie Teil eines Spiels werden.
3. Regel
Der Spielführer erobert erst die äußere, dann die innere Welt seiner Mitspieler.
4. Regel
Der Spielführer erstellt eine detailgetreue Kopie seines Mitspielers. (Hier ist Kreativität gefragt!)
5. Regel
Als Kopie offenbart sich der Spielführer seinem Mitspieler: Mitspieler hat verloren. (Reaktionen sind ein Hochgenuss. Kamera für Erinnerungsfoto nicht vergessen!)
6. Regel
Die vollständige Assimilierung des Mitspielers, die Ich-bin-du-Metamorphose, wird vollzogen durch die Beseitigung des Mitspielers. Der Mitspieler ist im Körper des Spielführers aufgegangen.
7. Regel

Auftrag an den Gewinner: Suche neuen, würdigeren Mitspieler! – Das Spiel beginnt von vorne.
Anmerkung: Mit jedem Spiel erreicht der Spielführer einen höheren Würdegrad.

Was Henrich vor sich mit Blut an die Wand geschrieben sah, überstieg die Dimension eines gewöhnlichen Spiels, sei es nun ein Rollenspiel, Gesellschaftsspiel oder Videospiel, bei Weitem. Natürlich sollte ein Spiel Realismus erzeugen. Dieses Spiel forderte jedoch dazu auf, seinen zudem unwissenden Gegner systematisch auszulöschen. Schritt für Schritt. Es war ein tödliches Spiel. Obwohl das für Henrich falsche Assoziationen auslöste. Ein Spiel mit herbeigeführtem tödlichem Ausgang war eben kein Spiel mehr, sondern russisches Roulette, bei dem nur einer wusste, dass er Mitspieler war. Dieses Reglement überstieg an Perversion alles, was Henrich an abartigen Todesspielen kannte. Das war kein Spiel, sondern eine Menschenjagd!

Eine Mordanleitung, die allem Anschein nach gefunden werden *sollte*. Henrich wusste auf den ersten Blick, womit er es zu tun hatte. Auch wenn er privat von einer amourösen Katastrophe in die nächste schlitterte, seine Karriere als Fallanalytiker beim BKA war ihm nicht in den Schoss gefallen. Die Kälte, der Zynismus und die Menschenverachtung, mit dem die Spielregeln verfasst worden waren, drehten ihm den Magen um. Eindeutig, *Ich bin du* war das Machwerk eines Psychopathen.

Was würde dieser kranke Mörder auf einem abgeschiedenen Schiff wie der *MS Leviathan* anrichten können? Denn Henrich hegte keinerlei Zweifel daran, dass der Spielführer sein makabres Todesspiel längst eröffnet hatte. Hastig griff er zum Handy und tippte auf die Kurzwahltaste für Steiners Sekretariat.

Ohne abzuwarten, schrie er ins Telefon: „Henrich hier, verbinden Sie mich mit der *Leviathan* – sofort!"

Er erhielt nur eine knappe Antwort, dann hörte er eine ganze Weile nichts. Schließlich nur Rauschen und Interferenzen. Danach meldete sich die Frau aus Steiners Sekretariat wieder zu Wort.

„Herr Henrich, es tut mir leid, aber die *Leviathan* antwortet nicht. Die Leitung ist tot."

34

Sechster Tag
Route MS Leviathan: Nordatlantik

Der Morgen des sechsten Tages unterschied sich kaum von der Nacht – Finsternis wich Düsternis. Es wollte nicht hell werden. Am Himmel prangte ein kriegerisches Bollwerk ungestümer Gewitterwolken, bei dessen Anblick selbst dem größten Optimisten klar geworden wäre, dass die *MS Leviathan* mitten in einen Sturm fuhr, der die Kraft hatte, zu einem Orkan heranzuwachsen.

Rosa kauerte in Embryohaltung auf zwei Sesseln. Nicht weil das so gemütlich gewesen wäre, sondern weil die aneinandergestellten Sitzflächen keine andere Haltung erlaubten. Sie fror trotz einiger Decken, in die sie sich gewickelt hatte. Zwischen den Polstern hatte sich ein breiter Spalt gebildet. Dort blies kalte Luft über nackte Haut. Doch wenn sie sich jetzt bewegte, drohte ihr gesamtes Konstrukt auseinanderzubrechen.

Die zerbrochenen Fenster in der Offiziersmesse waren notdürftig repariert worden. Anfangs mit Spanplatten und als die ausgingen, mit aufgeklebten Plastiksäcken, die nicht sonderlich gut hielten. Die Messe wärmte sich nicht mehr auf. Alles war klamm und kalt. Aus Furcht vor weiteren Riesenwellen hatten die Seminarteilnehmer im Speisesaal übernachtet. Niemand wollte in seiner Koje schlafend von den Wassermassen überrascht werden.

„Was für eine Nacht. Hat einer von euch schlafen können?"

Der Sprechende flüsterte so leise, dass Rosa die Stimme nicht erkennen konnte.

Das Schweigen war Antwort genug.

„Wir können den Tag mit unserer Yogameditation beginnen. Prem Jyoshi leitet bestimmt ..."

Ein hysterisches Lachen unterbrach den Coach. Das Lachen verebbte so plötzlich, wie es ausgebrochen war. Rosa meinte, Angela Weniger ausgemacht zu haben. In die folgende bedrückende Stille lauschte Rosa dem Geräusch der Plastiksäckchen, die unter dem an- und abschwellenden Druck der Sturmböen knallten wie Feuerwerkskörper. Kurz darauf hörte sie Schritte, und jemand verließ die Messe. Rosa spähte über die Lehne, konnte aber niemanden erkennen. Sie musste sich getäuscht haben.

„Und noch vier Tage bis New York."

Stille.

„Können wir denn gar nichts machen?"

„Wir sollten unsere Seminarstunden wiederaufnehmen."

Als hätten die Teilnehmer eine geheime Übereinkunft getroffen, wurde Hertz' Vorschlag stillschweigend übergangen.

Wer vorher gesprochen hatte, hätte sie nicht mit Bestimmtheit sagen können. Die Stimmen klangen zu erschöpft und leise, als könnte sich der Sturm durch sie gereizt fühlen, noch kräftiger zu blasen. Vorsichtig schob Rosa eine Hand am Rücken hinab, um die freie

Stelle zu bedecken. Die ganze Nacht über hatte sie kein Auge zugetan und erst in den frühen Morgenstunden die provisorische Schlafstätte bezogen. Sie musste sich dringend ausruhen, bevor sie ihre Ermittlungen fortsetzte, die durch die Sabotage der Funkanlangen mehr als notwendig geworden waren.

Durch die Riesenwellen war alles aus den Fugen geraten. Dringlichere Arbeiten waren erforderlich gewesen, um zu verhindern, dass weiterhin Meerwasser eindringen konnte. Daher war sie der Mannschaft dabei zur Hand gegangen, das Chaos zu beseitigen. Es war wichtig, die beschädigten Fenster zu verschließen und die Küche wie das gesamte Hauptdeck wieder einsatzbereit zu machen. Außerdem war der Schaden an der Rudermaschine repariert worden, doch die Maschine blieb anfällig. Die Aufräumarbeiten und behelfsmäßigen Reparaturen hatten den restlichen Tag und weite Teile der Nacht in Anspruch genommen.

Eine dritte Riesenwelle hatte die *Leviathan* nicht getroffen, der Seegang hatte sich dagegen in den letzten Stunden gesteigert. Der Frachter schaukelte wie volltrunken durch stürmische See. Die Windstärke war bereits gestern auf konstante neun Beaufort geklettert. Den entschlossenen Arbeitseinsatz der Matrosen hatte Rosa bewundert. Ob verflucht oder nicht, keiner der Männer schien bereit, sein Leben dem Ozean billig zu verkaufen. Die Außentemperatur war beträchtlich gesunken, und der Wind pfiff eisig durch jede Ritze.

Kapitän Lira lag festgegurtet wie ein Gepäckstück im Bett seiner Kabine. Mila Adler hatte Krankenschwester spielen wollen, aber da sie nicht einmal wusste, dass Bewusstlose in die stabile Seitenlage zu bringen waren, hatte Rosa diese Aufgabe übernommen und die zum Teil schlimmen Blessuren einiger Matrosen zumindest notdürftig medizinisch versorgt.

Stin DeRuijter führte nun das Kommando, und er war wild entschlossen, keine weiteren menschlichen Verluste hinzunehmen. Der brutale Unfall im Frachtraum, der Sabotageakt und der ausgestoßene Fluch hatten sich trotz Stins Verbot schneller unter der Mannschaft herumgesprochen, als der neue Kapitän es hatte unterbinden können.

Die Passagiere hatten sich an unterschiedlichen Enden der Offiziersmesse so gut es ging eingerichtet. Die Ereignisse blieben nicht ohne Auswirkung auf die Teilnehmer. Rosa stellte nicht gerne die gesamte Gruppe unter Generalverdacht. Angesichts der Befragungen hatte Stin jedoch mit ihr übereingestimmt, die Passagiere unter dem Vorwand, es bestünde die Gefahr weiterer Riesenwellen, in der Offiziersmesse unter ständiger Beobachtung halten zu können. Bis auf Mila Adler war ohnehin niemand auf die Idee gekommen, sich in irgendeiner Weise nützlich zu machen.

„Eigentlich bin ich hier, um Stress abzubauen.“

Die Stimme klang nach Max Neumann.

„Zumindest habe ich seit gestern keinen Stress mehr.“

Mit einem nervösen Lachen, das eher wie ein Hüsteln klang, wollte er sich Mut machen. Was an die Stelle des Stresses getreten war, verschwieg er.

Das Gespräch verstummte.

Rosa nestelte weiter an der Decke herum, die Enden waren jedoch zu kurz. Zur Kälte gesellte sich ein Wadenkrampf. Es wurde Zeit aufzustehen. Umständlich befreite sie sich aus ihrem Kokon. Dehnend und massierend versuchte sie, die Verspannung im Bein zu lösen.

„Der Zweite Offizier mit der angeblichen Sanitäterausbildung wusste nicht mal, wo das Verbandszeug zu finden war. Ich habe dann den Kapitän versorgt", behauptete Mila vollkommen aus dem Zusammenhang.

Sie übertrieb maßlos.

„Angela? Hörst du mir zu, oder schläfst du noch?"

„Äh, die ist eben rausgegangen", klärte Kessler sie auf.

Eine üble Ahnung überfiel Rosa. Es hatte also doch jemand den Raum verlassen. Eine simple Unachtsamkeit aus Übermüdung – Mist! Trotz Krampf beeilte sich Rosa, Angela Weniger zu folgen.

Die Frau hatte einige Minuten Vorsprung. Rosa sparte sich den Umweg nachzuschauen, ob sie in ihre Kammer gegangen war, sondern lenkte ihre Schritte direkt hinab zum Fitnessraum, in den Angela Weniger bereits gestern versucht hatte einzudringen. Als Rosa den Korridor auf dem Hauptdeck betrat, sah sie sofort, dass es zu spät war. Die Tür zum Fitnessraum war geöffnet. Loco stand auf dem Flur und brüllte mit Donner grollendem Organ in den Trainingsraum.

„Sie wissen, dass Sie da nicht hineindürfen. Kommen Sie da raus!"

„Jaja", erwiderte Angela Weniger unbeeindruckt.

„Tut mir leid, ich hab's zu spät gehört, Rosa. Die ist komplett beratungsresistent."

Rosa schüttelte den Kopf. „Mein Fehler", sagte sie und trat ein.

Angela Weniger machte mit einer digitalen Spiegelreflexkamera mit klobigem Objektiv Aufnahmen vom

Tatort. Mit solchen Kameras hantierten in der Regel nur Profis.

„Hat die Leiche hier gelegen?", fragte sie, während sie eine gute Perspektive für ihr nächstes Foto suchte. „Und wo habt ihr sie hingebracht?"

Sie betätigte den Auslöser. Das Blitzlicht schmerzte in Rosas Augen. Angela Weniger übertrat aus Unachtsamkeit die Markierungen am Boden.

Rosas Geduld war ausgereizt. „Du verlässt sofort den Raum!"

„Ich erkenne deine Autorität nicht an."

Rosa atmete schwer aus. Beratungsresistent. „So weit waren wir schon. Ob du meine polizeiliche Autorität anerkennst oder nicht, ist völlig belanglos. Sie steht vor dir und wird keine Sekunde zögern, ihre Möglichkeiten auszuschöpfen!"

Angela Weniger lachte dreist. „Das ist doch Blödsinn."

„Den Speicherchip!", entgegnete Rosa.

„Im Leben nicht!"

Rosa fletschte die Zähne. „Wir können auch gleich Kamera samt Besitzerin im Atlantik entsorgen. In der gegenwärtigen Lage kommt alles aufs Gleiche hinaus. Hauptsache, eine Sorge weniger, stimmt's, Loco?"

Der Koch zögerte etwas zu lange, wahrscheinlich weil er nicht einschätzen konnte, ob Rosa nur vortäuschte, und vermasselte ihr damit den Bluff.

„Äh, ja, von der Sprotte wird zwar kein Hering satt …"

„Was habt ihr mit dem Blut gemacht?" Angela Weniger war kein bisschen irritiert.

Nun musste Rosa Taten folgen lassen, sonst würde sie ihre Glaubwürdigkeit ganz verlieren.

„Wie viel Liter enthält ein menschlicher Körper?"

„Lass mich mal überlegen, Angela", gab Rosa zurück und gab ihr eine schallende Ohrfeige.

Die Frau schrie auf. Gleichzeitig ergriff Rosa die Kamera und reichte sie in einer einzigen Bewegung an Loco weiter. Dreisten Leuten konnten man nur mit noch dreisteren Methoden Paroli bieten.

„Das ist Polizeischikane der übelsten Sorte!", protestierte Angela Weniger und hielt sich die Wange.

Rosas musste herausfinden, was das alles sollte, und wusste, dass die Frau es niemals freiwillig erklären würde.

„Es tut mir leid. Ich wollte dir nicht wehtun", log Rosa und hielt ihr die Hand versöhnlich entgegen.

Verwirrt erwiderte Angela Weniger die Geste. Kaum ruhte ihre Hand in Rosas, bohrte sich die Spitze von Rosas Daumen tief in das weiche Fleisch, genau zwischen Daumen und Zeigefinger. Angela Weniger kreischte, als hätte man ihr ein glühendes Eisen unter die Fingernägel geschoben. Tatsächlich schmerzte der Daumengriff bei richtiger Anwendung nur geringfügig weniger als eine Foltermethode. Angela Weniger gab jeglichen Widerstand auf. Mühelos drehte ihr Rosa den Arm auf den Rücken.

„Nein, das ist keine Schikane", erklärte Rosa, „das sind Straßenschlägertricks, die man im jahrelangen Umgang mit hinterhältigstem Gesindel wie russischen Zuhältern, chinesischen Waffenschiebern und mexikanischen Drogenschmugglern lernt." Sie beugte sich vor und sprach ihr über die Schulter ins Ohr. „Ich bin seit langer Zeit wahnsinnig genervt und unendlich wütend. Wirklich stinksauer. Weißt du, was ich meine?"

Angela Weniger nickte zögerlich.

„Wir können jetzt so weitermachen mit dem Effekt, dass ich dir ein paar weitere schmutzige Tricks zeige. Oder wir setzen uns hin und reden wie zivilisierte Menschen, falls das überhaupt noch möglich ist."

Die Frau erschlaffte in Rosas Polizeigriff. Langsam lockerte Rosa den Griff.

Angela Weniger taumelte einige Schritte vorwärts und ließ sich niedergeschlagen auf einer Trainingsbank nieder. Rosa und Loco tauschten einen Blick. Der Koch verstand, tippte sich mit zwei Fingern an die Stirn und schloss die Tür hinter sich. Rosa war sich sicher, er würde draußen Wache halten.

„So hat mich noch niemand zurechtgestutzt. Du machst sonst einen so zurückhaltenden Eindruck."

Das war kein Kompliment. Die unendliche Verbitterung, die aus ihren Worten herauszuhören war, ließ bei Rosa zahlreiche Situationen in den Sinn kommen, in denen Angela Weniger „zurechtgestutzt" worden sein konnte. Vielleicht auch von Leuten, die sie unterschätzt hatte. Was hatte sie alles Schlechtes erlebt? Andererseits, gut situierte Seminarteilnehmerinnen mit extremer Härte physisch zu attackieren, das war selbst für Rosa eine Premiere. Weitere Handgreiflichkeiten schienen nicht notwendig. Gleichwohl blieb Rosa wachsam und bemühte sich, alle Wut und Härte aus ihrer Stimme zu nehmen.

„Angela, arbeitest du in der Computerbranche?"

„Nein", gestand sie mit schwacher Stimme.

Rosa schluckte. Damit hatte sie gerechnet. „Du bist also keine Softwareentwicklerin bei einem internationalen Internetunternehmen."

Wieder verneinte Angela.

Rosa unterdrückte das Bedürfnis, laut aufzustöhnen.
„Wenn du keine IT-Fachfrau bist, wie du uns die ganze Zeit weisgemacht hast, welchen Job hast du dann?"
Angela Weniger ließ sich Zeit mit der Antwort.
„Ich bin Journalistin."

35

„Für die *Cosmique*?“

„Das ist eine bekannte Frauenzeitschrift“, erklärte Angela Weniger.

Rosa konnte es kaum glauben.

„Das ist mir bekannt“, sagte sie knapp. „Worüber schreibst du?“

„Ich schreibe einen Artikel über Burnout: Therapiemöglichkeiten, Medikamente, psychische Hintergründe, Ursachenbekämpfung, Präventionsratschläge und so weiter. Der Besuch des Seminars war eine Art Selbstversuch. Burnout ist nachwievor das Thema! Jeder schreibt darüber. Das kann ich mir nicht entgehen lassen.“

„Und du recherchierst quasi undercover?“

„Natürlich. Auf eine offizielle Anfrage hat das Büro von Hertz ablehnend reagiert. Der Guru ist über Öffentlichkeitsarbeit erhaben. Und das kann er ja auch. Hertz ist so wahnsinnig bekannt, der braucht keine PR mehr. Und wenn das hier gut läuft, kann er mit seinem Seminar reich und fett werden, verstehst du? Nicht dass er nicht schon reich genug wäre.“ Sie schwieg einen Moment. „Außerdem hat mich die Redaktion unter Druck gesetzt.“

Rosa blickte Angela fragend an.

„Na ja, indirekt“, schwächte sie ab. „Das machen die natürlich ein wenig subtiler. Aber sie wollen auf jeden Fall einen Bericht über das neueste Antistressseminar auf einem Frachtschiff von dem international renommierten Coachingguru.“

Sie fuhr sich nervös über die Stirn und massierte ihre Schläfen. Eine ähnliche erschöpft wirkende Geste hatte Rosa am allerersten Tag an ihr in der Messe beim Begrüßungsgespräch wahrgenommen.

„Du musst nur Burnout draufschreiben und schon verkauft es sich wie Butter“, sagte Angela Weniger verbittert.

Rosa war gespannt, was noch folgen würde.

„Ich brauche diesen Artikel, verstehst du? Diese Branche macht einen kaputt. Ich stehe gewaltig unter Druck. Ich bin nicht mehr die Journalistin, die ich früher mal war. Es sind die Kesslers in der Branche, die alles zerstören. Und die jungen sogenannten Journalistinnen, die sogar über ihren Waxingtermin twittern, als wäre jeder Scheißdreck preisverdächtig. – Tut mir leid, ich bin total zermürbt.“

„Warum hast du mir das nicht gestern bereits gesagt? Warum diese Undercovernummer?“

„Ich brauche echte Reaktionen. Wahre Emotionen. Wenn die Leute wissen, dass ich über sie berichten werde, verstellen sie sich. Außerdem hat Hertz das ja abgelehnt. Ich schreibe aus dem Blickwinkel einer Betroffenen heraus. Abgekämpfte Journalistin kämpft sich durch Burnoutseminar wieder an die Spitze. Das ist authentischer.“

Angela Weniger machte einen traurigen Eindruck, der Rosas Mitgefühl weckte, wenn auch nur für kurze

Zeit. Die Journalistin richtete sich auf. Ein eigenartiger Glanz legte sich über ihre Augen.

Sie lächelte triumphierend. „Dieser schwachsinnige Burnoutartikel ist was für gehirnamputierte Lifestyle-Affen. Aber jetzt das hier! Das ist der Hammer! *Mord beim Coachingguru! Das* wird einschlagen wie eine Bombe!"

Als Kriminalistin hatte Rosa von Haus aus ein gespaltenes Verhältnis zu den Medien und ihren Vertretern. Angela Weniger wollte die schrecklichen Ereignisse auf der *Leviathan* und insbesondere den Mord an Jennifer Stein ausschlachten, um Kapital daraus zu schlagen. Das überstieg Rosas Toleranzgrenze.

Und wozu verleitete diese Sensationslust? Ging Angela Weniger am Ende nicht nur sprichwörtlich über Leichen, um ihrer ins Stocken geratenen Karriere wieder Aufwind zu verpassen? Und wieder beschäftigte sie sich mit der Frage: Was verschwiegen ihre Mitpassagiere?

Spontan entschloss sich Rosa, ihren Ermittlungsmethoden eine radikale Wendung zu geben. Sie griff zum Telefon und rief die Brücke an. Sie verständigte sich mit Stin, packte Angela Weniger grob am Oberarm und zog sie mit sich.

Wie erwartet, hielt Loco vor der Tür Wache. Sein massiger Leib füllte den gesamten Türrahmen aus. Der Koch trat beiseite und gab den Weg frei.

„Rosa?", rief Loco ihr hinterher.

„Alles okay, Loco", sagte sie. „Mami geht spielen."

„Was bedeutet das?", fragte Angela Weniger perplex.

Rosa antwortete nicht. „Wann setzt die *Cosmique* wieder Profimodels ein? Ich finde es nämlich weit weniger deprimierend, ferne Laufsteggöttinnen zu betrachten, als angebliche ganz normale Ich-bin-so-wie-du-Schönheiten vorgesetzt zu bekommen."

„Das machen die nicht mehr."

Rosa stutzte – musste schon länger her sein, dass sie eine Zeitschrift gekauft hatte.

„Mami geht spielen? Was hast du mit mir vor?", wiederholte sie aufgebracht.

„Ach das! Das ist ein saudoofer Spruch aus einem Actionfilm, den ich mal meinem Freund – Korrektur: Ex-Freund – zuliebe schauen musste. Nur ein Sinnspruch dafür, dass das Leben manchmal echt hart und beschissen sein kann."

Angela Weniger erschrak heftig. „Was hast du vor? Willst du mich über Bord werfen?"

Rosa lachte finster. „Nein, etwas viel Besseres. Wir verpassen deinem Artikel eine neue dramatische Wendung."

Angela Weniger bekam es mit der Angst zu tun. Sie zerrte an ihrem Oberarm, aber Rosas Griff war wie angenagelt.

„Wie ... was bedeutet das?", rief die Frau hilflos.

„Ich nenne es mal ‚Fütterung der Raubtiere'."

Angela Weniger schaute Rosa ungläubig an. Dann breitete sich langsam die Erkenntnis auf ihrem Gesicht aus. Mit vor Schreck geweiteten Augen versuchte sie noch heftiger sich zu befreien.

„Nein, nein", schrie sie, „das kannst du nicht machen!"

Und ob sie konnte!

„Du bist verrückt!", meinte die Journalistin mit zitternder Unterlippe.

Rosa hielt inne. „Das dachte ich auch. Drei Jahre lang. Seit ich an Bord bin, habe ich allen Grund, daran zu zweifeln."

Wenige Augenblicke später betraten Rosa und Angela Weniger die Offiziersmesse. Die Teilnehmer sowie Hertz und seine Assistentin hielten sich nach wie vor in ihren Notlagern auf.

Fast gleichzeitig mit ihr traf Stin von der Brücke ein. Rosa hatte ihn seit Stunden nicht mehr gesehen und wunderte sich über seine äußerliche Veränderung. Er trug nicht mehr seine Uniformjacke mit den goldenen Tressen. Und ohne seine strahlend weiße Schirmmütze offenbarte Stin wildes Kraushaar, das er wohl sonst mit Gel glättete. Sein Hemd war fleckig und verschwitzt. Die hochgekrempelten Ärmel gaben muskulöse Unterarme frei. Offensichtlich war er irgendwann in der Nacht nass geworden und ließ seine Kleidung am Körper trocknen. Der Schatten eines Barts legte sich über sein Gesicht. Stin sah nicht mehr aus wie ein überkorrekter Offizier, sondern wie ein verwegener Draufgänger. Es hätte sie nicht verwundert, wenn er sich eine blitzende Klinge zwischen die Zähne geschoben hätte. Wie am Telefon besprochen, überreichte er ihr unbemerkt von den anderen Walkie-Talkies.

„Wann können wir zurück in unsere Kammern?", fragte Linda Meyer den neuen Kapitän.

„Das muss noch warten", antwortete er.

„Ach, das ist doch nicht mehr nötig", sagte Hertz.

„Es ist nur zu Ihrer Sicherheit."

Diese Floskel war nicht einmal gelogen.

„Wir sind alle erledigt von den letzten vierundzwanzig Stunden. Eine Dusche wäre angebracht, etwas zu essen ebenfalls."

„Herr Hertz", sagte Stin bemüht sachlich, „vielleicht ist Ihnen nicht entgangen, dass wir uns in einer ernsten Lage befinden."

„Hören Sie ...", setzte der Coach an.

„Ich führe das Kommando, nicht Sie! Und wenn sich Lira nicht von Ihnen hätte breitschlagen lassen, wären wir niemals in diesen Sturm geraten."

Einige Teilnehmer wurden aufmerksam.

Hertz versuchte abzuwiegeln.

„Darüber hinaus haben wir noch ganz andere Schwierigkeiten", fuhr Stin unbeirrt fort.

„Stimmt", meinte Kessler. „Was ist eigentlich aus dieser Befragungskiste geworden?"

„Genau genommen ist seit drei Tagen nichts mehr passiert", pflichtete ihm Mila Adler bei.

„Nichts passiert? Das sehe ich anders!", erwiderte Linda Meyer. „Ich frage mich, ob Rosa mit ihrer Fragerei nicht einem Phantom hinterherjagt."

Rosa richtete ihr Augenmerk auf Angela Weniger, die sich mit hängenden Schultern auf der vorderen Kante eines Stuhls niedergelassen hatte und dort saß wie eine Angeklagte, die auf ihr Urteil wartete. Was hatte sie vorhin gesagt? Ihr Artikel über Burnout würde einschlagen wie eine Bombe? Es wurde Zeit, *ihre* erste Bombe platzen zu lassen.

Angela Weniger erwiderte Rosas Blick. „Nein bitte, tu das nicht! Meine Reputation!"

„Wusste jemand von euch – außer Max, meine ich –, dass Angela einen Artikel für die *Cosmique* über das Seminar schreibt? Sie ist keine IT-Fachfrau, sondern Journalistin", sagte Rosa.

Es entstand Gemurre.

„Du bist also aufgeflogen", kommentierte Neumann.

Angela Weniger schnitt eine Grimasse.

„Ja, sagen Sie mal", entfuhr es Hertz, „stimmt das?"

Die Journalistin reagierte nicht.

„Es wusste also niemand?", hakte Rosa nach.

Die Teilnehmer schüttelten ungläubig den Kopf. Offenbar waren sie noch nicht ganz überzeugt.

„Max, woher kennt ihr euch?", fragte Rosa.

„Sie hat mal über mich geschrieben. Unter falschem Vorwand hat sie sich in mein Atelier geschlichen und meine Mitarbeiter über meine Methoden und Arbeitsbedingungen ausgefragt. Der Artikel war natürlich wenig schmeichelhaft. Sie hat behauptet, ich würde den Kunststudenten, die für mich arbeiten, die Ideen klauen. Am Ende hat mir diese Negativ-PR einen guten Umsatz verschafft."

Neumann lachte breit. Es bereitete ihm offensichtliches Vergnügen, Angela Weniger bloßstellen zu können.

„Dazu kam ...", setzte er an.

„Es reicht, Max. Du hast deine Revanche gehabt."

„Es ist also wahr", rief Hertz.

Sieben vorwurfsvolle Augenpaare starrten Angela Weniger an.

„Ich hab es mir gedacht, als ich sie in ihr Skizzenbuch schreiben sah", sagte Linda verächtlich. „Was hattest du vor? Dich lustig zu machen über unsere Leiden?"

„Wir haben noch genügend Zeit, darüber zu debattieren. Das ist längst nicht alles." sagte Rosa mit düsterem Sarkasmus, als wäre sie Knecht Ruprecht und hätte neben Lob und Gaben auch Tadel und Schläge zu verteilen. Rosa nutzte die Zeit, um sich auf einem Sessel niederzulassen. „Dass Jennifer Stein erst im Lauf der dritten Nacht ermordet wurde und ihr Tod erst gegen Morgen des vierten Tages entdeckt wurde, hat lediglich zu bedeuten, dass der Täter oder die Täterin so lange gewartet hat, bis wir außer Reichweite der Küsten waren. Die Gefahr wurde von den Verantwortlichen nicht ernst genommen. Es gibt kein Zurück mehr. Das bedeutet jedoch nicht, dass sich vorher nichts ereignet hätte. Seit der ersten Nacht wird eine Köchin vermisst. Weiterhin ist eine Teilnehmerin gar nicht erst zum Seminar erschienen. Es handelt sich also um drei ungeklärte Vorfälle."

„Aber das müsste sich doch mit einem Anruf am Festland klären lassen", sagte Mila Adler rechthaberisch. „Das ist nun wirklich keine große Sache."

„Das ist richtig", gab Rosa zurück. „Vielen Dank für den Hinweis. Nach meinen Befragungen gestern Nachmittag wurden allerdings sämtliche Kommunikationseinrichtungen zerstört. Wir sind jetzt vollkommen abgeschnitten von der Außenwelt."

„Das heißt, jemand hat das Satellitentelefon sabotiert?", fragte Bahlow besorgt.

Angela Weniger vergrub das Gesicht in den Händen. Linda Meyer kaute nervös auf ihrer Unterlippe. Alle anderen starrten Rosa entsetzt an, als hätte sie von der Sichtung eines Riesenkraken berichtet.

„Von alledem wussten wir nichts! Warum hat man uns nicht informiert?", wollte Linda wissen.

„Roland wollte euch nicht beunruhigen", meinte Prem Jyoshi.

Wenn sie ihn verteidigen wollte, erreichte sie genau das Gegenteil damit. Hertz bemühte sich, die Beschwerden gegen ihn abzumildern.

„Auch damit können wir uns später beschäftigen", unterbrach Rosa den Aufruhr. „Erst einmal bleibt Folgendes festzuhalten: Das ist keine Phantomjagd. Wir spielen nicht *Mister X* oder *Cluedo*. Und ich zaubere nicht das Mordmotiv mit einem weißen Taschentuch aus einem Zylinder hervor." Sie holte tief Luft. „Wir haben einen Mörder an Bord, und niemand kann sagen, ob oder wann er wieder zuschlägt und wen es ereilt."

Sie ließ ihre Worte wirken.

„Aber das hat auch etwas Gutes."

Alle blickten sie verständnislos an.

„Der Mörder kann nur einer von uns acht sein."

Bombe Numero drei.

Rosa stand auf und verließ, gefolgt von Stin, den Raum. Auf der Sitzfläche des Sessels blieb ein Walkie-Talkie zurück.

36

Auf ihrem Weg hinab in die Küche dachte Rosa darüber nach, wie sie ihr unorthodoxes Verhalten später einmal im Bericht erklären und gegebenenfalls sogar rechtfertigen konnte, während sie den Kopfhörerstöpsel des zweiten Funkgeräts ins Ohr drückte. Ganz wohl war ihr nicht bei der Sache. Es entstand ein unkalkulierbares Risiko. Doch sollte sie dasitzen und warten, bis der Mörder zu ihr kam?

Stin DeRuijter war zurück auf die Brücke gegangen. Und so war die Küche der einzige Ort, an dem sie sich momentan sicher fühlen konnte. Sie hatte das zurückgelassene Funkgerät auf Dauersprechfunktion gestellt und das Mikro ihres Empfängers ausgeschaltet. Nun konnte sie zuhören, wie sich das Gespräch angesichts der Offenbarungen entwickeln würde.

Als sie Loco ihr Vorhaben erklärte, nickte der Koch anerkennend. „Raffiniert. Wie ein Babyfon. Mami überwacht die bösen Kinder.“

„Ganz genau.“

„Du kannst nicht kochen, aber ganz auf den Kopf gefallen bist du nicht.“

Rosa zog die Brauen hoch. Loco stellte die Kochkunst über alles andere.

„Du bist übrigens heute Abend eingeladen“, verkündete er.

„Eingeladen?“

Der Koch wollte fortfahren, als ihm Rosa bedeutete, später weiterzureden. Drei Stockwerke über ihnen entwickelte sich das Gespräch.

„Das ist kein normales Seminar mehr“, sagte Max Neumann.

Rosa musste daran denken, dass er während ihrer Befragung über einen Mörder und dessen Vorgehen spekuliert hatte.

„Es war nie eines“, entgegnete Angela Weniger, „das hast du doch gehört.“

„Also am allerwenigsten können wir jetzt Sie und Ihre Sprücheklopferei gebrauchen“, sagte Hertz ungewöhnlich aggressiv. „Was bilden Sie sich eigentlich ein, hierherzukommen und herumzuschnüffeln!“

„Das ist nicht verboten.“

„Wenn Sie nur ein Wort über mich oder dieses Seminar veröffentlichen, werde ich Sie und Ihr Magazin verklagen.“

„Wowowo“, keifte Tommy Kessler, „Sie könnten ruhig etwas höflicher sein. Immerhin haben wir einen Großteil des Schlamassels ja wohl Ihnen zu verdanken!“

„Was sieht Ihr Konzept eigentlich bei einem Ausfall des Seminars vor?“, fragte Mila Adler. „Sie können schließlich unter diesen Umständen nicht von uns erwarten, dass wir weiter daran teilnehmen wollen.“

„Ein Ausfall ist nicht vorgesehen.“

„Und der Sturm und das alles?“, hakte Mila nach.

„Höhere Gewalt.“

„Höhere Gewalt", höhnte sie, „ich werde das meinen Anwälten übergeben, und dann werden wir ja sehen, wie weit Sie mit Ihrer höheren Gewalt kommen."

Kessler stimmte ihr zu.

„Könnt ihr euer juristisches Säbelrasseln nicht auf später verschieben?", mischte sich Henning Bahlow ein.

„Und das sagt ausgerechnet ein Anwalt."

Bahlow reagierte nicht auf Milas Kommentar. „Wenn einer von uns ein Mörder ist, wer könnte das wohl sein?"

Die Frage hätte von mir stammen können, dachte Rosa und lauschte gespannt.

Niemand antwortete, wahrscheinlich weil keiner den anderen vor der gesamten Gruppe beschuldigen wollte.

„Meine Sachen wurden seit Beginn der Reise immer wieder durchsucht. Wer weiß, vielleicht war das ja diese Journalistin?" Bahlow sagte „diese Journalistin", obwohl Angela Weniger anwesend war. Ihren Status als inoffizielle Gruppenmutter hatte sie wohl mit ihrer Enttarnung eingebüßt.

„Das ist mir auch aufgefallen", stimmte Neumann ihm zu. „Meine Skizzenbücher wurden durchwühlt. Wenn mir einer meine Ideen klaut oder verbreitet, ich würde stehlen, verstehe ich keinen Spaß mehr."

Es entstand eine nachdenkliche Pause.

„Verdammt noch mal, es ist doch schon lange Frühstückszeit. Wo bleibt das Essen? Ich habe einen Bärenhunger!", rief Kessler.

„Wie kannst du jetzt an Essen denken?", meinte Mila.

In der Küche suchte Rosa Locos Blick. „Das Frühstück?"

Loco nickte. „Ist gerade fertig.“

„Warte bitte noch, bis du es hinaufschickst.“

„Wie du meinst.“

„Aber stell es schon mal in den Speiseaufzug, sodass der Essensduft nach oben zieht.“

„Du gemeines Miststück“, erwiderte Loco.

Kaum hatte sie vom Essen gesprochen, erging es ihr wie Kessler. Sie verspürte Hunger. Kein Wunder, die letzte Mahlzeit hatte sie gestern Mittag zu sich genommen. Loco bemerkte ihre hungrigen Augen und servierte ihr einen üppig beladenen Teller mit Rührei, Schinken, Brot und Kaffee.

„Ich könnte auch dringend was zu futtern gebrauchen“, sagte Neumann via Funk, während Rosa zu essen begann.

Bahlow lenkte das Gespräch wieder auf die wichtigen Dinge. „Irgendjemand hat spioniert und diese Funkanlagen zerstört. Das kann nur derjenige gewesen sein, der für den Tod an Jennifer Stein verantwortlich ist.“

„Und wer sollte das sein?“, fragte Linda.

„Mir fällt nur einer ein“, antwortete Bahlow.

„Spann uns nicht so auf die Folter.“

Henning Bahlow holte Luft. Auch Rosa wartete, bis sie sich den nächsten Bissen in den Mund schob.

„Du hattest bestimmt eine Affäre mit ihr, Tommy!“, rief Bahlow zornig.

Kessler schnaufte verächtlich. „Ich? So ein Quatsch, ich habe eine Affäre mit Mila.“

„Hattest“, sagte Mila Adler kalt. „Achte bitte auf die korrekte Formulierung. Hattest. Das wollen wir dringend festhalten!“

„Du Schlampe", giftete Angela Weniger überraschend.

„Ach Scheiße, Angela, du hättest ihn doch selbst am liebsten gefickt! Außerdem hast du wirklich und wahrhaftig nicht mehr die Berechtigung, dich über irgendetwas zu beschweren."

„Schlampe", wiederholte die Journalistin. „Dieser kleine Pisser da läuft wie der ägyptische Fruchtbarkeitsgott mit permanent erigiertem Penis herum, und was macht das ach so feine, hochmoralische Fräulein Adler? Die Beine breit wie eine ganz gewöhnliche Nutte."

Rosa wunderte sich, dass von Mila keine Erwiderung kam. Vielleicht reagierte sie ja mit einer Geste.

„Wie lange geht das schon mit euch?", fragte Linda Meyer.

„Das geht dich nichts an", erwiderte Kessler.

„Oh, ich antwortete gerne", sagte Mila. „Dieser Irrtum hat nur ein einziges Mal stattgefunden."

Neumann lachte auf.

„Dann ficken noch andere rum", schlussfolgerte Linda Meyer. Die Aussage schien die Passagiere zu überraschen. Es entstand eine kurz Gesprächspause. „Ich habe öfter Sexgeräusche gehört."

„Ich auch", bestätigte Angela Weniger, die sich daran erinnerte unmittelbar nach ihrer Ankunft an Bord die selbe Vermutung gehabt zu haben.

„Und wer soll das sein?", fragte Bahlow.

„Keine Ahnung, vielleicht hat Bitch-Baby-Tommy ja doch eine zweite oder dritte Liebschaft am Start", meinte Linda bissig.

„Ach, halte einfach deine dumme Klappe!", brauste der Geschäftsmann auf.

Auch Mila fühlte sich angegriffen und warf Linda Meyer eine Beleidigung an den Kopf.

„Vielleicht hat er ja nicht nur was mit dir und Jennifer gehabt, sondern auch noch mit der Köchin, die vermisst wird", fuhr Linda unbeirrt fort.

In der folgenden Pause konnte sich Rosa lebhaft vorstellen, wie Linda von Mila mit Blicken angefeindet wurde.

Rosa hörte ein schleifendes Geräusch. Das mussten die Scharniere der Flügeltür sein. Sofort griff sie zum Bordtelefon. Stin DeRuijter nahm den Hörer ab, noch bevor das erste Klingeln beendet war.

„Jemand verlässt die Messe", meldete Rosa.

„Ich habe zwei Männer ins Foyer geschickt", erwiderte Stin.

Der Mann dachte mit! Rosa bedankte sich und legte auf.

„Können wir nicht irgendwie schneller nach New York kommen?"

„Was meinst du mit ‚schneller‘, Tommy?", erkundigte sich Max Neumann.

„Er hat es nicht begriffen", sagte Angela Weniger.

„Tommy, wir sind mitten auf dem Atlantik", sagte Neumann. „Hier gibt es keine Abkürzungen."

„Entweder der Typ spielt den Dummen, oder er ist echt noch unbelichteter, als die Scheiße, die er produziert", kam es von Linda.

„Tattoos sind wohl auch eher ein Unterschichtenerkennungsmerkmal." Mila sparte nicht an elitär konservativen Kommentaren und nahm schon wieder Kessler in Schutz.

„Wir sollten uns auf den Aspekt konzentrieren, dass Kessler weitere Affären hat", brachte Bahlow die Gruppe erneut auf die wesentlichen Dinge zurück.

Rosa fiel auf, dass er Personen, über die er redete, nur noch in der dritten Person ansprach.

„Wenn *er* seine Affären beseitigt", fuhr Bahlow fort, „weil er irgendein perverser Frauenmörder oder so was ist und das jetzt alle wissen, hat Rosa recht mit dem, was sie sagt. Dann sind wir alle in Gefahr."

Das klang selbst für Rosa plausibel. Die übrige Gruppe schoss sich unter Henning Bahlows und Mila Adlers Führung auf Tommy Kessler ein. Auch Hertz schien die Ablenkung von den eigenen Fehlern willkommen. Und Linda Meyer machte erst gar kein Geheimnis daraus, dass sie ihn am liebsten, ohne zu zögern, Kiel geholt hätte. Jedem fiel ein Moment ein, in dem Tommy Kessler eine Frau aus der Runde angebaggert hatte. Kessler fand keine Gegenargumente mehr, um sich zu wehren. Zu mehr als hilflosen Lauten reichte seine Verteidigung nicht. Alles, was er von sich gab, klang völlig kopflos. Selbst über Funk konnte Rosa spüren, dass der Mann dem Zusammenbruch nahe war.

Es entstand eine längere Pause, in der scheinbar Möbel umfielen oder umgestoßen wurden. Rosa hörte Ächzen und Stöhnen. Porzellan ging zu Boden. Dann klingelte das Telefon in der Küche. Loco reichte ihr den Hörer weiter.

„Wollen wir die Zimmersperre aufheben, sonst springen die sich noch an die Gurgel", sagte Stin, der an einem dritten Gerät auf der Brücke mitgehört hatte.

Rosa vermutete, dass genau das gerade geschehen war. Wenn sie zusammenblieben, bestand die Gefahr, dass sie weiter aufeinander losgingen. Es war also besser, die Passagiere erst einmal auf ihre Kammern zu schicken, damit sie nicht länger irgendjemanden wie Kessler zum Sündenbock deklarierten. Sie stimmte zu.

„Ihr seid vollkommen wahnsinnig", meldete sich Kessler atemlos zu Wort. „Ich habe niemanden umgebracht!"

Schwere Atemgeräusche waren zu hören.

Endlich betätigte Rosa die Push-to-talk-Taste ihres Walkie-Talkies und teilte den Mitpassagieren in der Messe nüchtern mit: „Danke, ihr könnt wieder in eure Kammern gehen."

Noch bevor sie das Gerät ausgeschaltet hatte, hörte sie vereinzelte Protestrufe.

„Hat die uns die ganze Zeit zugehört?"

„Unverschämtheit!"

Rosa legte das Gerät beiseite und nahm den Ohrstöpsel heraus. Jetzt hieß es abwarten, ob die Konfrontation den Mörder nervös gemacht hatte. Nachdenklich nahm sie ihre Mahlzeit wieder auf. Bereits beim ersten Bissen verzog sie das Gesicht.

„Kalt!"

Erst in diesem Moment bemerkte sie, dass ein Matrose Prem Jyoshi in die Küche geführt hatte. Sie musste schon länger dagestanden und zugehört haben, denn die junge Assistentin schaute ihr mit entgeisterter Miene ins Gesicht.

„Hat außer dir noch jemand die Messe verlassen?",
wollte Rosa wissen.

„Nein", antwortete Prem Jyoshi.

„Warum bist du rausgegangen? Darfst du überhaupt
ohne Roland irgendwo hingehen?"

Prem Jyoshi ließ sich nicht von Rosa provozieren.
„Ich wollte mit dir sprechen."

Rosa blickte die junge Frau erstaunt an. Dann bedeu-
tete sie ihr, in Locos Computerecke Platz zu nehmen.
Sie saßen sich an einem kleinen Tisch gegenüber. Der
Koch brachte beiden eine Tasse Kaffee, den Prem
Jyoshi jedoch nicht anrührte.

„Roland überschätzt sich", begann sie „und zwar gnadenlos."

Eine interessante Eröffnung, dachte Rosa.

„Dieses Seminar hätte niemals stattfinden dürfen."

37

Der Fund der rätselhaften Spielregeln von *Ich bin du* am gestrigen späten Nachmittag und der Abbruch sämtlicher Kommunikationsmöglichkeiten zur *MS Leviathan* hatten die nie ruhende Maschinerie des Bundeskriminalamts noch einmal angeheizt. Die Reederei konnte ihren Frachter nicht mehr orten, was für alle am Festland genau genommen bedeutete: Das Schiff war wie vom Erdboden oder eben Ozean verschluckt. Niemand konnte widerlegen, dass die *Leviathan* nicht längst untergegangen war. Der Einsatz von Drohnen war erwogen, jedoch aufgrund der sich verschlechternden Wetterlage verworfen worden. Im engsten Ermittlerkreis hatte sich deprimierte Ernüchterung breit gemacht, wie bei einem Notarzt, der zu spät einen Unfallort erreichte und nur noch den Tod des Opfers feststellen konnte.

Was spielte sich direkt vor ihren Augen ab, ohne dass sie eingreifen konnten? Gleichzeitig spornte es an. Die Ermittler füllten immer mehr Lücken. Doch die Zeit lief ihnen davon. Die *MS Leviathan* wurde planmäßig Samstagnachmittag in drei Tagen in New York erwartet. Ein paar Stunden zusätzliche Fahrtzeit aufgrund des Wetters mussten sie dem Schiff geben. Aber was, wenn der Frachter überfällig war und fernblieb?

Adam Henrich hatte den Prioritätsstatus der Taskforce *Leviathan* ausgeschöpft und die Spielregeln in Verbindung mit den wichtigsten zur Verfügung stehenden Informationen sämtlichen internen Abteilungen, Spezialisten wie Analysten, übermittelt. Selbst den Personenschützern im ersten Stock hatte er die Spielregeln gemailt und mit dem Referatsleiter telefoniert, der bestätigte, seine Männer im Einsatz zu erhöhter Wachsamkeit sensibilisiert zu haben. Am Freitag wurde der britische Premierminister in Berlin erwartet. Es war also angesichts des hohen Staatsbesuchs nicht nötig, von zusätzlicher Sensibilisierung zu sprechen.

Henrich hatte sich um so dankbarer gezeigt. Beim Bundeskriminalamt in Wiesbaden und Berlin arbeiteten Experten aus nahezu allen natur- und geisteswissenschaftlichen Bereichen. All die Mathematiker, Informatiker, Sprach- und Kulturwissenschaftler sowie Chemiker, Biologen und Techniker der unterschiedlichsten Fachrichtungen hatten bisher eines herausgefunden: nichts.

Die Spielregeln ließen sich nichts Bekanntem zuordnen. Keiner terroristischen Vereinigung, keiner gewaltbereiten Splittergruppe, keinem bekannten Einzeltäter, keiner Verbrecherorganisation. Nicht mehr als die allgemein übliche Definition eines Spiels, nachzulesen in jedem Lexikon. Ein Techniker hatte sich bei ihm per E-Mail gemeldet und angekündigt, seine Abteilung „bastle" an etwas, mit dem verschlüsselte Geheimbotschaften via GPS verschickt werden könnten. Und zwar in beide Richtungen. Was natürlich die ursprüngliche Funktion des Positionssystems aushebelte, da der

Feind den eigenen Standort nicht bestimmen können sollte. Dieses neu zu entwickelnde System war als reine Notfallfunktion gedacht. Ein Weg existierte bereits seit Längerem: Senioren konnten, mit einem entsprechenden Notprogramm, Smartphone und GPS ausgestattet, bei einem Unfall ihr GPS-Signal nicht nur empfangen, sondern auch senden und damit ihre Position einem Notarzt übermitteln. Henrich wurde aufmerksam. Konnte er Rosa doch eine Nachricht zukommen lassen? Die technischen Erläuterungen hatte Henrich überlesen, weil er solche Dinge eh nie verstand, aber insgesamt war das SMS-per-GPS-System mehr in der theoretischen Phase seiner Entwicklung. Eine gute Idee, da das GPS der *Leviathan* jedoch nicht funktionierte, leider hinfällig.

Jedes einzelne der bundesdeutschen Landeskriminalämter war informiert. Ebenso die deutschen Geheimdienste – der BND, der Verfassungsschutz und der Militärische Abschirmdienst. Zum MAD pflegte Kriminaldirektor Steiner gute Kontakte. Henrich hatte darüber hinaus sämtliche internationale Dienste wie Interpol, Europol und selbstverständlich das FBI eingeweiht. Das Bundeskriminalamt genoss einen erstklassigen Ruf, ähnlich wie die amerikanische Bundespolizei oder der britische Metropolitan Police Service und Scotland Yard. Anfragen seitens des BKA würden also sehr ernst genommen werden. Auch die internationalen Datenbanken waren zu keinem anderen Ergebnis als die deutschen gelangt. Diese Regeln waren dazu für alle neuen Spielformen wie Online- und Videogames untypisch. Formulierungen und Sprachgebrauch wiesen auf keinen speziellen religiösen oder kulturellen Hintergrund hin.

Und natürlich hatte sich Henrich sowohl mit der Tiroler Akte beschäftigt als auch mit den österreichischen Kollegen verständigt. Selbst nach drei Jahren hatten die Bilder von Elena Geutings grausamer Ermordung nichts von ihrer Intensität eingebüßt. Wenn es eine noch nicht bewiesene Verbindung zwischen dem Tirol-Mörder und den Spielregeln, sprich den Ereignissen auf der *Leviathan* gab, hielt er die Tötung durch Ausbluten für eine Bestrafung. Zwischen den unzähligen Mails, Telefonaten und Faxen, der Hektik und des nervösen Abwartens mit dem In- und Ausland trieb Henrich die interne Recherche über die Seminarteilnehmer mit Nachdruck voran. Vom Lohnsteuerbescheid bis zum letzten Einkaufszettel, ihr Leben musste durchleuchtet werden. Gründlich. Erst dann folgte die Analyse.

Die Ermittler Kevin Berger und Janine Thiele leiteten die Untersuchung in Hamburg, mit Unterstützung der dortigen Kollegen. Aylin Özdemir befand sich in Bonn bei Claudia Münchs Ehemann. Die Frau war nach wie vor nicht gefunden worden und inzwischen zur Fahndung ausgeschrieben. Genauso wie Irina Burduli, die vermisste Köchin der *MS Leviathan*. Denn endlich hatte das Hamburger Immigration Office bestätigt, dass die Frau tatsächlich das Hafengebiet betreten hatte, was den endgültigen Beweis erbrachte, Rosas Vermutungen waren kein Hirngespinst. Henrich selbst und sein jüngerer Kollege Carlos Patzikis kümmerten sich um die Hauptstadt, und das hieß Hertz, Meyer, Kessler, Weniger, Neumann sowie Prem Jyoshi alias

Sigrun von Campe unters Mikroskop zu legen. Aylin Özdemir sollte sich im Anschluss an die Befragung in Bonn die Frankfurter Teilnehmer – Stein, Bahlow und Adler – vornehmen.

Am gestrigen Abend war Adam Henrich für drei Stunden in seine Wohnung zurückgekehrt, um ein wenig Schlaf zu finden. Nach dreimal zwei Fingerbreit schottischem Whisky hatte er tatsächlich in seiner im Bücherregal vor sich hin staubenden zehnbändigen Ausgabe des Meyer'schen Taschenlexikons von 1985 die Definition des Begriffs „Spiel" nachgelesen. Dort wurde „Spiel" erklärt als „Tätigkeit, die ohne bewussten Zweck, aus Vergnügen an der Tätigkeit als solcher beziehungsweise an ihrem Gelingen vollzogen wird und stets mit Lustempfinden verbunden ist". Nach einer kurzen Ausführung über das Spiel im Kindesalter schloss der Artikel mit dem Satz: „Wettbewerbs- und Regelspiele, vor allem die sogenannten Gesellschaftsspiele, dienen auch der Erholung und Entspannung Erwachsener."
Henrich war zu zornig, um verbittert aufzulachen. Dass er es mit *Ich bin du* mit einem Spiel zu tun hatte, bei dem jemand aus der Folterung und Ermordung eines Menschen eine reichlich abartige Form der Erholung und Entspannung zog, konnten die Verfasser des Beitrags nicht wissen. Aber genau die sachliche Unbestimmtheit der Regel spiegelte sich in diesem Artikel wider. Bedeutete das, dass der Urheber von *Ich bin du* Wert darauf legte, sich nicht auf eine bestimmte Richtung festzulegen oder einer bestimmten Gemeinschaft zuzuordnen? Wollte der Verfasser unerkannt bleiben?

Doch warum hatte er dann den Hinweis in Claudia Münchs Wohnung hinterlassen? Unbehagen überkam ihn.

Dieses Unbehagen trieb ihn jetzt, am späten Mittwochnachmittag, dazu an, den Roman zu suchen, den er vor zwei Tagen in der Spree hatte entsorgen wollen. Das Buch lag noch an der Stelle, wohin Henrich es geworfen hatte, nämlich am Baumstamm einer Buche, die den Uferweg zur Spree säumte. Obwohl der Weg von Joggern, Hundebesitzern und Spaziergängern hoch frequentiert war, hatte sich niemand des Romans angenommen. Er nahm den Liebesroman mit dem sinnigen Titel *Kiss-met* an sich und schlug den Umschlag auf. Glück gehabt! Er hatte sich richtig erinnert, dass es seiner zweiten Frau Marlis gehört hatte. Ihre Adresse und Telefonnummer standen auf der ersten Seite. Er tippte die Nummer in sein Handy. Kurz darauf ertönte ein Rufzeichen, und Henrich machte sich auf den Rückweg ins Büro.

Auf einmal rebellierten seine Eingeweide. Hatte er sich das auch gut überlegt? In wenigen Augenblicken würde er seit fünfzehn Jahren zum ersten Mal wieder mit seiner zweiten Ex-Frau sprechen. Marlis war Heilpraktikerin und gab, soweit er wusste, Meditationsseminare und hatte sich schon damals mit Systemischer Beratung beschäftigt und sich für Coaching interessiert. Mit Sicherheit kannte sie sich in der Burnoutszene bestens aus. Er erhoffte sich von ihr einige Insiderinfos über Roland Hertz. Hans-Walther Steiner hatte vor Rosas Anmeldung lediglich einige Erkundigungen über den Coach eingeholt und dabei nichts Ungewöhnliches festgestellt. Der Kriminaldirektor selbst befand sich heute auf Dienstreise. Steiner war zu einem Bundeswehrmanöver auf der Ostsee geladen. Dennoch hatte sich Steiner bereits mehrfach telefonisch auf den neuesten Stand der Ermittlungen bringen lassen. Und die hatten über Roland Hertz erstaunliche Neuigkeiten ans Tageslicht gebracht.

In der offiziellen Erfolgsstory des international renommierten Coachinggurus gab es einige ziemlich dunkle Flecken. Vor Jahren hatte er als Leiter einer psychiatrischen Fachklinik eine Reihe ungeklärter Suizide zu verantworten gehabt. Er war wegen Inkompetenz entlassen worden, durfte jedoch nach Abschluss der Untersuchungen seine Zulassung behalten. Schließlich hatte er seine Bestimmung als hochdotierter Businesscoach entdeckt. Außerdem unterrichtete er Klinische Psychologie an einer privaten Berliner Hochschule, die einen zweifelhaften Ruf hatte. Hoppla, dachte Henrich zähneknirschend, gleich zwei Makel auf dem blütenweißen Gewand des Psychowellnesshohepriesters!

Jemand nahm das Gespräch an. Ein Kind meldete sich.

„Guten Tag, Marlis Höffner bitte", sagte Henrich.

Es entstand eine längere Pause.

„Mama für dich", rief das Mädchen.

Dieses „Mama" versetzte ihm einen Stich. Mit ihm hatte Marlis nie Kinder gewollt! Es dauerte nicht lange und die Stimme seiner Ex-Frau erklang.

„Höffner, ja bitte?"

„Marlis, Adam am Apparat", entgegnete Henrich.

Das Schweigen am anderen Ende der Leitung sprach Bände. Sein Anruf war ungefähr so willkommen, als hätte sie einen halb vergammelten, stinkenden Fisch zwischen frischer Wäsche gefunden. Aus ihren Worten sprach weit mehr Abneigung, als er erwartet hatte.

„Ich hätte nicht gedacht, dass du jemals anrufst. Willst du dich endlich entschuldigen?"

Eine ziemlich verdrehte Einstellung – zumindest aus seiner Sicht. Sie hatte *ihn* betrogen! Sie hatte ihn verlassen und anschließend sogar das Konto leer geräumt, und jetzt sollte er sich entschuldigen?

„Ich wollte deine fachliche Meinung einholen. Doch ich sehe schon, es war dumm von mir anzurufen."

„Meine fachliche Meinung?", fragte sie ungläubig.

„Ja", bestätigte Henrich und erläuterte den Grund seines Anrufs, verschwieg jedoch, dass es sich bei seinen Erkundigungen über Hertz um ein dienstliches Telefonat handelte.

„Endlich", erwiderte Marlis, „du willst die Therapie nachholen. Aber ausgerechnet bei Roland Hertz?"

„Nein, es ist nicht für mich, Marlis", sagte Henrich.

Sie schnappte nach Luft.

„Also, weißt du was, das ist wirklich unglaublich!", fuhr sie ihn an. „Du bist der einzige Mensch auf der Welt, der es schafft, dass ich mich innerhalb von Minuten schlecht fühle."

Henrich wollte etwas entgegnen, kam allerdings nicht dazu.

„Du sendest nichts anderes als vergiftete Energie!"

„Unter Umständen stimmt ja etwas mit deinem Empfänger nicht", konterte Henrich und biss sich sofort auf die Unterlippe.

Hätte er sich den Kommentar nicht verkneifen können! Er wollte doch etwas von ihr. Er spürte, dass sie im Begriff war aufzulegen.

„Bitte, Marlis", beeilte er sich zu sagen, „ich rufe wirklich nur wegen Hertz an. Welche Gerüchte kursieren über ihn? Wie denken andere Coaches über seine Arbeit? Weißt du überhaupt etwas über ihn?"

„Das heißt, du rufst dienstlich an."

Ertappt!

„Du und dein verdammtes Bundeskriminalamt."

Aber sie lenkte ein und erzählte in knappen Worten etwas über Hertz' Renommee, wahrscheinlich, weil sie wusste, dass sie ihn so am besten wieder loswurde. Demnach gab es Anhänger und Gegner von Hertz' Therapiemethoden, die Marlis irgendwo zwischen „ungewöhnlich, einfältig und experimentell" einordnete. Er erfuhr nur Belangloses. Henrich war enttäuscht. Irgendwie hatte er sich von dem Gespräch mehr erhofft.

„Und dann unterrichtet er ja noch an dieser Privatuniversität."

„Ja, das weiß ich."

„Dann weißt du auch, dass er im Ruf steht, gerne seine Studentinnen zu vernaschen. Eine hat ihn sogar wegen sexueller Belästigung angezeigt."

Das wusste er nicht! War es doch nicht ganz umsonst gewesen, sich die Standpauke angehört zu haben. Henrich entschuldigte sich für seinen überraschenden Anruf, bedankte sich und beendete das Gespräch, bevor es erneut auf eine persönliche Ebene kommen konnte. Puh!

Rasch leitete er die Info mit der dringenden Bitte um
Überprüfung an Patzikis weiter. Er fühlte sich frus-
triert und niedergeschlagen. Nach so vielen Jahren
hasste Marlis ihn immer noch. Er hatte nicht die geringste Ahnung, was er dieser Frau angetan haben
sollte. Der Fachmann wie der Ex-Mann in ihm wussten
natürlich, dass er sich nicht grundlos schuldig fühlen
musste.

Eine Joggerin überholte ihn. Ihr langer brauner Zopf
reichte bis an den Po und wippte im Takt hin und her.
Ganz schön knackig, dachte Henrich, während er der
jungen Frau abwechselnd sehnsüchtig und deprimiert
hinterherblickte. Als er sich bei seinen spätpubertären
Gedanken erwischte, rief er sich zur Raison. Vor allem
nachdem ihm bewusst geworden war, wie unpassend
seine Fantasien angesichts der neuen Erkenntnisse waren.

Im Büro erwartete ihn das Dossier *Kessler*, eine Akte
mit sämtlichen in den letzten zwei Tagen zusammen-
getragenen Ergebnissen über Tommy Kessler. Eine
stichpunktartige Zusammenfassung der daumendi-
cken Akte lag obenauf. Kessler, ein glamoursüchtiger
Fernsehproduzent, kämpfte seit Monaten gleich an
mehreren Fronten ums Überleben: Seine Firma war in-
solvent, seine Frau, eine amerikanische Seriendarstel-
lerin, verklagte ihn auf Unterhalt in sechsstelliger
Höhe, das Finanzamt überprüfte den Vorwurf der Steu-
erhinterziehung, und als wäre das nicht genug, stand er
wegen Betrugsvorwürfen vor Gericht. Er sollte in kri-
mineller Komplizenschaft mit einem Redakteur dessen
Fernsehsender Drehbücher unter falschem Namen

verkauft und dafür horrende Summen kassiert haben. Außerdem hatte er trotz gut gepolstertem Privatvermögen die Angewohnheit, Rechnungen spät oder gar nicht zu bezahlen. So weit seine geschäftlichen Verstrickungen. Privat flog er regelmäßig – im letzten Jahr alle drei Monate – ins thailändische Pattaya und lebte dort zwei Wochen lang seine Vorliebe für die sogenannten Kathoey, transsexuelle Jungs, aus. Inwieweit das fallrelevant sein konnte, ließ sich gegenwärtig nicht beurteilen. Die neuntägige Flucht ins Burnoutseminar musste ihm nur allzu gelegen gekommen sein. Ein ganz sympathisches Kerlchen, fasste Henrich bitter zusammen.

„Herr Doktor."

Henrich blickte auf. Carlos Patzikis stand in der Tür. Wie üblich rührte er mit dem Daumen auf dem Display seines Smartphones. Diese Vernarrtheit in Touchtechnik konnte Henrich nicht teilen, und junge Kollegen wie Patzikis führten immer öfter dazu, dass sich Henrich nach der Pensionierung sehnte. Dann würde er endlich als Autor kriminalistischer Sachbücher Karriere machen und wie einige Politiker mit 25 000 Euro pro Lesung fett absahnen. Grund zur Beschwerde gab es mit seinem A15-Gehalt aber nicht. Dann dachte er wieder an die angenehme Zusammenarbeit mit Kriminalisten wie Rosa Bach, und er wünschte sich, seine Rente ließe sich noch viele Jahre hinauszögern. Die jungen männlichen Kollegen hatten ihm eines voraus, nämlich die Jugend. Und das war für einen Mann, der seit seinen Vierzigern in der Midlife-Crisis steckte, ein Graus.

Carlos Patzikis trug modern lässige Kleidung – Sneakers, Jeans und ein zerknittertes Hemd mit schlecht gebundener Krawatte. Genauso lässig wie er sich kleidete, lümmelte er ungebeten auf Henrichs Besucherstuhl herum. Henrich musste zugeben, Patzikis war ein exzellenter Ermittler, auch wenn der Mann ihm nicht sympathisch war.

Er hatte erste Ergebnisse zu Angela Weniger. „Ich dachte, das müsste ich Ihnen gleich mündlich mitteilen. Das ist nämlich der Hammer.“

Henrich lauschte aufmerksam.

„Hören Sie sich das an“, begann Patzikis, „Angela Weniger hat sich unter falschen Angaben angemeldet.“

Sie war Journalistin und hatte sich als Computerfachfrau an Bord geschlichen, um einen Artikel für eine namhafte Frauenzeitschrift zu verfassen. Das war der amüsante Part. Einerseits. Andererseits wies Angela Weniger zahlreiche Verhaltensauffälligkeiten auf, die Henrich übel aufstießen. Die Computerfachleute vom IT-Referat des BKA in Wiesbaden hatten nämlich Hunderte Drohmails nicht nur an ihre Arbeitgeber, sondern auch an Freunde und Verwandte auf dem Server ihres Anbieters entdeckt. Auch schrieb sie politische Pamphlete mit zum Teil paranoidem Inhalt an Parteien und Organisationen und propagierte einen gesellschaftlichen Umsturz durch den Austausch sämtlicher Führungskräfte. Da sparte sie ebenfalls nicht an Drohungen.

„Könnte fast meine Ex sein“, knurrte Henrich.

„Kostprobe gefällig?“, fragte Patzikis. „Hier mein Lieblingszitat aus einer Mail an den Vorsitzenden einer Stiftung, die freischaffende Journalisten unterstützt:

Mit Ihrem Handeln belegen Sie, Sie blasierter, hohlköpfiger Steinzeitprolet, nur eines, nämlich dass das Sprichwort ‚Der Teufel scheißt immer auf den größten Haufen‘ nirgends besser bewiesen wird als in der Inkompetenz Ihrer Person.“ Er brach in Gelächter aus.

„Geistreich“, meinte Henrich trocken.

„Es kommt noch besser. Raten Sie mal, über wen unsere Teilnehmerin einen ziemlichen brutalen Enthüllungsartikel geschrieben hat?“

O Gott, wie er diese Raten-Sie-mal-Spielchen hasste! Das war doch keine coole Krimiserie. Auch wenn Patzikis ein wenig wie Starsky aus *Starsky & Hutch* aussah, aber dem Alter nach kannte sein Kollege die Serie aus den Siebzigern bestimmt nicht mehr.

„Max Neumann“, sagte Patzikis mit einem erstaunten Gesichtsausdruck, den er sich irgendwo im Fernsehen abgeguckt haben musste.

Das war überraschend. Zwei Teilnehmer, die sich kannten und wenig Grund hatten sich zu mögen.

Patzikis zeigte ihm ein Foto von Neumann. „Der Künstler!“

Henrich erinnerte sich nicht. Es war ihm vor dem Kollegen unangenehm, nicht up to date zu sein. Wahrscheinlich verdreht Patzikis innerlich die Augen und wünschte sich nichts sehnlicher als die baldige Pensionierung des rückständigen Henrichs herbei.

„Und was sagt der Physiotherapeut dazu?“, ging Henrich zum Gegenangriff über und blickte auf Patzikis rührenden Daumen.

„Ach, bin gar nicht sooo handyaffin“, verteidigte der sich und ließ daraufhin sein Smartphone in der Hosentasche verschwinden.

Innerlich freute sich Henrich über seinen Punktsieg, äußerlich zeigte er so viel Regung wie eine unplakatierte Litfaßsäule und ging nahtlos zum Tagesgeschäft über. Er teilte die weiteren Ermittlungsschritte auf.

Bevor Carlos Patzikis wieder ging, fügte er hinzu: „Gegen Hertz lag tatsächlich eine Anzeige einer Studentin der privaten Hochschule wegen sexueller Nötigung vor. Da Aussage gegen Aussage stand – Hertz behauptete, die Studentin hätte sich *ihm* genähert –, ist die Anzeige nicht weiterverfolgt und schließlich zurückgezogen worden. Aus diesem Grund war sie nicht in den Datenbanken zu finden."

Patzikis hatte zusätzlich in Erfahrung gebracht, dass die Studentin der Hochschule verwiesen worden war.

Als Nächstes widmete sich Henrich einer ganz gewöhnlichen Internetrecherche über Max Neumann. Der Mann war ein weltweit kontrovers diskutierter, aber sehr erfolgreicher Künstler. Mit seinen vor plakativer Blutrünstigkeit und Effekthascherei triefenden Installationen, Malereien und Videoarbeiten verdiente er Millionen. In Henrichs Augen waren diese Werke Horrorkitsch in Hochglanzform. Aufgestiegen aus der Schmuddelecke und salonfähig gemacht einzig aus dem zweifelhaften Grund mit überhöhter, ekelhafter Provokation einen Haufen Asche zu verdienen. Die Arbeit übernahm längst nicht mehr der Künstler selbst, sondern willige Kunststudenten, die mit drei Euro fünfzig die Stunde abgespeist wurden. Vor Jahren war bei Neumann eine schwere Depression diagnostiziert worden. Erst kurz vor dem Seminar war er wieder einmal nach einem mehrmonatigen Aufenthalt aus einer psychiatrischen Klinik entlassen worden. Diese intimen

Details waren freizügig in einem Blog im Internet nachzulesen. Henrichs Alarmglocken schrillten. Es wurde Zeit, den schützenden Bunker des BKA-Geländes zu verlassen und sich ins Feld zu begeben!

Eine knappe halbe Stunde später stand Henrich vor der Tür von Neumanns Atelier, einer ehemaligen Maschinenbaufabrik der *Vereinten Motorenwerke Berlin*, wie ein verblassender Schriftzug im Giebel verriet. Henrich erinnerte sich, als Jugendlicher stolz ein Mofa der Marke VMB gefahren zu haben. Erst nach mehrmaligem Klopfen öffnete eine Frau. Sie trug einen weißen Overall, Atemschutzmaske und eine Sicherheitsbrille. Henrich zeigte seinen Dienstausweis und nannte den Grund seines Besuchs.

„Darf ich mich mal umschauen?", erkundigte er sich höflich.

„Nö, Bullen mögen wir hier nicht", erklärte die Frau, die wahrscheinlich eine der Kunststudentinnen war, die Neumann für einen Hungerlohn für sich schuften ließ.

„Ich stehe in einer Viertelstunde wieder vor der Tür. Dann mit einer Hundertschaft und Durchsuchungsbefehl. Es ist sehr wichtig."

Die Frau wirkte belustigt.

„Wissen Sie, was wirklich lustig ist", fragte er und lächelte zurück. „Das ist kein Bluff!"

Ihr Lächeln erstarb. Dennoch wunderte sich Henrich, dass sie nachgab und ihm Eintritt gewährte. Die Frau führte ihn durch Neumanns Massenproduktionsstätte, in der es nach Kunstharz, Lackfarben und Terpentin stank. Henrich verstand die Schutzmaßnahmen. Hier hätte eine brennende Zigarette ein wahres Inferno auslösen können. Henrichs Blick fiel auf ein Fass, auf dem er die Kennung für Gefahrengut und einen chemischen Namen entzifferte: *3-Aminophtalhydrazid*. Mit anderen Worten, in Neumanns Werkstatt lagerte – Luminol!

Es musste ein Hundertfünfzig-Liter-Fass der Chemikalie sein, wie es Privatpersonen in Deutschland üblicherweise nicht kaufen konnten.

Henrich hielt den Atem an. „Was macht das Zeug da?"

„Wieso?"

„Wofür braucht ihr Luminol?", fragte er scharf.

Die junge Frau zuckte zusammen. Die übrigen Studenten stellten ihre Arbeit ein.

„Na, für Neumanns Luminolbilder", erwiderte sie verunsichert. „Hat er sich beim FBI abgeguckt."

„Luminolbilder?"

„Ja, die Bilder leuchten. Deshalb *Erleuchtungszyklus*. Damit ist er weltberühmt geworden. Diese leuchtenden Tatorte – das ist megacool!"

Ach du Scheiße, dachte Henrich und zog sein Handy hervor. „Und die Opfer, meinen Sie, die finden das auch megacool?"

Er ließ der Kunststudentin keine Zeit zu antworten, sondern beorderte das gesamte Team herbei.

Innerhalb von wenigen Minuten wimmelte es vor der Halle vor Einsatzfahrzeugen der Polizei und des BKA. Die Kollegen der Spurensicherung konnten das Fass Luminol erst abtransportieren, nachdem es ein Bombenschutzkommando – man konnte nie vorsichtig genug sein – untersucht hatte. Denn Henrich hatte, sollte Neumann in Verbindung mit den Morden gebracht werden können, die Vermutung geäußert, die Chemikalie so offensichtlich herumstehen zu lassen, könnte Absicht sein, sprich, in dem Fass könnte sich eine Sprengfalle befinden. Dieses Horrorszenario hatte sich glücklicherweise nicht bewahrheitet.

Die Halle wurde versiegelt. Die Studenten reagierten aufgebracht.

„Wie sollen wir denn jetzt arbeiten?"

„Und was sollen wir malen?"

Henrich entgegnete spitz: „Versuchen Sie es doch mal mit Öl auf Leinwand!"

38

Der Matrose neben Rosa lachte auf und prustete ihr eine Nikotinwolke ins Gesicht. Die Haare, die auf seinem Kopf fehlten, wucherten um sein Kinn, und sein Lachen offenbarte, dass er es mit der halbjährlichen Vorsorgeuntersuchung beim Zahnarzt nicht so genau nahm. Er schob die Kippe in den Mundwinkel und füllte dabei schwungvoll ein Schnapsglas mit Kognak bis zum Rand. Dann schob er das Glas, aus dem er selbst vor wenigen Augenblicken getrunken hatte, zu Rosa. Sie winkte ab.

„Danke", sagte sie höflich, „ich kann wirklich nicht mehr. Mir dreht sich alles."

Der Matrose, ein Kroate, dessen Namen sie sich nicht merken konnte, hörte auf zu lachen und schaute sie todernst an. Er hatte zu Stins Durchsuchungstrupp gezählt. Ein Widerspruch kam nicht infrage. Vorsichtig nippte sie am Kognak. Nur mit Mühe gelang es ihr, das Gesicht nicht angewidert zu verziehen – was für ein Teufelszeug! Und davon hatte sie bereits vier – waren es wirklich schon so viele? – Schnäpse intus. Sie schob das Glas weiter, ihr Nachbar nahm es allerdings nicht an. Unberührt blieb das Pinnchen mit der braunen Flüssigkeit stehen und zeigte den Wellengang an.

„Du müssen trinken. Das so Sitte bei uns", rief Loco vom Büfett herüber. „Sonst große Beleidigung."

Rosa wunderte sich über sein gebrochenes Deutsch, normalerweise sprach er akzent- und fehlerfrei.

Nein, beleidigen wollte sie natürlich niemanden. Aber trinken wollte sie auch nicht mehr. Sie starrte ewig das Glas an, als wollte sie es hypnotisieren. Es geschah nichts. Der Schnaps verdunstete nicht einfach. Rosa fluchte, dann schritt sie zum Unvermeidlichen. Anerkennende wie erleichterte Laute brandeten um sie herum auf. Der Matrose neben ihr füllte das Glas und trank. Das Trinkspiel ging weiter. Während sie sich schüttelte, klopfte ihr der Leitende Ingenieur auf den Rücken. Rosa saß in der Mannschaftsmesse, einem kleinen beengten Raum mit Tischen und Bänken, in dem die Zeit stehen geblieben und an dem die Renovierung der *Leviathan* vorbeigezogen war. Im Speiseraum der Crew feierte der Chief seinen fünfzigsten Geburtstag. Er hatte alle Mannschaftsmitglieder eingeladen. Und Rosa. Sie hatte keine Ahnung, warum ausgerechnet sie sein Gast sein sollte. Doch Loco hatte bei der Übermittlung der Einladung glaubhaft beteuert, wie viel Wert die Mannschaft auf ihre Anwesenheit legte.

An der Längsseite der Messe war ein riesiges Büfett aufgefahren worden. Eine ungeheure Menge verschiedener Speisen, alles philippinische Köstlichkeiten. Es musste für knapp dreißig Männer reichen. Loco hatte seine heimatlichen Kochkünste unter Beweis gestellt. Wann hatte er das alles gekocht? Die Feier des Ingenieurs war ein großes, wenn auch kein fröhliches Fest, das für die Moral der Mannschaft wichtig war.

Der Turnus der Wachwechsel war von acht auf vier Stunden gekürzt, die regulären Arbeiten an Bord waren eingestellt worden. Dafür mussten ständig vier

Matrosen auf der Brücke sein, um neben dem wachhabenden Offizier den Ozean im Auge zu behalten. Für den Maschinenraum stand ebenfalls ein Trupp bereit, und ein weiterer patrouillierte ständig von einem Deck zum anderen. Die verbleibenden Seeleute schliefen in ihren Kojen oder warteten in der Messe auf die nächste Schicht.

Loco verteilte Dosenbier, und es wurde so viel gegessen, als wäre es die Henkersmahlzeit der Besatzung. Gut möglich, dass es viele der Crewmitglieder genau als das ansahen. In der Runde kreisten vier Schnapsgläser mit Kognakflaschen. Es waren Literflaschen, wie man sie in Duty-free-Shops kaufen konnte. Nur die Männer, die nicht unmittelbar Dienst schoben, wurden nach einigen Schnäpsen entschuldigt. Alle anderen mussten trinken. Sie hatten schließlich vier Stunden Zeit, wieder nüchtern zu werden. Und bei dem Seegang wurde man schnell nüchtern.

Stin saß einige Plätze weiter. Auch er hielt sich streng an die Regeln des Trinkspiels, machte aber keinen Hehl daraus, dass er damit wenig anfangen konnte. Bei jedem Glas zog er ein angewidertes Gesicht. Rosa warf gelegentlich einen Blick zu ihm hinüber. Stin jedoch schien nicht besonders erpicht darauf zu sein, ihn zu erwidern. In Gedanken überlegte sie sich einen Titel für das, was zwischen ihr und Stin lief. Die Kommissarin und der Offizier. Die Psychotante und ihr Seemann. Ja, was war DeRuijter eigentlich? Was wusste sie über ihn? Es hatte noch nicht ein persönliches Gespräch zwischen ihnen stattgefunden. Ihre offensichtliche Schwärmerei verblüffte sie. Wurde sie wieder zum Teenager? Sie war im Begriff sich zu verändern. Ohne mit den Wimpern zu zucken, war sie mit ihrer letzten Aktion bereit gewesen, das Risiko etwaiger Kollateralschäden einzugehen. Hatte sie Angela Weniger zu hart attackiert? Sie hatte ein Stück weit die Kontrolle über sich verloren. Rot gesehen. Und gehandelt, wie es ihr Instinkt vorgab.

Wie sollte sie den Mörder überführen? In der gegenwärtigen Situation konnte sie nur warten, bis sie ihn auf frischer Tat ertappte, einwandfreie Beweise auftauchten, er einen Fehler beging oder gestand. Alle vier Optionen hielt sie für unwahrscheinlich. Der Täter war zu raffiniert. Sie war sich sicher, dass die Forensiker später keine belastenden Spuren finden würden. Die Haarnadel, Jennifers Tod, das waren Botschaften. Und das hatte auch ihr Gespräch mit Prem Jyoshi bestätigt. Die Assistentin meinte, bei allen Teilnehmern gravierendere psychische Probleme auszumachen, als es für den angebotenen Präventionskurs üblich war. Kessler zeigte einige Eigenschaften, wie sie Borderlinepatienten aufwiesen, Neumann hatte ihr angeblich in einem offenen Gespräch gestanden, erst vor Kurzem aufgrund von Depressionen aus klinischer Behandlung entlassen worden zu sein, und Mila Adler zeigte krankhaft manische Tendenzen. Hertz verweigerte auch ihr, seiner Assistentin, die Einsicht in die Akten, obwohl das Bestandteil des „Deals" gewesen wäre. Sie benötigte nämlich die Mitarbeit am Seminar als Praktikumsnachweis für ihr Psychologiestudium.

Oder ob sich der Mörder unter all den hart arbeitenden Seeleuten versteckte? Nun, zurzeit gab es keine Option, die eindeutig hätte ausgeschlossen werden können. Selbst Prem Jyoshi gehörte zu den Verdächtigen.

Warum beschuldigte sie Hertz? Wollte sie ihre Weste möglichst frühzeitig reinwaschen und Verantwortung von sich weisen?

„Du musst Hertz stoppen", hatte ihr dramatischer Appell an Rosa gelautet.

Wieder blieb ein Schnapsglas vor ihr stehen. Die Männer umlagerten Rosa wie Fans ihr Idol. Keiner wurde aufdringlich. Trotz der Unmengen Alkohol blieb die Stimmung ernst. Immer wieder wurde auf die Toten – Jennifer, Jom und Irina – angestoßen. Hier zweifelte mittlerweile niemand mehr daran, dass die Köchin ebenfalls ein Opfer dieser verfluchten Überfahrt geworden war.

Loco sagte etwas auf Philippinisch, woraufhin sämtliche Männer lachten. Nur Rosa verstand kein Wort. Und richtig fröhlich klang das Lachen nicht.

Das leere Schnapsglas schob sie weiter. Ein Husten kaschierte sie mit einem Räuspern. Loco sprach weiter auf Philippinisch. Der Alkohol schoss rasch in ihr Blut.

„Reißt du etwa unanständige Witze über die blonde Frau in einer Sprache, die sie nicht versteht?"

„Keine Sexwitze machen", sagte ein anderer Filipino und schnalzte mit der Zunge. „Das Kap'tän Liras Fachgebiet."

Alle lachten, sogar Stin blieb nicht ernst. Diesmal war das Gelächter echt und herzlich. Die Crew vergaß für einen winzigen Moment die Gefahrenlage. Doch allein die Erwähnung des Kapitäns brachte sie zurück in die Realität. Das Lachen verstummte.

Der frühere Erste Offizier erhob sich. „Männer, in New York spendiere ich jedem von euch eine Flasche besten amerikanischen Whisky."

Die Mannschaft johlte.

Rosa kam sich vor wie in einem alten Western. Hoffentlich kam niemand auf die Idee, ein Kopfgeld auf den Mörder auszusetzen. Eine Angela Weniger zu überwältigen, war eine Sache, einen lynchenden Mob in Schach zu halten, eine ganz andere. Rosa hoffte, diese Situation würde nicht eintreten.

Stin kam zu ihr herüber. Da ihr eh schon das Blut in die Wangen gestiegen war, fiel bestimmt nicht auf, dass ihr plötzlich ganz heiß wurde.

Er zog einen Stuhl heran und setzte sich. „Wollen wir reden?"

Rosa nickte.

„Ich bin sehr viel auf See", begann er.

Sie wartete ab, denn das konnte ja schließlich nicht alles sein.

„Jedes Mal, wenn ich nach einer langen Fahrt heimkehre, ist irgendwas anders. Ein Privatleben ist schwierig. Mir geht's schon fast so, dass ich lieber auf See als an Land bin."

„Das ist bei mir nicht anders."

„Wer konnte wissen, dass jemand wie du an Bord kommt?", sagte er plötzlich in einem anderen Tonfall.

„Jemand wie ich?"

Sprach er von ihr oder von ihrer Funktion? Seltsamerweise wünschte sie sich, er spräche von ihr als Person, etwas an seiner Haltung warnte sie jedoch.

Stin schaute ihr direkt in die Augen. Ein Blick, der ihr durch den Magen fuhr wie ein Elektroschock.

„Ich mag es unkompliziert", gestand er und lenkte seine Augen wieder auf den Boden.

Rosa legte die Stirn in Falten. Das ging ihr dann doch ein wenig zu fix.

„Langsam, Stin, glaub mir, ich bin *total* kompliziert.“

Dann dämmerte es ihr: Stin sprach gar nicht von Rosa, sondern über … Ihr wurde schwindelig. Dieser verdammte Alkohol!

Er begriff, dass sie die Situation falsch eingeschätzt hatte, und entschuldigte sich bei Rosa. Seine Hand suchte ihre. Aber sie schlug sie weg. Stin fuhr erschrocken zurück.

„Du hattest eine Affäre mit der vermissten Köchin!“, fauchte sie. „Wann hattest du vor, mir das zu sagen?“

„Jetzt gerade“, antwortete er.

„Das ist reichlich spät.“

Sie hatte ihm vertraut. Das war nun nicht mehr möglich. Ihr wichtigster Verbündeter entpuppte sich als Lügner – oder Schlimmeres. Im Zweifelsfall hatten die Morde nichts miteinander zu tun, und DeRuijter und Kessler hatten ihre „lästigen“ Frauen beseitigt. Hatte er nur den Helfer gespielt, um immer auf dem neuesten Stand zu sein und zu wissen, wann ihm die Ermittlerin auf die Schliche kam? Stin und Irina waren ein Liebespaar gewesen. Folglich konnte der frühere Erste Offizier ein persönliches Motiv haben. War er erpresst worden? Am meisten traf sie aber nicht der Vertrauensbruch, sondern der Umstand, dass die beiden zusammen gewesen waren.

Ein weiteres Glas machte vor ihr Halt. Diesmal aus der entgegengesetzten Richtung. Rosa wollte keine Spielverderberin sein, außerdem verstand sie nicht, warum ihr die Sache mit dem Ersten Offizier so nahe ging. Das hieß, sie wollte es nicht verstehen. Sie prostete dem Chefingenieur zu und kippte den Kognak hinunter.

Warum schmeckte Kognak für sie wie Seife?

Egal, Hauptsache, die Seife wirkte.

„Sie wissen wollen, warum der Chief Sie eingeladen hat?", fragte ein Matrose ernst.

Es war Tom, der Mann, der in der letzten Nacht seinen Bruder verloren hatte. Rosa nickte. Der Chief selbst sprach kein Wort Deutsch, hörte jedoch im Folgenden aufmerksam zu und nickte immer wieder. Die Riesenwelle hatte selbst die erfahrensten Seeleute wie Lira mit folgenschwerer Verletzung von den Füßen gerissen. Nur Rosa war stehen geblieben. Das hatte der Zweite Offizier beobachtet und konnte das Phänomen bezeugen. Ein dreißig Meter hoher Kaventsmann rollte unter der *Leviathan* hindurch, und die blonde Deutsche, die nie zuvor eine Nacht auf einem Schiff verbracht hatte, geschweige denn eine Atlantiküberquerung vorweisen konnte, hielt sich aufrecht.

„Salzwasser im Blut", kommentierte Loco.

Rosa zog die Brauen hoch und schaute sich suchend nach Stin um. Er hatte jedoch den Raum verlassen.

Sie konnte sich nicht erinnern, nur daran, dass sie nach der Monsterwelle an der gleichen Stelle gestanden hatte.

„Du gehörst jetzt quasi zur Mannschaft", sagte Loco.

„Super", erwiderte Rosa, „wenn die mich beim BKA nicht mehr wollen, komme ich zu euch."

Die Schnapsgläser kreisten weiter, und die gebratenen Garnelenspieße schmeckten immer besser. Loco entzündete sich eine daumendicke Zigarre und paffte den Qualm über den Tisch. Dicke Schwaden waberten durch die Luft. Als sich der kroatische Matrose neben ihr eine neue Zigarette ansteckte, bot er ihr auch eine an. Rosa zögerte keine Sekunde. Aus unsichtbaren Lautsprechern quietschte eine E-Gitarre abwechselnd mit Hammondorgelklängen. War das Deep Purple, Uriah Heep oder Steppenwolf? Abwechselnd grölte sie bei den Songs mit oder applaudierte, wenn einer der Matrosen Mühe hatte, das Schnapsglas an seine Lippen zu führen. Denn auch die Crew erreichte inzwischen ihr Limit. Der ein oder andere hing längst schief auf der Sitzbank und schüttete sich das Glas nur noch halb voll. Das fiel natürlich sofort auf. Dann schrien alle, und der Ertappte füllte unter Protest das Glas bis zum Rand. Ein Matrose war über seinem Teller mit Essensresten eingeschlafen. Beim Ausatmen ließ der Mann einen Garnelenschwanz im Luftzug vibrieren. Rosa kicherte bei dem Anblick, wie zum letzten Mal mit vierzehn Jahren, als alles ganz schrecklich lustig gewesen war. Es war laut und stickig, doch Rosa fühlte sich wohl.

Sie hatte keine Ahnung, wie viele Schnäpse sie getrunken hatte, und erst Recht keine Ahnung gehabt so viel vertragen zu können ohne zur Toilette laufen zu müssen. Aus irgendeinem Grund behielt sie das seifige Gesöff intus, vielleicht auch, weil die Gläser mittlerweile beträchtlich langsamer kreisten. Sie wusste nicht mehr, wie spät es war oder wie lange sie hier schon saß zwischen all den besoffenen Filipinos, Russen und Kroaten. Die Konturen verschwammen, Bewegungen und Reaktionen verzögerten sich, und sie nahm die sie umgebenden Geräusche nur noch gedämpft wahr. Als die psychedelische Rockmusik besonders berauschend und wild war, wusste Rosa plötzlich, dass es Zeit war, ins Bett zu gehen. Sie drückte die Zigarette aus und verabschiedete sich.

Draußen auf dem Gang ließ sie sich trunken auf dem Treppenabsatz nieder, um sich einen Moment auszuruhen. Als sie wieder erwachte, wusste sie nicht, ob sie nur wenige Sekunden weggenickt oder ganze Stunden geschlafen hatte. Die Wirkung des Alkohols schien sich verstärkt zu haben. Sie tappte vorwärts – oder rückwärts? – den Niedergang hinauf. Der Handlauf fühlte sich seltsam weich an, und die Stufen hörten manchmal einfach auf zu existieren, bis ihr wieder einfiel, dass sie lediglich ein Opfer des tückischen Wellengangs war. Von der Mannschaft hörte sie nichts mehr. Waren inzwischen alle ins Bett gegangen?

Das Licht in den Gängen war gedimmt, und sie hatte das Gefühl, dass die Decks und Gänge der *MS Leviathan* noch größer und weitläufiger waren als im nüchternen Zustand. Wo war die Patrouille? Dann wurde ihr schlecht. Auf allen vieren, Stufe für Stufe, arbeitete sie sich vorwärts und konnte gerade so verhindern, sich übergeben zu müssen. Endlich erreichte sie Deck A. Das Foyer und die Offiziersmesse lagen in gespenstischer Dunkelheit. Durch ein Fenster heulte der Wind, und Rosa wurde das Gefühl nicht los, jemand würde sie beobachten, doch sie sah niemanden. Oder vielleicht war sie nur zu besoffen. Sie verfluchte sich innerlich, solch ein leichtes Opfer abzugeben.

Hatte sich da nicht etwas bewegt? Kam Stin gerade auf sie zu und sprach auf sie ein? Rosa wehrte sich und wusste nicht, ob sie nur mit den eigenen Fantasiegestalten kämpfte. Vor lauter Angst bewältigte sie die letzte Treppe bis zu ihrer Kabine in beachtlich kurzer Zeit. War Stin noch immer hinter ihr? Panisch schloss sie die Kabine hinter sich ab und schob halbherzig den Sessel vor die Tür. Eigentlich wollte sie die Lehne unter die Türklinke klemmen, aber sie bekam die Bewegungen nicht mehr koordiniert.

Aus dem Stand ließ sich Rosa ins Bett fallen und schloss die Augen. Was für ein Riesenfehler! Augenblicklich kreisten Ringe und bunte Flecke hinter ihren Lidern. Sie überlegte, ob es nicht besser wäre sich zu übergeben. Doch es gelang ihr nicht, sich wieder aufzurichten. Eine Gitarre jaulte. Vielleicht bildete sie sich das auch nur ein. Dann tickte der Wecker so laut, als würde sie sich mitten im Uhrwerk befinden und wie Charlie Chaplin in *City Lights* von den Zahnrädern zermalmt werden.

Als die Gitarre nicht mehr jaulte, piepte ein Sinuston in ihren Ohren. Es war wie beim Hörtest, nur unendlich viel lauter und schriller, als hätte man ihr eine Stereoanlage direkt in den Gehörgang implantiert. Und dann wurde es schlagartig ganz, ganz still.

Blackout.

39

Er saß auf einem wackeligen Gartenstuhl aus blauem Plastik in der Waschküche. Beide Ellenbogen hatte er auf die Oberschenkel abgestützt und vergrub das Gesicht in den Händen. Zwischen Zeigefinger und Mittelfinger eingeklemmt, qualmte eine Zigarette, obwohl das Rauchen hier streng verboten war. Seine Augen huschten unruhig über den mit grünem Lack gestrichenen Fußboden. Die Trommeln beider Waschmaschinen drehten ihre unermüdlichen Runden, während der Trockner vor sich hin rauschte. Ein Klangteppich, der alle übrigen Geräusche schluckte.

Wer, zum Teufel, wusch jetzt Wäsche? Ein vorsintflutliches Gerät, dachte er, so laut wie eine Kettensäge.

Alles dröhnte an Bord. Der Boden vibrierte. Nirgendwo fand man Ruhe. Nirgendwo durfte man rauchen! Es war zum Kotzen, und so fühlte er sich auch. Hundeelend. Dieses Dröhnen übertrug sich langsam auf seinen Schädel. Hinter seinen Augäpfeln drückte es, als wüchse dort ein bösartiger Tumor, der seinen Schädel platzen lassen würde.

Er sog am Filter. Im selben Moment durchfuhr ihn ein brennender Schmerz. Die Glut der Zigarette versengte die Haut an seinen Fingern. Er war so in Gedanken gewesen und hatte nicht darauf geachtet, dass die Zigarette längst heruntergebrannt war. Fluchend schüttelte er die Hand und ließ den glimmenden Stummel auf den Stahlboden fallen, wo er weiter dampfte.

Scheiße, fluchte er innerlich, das war alles total irre!

Er rieb sich mit den Handballen die Augen und stöhnte auf. Noch vier Tage, dann hatten sie endlich wieder festen Boden unter den Füßen. Und dann hieß es endlich bye-bye für Hertz und seine idiotischen Teilnehmer. Die hatten allesamt einen Sockenschuss! Und ob das Seminar den erhofften Erfolg bringen würde, daran zweifelte er. Das war eine Riesenaugenwischerei. Allein dieses schwachsinnige Wäschewaschen als „Karma-Yoga" zu bezeichnen. Auf solche hirnrissigen Ideen kamen nur Psychofritzen wie Roland Hertz oder Prem Jyoshi.

Die Kleine wäre jetzt genau richtig. Die würde er sich gerne gönnen. Blöderweise war die vollkommen immun gegen jegliche seiner Avancen. Genau wie diese unterkühlte Schnepfe Rosa. Die würde er auch nicht von der Bettkante stoßen. Außerdem war er sich ziemlich sicher, dass Bahlow recht hatte. Der Typ war ein Arschloch und hatte gewaltig gegen ihn Front gemacht, doch auch er hatte das Gefühl, seine Sachen wären durchwühlt worden. Beweisen konnte er es natürlich nicht, und es fehlte nichts, allerdings hegte er den Verdacht, dass dieser seltsame Steward beim Bettenmachen seine Kompetenzen überschritten hatte.

O nein, da war es wieder, dieses mulmige Gefühl, wenn der Rumpf in ein Wellental stieß!

Er stöhnte auf. Lange Zeit hatte er nur ein undefinierbares Schaukeln gespürt, aber der Wellengang wurde höher und höher, und mittlerweile meinte er, jedem einzelnen Brecher nachspüren zu können. Vor allem, wenn er die Augen geschlossen hielt. Oder bildete er sich das nur ein?

Er richtete sich abrupt auf, um sich eine neue Zigarette anzuzünden. Als er die Augen aufschlug, erschrak er so heftig, dass er beinahe vom Stuhl gefallen wäre. An der Waschmaschine stand eine Person.

„Holy shit", rief er.

Er hatte nicht mitgekriegt, dass jemand in die Waschküche gekommen war und mit dem Rücken zu ihm in die sich rotierenden Trommeln schaute. War es eine Frau mit langen dunklen Haaren? Mila? Sie trug einen Chiffonkimono, der gerade so ihren Po bedeckte. Ihre langen Beine steckten in schwarzen Latexstrumpfhosen. Den Ansatz der Strapse konnte er durch den durchsichtigen Kimono erkennen.

Wow, dachte er, da kann jemand meine *Dark fantasies* lesen!

„Ich sag's nicht weiter", hörte er die Person heiser flüstern, ohne sich zu ihm umzudrehen.

„Ach, ich muss nicht rauchen", erwiderte er und steckte die Zigarettenschachtel zurück.

Die Person ließ ihre Hüfte kreisen. Er traute seinen Augen kaum. Dieses strange Verhalten – das konnte nur die tätowierte Psychopathin Linda Meyer sein. Doch was machte die hier? Und was wollte sie von ihm? Vielleicht wollte sie ja eine Runde auf den Waschmaschinen durchgeschaukelt werden. Aber nicht nur, dass er viel zu mürbe war, um einen hochzukriegen, Linda wäre wohl die letzte Frau, mit er Sex haben wollte. Obwohl, wenn er es sich genau überlegte … Zu ihr passten SM-Spielchen.

„Bietest du einer Lady keine Zigarette an?", fragte die Person und bewegte sich Richtung Tür. Sie legte eine Hand auf den Lichtschalter. „Ich mache es uns mal ein bisschen gemütlich, was meinst du?"

Ach du Scheiße, dachte er, was wird das? Macht einen auf dreckige Puffmutter von der Reeperbahn. Dirty Talk im Retrostyle auf dem Retroschiff! Das passte zu dieser durchgeknallten Schnalle. Na gut, er konnte ja mal mitspielen.

„Bist du schon richtig heiß?", fragte die Unbekannte.

Er holte zwei Zigaretten hervor, zündete sie an und hielt ihr eine hin.

„Das ist aber nicht alles, was zwischen deine Lippen passt, oder?", fragte er.

„Pass auf, jetzt wird's spannend", hauchte die Person und löschte das Licht.

In dem Bruchteil der Sekunde, die es brauchte, bis die Neonröhre erlosch, konnte er in das Gesicht seines Abenteuers sehen. War das eine Perücke? Statt eines erotischen Prickelns lief ihm ein Schauer über den Rücken.

40

Siebter Tag
Route MS Leviathan: Nordatlantik

Es erinnerte an den roten Zickzackgraph auf einem Liniendiagramm. Welle auf Welle kletterte die Blutspur auf dem unsichtbaren Koordinatennetz des Fußbodens höher. Das war kein Kunstwerk, auch wenn es nach Max Neumanns eigenwilligen Installationen aussah.

Vorsichtig drückte Rosa die Klinke der Tür mit dem Ellenbogen hinunter, aus dessen Kammer das Blut auf den Gang lief. Der Raum war verschlossen. Rosa zögerte nicht lange, öffnete die Tür der leer stehenden Nachbarkammer und nahm den Hörer des Bordtelefons ab. Die Brücke meldete sich augenblicklich.

„Der neue Kapitän", sagte sie mit belegter Stimme, „er soll zu Deck C kommen. Mit zwei Männern. Schnell!"

Sie hängte den Hörer zurück in die Halterung. Laut Belegungsplan war dieses Zimmer nicht bewohnt. Wem gehörte das Blut auf dem Korridor?

Aus den anderen Kammern war nichts zu vernehmen. Und das war gut so. Sie musste erst wissen, was passiert war, bevor sie die Passagiere informierte. Ihr Gehirn musste endlich wieder in Schwung kommen. Von der gestrigen Nacht fühlte sie sich immer noch ganz benebelt.

Am Morgen war sie mit einem mächtigen Kater erwacht. Eine Dusche und frische Luft hatte sie dringend nötig gehabt. Aber bei dem Seegang zu duschen, war so ungefähr die schlechteste Idee, die man haben konnte, wenn man es nicht darauf anlegte, seekrank zu werden. Daher hatte Rosa in der Hocke geduscht. Trotzdem hatte es sich angefühlt, als wäre sie nach wie vor betrunken. Ihre Klamotten rochen nach Zigarettenqualm. Und der Mund schmeckte, als hätte sie die Nacht in einem Aschenbecher und nicht in ihrem Bett verbracht. Außerdem fehlte ihr ein Teil der Erinnerung. Wie war sie in ihre Kabine gelangt? Hatte sie Stin erneut aufgesucht?

Wie aufs Stichwort tauchte der frühere Erste Offizier von der Brücke abwärts kommend auf dem Gang vor ihr auf. Er entdeckte die Blutspur und erstarrte. Was gestern zwischen ihnen vorgefallen war, lag zwischen ihnen. Rosa gab sich Mühe, ihn nicht allzu offensichtlich misstrauisch zu mustern.

„Die Tür ist abgeschlossen. Gibt es einen Generalschlüssel, Stin?", fragte sie.

Der neue Kapitän riss sich aus der Starre, nickte und verschwand in seiner Kabine. Er kehrte mit einem Schlüssel zurück, den er ihr überreichte. Rosa wich seinem Blick aus.

„Wegen gestern Abend ...", begann er unbeholfen und brachte seinen Satz nicht zu Ende.

Stin war lange vor ihr gegangen, hatte also mehr Zeit gehabt, seinen Rausch auszuschlafen. Damit war er eindeutig im Vorteil.

„Ein Geständnis reicht, oder verheimlichst du sonst noch etwas?", wollte Rosa wissen, ohne eine ehrliche Antwort zu erwarten.

Stin machte ein trauriges Gesicht, als hätte sie ihn vorsätzlich beleidigt. Rosa fragte sich, ob er sein Handeln am Ende gar nicht als Verheimlichung oder Geständnis betrachtete.

Einige Crewmitglieder erschienen von den unteren Decks. Loco, Lars und zwei Matrosen trugen Decken und Verbandszeug. Angesichts des Bluts brauchte Rosa wenig zu erklären. Ihre Mienen drückten Abscheu aus.

„Ich möchte die Tür nur unter Zeugen öffnen", sagte sie.

„Das wird sicher alles andere als ein erfreulicher Anblick sein."

Rosa schaute in das blasse Gesicht des Stewards. „Lars, holst du bitte noch mehr Decken, ja? Und eine Digitalkamera."

Lars blickte Rosa fragend an, dann hellte sich sein Gesicht auf und es gelang ihm sogar ein verschämtes Lächeln bevor er verschwand, um Rosas Aufträge zu erledigen.„Musstest du den Jungen wieder dazu holen?", fragte Rosa vorwurfsvoll an Stin gerichtet, nachdem Lars außer Hörweite war, und öffnete mit dem Generalschlüssel behutsam die Kammertür.

Nackt und geknebelt saß das Opfer in dem gleichen Klubsessel, der in jeder Passagierkabine zu finden war. Rosa erschrak heftig über eine mittelalterliche Henkersmaske, die das Gesicht des Toten verbarg. Das Opfer war männlich. Es saß frontal zur Kabinentür, keine zwei Meter von ihr entfernt, und hatte aus zahlreichen

Wunden geblutet. Zweifelsfrei handelte es sich um Mord. Anders als bei Jennifer Stein wollte der Mörder hier keine Bedenken aufkommen lassen, wie sein Opfer gestorben war: Es war mit unzähligen Einschnitten am gesamten Körper zu Tode gefoltert worden. Ein entsetzlicher Anblick.

Bei näherer Betrachtung hing der tote Körper merkwürdig entspannt im Sessel. Es sah so aus, als hätte sich der Mann nicht gewehrt und als wäre er weder geknebelt noch gefesselt gewesen. Der Täter hatte dafür gesorgt, dass sein Opfer bis zum Eintritt des Todes sehr viel mehr Blut verloren haben musste als Jennifer. Es gab keine Möglichkeit, die Kammer zu betreten und sich der Leiche zu nähern, ohne in Blut zu treten. Der Tote musste restlos ausgeblutet sein.

Rosa schob den Ersten Offizier beiseite und stürmte auf die Toilette der nächsten freien Kabine. Dort übergab sie sich. Der Mörder beschränkte sich nicht mehr auf Frauen. Dennoch schienen seine Taten sexuell motiviert zu sein, dachte Rosa zwischen zwei Schüben. Das Erbrochene roch wie gammelige Seife. Sie fühlte sich elend, zumal ihr gleichzeitig eines bewusst wurde: Während sie gestern Nacht in der Mannschaftsmesse am Trinkgelage ihres Lebens teilgenommen hatte, musste die grausame Tat geschehen sein. Sie hatte eine Handlung provoziert, aber mit Stins Geständnis kapituliert, sich dem Alkohol hingegeben und dem Killer freie Bahn gelassen. Einmal mehr hätte sie einen Mord verhindern können!

Der frühere Erste Offizier tauchte in der Toilettentür auf.

„Schlimmer Anblick, tut mir leid. Geht's wieder?",
fragte er.

Weshalb entschuldigte er sich?

„Nie wieder Kognak." Rosa stöhnte.

Bevor sie die Toilettentür zuschob und ihn aussperrte, bat sie: „Besorg mir Gummistiefel."

„Gummistiefel, wozu denn das?", wollte er wissen.

„Wir müssen den Toten identifizieren."

Mit Decken hatte Rosa einen provisorischen Steg gebaut, über den sie sich dem Toten näherte. Sie trug weiße Arbeitsgummistiefel mit Stahlkappen, die ihr mindestens zwei Nummern zu groß waren. Zuvor hatte sie Fotos vom Tatort gemacht.

Der Täter hatte es wohlweislich vermieden, seinem Opfer Schnittwunden am Rumpf zuzufügen und so einen schnellen Tod herbeizuführen. Nur die Arme und Beine waren mit Schnittwunden übersät, um den Mann langsam ausbluten zu lassen. Das Opfer hatte so lange wie möglich bei Bewusstsein bleiben sollen. Bei so viel Blutverlust versagte irgendwann die Widerstandsfähigkeit, aber dennoch musste das Opfer erst einmal überwältigt werden.

Ein tiefer Einschnitt am Oberschenkel, vermutete Rosa, hatte die Aorta durchtrennt und war erst spät erfolgt. Der Täter hatte sein Opfer mutwillig und wissentlich gequält, was auf sadistische Tendenzen schließen ließ. Die glatten Schnitte deuteten auf ein scharfes Messer als Tatwaffe hin. Ein Skalpell zum Beispiel. Der Mörder demonstrierte seine Macht, genoss es, sein Opfer leiden zu sehen, es zu erniedrigen. Wahrscheinlich hatte er selbst viel durchlitten und wollte nun bestrafen. Auf jeden Fall war das kein Mord im Affekt. Eine Hinrichtung. Rache kam als Motiv ebenfalls infrage.

Und das war längst nicht alles.

Die Leiche war ähnlich wie die von Jennifer Stein arrangiert worden. Die Beine leicht gespreizt, sodass Rosa ungehindert auf das Geschlecht des Mannes blicken konnte. Eine Hand lag in seinem Schoß, als wollte er onanieren. Die andere ruhte auf der Armlehne und empfing den Betrachter mit Daumen-hoch-Geste, was der perfiden Inszenierung einen kaum zu überbietenden Höhepunkt verschaffte.

Mit Sicherheit hatte der Täter seinem Opfer erklärt, warum er diese Form der Hinrichtung wählte. Der Mörder wollte sichergehen, dass es wusste, wer ihm das antat und warum. Vielleicht hatte der Killer die Wunden zeitweise abgebunden, um den Blutverlust zu stoppen. Diese Vermutung würde eine Obduktion bestätigen können. Dazu mussten sie erst wieder Festland erreichen. Der Mörder wusste, was er tat. Er nutzte den Vorteil, abgeschnitten von der Außenwelt zu sein aus.

Jeder Schnitt hatte eine oberflächliche Vene getroffen. Erst die Oberschenkelwunde musste dem Mann nach stundenlanger Folter den Todesstoß versetzt haben. Und dann ging es schnell, bis der Tod endgültig eintrat. Rosa war keine Ärztin, doch sie schätzte, dass es bei fünf bis sieben Litern Blut im menschlichen Körper, und der Tote war groß und kräftig, er konnte gut sechs oder sogar sieben Liter Blut im Körper gehabt haben, nur wenige Minuten gedauert hatte. Höchstens eine Viertelstunde. Eher weniger. Der Folterakt konnte den Tod aber stundenlang hinausgezögert haben.

Bestrafung, Hinrichtung, Macht und – und Spiel.

Das waren die Worte, die Rosa durch den Kopf gingen.

Der Mörder schickte ihr eine Botschaft: Du kriegst mich nicht!

Der Mörder spielte mit ihr. Die Geste des Toten war ein eindeutiger Hinweis darauf. Rosa wusste, dass sie auch im antiken Rom bei Gladiatorenkämpfen benutzt worden war. Daumen hoch oder Daumen runter entschied über Leben und Tod. Ein Spiel, das die Menschenwürde verletzte.

Und noch etwas ging ihr durch den Kopf. So wie das Opfer zugerichtet war, erinnerte es Rosa an mittelalterliche Malereien von der Kreuzigung Jesu, die oft in besonders anschaulicher und drastischer Weise den grausamen Tod des Erlösers darstellten. Es diente dazu das Leiden Christi für den Betrachter möglichst einleuchtend verständlich auszudrücken. Sie hatte einige Kirchenaltäre in Museen gesehen, die den Leidensweg Jesu Christi darstellten. Diese religiöse Überhöhung – Bilder, die vor Blutrünstigkeit nur so trieften –, sagte, seht her, der Erlöser hat unsäglich gelitten.

Seht her, ich habe gelitten. Aber ich habe die Macht, Leiden zuzufügen.

Ich kann vor deinen Augen töten!

So konnte der andere Teil der Botschaft lauten.

Der Täter betrachtete sich selbst als Messias. Das passte eindeutig in das Profil eines geistesgestörten Serientäters. Was Adam Henrich von ihrer Theorie halten würde?

Andere Formen von Gewalteinwirkung konnte Rosa nicht erkennen. Das brachte sie wieder zu der Frage zurück, wie es dem Mörder gelungen war, sein Opfer derart gefügig zu machen.

Sie näherte sich dem Toten. Beißender Gestank von Urin und Schweiß stieg ihr in die Nase. Es roch süßlich, befremdlich muffig – und kalt, auch wenn Rosa wusste, dass Kälte gewöhnlich nicht zu riechen war. Die Leichenstarre setzte bereits ein. Das war der Geruch des Todes.

„Ich ziehe nun die Maske vom Kopf", sagte Rosa und straffte ihre Einweghandschuhe. „Kann bitte einer von euch Beweisfotos davon machen?"

Als Antwort kam nur ein zustimmendes Räuspern. Selbst den hartgesottenen Seeleuten versagte angesichts des Schreckens in der Kammer die Stimme. Die Maske war am Hinterkopf mit einer Schlaufe zusammengebunden, sodass Rosa um den Körper herumgreifen musste. Dabei wäre sie beinahe mit den Gummistiefeln auf dem Deckenkonstrukt ausgerutscht. Rosa atmete durch, um sich zu konzentrieren. Vorsichtig zog sie die Schlaufe auf. Endlich konnte sie den Toten von der Henkersmaske befreien. Mit Entsetzen und rasenden Schuldgefühlen blickte Rosa in das leichenblasse Gesicht von Tommy Kessler.

41

„Gibt es Waffen an Bord?“, wollte Rosa wissen.

„Außer Küchenmesser?“, fragte Lars.

Sie nickte.

„Ich kann mir nicht vorstellen, dass einer der Männer eine Pistole versteckt. Das ist streng verboten. Und wir fahren nicht auf einer Gefahrenroute.“

„Es ist für mich.“

Erst jetzt verstand der Steward Rosas Anliegen. Sein misstrauischer Blick klärte sich auf. Rosa wollte nicht geheime Waffendepots auskundschaften, sondern sich selbst bewaffnen.

„Ich brauche eine Schusswaffe.“

„DeRuijter?“

Rosa antwortete ausweichend. Der Steward musste nicht wissen, dass sie sich nicht mehr sicher war, ob sie dem Ersten Offizier uneingeschränkt vertrauen konnte.

„Die einzigen Schusswaffen an Bord sind Leuchtpistolen. Hilft das?“

Rosa überlegte. Eine Leuchtpistole mit 26,5 mm Munition war durchaus als Waffe zu bezeichnen, und soweit sie auf dem Laufenden war, benötigte man zum Führen einer solchen den sogenannten kleinen Waffenschein. Henning Bahlow hatte am allerersten Tag als Seminarsymbol eine Signalpistole gezogen. Natürlich konnte eine Leuchtpistole nicht ihre Dienstwaffe ersetzen.

„Besser als nichts", erwiderte Rosa. „Kannst du mir eine besorgen, ohne dass jemand etwas mitbekommt?"

Lars schüttelte den Kopf. „Wenn ich an den Sicherheitsschrank auf der Kommandobrücke gehe, könnte das schnell Misstrauen erregen. Dafür habe ich keine Befugnis. Ich könnte Henning Bahlow fragen, ob er seine abgibt."

„Nein, keinen der Passagiere einweihen. Besser ist es, niemand weiß etwas."

„Niemand außer mir?"

„Genau."

Lars bekam leuchtende Augen. „Okay, ich kann es versuchen, aber versprechen kann ich nichts. Es geht nur, wenn der Zweite Offizier Dienst hat. DeRuijter hat Augen wie ein Luchs."

Und der Zweite Offizier hatte Dienst gehabt, als die Kommunikationsanlagen sabotiert worden waren, dachte Rosa.

Angela Weniger drückte sich auf dem Gang an ihnen vorbei. Sie hielt ihre Seminarunterlagen in den Händen. Die Passagiere hatten ausdrückliche Anweisung, in ihren Kabinen zu bleiben.

„Kannst du mir noch etwas besorgen, Lars?", fragte Rosa und schaute der Frau hinterher.

Er nickte eifrig.

Rosa flüsterte ihm etwas ins Ohr. Sie verfolgte eine Theorie die das Gefügigmachen der Ermordeten betraf.

„Ganz sicher?", erkundigte sich Lars.

„Ganz sicher!" Sie beeilte sich, Angela Weniger einzuholen. „Wohin gehst du?"

„Hertz hat zu einem Treffen in den Seminarraum geladen", gab sie zurück. „Weißt du nichts davon?"

„Doch, doch. Natürlich. Komme auch gleich", log Rosa.

Hertz hatte ihr nicht Bescheid gegeben. Sie schaute zurück und nickte dem Steward zu und folgte Angela Weniger Richtung Seminarraum auf dem Hauptdeck.

„Hat er mir wohl vergessen zu sagen, dass wir was mitbringen sollen", meinte Rosa und deutete auf die Unterlagen, die die Journalistin an die Brust gedrückt trug.

Sie sah irritiert zurück. „Wieso gesagt? Bei mir hat er nur einen Zettel unter der Tür durchgeschoben. Ziemlich seltsam, dass er dich persönlich einlädt. Ist ja fast schon eine Zwei-Klassen-Behandlung."

Rosa bemühte sich nicht, den Irrtum aufzuklären.

„Da siehst du, was mir das eingebracht hat! Alle wissen, dass ich für einen Artikel recherchiere."

Vielleicht wäre es besser gewesen, dachte Rosa, wenn du von Anfang an mit offenen Karten gespielt hättest. Als wäre es irgendetwas Besonderes, einen Artikel über ein Antistressseminar zu schreiben. Rosa entschuldigte sich und machte einen Umweg über ihre Kabine, wo sie ebenfalls eine schriftliche Einladung vorfand, am heutigen siebten Tag der Seminarreise um 15 Uhr zu einem Treffen in den Seminarraum zu kommen.

„Ich habe keine Einladungen verteilt", beharrte Hertz, als Rosa den Seminarraum betrat und sich gewohnheitsmäßig die Schuhe ausziehen wollte. „Noch weiß ich, was ich tue!"

Er warf einen fragenden Blick zu Prem Jyoshi, die auf ihrem angestammten Platz außerhalb des Kreises saß und unschuldig mit den Schultern zuckte. Man hätte meinen können, dies wäre eine ganz normale Seminarstunde. Doch das täuschte. Seit der Mord an Tommy Kessler bekannt geworden war, lagen die Nerven sämtlicher Passagiere endgültig blank. Es war zum Streit gekommen, bei dem jeder den anderen beschuldigte. Stin DeRuijter hatte daraufhin eine Zimmersperre verhängt, die, wie sich nun herausstellte, bereits mehrfach gebrochen worden war. Es herrschte eine morbide, von Todesangst und gegenseitigem Misstrauen geprägte Stimmung, in der jeder augenblicklich für vogelfrei erklärt werden konnte.

„Wer hat uns dann hierherbestellt?", fragte Henning Bahlow in die Runde. „Ist das wieder eine Scharade von dir, Rosa?"

So aufgebracht erlebte sie ihn zum ersten Mal. Sonst war er der ruhige, bedächtige Typ, der Konflikten gerne mit einem Lächeln aus dem Weg ging. Rosa verneinte kopfschüttelnd. Sie hegte einen leisen Verdacht, behielt ihn jedoch für sich.

„Es ist gefährlich genug", fuhr Bahlow fort, „überhaupt an Bord dieses Schiffs zu sein, wie wir alle festgestellt haben. Müssen wir jetzt auch noch fürchten, unsere Kabinen unnötig zu verlassen, um uns zu einem Seminar zu treffen, an dem kein Interesse besteht? Ich finde es angesichts der Situation pietätlos weiterzumachen, als wäre nichts geschehen. Mister Unbekannt führt sogar unsere BKA-Ermittlerin an der Nase herum."

Mila Adler schüttelte den Kopf. „Ich glaube nicht, dass es ratsam ist sich abzukapseln. In einer solchen Situation sollte man die Gemeinschaft stärken und zusammenhalten."

Aus ihrem Mund klang das besonders befremdlich. Plötzlich war ihr der Gemeinschaftssinn wichtig?

„Machen deine Ermittlungen Fortschritte, Rosa?", fragte sie.

„Jede Minute", antwortete sie knapp.

„Das heißt, du weißt, wer Tommy ermordet hat?", hakte Mila nach.

Rosa schwieg sich aus.

„Kannst du mal auf Fragen antworten!", schrie sie.

„Wir alle kennen den Mörder. Das hat sie gesagt", mischte sich Linda Meyer ein, „es muss einer von uns sein."

„Wieso eigentlich von uns?", warf Bahlow ein. „Einige in der Mannschaft geben ziemlich finstere Gestalten ab."

„Die Crew fährt seit Jahren in der Zusammenstellung, ohne dass jemals etwas passiert wäre", meinte Rosa.

„Wir sind der Unsicherheitsfaktor", fasste Linda nüchtern zusammen.

Rosa nickte.

„Ach, das ist doch alles absurdes Gerede. Lassen Sie uns wie vernunftbegabte, erwachsene Menschen mit der Situation umgehen."

„Hören Sie eigentlich zu, Sie hirnverbranntes Arschloch!“, brüllte Linda. „Hier werden Menschen wie Vieh abgeschlachtet.“

Hertz wusste offenbar nicht, was er auf diesen Angriff kontern sollte. Rosa stellte fest, dass sich eine gewaltige Veränderung im Gesicht seiner Assistentin abzeichnete. Die äußere Gelassenheit wich starker Unruhe und Nervosität. Prem Jyoshi kaute auf der Unterlippe, ihre Augen huschten hin und her. Bei den übrigen Passagieren nahm Rosa ähnliche Anzeichen von Überreizung, Nervosität und Panik wahr. Alle hatten Angst um ihr Leben. Angst davor, sie könnten das nächste Opfer des Killers werden. Irina, Jennifer, Tommy – drei Menschen hatte der Killer schon auf seinem Gewissen, und der Mord an Kessler hatte allen gezeigt, dass er weitermachen würde. Vielleicht wollte er ja sogar jeden Einzelnen an Bord töten.

Rosa sollte Hertz stoppen. Warum hatte Prem Jyoshi das während ihres gestrigen Gesprächs gefordert? In Rosa regte sich der beunruhigende Verdacht, das Seminar, die Reise und die Morde könnten am Ende eines von Hertz’ „sozialen Experimenten“ sein. Er war der Einzige, der uneingeschränkten Zugriff auf die Akten hatte. Und das konnte der Grund dafür sein, ihr die Einsicht zu verwehren.

Prem Jyoshi erhob sich und richtete ihren Zeigefinger anklagend auf Hertz. „Meine Vermutung ist, dass er mit alldem was zu tun hat!“

Es wurde still im Raum. Der Coach schaute seine Assistentin erst verblüfft, dann herablassend an.

Prem Jyoshi war den Tränen nahe. „Er liebt es, anderen Menschen wehzutun, vor allem anderen Frauen.“

Prem Jyoshi berichtete bis ins kleinste Detail über Roland Hertz' Neigung zu Gewaltsexspielen. Niemand sagte ein Wort. Selbst der Coach unterbrach seine Assistentin nicht. Dicke Tränen kullerten ihr über die Wangen. Schließlich legte sie eine Hand auf ihren Unterleib.

„Und hier ist er mit der Faust eingedrungen."

Seit Rosa vor einigen Tagen einen Brief vor dem Seminarraum gefunden hatte, hegte sie den Verdacht, dass da mehr laufen konnte zwischen Hertz und seiner Mitarbeiterin. Was sie gegenwärtig hörte, verschlug ihr die Sprache. Auch der Mord an Kessler hatte sadomasochistische Züge.

„Ich vermute, dass er bisexuell ist. Er war letzte Nacht eine ganze Stunde nicht anwesend. Übrigens auch in der Nacht, als Jennifer Stein ermordet wurde, war er lange weg."

„Vielen Dank für diese operettenhafte Darbietung", entgegnete Hertz. „Wir haben experimentiert, um unsere Sexualität zu erkunden. Dabei habe wir einige SM-Praktiken ausprobiert. Doch ich betone ausdrücklich: Sie hat bei allem freiwillig mitgemacht!"

„Die Faust in der Fotze, wer macht da freiwillig mit, du Schwein!", konterte Linda Meyer.

„Ich habe mir nichts vorzuwerfen", wehrte sich Hertz.

Das Wort „Missbrauch" nahm er nicht in den Mund. Der Coach war gut darin, Leute zu manipulieren. Das hatte Rosa selbst am eigenen Leib erfahren. Aber jetzt hörte er sich nicht mehr ganz so selbstsicher an wie zuvor.

„Das kannst du haben", meinte Prem Jyoshi und schob ihren Pulli hoch.

Ihr Oberkörper zeigte einige schlimme Blutergüsse.

„Das passiert einer Frau, wenn sie Sex mit Roland hat."

Roland Hertz warf seiner Assistentin einen vernichtenden Blick zu. Prem Jyoshi wirkte nicht verunsichert, sondern ängstlich. Hatte sie tatsächlich Angst vor ihm?

„Andere Menschen beeinflussen und manipulieren, das ist das Einzige, das du wirklich beherrscht. Du bist ein Scharlatan!"

Das verletzte Hertz' Ego augenscheinlich tief. Die Erniedrigung, vor seinen zahlenden Seminarteilnehmern als Betrüger beschimpft zu werden, konnte nicht gleichkommen mit den sexuellen Demütigungen, die er seiner Assistentin angetan hatte. Was hatte sich Prem Jyoshi nur davon versprochen, ihm gefällig zu sein? Oder war sie ihm auf eine ungesunde Weise verfallen und hörig geworden?

Linda Meyer nahm Prem Jyoshi in die Arme. Diese Geste wirkte eigenartig bei der sonst so asozial erscheinenden Forscherin. Sie bleckte die Zähne wie ein Raubtier, das sein Junges verteidigte. Angela Wenigers Mienenspiel wechselte zwischen Abscheu, Ekel und Begeisterung. Gedanklich schrieb sie wohl an ihrem Artikel weiter. Die sexuellen Enthüllungen passten nur allzu gut zu ihrem Sensationsjournalismus. Aus Mila Adlers steinerner Miene war nicht zu lesen, was in ihrem Kopf vor sich ging. Henning Bahlow verzog die Mundwinkel, als hätte man ihn mit vorgehaltener Pistole gezwungen, die eigenen Exkremente zu essen.

„Ist das wahr?", ereiferte sich Max Neumann. In seinem Gesicht standen Faszination und Entsetzen zugleich.

„Das geht Sie gar nichts an.“

„Das geht uns sehr wohl was an, Coach. Angesichts der Situation sind nämlich dann Sie der Einzige, der als Mörder infrage kommt“, kombinierte Neumann.

Tatsächlich deutete vieles darauf hin, dass Hertz der Täter war. Ein Beweis war es jedoch lange nicht.

„Sie lächerlicher Hanswurst von einem erbärmlichen Möchtegernkünstler! Für Sie ist Kunst nichts anderes als Selbsttherapie. Eines kann ich Ihnen sagen ...“

Hertz kam nicht dazu, seine Hasstirade gegen Neumann zu vollenden. Max Neumann schnaufte wie ein tobsüchtiges Kind, dem ein Spielzeug weggenommen wurde. Er holte zu einem Schlag aus, nahm Schwung aus der Bewegung und verpasste Roland Hertz einen unbeholfenen Klaps mit der Faust. Der Coach schrie heftig auf und hielt beide Hände schützend vors Gesicht. Der Schlag konnte nicht allzu schmerzhaft gewesen sein. Sein Aufschrei war Theater.

„Er ist der Mörder!“, spuckte Neumann aus.

Mit der Attacke war eine Grenzlinie überschritten worden. Kaum hatte er sich zurückgezogen, gingen die vier Frauen gleichzeitig auf Roland Hertz los. Gemeinsam beschimpften und schubsten sie ihn. Die Situation war sehr viel bedrohlicher als der gestrige Streit um Tommy Kesslers Affären. Beherzt griff Rosa ein, entzündete allerdings mit ihrer Parteinahme für den Coach erst recht Gewalt. Linda Meyer zog Hertz die langen Fingernägel quer übers Gesicht. Der Coach begann zu bluten. Diesmal hörte sich sein Schmerzensschrei nicht gekünstelt an. Fußtritte und Schläge trafen den Mann. Neumann feuerte die Furien an, die Rosa nicht gebändigt kriegte. Immer wieder wurde sie von Hieben und Tritten getroffen. Bahlow stand geistesabwesend daneben. Als sie einen Schlag aufs Ohr erhielt, brannte unkontrollierbare Wut in ihr auf. Mehrmals wirbelte sie mit ihren Ellenbogen durch die Runde und stellte Distanz zwischen den gegnerischen Parteien her.

Atemlos keuchten die Anwesenden. Abscheu, Verzweiflung und Furcht las Rosa in allen Gesichtern. Sie hoffte, dass der Gewaltausbruch damit beendet wäre. Doch sie irrte sich. Plötzlich wurde der Coach in ihrem Rücken weggezogen. Bahlow mischte sich ein. Er zerrte Hertz an den spärlichen Haaren.

„Du erbärmliches Schwein! ", spuckte er ihm ins Gesicht, „Ich stelle mir vor, meine Tochter hätte ein Praktikum bei dir gemacht oder hätte so ein perverses Schwein wie dich zum Chef – das weiß ich zu verhindern!"

„Das ist aberwitzig, Henning", wehrte sich Hertz hilflos.

„Max hat recht. Er muss der Mörder sein. – Haltet sie fest!"

Damit meinte Bahlow Rosa. Die Frauen erwachten aus ihrer Starre und gehorchten. Mehrere Hände griffen nach ihr, zwangen sie in die Knie. Angela Weniger trat ihr in den Magen. Sie zahlte es Rosa heim. Der Schlag erwischte sie unvorbereitet. Rosa schnappte nach Luft und versuchte, Halt zu bekommen, um sich befreien zu können. Aber es waren zu viele Hände. Jedes Mal wenn es ihr gelang, ihre Knie oder Ellenbogen wirkungsvoll einzusetzen, fassten sofort neue Hände zu.

Im Augenwinkel nahm Rosa wahr, wie Bahlow Hertz gegen die Bordwand schleuderte. Mit einem dumpfen

Stöhnen prallte er ab und sank auf dem Boden zusammen. Bahlow drückte ihm das Knie in den Rücken, zerrte ihn herum und umklammerte mit der Armbeuge Hertz' Hals. Henning Bahlow, der nette Anwalt, wurde zum Rädelsführer einer Lynchjustiz.

„Das ist Selbstjustiz ...", rief Rosa.

„Genau!", unterbrach Bahlow sie. „Wer weiß, ob wir jemals New York erreichen werden. Dann kommt er ungeschoren davon."

„Wir sind Menschen, und selbst Verbrecher haben eine humane Behandlung verdient", versuchte es Rosa anders.

Rationale Argumente zählten nicht mehr.

„Perverse wie Hertz gehören aus dem Verkehr gezogen", fuhr Bahlow fort. „Was er Prem Jyoshi angetan hat, kann sich jederzeit wiederholen. Wer weiß, was er mit seinen eigenen Töchtern macht!"

Hertz wollte protestieren. Augenblicklich lockerte Bahlow seine Umklammerung, aber nur, um den Coach mit einem Faustschlag zum Schweigen zu bringen. Der Schwinger wirkte bei Weitem nicht so unbeholfen wie zuvor Neumanns Angriff. Hertz jaulte auf, während Bahlow weiter versuchte, auf die Mittäterschaft der Frauen zu bauen.

„Ich weiß das", schrie Bahlow. „Diese Typen kommen immer irgendwie davon. Am Ende kriegt er eine Geldstrafe, und das war's. Wir sollten das hier und jetzt klären. Das bleibt unter uns."

Rosa lief eine Gänsehaut über den Rücken.

„Wir können was Gutes schaffen – Gerechtigkeit."

Niemand erhob Widerspruch. Was für ein Albtraum! Welche Abgründe taten sich da auf! Rosa musste etwas unternehmen. Sie versuchte sich aufzubäumen. Jemand zog ihr grob an den Haaren.

„Knallen wir sie gleich ab", rief Rosa geistesgegenwärtig, „die Perversen, die Homosexuellen, die Behinderten und alle Andersdenkenden!"

Ihre provokante Parallele zu den Gräueln totalitärer Regime nahm dem Feuer der Raserei nur kurzzeitig den Nährboden. Henning Bahlow packte Hertz noch heftiger, schnürte ihm den Atem ab. Der Coach lief rot an. Seine Lider flatterten. Er hatte sich bereits aufgegeben.

„Willst du ihm nicht mal zeigen, was man mit perversen Mördern machen sollte, Prem Jyoshi?", fragte Henning Bahlow.

Alle Anwesenden verstanden. Bahlow trat Hertz die Beine auseinander.

„Ein für alle Mal, an dieser Stelle ist Schluss!", rief Rosa und versuchte vergeblich sich zu befreien.

Prem Jyoshi kam näher. Sie blutete aus der Nase. Rosa wollte der Frau ins Gewissen reden, aber jemand drückte ihr eine Hand auf den Mund. Sie biss kräftig zu.

„Au!", kreischte Mila Adler.

„Sigrid", sagte Rosa schnell zu Prem Jyoshi, „das macht das Geschehene nicht ungeschehen."

Doch Prem Jyoshi schien entschlossen.

„Sigrid", wiederholte Rosa.

Plötzlich wich die Entschlossenheit aus dem Blick der jungen Frau. Sie sackte auf den Boden und begann zu schluchzen.

„Wär ich niemals mitgefahren!", brachte sie zwischen Weinkrämpfen undeutlich hervor.

Langsam kehrte Ruhe ein. Hertz kauerte auf dem Boden. Er schniefte und schluchzte, dann fing auch er an zu weinen. Mitleid empfand Rosa nicht. Dennoch war sie froh, Schlimmeres verhindert zu haben. Jeder wich peinlich berührt den Blicken der anderen aus.

Loco erschien auf der Bildfläche. „Den Rest erledigen wir", grollte er finster, hob Rosa auf und schob sie wie eine Puppe zur Seite.

Neue Schwierigkeiten waren im Anmarsch. Neben Loco war eine Handvoll Matrosen in den Seminarraum getreten. Sie führten Hämmer, Knüppel und Brandäxte mit sich. Ihre Mienen trugen düstere Entschlossenheit zur Schau. Der bullige Körper des Kochs baute sich mitten im Raum auf. Loco trug keine Waffe, aber Rosa ahnte, dass er ein Messer in der Schürze verborgen hielt.

„Wir nehmen ihn jetzt mit", verkündete er zornig.

Rosa schüttelte vehement den Kopf.

„Rosa, misch dich da nicht ein ..."

„Werft ihr ihn über Bord? Oder was? Es kommt nicht infrage, dass ihr das Gesetz selbst in die Hand nehmt."

Loco gab nicht nach, Rosa wurde übel. Denn sie wusste, bei dieser Auseinandersetzung würde sie nicht nur mit Schrammen und Beulen davonkommen. Überhaupt hatte sie nur eine einzige Chance, die Situation in den Griff zu bekommen. Es lag an ihr den Anführer des Lynchmobs zu überwältigen und das hieße Loco k.o. schlagen. Sie war sich sicher, dass sich die Mannschaft dann zumindest überreden lassen würde Hertz keine Gewalt anzutun.

„Loco", sagte Rosa und versuchte, Zeit zu gewinnen, denn sie hatte nicht die geringste Ahnung, wie sie den muskelbepackten Riesen überwältigen sollte, „es ist überhaupt nichts bewiesen.“

„Er war es. Ganz sicher.“

Langsam schob sie sich zwischen Hertz und seinen Angreifer. Damit brachte sie sich direkt in die Schusslinie. Locos wild funkelnde Augen nahmen ihr beinahe den Mut.

„Das ist Schwachsinn“, sagte sie fest und wunderte sich selbst über ihre Courage.

„Er ist die Ursache des ganzen Übels“, brummte er, „mit ihm kam das Böse aufs Schiff.“

„Das ist abergläubischer Mist!“

„Nein, Rosa, lass mich vorbei. Ich will dir nicht wehtun.“

Nur mit einer Schusswaffe könnte sie ihn wirksam aufhalten. „Handelt ihr auf DeRuijters Befehl?“, ließ sie nicht locker.

Loco zögerte einen Moment zu lang mit seiner Antwort. „Natürlich.“

„Bullshit!“, schrie Rosa dem Koch direkt ins Gesicht.

Keiner der Passagiere unterstützte Rosa. Sie stand ganz allein zwischen der marodierenden Mannschaft und deren Opfer. Genauso wie sie es immer befürchtet hatte. Nun galt es, keine Furcht zu zeigen, auch wenn ihr Herz noch so pochte.

„Das ist Meuterei“, unternahm Rosa den letzten verzweifelten Versuch, einen Kampf zu vermeiden, „Meuterei. Jeder von euch verliert seine Heuer. Ihr bekommt nie wieder einen Job bei einer deutschen Reederei. Das war’s dann für euch und eure Familien.“

Es war gemein, diese Karte auszuspielen, aber ihre allerletzte Chance. Was würden sie Hertz antun? Der

Coach, der in ihren Augen für alles Übel an Bord der *Leviathan* verantwortlich war. Wahrscheinlich auch für den Sturm und die Riesenwellen. Einen Moment schien Locos Entschlossenheit zu wanken, doch dann wurden die Augen des Kochs plötzlich schwarz. Rosa wusste, jetzt war die Entscheidung gefallen. Es würde zum Kampf kommen. Adrenalin schoss durch ihren Körper.

„Gut, wenn du unbedingt willst, übergebe ich ihn dir", sagte sie ruhig.

Rosa trat beiseite und tat so, als wollte sie dem Koch Platz machen. Sie spannte jeden einzelnen Muskel an. Langsam glitt ihr Fuß zur Seite, um sich einen sicheren Stand zu verschaffen. Rosa wusste, sie hatte nur einen einzigen Schlag, wenn der nicht saß, würde der Riese sie zerpflücken wie eine Kinderfaust ein Gänseblümchen. Sie versteifte die rechte Hand zur Bärenkralle, der wirksamsten Schlagfaust, die sie gelernt hatte. Endlich arbeiteten die Wellen mit. Als Loco einen Schritt machte, explodierte Rosa mit wildem Kampfschrei. Ihre Rechte jagte nach oben. Die spitzen Fingerknochen rammten Locos Kehlkopf und versenkten sich in seinem Hals. Rosa spürte, wie ihre Faust Locos Luftröhre eindrückte und die Vorwärtsbewegung des Kochs jäh stoppte. Seine Augen traten aus den Höhlen hervor. Er riss beide Arme hoch und hielt sich den Hals, dann brach er röchelnd zusammen. Ein Messer glitt ihm aus der Hand.

42

Viel Zeit blieb ihr nicht. Rosa hastete die Niedergänge hinauf. Auf Deck C kam sie vor einer Kabine zum Stehen, schob Stins Generalschlüssel ins Schloss und betrat kurz darauf Roland Hertz' Kammer.

Rosa blickte sich um. Wo verwahrte der Coach die Akten der Kursteilnehmer? Fiebrig begann sie zu suchen. Es würden nur wenige Minuten verbleiben, bis der herbeigerufene neue Kapitän unten im Seminarraum Passagiere und Crew entließ! Wenn der Mob durchdrehte, gab es immer einen Schuldigen zu finden. Ob das der Täter war oder nicht, spielte keine Rolle. Es bestand die Möglichkeit, dass der Mörder auf diese Gewaltspirale aus Todesangst und Überlebenswillen spekuliert hatte. Es war denkbar, dass der Mörder erst dann ruhen würde, wenn die *Leviathan* samt Mann und Maus auf dem Grund des Ozeans ruhte.

Der nackte Wille zu überleben würde einen Teil besorgen, der Sturm den anderen. Rosa hielt inne. Sie hatte das Bett unter der Matratze durchsucht, den Kleiderschrank und Hertz' Koffer. Nichts. Die Unterlagen mussten an einem Ort mit ausreichend Platz liegen. Der Stauraum unter der Sitzbank! Sie zerrte die Polster beiseite. Eine Luke kam zum Vorschein. Sie hob den Holzdeckel an und fand eine Reisetasche. Die hievte sie heraus und öffnete den Reißverschluss.

Volltreffer!

Ihre Akte lag obenauf. Aber wegen der war sie nicht hier, obwohl es äußert verlockend war herauszufinden, was der Coach über sie dachte. Sie holte die Unterlagen hervor und verteilte sie auf dem Tisch. Von allen Teilnehmern besaß Hertz ausführliche medizinische Berichte, psychologische Gutachten und Beschreibungen der Krankheitsverläufe. Damit war Hertz in der Lage, von sämtlichen Teilnehmern ein detailliertes psychologisches Profil zu erstellen. Das mochte vollkommen in Ordnung sein, solange er seine Position als Coach nicht missbrauchte. Die Fakten lagen jedoch anders.

Genauso wie ihre eigene Akte schob sie die von Jennifer Stein und Tommy Kessler erst einmal beiseite. Rosa verschaffte sich einen groben Überblick. Vielleicht fiel ihr ja sofort etwas besonders auf. Hertz hatte wie in ihrer Therapiestunde auch in den Sitzungen mit den anderen Patienten Notizen angefertigt. Oftmals hatte der Coach seine Skizzen mit Kürzeln versehen, deren Bedeutung sich ihr nicht erschlossen. Während der Sturmwind um die Aufbauten der *Leviathan* brüllte wie ein Schwarm Seeungeheuer, die nach den Seelen der Reisenden schrien, vertiefte sie sich in die Dokumente.

Sie las Hertz' Fazit zu Max Neumann. Die Worte „geltungssüchtig", „Workaholic", „Existenzängste" und „schwer depressiv" stachen hervor, auch deshalb, weil Hertz sie mit gelbem Textmarker gekennzeichnet hatte. In Linda Meyers Akte stand „cholerisch, sucht aber nicht den Streit", was die Untertreibung des Jahrhunderts war. Außerdem fiel das großgeschriebene und gelb unterstrichene Wort „Reha" auf. Was sollte das bedeuten? Befand sich Linda in einer Rehabilitierungsmaßnahme? Und wenn ja, warum? Bei Angela Weniger stand neben „Essstörung/Glutenallergie" und „neurotisch oder paranoid?" das Kürzel „VE". Das konnte alles Mögliche bedeuten – nur was?

Rosa stöhnte auf und griff sich Mila Adlers Akte. „Ist nicht greifbar. Die Frau ist wie ein Fisch. Mal (beinahe) fanatisch moralisch/religiös, mal lasziv. Persönlichkeitsspaltung?" Diese Einschätzung deckte sich mit Rosas Eindruck von Mila. Und war nicht Schizophrenie ein grundlegendes Kennzeichen für ein Trauma? Was konnte sie traumatisiert haben? Anschließend nahm sie sich Henning Bahlows Unterlagen vor. Sie las die Einträge des Coaches quer. Gleich zu Beginn der Aufzeichnungen stand der Satz „Macht mir was vor". Eine ähnliche Formulierung wiederholte sich mehrfach. Rosas Instinkt schlug Alarm. Als sie die dick markierten Worte „Trauerarbeit nicht vollzogen" und „Verlusttrauma" las, wurde ihr schlecht. Und dann sah sie wie in Lindas Akte vier Großbuchstaben. Nur waren es bei Bahlow nicht die Buchstaben „REHA", sondern „ROSA". Erst auf den zweiten Blick entzifferte sie das Offensichtliche. In Bahlows Akte stand ihr Name! Schockstarre erfasste Rosa. Was, um alles in der Welt, konnte Hertz dazu veranlasst haben, ihren Namen in Bahlows Unterlagen zu notieren?

Rasch schlug sie ihre Akten auf. Darin fand sie jedoch keinen Hinweis auf Bahlow. Dafür entdeckte sie etwas anderes. Neben dem Kürzel „PTBS", das „posttraumatische Belastungsstörung" bedeutete, hatte er „nicht therapierbar" notiert.

Was für ein Arschloch!

„Für sie läuft es gerade ziemlich gut, habe ich recht?"

Rosa fuhr herum. Roland Hertz stand auf der Schwelle. Er wirkte nicht überrascht, sie in seiner Kammer vorzufinden.

Der Coach war in keiner guten Verfassung. Er blutete aus mehreren Wunden im Gesicht. Seine Kleidung war vom Kampf zerknittert, und er sah abgekämpft und erschöpft aus.

„Wie ist das jetzt für Sie? Fühlen Sie sich so machtlos wie damals in Tirol?" Sein Ton wurde ätzender. „Gärt die Schuld in Ihnen, damals wie heute zu versagen?"

Seine Worte trafen sie tief und so unvermittelt wie vorhin Angela Wenigers Schlag in die Magengrube. Woher nahm er diesen Hass gegen sie?

Rosa schwieg, bevor sie fragte: „Und? Glückt Ihr Experiment?"

„Zum Teil", antwortete Hertz kryptisch.

Er zeigte keinerlei Reue oder Dankbarkeit, dass Rosa ihn davor bewahrt hatte, an der Rahnock aufgeknöpft oder sonst wie gelyncht zu werden.

„Und der andere Teil?"

„Ist Pech oder Improvisation."

Auch wenn ihr die Antworten nicht gefielen, gab es positiv zu bemerken, dass er überhaupt antwortete. „Und was ist das Ziel des Experiments?"

Hertz schüttelte den Kopf zum Zeichen, dass er die Frage nicht beantworten wollte. „Das ändert sich gerade. – Und Sie? Haben Sie gefunden, wonach Sie gesucht haben?"

Erst jetzt betrat er seine Kabine. Rosas Muskeln spannten sich an. Sie spürte noch den Adrenalinschub vom vorhergehenden Kampf und wusste, dass sie äußerst achtsam bleiben musste. Wenn Hertz der Mörder war, konnte er jederzeit blitzschnell zuschlagen und versuchen, sie zu überwältigen.

„Zum Teil", antwortete Rosa und griff absichtlich Hertz' Worte auf. „Ich bin also nicht therapierbar?"

„Das ist meine Einschätzung, ja."

„Und das, obwohl Sie mir hoch und heilig versprochen haben, mir zu helfen?"

Hertz blickte sie ungläubig an, als hätte sie etwas Abwegiges gefragt.

„Da besteht kein Zusammenhang."

Rosa dachte über seine Aussage nach. „Verstehe. Sie versprechen also, jemandem zu helfen, obwohl Sie eigentlich der Meinung sind, dass demjenigen nicht zu helfen ist?"

„Das ist Ihre Formulierung, Rosa, nicht meine!"

Gegen ihren Willen musste sie lachen. Aber es klang wie ein verächtliches Schnaufen. „Ich glaube, Prem Jyoshi hat recht und Sie sind nichts weiter als ein Scharlatan."

„Vorsicht, Rosa, sonst gesellt sich zum Einbruch, der Sie die Dienstmarke kosten kann, eine Verleumdungsklage dazu."

Rosa konnte nicht glauben, was sie hörte. Der Coach drohte ihr. Er trat an den Tisch.

Darunter ballte Rosa die Hände zu Fäusten. „Warum sind Sie mit den Akten nicht weggegangen, bevor ich aufgekreuzt bin? Sie mussten doch gewusst haben, dass ich kommen werde. Sehen Sie, Sie *wollten* entdeckt werden."

„Daran können Sie sehen, wie krank Sie sind."

Eine Welle aus Ungläubigkeit und Hilflosigkeit drohte, sie zu ertränken.

„Darf ich bitte?", fragte er und machte sich daran, seine Unterlagen zusammenzupacken.

Rasch schnappte sie sich ihren Ordner – und die Akte, die darunter lag.

Hertz lachte freudlos auf. „Ja, behalten Sie sie. Ich kenne schließlich den Inhalt. Vergessen Sie nicht, Rosa, Ihr Chef hat Sie zu mir geschickt. Wieso hat er das wohl getan?"

Ihr Zorn wuchs und lief Gefahr, sich einen Weg nach außen zu bahnen. Am liebsten hätte sie seinen Schrammen ihre eigene Marke hinzugefügt.

„Ich habe keine Angst vor Ihnen." Zu ihrem Zorn gesellte sich Unsicherheit.

„Schlagen Sie zu!", schrie Hertz auf einmal.

Rosa fuhr zusammen und sprang auf.

„Warum steht mein Name in Bahlows Unterlagen?", schrie sie zurück.

„Er hat es Ihnen nicht gesagt?"

Hertz klang aufrichtig überrascht.

„Antworten Sie mir! Was habe ich mit Bahlow zu schaffen?"

„Fragen Sie ihn selbst", entfuhr es Hertz kalt.

Ihre Rechte holte zum Schlag aus. Im letzten Moment bremste sie sich und ließ die Faust sinken. Dabei formten ihre Lippen einen stummen Schrei.

„Verstehen Sie nun, warum Sie nicht therapierbar sind?"

43

Rosa stürmte hinaus auf den Gang. Ihre Gefühle schwankten zwischen Wut und Verzweiflung. Was wurde hier gespielt? Und was hatte Hertz für Andeutungen über sie gemacht?

„Verstehen Sie nun, warum Sie nicht therapierbar sind?"

Nein, sie verstand es nicht. Aber sie hatte die Unterlagen mitgenommen und würde schon noch dahinterkommen. Wie gerne wäre sie an Deck gegangen, vorne in den Bug, um ungestört nachdenken zu können. Rosa lief ein paarmal auf und ab, doch statt sich zu beruhigen, fuhr die Energie erst richtig hoch. Max Neumann und Henning Bahlow erschienen im Niedergang. Ohne sie zu beachten, verschwand Neumann mit matter Miene in seiner Kammer und schloss ab. Sonst hatte er sein Zimmer nie abgeschlossen. Henning Bahlow warf ihr einen verstohlenen Blick zu und beeilte sich, in seine Kabine zu gelangen. Wie ein Torpedo schoss Rosa los, den Gang hinunter, und stürmte in Bahlows Kammer, bevor er abschließen konnte. Rosa rammte ihm die Tür in den Oberkörper. Er stürzte zu Boden, rappelte sich jedoch fix wieder auf. Mit einer Hand rieb er sich die Rippen.

„Wird Zeit, dass wir reden!", eröffnete ihm Rosa.

„Kannst du nicht anklopfen?", beschwerte sich Bahlow. Seine Augen funkelten verschlagen.

„Kannst du nicht mit einer noch klischeehafteren Gegenfrage ausweichen?"

Ihre Blicke kreuzten sich. Aber Rosa wich nicht aus. Schließlich lenkte Bahlow ein.

„Du meine Güte, du hast es aber eilig", meinte er, als wären sie dabei, einen gemütlichen Plausch unter zwei Seminarteilnehmern zu führen.

Rosa knallte die Aktenordner auf den Tisch. Bahlow sah sie fragend an.

„Die Unschuldsmiene kannst du dir sparen. Du weißt, was das ist: deine und meine Akte."

„Woher hast du die?"

Wollte der Typ sie komplett auf den Arm nehmen?

„Bahlow", fuhr sie ihn an, atmete einmal durch und entgegnete ruhiger: „Aus Hertz' Bestand entliehen."

„Darfst du das? Brauchst du dazu nicht eine richterliche Anordnung oder so was?"

„Wen interessiert das hier draußen auf dem Atlantik, wo jeder nach seinen eigenen Gesetzen und Maßstäben handelt?"

„Schon gut, ich glaube, das geht in Ordnung."

„Hier stehen interessante Dinge drin."

„Du hast alles gelesen?", wollte er wissen.

„Nein, noch nicht, aber ich werde mir die Zeit noch nehmen."

Rosa erwartete, dass Bahlow vorpreschen würde, um ihr seine Akte abzunehmen. Das tat er jedoch nicht.

„Warum steht mein Name in deiner Akte?"

Henning Bahlow schaute sie ungläubig an. „Das weiß ich nicht."

So schnell gab Rosa nicht auf. Sie erinnerte sich, dass
er schon bei der Befragung immer ausweichend geantwortet hatte.

„Henning, ich frage dich so lange, bis du es mir sagst!"

„Um die Wahrheit herauszufinden, würdest du es
auch aus mir herausprügeln, was?"

„Du gehst mit bestem Beispiel voran."

Bahlow stieß verächtlich Luft aus. „Kennst du die Geschichte von Ödipus?"

„Worauf willst du hinaus?"

„Ödipus bringt seinen Vater um und schläft mit seiner Mutter. Ohne es zu wissen. Doch er forscht so lange
nach, bis er die Wahrheit herausfindet und sich am
Ende verzweifelt selbst blendet."

„Warum erzählst du mir das?"

Bahlow zuckte mit den Schultern. „Keine Ahnung."

„Blödsinn", schrie sie. „Du musst einen Grund haben."
Er schwieg.

Rosa keuchte vor Aufregung. Ein paarmal atmete sie
kräftig durch. „Verlusttrauma – was hat das zu bedeuten? Wen hast du verloren?"

Seine Augen wanderten unschlüssig über den Boden.

„Henning, ich lese die Akte und kriege es eh heraus."

Jäh änderte sich seine Stimmung. Sein Gesicht lief rot
an. Die Augen trübten sich.

„Ich habe keine Tochter", brachte er mit bebenden
Lippen hervor.

Das Geständnis kostete ihn Überwindung. Er rang um
Fassung. Rosa brauchte ewig, um das Gehörte zu verarbeiten. Endlich erkannte sie ihren Fehler. Bahlow hatte
seine Tochter verloren. Und sie hatte ihn fälschlicher-
weise verdächtigt.

„Das tut mir leid", sagte sie schlicht.

Bahlow nickte.

„Das erklärt nicht, warum mein Name in deiner Akte steht."

Ratlos schüttelte Henning Bahlow den Kopf. „Das weiß ich nicht. Vielleicht weil du ebenfalls mit einem Trauma zu kämpfen hast."

Rosa musste sich eingestehen, dass auch sie diesen Gedanken gehabt hatte und dass er Sinn ergab. Ihre Wut verrauchte. So fühlte sich der berühmte Holzweg an. Geschlagen nahm Rosa ihre Unterlagen an sich und wandte sich Richtung Tür.

Bahlow hielt sie auf. „Bei all deinen Ermittlungen vergisst du eine Option."

„Welche?", erkundigte sich Rosa.

„Es gibt noch einen weiteren Verdächtigen."

„Und wer sollte das sein?"

Aber Bahlow nannte keinen Namen, sondern antwortete: „Denk einfach an Ödipus!"

Irgendwann, dachte Rosa, findet man auf alle Fragen eine Antwort. Auch auf solche unbequeme Fragen wie „Wie krank bin ich?". Das war irre. Absolut irre! Warum sollte sie das machen? Was hatte Ödipus getan? Er hatte sich selbst eines Mordes überführt. Rosa stemmte sich mit dem gesamten Körpergewicht gegen die Riegel des Außenschotts, bis sie endlich nachgaben und sich die Tür öffnen ließ. Sturmwind riss ihr das Türblatt aus der Hand. Noch auf dem Gang spritzten ihr Gischt und Regen entgegen.

Rosa verließ die Aufbauten und betrat den Außengang des Hauptdecks. Die Leichenfänger blähten sich im Wind wie Segel. Von einer Sekunde auf die andere stand sie mitten in den Naturgewalten. Der Wind zerrte an ihr. Ein Brecher explodierte an der Bordwand wie eine Handgranate. Im nächsten Moment war sie vollkommen durchnässt, wurde von den Füßen gerissen und vom abfließenden Wasser auf das Heck hinausgespült. Mit Händen und Füßen versuchte sie, Halt zu bekommen. Erst an der Reling wurde ihre lebensgefährliche Rutschpartie gestoppt.

Wie kam Bahlow auf diesen Ödipus-Irrsinn? Steckten Bahlow und Hertz unter einer Decke? Sie hatte schließlich nicht Elena ermordet. Aber was war mit den anderen Morden? Viele Straftäter waren, bevor sie zu Verbrechern wurden, oftmals selbst Opfer von Gewalt gewesen. Hatte Mila Adler ihren Lover gekillt, weil der sein Maul nicht halten konnte, oder war sie ebenso verrückt geworden wie die Serientäter, die sie jagte? Brauchte Neumann Inspiration in Form eines realen Vorbilds, oder war sie so wahnsinnig geworden, dass sie nicht mehr wusste, was sie tat? War Roland Hertz ein psychopathischer Perverser, der seine Patienten aufeinander losließ, oder war sie – schizophren?

Rosa konnte nicht umhin sich einzugestehen, es lag im Bereich des Möglichen.

Das Trauma, ihre Aggressionen, die Unfähigkeit, damit fertig zu werden – das alles konnte sie verrückt gemacht haben. Wusste sie denn zwischen all ihren Albträumen, ob sie wachte oder schlief?

Nicht therapierbar.

Gegen den Wind richtete sich Rosa auf und krallte sich an der Reling fest, während um sie herum die Wellen tosten wie von entfesselten Titanen aufgepeitscht.

Immerhin, noch gab es so viele gute Anteile in ihr, dass sie alles weitere Bösartige vernichten konnte. Es lag ganz in ihrer Hand. Sie schrie ihren Zorn hinaus in den Wind. Der Sturm schluckte alles. Er würde auch sie schlucken. Und dann wäre es endlich vorbei. Genau deshalb war sie schließlich an Bord gegangen, damit dieses gottverdammte Trauma ein Ende fand.

Eine Hand auf ihrer Schulter ließ sie herumfahren. Stin DeRuijter stand hinter ihr mit vor Zorn glühenden Augen.

„Bist du völlig wahnsinnig geworden?", glaubte sie, ihn brüllen zu hören.

Rosa lächelte. Wie sollte sie diese Frage beantworten?

Er warf ein Seil über sie, als wäre sie Vieh auf der Weide. Hatte er das auch mit der Köchin gemacht? Rosa begann, sich heftig zu wehren, und hätte beinahe den Halt verloren.

Nein, sie würde es selbst tun, raste es ihr wie von Sinnen durch den Kopf.

Erst jetzt sah sie die angeseilten Matrosen hinter Stin, die ihren Kapitän sicherten. Alle trugen Schwimmwesten. Stin brüllte weiterhin. Sie hörte etwas wie „lebensmüde", ignorierte es aber. Es war nicht die Zeit zu debattieren. Es war Zeit zu handeln. Bevor sie dazu kam, streckte sie ein Faustschlag nieder.

44

Die spätsommerliche Sonne brannte heiß durch die Windschutzscheibe. Adam Henrich saß auf dem Weg zum Flughafen hinter dem Steuer eines Dienstfahrzeugs, das schon deutlich bessere Jahre gesehen hatte. Egal in welche Richtung er das Rädchen der Klimaanlage drehte, es kam immer das gleiche laue Lüftchen heraus. Bevor er den Linienflug nach New York bestieg, wollte er bei Hertz' Büro vorbeifahren. Man hatte ihm versprochen, die Akten der Teilnehmer für ihn zu kopieren. Reiselektüre.

Der vierte Tag der Taskforce *Leviathan* war ähnlich hektisch und nervenaufreibend verlaufen wie die vorangegangenen. Zwar hatten sie mit Neumanns Luminolfass eine heiße Spur entdeckt, aber der Durchbruch fehlte noch. Anfragen und Nachforschungen mussten bearbeitet werden, und das kostete Zeit. Zeit, die ihre Arbeit immer mehr zur Aufholjagd machte. Der vermeintliche Mörder und Verfasser der Spielregeln schien seinen Vorsprung trotz ihrer Ermittlungsfortschritte auszubauen. Wenn es nicht bald Neuigkeiten gab, wurde ein Durchbruch fraglich.

Henrich wischte mit dem Daumen über das Lenkrad und stellte fest, wie sehr er es mit schwitzigen Händen umklammerte. Die weitere Überprüfung der Teilnehmer hatte zum Teil Erstaunliches zutage gefördert. Im

Labor wurde überprüft, ob das im Atelier gefundene Luminol, das Neumann für seine *Erleuchtungswerke* verwendete, mit dem in Claudia Münchs Wohnung übereinstimmte. Wenn ja, rückte die Möglichkeit, dass Neumann über seine Kunst wahnsinnig geworden war, in den Fokus der Ermittlung.

Über die Entomologin Linda Meyer hatte Henrich herausgefunden, dass sie bis vor einigen Monaten am international renommierten Berliner *Weinstein-Institut* geforscht hatte. Sie war praktisch von einem Tag auf den anderen entlassen worden. Das hatte Henrich hellhörig werden lassen. Linda Meyers Absturz war erfolgt, nachdem sie einen anderen Forscher des Diebstahls ihrer Entdeckung bezichtigt hatte. Der Vorwurf war weder bewiesen noch widerlegt worden, da beide zusammen in derselben Forschungsgruppe gearbeitet hatten. Darauf hatte Linda Meyer das Gesetz selbst in die Hand genommen und den Kollegen mehrfach attackiert und ihm nicht nur üble Kratzwunden zugefügt, sondern ihn auch über Wochen hinweg am Telefon terrorisiert und ihm vor der Haustür aufgelauert. Eine Anfrage beim Berliner Amtsgericht ergab, dass sie als gewalttätige Stalkerin zu anderthalb Jahren Haft verurteilt worden war. Da sie schon einmal auffällig geworden war, war sie nicht mit Bewährung davongekommen. Stattdessen durfte sie ihre Haftstrafe verkürzen, indem sie sich therapieren ließ und Seminare wie das von Hertz besuchte. Auf Meyer wartete folglich der Knast sobald sie von New York zurück war! Doch wer sagte, dass sie nicht drüben blieb? Welcher Richter hatte sich auf diesen Kuhhandel eingelassen, fragte sich Henrich. Zumal Meyer äußerst gute Kontakte zum amerikanischen Rüstungsunternehmen UWA – United Weapon Association – unterhielt und dort projektbezogen gearbeitet hatte. Ihm gruselte bei der Frage, was, um alles in der Welt, eine Insektenforscherin bei einem Waffenhersteller experimentierte.

Das hatte ausgereicht, um eine Wohnungsdurchsuchung in Abwesenheit bewilligt zu bekommen, die Carlos Patzikis geleitet hatte. Während eines dienstlichen Mittagsessens mit Steiner hatte Patzikis ein brandheißes Handyfoto vom Einsatzort geschickt. Stirnrunzelnd hatten Steiner und er die Fotografie eines sonderbaren Kleidungsstücks, aus halb Domina-, halb Cowgirloutfit, betrachtet. Als sie den knallroten Cowgirlhut, den Kettenhemdminirock, die Lederchaps und den Nietengürtel mit einer martialischen Waffe sahen, wussten sie nicht, ob sie altherrenmäßig grinsen oder gleich einen Haftbefehl beantragen sollten. Bis Patzikis seine Vorgesetzten aufgeklärt hatte. Die Geißel war eine Polsterwaffe, eine Attrappe. Linda Meyer war aktives Mitglied einer LARP-Gruppe des Rollenspiels *Dark Wild West*, in der sie regelmäßig in die Rolle einer Vampir jagenden Revolverheldin in Tombstone schlüpfte. Verschwammen bei Linda die Grenzen zwischen Fiktion und Wirklichkeit?

Kommentarlos hatten sie sich Prem Jyoshi gewidmet, die im regen E-Mail-Kontakt mit Linda Meyer stand. Erst Minuten später hatte Steiner das Kostüm mit den Worten „Komisch, wir waren früher einfach angeln" kommentiert. Woraufhin Henrich entkräftend angemerkt hatte, dass er seine halbe Kindheit Cowboy und Indianer spielend im Wald verbracht habe.

Etwas über Prem Jyoshi herauszufinden, bevor aus Sigrun von Campe Prem Jyoshi geworden war, bedurfte einiger besonders hartnäckiger Telefonate. Sigrun von Campe hatte sich alle Mühe gegeben, sämtliche Kontakte, Verbindungen und Hinweise auf ihr früheres Leben zu verwischen. Heute war sie eine bekannte Schamanin, Yogalehrerin und Studentin – mehr sollten ihre Mitmenschen nicht über sie wissen. Schließlich hatte Henrich die Eltern der jungen Frau ausfindig gemacht, die zurückgezogen auf einem abgeschiedenen Berghof im Vorarlberg lebten, und von österreichischen Kollegen befragen lassen. Als Jugendliche hatte Prem Jyoshi den Tod ihrer älteren Schwester mitverschuldet, denn sie hatte unter massivem Alkoholeinfluss am Steuer des Fahrzeugs gesessen, das mit über hundert Stundenkilometern gegen einen Baum gerast war. Die junge Frau hatte daraufhin einige Jahre wegen Suizidgefährdung in Behandlung verbracht und sich lange in einem buddhistischen Aschram in Indien aufgehalten. Nun studierte sie Klinische Psychologie an eben jener Privatuniversität in Berlin, an der Hertz unterrichtete.

Die Ermittlungen waren längst nicht abgeschlossen. Momentan wurden der verwitwete Frankfurter Steuerfachanwalt Henning Bahlow, das Mordopfer Jennifer Stein und Mila Adler untersucht. Bahlow war ein Workaholic ohne Privatleben, der nur gelegentlich ein Wochenende in seinem Berliner Haus verbrachte. Ähnlich verhielt es sich mit Jennifer Stein. Beide schienen auf den ersten Blick die einzigen „Normalos" der Gruppe zu sein.

Mila Adlers Pflegeimperium war eng mit einer christlich fundamentalistischen Sekte verwoben, die sich *Arbeitskreis Messias* nannte. Die Sekte war dem BKA bereits aufgefallen, da sie alttestamentarische Bestrafungsmethoden befürwortete und bei einigen abtrünnigen Mitgliedern angewandt hatte. Auge um Auge. Bei dem Gedanken daran stieß Henrich einen Pfiff aus. Laut LKA Hessen hatte Mila Adler vor vier Jahren die Leitung des Unternehmens von ihren Eltern übernommen und bemühte sich intensiv, aber bisher erfolglos, die Verbindungen zur Sekte zu kappen.

Die größte Gemeinsamkeit, die jeden Seminarteilnehmer betraf, hatte Henrich am Nachmittag aufgedeckt: Alle waren in psychologischer Behandlung. Einige wegen der akuten Gefahr ein Burnoutsyndrom zu erleiden oder Ernsteres wie Max Neumann. Sogar Hertz ging regelmäßig zur Verhaltenstherapie. Jeder Teilnehmer hatte eine Neurose, Manie, Psychose oder eine andere psychische Erkrankung. Das allein durfte nicht überbewertet werden, denn wie ein alter Psychologenspruch besagte, gab es immer die eine Hälfte der Bevölkerung, die sich in Behandlung befand, während die andere Hälfte in Therapie gehörte. Und Henrich glaubte nicht daran, dass jemand, der in therapeutischer Behandlung war, gleich gemeingefährlich sein musste. Das war reiner Blödsinn. Dennoch zeigten die psychologischen Auffälligkeiten einiger Teilnehmer weit mehr Therapiebedarf als gemeinhin üblich für einen Workshop, der als präventives Burnoutseminar in Hertz' Flyern angepriesen wurde. Und da konnte man sich berechtigterweise fragen, warum dem so war. Was bezweckte Hertz damit, dass er psychisch labile Personen der intensiven Belastung einer Atlantiküberquerung aussetzte? Inkompetenz oder etwas Perfideres?

„Gibt es da jemanden, der keinen Dachschaden hat?", hatte Kriminaldirektor Steiners unsachgemäße wie lakonische Zusammenfassung der vorläufigen Ermittlungen gelautet.

Aber was nutzten all diese Ergebnisse, wenn es nicht möglich war, sie Rosa zu übermitteln? Trotz anhaltender Versuche reagierte die *MS Leviathan* auf kein Signal. Und laut Seewetteramt herrschte auf dem nördlichen Atlantik ein schwerer Sturm in Orkanstärke. Gewaltiger Frust und Machtlosigkeit, einer Kollegin nicht helfen zu können, machten sich bei den Ermittlern breit.

Mit diesem Gefühl war Adam Henrich zum Flughafen aufgebrochen. Seit drei Nächten hatte er kaum geschlafen und fühlte sich wie ein altes Kaugummi. Doch wie sollte es angesichts dieses Schreckensszenarios erst Rosa ergangen sein? Für Besatzung und Passagiere der *Leviathan* musste es die sprichwörtliche Hölle auf Erden sein. Innerlich flehte Henrich, Rosa würde sich nicht von ihrem Trauma in den Abgrund reißen lassen, und hoffte, dass die gesunden Anteile ihrer Psyche stark genug waren, die Blockaden zu überwinden.

Henrich brachte das Fahrzeug vor einer roten Ampel zum Stehen. Erneut versuchte er, die Klimaanlage einzustellen. Vergeblich. Genervt fuhr Henrich die Fenster hinunter und stellte das Radio an. Auf *BRF-1*, einem Berliner Lokalsender, lief ein Song, der ihm Gänsehaut verursachte und in längst vergangene WG-Zeiten zurückbeamte. Aus den Lautsprechern rockte *Whole Lotta Love.* Led Zeppelin.

Bei den psychedelischen Klängen leuchteten Henrichs Augen auf. Früher hatte er den Song rauf und runter gehört. Er kannte den Text auswendig, drehte die Lautstärke hoch und schmetterte mit.

„Baby, I'm not fooling.
I'm gonna give you my love."
Sein Kopf wippte auf und ab. Henrich erschrak.
Whole Lotta Love.

Das war ihr Song! Der Song, bei dem er zum allerersten Mal mit seiner ersten Frau geschlafen hatte. Wann war das gewesen? 1970 oder '71? Ein emotionales Highlight, an das er sich immer noch gerne erinnerte.

„Verfluchte Scheidung", schimpfte Henrich und konnte nichts daran ändern, dass ihn die Gefühle übermannten.

Alle Emotionen und Enttäuschungen, die endlosen Streits mit seiner dritten Frau und nervenaufreibenden Termine beim Anwalt, der Magengeschwüre nährende Frust, sich betrogen und ausgenutzt zu fühlen, zusätzlich befeuert durch das gestrige Telefonat mit seiner zweiten Frau, das alles kochte über. Henrich schimpfte über seine dritte Frau, bis er feststellte, dass der Song längst vorbei war und er die verwunderten Blicke einer jungen Frau im Nachbarfahrzeug erntete. Ein Mann im fortgeschrittenen Alter sollte wohl bei Chopin-Etüden oder Jazzklängen ruhig vor sich hinfahren. Aber da verschätzte sich das junge Gemüse von heute.

Henrich warf ihr einen lässigen Blick zu, streckte den Unterarm aus dem Fenster und grüßte das Wesen, das seine Tochter hätte sein können, die Tochter aus erster Ehe, die vielleicht bei *Whole Lotta Love* gezeugt worden wäre, mit ausgestrecktem Zeige- und kleinem Finger, der Mano Cornuta, dem Handzeichen der Rock 'n' Roller. Erst sah sie irritiert, dann umspielte ein zartes Lächeln ihre Lippen. Sein Herz machte einen Sprung. Flirtete dieses Geschöpf etwa mit ihm? Henrich wünschte sich Jean Gabins Sonnenbrille herbei, um seine Unsicherheit zu kaschieren. Sollte er sie ansprechen? Wie machte man das heute? Die Ampel sprang auf Grün und nahm ihm die Entscheidung ab. Die Frau lächelte ihm noch einmal zu und fuhr davon. Na, wenn das kein Zeichen war!

„Verflucht sei der Gott aus der Maschine", raunte er in Richtung Ampelanlage. „Hättest du nicht ein wenig warten können?"

Henrichs Augen suchten das Nummernschild. Ein Berliner Kennzeichen. Für ihn als Kriminalbeamten mit Zugang zu sämtlichen Datenbanken würde es nur eine winzig kleine Verletzung der Dienstvorschriften bedeuten, um die Halterin des Fahrzeugs ausfindig zu machen. Eine Überlegung, die sich Henrich ganz schnell wieder aus dem Kopf schlug.

Sein Handy klingelte und holte ihn augenblicklich zurück in die Realität.

„HW", nahm er das Gespräch entgegen, da er die Nummer im Display erkannt hatte.

„Bist du schon am Flughafen?"

„Nein, ich bin auf dem Weg zu Hertz' Büro."

„Da brauchst du nicht mehr hin. Ich hab einen Kurier beauftragt, die Unterlagen abzuholen und dir direkt zum Flughafen zu bringen. Auf dich wartet kein Linienflug mehr. Das FBI ist so freundlich, dich in einem seiner Jets mitzunehmen. Du fliegst nach Halifax."

Halifax? Wo, zum Teufel lag, das? Kanada? FBI? Was war passiert in den zwanzig Minuten, seit er den Bunker verlassen hatte?

„Wir haben die Untersuchungsergebnisse zum Luminol."

Endlich!

„Die verwendeten Luminolsorten stimmen überein", verkündete Steiner.

Das war ein Volltreffer!

„Aber es gibt noch etwas äußerst Beunruhigendes."

Henrich war gespannt.

„Das mit Luminol sichtbar gemachte Blut in Claudia Münchs Wohnung stammt nicht von der Frau."

„Von wem dann?", fragte Henrich.

Was er zu hören bekam, verschlug ihm die Sprache.

„Von Elena Geuting."

Wie war das möglich? Was hatten sie übersehen?

„Adam, ich habe internationale Amtshilfe bei den US-amerikanischen und kanadischen Kollegen erbeten. Das ist keine gewöhnliche Ermittlung mehr, sondern ein Seenotrettungseinsatz."

45

In ihrem ganzen Leben hatte sie sich nie zuvor derartig schutz- und wehrlos gefühlt. Von Geburt an war sie stets in eine Vielzahl von Schutzmaßnahmen eingebettet gewesen. Hier war das anders. Es gab keine Eltern und keine religiöse Gemeinschaft, die eine Richtung vorgaben. Keine Anwälte, die Verträge ausarbeiteten. Und sie hatte sich mit jedem neuen Tag ein klein wenig zermürbter gefühlt. Sie durfte sich nicht sagen, dass sie eigentlich aus einem ganz anderen Grund hierhergekommen war. Das wäre eine zu bittere Niederlage gewesen. Doch so war es. Die Maßnahmen, dieser Kurs hatten versagt. Jeder zog sein eigenes Ding durch. Und sie würde sich nicht für andere opfern. Im Leben nicht! Wie konnte überhaupt nur etwas so versagen, so schieflaufen wie diese Passage?

Und jetzt auch noch das: Aufgrund des Sturms war das Wasser aus dem Schwimmbecken gelassen worden. Darüber war sie so verzweifelt, dass sie meinte, in Tränen ausbrechen zu müssen. Nun konnte sie nicht einmal mehr ihre gewohnten Bahnen ziehen. Dieser Sturm, diese Morde, das war alles eine unzumutbare Situation. In New York würde sie sich für eine Woche in ein Luxushotel einsperren und sich rund um die Uhr von einem Callboy verwöhnen lassen. Zu Hause musste davon niemand etwas erfahren.

Sie trat näher an den Rand des verwaisten Beckens. Dort, wo sonst kleine Wellen kräuselten, war nichts. Luft und Leere. Fast bis auf den Grund des Schwimmbeckens war das Wasser herausgelassen worden. Ein weißes Blatt Papier trieb auf dem Wasser. Seltsam.

Erst als sie nähertrat, konnte sie die Buchstaben entziffern. *Chess* hatte jemand mit schwarzem Filzstift darauf geschrieben. Was sollte das bedeuten? In diesem Moment wurde sie von einem Blitz geblendet. Wer, um alles in der Welt, fotografierte sie? Sie konnte es nicht leiden, ungefragt abgelichtet zu werden. Ihr lautstarker Protest wurde von einem heiseren Lächeln beantwortet. Gänsehaut kroch über ihren Nacken. Vor ihr stand eine blonde Frau im Hosenanzug. War das nicht Rosa Bach? Sie versteckte ihr Gesicht hinter einer großen Kamera.

„He, was soll das?", rief sie.

Wieder ertönte dieses dreiste, unheimliche Lachen. Die blonde Frau kam schnell näher und legte ihr eine Hand auf den Oberarm. Ein stechender Schmerz ließ ihren Körper erbeben. Panik machte sich in ihr breit, als ihr bewusst wurde, dass sie sich in Todesgefahr befand.

„Du hast verloren."

Wobei verloren?, wollte sie fragen, aber es gelang ihr nicht, den Gedanken auszusprechen.

Das war das Letzte, was sie hörte.

46

ROSAS LOGBUCH – FÜNFTER TAG: FLASHBACK

Ich hätte es getan. Warum auch hätte ich es nicht tun sollen? Daran ist nichts Heroisches.
Stin hat mich gehindert. Kann ich ihm deswegen vertrauen? Vermutlich würden das andere tun. Ich kann es nicht.
Momentan darf ich froh sein, dass ich überhaupt einen klaren Gedanken zu Papier bringen kann. Auch wenn das Seminar vollkommen gescheitert ist. (Wenn bei Morden von „scheitern" gesprochen werden kann.)
Was soll ich nur tun?
Immer wieder sehe ich die Toten mit ihren blutenden Wunden wie Ecce-Homo-Gemälde und die Gleichheit ihrer „Darstellung" – es muss einen Zusammenhang geben, selbst wenn ich den noch nicht erkenne. Ich könnte dieser Zusammenhang sein. Weiß ich nicht mehr, was ich tue? Wer ich bin? Habe ich die Seiten gewechselt, ohne es zu merken?
Mein Verstand spielt mir Streiche.

Oder ich habe mich verändert. Abgeklärt und gewaltbereit. Wie Geena Davis in Thelma & Louis würden vielleicht die einen sagen. Für die anderen bin ich wohl eher ein durchgeknalltes Miststück. Pech für die anderen!

Mir geht es wie diesem Wetter, diesem Sturm, alles ist in Aufruhr. Ich kann nicht mehr sagen, wo oben oder unten, was falsch oder was wahr ist. Es ist ein Wüten ohne Ende.

Ich durchlebe nichts anderes als eine permanente Achterbahnfahrt der Gefühle.

Vielleicht sind die Würfel längst gefallen und die Schicksalsfäden durchschnitten, und ich befinde mich im freien Fall – in den Abgrund. So ironisch es klingen mag, ob das stimmt oder nicht, werde ich erst wissen, wenn ich unten angekommen bin ...

47

Achter Tag
Route MS Leviathan: Nordatlantik, Richtung kana-
dische Küste

Kapitän Hugh McGregor saß auf der Bettkante und rieb sich den beinahe kahlen Kopf. Er hatte einen mächtigen Brummschädel. Es war noch dunkel, und wenn er sich die Wolken vor seinem Schlafzimmerfenster anschaute, hegte McGregor großen Zweifel, ob es an diesem Tag überhaupt hell werden würde. Ein Sturm zog auf. Nichtsdestoweniger wurde der Kapitän an Bord des Rettungskreuzers *MS Seagull* der Canadian Coast Guard erwartet. Die *Seagull* hatte Befehl zum Auslaufen erhalten.

Hugh McGregors Familie lebte seit vielen Generationen in St. John's, Neufundland. Mitte des achtzehnten Jahrhunderts waren die McGregors von den wilden schottischen Highlands auf die seeumtoste Walfängerinsel ausgewandert. Aus Viehhirten und Bauern waren Walfänger und Seeleute geworden. Er fuhr seit fünfundzwanzig Jahren zur See. Fast ebenso lange war er verheiratet. Vor ihm fuhren sein Vater, Großvater und Urgroßvater zur See. Viehhirten waren die McGregors schon seit Generationen nicht mehr und Schotten natürlich ebenso wenig. Hugh war Kanadier, Neufundländer genau genommen. Nur noch sein Name war schottischen Ursprungs. Doch sobald man seinen Namen kannte, interessierte das nicht mehr. Schottenwitze. Er konnte sie nicht mehr hören, und genau deshalb zogen ihn Freunde und Bekannte gerne damit auf. Haha, sehr lustig!

Brummig massierte er seine Schläfen, um wach zu werden. Gestern Abend hatte er zu tief ins Whiskyglas gestarrt. Jedes Jahr am Morgen des 22. September fühlte sich Hugh McGregor wie durch den Fleischwolf gedreht. Und das hatte zwei Gründe. Denn der 22. war der Tag nach seiner Hochzeit. Dazu gesellte sich ein zweites epochales Ereignis: seine Wiederauferstehung. Daher war es am 21. September allgemein üblich, sich mit schottischem Whisky zu besaufen. Er, seine Frau Annie, halb Inuit, halb Französin, und die gesamte Familie McGregor sowie deren Freunde.

Der September und der anschließende Oktober 1991 waren ungewöhnlich stürmische Monate gewesen. Hugh hatte auf einem Fischtrawler gearbeitet, der am 21. September in See gestochen war. Aus irgendeiner seltsamen Vorahnung oder Gefühlsduselei war den Frischvermählten der Abschied besonders schwer gefallen. Glücklicherweise war der Trawler nicht weit gekommen. Ein Motorschaden hatte das Schiff zur Umkehr gezwungen. Das hatte ihm damals das Leben gerettet. Denn um ein Haar wäre McGregor auf See geblieben. Wie so viele andere vor und nach ihm. Das schlechte Wetter hatte den „perfekten Sturm" hervorgebracht. Es war nicht der größte Sturm gewesen, der jemals über den Atlantik getobt war, aber der bekannteste. Dabei war er nicht einmal in den Hauptsturm

Ende Oktober geraten. Hochzeit und die eigene Auferstehung – es gab wohl keine besseren Gründe, ein jährliches Fest zu feiern. Nur warum, gottverdammt, musste die Sauferei gleich dermaßen übertrieben werden, sie waren keine zwanzig mehr! Verfluchter Whisky!

McGregor rieb sich den Schädel. Er heftete den Blick auf den verregneten Himmel vor seinem Fenster und zog eine wehleidige Grimasse. Wie gerne würde er wieder zu Annie ins warme Bett steigen, doch er wurde erwartet. McGregor raffte sich auf.

1. Grad Captain Hugh McGregor hatte den Auftrag, einem deutschen Frachter, der *MS Leviathan*, entgegenzufahren. Der Kontakt zum Schiff war vor einigen Tagen abgebrochen. Am späten gestrigen Abend hatte ihn der diensthabende Offizier von der Dienststelle in Halifax verständigt. St. John's, Heimathafen der *Seagull*, lag dem Kurs der *Leviathan* näher.

„Kann das nicht ein anderer machen, Sam?", hatte Hugh über den Lärm in der Kneipe in sein Mobiltelefon gerufen.

Natürlich wusste der Diensthabende von McGregors privater Feier. Die Tradition war in der gesamten Dienststelle bestens bekannt, und nicht nur deshalb, weil einige Männer der Küstenwache zu seinem Freundeskreis zählten und mit ihm zechten.

„Hugh, tut mir echt leid", entgegnete der Diensthabende, „es ist kein anderer frei. William fährt mit der *Seahound* die Banks hinauf. Und die *Seawolf* liegt leckgeschlagen im Dock. Deine *Seagull* ist das einzige Schiff. Was sagst du?"

„Ja, was soll ich schon sagen, Sam?", antwortete Hugh gereizt. „Ruf die Mannschaft zusammen. Morgen früh um sechshundert will ich auslaufen."

McGregor wollte das Gespräch beenden, doch Sam fügte hinzu: „Hugh, da ist noch was."

„Was denn noch!", rief Hugh.

„Du musst jemanden mitnehmen."

Hugh schüttelte den Kopf. Die *Seagull* war ein Rettungskreuzer und kein Passagierdampfer. Aber Sam erklärte ihm, irgendjemand aus Berlin, der ziemlich wichtig sein musste, hatte mit jemanden, der ebenfalls ziemlich wichtig war, in Quebec telefoniert, und dieser jemand habe wiederum mit dem Kommandanten der Küstenwache telefoniert.

McGregor atmete schwer aus. Hinter ihm im Bett drehte sich Annie geräuschvoll im Schlaf auf die andere Seite. Sie schlief tief und fest. Damals hatte sie ihn kaum gehen lassen und heute würde sie nicht mal mitbekommen, dass er sie verließ. Aber das änderte nichts an seinen Gefühlen. Er blickte auf seine friedlich schlafende Frau. Mein Gott, wie sehr er sie liebte! Damals, nach seiner Widergeburt, war er zur Coastguard gegangen, weil er dachte das wäre ein sicherer Job als mit Fischtrawler wochenlang zur See zu fahren. Natürlich war das ein Trugschluss gewesen. Unter Einsatz des eigenen Lebens Menschen zu retten, hatte sich ihm als seine Bestimmung offenbart. Über die Jahre als Seenotretter hatte sich Hugh einen beachtlichen Ruf erworben.

Keine zwanzig Minuten später stand Kapitän Hugh McGregor auf der Brücke der *MS Seagull*, einem sechsundzwanzig Meter langen Seenotrettungskreuzer der kanadischen Küstenwache mit rot getünchtem Rumpf. Wenn es ein Schiff gab, das sich bei diesem Wetter hinauswagen konnte, dann die *Seagull*. Wie gewohnt überwachte Hugh die notwendigen Schiffsarbeiten vor dem Auslaufen und wartete auf seinen mysteriösen Passagier, von dem immer noch keine weitere Nachricht eingetroffen war. Mittschiffs lag der Bunker und betankte das Schiff. Wind und Wetter erschwerten die Arbeitsbedingungen. Zwei Versuche des Tankschiffs anzudocken, waren gescheitert. Erst der dritte Versuch war geglückt, trotz einer Beinahekollision. Da war Hughs Puls zum ersten Mal an diesem Morgen in die Höhe geschnellt.

Bereits im Hafen waren die Wellen so hoch, der Wind so scharf und der Regen so dicht, dass kein Hund vor die Tür gejagt wurde, aber McGregor hatte einen Auftrag, und den galt es zu erledigen.

So lange es ging. Natürlich würde er nicht über die Maßen sein Leben riskieren. Und nicht nur seins. Das seiner Mannschaft und des Passagiers ganz zu schweigen. Der Wind peitschte Regen gegen die Brückenfenster. Ein lautes Poltern und metallisches Dröhnen riss ihn aus seinen Gedanken. Das Geräusch kam wider Erwarten nicht vom Tankschiff, sondern von der Kaiseite. Was war passiert? McGregor lief zur Landseite, hinaus in die Brückennock. Wind und Regen hoben ihn beinahe wie eine Feder davon. Die Brückentür hinter ihm wurde mit einem lauten Knall vom Wind zugeschlagen. Er schaute am Rumpf hinab. Etwas versank im brodelnden Wasser zwischen Kaimauer und Schiff. Der Smutje stand im Regen auf der Gangway, in der Hand ein paar Lebensmittelvorräte, die er hatte retten können. Er blickte hinauf zum Kapitän und machte eine ebenso entsetzte wie entschuldigende Geste. So etwas war noch nie passiert! Sie waren ja erst vorgestern von ihrer üblichen Patrouillenfahrt zurückgekehrt und hatten daher noch keine Zeit gehabt, den Proviant wieder aufzufüllen. Beim Beladen des Schiffs mit dem üblichen frischen Proviant, immerhin konnten sie nicht wissen, wie viele Tage sie auf See sein würden, hatten sich trotz vorschriftsmäßiger Sicherung einige Verpackungen Frischwasser gelöst und selbstständig gemacht. Das Sechserpack mit Anderthalbliterwasserflaschen versank im Hafenwasser. Ob die jemals jemand bergen würde, war fraglich. Das fing ja gut an!

McGregor zuckte mit den Schultern und bedeutet dem Koch sich zu beeilen, als ein Taxi direkt neben der Gangway hielt. Er wollte gerade zurück ins Trockene eilen, da verließ ein Mann das Fahrzeug. Er trug einen Trenchcoat, Anzug und Lederschuhe. Es fehlte nur noch der Hut und das Aktenköfferchen. McGregor erkannte, dass er tatsächlich beides in den Händen hielt. Das musste sein Passagier sein. Der deutsche Diplomat. Du meine Güte, wollte der Fremde etwa so gekleidet an Bord gehen? Das konnte ja heiter werden: Erst die beinahe Kollision mit dem Bunkerschiff, dann der Verlust der Wasservorräte, draußen auf der Neufundlandbank herrschte schwerer Sturm und nun diese Landratte

McGregor konzentrierte sich auf die Seekarte. Er hatte die letzte exakte Position der *MS Leviathan* von der Küstenwache übermittelt bekommen. Wie alle übrigen Kommunikationseinrichtungen war auch das AIS, das Automatic Identification System, der *Leviathan* ausgefallen. McGregor konnte also nur einen ungefähren Kurs südwestlich Richtung Sable Island wählen. Laut seinen Berechnungen würde die *Seagull* in etwas über acht Stunden den Kurs der *MS Leviathan* kreuzen. Bei ruhiger See. Jetzt bei stürmischer See war das etwas ganz anderes. Ob sie überhaupt den direkten Kurs halten konnten, war zweifelhaft. Ganz zu schweigen davon, ob die *Leviathan* ihren Kurs halten konnte. Das würde sich erst draußen auf See zeigen. Die Brückentür wurde geöffnet und wieder geschlossen. McGregor richtete sich auf, um seinen Gast höflich zu begrüßen.

„Henrich", stellte sich der Mann in beinahe akzentfreiem Englisch vor, „Doktor Adam Henrich vom BKA."

Mehrere Tausend Kilometer entfernt, parkte Carlos Patzikis am Straßenrand im Berliner Ortsteil Lichterfelde. Er blickte auf das frei stehende Wohnhaus mit den geschwungenen Gauben. Bahlows Wochenendhaus. Für Patzikis, der aus einfachen Verhältnissen stammte und dessen Vater in den Kohlestollen des Ruhrgebiets geschuftet hatte, sah das Einfamilienhaus aus wie eine Villa. Ein kugelrund geschnittener Buchsbaum, der halb so groß wie sein Auto war, und eine hohe Backsteinmauer, die das gesamte Grundstück vom Vorgarten abtrennte, verstärkten den Eindruck. Im oberen Stockwerk brannte Licht. Die Fenster des Zimmers waren mit bunten Glasfarbenmalereien geschmückt. Hatte Bahlow Kinder? Auch in der unteren

Etage brannte im Eckraum eine Esstischleuchte, wie Patzikis durch die Fenster erkennen konnte.

Er wurde misstrauisch. Hatte ihm seine Kollegin Aylin Özdemir nicht mitgeteilt, Bahlow wäre alleinstehend und das Haus nicht weiter vermietet? Wieso brannte dann hier Licht, während er auf dem Atlantik schipperte? Zum Schutz vor Einbrechern? Carlos Patzikis notierte Ort und Ankunftszeit in seinem Smartphone. Er hatte sich vorgenommen, das Haus vor Dienstantritt zu kontrollieren. Alte Haudegen wie Steiner und Henrich waren ja mit nichts zu beeindrucken. Es sei denn, man brachte wichtige Ermittlungsergebnisse oder präsentierte irgendetwas, das in den letzten zehn bis fünfzehn Jahren erfunden worden war und seitdem Alltag wie Freizeit vieler junger Menschen wie ihn bestimmte.

„Was, zum Teufel, ist LARP?", hatte Steiner ihn gefragt, als wäre es ein hochgefährliches Waffensystem.

Patzikis hatte seinem Chef das Akronym als Live Action Role Playing aufgelöst, ohne sich anmerken zu lassen, wie gerne er selbst die Spielkonsole einschaltete, um hingebungsvoll Aliens abzuballern. Warum Steiner ihn überhaupt in die Taskforce berufen hatte, war ihm ein Rätsel. Er hatte nämlich in einer ziemlich dunklen Stunde Rosa Bach angegraben und ihr sogar an den Po getatscht! Shit! Seitdem schnitt die Bach ihn, wo sie nur konnte. Ein Wunder, dass er nicht längst Strafdienst in Sibirien schob. Es bestand allerdings die Möglichkeit, dass Steiner nichts von dieser peinlichen Entgleisung wusste. Die Erinnerung an Rosas giftigen, nein, geradezu blutrünstigen Blick ließ seinen Mund austrocknen.

Im Esszimmer ging das Licht aus, und im nächsten Moment am anderen Ende des Hauses in einem mit Gardinen verdeckten Zimmer an. Carlos Patzikis stutzte. Da hatte jemand in ungeheuer kurzer Zeit den Flur durchquert – gut fünfzehn Meter in null Sekunden! Und auch wenn er sich gerne vorstellte, dass da jemand mit übernatürlichen Kräften durchs Haus sauste oder nur die Zeitschaltuhr ungeschickt gegen Einbrecher eingestellt hatte, wurde sein Misstrauen zu einem handfesten Grauen. Ohne zu zögern, verließ er seinen Wagen und lief hinüber zur Haustür. Er klingelte und versuchte, durch das Milchglas der Tür im Haus Bewegungen auszumachen.

Nichts.

Er wollte gerade ein zweites Mal klingeln, als sein Blick auf dem Namensschild kleben blieb. Irritiert konnte er anfangs nicht glauben, was er da las. Er musste blinzeln, um sich zu vergewissern, dass der Kaffee vor zwanzig Minuten tatsächlich stark genug gewesen war und er nicht mehr träumte. Trotzdem überwältigte ihn ein ähnlich deprimierendes Gefühl, eiskalt überrascht worden zu sein wie neulich am No-pants-day, als er offensichtlich der einzige Vollidiot in der gesamten Berliner U-Bahn gewesen war, der lange Beinkleider getragen hatte. Nur dass es gegenwärtig sehr viel ernster war.

„Ach du Scheiße!"

Auf dem Klingelschild stand ein Name, der dort nicht hätte stehen dürfen: *Geuting*. Wie konnte das sein?

Patzikis verfluchte sich. War er wirklich am Haus von Elena Geuting? Und was hatte sie mit Bahlow zu schaffen? Wieso hatte ihm Aylin die Adresse der Ermordeten gegeben? Erst der rätselhafte Blutfund in Claudia Münchs Wohnung, und nun das. Es war der berühmte real gewordene Ermittleralbtraum! Denn er hatte nicht die geringste Ahnung, was das zu bedeuten hatte. Was wurde hier gespielt? Als ihm bewusst wurde, wie sehr seine Redewendung in Verbindung mit den entdeckten Spielregeln der Wahrheit entsprechen konnte, ergriff ihn Entsetzen.

Was haben wir übersehen?, fragte er sich immer wieder, während er ein Handyfoto von der Klingel machte und es per SMS an Steiner und die Dienststelle mit der Bitte um Verstärkung schickte. Dann zog er seine Pistole aus dem Gürtelholster. Adrenalin schoss ihm durch die Adern. Er war im Begriff, die Tür einzutreten. In diesem Moment hörte er eine Stimme hinter sich.

„Was tun Sie da?"

Patzikis fuhr herum und erblickte ein älteres Rentnerehepaar, das vor ihm auf dem Gehweg stand. Der Mann hielt einen Rechen in beiden Händen. Gartenarbeit zu so früher Stunde? Wohl kaum!

„Polizei", sagte Patzikis sachlich, „treten Sie bitte zurück."

Doch die Frau blieb hartnäckig. „Was wollen Sie von Henning? Wir sind seine Nachbarn. Hier achtet man auf den anderen."

„Seit dreißig Jahren gucken wir jeden Sonntag den *Tatort* und wissen Bescheid", mischte sich der Mann ein. „Zeigen Sie uns Ihren Ausweis!"

Okay, bevor ihm diese wild gewordenen Freizeitdetektive in den Rücken fielen, während er versuchte, sich Zugang zum Haus zu verschaffen, holte Patzikis seinen Dienstausweis hervor und näherte sich dem Ehepaar.

„O Gott, o Gott! Er ist bewaffnet!"

„Beruhigen Sie sich, ich bin Polizeibeamter beim Bundeskriminalamt. Ich werde mir jetzt Zugang zum Haus verschaffen, und Sie können ja meinetwegen die Polizei rufen. Hier ist Gefahr im Verzug. Ich habe keine Zeit für Ihre Bürgerwehrveranstaltung. Sie behindern eine Ermittlung."

Das Ehepaar sah ihn erschrocken an. Patzikis wollte sich bereits abwenden, als sich der Mann entschuldigte. Hektisch fummelte er in seiner Hosentasche herum und holte einen Schlüssel hervor, den er Patzikis zuwarf.

„Hier, den hat uns Henning gegeben fürs Blumengießen und solche Sachen."

Patzikis atmete erleichtert aus und ließ das Ehepaar stehen. Wenige Augenblicke später befand er sich im Hausflur der Villa.

„Ist jemand zu Hause?"

Keine Reaktion.

Es gab ein Keller- und ein Obergeschoss. Patzikis sicherte vorschriftsmäßig mit vorgehaltener Waffe die untere Etage, bevor er sich dem oberen Stockwerk widmete. Als er das Treppenhaus betrat, hörte er von oben eine leise monotone Stimme. Seine Anspannung wuchs. Patzikis pirschte in die obere Etage. Licht brannte nur in dem Zimmer mit den bunten Fenstern. Auch die Stimme kam aus dem Raum. Carlos schlich näher. Die Tür stand halb offen. Er tippte sie mit dem Fuß auf und blieb für einige Sekunden in Deckung. Scheinbar las da jemand etwas vor.

„Polizei", verkündete er, „ich komme jetzt herein."

Wieder keine Reaktion. Carlos atmete durch und stürmte den Raum. Das Zimmer war kahl und leer. Niemand befand sich darin. Nur ein Babybett stand in der Mitte. Daraus ertönte eine Stimme. Seltsam. Patzikis ging näher und schob den bunten Stoffhimmel mit Kindermotiven beiseite. Auf der Matratze im Bett lag ein MP3-Player mit kleinen Boxen und einer Zeitschalteinrichtung. Nun erkannte Patzikis, was vorgelesen wurde. Es war *Aschenputtel.*

***

An Bord der *Seagull* runzelte Hugh McGregor die Stirn.

„BKA?", fragte er. „Ist das eine Abkürzung für den deutschen diplomatischen Korps?"

Henrich schüttelte irritiert den Kopf und lächelte freundlich. „German Federal Police", erklärte er, „ich bin Profiler – Kriminalpsychologe."

„Polizei? Was, zum Teufel, will die deutsche Polizei auf meinem Schiff?"

Sachlich erläuterte Henrich die ihm bekannte Situation an Bord der *MS Leviathan* und den Berliner Ermittlungsstand. Es galt einen Mörder zu stoppen und mit allen menschenmöglichen Mitteln einer Kollegin zu Hilfe zu eilen und weitere Opfer zu vermeiden. Wenn McGregor noch so etwas wie einen Restkater verspürte hatte, verflog der nun schlagartig.

„Gut möglich, dass wir die *Leviathan* nicht erreichen. Da draußen tobt ein ziemliches Wetter", untertrieb er.

447

„Darauf kann ich keine Rücksicht nehmen", entgegnete Henrich entschlossen.

Seltsame Vögel, diese *shrinks*, dachte McGregor und erwiderte trocken: „Dann wollen wir hoffen, dass der Sturm nicht genauso denkt."

Das Bordtelefon läutete schrill. McGregors Erster Offizier, der das Betanken und Beladen überwacht hatte, meldete, dass alle Vorgänge abgeschlossen seien. Die *Seagull* war bereit auszulaufen. McGregor erteilte den Befehl, die Leinen einzuholen, und startete die Maschinen. Das Auslaufen war Kapitänssache. Der Erste und Zweite Offizier erschienen auf der Brücke und übernahmen ihre Aufgaben am Kartentisch und in der Nock, um die *Seagull* sicher aus dem Hafen zu navigieren.

Kaum hatte der Seenotrettungskreuzer die Hafenausfahrt hinter sich gelassen, wurde die Dünung beachtlich höher. St. John's, im Heck gelegen, verschwand rasch hinter einer grauen Wand aus Regen und Wolken. Henrich hatte in der Sitzgruppe auf der Brücke Platz genommen. Es schaukelte bereits heftig und wirkte so blass, dass McGregor darauf verzichtete, dem Mann einen Kaffee anzubieten.

„Sie sind schon öfter zur See gefahren?", fragte er seinen Gast aus Deutschland.

Henrich nickte. „Früher, also als Kind, war ich oft mit meinem Vater segeln."

„Auf der Nordsee?", fragte McGregor rein rhetorisch.

„Nein, auf dem Bodensee", erwiderte Henrich.

McGregor gelang nur ein dünnes Lächeln. „Okay, Adam", sagte er ernst, die Zeit trockner Kommentare war vorbei, „egal was uns in den nächsten Stunden bevorsteht, es wird nicht vergleichbar sein mit einem Sonntagnachmittagssegeltörn."

„Da ist ein Funkspruch für Sie", wandte sich der Zweite Offizier an den Gast.

***

Henrich folgte dem Offizier zur Funkanlage. Was ihm Patzikis durch Rauschen und Interferenzen mitteilte, versetzte ihn in atemloses Erstaunen. Patzikis berichtete von seiner morgendlichen Durchsuchung des Bahlow'schen Grundstücks. Carlos hatte inzwischen die Ermittlungslücke geschlossen und den verwitweten Frankfurter Steueranwalt Henning Bahlow als den Ehemann von Elena Geuting identifiziert.

Henrich traute seinen Ohren kaum. Das war unmöglich. Wie sollte den Ermittlern das entgangen sein?

„Die erfolgte Namensumänderungen von Geuting in Bahlow hat Elenas Ehemann erst im vergangenen Jahr vorgenommen – lange nachdem die offiziellen Ermittlungen zum Mord abgeschlossen waren und Aktualisierungen der Akten nicht mehr regelmäßig durchgeführt wurden", erklärte Carlos.

„Verstehe."

„Deshalb war der Ehemann in den Tiroler Akten immer noch als ‚Henning Geuting' und nicht als ‚Henning Bahlow' aufgeführt."

Adam Henrich ging nun davon aus, dass sich Bahlow an Rosa rächen wollte. Patzikis beschrieb die seltsame Szenerie mit dem Babybett. Bahlow hatte den Ermittlern eine Botschaft hinterlassen. Er rächte sich an Rosa für das Kind, das Elena niemals geboren hatte, anders konnte es sich Henrich nicht erklären.

Er hätte alles darum gegeben, diese bahnbrechende Botschaft Rosa übermitteln zu können. Aber in den folgenden drei Stunden manifestierte sich ein stürmischer Seegang, der sich bald zu einem Orkan auswuchs. Die grünblaue See war übersät mit weißen Flecken. Henrich hatte so etwas nie zuvor gesehen. Er erkannte gar nicht mehr, wo eine Welle aufhörte und die nächste begann. Das spürte er nur. Die *Seagull* hielt ihren Kurs. Noch problemlos. Doch die Wellen wurden immer höher und stiegen teilweise auf die Höhe eines dreistöckigen Hauses an.

***

McGregors Offizieren stand die Anspannung ins Gesicht geschrieben. Beide Männer waren zuverlässige Leute. Gute Seemänner, die irgendwann ihre eigenen Schiffe befehligen würden – wenn sie diesen Tag überlebten. Sollten sie umkehren? Keiner der Männer verriet auch nur das geringste Anzeichen, die Nerven zu verlieren oder den Einsatz abbrechen zu wollen.

McGregor forderte Henrich auf, eine Rettungsweste anzulegen. Seinem Gast wich sämtliche Farbe aus dem Gesicht. Um den Kurs zu halten, konnte sich die *Seagull* nicht, wie sonst im Sturm üblich, in den Wind legen. Um sein Ziel zu erreichen, musste der Kreuzer gegen den Orkan ankämpfen. Und genau das wurde der *MS Seagull* zum Verhängnis.

McGregor sah den riesigen Brecher an der Steuerbordseite heranrollen. Für ihn war es die „perfekte

Welle", wie andere vom „perfekten Sturm" sprachen. Denn genau genommen erkannte er nichts anderes als meterhohe Gischt. Tosendes, schäumendes Meer, mindestens doppelt so hoch wie die *Seagull.* Als wären Millionen und Abermillionen Champagnerflaschen gleichzeitig geöffnet worden. Eine Welle, die den Seenotrettungskreuzer mit voller Breitseite treffen und überrollen würde.

Und auch Henrich erkannte, dass die Naturgewalten keine Rücksicht auf seine Mission nahmen, aber er hatte es wenigstens versucht. Die Wucht der Welle sprengte gegen die Fenster der Kommandobrücke und brachte das Schiff in eine stark krängende Bewegung. Das seitliche Rollen wollte nicht mehr aufhören. Henrich verschanzte sich unter dem Tisch und klammerte sich am festgeschraubten Tischbein fest. Als der Kapitän erkannte, dass seine *Seagull* kentern würde, galt der letzte Gedanke seiner geliebten Frau Annie. Dann verschwand das Schiff unter Gischtfontänen.

48

Rosa erwachte wie aus tiefem Schlaf. Sie öffnete die Augen und blickte in die erwartungsvollen Gesichter von Prem Jyoshi und Linda Meyer. Ihr war, als hätte sie tagelang geschlafen, und sie verspürte großen Hunger und Durst.

„Wie war es?", fragte Linda ungeduldig.

Prem Jyoshi bedeutete Linda sich zurückzuhalten und reichte Rosa eine Flasche Wasser. Rosa antwortete nicht sofort, sondern musste erst überlegen, wie sie das Erlebte in Worte fassen sollte.

„Intensiv", sagte sie und räusperte sich, stellte aber gleich fest, dass diese Beschreibung nicht einmal annähernd ausreichte.

„Dann ist es gut", bestätigte Prem Jyoshi.

Linda nickte zustimmend ebenfalls.

„Ungeheuer intensiv."

Der Morgen war mit dem Gefühl angebrochen, mitten in eine apokalyptischen Welt geworfen worden zu sein. Das markerschütternde Gebrüll des Sturmwinds war allgegenwärtig. Genauso wie das unablässige Geschaukel in dem möblierten Würfel, der ihre Kammer war. *Das* konnte auch die Hölle sein, in der sie für ihre Taten, ihre Schuld wie ihren Wahnsinn eingesperrt worden war.

Die Nacht hatte sie in einem fiebrigen Halbschlaf verbracht. Die Ängste verstümmelten ihre Gefühle. Ins Logbuch zu schreiben, hatte weder Trost noch Klärung gebracht. Und unter all den negativen Gefühlen köchelte die Wut darüber, warum ausgerechnet ihr das widerfuhr. Im Dämmerzustand war sie von den Wellen im Bett hin und her geworfen worden. Nun wusste sie, warum es einen hohen Holzrand hatte – damit man nicht hinausfallen konnte. Irgendwann hatte sie eine Embryostellung, eingeklemmt in eine Ecke, eingenommen, die sich als einigermaßen stabil gegen den Wellengang erwies. Diese Position hielt sie, bis es an ihrer Tür geklopft hatte.

„Ich bin es, Lars."

Erst in diesem Moment wurde ihr bewusst, dass sie in der Nacht die Entscheidung gefällt hatte, ihre Kammer nicht mehr zu verlassen. Entweder zum eigenen Schutz oder sie beschützte damit alle anderen. In jedem Fall war es wohl das Beste.

„Rosa?"

Sie schob die verschwitzten Bettlaken beiseite und erhob sich. Den unter der Klinke eingeklemmten Sessel fegte sie achtlos beiseite. Auf das polternde Geräusch erfolgte von draußen prompt ein erneutes „Rosa?". Die Tür öffnete sie nur einen Spaltbreit. Mit den Worten, die Leuchtpistole habe er noch nicht besorgen können, überreichte er ihr ein Paket. Das darin befindliche Ölzeug war mit ihrer Entscheidung, sich in der Kammer einzuschließen, überflüssig geworden. Daher warf sie das Paket achtlos hinter sich. Lars schaute sie verstört an.

„Kannst du mir noch etwas anderes besorgen?"

Er nickte.

„Was zu essen."

Der Steward suchte nach Worten. „Ist alles in Ordnung?", fragte er schüchtern.

Was sollte sie in der Situationen antworten?

Nein, es ist nicht alles in Ordnung. Ich weiß nicht, ob ich noch alle Tassen im Schrank habe und ein psychopathischer Serienkiller bin.

„Alles okay, hab nur unruhig geschlafen."

Der Steward verabschiedete sich. Rosa beschloss, einen Nachtrag zum letzten Logbucheintrag zu machen.

Mein Verstand weiß oder, besser gesagt, wusste mal, dass ich nicht für die Morde verantwortlich sein kann. Aber das ist nur der Verstand. Viel mächtiger als alle Logik sind die dämonischen Schuldgefühle und diese hinterhältige Angst, immer wieder aufs Neue zu versagen. *Ich* habe Tommy Kesslers Tod provoziert. Damit muss ich fertigwerden. Ist diese Erkenntnis bereits eine Besserung oder lediglich eine Beschreibung des Istzustands?

Nur wenig später, während sie mit angewinkelten Beinen auf ihrem Bett kauerte, klopfte es erneut. Doch nicht der Steward stand mit Proviant auf dem Gang vor der Kabine, sondern Prem Jyoshi und Linda Meyer. Rosa musterte ihren unerwarteten Besuch argwöhnisch. Während Prem Jyoshi ihr ohne Umschweife ein ziemlich sonderbares Angebot unterbreitete, erntete sie von Linda Meyer einen Blick, der zwischen Entsetzen und Mitleid zu schwanken schien. Rosa ließ Prem Jyoshi nicht ausreden, sondern lehnte direkt ab. Für irgendwelchen Esoterikblödsinn hatte sie nun wahrhaftig keine Nerven mehr.

„Du weißt wahrscheinlich nicht, dass Prem Jyoshi eine der ganz wenigen echten Schamaninnen in Deutschland ist“, schaltete sich Linda ein.

Nein, das wusste Rosa nicht. Und sie musste sich eingestehen, dass sie nicht einmal wusste, was eine Schamanin eigentlich war – eine Art Zauberin?

„Siehst du. Und wenn ich so scheiße dran wäre wie du“, sagte Linda mit einer unbestechlichen Offenheit, die Rosa aufhorchen ließ, und zeigte dabei auf ihre strähnigen Haare wie das verschwitzte Schlafshirt, „dann würde ich mich entweder gleich über Bord werfen oder das Angebot annehmen.“

Prem Jyoshi sah sie vorwurfsvoll an. „Wir hatten uns doch darauf geeinigt, dass ich das Reden übernehme, Linda. Genau das hat sie gestern versucht!“

Was wurde das hier – ein Pat-und-Patachon-Sketch mit Esoteriktouch, inszeniert von den Beherrschern der Hölle, in die sie eingesperrt war? Rosa ächzte. Dann brachte Prem Jyoshi schließlich sehr überzeugende Argumente hervor.

„Du erinnerst mich an meine große Schwester“, schloss sie. „Ich habe ganz starke Gefühle, was dich betrifft. Außerdem bist du die einzige Person an Bord, die den Mörder überführen kann. Du bist also quasi auch unsere letzte Chance. Folglich liegt uns aus rein egoistischen Gründen etwas daran, dass du den Mörder schnappst. Wir wollen nicht als Nächste aufgeschlitzt werden. – Lass dich darauf ein!“

Und so hatte sich Rosa überreden lassen und war Prem Jyoshi und Linda Meyer gefolgt, um eine schamanische Reise zu ihrem Krafttier anzutreten.

Der Kampfer war lange verraucht, ebenso wie der Obertonsingsang verklungen war, mit dem Linda Meyer Prem Jyoshis rhythmische Trommelschläge begleitet hatte. Durst und Hunger stillte Rosa mit Mineralwasser und Salzstangen, während sie weiter in die ungeduldigen Gesichter ihrer schamanischen Reiseleiter schaute. Prem Jyoshi trug kein Bärenfell auf den Schultern und war auch nicht wie Rumpelstilzchen von einem Bein aufs andere springend um ein Feuer getanzt. Sie hatte lediglich die ersten Schritte in ihre Tagtraumwelt geleitet und dann, nachdem Rosa in einen tranceähnlichen Zustand gefallen war, ab und zu den Weg gewiesen. Ein paar indianisch anmutende Amulette und andere animistische Utensilien wie Federn, Quarze und Mineralien umgaben Prem Jyoshi, die in ihrer Kabine auf dem Boden hockte. Mehr nicht. Linda Meyer saß neben ihr im Schneidersitz.

„Ihr kennt euch also?"

„Prem Jyoshi gibt regelmäßig einen Kurs ‚Die Stadtschamanin‘. Den hab ich besucht, seitdem sind wir Freunde."

Rosa lächelte gequält. „Vielen Dank für die Aufklärung. Besser spät als nie."

„Hätten wir wohl mal früher sagen sollen." Linda fand ungewöhnlich entschuldigend klingende Worte. „Wir haben das eher so eingeschätzt, dass das für deine Ermittlungen unbedeutend ist."

Rosa zog die Brauen hoch. Sollte sie jetzt erklären, dass diese Sache mit der Einschätzung bei Ermittlungen immer besser dem kriminalistischen Fachpersonal zu überlassen war?

„Du solltest Anzeige gegen Hertz erstatten, Prem Jyoshi. Eine Untersuchung wird es so oder so geben."

Die Frau senkte den Blick.

„Dafür werde ich schon sorgen. Sie hat viel zu lange gewartet", meinte Linda Meyer.

„Spann uns nicht auf die Folter", lenkte Prem Jyoshi das Gespräch auf den Tagtraum zurück. „Was hast du gesehen?"

„Ich weiß nicht genau", begann Rosa. „Ich war irgendwo ganz tief und ganz weit weg. Meine Bewegungen waren viel langsamer als sonst, ich konnte mich trotzdem total gut bewegen. Ja, ich hatte das Gefühl, ich bin in meinem Element. Versteht ihr, oder ist das zu widersprüchlich?"

Beide Frauen schüttelten mit einem allwissenden Lächeln den Kopf und bedeuteten ihr fortzufahren.

„Es war dunkel, richtig düster. Und feindlich. Zumindest anfangs." Rosa überlegte. „Wenn ich so darüber spreche, glaube ich, ich war von Anfang an im Wasser. Bin mir allerdings nicht sicher."

„Was für ein Sternzeichen bist du?", fragte Prem Jyoshi.

„Krebs."

Sie nickten, sagten aber nichts. Rosa legte die Stirn in Falten und kam sich albern und naiv vor. Sie steckte mitten im Überlebenskampf ihres Lebens und palaverte mit zwei Freaks aus der Esoterikecke über Krafttiere, als wären sie pubertierende Teenager, die von den Eltern streng verbotene Séancen abhielten. Das war lächerlich! Gleichzeitig wuchs ein anderes Gefühl in ihr heran. Ein Gefühl, das sehr viel stärker war als ihre Ablehnung, das intensiv und mächtig genug war, dem Inferno in ihrer Seele die Stirn zu bieten.

„Jetzt mach's nicht so spannend", drängte Linda. „Erzähl schon, hast du ein Tier gesehen?"

„Ja."

„Du musst das nicht erzählen, kannst du auch für dich behalten", erklärte Linda, klang jedoch reichlich pikiert.

„Es gibt einen Albtraum, der mich seit Langem verfolgt. Eben habe ich das Ungetüm aus diesem Albtraum gesehen", erzählte Rosa zögerlich. „Ich habe das völlig falsch verstanden. Es ist gar kein Albtraum, sondern ein guter Traum. Und das Tier darin ist kein blutrünstiges Monster, sondern mein Beschützer."

Rosa hielt inne. Warum musste sich das alles nur so infantil anhören?

„Das ist besser als *Herr der Ringe* im Triple Feature", meinte Linda.

Rosa konnte an ihrem Gesichtsausdruck nicht erkennen, ob sie einen Witz riss oder nicht.

Verärgert schüttelte Prem Jyoshi den Kopf. „Bleib bei der Sache, Linda."

„Ich träume von einem Monster, das mich verschlingt und in die Tiefsee zieht." Rosa brach ab, das auszusprechen war ja noch lächerlicher, als es zu denken! Sie atmete ein paarmal tief ein und aus und fuhr fort. „Es ist ein Krake."

Prem Jyoshi lächelte, Linda Meyer riss begeistert die Augen auf.

„Ein Krake als Krafttier. Das ist selten. Ich wusste es von Anfang an. Du hast einfach diese Ausstrahlung", erklärte Prem Jyoshi orakelhaft.

Rosa schaute Hertz' Assistentin ungläubig an. Sie hatte ganz andere Erinnerungen an ihre vorhergehenden Begegnungen.

„Wie cool ist das denn?", flüsterte Linda.

„Was habt ihr gemacht? Seid ihr nebeneinander her geschwommen, oder habt ihr miteinander gesprochen?", ergriff Prem Jyoshi wieder das Wort.

„Ich weiß nicht genau", antwortete Rosa und versuchte, sich den Traum zu vergegenwärtigen. „Er hat so treue Augen." Plötzlich überkam sie unbändige Wut. „Was für ein Quatsch!", rief sie.

Aber schon in dem Moment spürte Rosa, dass es alles andere war als Unsinn. Etwas war da in ihr. Dieses Etwas war ungeheuer stark und wollte sie mit all seiner Macht – beschützen! Die Freude darüber trieb ihr Tränen in die Augen.

„Mit einem Kraken legt man sich besser nicht an", meinte Prem Jyoshi und ignorierte Rosas wütenden Ausbruch.

„Frag mal den Koch. Dieser Irre hat es versucht."

Gegen ihren Willen musste Rosa lachen. Wie schafften die beiden Frauen es nur, sich so für etwas zu begeistern und alles andere auszublenden? Aber auch wenn das Gefühl beschützt zu werden stärker wurde, konnte sich Rosa dennoch nicht so leicht wieder beruhigen. Was sollte ihr das alles bringen? Das war doch nur ein wenn auch schöner, dennoch blöder Tagtraum! Warum halfen ihr überhaupt ausgerechnet Prem Jyoshi und Linda Meyer und taten so als wären sie beste Freundinnen? Warum hatte sie sich nur dazu breitschlagen lassen?

„Rosa", sagte Prem Jyoshi einfühlsam, „es kann dir nicht das Trauma nehmen, nur die Angst. Den Rücken stärken. Stell dir vor, der Krake ist dein Schutzengel. Und er ist mir dir verwachsen. Ihr seid eins. Ich kenne niemanden mit solch einem Krafttier. Das ist was ganz Besonderes."

Sie schwiegen. Nur das Heulen des Windes um die Schiffsaufbauten war zu hören.

„Trotzdem, was fange ich jetzt damit an?", fragte Rosa schließlich.

„Das ist schwer zu sagen. Offen gestanden, weiß ich es nicht", meinte Prem Jyoshi. „Die meisten Menschen haben andere Krafttiere. Ganz ‚normale' Tiere wie Wolf, Adler, Pferd, Maus, Hirsch, Spinne. Solche Sachen eben. Fische sind selten. Ein Krake ist ein Fisch, oder nicht?", fragte sie an Linda gerichtet.

„Ein Fisch? Nein, Kraken sind Säugetiere", sagte Linda. „Ein Krake ist ein Molluske", korrigierte sie sich selbst.

„Und was bedeutet das?", wollte Rosa wissen.

„Es könnte eine mythologische Bedeutung haben. Der Krake ist in der Seefahrt ein beliebtes Monster. Wie der Leviathan."

Linda schüttelte entschieden den Kopf. „Das ist es nicht."

Prem Jyoshi widersprach. Darüber gerieten die Frauen ins Fachsimpeln, wie die Vielarmigkeit zu deuten sei und warum Rosa kein Säugetier als Krafttier erwählt hätte. Dem stand das Argument entgegen, dass Bienen und Spinnen auch keine Säugetiere seien und doch oft als Krafttier in Erscheinung traten. Die Spinne war Lindas Seelenbeschützer. Sie war der Ansicht, das

Krafttier erwähle sich den Menschen, während Prem Jyoshi der Meinung war, die Symbiose Mensch –Seelenführer sei vorherbestimmt. Eine Wahl würde dementsprechend nicht stattfinden. Man wähle ja auch nicht die linke Hand zur Linken. Das Krafttier gehöre zum Menschen wie das Sternzeichen, die Zehennägel und das Bewusstsein. Der Mensch bestünde nicht nur aus einem rein biologischen Körper, sondern bildete eine geistig spirituelle Einheit, und diese Einheit sei das Krafttier. Rosa hätte sich wahnsinnig gerne mehr Zeit für derartige Diskussionen genommen, aber, so fragte sie sich, wie sie mit diesen Erkenntnissen den Mörder stellen sollte. Das führte doch zu nichts. Nur eine weitere Sackgasse. Entmutigt ließ sie den Kopf hängen.

„Linda, welche Eigenschaften haben Kraken?", fragte Rosa.

„Ein Oktopus ist ziemlich intelligent. Es gibt Tests, um das zu erforschen. Zum Beispiel kann ein Krake mit seinen Armen den Schraubverschluss eines verschlossenen Glases öffnen. Es gibt wahnsinnig viele Arten. Und vor allem die Tiefseearten, die Riesenkalmare, sind kaum erforscht. Was man weiß, ist Folgendes: In der Tiefsee haben Riesenkalmare nur einen einzigen natürlichen Feind: den Pottwal. Oft kommt es zu tödlichen Zweikämpfen zwischen den Giganten. Aber keine Frage, der Pottwal ist größer als ein Krake. Man könnte meinen, die Tiere wären lebensmüde, weil sie sich mit einem übermächtigen Gegner einlassen. Ich glaube allerdings, wenn du dich gegen einen Koloss wie einen Pottwal wehrst, musst du nicht nur unglaublich schlau und stark sein, sondern auch ungeheuer mutig. Wisst ihr, wenn wir es rein darwinistisch betrachten, kann man die Welt, ihr Fressen-und-gefressen-werden-Prinzip, unterteilen in zwei Lebensformen, nämlich in Jäger und Fluchttiere. Das ist der Kreislauf des Lebens. Keine Antilope besiegt den Gepard im Kampf, höchstens weil sie bessere Haken schlagen kann. Aber unser Krake ist anders. Er stellt sich dem Kampf gegen den übermächtigen Wal."

Linda Meyer war nicht zu stoppen, dann wurde sie wieder ernst.

„Mit anderen Worten", fasste sie zusammen, „Kraken sind Jäger."

49

Rosa fühlte sich, als hätte ihr jemand ein Serum gespritzt. Eine Wunderwaffe gegen traumatische Angst. Nur mit dem Unterschied, dass dieses Mittel keine Chemiekeule aus pharmazeutischen Labors, sondern eine schamanische Reise war. Niemals zuvor hätte sie geglaubt oder erwartet, dass es helfen könnte. Sie war gar nicht der Typ, der für derartigen Esoterikkokolores anfällig war! Dieses erhabene Gefühl, von einem mächtigen Tier beschützt zu werden, war phänomenal. Es pushte ihr Selbstbewusstsein. Die neue Allianz bestaunten auch ihre Dämonen in ängstlicher Habachthaltung.

Sie musste handeln, bevor die Wirkung nachließ.

So schnell der Seegang es erlaubte, wankte Rosa hinunter zum Hauptdeck. Sie fand Loco in der Küche. Er saß untätig auf einem Hocker und drückte einen Eisbeutel auf das Knie seines ausgestreckten Beins. Rosa hielt Abstand.

„Tut's weh?", fragte sie.

Loco verzog keine Miene. „So eine blöde Welle hat mich erwischt. Hab mir das Knie gestoßen. Scheiße", brummte er, „dabei wollte ich Kaffee kochen und Rührei machen. Hast du Hunger?"

Rosa winkte ab. Wie konnte er bei dem Wellengang nur ans Essen denken?

„Und der Hals?"

Locos Miene verfinsterte sich, und er schnaufte verächtlich.

„Peinlich", brachte er mühsam hervor. „Weißt du, wie
mein Artistenname lautet?"

Rosa schüttelte den Kopf.

„*Die stählerne Faust von Singapur* – ausgeknockt von
einem Wasserfloh! Und noch dazu ist der Floh eine
Frau."

Geräuschvoll sog sie Luft durch die Nase ein.

„Ich hoffe, du erzählst das nicht weiter."

Rosa versprach, seine Niederlage mit ins Grab zu nehmen, und versiegelte mit der entsprechenden Geste
ihre Lippen.

„Bin ein bisschen übereilt zur Tat geschritten", gestand er. „Aber das macht einen doch völlig verrückt
hier!"

„Wenn ein Vulkan Lava speit, kann ihn nichts mehr
aufhalten."

Loco nickte anerkennend. „Fast nichts, wie sich herausgestellt hat. Kennst dich wohl damit aus, was?"

„Ich kenne jemanden, der kann richtig gut kochen
und ist auch sonst ein liebenswürdiger Kerl. Ein toller
Typ. Nur manchmal explodiert er wie eine Naturgewalt."

„Ein Freund von dir?"

„Das hoffe ich", antwortete Rosa und lächelte aufmunternd.

Loco rieb sich den Hals. „Meine Fresse, du kannst vielleicht zuschlagen."

Rosa war erleichtert. Das hatten sie also geklärt. Sie
erkundigte sich, was sie mit Hertz vorgehabt hätten,

wenn Rosa den Coach der Mannschaft übergeben
hätte. Der Koch schien die Frage nicht zu verstehen.
Ungläubig zog er die Brauen zusammen. Seine Antwort
ließ Rosa erschaudern.

„Wie kommst du darauf? Hertz wollten wir nicht.“

Wild pochte es in ihrem Schädel. Nach dem Gespräch
mit Loco war sie in ihre Kabine gegangen und hatte die
entwendete Akte aufgeschlagen. Nicht Hertz galt der
Angriff der Mannschaft, sondern dem netten Anwalt
aus Frankfurt. Mit jedem hatte sich Bahlow im Laufe
der letzten Tage angelegt. Immer mehr Anzeichen deuteten auf ihn. Was sie aber in seiner Akte zu lesen bekam, war so schockierend, dass sie nur noch funktionierte, ohne zu wissen, was sie denken oder fühlen
sollte. Am liebsten wäre sie in ihrer Kammer geblieben.
Doch sie wusste, sie würde sich aufraffen, um ihn mit
dem Vorwurf zu konfrontieren. Wie war das möglich?
Warum war ausgerechnet er an Bord? Und warum
hatte er ihr nichts gesagt?

Bahlow kam aus der Toilette. Er schaute blass und erschöpft aus. Trotzdem lächelte er, als er Rosa in der Tür
stehen sah, und hielt sich den Magen zum Zeichen, dass
er seekrank war. Das Lächeln verschwand, sobald er
Rosas ernsten Gesichtsausdruck wahrnahm.

„Du hast gar keine Tochter verloren. Was sollte das?“
Rosas Stimme war schwach, ihr war schwindelig.

„Doch, in gewisser Weise habe ich das“, beharrte er.

Seine Augen wirkten glasig, er wich den Anschuldi-
gungen nicht länger aus. „Wir haben uns so sehr ein

Kind gewünscht, Elena und ich", erklärte er aufgewühlt. „Wir haben alles versucht. Verstehst du, alles! Es hat jedoch nicht geklappt, bis …"

Rosa fürchtete sich vor dem, was folgen würde.

„Sie war schwanger, als sie ermordet wurde", sagte er mit fester Stimme.

Rosa schüttelte fassungslos den Kopf. Tränen liefen ihr über die Wangen. „Du lügst. Du lügst, seit wir auf dem Schiff sind."

„Sie war erst wenige Wochen schwanger. Wir hatten es noch niemandem mitgeteilt. Nein, Rosa, ich lüge nicht, warum sollte ich das tun?"

„Und diese verdammte Namensänderung. Was sollte dieses Versteckspiel?", fragte sie.

Henning Bahlow blickte Rosa fragend an. War er blass von der Seekrankheit oder traurig darüber, an alles erinnert zu werden?

„Versteckspiel? Es gibt kein Versteckspiel", meinte er ablehnend. „Elena und ich waren verheiratet. Bei unserer Heirat habe ich ihren Namen angenommen, weil ich, ehrlich gesagt, ziemlich froh war, den Namen meiner Adoptiveltern ablegen zu können. Nach ihrer Ermordung … Ich konnte nicht mal mehr einen Brief unterschreiben, so schwer fiel es mir, ihren Namen auszusprechen oder zu benutzen. Ich habe nach langem behördlichen Hin und Her meinen verhassten alten Namen wieder annehmen dürfen. Das kleinere Übel. Da gibt es kein Versteckspiel."

Er sagte das so selbstverständlich, dass Rosa nur noch schreien wollte vor Qual und Fassungslosigkeit. Dennoch blieben Zweifel. Was wusste sie über Elenas Mann? Wie oft hatte sie ihn getroffen? Sie konnte sich nur an zwei Gelegenheiten erinnern. Beim ersten Mal war Elena zu ihm ins Auto gestiegen. Er hatte sie ausnahmsweise vom Büro abgeholt, was so gut wie nie vorkam, weil er auswärts arbeitete. Das Gesicht hinter den reflektierenden Fenstern hatte sie nur vage erkennen können. Beim zweiten Mal, das war bereits auf Elenas Beerdigung gewesen, hatte sie ihn nur von hinten gesehen. Rosa hatte sich nicht würdig gefühlt, näher zu kommen und in den Kreis der Trauernden zu treten. Elena und sie waren zwar freundschaftliche Kolleginnen gewesen, für Privates bot der operative Einsatz dagegen wenig Zeit. Dienst war Dienst. Und Freizeit eben Freizeit.

„Henning, warum bist du hier?"

„Weil ich mit alldem nicht fertigwerde. Was glaubst denn du?" Er rang sichtlich um Fassung. „Ich hab es satt, mich vor dir zu verteidigen! Deine bescheuerten Fragen! *Meine* Frau wurde von einem psychopathischen Killer wie Vieh abgeschlachtet. Aber ich muss weiterleben. Ich sage nicht, dass mir das gefällt oder dass mir das gut gelingen würde. Ich hasse es. Keine Ahnung, vielleicht bin ich zu feige, mir das Leben zu nehmen."

„Ich glaube dir kein Wort."

„Dann lass es", erwiderte er aufbrausend. „Du bist nicht die Einzige, die Probleme hat. Du bringst allen Unglück."

Rosa presste die Lippen aufeinander.

„Ich könnte *dir* genauso wenig Vertrauen entgegenbringen", fuhr er fort. „Du hast ständig Anspielungen gemacht, und Hertz hat mir erzählt, du hättest dich erst in letzter Sekunde angemeldet. Warum? Oder überwacht mich das BKA? Und jetzt wiederholt sich das alles. Und genau genommen gibt es nur einen, der wirklich verdächtig ist!"

„Henning, glaubst du allen Ernstes, das BKA hätte befürwortet, mich dieses Seminar besuchen zu lassen, wenn bekannt gewesen wäre, dass du an Bord bist?"

„Kannst du dir eigentlich vorstellen, wie scheißegal mir das ist! Ihr und euer sauberes BKA! Ihr seid schuld am Tod meiner Frau!"

Rosa erschrak. Sag es endlich, dachte sie verzweifelt, sag es endlich!

„Du hast Elena in den Tod geschickt! Und nun spielst du Detektivin – zu wessen Ehrenrettung?"

Schlug sie gerade auf dem Boden ihres Abgrunds auf? Rosa spürte nichts mehr. „Warum hast du das nicht früher gesagt?"

„Ich verstehe nicht. Ich dachte, du wüsstest es! Wieso früher gesagt?" Er blickte ratsuchend zu Boden.

„Hertz wollte mir nicht verraten, wieso mein Name in deiner Akte steht."

„Das ist eigenartig", erklärte Bahlow, „mir hat er nämlich gesagt, ich sollte es dir unter gar keinen Umständen beichten. Er wüsste nicht, wie du das verkraften würdest. Ich sollte ihm das überlassen. Er würde dir das so schonend wie möglich beibringen."

Rosa traute ihren Ohren kaum.

„Dann hat er das also nicht getan?", fragte er.

Das Pochen im Schädel fühlte sich an, als wäre sie wieder im Alkoholdelirium, und die enorme Dünung wandelte jeden Gang zum nächsten Deck in eine Extremsportdisziplin.

In ihrer Kammer angekommen, verbarrikadierte sie sich darin. Sie hatte keinerlei Proviant, doch das war ihr einerlei.

Schwanger. Mord. Trauma. Wiederholung.

Rosa kam nicht mehr zur Ruhe. Was nicht niet- und nagelfest war und ihr zwischen die Finger kam, flog durch den Raum Richtung Tür, bis sie atemlos vor Anstrengung zu Boden sackte.

War sie verrückt, oder wurde sie verrückt gemacht?

Lange Zeit blieb sie liegen und starrte auf das Paket von Lars, das unter dem Tisch lag. Da gab es jedoch diese Theorie, wie der Mörder seine Opfer gefügig machte ... Und – was für ein seltsamer Zufall! – neben dem Ölzeug lag ein verknotetes Seil, ihr Seminarsymbol.

Ewig dumpfe Minuten zogen dahin.

„Stell dich deinen Ängsten!"

Wie oft hatte sie diesen gottverdammten Unfug gehört. Aber es war eben nicht nur Unfug. Sollte sie einfach aufgeben? Und den Dämonen und Mördern das Feld überlassen?

Entweder du oder – der Wal!

Grimmig ergriff Rosa das Ölzeug.

Das Schlachtfeld ist symbolisch für das Leben, wo jedes Geschöpf vom Tod des anderen lebt. Die Erkenntnis von der unabwendbaren Schuld des Lebens kann das Herz so verstören, dass man sich wie Hamlet oder Arjuna weigert, es weiter mitzumachen.

Ein weiteres Zitat haftete an ihrer Tür.

Arjuna, wer zum Teufel, ist das?, fragte sie sich und riss den mit Klebestreifen befestigten Zettel ab. Das Zitat musste in der kurzen Zeit seit ihrer Rückkehr von Henning Bahlow angebracht worden sein. Die Anspielung auf ihre psychischen Schwierigkeiten empfand sie als viel zu plakativ und besserwisserisch. Vom Ton her passte es jedoch zu dem Krieger-Zitat mit unaussprechlichem Urheber, das sie vor einigen Tagen erhalten hatte. Allerdings fehlte, anders als bei den vorhergehenden Zitaten, die Quellenangabe, darüber hinaus war der Text handschriftlich verfasst. Im selbst angerichteten Chaos suchte sie hastig nach dem Logbuch, das sie schließlich zwischen Unterwäsche und Seminarunterlagen fand. Hertz hatte ihr eine Postkarte zum Logbuch beigelegt. Sie verglich die beiden Handschriften.

„Scheiße, wer dann?", fluchte Rosa, als sie feststellte, dass sie nicht übereinstimmten.

Im unberechenbaren Rhythmus von Stampfen und Rollen der *MS Leviathan* arbeitete sich Rosa wieder zwei Niedergänge hinauf auf Deck C. Wie Max Neumann hielt nun auch Bahlow seine Kammer verschlossen. Die Kapitänskajüte stand dagegen weit offen. Unverändert lag Kapitän Lira bewusstlos und fixiert auf seinem Bett. Sein Gesundheitszustand war äußerst kritisch. Hertz' Kabinentür war ebenfalls geöffnet, aber nicht am Feststellhaken befestigt, weshalb sie im Wellengang auf und zu schlug.

Der Coach kauerte auf der Sitzbank, kreidebleich und erschöpft. Die vergangenen Tage, der gewaltsame Übergriff und der Sturm forderten ihren Tribut. Der selbstsichere Mann war nur noch ein Schatten seiner selbst. Die Reise hatte das Äußerste von ihm gefordert. Er hatte sie aufgefordert, zu Psychonauten zu werden, um den rechten Lebenskurs zu finden. Genau das Gegenteil war eingetreten. Hertz hatte sich Erfolg von seinem Seminar und ihr selbstaufopfernde Hilfe versprochen, während er von seiner Mitarbeiterin Prem Jyoshi eine moderne Variante der *Jus primae noctis*, das Recht der ersten Nacht, abverlangte. Es war in einem Fiasko geendet.

Rosa fing die Tür auf und hakte sie ein. Sie betrat Hertz' Kabine, ohne zu klopfen oder ihn zu grüßen. Sie kam direkt zum Grund ihres Besuchs.

„Haben Sie das geschrieben?", fragte Rosa, obwohl sie die Antwort bereits kannte, und legte den Zettel mit dem Zitat vor Hertz auf den Tisch.

Er warf einen flüchtigen Blick darauf und schüttelte den Kopf. Der Coach war offenbar nicht an einer Unterhaltung interessiert.

„Schauen Sie sich den Text genau an", forderte sie ihn auf. „Wenn Sie das nicht geschrieben haben, wer könnte dann Zitate an meine Tür gehängt haben?"

Hertz sah sie fragend an und schüttelte den Kopf, dabei jammerte er irgendetwas Unverständliches.

„Ich brauche Ihre fachliche Meinung. Sind Sie dazu noch in der Lage?"

Rosa hatte genug von seinem Selbstmitleid. Außerdem, glaubte er tatsächlich die Ereignisse der Reise würden nicht durch die Presse gehen? Menschen waren gestorben. Die Hinterbliebenen würden Fragen haben und Nachforschungen anstellen. Eine umtriebige Journalistin befand sich an Bord. Es war zu erwarten, dass sie eine Reportage über die Ereignisse an Bord der *MS Leviathan* schreiben würde. Angela Weniger würde versuchen, Kapital aus ihren Erfahrungen zu schlagen. Rosa hielt Roland Hertz jedoch für gewieft und geschäftstüchtig genug, um wieder auf die Beine zu kommen. Wahrscheinlich würde er bald auf die Idee verfallen, einen PR-Berater zu engagieren, dem es gelang, diese Niederlage in einen Erfolg umzuwandeln.

„Hertz!", schrie sie, worauf der Coach wie ein scheues Tier zurückschreckte. „Ich brauche Ihre Hilfe. Wer könnte das geschrieben haben? Und was will er oder sie damit aussagen?"

Hertz schnaufte.

„Haben Sie Psychologie studiert, oder nicht?"

Der Coach richtete sich auf. Seine Augen erschienen wacher. Rosas Botschaft war angekommen. Schweigend las er das Zitat. Dann schüttelte er den Kopf.

„Nach gestern weiß ich gar nichts mehr. Vor dem Ausbruch, oder wie man das bezeichnen soll, hätte ich Stein und Bein auf Linda Meyer oder Max Neumann geschworen. Beides Kandidaten für eine intensive Psychotherapie. Aber heute? Ich kann es nicht sagen."

Konnte sie ihm überhaupt glauben? Noch war nicht entkräftet, dass nicht er hinter alldem steckte.

„Aus welchem Buch könnte das Zitat stammen, oder ist es vielleicht erfunden?"

Hertz schüttelte den Kopf. „Bin mir nicht sicher. Es ist lange her, dass ich das Werk gelesen haben. Mindestens drei Jahrzehnte. Während des Studiums. Es hört sich nach Joseph Campbell an, einem amerikanischen Mythenforscher aus der ersten Hälfte des letzten Jahrhunderts."

„Und dann das", sagte Rosa und deutete auf die im Text aufgelisteten Namen, „was bedeutet das? Okay, Hamlet kennt man. Doch dieser Arjuna, wer ist das?"

„Arjuna ist ein Prinz aus der indischen Mythologie. Kurz gesagt, verhindert er eine Schlacht unter Verwandten durch Verhandlungen. Er ist einer der Haupthelden im indischen Mahabharata-Epos. Ich sehe da keinen nennenswerten Zusammenhang zur aktuellen Situation."

Was sollte sie mit der Information anfangen? Wieder nichts, dachte Rosa.

„Aber", hob Hertz nachdenklich an, „kennen Sie die Geschichte von Hamlet?"

„Schullektüre, ist schon lange her."

„Hamlet ist ein Königssohn, der seinen heimtückisch ermordeten Vater rächt", fasste Hertz zusammen.

Rosa wurde übel.

„Vielleicht fragt der oder die Zitierende: Wen rächen Sie? Ihre ermordete Kollegin? Oder der Täter sieht sich als Rächer."

Und dafür kam nur einer der Teilnehmer infrage.

Hertz sah sie mit hochgezogenen Brauen an. „Bahlow?"

„Ja", antwortete Rosa, „und zu dem passt auch dieses Geschichtenerzählen."

Rosa ließ Hertz stehen.

Ungefähr so musste es sich anfühlen, einen Achttausender im Himalaya zu besteigen. Der Gipfel war in Sichtweite, die Anstrengungen gewaltig, und die Luft wurde immer dünner.

Auf dem Gang wurde sie mehrmals von einer Seite auf die andere geworfen, bis sie endlich vor Bahlows

Zimmer ankam. Sie öffnete die Tür, doch die Kammer war leer.

50

„Er ist der Mann meiner ermordeten Kollegin", verkündete Rosa.

Stin DeRuijter schaute sie ungläubig an. „Nur warum sollte er Irina getötet haben?"

„Das weiß ich auch noch nicht", antwortete Rosa.

Als sie den Blick nach draußen wandte, verschlug es ihr angesichts des Sturms, der vor den Fenstern der Kommandobrücke wütete, die Sprache. Der frühere Erste Offizier stand breitbeinig hinter der Konsole. Mit einer Hand hielt er sich fest, während die andere den Hebel des Maschinentelegrafen umklammerte. Er war seit Tagen nicht mehr aus den Kleidern gekommen, und die Rasur war ausgefallen. Seine Augen wirkten dagegen klar und beherrscht.

Um Stin aus dem Weg zu gehen, hatte Rosa in den letzten zwei Tagen auf einen Besuch der Brücke verzichtet. Sicher, sie hatte den Sturm von der Messe und anderen Fenstern aus beobachtet, aber von hier oben auf den stürmischen Atlantik zu sehen, war im wahrsten Sinn des Wortes atemberaubend. Weiße Brecher schlugen quer über das Hauptdeck und brachten den Stahl der Planken donnernd zum Zittern. Gischt oder Wellen wüteten auf dem Hauptdeck. Es erweckte den Eindruck, als würden die Container schwimmen.

Die Scheibenwischer vor den Fenstern der Kommandobrücke kamen nicht mehr gegen den Regenfall an.
Über den wilden Wassermassen türmten sich ebenso
wilde wie düstere Wolken, die viel zu schnell vom
Wind gejagt wurden, um Regen in eine erkennbare
Richtung abzulassen. Angesichts der haushohen Fluten
bekam Rosa weiche Knie. In den Aufbauten wurde man
wie in einer Wäschetrommel hin und her geschleudert,
doch mit dem Panoramablick auf die Weite des Ozeans
wurde auch ihr das gesamte Ausmaß des Sturms bewusst.

„Zwölf Beaufort", sagte Stin. „Ein Orkan."

Der Wind heulte durch die Stahlseile, Spalten und
Masten – es war ein furchteinflößender Höllenlärm,
als würden tausend Seeungeheuer die *MS Leviathan*
angreifen, sich mit spitzen Reißzähnen im Rumpf fest-
beißen und Stahl bersten lassen.

„Es klingt, als würde das Schiff brüllen", sagte Rosa
mehr zu sich selbst.

Der Orkan würde den Killer hoffentlich bei seinem
Mordwerk unterbrechen, und sie hätte Zeit gewonnen.
Bahlow war flüchtig.

Die *Leviathan* fuhr in ein Wellental. Rosa hatte das
Gefühl, als würde das Schiff wie ein Schlitten bei
Schussfahrt an Fahrt zunehmen. Im Wellental angekommen, stoppte der Frachter abrupt. Einen Moment
gab es so etwas wie Stillstand. Dann versank das gesamte Vordeck im Meerwasser und hob sich viel zu
langsam wieder aus den Fluten empor. Dort wo sie vor
Tagen noch gesessen und nachgedacht hatte, hätte sie
nun mit Fischen und Krabben um die Wette tauchen
können.

Stin hantierte am Maschinentelegrafen. Die *Leviathan* fuhr aufwärts in die Welle, während die weiße Wand vor dem Bug in den Himmel wuchs. Rosa riss die Augen auf. Stins Blick drückte Entschlossenheit aus, während sich der Zweite Offizier bemühte, seinen Kapitän als gutes Vorbild zu nehmen, doch Rosa sah, wie er hektisch an den Gurten seines Kommandosessels zog. Die Welle voraus war längst nicht so hoch wie die Riesenwelle, die die *Leviathan* getroffen hatte, als sie jedoch merkte, wie das riesige Schiff immer höher angehoben wurde und sich die Welle vorne nicht brach, wurde ihr angst und bange.

„Festhalten!", schrie Stin.

Der Wellenkamm kräuselte sich zu einer meterbreiten Wellenkrone, die über die *MS Leviathan* hereinbrach, als risse ein Meeresungeheuer seinen Schlund auf. Die Wassermassen umspülten die Container an Deck. Rosa meinte, ihre letzte Stunde hätte geschlagen. Aber der Stahl tauchte wieder aus dem Wasser auf. Der Frachter verharrte für eine Millisekunde auf dem Wellenkamm, die Schrauben griffen ins Leere, bevor der Bug schwerer wurde und mit einer Magen umdrehenden Sturzfahrt abwärts sauste. Ihr entging nicht der beunruhigende Blick, den der neue Kapitän mit seinem Zweiten Offizier tauschte.

„Rosa", sagte er ernst, „würdest du mir bitte ein Mal, nur ein einziges Mal vertrauen?"

Ihre Nackenhaare stellten sich auf. Sie sollte ihm vertrauen? Wer hatte denn gelogen?

„Ich musste unseren Kurs aufgeben", erklärte er.

„Wieso?"

Er schaute hinüber zum Zweiten Offizier. „Ich musste die *Leviathan* in den Wind legen. Anders können wir den Orkan nicht überstehen. Das nennt man ‚den Sturm abreiten‘. Wir liegen stark zurück im Zeitplan. Schon vor etlichen Stunden hätten wir Sable Island passiert haben sollen. Aber wir sind weit ab vom Kurs. Es hilft nur noch ...“

Er machte eine bedeutungsvolle Pause.

Beten.

Ihr lag das Wort auf der Zunge, Stin DeRuijter sprach es ebenfalls nicht aus. Er übergab das Kommando an den Zweiten Offizier und führte sie zu einem Schrank und holte eine Schwimmweste heraus, die er Rosa ungefragt anlegte. Sie wehrte sich nicht. Er entnahm einem Safe eine Leuchtpistole mit Munition. Ohne sie zu fragen, stopfte er einige Patronen in ihre Hosentasche. An der Schwimmweste befestigte er einen zusätzlichen Signalblinker. Anschließend zog er die Gurte der Schwimmweste fest.

„Sie öffnet sich bei Wasserkontakt. – Bitte, unternimm keine Alleingänge, Rosa!“

Sie wollte widersprechen.

„Die Rudermaschine ist defekt. Ich weiß nicht, wie lange es noch dauert, bis sie ausfällt. Dann werde ich den Kurs nicht mehr halten können.“

Rosa musste sich an einen ihrer ersten Gedanken erinnern, die sie beim Auslaufen des Schiffs gehabt hatte: Züge entgleisen, Flugzeuge stürzen ab und Schiffe sinken.

Shit happens.

„Ich möchte, dass du dich von nun an in der Nähe des Rettungsboots aufhältst. Du weißt schon, das kleine orangefarbene, das aussieht wie ein U-Boot. Daneben gibt es einen Schrank mit Ganzkörperüberlebensanzügen. Du erinnerst dich? Du nimmst dir so einen Anzug mit ins Rettungsboot. Nur für alle Fälle."

Rosa nickte wie in Trance.

„Wir sind irgendwo südlich in den Gewässern von Neufundland. Wir können kein SOS absetzen. Dir ist klar, was das bedeutet?"

Rosa nickte erneut. Die Rettungsmannschaften würden nicht wissen, wo sie nach Überlebenden suchen sollten – wenn sie überhaupt aufbrachen. Warum musste Schreckliches immer so unweigerlich klar und einfach daherkommen?

„Sobald die Rudermaschine ausfällt, werde ich den Alarm zum Verlassen des Schiffs geben. Dann begibst du dich sofort an Bord des Rettungsboots, kapiert?"

„Was ist mit dir, Stin?"

Er antwortete nicht.

„Versagt die Rudermaschine, wird das Schiff quer zur Dünung driften. Die *Leviathan* wird sinken." Er reichte ihr die Hand. „Es tut mir leid."

Stin war wieder so feierlich und förmlich, wie sie ihn kennengelernt hatte. Rosa verstand sofort, worauf der frühere Erste Offizier anspielte, schüttelte jedoch energisch den Kopf.

„Das kann ich nicht akzeptieren", sagte sie, während der Frachter erneut im Sturzflug in ein Wellental jagte. „Das klingt seltsam. Irgendwie nach Abschied."

51

Rache. Was sonst konnte Henning Bahlow im Sinn haben?

Rache für den Mord an seiner Frau. Bahlow hatte Rosa die Schuld dafür gegeben. Als hätte sie das nicht oft genug selbst getan!

Da der Täter nicht zu bestrafen war, musste die verantwortliche Einsatzleitung herhalten, um seinen Wunsch nach Vergeltung zu befriedigen. Aber weshalb Bahlow drei weitere Morde begangen hatte, statt nur nach ihrem Leben zu trachten, dafür fand Rosa nur eine vage Erklärung. Mehrmals hatte er versucht, ihr einzureden, sie sei die Verrückte. Beinahe wäre ihm die Manipulation geglückt. Eventuell weil er gar nicht plante, sie zu ermorden, sondern um ihr die Morde anzuhängen und sie damit als vermeintliche Täterin einer Bestrafung zuzuführen. War Henning Bahlow bereits mit seinem finsteren Racheplan an Bord gekommen, oder hatte er gar nicht gewusst, dass Rosa an dem Seminar teilnahm? Es gab nur einen Weg, diese Frage zu beantworten. Sie musste ihn finden. Außerdem war sie, anders als der neue Kapitän, nicht der Meinung, der Mörder würde aufgrund der extremen Wetterlage an weiteren Morden gehindert werden.

Der Orkan warf Rosa immer wieder gegen die Wände
des Treppenaufgangs, sie kam nur zwischen zwei Wellen vorwärts. Glücklicherweise waren überall im Schiff
Handläufe angebracht, sodass sie sich festhalten
konnte. In der Offiziersmesse sammelte der Steward
die Passagiere. Prem Jyoshi, Linda Meyer, Max
Neumann und Angela Weniger starrten Rosa leichenblass entgegen. Als Lars sie aufforderte, ihre Schwimmwesten anzulegen, befürchtete Rosa, Panik könnte ausbrechen. Angela Weniger und Neumann standen kurz
davor durchzudrehen. Auch der Steward zog eine
Weste über. Von der Offiziersmesse aus war es der kürzeste Weg bis zum Freifallrettungsboot. Lars hatte die
Aufgabe, die Passagiere im Fall der Fälle dorthin zu begleiten. Bei Wind und orkanartiger See war der Weg ins
Rettungsboot aber alles andere als ein Spaziergang. Vor
den Panoramafenstern tobte der Orkan wie ein Krieg
zwischen den Naturgewalten. Außer Stin DeRuijter
und dem Zweite Offizier sowie dem Chefingenieur, der
weiterhin seine Position im Maschinenkommandoraum hielt, um die Rudermaschine im Auge zu behalten, sollten sich alle an Bord befindlichen Personen bereithalten, das Schiff zu verlassen. Niemand sprach es
aus, aber allen spukte es durch den Kopf: Untergang.

Drei Passagiere fehlten: Roland Hertz, Mila Adler und
Henning Bahlow.

„Hast du sie gesehen, Lars?", wollte Rosa wissen.

„Ich hab sie nicht gefunden. Waren nicht in ihren Kabinen."

Rosa rechnete mit dem Schlimmsten. Sie wäre beruhigter gewesen, wenn nur Bahlow gefehlt hätte. So war
zu befürchten, dass der Mörder erneut zuschlug.

Angela Weniger fingerte unbeholfen an ihrer Rettungsweste herum. Ein Gurt hatte sich verdreht. Mit jeder Sekunde wurden ihre Bewegungen fahriger und ihre Hände zittriger. Neumann bot seine Hilfe an, die die Journalistin anfänglich ausschlug, aber dann ließ sie sich helfen. Lars hatte Linda mitgeteilt, dass sie unmöglich drei Transportboxen in das Rettungsboot mitnehmen konnte, dafür war das Boot zu eng.

„Sie können sich nicht festhalten", versuchte der Steward, die Forscherin auf das Unweigerliche vorzubereiten.

Rosa entdeckte die abgrundtiefe Verzweiflung, die sich in ihrem Gesicht abzeichnete. Sie sollte entscheiden, welches ihrer Tiere überleben oder sterben sollte. Lars bot an, die zwei anderen Boxen auf die übrigen Rettungsboote zu verteilen. Nichts davon kam für Linda infrage. Rosa machte den Vorschlag, die drei Spinnen in einer Box zu transportieren, dann könne sie alle drei Tiere bei sich behalten. Linda erklärte, sie habe nur eine Spinne – Rambo.

„Scheiße", fluchte Rosa, „was hast du noch für Viehzeug mit an Bord gebracht?"

Sie konnte verstehen, dass Linda ihre Tiere retten wollte, doch sie hatten gerade wirklich andere Sorgen.

„Frösche und Echsen", sagte sie.

„Frösche und Echsen?", wiederholte Angela Weniger ungläubig.

„Eine Echse", korrigierte sich Linda. „Ich war ja in Südamerika. Ich brauche diese Tiere für ein Forschungsprojekt in den USA", fügte sie wie selbstverständlich hinzu.

Der Bug der *MS Leviathan* hob sich steil an, was alle verstummen ließ. Rosa musste Halt suchen und sich mit dem gesamten Körpergewicht dagegenstemmen, um nicht wie einige Stühle kreuz und quer durch den Speisesaal zu purzeln. In den bleichen, verängstigten Mienen las Rosa das Gleiche: Mit jeder weiteren Welle wurde der Untergang der *Leviathan* zur Gewissheit. Schnell musste eine Lösung für Lindas Tiere gefunden werden. Linda war durchaus imstande, das Schiff ohne ihre Tiere nicht zu verlassen.

„Und die können nicht zu Rambo?", fragte Rosa.

„Nein, die vertragen sich nicht. Nicht auf so engem Raum. Sie würden sich gegenseitig töten."

„Wie wir", fasste Prem Jyoshi nüchtern zusammen. Dann begannen ihre Mundwinkel, unkontrolliert zu zucken.

„Der neue Kapitän hat mir erklärt, das ist alles gar nicht so schlimm", log Rosa. Lars unsicheren Augen wich sie aus, sonst wäre sie aufgeflogen. „Wir müssen durchhalten."

„Das ist alles vollkommen absurd. Absurd", kreischte Angela Weniger.

Sie hatte offenkundig Todesangst. Wie um ihre Panik zu unterstreichen, schlug ein gigantischer Brecher mittschiffs ein. Die Gischt türmte sich auf wie eine Explosionswolke, und die *Leviathan* schlingerte in der See wie ein Reisebus auf spiegelglatter Straße. Nur mit dem Unterschied, dass man den Bus anhalten und aussteigen konnte.

„Was gehen denn uns diese Scheißviecher an?", schrie sie. „Wir werden sterben!"

Die Journalistin war nicht mehr zu beruhigen.

Dafür war genauso wenig Zeit, wie die Diskussion um den Tiertransport. Rosa musste Mila suchen. Ihr Blick fiel auf die Rettungsinsel, die Linda aus Schwimmwesten gebaut hatte. Bei dem Orkan war das Konstrukt nicht zu verwenden. Dennoch hatte Rosa eine Idee.

„Wie wäre es, wenn du in eine Box zwei Trennwände einbaust, Linda?", fragte sie.

„Das könnte funktionieren", erwiderte sie begeistert.

Die Zeit rannte ihr davon. Rosa traf eine Entscheidung. „Ihr löst das Transportproblem, und ich ..." Sie brachte den Satz nicht zu Ende, sondern machte sich auf den Weg. „In den Kammern waren sie nicht?", rief sie zurück.

„Nein. – Wohin willst du?", protestierte Lars.

„Meine Gruppenpatin suchen", antwortete Rosa und verschwand.

Das Deck unter der Offiziersmesse war verwaist. Die Türen standen offen. Es wirkte gespenstisch. Auf dem Hauptdeck in der Mannschaftsmesse fand sie die restliche Crew, unter ihnen Loco, dem keine Schwimmweste passen wollte. Die Männer hockten schweigend an den Tischen und starrten rauchend vor sich hin. Auch die erfahrenen Seeleute hatte Angst. Im Notfall warteten auf die Crew oberhalb des Hauptdecks an Davithaken befestigte Rettungsboote.

„Ich suche Bahlow, Hertz und Mila Adler", sagte Rosa in die Runde.

Loco zuckte mit den Schultern. Rosa setzte ihre Suche fort. Sie blickte in die restlichen Räume auf dem Hauptdeck, fand aber niemanden. Jetzt blieben nur noch die unteren Decks. Mit einem mulmigen Gefühl betrat sie den Maschinenraum. Der Geräuschpegel nahm schlagartig zu. Vorsichtig bewegte sie sich den Niedergang hinab, vorbei an der Waschküche, bis sie in den Maschinenkontrollraum gelangte. Der Maschinist hielt die Tür zum Hauptmaschinenraum mit den Dieselmotoren geöffnet. Um den Raum zu durchqueren, hangelte sich Rosa von einem Handlauf zum nächsten. Wäre der Seegang nicht gewesen, hätte sie nicht gemerkt, mitten in einem Orkan zu sein, so laut pochte die Maschine. Der Maschinist stand mit Ohrenschützern auf dem Kopf in der Nähe der Rudermaschine und bemerkte Rosas Eintreten nicht. Sie schaute hinüber zum schmalen Verbindungsschott zum Frachtraum. Das Tor war geöffnet!

Bevor sie den Frachtraum betrat, versuchte sie, Blickkontakt zum Maschinisten aufzubauen, doch der Mann nahm sie nicht wahr. Hoch konzentriert sah der Chief auf seine Rudermaschine. Hin und wieder legte er Hand an die Maschine oder rieb mit einem Lappen über das Metall, wie ein Priester bei der letzten Ölung.

Der Frachtraum lag in vollständiger Dunkelheit. Rosa suchte nach dem Schalter für die Gangbeleuchtung, fand ihn jedoch nicht. Im Dunkel vor ihr konnte sie den Mercedes für das Automobilmuseum in Minneapolis erkennen, von dem Stin DeRuijter beim ersten Mittagessen erzählt hatte. Es war erst acht Tage her, aber es erschien ihr wie aus einer anderen, fernen Zeit. Wenn Stin jetzt den Alarm zum Verlassen des Schiffs gab, würde sie nichts davon mitkriegen. Wenigstens könnte sie dann stilvoll hinter dem Steuer eines Oldtimers zum Meeresgrund fahren.

Frei herumzulaufen, war angesichts des Rollens und Stampfens des Frachters unmöglich. Außerdem bot die Dunkelheit ideale Bedingungen für einen Hinterhalt. Rosa musste sich dicht an der Bordwand halten. Sie bewegte sich Richtung Backbordaußenwand und sah in einen gähnend schwarzen Gang. Nur durch das Schott zum Maschinenraum fiel ein schwacher Lichtschein, der sich nach wenigen Metern verlor. Da hineinzugehen, war purer Wahnsinn.

Rosa tastete sich zwischen den Einzelfrachtstücken hinüber zur Steuerbordseite und schaute den Gang an der Außenwand entlang in die Tiefe des mit Containern gefüllten Frachtraums. Auch auf dieser Seite verlor sich der Lichtschein aus dem Maschinenraum nach wenigen Metern. Rosa rief sich in Erinnerung, wie viele Container hintereinanderstanden – mindestens acht oder sogar zehn Reihen. Mit Mühe konnte sie das Ende des ersten Containers ausmachen. Rosa ließ einige Sekunden verstreichen, damit sich ihre Augen an die Finsternis gewöhnen konnten.

Aber es verbesserte sich nur geringfügig und auch nur im vorderen Teil des Frachtraums – dort wo das Licht des Maschinenraums einfiel. Die tieferen Bereiche des Frachtraums blieben allerdings in undurchdringlicher Schwärze. Sie befand sich in einem geschlossenen Raum ohne jegliche Lichtquelle. Entweder sie fand eine Taschenlampe, oder sie musste den Gang ohne betreten. Rosa suchte nach einer Werkzeugkiste oder Ähnlichem. Nichts. Endlich fiel ihr Blick auf den Signalblinker an ihrer Schwimmweste. Rosa untersuchte das kleine schwarze Gerät und fand einen einzigen Funktionsschalter. Der Halogen-Notblitzer war laut schwer entzifferbarer Aufschrift wasserfest bis zu vierzig Metern, verfügte aber nicht über eine Dauerbetriebfunktion. Rosa atmete schwer ein und aus. Ein Fluch kam ihr nicht über die Lippen – was hätte der auch genützt? Kaum hatte sie ihn betätigt, erhellte ein stroboskopischer Lichtblitz für den Bruchteil einer Sekunde die Dunkelheit. Rosa blinzelte. Zwischen den Blitzen – bis zu siebzig Stück in der Minute – fiel der Gang immer wieder in nachtschwarze Finsternis. Was auch immer sie in den Tiefen des Frachtraums erwartete, nun kündigte sie ihr Kommen an.

Rosa umklammerte mit einer Hand ein Leitungsrohr an der Außenwand und arbeitete sich langsam in die Finsternis des Gangs vor. Schon nach wenigen grellen Blitzen schmerzten ihre Augen. Doch sie wollte sich auch nicht blind vorwärtsbewegen. Ein Brecher donnerte direkt neben ihr gegen die Schiffswand und ließ den Stahl singen. Rosa wurde angst und bange. Gleichzeitig verlor sie den Halt unter den Füßen. Mit voller Wucht wurde sie gegen einen Container geschleudert und schlug sich den Kopf am scharfkantigen Metall. Es brauchte einige Augenblicke, bis der Schmerz erträglich wurde und sie sich weiter vorarbeiteten konnte.

Auf Höhe der siebten Reihe nahm sie zwischen den Containern einen schwachen Lichtschein wahr. Instinktiv spürte sie, dass dort das Ziel ihrer Suche lag. Sie musste zu dem Licht gelangen. Dazu würde sie zwischen die Container steigen müssen. Bei der lebensgefährlichen Kletteraktion benötigte sie mehr Bewegungsspielraum und zog daher die Schwimmweste aus. Die breiten Gurte und der aufblasbare Wulst hatten eh unangenehm auf ihre Brust gedrückt. Um weiterhin vom Signalblinker zu profitieren, hing sie die Weste provisorisch an der Außenwand auf. Dann setzte Rosa einen Fuß auf eine Spannschraube, griff mit einer Hand darüber und zog sich in den Spalt zwischen die zwei Containerreihen. Auf dem Boden des Spalts fand sie keinen sicheren Tritt, weil sich dort Schrauben und andere Halterungsvorrichtungen befanden. Sie musste also waagerecht von einem zum nächsten Container klettern.

Die Kälte machte die Finger steif. Immer wieder ging ein Ruck durch das gesamte Schiff, und sie konnte sich nur mit äußerster Kraftanstrengung festhalten. Einen zuverlässigen Griff fand sie am oberen Containerrand oder an den längs verlaufenden Stangen, ihr Fuß wurde dagegen, dort wo sich die Spannschrauben überkreuzten, schmerzhaft eingeklemmt. Als die *MS Leviathan* wieder einmal in ein Wellental rauschte, entglitt ihr ein Fuß, und sie konnte sich nur deshalb wieder fangen, weil sie in eine scharfkantige Öffnung für die Twistlocks griff und sich eine Schnittwunde an der Hand zuzog. Gleichzeitig fiel die Schwimmweste auf den Boden und bedeckte den Blinker.

Vollständige Dunkelheit umfing sie. Ihr Puls trommelte panisch. Schweiß – halb vor Angst, halb vor Anstrengung – lief ihr in die Augen. Schräg über ihr leuchtete ein schwacher Schein aus einem Container. Seltsam, es roch irgendwie – verbrannt. Nahezu blind setzte sie jeden weiteren Schritt tastend fort. Langsam kam sie voran und konnte erkennen, dass die Tore eines Containers in oberster Lagerung geöffnet waren. Aus der Öffnung fiel Licht und verlor sich in einem diffusen Schein. Ein Brecher ließ das Schiff erschüttern, und Rosa fragte sich, ob das der Todesstoß für die Rudermaschine gewesen war.

Endlich gelangte sie genau unterhalb des geöffneten Containers. Die beiden Tore konnten durch die enge Stellung nur einen Spaltbreit geöffnet werden. Der schwache Lichtschein fiel jetzt steil auf sie hinab. Nun musste sie drei Container hinaufsteigen, um die Öffnung zu erreichen. Sie schob sich, mit dem Rücken an die hintere Reihe gepresst, mühselig hoch. Bei einschlagenden Brechern fand sie in dieser Position keinen Halt und wäre beinahe abgestürzt. Rosa wischte die blutigen Hände an ihrer Hose ab und kletterte wieder mit den Händen voraus. Schließlich bekam sie den Boden des Containers zu fassen. Rosa verbiss sich einen Schmerzensschrei und zog sich mit einem letzten kräftigen Armzug ins Licht. Sie musste erst langsam ihren Oberkörper über die Kante robben, das Knie nachziehen, um ganz in den Innenraum krabbeln zu können. Beißender Geruch stieg ihr in die Nase.

Auf den ersten Blick nahm sie nur einen leeren Raum und die gewellten Blechwände des Containers wahr. Erst im Inneren sah sie mehr. Rosa hatte den Eindruck in einer Art leerstehendem Warenlager eines Bekleidungsgeschäfts gelandet zu sein und legte die Stirn in Falten. An meterlangen Garderobenstangen, die entlang der gesamten Länge des Containers verliefen, hingen im vorderen Teil unbenutzte Kleiderbügel, die leise klimpernd im Seegang schaukelten. Darüber warteten verwaiste Regale auf Hüte, Gürtel und andere Bekleidungsgegenstände. Über ihr war die Vorrichtung einer Seilwinde an die Decke geschraubt worden. Nur der hintere Teil des Vierzig-Fuß-Containers erinnerte an einen Kostümfundus – sorgfältig sortierte Kleidung von der Kopfbedeckung bis zu den Schuhen. Woher kamen all diese Kleider? Beleuchtet wurde der zwölf Meter lange Innenraum von einigen wenigen LEDs. Eiskalt fiel ihr spärliches Licht auf triste Blechwände. Eine Kälte, die nun auch Rosa erfasste.

An den Wänden kein wirres Geschmiere oder bildgewaltige Collagen, kein bizarres Sammelsurium eines Fetischisten in den Regalen, keine weiteren Trophäen oder Altäre. Nur diese Kleider. Dennoch wurde Rosa von dem schaurigen Gefühl geschüttelt, dort gelandet zu sein, wo kein Normalsterblicher unter gewöhnlichen Umständen jemals hinkommen wollte, nämlich in der Hölle. Unweigerlich musste sie an die besonders bewegenden Fotografien denken, die sie im Ausstellungsraum eines Konzentrationslagers gesehen hatte. Die Fotos zeigten keine Gewalt, sondern lediglich die haushohen Berge von Schuhen und Mänteln der Ermordeten. Ein unwiderruflicher Beleg, wie abstoßend perfekt die Tötungsmaschine der Nazis geschnurrt hatte. Sie befand sich in einem sterilen Funktionsraum, dessen Sachlichkeit vor allem eines vermittelte: Hier herrschte ein Unmensch mit erschreckender Effizienz.

Rosa sah sich angespannt um. Jeden Augenblick rechnete sie damit, angegriffen zu werden. Am anderen Ende des Containers lag reglos eine Gestalt auf dem Boden. Rosa witterte die Falle wie ein Reh den mit dem Wind anpirschenden Jäger.

Sie schlich vorwärts. Auf dem Boden lag Mila Adler und verlor aus zahlreichen Wunden Blut. Das Bewusstsein hatte sie verloren, aber Rosa konnte noch einen schwachen Puls fühlen. Eilig band sie die Wunden ab und flehte innerlich, nicht zu spät gekommen zu sein. Mila hatte einen weiteren Körper verdeckt. Den Rücken zu ihr gedreht, erkannte sie Roland Hertz an der Kleidung.

Wo versteckte sich Bahlow? Hertz' Brustkorb hob und senkte sich – er atmete also noch. Ihn würde sie als Nächstes versorgen. Zwischen den beiden Personen lagen verbrannte Plastikkarten. Daher rührte also der stechende Geruch. Sie erkannte die Überreste eines deutschen Personalausweises. Das Foto der abgebildeten Person war verkohlt.

Rosa griff mehrere Kleidungsstücke von den Garderobenstangen und verband Mila weiter, bis sie plötzlich eine beigefarbene Bluse in den Händen hielt, die ihr seltsam bekannt vorkam. Rosa stutzte. Es dauerte eine Weile, bis sie begriff, dass es tatsächlich ihre eigene war, nämlich diejenige, die sie geglaubt hatte, vor einigen Monaten im Waschsalon verloren zu haben. Sie erschrak heftig. Dafür gab es nur eine Erklärung. Sie hatte die Bluse nicht verloren, sondern sie war ihr gestohlen worden.

Also hatte Henning Bahlow sie bereits vor Monaten beobachtet. Und sie war sich sicher, dass er auch jetzt in der Nähe war. Sie blieb wachsam und fühlte noch einmal Milas Puls. Er war nun deutlicher zu spüren. Die Wunden waren schlimm, aber nicht lebensbedrohlich. Sanft weckte Rosa Mila auf und hoffte, sie würde dabei keinen Schock erleiden. Irgendwie mussten sie schließlich von hier weg, und Rosa konnte Mila nicht tragen. Die junge Frau schlug die Augen auf, kam langsam zu sich. Sie wollte etwas sagen, doch Rosa bedeutete ihr, zu schweigen und ihre Kräfte zu schonen.

„Spielregeln. Gift", brachte Mila mühsam hervor. „Regeln." Sie deutete schwach auf den Zettel neben ihr.

Rosa las die Überschrift. *Spielregeln „Ich bin du".*

Roland Hertz bewegte sich mit einem leisen Stöhnen. Erst musste sie den Coach versorgen. Sie ging hinüber zu Hertz und wollte ihn auf den Rücken drehen. Den Überraschungsangriff mit einem hochschnellenden Knie konnte sie gerade noch abblocken. Gleichzeitig schoss ihr jedoch Hertz' Arm entgegen und traf sie am Oberarm. Rosa spürte einen äußerst schmerzhaften Stich wie von einem Insektenbiss. Sie taumelte zurück und wäre beinahe über Mila gestürzt.

Hertz richtete sich behände auf und griff an. Ihr blieb nur Zeit, die Unterarme schützend vors Gesicht zu reißen, so schnell und unerbittlich trommelten die Faustschläge auf sie ein. Seine brutale Attacke ließ keinen Zweifel. Sie kämpften auf Leben und Tod. Rosa steckte etliche harte Schläge ein, bevor sie Gelegenheit fand, seinen Schlagrhythmus zu durchbrechen. Auf einen kräftigen Haken mit dem Ellenbogen feuerte sie eine Gerade ab und zerschmetterte sein Nasenbein. Unbeeindruckt rammte er das Knie in ihren Unterleib, und Rosa glaubte, nie zuvor solche Schmerzen gespürt zu haben. Einen Uppercut konnte sie noch einstecken, doch als sie sich wehren wollte, versagten ihr die Kräfte. Der Arm schlug ins Leere. Alles war wie aus Gummi. Ein eisenharter Faustschlag streckte sie nieder.

Schweiß und Blut liefen ihr in die Augen. Rosa blinzelte. Der Mann vor ihr war gar nicht Roland Hertz, es musste Henning Bahlow sein. Was hatte Bahlow mit Hertz gemacht? Sie sah eine Lanzette auf der Kuppe seines Zeigefingers blitzen.

Henning, was hast du mir gespritzt?, wollte sie fragen, aber ihre Stimme versagte den Dienst.

Irritiert fasste Rosa die hagere Gestalt ins Auge. Etwas stimmte nicht. Der Mann vor ihr war auch nicht Henning Bahlow. Wenn er nicht Roland Hertz oder Henning Bahlow war, wer war er dann?

Bei genauerer Betrachtung sah der Unbekannte Bahlow nicht einmal ähnlich. Dennoch wusste Rosa, dass die Gestalt vor ihr kein blinder Passagier war, der sich in diesem Container die ganze Zeit über versteckt gehalten hatte, sondern für die Seminarteilnehmer Henning Bahlow, den netten, stressgeplagten Anwalt aus Frankfurt, *gespielt* hatte. Demnach war der Mörder nicht auf Rache aus. Was wollte er dann?

„Wer sind Sie?", fragte Rosa mit schwerer Zunge.

Die Annahme, wie der Mörder seine Opfer gefügig machte, war richtig gewesen. Leider war der Stich der Lanzette durch das Ölzeug unter ihrer Kleidung gedrungen.

„Der Meister", sagte er schlicht.

Rosa lief ein Schauer über den Rücken, doch ihm ihre Angst zu zeigen, erlaubte sie sich nicht.

„Lies die Spielregeln. Dafür hast du noch Zeit. So schnell wirkt das Gift nicht." Er überreichte ihr das Blatt Papier.

Spielregeln „Ich bin du"

1. Regel: Der Spielführer bestimmt die Spielregeln.
2. Regel: Spielführer erobert die äußere Welt seines Mitspielers.
3. Regel: Spielführer erobert die innere Welt seines Mitspielers.
4. Regel: Wurde der Spielführer bis hierhin noch nicht entdeckt, offenbart er sich als Kopie seinem Mitspieler.
5. Regel: Original vernichten.
6. Regel: Spielführer sucht würdigeren Gegner.

„Zu viel *World of Warcraft* gespielt, was?", provozierte Rosa.

Er verzog die Mundwinkel zu einem schiefen Grinsen. „Dein Spott trifft mich nicht. Denn du hast verloren, Rosa. Du. Nicht ich."

Rosa fühlte Übelkeit in sich aufsteigen. „Wer immer du bist, du kranke Missgeburt, was soll das für ein beschissenes Spiel sein?" Sie biss sich mehrmals auf die Zunge, die immer schwerer wurde.

Diese Mal zeigte er keinerlei Reaktion. Rosa spürte, wie ihre Knie weich wurden. Sie konnte sich nicht mehr auf den Beinen halten.

„Das Gift lähmt deine Nervenbahnen. Du wirst alles mitbekommen, aber so als würde dein Körper nicht mehr dir gehören."

Rosa wollte etwas erwidern, doch sie brachte nur noch lallende Laute hervor. Ohne Vorwarnung griff er an. In einer Hand blitzte etwas Stählernes auf und ritzte mehrfach in äußerst präziser und schneller Abfolge ihren Körper. Rosa wollte dagegenhalten, die Arme und Beine gehorchten ihren Befehlen jedoch nicht mehr.

In den Händen hielt er ein Teppichmesser. „Ein handelsübliches Produkt. Massenweise hergestellt, nicht zurückverfolgbar, trotzdem genauso scharf wie eine Rasierklinge." Dann fügte er ohne erkennbare Ironie hinzu: „Die coolsten Waffen gibt's im Baumarkt."

Eine furchterregende Leidenschaft blitzte aus seinen Augen hervor. Er ließ die Klinge in ihren Oberschenkel fahren. Seltsam, der Schnitt war tief, schmerzte allerdings nicht. Das Blut tränkte ihre Hose. Eine rote Lache breitete sich unter ihr aus. Rosa spürte noch immer nichts. Das musste auf das Gift zurückzuführen sein.

„Ich habe vorhin sämtliche Unterlagen verbrannt, die meine Identität hätten verraten können. Niemand wird jemals wissen, wer ich wirklich bin."

Er sprach so logisch und ohne jeden Irrsinn in der Stimme, dass Rosa fast glaubte, das alles wäre tatsächlich nur ein Spiel.

„Ich bin der Meister."

Rosa wusste, dass sie besiegt war, und sie wusste, sie würde sterben.

Dann wurde alles schwarz.

52

Stin DeRuijter blickte in die rauschende See. Die Wogen sahen aus, als würden sich die Berge und Hügel eines Mittelgebirges unablässig verändern. Ein Hügel verschwand, ein neuer Berg richtete sich auf und stürzte wieder in sich zusammen. In all dem Chaos aus Wind, Wellen und Wolken hatte er trotzdem das Gefühl, der Ozean würde eine tödliche Ruhe ausstrahlen. Es war ihm egal, was mit ihm passieren würde. Keine Sekunde dachte er daran, sein Leben zu retten. Die See war ihm kein Feind. Und er fürchtete sich nicht davor, was den Seemann unter der Oberfläche erwartete. Er hatte viele Fehler begangen und fühlte sich, als hätte er sein Recht auf gerechte Behandlung verwirkt. Dennoch würde er bis zum Letzten kämpfen!

Die Liebe zu Irina war nie die große Erfüllung gewesen, aber er hatte sie geliebt, und das war erst ins Wanken geraten, als er genau vor einer Woche zum ersten Mal im Foyer Rosa gesehen hatte. Wie sie nachdenklich, gebrechlich und eigenwillig stark gezögert hatte, die Messe zu betreten. Vom ersten Augenblick an war er fasziniert von ihr. Als Irina dann verschwunden war und sie schließlich als ermordet betrachtet werden musste, hatte er Wut, Reue und Betrug verspürt. Er fühlte die berstende Naturgewalt einer Welle, die über das Heck hereinbrach, in den Beinen. Fest rechnete er mit einem Anruf aus dem Maschinenraum, doch der blieb aus, und das Schiff hielt seinen Kurs.

Der Koch betrat die Kommandobrücke. DeRuijter konnte sich nicht daran erinnern, ihn jemals hier oben gesehen zu haben.

„Was machst du hier, Loco? Ihr solltet in der Messe warten."

„Bahlow, Hertz und Mila Adler werden vermisst", erwiderte er.

„Verdammt, ihr sollt euch bereit halten, das Schiff zu verlassen."

„Sie sucht nach ihnen", sagte Loco. Sorge und Angst schwangen in seiner Stimme mit.

DeRuijter wusste sofort, von wem der Koch sprach. Ein heftiger Ruck ging durch seinen Körper, als hätte ihn ein riesiger Brecher eiskalt erwischt. Natürlich, Rosa hatte nicht auf ihn gehört, warum wunderte ihn das nicht?

„Das ist unmöglich!", rief urplötzlich der Zweite Offizier dazwischen, sprang aus dem Kommandosessel und spähte mit einem Fernglas in die See.

DeRuijter zögerte. Sollte er die Brücke verlassen, um nach Rosa zu suchen? Würde Viktor allein klarkommen?

„Ich gehe sie jetzt suchen. Ich lasse sie nicht im Stich! Und du magst sie doch auch", meinte Loco.

„Das ist unmöglich", wiederholte Viktor, bevor DeRuijter reagieren konnte, „da ist ein Schiff. Es fährt direkt auf uns zu!"

Irritiert blickte DeRuijter nach draußen. „Auf Kollisionskurs?"

„Moment", der Zweite Offizier hob die freie Hand, „nein, nein. Das ist ein Kreuzer der kanadischen Küstenwache!"

DeRuijter verspürte Erleichterung. Es war also kein anderes Schiff, das sich wie sie im Orkan verirrt hatte. War der Kreuzer auf der Suche nach ihnen?

„Sie lichtmorsen", rief der Zweite Offizier aufgeregt.

DeRuijter forschte in den Wellen, konnte aber kaum etwas erkennen.

„Sie wiederholen einen ganz bestimmten Code immer wieder."

„Was sagen sie?", wollte DeRuijter wissen.

„Bin ein bisschen aus der Übung. Hab's gleich – G-E-F-A-H-R. Gefahr. Und dann kommt …", langsam buchstabierte Viktor, „B-A-H-L-O-W."

***

Ein Lichtschein blendete sie. Jemand rief ihren Namen. Dann kehrte die Erinnerung zurück.

Der Unbekannte, den Rosa nur als Henning Bahlow kannte, beugte sich über sie und leuchtete ihr mit dem grellen Schein einer Taschenlampe in die Augen. Es gelang ihr, den Kopf wegzudrehen. Die Wunde am Oberschenkel hatte er mit einem Druckverband abgebunden.

Wo war sie?

Sie saß merkwürdig nach vorne gebeugt und angeschnallt in einem Schalensitz wie in einer Achterbahn. Es dauerte eine ganze Weile, bis sich ihre Augen scharf stellten und Rosa ihre Umgebung erkannte. Sie befand sich im Freifallrettungsboot. Zwei schmale Notsitze in einer engen Röhre. Der Unbekannte musste kräftig sein, wie hätte er sie sonst hierher befördert haben können?

„Die Dosierung des Gifts ist nur gering", sagte er mit der Stimme von Henning Bahlow, „weil sonst dein Herzmuskel gelähmt werden würde, verstehst du? Du würdest an Herzversagen sterben und nicht verbluten. Das ist mir am Anfang passiert. Blöde Sache." Nach einer Weile fügte er hinzu: „Na ja, medizinisch gesehen, stirbst du wahrscheinlich in beiden Fällen an Herzversagen. Doch du ahnst, was mir wichtig ist."

Wer sind Sie? Was wollen Sie? Warum machen Sie das? All diese Fragen wollte Rosa aussprechen, ihre Zunge blieb allerdings gelähmt.

„Deine Augen fragen ‚Warum?'", sagte er, als er ihre geöffneten Lider mit einem Klebestreifen fixierte. „Antworten. Antworten. Den Menschen dürstet es nach Erklärungen, erst recht, wenn der Meister über ihm steht und seine Identität stiehlt. Ich bin nicht wichtig. Nur das, was ich kann und was ich tue. Das ist wichtig."

Der Kopf sackte ihr auf die Brust. Sie konnte sein Gesicht nicht mehr sehen, sondern nur seine Stimme hören, die ihr ins Ohr flüsterte. Speichel rann ihr unkontrolliert aus dem Mund. Der dünne Faden tropfte auf ihr Hosenbein. Das linke hatte er abgetrennt. Es war entwürdigend, nichts dagegen unternehmen zu können, doch angesichts dessen, was ihr vermutlich noch bevorstand, war das eine Kleinigkeit.

Der Unbekannte, der sich weigerte seine Identität preiszugeben, hatte mit Sicherheit nicht grundlos ihre Blutung am Oberschenkel gestoppt. Wie viel Blut hatte sie verloren? Wie hoch war die Dosis? Rosas Geist war wacher denn je, und sie spielte sämtliche Szenarien durch.

„Deine Existenz macht mich krank“, sagte er mit hasserfüllter Stimme. „Ich musste dich einfach haben. Noch nie ist mir einer so nahe gekommen.“

Rosa wusste sofort, der Unbekannte sprach von dem Tirol-Einsatz. Endlich gestand er einen Teil der Wahrheit. Er war nicht Bahlow, der sich an ihr rächen wollte, sondern Elenas nie gefasster Mörder. Der Killer aus Tirol. Ihre schlimmsten Ängsten bewahrheiteten sich.

„Ich muss gestehen, bei dir habe ich *Ich bin du* ein wenig modifiziert. Macht aber Spaß, es mal im ‚Emotionsmodus‘ durchzuspielen. Und dann hat mich dieser Sturm zum Handeln gezwungen. Das musste jetzt alles ein wenig schneller gehen. Sonst läuft bei mir immer alles nach Plan.“

Er kam mit seinem Gesicht ganz nah an ihres. Sie hätte ihn riechen müssen. Seinen Schweiß und Körpergeruch, den Dunst seiner Kleidung, er musste geschwitzt haben, als er sie hierhergetragen hatte. Seltsamerweise roch sie nichts.

„Du fragst dich, ob ich derjenige bin, der deine Kollegin Elena getötet hat.“

Mehr als ein leises Krächzen als Antwort gelang ihr nicht.

„Ich töte nicht“, sagte er, „ich nehme die anderen in mich auf.“

Rosa versuchte, seiner Logik einen Sinn zu geben. Wenn er tatsächlich glaubte, was er sagte, musste der Unbekannte sehr viel kranker sein, als sie bisher angenommen hatte. Sein Tötungsdrang wusste einen Wahnsinn extremsten Ausmaßes erreicht haben. Die

Kleider im Container konnten nichts anderes als Kleidungsstücke seiner bisherigen Opfer sein. Rosa grauste es.

Er schwieg. Anders als andere Killer hatte er kein Bedürfnis, sich übermäßig mitzuteilen, sich und seinen Taten Aufmerksamkeit zu verschaffen. Der Unbekannte wollte unsichtbar bleiben. Ein Phantom. Das machte ihn erst recht gefährlich.

„Je weniger du über mich weißt, umso erfolgreicher bin ich", flüsterte er und bestätigte ihre Vermutungen, als könnte er ihre Gedanken lesen. „Das ist ein Fehler vieler anderer, die wie ich die Krankheit der Welt erkannt haben. Sie suchen eine Bühne. Wollen ihre Taten im Fernsehen sehen. Meine Bühne sind meine Opfer. Ich gebe ihrem Leben einen Sinn. Ich will keine Publicity und von einer brillanten Polizistin wie dir geschnappt werden, um dann medienwirksam hinter Glas präsentiert und zu lebenslanger Haft verurteilt zu werden. Wenn du in meiner Branche erfolgreich sein willst, musst du alles können. Wirklich alles – auch Bergsteigen."

Endlich hatte Rosa eine Ahnung, wie Elenas Mörder vom Nonnentöter entkommen sein musste – über die eisigen Felswände des Gipfels. So viele weitere Fragen gingen ihr durch den Kopf, aber aus ihrem Mund drang nur ein seltsames Schmatzen.

Rosa dämmerte, dass der Mann die Identität von Elenas Ehemann angenommen haben musste und sich als Henning Bahlow an Bord begeben hatte, um mit ihr zusammenzutreffen. Das bedeute wiederum, dass er auch Elenas Mann ermordet haben musste. Tiefe Trauer und Verzweiflung überkamen sie. Sie war dem

Unbekannten ausgeliefert. Hilfe konnte sie nicht erwarten. Stin kämpfte auf der Brücke mit dem Orkan. Mannschaft wie Passagiere hockten paralysiert von Todesangst in den Messen. Nein, niemand würde etwas mitkriegen.

„Ich werde dir nicht viel über meine Methoden erzählen. Der Meister gibt nichts von sich preis. Sonst wäre er nicht der beste aller Spieler. Und wenn wir in New York einlaufen, nehme ich meinen Container mit in die Neue Welt und fülle ihn mit den Seelen meiner nächsten Gegner.“

Hatte der Unbekannte all diese Menschen getötet? Wenn dem so war, übertraf sein Töten alle bisher gekannten Ausmaße eines Einzeltäters. Vielleicht hatte er sein perfides Spiel so weit übertrieben, dass er, der selbsternannte Meisterspieler, keine eigene Identität mehr aufweisen konnte.

„Ich wollte dich nur verwirren.“

Verwirrung stiften, das konnte er gut. Das Verschwinden der Köchin, Jennifers angeblicher Selbstmord, die Zitate, die Sabotage an der Funkanlage, das musste auf sein Konto gehen. Wahrscheinlich würde sie nie herausfinden, was er alles getan hatte.

„In deinem Tagebuch steht ein Text über ein kleines, einsames Vögelchen auf hoher See – ergreifend! Und später träumst du von einem Floß. Ziemlich kitschig, findest du nicht? Malst du noch heimlich Einhörner und Delfine, oder träumst du davon, eine Prinzessin zu sein?“ Er lachte kehlig und kam dabei ein Stück näher.

Wenn sie sich doch nur bewegen könnte!

„Deshalb bist du hier“, sagte er plötzlich mit der charmanten Stimme von Henning Bahlow.

Rosa spürte einen unheimlichen Schauer über ihren Rücken jagen, da sie sah, wie mühelos er seine Rollen wechseln konnte. Wie oft hatte er sie so wohl getäuscht?

„Deine kitschige Fantasie soll sich erfüllen."

Das hatte er also vor mit ihr. Er wollte sie mitten auf dem Meer im Rettungsboot einsam verbluten lassen. Er legte ihr die Leuchtpistole in den Schoß. Rosa gab ein schnalzendes Geräusch von sich. Hatte sie gerade ihren Kiefer bewegen können?

„Das war echt süß von DeRuijter, nicht wahr? Hab auch eine bekommen. Weißt du noch? Am ersten Tag in der Offiziersmesse. Du warst so überfordert und hast dich so sehr fehl am Platz gefühlt. Hast du innerlich um Erlösung gefleht? Es war irgendwie schön und rührselig mit dir. Was Besonderes. Aber bilde dir ja nichts ein. Du wirst am Ende nur eine von vielen sein. Jetzt sind wir quitt. Du warst es, die mich in Tirol herausgefordert hat. Ich weiß nicht, ob es dich von deinen Ängsten und Schuldgefühlen erlösen wird, doch mich hat noch niemand besiegt, und das bedeutet – wie heißt es bei Hamlet? –, der Rest ist ..."

Schweigen.

Er beendete seinen Satz nicht und lockerte stattdessen den Druckverband. Blut quoll pulsierend aus ihrer Wunde hervor. Minuten in höchster Qual und Unsicherheit vergingen. Rosa fühlte sich verloren und hilflos. Sie spürte die warme Flüssigkeit an ihrem Bein.

Moment, schoss es ihr durch den Kopf, sie spürte das Blut?

Rosa schöpfte Hoffnung. Da! Hatte sie nicht gerade geblinzelt? Das ging ja gar nicht, weil der Mörder ihre

Lider festgeklebt hatte. Wo war der Unbekannte? Er schwieg schon seit geraumer Zeit. Es gelang ihr nicht, den Kopf zu drehen, um nach ihm Ausschau zu halten.

Wäre sie schneller verblutet, als ihre Lähmung aufgehoben war? Seinen Worten zufolge hatte er einige Übung. Vielleicht war es eine besonders grausame Art, seinen Opfern Hoffnung einzuflüstern. Die Hoffnung, sich vielleicht befreien zu können, während er irgendwo zuschaute und sich an ihren Qualen erfreute.

Rosa strengte sich an. Sie konzentrierte sich auf ihre Hand. Nichts regte oder bewegte sich. Das war das schlimmste Gefühl, das sie sich vorstellen konnte. Ihr Geist war wach und klar. So erfüllt von Zorn und Wut. Sie wollte dieses Schwein zur Rechenschaft ziehen. Allerdings nicht töten. Nein, das wäre zu leicht. Sie musste ihn lebend der Polizei in New York übergeben. Wenn es dazu kommen würde, danach sah es jedoch nicht aus.

Hoffnungslosigkeit ergriff Rosa. Er hatte gesiegt. Das ließ sich nicht mehr ändern. Mit wachem Geist blickte sie ihrem eigenen Tod entgegen.

Es war aussichtslos. Es war nicht einmal eine Frage von Aufgeben oder Kämpfen. Sie hatte keine Wahl. Der Körper gehorchte ihrem Willen nicht. Rosa konzentrierte sich weiter auf den Arm, wollte ihn mit aller Macht bewegen, aber nichts geschah. Entmutigt gab sie auf. Tränen rollten über ihre Wangen, ohne dass sie es spüren konnte. Der Wal hatte gesiegt.

Was fühlte sie da? Ein vielarmiges Streicheln, oder war das der eisige Sturmwind, der ins Boot wehte? Rosa krächzte. Und in einer unkontrollierten Zuckung schabten ihre Finger über die Armlehne. Rosa atmete aus. Ihr Brustkorb hob und senkte sich. Sie hatte sich bewegt!

Rosa schöpfte wieder Hoffnung. Wenn sie kräftig atmen konnte, dann konnte sie auch andere Bewegungen ausführen. Sie schloss die Augen und dachte an nichts anderes als an ihre Atmung. Ein, aus. Ein, aus. Und noch mal. Ein, aus. Vielleicht war das Ölzeug doch zu etwas nutze gewesen und der Einstich war nicht ganz durchgedrungen.

Ihr Arm bewegte sich. Stockend kroch er an ihrem Oberkörper hoch, blieb irgendwo hängen und arbeitete sich weiter vor. Sie musste den Verschluss des Sicherheitsgurts vor ihrer Brust erreichen. Die Hand gelangte endlich ans Ziel, ihr fehlte jedoch die Kraft, den roten Druckknopf zu betätigen. Mehrmals versuchte sie ihr Glück, glitt vom Plastik ab. Schon wollten ihr die Tränen der Verzweiflung in die Augen schießen, da sprang der Verschluss auf.

Erst jetzt bemerkte Rosa, wie schwer ihr Körper im Sicherheitsgurt gehangen haben musste, denn sie knallte mit voller Wucht auf die Rücklehne des Sitzes vor ihr. Noch nie hatte sie sich so darüber gefreut, Schmerzen zu spüren, wie in diesem Moment. Und ihr Körper schmerzte überall! Sie war halb in den Fußraum gerutscht und blieb halb auf dem Sitz vor ihr hängen.

Den Druckverband wieder zu schließen und die Blutung zu stoppen, war ihr nächstes Ziel. Dazu brauchte sie beide Hände. Eine lag eingeklemmt unter ihrem Körper. Hoffentlich war sie nicht gebrochen. Um sie zu benutzen, musste Rosa den Körper drehen, was ihr nur quälend langsam und mit äußerster Anstrengung gelang. Durch die Drehung konnte sie den Gang hinauf zur Einstiegsluke in die raketenartige Röhre schauen. Der Unbekannte war nicht mehr da, hatte das Boot aber noch nicht der See übergeben. Oder doch?

Sie fixierte den Druckverband und überprüfte, wie gut die Beine ihrem Willen gehorchten. Die Zehen in den Schuhen bewegten sich leicht. Rosa sah sich um. Beim Sturz aus dem Sicherheitssessel war ihr die Leuchtpistole aus dem Schoß gefallen und im Fußraum verschwunden. Jetzt entdeckte sie die Waffe im Bug des Boots, wo sie sich in einem schwarzen Gepäcknetz verfangen hatte. Sie musste also erst nach unten klettern, um wieder hinauf bis zur Einstiegsluke zu steigen. Das war der einzige Weg zur Rettung.

Die Füße und Knie versagten mehrfach ihren Dienst. Der Abstieg war dagegen verhältnismäßig leicht. Im Grunde rutschte sie bis in den Bug hinab. Rosa nahm die Leuchtpistole an sich und überprüfte die Munition.

Der Aufstieg wurde ungleich schwerer. Immer wieder sackten die Knie weg, griffen die Hände ins Leere, oder ihnen fehlte einfach die Kraft sich festzuhalten. Was schon angesichts des Seegangs und bei normaler körperlicher Verfassung eine enorme Anstrengung gewesen wäre, wurde für Rosa zur Tortur. Kälte, Wind und Regentropfen drangen durch die Luke ins Boot. Draußen herrschte tiefschwarze Nacht. Es war allerdings bereits den ganzen Tag über so finster gewesen wie nachts. Das Zeitgefühl war ihr abhandengekommen. Sie hatte keine Ahnung, wie lange sie ohnmächtig gewesen war.

Endlich hatte sie es geschafft, bis zum Einstieg zu robben. Beide Unterarme legte sie in die Luke. Ihre Füße fanden einen halbwegs festen Tritt auf einer nassen, rutschigen Rückenlehne, dann stemmte sie sich mit zittrigen Knien hoch. Draußen regnete es stark. Ob das ein Zeichen war, dass der Orkan langsam abschwächte? Oder holte er nur ein wenig Luft, um danach wieder aus voller Kraft zu brüllen?

Ihre Augen orientierten sich. Über ihr ragte der Schornstein in die Dunkelheit. Unten auf dem wenige Meter entfernten Deck vor dem Rettungsboot tanzten zwei Gestalten. Eine flinke kleine und eine behäbige große. Eine dritte Gestalt lag auf dem nassen Stahlboden und rutschte im Takt der Wellen hin und her. Es war nur eine Frage der Zeit, wann sie über Bord gespült werden würde. Das Schiff schaukelte in den Wellen.

Rosa kam weiter zu sich. Jetzt erkannte sie die Gestalten, die gar nicht tanzten. Der unbekannte Mörder und Loco waren in einen Messerkampf verwickelt. Man hatte doch nach ihr gesucht! Die kämpfenden Männer umlauerten sich mit ausgestreckten Armen wie angriffslustige Skorpione. Im Wellengang fanden sie nur schwer Halt. Stach einer zu, sprang der andere zur Seite.

Rosa sah einige Schnittwunden an Locos Oberkörper und Unterarmen. Es stand nicht gut um ihn. Der verletzte Mann auf dem Boden glitt bis zur Reling. Er zog eine Blutspur hinter sich her. Es war Stin! Entweder er war schwer verletzt oder tot. In jedem Fall drohte er, bei der nächsten Welle über Bord zu gehen. Das durfte nicht geschehen!

Es fiel Rosa schwer, ihre Gefühle zu kontrollieren, aber sie durfte nicht überstürzt handeln. Da ihr die Kraft fehlte, aus dem Rettungsboot zu steigen, zog sie die Leuchtpistole und zielte. Der Unbekannte war wendig und flink und daher kein leichtes Ziel. Diesen Schuss würde sie nur einmal abfeuern können, und er musste sitzen, um Loco so Zeit zu verschaffen, seinen Gegner auszuschalten und Stin zu retten.

Rosa wartete die nächste Welle ab. Im folgenden Wellental, als die Kämpfenden sekundenlang still standen, drückte sie ab. Ein roter Leuchtstreifen schoss durch die Nacht und traf den Unbekannten am Rücken. Dort blieb die Signalkugel stecken. Der Unbekannte schrie auf. Es klang entsetzlich. Die Kugel hatte sich in seinen Körper gefressen und brannte weiter. Es mussten höllische Schmerzen sein. Der Unbekannte ließ von Loco ab. Wütend taumelte er Richtung Einstiegsluke, während sich Loco auf dem Deck auf Stins Beine warf, um ihn festzuhalten. Die Gischt eines Brechers setzte kurzzeitig alles unter Wasser. Rosa blieben nur wenige Sekunden, um die Pistole nachzuladen. Sie kippte den Lauf mit zittrigen Händen und fingerte eine weitere Leuchtkugelpatrone aus der Hosentasche. Dabei musste sie sich anstrengen, die Position in der Luke mit nur einem Unterarm zu halten. Der Unbekannte kletterte die Einstiegsleiter hoch. Genau in dem Moment, als der Lauf einrastete, tauchte sein Gesicht vor Rosa in der Luke auf. Er holte aus, um mit dem ausgefahrenen Cuttermesser ihre Kehle zu durchschneiden. Das ließ ihr keine andere Wahl. Rosa schob ihm den Lauf in den Mund. Ohne zu zögern, drückte sie ab.

Der Rachen des Meisters leuchtete rötlich auf. All seine Bewegungen erstarrten. Ein Laut war nicht mehr zu vernehmen. Als die *Leviathan* über einen Wellenkamm ritt und Gischt die Aufbauten umtoste, löste sich der Mörder von der umklammerten Einstiegsleiter und wurde von der Brandung mitgerissen. Einen Augenblick lang sah Rosa noch das rote Leuchten, dann wurde er ganz vom Ozean verschluckt. Erschöpft sackte sie zusammen.

53

Neunter Tag
Route MS Leviathan: Hafen von Halifax, Kanada

Graue Regenwolken zogen über den Himmel. Das Wasser im Hafenbecken kräuselte sich zu kleinen Wellen mit Schaumkronen. In den vergangenen sechsunddreißig Stunden war der Orkan zu einem stürmischen Wind abgeflaut. Die *MS Leviathan* lag seit wenigen Stunden vertäut am Pier im Hafen von Halifax an der Ostküste von Neuschottland, Kanada.

Rosa saß auf einem Ankerpfosten, das verletzte Bein auf einem Tau abgelegt, und betrachtete das Schiff vor ihr. In unmittelbarer Nähe hatte die *MS Seagull* ebenfalls angelegt. Noch auf See hatten sich die Kapitäne der beiden Schiffe per Lichtmorsecodes dazu verständigt, den kanadischen Hafen anzulaufen. Nach dem Ausfall der Rudermaschinen hatte die *MS Leviathan* stundenlang führungslos in stürmischer See getrieben, bis es beiden Mannschaften schließlich gelungen war, Abschleppseile auszutauschen. Der Seegang war zurückgegangen. So hatte erst die *Seagull* und später in Küstennähe zwei Schlepper den großen Frachter nach Halifax gezogen.

Dort war die *Leviathan* von einem Großaufgebot von Kranken- wie Streifenwagen der Royal Canadian

Mounted Police, der kanadischen Bundespolizei, empfangen worden. Mila Adler, Kapitän Lira und die übrigen Passagiere waren längst in Krankenwagen abtransportiert worden.

Beide Schiffe waren gezeichnet von Sturmschäden. Die Außenluke, über die Rosa den Frachter betreten hatte, hatte sich verzogen und war nicht mehr zu öffnen. Eine schwindelerregende Gangway ragte vom Hauptdeck hinab bis zum Pier. Rosa war noch nie so erleichtert gewesen, festen Boden unter den Füßen zu spüren, und rieb über den Verband am Oberschenkel. Eine Ambulanz wartete auf sie, in der Loco momentan behandelt wurde. Doch es fiel ihr schwer einzusteigen und wegzufahren. Sollte sie gehen, ohne sich von Stin verabschiedet zu haben? Der Erste Offizier hatte nur eine verhältnismäßig kleine Verletzung davongetragen. Nur gut, dass Loco, kurz nach ihrem Besuch in der Mannschaftsmesse, hinauf zur Kommandobrücke gegangen und die *Seagull* aufgetaucht waren! Sie hatten den unbekannten Mörder, der sich selbst der Meister genannt hatte, überrascht, aber waren dann doch ausgetrickst worden. Gemeinsam hatten Loco und Stin nach Rosa gesucht und erst Mila Adler gefunden und später auf Deck den Unbekannten gestellt, der Rosa über den Notausstiegsschacht des Maschinenraum bis ins Rettungsboot getragen haben musste.

Aus Furcht vor Bahlow und weiteren Übergriffen hatte sich Hertz in seinem Bad eingesperrt. Von ihm und von den anderen Teilnehmern war nur eine kurze, wortkarge Verabschiedung erfolgt. Der Überlebenskampf hatte alle schwer gezeichnet. Und die Frage, warum Hertz gehandelt hatte, wie er es getan hatte, blieb

Rosa unverständlich. Plante er eine bewusste Konfrontation als gewagte Traumatherapie?

Die Skyline von Halifax ragte in westlicher Richtung auf und hob sich deutlich vom stürmischen Wolkentreiben ab. Henrich kam die Gangway hinab. Seine Schritte wirkten unsicher, als hätte er noch weiche Knie von dem Schrecken, den sie alle durchlitten hatten. Rosa machte Anstalten sich zu erheben.

„Bleib sitzen", sagte er, „dieser Offizier sucht dich. Komischer, aber interessanter Bursche."

Dem alten Fuchs war natürlich nicht gegangen, dass Rosa auf die Erwähnung des Offiziers anders reagiert hatte als gewöhnlich.

„Die Spurensicherung arbeitet im Container", wechselte er das Thema. „Ich habe mir den verbrannten Ausweis angeschaut, ich befürchte jedoch, er ist zu stark zerstört. Wir werden die DNS in den Kleidungsstücken mit den Vermisstenarchiven der Landeskriminalämter abgleichen. Vielleicht finden wir auf diesem Weg die eine oder andere Identität eines Opfers heraus. Die Taskforce *Leviathan* wird noch lange ermitteln."

Rosa nickte stumm.

„Was für eine Kletterei bis dahinauf in den Container. Du hättest das Gemaule der kanadischen Techniker hören sollen. Merde! Merde! – Und du bist da während des Orkans rauf?"

Henrich erwartete keine Antwort.

Zu Rosas Überraschung hatte sich Adam Henrich an Bord der *Seagull* befunden. Noch nie hatte sie sich so sehr gefreut, einen Kollegen zu treffen. Was hatte Henrich auf sich genommen, um ihr mit wichtigen Ermittlungsergebnissen zu Hilfe zu eilen!

Er hatte ihr von seinen Berliner Ermittlungen berichtet. Vor allem, dass nach dem Fund von Elenas Blut in Claudia Münchs Apartment Patzikis per Notfunk seine Entdeckung in Bahlows Haus übermittelt hatte.

Aylin Özdemir, die Frankfurter Ermittlerin, traf keinerlei Schuld, die Namensänderung nicht vorher entdeckt zu haben. Auf die absurde Idee, dass ein Teilnehmer der Ehemann von Rosas ermordeter Kollegin Elena Geuting gewesen sein könnte, war niemand gekommen. Niemals wäre Rosa zu dem Seminar geschickt worden, wenn einer von ihnen diese abwegige Möglichkeit in Erwägung gezogen hätte. Ob Roland Hertz das vorher gewusst hatte oder ob er selbst davon überrascht worden war, würde noch geklärt werden müssen. Rosa fürchtete jedoch, dass Hertz vermessen genug gewesen und das Risiko eingegangen war.

„Hattest du nicht einen wichtigen Termin? Tut mir leid, dass du den verpasst hast", bedankte sich Rosa umständlich.

„Jederzeit wieder." Henrich wurde bleich. „Nur dieses Durchkentern – nicht zur Nachahmung zu empfehlen", kommentierte er lakonisch. „Patzikis meint, sie hätten keinen weiteren Hinweis im Haus gefunden, wohin der unbekannte Mörder die Leiche des echten Bahlow geschafft haben könnte. Dass der Tiroler Mörder Bahlows Identität angenommen hat – Größenwahn."

Rosa nickte und dachte an die Spielregeln, den *Ich-bin-du*-Irrsinn, bei dem der Mörder Identitäten gestohlen hatte. „Von Anfang an hat er ein falsches Spiel getrieben. Und er wollte sein Tötungswerk in Amerika fortsetzen. Im Land der größten Serienkiller. Wir haben Schlimmeres verhindert, zu dem Preis, dass wir nie alles erfahren werden."

„Ich schaue mir jetzt Bahlows Kabine an, Rosa. Willst du mich begleiten?"

„Nein, ich gehe nicht mehr an Bord."

Henrich nickte. „Rosa, lass dir Zeit", meinte er, bevor er die Gangway betrat, „sonst ersetzt du nur ein Trauma durch ein neues."

Die Dinge würden ihren Lauf nehmen. Untersuchungen würden beginnen, an denen Rosa teilnehmen konnte oder nicht. Das hatte sie noch nicht entschieden. Befragen würde man sie in jedem Fall. Doch nur eines zählte.

Der Krake hatte den Wal besiegt.

Loco verließ, begleitet von einem Sanitäter, den Krankenwagen. Beim Verlust von Locos Gewicht machte das Fahrzeug einen Sprung. Der Koch fasste sie ins Auge. Langsam kam er auf sie zu. Plötzlich wurde Rosa von dem unerklärlichen Gefühl überwältigt, der Riese wäre ihr personifiziertes Krafttier. Einen Augenblick gönnte sie sich die Vorstellung, dann schob sie den erklärten Kitsch beiseite. Wortlos blieb Loco vor ihr stehen und kramte aus seiner Schürze einen in ein Geschirrtuch gewickelten Gegenstand hervor, den er ihr wie ein Präsent überreichte. Der Riese legte ihr eine Pranke auf und streichelte einmal über ihre Schulter. Seine dunklen Augen strahlten. Dann wandte er sich grußlos ab und ging davon.

Rosa wickelte ihr Geschenk aus dem Tuch. Schwer ruhte Locos Kampfmesser in ihren Händen. In den kunstvoll geschnitzten Holzgriff hatte er, wahrscheinlich mit Flammbierbrenner und Rouladennadel, ein Wort eingebrannt und der Klinge einen Namen verliehen: *Wasserfloh*. Rosa strich über das Heft. Dieser verrückte Koch! Ihr blieb die Stimme weg.

Mit einem ihr ungewohnt klingenden Englisch forderte sie der Sanitäter auf, in den Krankenwagen einzusteigen. Also würde es keinen weiteren Abschied geben. Sie nickte ihm zu und wollte sich gerade erheben, als Stin DeRuijter auf Deck erschien und nach ihr Ausschau hielt. Als er sie auf dem Ankerpfosten sitzen sah, wirkte er erleichtert. Eilig kam er die Gangway hinab und hockte sich auf den zweiten Pfosten.

„Dein Kollege Henrich hat mir gesagt, wo du bist", meinte er. „Ich war mit im Container. Entsetzlich. Jetzt untersucht er Bahlows Kabine."

„Er wird nichts finden. Bahlow, oder wer immer er war, wird gründlich alle Hinweise auf seine Identität vernichtet haben. So wie er seinen Ausweis verbrannt hat. Wenn es überhaupt sein richtiger Pass gewesen ist. Ich hätte ihn nicht umbringen sollen, dann hätten wir ihn befragen und mehr erfahren können."

Stin schüttelte den Kopf. „Er wollte dich töten. Du warst schneller – Gott sei Dank", sagte er schlicht.

Der Erste Offizier hatte eine Schnittwunde am Bauch und eine dicke Beule am Kopf. Sie war nicht die Einzige, die von dieser Reise gezeichnet worden war.

„Um ein Haar wären wir vor Sable Island geblieben", fuhr er mit Blick auf die See fort.

Rosa erinnerte sich, dass Stin, nachdem er wieder zu Bewusstsein gekommen war, keine Sekunde gezögert hatte, um auf der Brücke mit dem Zweiten Offizier den

Sturm zu bewältigen. Vielleicht hatten sie alle am Ende ihr Leben einzig diesem hartnäckigen Seemann zu verdanken.

„Rosa", begann Stin.

Ihr wurde mulmig.

„Hast du Zigaretten?", beeilte sie sich abzulenken. Was jetzt kam, konnte nur unangenehm werden.

„Ich rauche nicht. Soll ich dir welche holen?"

Rosa schüttelte den Kopf. „Red weiter."

„Ich wusste es von Anfang an: Du hast verdammt gute Beine."

Stin hatte das Thema gewechselt. Chance verpasst.

„Seemannsbeine", schickte er sich räuspernd hinterher.

Rosa hätte gerne gelächelt und eine Menge witziger Dinge darauf erwidert. Aber danach war ihr nicht.

„Nur Seemannsbeine?", fragte sie mit einem traurigen Lächeln auf den Lippen.

Ein Schatten kroch über Stins Gesicht. Er schaute hilflos nach einer Erklärung suchend um sich.

„Es tut mir leid wegen Irina", sagte Rosa und meinte es auch so, obwohl die Frau zwischen ihnen stand.

Stin nickte dankbar. „Weiß nicht, was ich sagen soll. Du bist ..."

„Wir sind erwachsen, Stin", unterbrach Rosa ihn und erhob sich.

Der Oberschenkel und jeder Knochen in ihrem Körper schmerzten. Wieder nickte Stin und stand ebenfalls auf. Sie legte ihm die Hand auf die Wange. In dem Moment wurde ihr bewusst, dass sie ihn zum allerersten Mal berührte und was sie alles verlieren würde.

„In einem anderen Leben“, verabschiedete sie sich mit brüchiger Stimme und drehte sich abrupt um.

Noch während Rosa zum Krankenwagen ging, kämpfte sie mit den Tränen.

54

ROSAS LOGBUCH – SABLE ISLAND

Einen Monat bin ich durch Nova Scotia gereist und habe diese eigenartige Natur bewundert. Eine Natur zwischen Wäldern, Seen und dem allgegenwärtigen Ozean. Die MS Leviathan hat noch zwei Wochen im Hafen gelegen. Vermutlich aufgrund der defekten Rudermaschine. Ich habe zugesehen, als das Schiff ausgelaufen ist.

Ich habe auch eine Tour nach Sable Island unternommen. Wieder ein Schiff zu besteigen, war komisch. Auch weil mir vom Orkan noch tagelang schwindelig gewesen ist. Die Gewässer vor Sable Island sollen einer der größten Schiffsfriedhöfe der Welt sein. Die Insel hat stolze fünf Einwohner. Nur vier leben ständig dort. Dafür gibt es ungleich mehr Vögel und Wildpferde. Weiß nicht, irgendwie habe ich wohl gedacht, ich bekäme den Schiffsfriedhof zu Gesicht, was natürlich Quatsch ist. Ich wollte diesen Ort sehen, den Friedhof, auf dem ich nicht liege. Und das darf ich mir ruhig öfter vorbeten: Sable Island, der Friedhof, auf dem du nicht liegst!

Für mich ist Neuschottland zur neuen Welt geworden. Ja, das ist es wirklich! Nach all den Schrecken bin ich jetzt ein wenig zuversichtlicher und mutiger. Mit meinen charakterlichen Veränderungen muss ich noch besser umgehen lernen. Manchmal bin ich so unberechenbar und tue Dinge, die man eigentlich nicht tun sollte. Ähnlich wie an Bord der Leviathan, als mich alle mehr oder weniger für verrückt gehalten haben (inklusive mir selbst). In Deutschland wird mich Therapie erwarten. Meine Reise als Psychonautin hat gerade erst begonnen. Das wird nicht leicht werden. Aber Rosa ist zurück, und sie hat wieder große Lust zu jagen!

TECHNISCHE DATEN

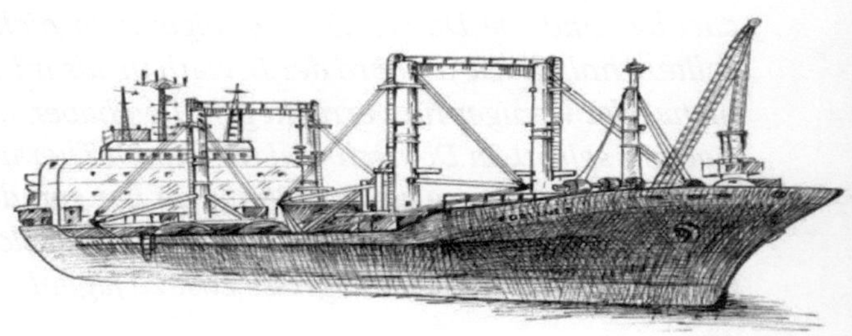

daisha.mail.ru

Die MS Leviathan ist ein Stückgutschnellfrachter, auch „Semicontainerschifffrachter" genannt, nach dem Vorbild der Friesenstein-Klasse.

Länge: 160 Meter
Breite: 22 Meter
Tiefgang: 8,5 Meter
Bruttoregisterzahl (BRZ): 10 000
Geschwindigkeit: 21,5 Knoten
Besatzung: 23 Personen
Passagiere: 12 Personen

Ausstattung (Auswahl)
Messe, Doppel- und Einzelkabinen (für Mannschaft
und Passagiere), Internet (via Satellit), Funktelefon, Fitnessraum, Sauna, kleines Kino, Bibliothek

Extras für die Seminarteilnehmer
Wellness- und Spaservice wie Massagen- oder Kosme-
tikangebote, Bar- und Restaurantbetrieb

Reales Vorbild
Die MS Leviathan ist vergleichbar mit realen Stückgut-
frachtern wie der Cap San Diego. Die Betreiber des
Schiffs, heute ein Museumsschiff, bieten ähnliche
Schiffsreisen wie im Roman beschrieben an.

KLEINES FRACHTSCHIFF-GLOSSAR

Steuerbord: in Fahrtrichtung rechts vom Schiff
Backbord: in Fahrtrichtung links vom Schiff
Kammer: Zimmer
Kombüse: Schiffsküche, auch Galley genannt
Brücke: die Kommandobrücke, das Ruderhaus
Twistlocks: Befestigungshaken für Container
laschen: Container befestigen
Niedergang: Treppe auf einem Schiff
Messe: Speisesaal
PIN-Box: der Arbeitscontainer, auch Laschkorb genannt.
stampfen: das Schlagen des Bugs in den Wellen
rollen/krängen: seitliches kippen über die Längsachse des Schiffs
Bug/Heck: vorne und hinten auf dem Schiff
Aufbauten: die „Stockwerke" und Wohnquartiere
Gangway: Aufgang vom Land an Bord
Gangbord: Gang über das Hauptdeck zum Bug
einschiffen/ausschiffen: betreten bzw. verlassen eines Schiffs
Trimm: Lage des Schiffs im Wasser
Containerbrücken: Kransysteme im Hafen
Brückennock: seitlicher Austritt am Ruderhaus

Bilge: unterster Raum im Rumpf des Schiffs

Ankerspill: drehbare Winde zum Einholen schwerer Gegenstände

Freifallrettungsboot: geschlossenes Rettungsboot am Heck eines Frachtschiffs

Bunker: Schiffstanker

DGPS: Differential Global Positioning System – System zur genaueren Lagebestimmung unterstützend zum GPS

AIS: Automatic Identification System – sendet automatisch die aktuellen Schiffsdaten wie Schiffsname, Rufzeichen etc.

GMDSS: Global Maritime Distress and Safety System – weltweites Seenot- und Sicherheitsfunksystem für den Notfall